Bernhard Ohsam
EINE HANDVOLL MACHORKA

BERNHARD OHSAM

EINE HANDVOLL MACHORKA

ROMAN

WESTKREUZ-VERLAG BERLIN/BONN

4. Auflage
© by Westkreuz-Verlag Berlin/Bonn, 5358 Bad Münstereifel
Umschlaggestaltung: Marek Mann
Illustrationen: Traude Teodorescu-Klein
Gesamtherstellung: Westkreuz-Druckerei Berlin/Bonn, 1000 Berlin 49
ISBN 3-922131-35-2

VORWORT

An einem heißen Sommertag im Jahre 1945 mußte ich zusammen mit den anderen in eine Grube springen. Ausgerüstet mit Spaten und Schaufeln, wurden wir angewiesen, den Aushub fortzusetzen, den unsere Vorgänger – aus welchem Grund auch immer – nicht vollendet hatten. Ob es ein Massengrab werden sollte? Die weibliche Gestalt verleitete mich zu dieser Assoziation: Ein sogenanntes Flintenweib hockte am Grubenrand und zielte mit der Maschinenpistole mal auf diesen, mal auf jenen. Mal auf mich. Sie lächelte dabei und summte die Melodie eines Kampfliedes. Die Zielübungen des Mädchens waren wohl purer Zeitvertreib – oder sie tat es nur zum Spaß, doch der Finger lag so deutlich am Abzug, daß diese Stunden zu den ungewöhnlichsten zählten, die ich in der Ukraine erlebt habe.

Wir waren wortkarg. Nur einmal sagte mein Nebenmann: „Sollten wir hier je wieder rauskommen, schreibe ich ein Buch über alles, was ich gesehen, gehört und gefühlt habe." Er ist Arzt geworden. Die Rolle des Chronisten fiel mir zu. Im Alter von 29 Jahren schrieb ich nieder, was in jenem Lager geschah, in das man uns verschleppt hatte. Das Manuskript entstand genau zehn Jahre nach dem Erlebnis. Man nennt den Abstand klassisch – nicht zu früh, aber auch nicht zu spät für die Niederschrift.

Um was geht es nun in diesem Buch? Dem Geschehen liegt ein klar umrissener, düsterer geschichtlicher Tatbestand zugrunde: Rumänien, das im Zweiten Weltkrieg bekanntlich mit Deutschland verbündet war, beteiligte sich mit mehreren Divisionen an Hitlers Eroberungskrieg gegen Rußland. Nachdem im Herbst 1944 die Rote Armee das Land besetzt hatte, mußte sich die erste neu gebildete rumänische Regierung – die noch bis 1947 unter König Michael amtierte – in den Waffenstillstandsverhandlungen verpflichten, Arbeitskräfte für den Wiederaufbau der Sowjetunion zur Verfügung zu stellen. In Erfüllung dieser Obligation hoben die rumänischen Behörden mit Hilfe der Roten Armee im Januar 1945 schlagartig 80 000 deutsche Bürger des Landes aus – sogenannte Siebenbürger

Sachsen und Banater Schwaben. Man verfrachtete sie in Güterwaggons und deportierte sie in die ukrainischen Kohlenreviere. Zum größten Teil wurden sie in den Bergwerken des Donez-Beckens eingesetzt, die sich damals infolge Überflutung oder Sprengung durch die deutschen Truppen in einem derart gefährlichen Zustand befanden, daß es täglich Todesopfer gab. Die Überlebenden kehrten nach durchschnittlich dreijähriger Zwangsarbeit wieder in die Heimat zurück. Etwa 20 % erlagen den unmenschlichen Strapazen und ungewöhnlich harten Lebensbedingungen.

Die erste Auflage meines Romans fand seinerzeit Anklang und Ablehnung. Leidensgefährten versicherten mir überwiegend: „Ja, so ist es gewesen, genau so." Es gab Rezensionen, die meine Darstellung für zu amüsant hielten, man bereue beinahe, nicht mit dabeigewesen zu sein. „Ihr Manuskript hat mich einen Tag und eine Nacht in Atem gehalten; trotzdem muß ich Sie bitten, von einer Veröffentlichung abzusehen", schrieb mir der Cheflektor eines großen Verlages. „Es wurde in diesen Lagern zu viel gelitten, als daß die Handlung humorvolle Passagen zuließe."

Dieser Beurteilung stelle ich den Brief einer Leserin gegenüber: „Ich empfinde genau wie Sie: Wenn man mich heute fragt über die Zeit in Rußland, berichte ich vorwiegend über die heiteren Stunden. Die schweren Tage sind in den Hintergrund getreten, die Alpträume der ersten Jahre nach der Entlassung sind vergessen. Ihr Buch ist eben auch in diesem Sinne geschrieben worden: obzwar hin und wieder das Schwere durchdringt, ist doch das Heitere vorrangig. Ich kann nur allen Landsleuten, die erst in den letzten Jahren nach Deutschland kamen, dieses Buch empfehlen – insofern sie Interesse haben, das Schicksal der nach Rußland Verschleppten kennenzulernen ..."

Der Rezensent einer ARD-Rundfunkanstalt präzisiert diese Auffassung im klaren Stil des professionellen Schreibers so: „Bernhard Ohsams Roman ‚Eine Handvoll Machorka' schildert den erbärmlichen Alltag im Arbeitslager 4/1080 in Petrowsk bei Stalino, wo an die 2000 von ihrer Regierung an die Sowjetunion verkaufte Menschen – davon etwa die Hälfte Frauen – in bitterer Fron leben mußten. Aber dieser Roman unterscheidet sich im wesentlichen Punkt von allen anderen bisher bekanntgewordenen Büchern über dieses Thema und aus diesem Milieu: sein Verfasser hat Humor und eine leichte Hand. Es ist nicht der Witz des Parodisten, auch nicht der Sarkasmus des Zynikers, nicht einmal nur der Galgenhumor des Desillusionierten, sondern die Anteilnahme, aber auch die Unsentimentalität dessen, dem das Leben als solches letzten Endes doch mehr bedeutet als irgendein tragischer Konflikt – sogar der auf seinem eigenen Rücken ausgetragene – und der die Tatsache nicht aus den Augen läßt, daß der Mensch selbst unter den jammervollsten äußeren Umständen noch Mensch bleiben kann, wenn er sich nicht innerlich preisgibt."

Ich glaube, diese Beurteilung hält auch heutigen Maßstäben stand. Das kann ich ermessen an den Leserbriefen von Aussiedlern, die erst jetzt ein Buch wie dieses in die Hand bekommen, ein Buch, in dem ihr nun bereits 40 Jahre zurückliegendes Schicksal geschildert wird. Sie vor allem garantieren im Grunde die Kontinuität einer Leserfamilie, sie werden das Buch nicht in die Regale abstellen, sondern es auch hier und da weitergeben an ihre neuen, binnendeutschen Nachbarn, die von den Vorgängen um eine kleine deutsche Sprachinsel im südosteuropäischen Völkerteppich nichts wußten. Deshalb widme ich auch diese Auflage all jenen, die damals hinausfuhren in den ukrainischen Schnee und um Jahre ihres Lebens betrogen wurden.

Ein letztes Wort noch zur vierten Auflage. Heute bin ich genau doppelt so alt als zur Zeit der Niederschrift. Natürlich verbessert ein Autor während nahezu drei Jahrzehnten seinen Stil, er wird geschliffener. Auch die Umgangssprache wandelt sich. Gern hätte ich für diese Auflage einige stilistische Jugendsünden ausgemerzt; was ein radikales Umarbeiten des Romans bedeutet hätte. Die Freunde beschworen mich hingegen, von diesem Ansinnen abzusehen, weil mit dem Stuck auch Glanz und Frische des jugendlichen Elans weggeklopft würden. Es ist somit kein Buchstabe verändert worden – lediglich dieses Vorwort habe ich aus Gründen der Aktualisierung neu geschrieben. Sie sollten es lesen, bevor Sie mit der Lektüre beginnen.

Köln, im Juli 1984 *Bernhard Ohsam*

„Kotschegar... Dimitrij... Kotschegar Dimitrij Nikalae=
witsch!" Der Lokomotivführer schrie verzweifelt. Er schrie
nach seinem Heizer, den der Brodem dieser sonderbaren
Nacht verschlungen zu haben schien.

Eine eigentümliche Nacht. Der Bahnhof Focsani lag unter
grellem Scheinwerferlicht. Das Licht kam von allen Seiten
und vernichtete jeden Schatten. Tausende von Menschen
querten Gleise, andere Tausend keuchten unter schweren La=
sten in bereitstehende, weitgähnende Viehwaggonöffnungen.
Die kalte Winterluft dröhnte von Kommandos, Flüchen, Jam=
mern und Gelächter.

„Dimitrij!" schrie der Lokomotivführer. Er hing schrägab
aus der Maschine, wie eine Standarte am Stahlmast.

Da ließ sich ein Mann aus dem Tender fallen. Sein watte=
gesteppter Anzug glänzte schwarz in einem Gemisch von
Kohle, Schweiß und Dreck. Ebenso Gesicht und Hände.

„Da, da!" sagte er müde und bewegte sich, die Augen
reibend, zum Führerstand der Lokomotive.

„Mann!" schrie der Lokführer zornig auf, als er den Heizer
erblickte. „Mann, ich verheiz dich! Wo warst du?"

„Towarischtsch Natschalnik, ich habe geschlafen."

„Geschlafen! In dieser Nacht?"

„Warum nicht? Ist was Besonderes los?"

„Mann, sieh dich um! Wir fahren nicht mehr mit Getreide
zurück!"

„Nein? Und es war so schön: von Dnjepropetrowssk nach
Focsani Munition, von Focsani nach Dnjepropetrowssk Ge=
treide." Der Heizer sprach die Worte mit traurigem Nach=
druck, wobei er sich die Ohrenklappen der Mütze hochstülpte.
Der Lärm schallte ihm nunmehr in seiner vollen Lautstärke
in die Ohren.

„Ja Teufel!" rief er, sich umwendend. „Ist hier ein Basar? Wohin gehen diese Menschen alle?"

„Das ist diesmal unsere Fracht!" sagte der Lokführer. „Statt Getreide."

Der Heizer zog nachdenklich eine Grimasse. „Munition – Getreide, Munition – Getreide, hoh, das war schön! Das hätte meinetwegen bis zur nächsten Revolution so weitergehen können."

„Mann, halt den Mund, sonst verheiz..."

„Was sind das für Tscheloweken... Kriegsgefangene?"

„Nein, keine Plennis. Sie tragen Zivil, viele sind gekleidet wie Kapitalisten."

„Ah", sagte der Heizer, „Kapitalisten! – Aber dort gehen ja auch Frauen, schau, dort drüben!"

„Es sind ebenso viele Frauen wie Männer dabei."

„Aha", murmelte der Heizer. Die Ohrenklappen seiner Mütze standen schräg in die Höhe, was so aussah, als habe er im ganzen vier Ohren. „Aber, Towarischtsch Natschalnik, sind wir nicht die größte Nation?"

„Die weitaus größte, du Idiot!"

„Eben! Und die weitaus größte Nation hungert zur Zeit am weitaus meisten – wofür brauchen wir dann diese vielen Menschen noch?"

„Mann, ich..."

„Towarischtsch Natschalnik, die fressen uns die letzte Borschtsch noch weg."

„Idiot, die holen wir nicht zum Fressen, sondern zum Ar= beiten in die Union. Kapiert?"

„Ah, so ist das!" begriff der Heizer. Er kroch fröstelnd auf die Maschine. Eine Weile sprachen sie nichts.

Das Brodeln der Nacht fand kein Ende. Neue Züge fuhren auf dem jenseitigen Bahnhofsteil mit den Normalspurgleisen ein. Mit derselben Kontinuität verließen diesseits, auf den russischen Breitspursträngen, verriegelte Züge den Bahnhof.

Zwischen diesen beiden Punkten lag das gelbe Scheinwer= ferlicht und der tosende Stimmschwall eines deutschen Volks=

teils, der verladen wurde. Wo das künstliche Licht vor dem gierigen Nachtdunkel kapitulierte, guckten schattenhaft verschwommene Köpfe in die Tiefe. Wie fratzenhaft geschnitzte Gesimszinken wirkte diese Postenkette, die auf den Waggondächern rund um die Szene placiert war. — Eine winzige Szene, gemessen am großen Theater der Weltgeschichte jener Monate.

„Towarischtsch Natschalnik", meldete sich der Heizer wieder, „das Signal leuchtet grün, wir können fahren!"

Das Semaphor hatte sich gesenkt. Es gab, wie schon oft in den letzten Tagen, wieder einmal die Linie frei. Die Linie lag diesesmal für eine lebende Fracht in die Gefangenschaft frei.

Sonst war es Getreide. Oder Munition.

Der Lokführer zog das Signalventil, löste die Bremsen und gab Dampf. Die Lokomotive schüttelte sich einmal wie ein Gaul, der Kolik hat. Dann ruckte sie plump an und begann holpernd ihre Fahrt. Die Puffer zwischen den angekoppelten Waggons fingen die Stöße hart auf, was ein echohaftes Kreischen, Würgen und Hämmern nach sich zog.

„Müßten wir jetzt nicht vorsichtiger fahren?" fragte der Heizer.

„Warum denn?"

„Weil wir Menschen fahren! Hoh, war das schön mit Getreide."

„Ach was! Wir fahren wie immer. Fracht ist Fracht!"

„Aber, Towarischtsch Natschalnik, die Menschen..."

„Mann, damit du es für alle Zeiten weißt: bei mir beginnt ein Mensch erst Mensch zu sein — ab Lokomotivführer!" schrie der an allen Hebeln werkende Lokführer; im grimmigen Bewußtsein, seinem vorlauten Heizer eins ausgewischt zu haben.

„Interessant", murmelte der Heizer. „Bei mir ist es gerade umgekehrt: da hört der Mensch beim Lokomotivführer auf, Mensch zu sein."

Dem Natschalnik platzte der Kragen. „Dimitrij, willst du,

daß ich dich samt deinen idiotischen Redensarten verheize? An die Arbeit. Schmeiß Anthrazit ins Feuer und halt den Mund!"

Als sie Focsani im Rücken hatten und das Semaphor längst wieder rot leuchtete, sagte der Heizer vor sich hin: „Also hatte ich doch recht – Focsani ist ein Basar. Munition ausgeladen, Menschen eingeladen. Pfui Teufel!" Er lehnte an der Maschinentür und spuckte kräftig hinaus.

Man hätte meinen können, der Mann schliefe. Er hockte, mit fest an die Brust gepreßten Knien, auf seinem Holzkoffer. Der gekrümmte Rücken lehnte an der Waggonwand. Seine in Fäustlingen versteckten Hände faltete er über die Knie. Auf dem Kopf trug er eine tief in die Stirn gezogene Astrachanpelzmütze.

Auch sein Gesichtsausdruck wirkte wie der eines Schlafenden. Das scharfe, magere Kinn lag auf dem dicken Wollschal. Der schmale Mund, ein blauer Strich bloß, zuckte nur hin und wieder kaum merklich in den Winkeln nach unten.

Der Lichtschein des Kanonenofens aus der Waggonmitte fiel auf seine eingefallenen Wangen, die wie schwarze Löcher aussahen, während die stark ausgeprägten Backenknochen schmutziggelb glänzten.

Die Augen jedoch hielt er weit geöffnet. Es waren ein Paar blanke, blaue Augen. Sie stachen gewaltig von seiner übrigen Erscheinung ab. Vielleicht, weil sie so blau waren, oder aber, weil sie wie Glasaugen auf einen Punkt starrten.

Dieser Punkt war durch das gleichmäßige Rütteln des fahrenden Zuges nur relativ anzusprechen. Aller Wahrscheinlichkeit nach fixierten seine Augen den Stützpfahl der Holzpritsche. Diese begann gleich hinter dem Kanonenofen und zog sich bis an die hintere Waggonwand. Auf der Pritsche lag eine dunkle, schlafende Menschenmasse. Wie zusammengeschnürte, abgetragene Kleiderbündel wirkte auch der größere Teil der auf dem Boden des Waggons lagernden Insassen.

Sie schliefen alle. Ihre Atemzüge waren durch den Lärm,

den die rollenden Räder unter ihnen verursachten, nicht zu hören. Hie und da sprach eine Stimme einige abgerissene Sätze im Traum; oder es war ein häßliches Stöhnen zu vernehmen, hervorgerufen durch die allzu derbe Lageveränderung eines Nebenmannes.

Doch dieses alles nahm der auf seinem Koffer hockende Mann nicht wahr. Seine ganze Konzentration gehörte dem Stützpfahl unter der Pritsche. Denn genau an dem Punkt hingen ein Paar Füße über die rohen Bohlenbretter. Besser gesagt, ein Paar Nagelschuhe. Man konnte auch die Hosenränder erkennen. Das war jedoch alles, was man von dem Menschen aus dieser Perspektive sehen konnte.

Die blauen, glasblanken Augen dieses einzig Wachenden rissen noch weiter auf; denn neben dem in seinen Nagelschuhen Schlafenden wurde ein runder Rücken sichtbar, der sich straffte. Im nächsten Augenblick stieg ein Mann von der Pritsche herunter.

Nachdem er festen Boden unter den Füßen verspürte, reckte er sich einmal ausgiebig; dann lauschte er längere Zeit in alle Richtungen.

Seine Gestalt war lang und hager. Weil er keine Kopfbedeckung trug, konnte man die kurzgeschorenen Haare auf seinem Kopf sehen. Das Markanteste in seinem Gesicht war der Mund, der jetzt, wo er ein paarmal herzhaft gähnte, wie ein Haifischmaul wirkte. In geschlossenem Zustand war es der große Mund eines an Hunger gewöhnten Kindes. Ein schwarzer Cheviotmantel, mit mehreren Rissen und ebenso vielen Stopfstellen, hing um seinen Körper. Alles in allem wirkte seine Erscheinung verwahrlost und elend.

Langsam schien er sich orientiert zu haben. Er begann sich, unter vorsichtigen Bewegungen, in Richtung Ofen vorzuarbeiten. Hier angelangt, hielt er seine Hände für kurze Zeit über die warme Ofenplatte. Dann turnte er zur Waggonwand hin, wo an einer weit abstehenden Schraube ein Rucksack hing. Gerade wollte er den Riemenverschluß lösen, da sagte eine Stimme:

„Finger weg!"

Der kahlgeschorene Kopf zuckte ins Genick. Die Hände des Mannes gaben zögernd den Riemen frei und sanken zitternd abwärts.

Der andere öffnete seinen schmalen Mund und fragte: „Was willst du hier?"

Der Kahlgeschorene grinste, wobei er ein Geräusch ausstieß, das sich wie: ‚chrrr' anhörte; dann sagte er mit einer heiseren Stimme:

„Ich hab Hunger!"

Der Hockende fragte ihn mitleidig: „Wie heißt du denn?"

„Bulion", sagte der Gefragte, grinste mit einem ausgiebigen ‚chrrr' und fragte seinerseits: „Und wer bist du?"

„Ich heiße Viktor und bin der Besitzer des Rucksackes, aus dem du stehlen wolltest."

Bulion verzog sein Gesicht, in dem Viktor eine Unmenge Sommersprossen entdeckte, zu einer Grimasse und bettelte: „Gib mir was zu essen."

In Viktor regte sich ein Mitleid für diesen Menschen. Er nahm seinen Rucksack von der Wand und setzte sich damit wieder auf seinen Koffer.

Mit seinen kleinen Augen erfaßte Bulion sofort den neuen Kurs, kauerte sich daneben und begleitete Viktors Handgriffe mit gierigem Wohlbehagen. Nachdem er endlich Brot und Wurst in den Händen hielt, begann er die langvermißte Nahrung mit den verzückten Bewegungen einer Wildkatze zu verschlingen. Viktor schloß für Augenblicke die Augen und fragte dann: „Was sagtest du, wie heißt du?"

„Bulion!"

Viktors Züge zeigten zum ersten Mal ein Lächeln. „Mit Vornamen doch nicht etwa Gottfried, und auch noch ‚von'?"

Bulion schüttelte heftig den Kopf und würgte hinter halbzerkauten Brocken verständnislos hervor: „Willi!"

„Warum hast du nichts zu essen?" fragte Viktor.

„Von wo sollte ich wohl etwas haben? Man hat mich auf der Straße geschnappt", schmatzte Bulion.

„Warum verlangst du von uns nichts und stiehlst lieber?"

„Stehlen ist leichter als betteln!" sagte Bulion prompt. „Du hast ziemlich gut vorgesorgt, was?"

„Es geht. Sag mal, was bist du von Beruf?"

„Ich?" fragte Bulion verdutzt. „Ich habe zuletzt Holz auf der Bahn verladen – chrrr – und du?"

„Ich bin Rechtsanwalt. Karl Viktor ist mein voller Name."

„Puh – Rechtsanwalt Karl Viktor! Da muß ich ja Herr Viktor zu dir sagen, was?"

„Wie du willst. Ich sage dir Bulion, der Name gefällt mir."

„Na", grinste Bulion, „Viktor geht auch. Ich sage dir Vik=tor, ohne Herr. Hier sind wir ja alle gleich."

„Bist du Kommunist?"

„Nein, ich hab dir doch gesagt, daß ich zuletzt Holz auf der Bahn verladen habe."

Dieses Mal war es Viktor, der bei diesem Nachtgespräch verdutzt aufsah. Ein seltsamer Kamerad, dachte er und musterte Bulion genauer. Er wird so um die zwanzig Jahre sein! Dumm und verlottert, aber raffiniert.

Endlich schien Bulion auch gesättigt. Mit dem Ärmel wischte er sich den Mund ab und kratzte sich schließlich heftig am Rücken. Dabei sagte er zu Viktor: „Ich habe Läuse."

„Über kurz oder lang haben wir alle Läuse", meinte dieser kurz.

„Ja, ja", murmelte Bulion, „hier sind wir alle gleich. – Warum schläfst du nicht?"

„Ich kann nicht", sagte Viktor und zog seine Pelzmütze über den Kopf.

„Ach so", dehnte Bulion heiser und wußte wohl selbst nicht, was er damit meinte. Vielmehr irritierte ihn der etwas starre Blick, mit dem Viktor eine Stelle fest im Auge hielt, die hinter seiner Schulter liegen mußte. Da er nun kein Freund von ungelösten Rätseln war, drehte er sich um und blickte in die gleiche Richtung. Es fiel ihm aber nichts Beson=deres auf. Deshalb fragte er: „Was siehst du da hinten?"

„Nichts", sagte Viktor. Nach einer Weile fragte er Bulion: „Sag mal, wie heißt der Mann, der neben dir schläft?"

„Der mit den Nagelschuhen? Der heißt Milan – er hat uns gesagt, wir sollen ihn so nennen. Er ist Doktor ..."

„Doktor? Also Arzt!" entfuhr es Viktor.

Bulion nickte. „Und das Mädchen, das neben ihm schläft, heißt Irma. Sie schlafen immer unter einer Decke. – Hast du auch ein Mädchen hier?"

„Nein, ich kenne hier kaum jemanden. Trinkst du gerne einen Schnaps?"

Bulions krummer Rücken straffte sich zur Säule. „Hast du einen?"

Viktor erhob sich von seinem Holzkoffer und zog eine große Flasche daraus hervor. Dem Rucksack entnahm er eine blauemaillierte Tasse. Dann tippte er sich an die Stirn – so, als habe er etwas vergessen – und stellte eine Konservendose neben sich. Ein Streichholz flammte auf, und im selben Moment strahlte aus der Dose ein kleines Flämmchen.

„Ist das nicht ausgezeichnet?" fragte er lächelnd.

Bulion besah sich den Lichtspender eingehendst und grinste: „Chrrr, kolossal! Eine Konservendose ... Schnürsenkel ... Speiseöl. Hast du das gemacht?"

„Nein. Einer von diesen Studenten dahinten. Das ist so ein Praktikus, ich glaube, Conny heißt er. – Los, trink einen Schnaps!"

Mit einem Schluck leerte Bulion die halbe Emailletasse. Anschließend schüttelte ihn ein häßlicher Husten. Mit rotem Kopf spuckte er einmal kräftig gegen den jetzt schwächer brennenden Ofen.

Diese Reaktion beunruhigte Viktor, doch Bulion schlug seine Bedenken in den Wind, indem er bat: „Gib mir noch einen. Wenn ich Schnaps trinke, muß ich immer husten. Aber singen kann ich nachher umso besser."

Viktor gab ihm noch einen Schnaps. Während er sich selbst einen einschenkte, warf Bulion einige Kohlen in den Ofen. Es waren die letzten.

„Die vier Studenten", sagte Bulion beim Hinsetzen, „kann ich nicht riechen. Besonders diesen Conny hab ich gefressen."

„Wieso?" staunte Viktor. „Das scheinen doch anständige Burschen zu sein."

„Das ist ihre Sache, aber eingebildet sind die! Die wissen vor Einbildung nicht, welchen Finger sie sich zuerst in die Nase stecken sollen."

„Aber Bulion, was haben sie dir denn getan?"

„Mir getan? Noch nichts! Aber gedroht haben sie mir, alle meine Knochen zu zerschlagen, wenn..."

„Wenn was?"

„Viktor, Hand aufs Herz, diese Kleine da, die bei ihnen ihren Platz hat – sie soll die Schwester von einem Freund von ihnen sein – der irgendwo nicht mitgekommen ist..."

„Red doch vernünftig. Was ist mit dem Mädchen?"

Bulion leerte noch eine halbe Tasse. „Meine Seele soll vertrocknen, Viktor, da bleibt einem ja der Atem stehen, wenn man die nur ansieht. Gestern sitze ich dort beim alten Kreutzer unter der Pritsche, da kommt sie vorbeigekrochen und will zum Ofen. Wie sie bei mir ist, fallen ihr die langen, blonden Haare so aufreizend ins Gesicht. Sie roch auch nach Parfüm. Da habe ich sie an den Hüften gepackt und zu mir herunter gezogen."

„Du Schwein!" brummte Viktor.

„Das hat sie auch gesagt und mir eine geknallt, daß mir Hören und Sehen verging."

„Das war auch richtig."

„Ich sag ja auch nichts darüber. Aber da kommt dieser Conny angestelzt, packt mich an der Brust und brüllt: ‚Du verlauster Schmierfink! Wenn du noch einmal deine dreckigen Tatzen nach der Inge ausstreckst, schlage ich dir die Knochen zusammen, daß du erst gar nicht lebendig in Rußland ankommst!' Und einer von der Bande, der kleine Nico, hat ‚bravo Conny' gerufen. – Na, ich bitte dich, Viktor, sind das Redensarten hier im Waggon, wo wir alle gleich sind?"

„In diesem Falle", lachte Viktor, „wirst du wohl nicht Recht haben."

„Aber in Rußland gehört doch alles Allen!"

„Das wollen wir erst einmal sehen", sagte Viktor. „Komm, trink noch einen Schnaps – der wärmt."

Bulion trank noch mehrere.

Durch das Wackeln des Zuges und den Alkoholgenuß kippte er öfter von Viktors Koffer. Auch Viktor spürte eine leichte Wirkung des Schnapses und fühlte sich zum erstenmal wohler, in diesem fahrenden Gefängnis. Die Gesellschaft Bulions lockerte ihn irgendwie auf und dessen Probleme erheiterten ihn. Er griff noch einmal zur Flasche und sagte: „Du, Bulion, du wolltest ja auch noch etwas singen. Los, fang an!"

Bulion kratzte sich an der Nase. „Ich kann nur ein Lied, ein rumänisches."

„Ist ja egal. Los, sing schon!"

Bulion riß seinen Mund auf und gröhlte in einer Lautstärke, als wollte er dem Lokführer ein Ständchen bringen:

„Im Bezirk von Caracal
Läuft ein junger Korporal
Hinter einer schönen Magd
Die ihm was in's Ohr gesagt.
Tirai, tirai, hop hop, hop!
Hop, hop!"

Viktor lächelte alles andere als beifallspendend, als Bulion die erste Strophe beendete.

Aber Bulion war nun einmal in Fahrt und ehe Viktor sich versah, dröhnte bereits die nächste Strophe durch den Waggon. Das Schlimme dabei war, daß bei jedem ‚tirai' wenigstens ein Schlafender wach wurde, während bei jedem ‚hop' des Refrains mindestens drei Personen aus dem kalten Schlaf auffuhren.

„Mensch, halt die Klappe!" schrie jemand von der Pritsche.

Aber Bulion saß da wie der letzte Gondoliere Venedigs und bekam seinen Mund überhaupt nicht mehr zu. Bis sich ein baumlanger Kerl aus dem Halbdunkel löste. Er hieß Hans Girr und galt – kein Wunder, wenn man Schmied ist – als der stärkste Mann im Waggon. Vor Zorn die Arme durch die Luft wirbelnd, näherte er sich Bulion und schnaubte:

„Ja, hat der Mensch noch Töne! Besäuft sich dieses Rind=
vieh hier mitten in der Nacht und schreit, daß einem das Rückenmark gefriert. Na, warte nur, du übergeschnappter Troglodyt!"

Damit packte er Bulion unter die Arme, riß ihn hoch und trug ihn die paar Schritte bis zu dessen Platz am äußersten Pritschenrand. Dort pfefferte er ihn auf die Tannenbohlen, daß es nur so schepperte und die ganze Konstruktion für Sekunden gefährdet schien.

Bulion stöhnte mehrmals und schlief bald darauf ein. Auch Girr versank wieder zwischen Wolldecken, Wintermänteln und Kopftüchern.

Viktor löschte sein Lämpchen und fiel in seine alte Stellung zurück. Bevor er einschlief dachte er: wenn er Milan heißt, ist er es doch nicht. Aber wer weiß, vielleicht hat sich dieser Bulion verhört.

Die Lokomotive pfiff einen langen, verzerrten Dreiklang. Jenen heulenden, nervenzerreißenden Ton, der den russischen Lokomotiven eigen ist. Daraus war zu schließen, daß ein Bahnhof in Sicht kam; nur dann heulte sie. Wofür auch sonst? Sie durchfuhren ja nur Schnee. Endlosen, grauweißen Schnee.

Der Morgen begann wie jeder der vorhergehenden Tage. Eisig – ungemütlich – langweilig.

Der Zug stand. Es hörte sich nach einem größeren Bahnhof an. Mehrere Züge rangierten. Man hörte Stimmen, die fluch=
ten, und welche, die lachten.

Durch die spärlichen Ritzen und Löcher in den Wänden drang nur ein sehr schwaches Licht in den Waggon. Ein graues Licht. Auch der Himmel war grau, soweit man ihn, das Ge=
sicht fest an die Wand gepreßt, mit einem Auge erspähen konnte. Der Horizont war selten zu erkennen, da die weiten

Schneeflächen in Farbe und Unendlichkeit kaum mit denen des Himmels differierten. Sie liefen irgendwo ineinander über.

Auch die Gesichter waren grau. Vor Schmutz – Angst – Kälte oder Gram. Je nachdem, was bei dem Einzelnen dominierte.

Der Tag begann bei Kreutzer mit einer selbstgedrehten Zigarette. Er rauchte diese Zigarette auf seinem Koffer sitzend. Sein Platz war unter der großen Pritsche, genau unter Bulion.

Kreutzer saß leicht vornübergebeugt. Zwei Dinge fielen bei ihm besonders auf: sein Schnurrbart, ungarischer Art, in einem Gesicht, das ewig wächsern und welk und von unzähligen Hautfalten zerfurcht war. Der zweite Blickfang war ein braunes Chauffeurjackett, das er Tag und Nacht trug. Es war schon alt und zerwetzt und reichte ihm bis an die Knie. Seiner Pelzmütze sah man ebenfalls an, daß ihr schon einige Winter aus dem Fell lachten.

Kreutzer, der auf den Vornamen Michael hörte, war zwar erst 45 Jahre alt, sah aber um mindestens 10 Jahre älter aus. Weshalb er allgemein der ‚alte Kreutzer' genannt wurde. Dieses Attribut dämpfte aber keineswegs sein ausgeprägtes Selbstbewußtsein; hier im Waggon erst recht nicht. Im Gegenteil, er ertrug die Situation in gelassen=abwartender Haltung und wer sich mit ihm abgab, hatte das Empfinden, daß unter der schmutzigen, welken Haut dieses Mannes noch eine steile Lebensflamme loderte.

Kreutzers Gedanken waren sehr rege, während er diese erste Zigarette genoß. Dabei fand er, daß es vielleicht gar nicht so verkehrt sei, in der guten Mitte seines Lebens plötzlich – wenn auch ungewollt – so viel Zeit für seine eigenen Gedanken zu haben.

Diese Zeit hatte ein Mensch wie er nie gehabt. Wer als junger Autobuschauffeur früh heiratet, bekommt auch früh Sorgen. Und Leute mit vielen Sorgen haben meistens auch viele Kinder. Als zeuge man durch Sorgen Kinder, sinnierte

Kreutzer, einigermaßen verblüfft über seine etwas abwegige Theorie.

Nun gut, er hatte seine 7 Kinder vom Herrgott mit derselben Selbstverständlichkeit entgegengenommen, wie einst das Lenkrad seines roten Autobusses. Zwischen Kindergeschrei und Motorpannen spielte sich seine Vergangenheit ab, und es war sehr leicht zu verstehen, daß Kreutzer dieses Vakuum fühlte, vor dem er nunmehr stand. Nämlich allein, ohne Verantwortung für hungrige Mäuler oder defekte Reifen. Es ist, überlegte er schmunzelnd, wie ein Urlaub. Freilich, unter häßlichen Umständen, aber wer weiß, was man daraus alles machen kann.

Dieser Gedanke ermunterte ihn derart, daß er seine krumme Haltung verbesserte und einen Blick in die Gegend warf.

„Na also!" meldete sich eine Stimme in unmittelbarster Nähe. „Ist dir endlich ein Witz eingefallen?"

Es war Hans Girr, der sich ebenso einfach wie unverfroren in Kreutzers Tagesprogramm einschaltete.

Girr konnte seine Herkunft vom Lande nicht verleugnen. Alles war an ihm kantig, selbst seine Bewegungen. Nur das ewig lachende Gesicht mit den treublickenden Augen und sein meist scheitelloser, blonder Haarschopf milderten das Kraftstrotzende seiner Erscheinung. Da er seit Beginn der Fahrt zu den intimsten Freunden Kreutzers zählte, hatte er auch die weitaus größte Gelegenheit gehabt, dessen bestechenden Humor kennen zu lernen.

Und Kreutzer besaß Humor! Wer schließlich als Autobuschauffeur 7 Kinder sattkriegen will, muß eine gewisse Portion Witz haben; alles was recht ist. Und Kreutzers Scherze erfreuten sich allgemeiner Beliebtheit, wenn sie auch manchmal recht kräftig und ebenso deutlich waren. Für Girr jedenfalls waren sie wie zugeschnitten, gleichwohl er Kreutzer auch aus anderen Gründen verehrte. Heute aber hatte er Pech.

Auf seine Frage murmelte Kreutzer nur: „Mir ist es nicht danach, Girr. Hast du das Mädchen dort drüben schon ge=

sehen? Ich frag mich, was müssen das für Menschen sein, die so ein Kind in diesen Waggon gesteckt haben? Krieg ist ja Krieg, aber da hört doch alles auf. Schau, wie sie da sitzt, wie ein verstörtes Küken. Nein, das hätte nicht sein dürfen. Pfui Teufel!"

„Es hätte einiges nicht sein dürfen", warf Girr bedächtig ein.

„Schon, aber so etwas unter gar keinen Umständen. Wetten, die Kleine ist noch keine 17 Jahre! Sei nicht böse, Girr, aber ich spring mal zu den Studenten hinüber. Ich muß erfahren, wer sich an dem Kind versündigt hat."

Es war kein langes Stück, das Kreutzer bis zu den 5 jungen Leuten zu überqueren hatte. Es war nur ein beschwerliches Stück, da er den dadurch Belästigten die passenden Antworten auf ihre meistens unpassenden Ausrufe geben mußte. Aber wie er veranlagt war, schaffte er das eine wie das andere mit viel Wendigkeit.

Als er letztlich an dem Punkt seines Wunsches war, sagte er freundlich „Guten Tag" und hockte sich auf irgendetwas nieder.

Die jungen Gesichter empfingen ihn mit Mißtrauen und Verwunderung, worauf Kreutzer sich zum Reden entschloß.

„Wer seid ihr eigentlich?" fragte er und besah sich seine Gegenüber genauer. Das blonde Mädchen, deren dunkelblauer Wintermantel, die Skihose und die plumpen Skistiefel ihre gute Figur nicht gerade unterstrichen, saß inmitten der 4 Jungen.

Der Kleinste unter ihnen, Nico, bequemte sich, Kreutzers etwas direkt gestellte Frage zu erwidern. „Suchen Sie einen ganz Bestimmten, oder quält Sie die nackte Neugier?"

Sapperlot, dachte Kreutzer, der ist verdammt nicht schüchtern. Er umfaßte diesen kleinen Kerl mit einem vorsichtigen Blick und sagte: „Dein Mund scheint ja ebenso groß zu sein, wie deine Nase!"

Womit er allerdings ins Schwarze traf. Nico fand es nämlich ungerecht, daß beim Schmälerwerden seines Gesichtes die Nase ihren alten Ausmaßen treublieb. In ihrer unmotivierten Größe sah er die Erbsünde am eigenen Leib vollzogen. Was aber nicht besagt, daß sein Zynismus auf dieser Erkenntnis beruhte.

Kreutzer merkte, daß er ungewollt die wundeste Stelle des Jungen berührt hatte und lenkte ein: „Also jetzt nur nicht beleidigt sein! Wir sind ja alle nicht schön, oder? Besonders hier nicht. Ich bin zu euch gekommen – nur so – wie man zu einem Nachbarn geht. Willst du mir unter keinen Umständen verraten, wie ihr heißt? Sonst ziehe ich mich zurück. Aber es ist noch keiner an der Freundschaft mit Kreutzer gestorben."

Nico fing sich wieder. „Abgesehen davon, daß andere kommen müßten, um mich zu beleidigen, sollen Sie ruhig erfahren, wie wir heißen.

Da sitzt zuerst unsere Schutzbefohlene, Inge Schrandt. Sie ist das hübscheste Mädchen von der Welt und reist, wie schon erwähnt, unter unserem persönlichen Schutz. Also Finger davon!"

Der Schnurrbart Kreutzers wippte, was bedeutete, daß er herzhaft lachte. „Blas dich nicht so auf, Kleiner! Ich bin siebenfacher Familienvater..."

„Das sind die Ausgekochtesten, diese Serienzeuger!" rief ihm Nico ins Wort. „Aber wir wollen die Sache kurz machen – Sie haben bestimmt auch noch nicht gefrühstückt!"

„Dafür habe ich gestern umso ausgiebiger genachtmahlt. Nein, nein, ich bleibe schon etwas länger bei euch."

Die Hartnäckigkeit Kreutzers löste ein allgemeines Lächeln innerhalb der kleinen Gesellschaft aus. Die Freunde überließen Nico ruhig weiter das Wort, da sie seine amüsante Art im Führen derartiger Gespräche kannten.

Nico stieß belustigt die Luft durch die Nase. „Sie haben vielleicht eine eigenartige Auffassung von Besuchen, Kreutzer! – Nun, dort sehen Sie meinen Freund Roland Berger. Er ist 17 Jahre, jetzt verhinderter Gymnasiast – wie wir anderen auch. Er will einmal Bischof werden und hält schon dem=

entsprechend fromme Reden. Die besten allerdings im Schlaf, aber das kann sich ja noch ändern. Was halten Sie von sei= nen Berufsaussichten?"

„Mir hat ein Bischof noch nie etwas getan", grinste Kreut= zer. „Mein Gott, diese Leute wollen ja auch leben. Einer wie ich hat mit diesen Kreisen wenig zu tun gehabt. – Doch! einmal, und das recht nachhaltig. Wollt ihr die Geschichte hören?"

„Ich bitte Sie sogar darum!" forderte ihn Nico auf, mehr ironisch als höflich.

„Ich hatte ein nettes Erlebnis mit der Frau Pfarrer aus Stolzendorf. Das war ein Rasseweib..."

„Stop!" unterbrach ihn Nico hastig. „Erzählen Sie es lie= ber nicht!" Er ahnte eine der delikaten Kreutzergeschichten, die er für Inges Ohren nicht sehr geeignet hielt.

„Jesses! Bist du kompliziert!" fuhr Kreutzer beleidigt auf, dessen Gesicht schon ganz auf den Stoff seiner Erzählung präpariert war. „Einmal ja, einmal nein! Also gut, dann eben nicht. – Na, dann weiter, was ist mit den anderen beiden – wollen die auch Pfarrer werden?"

„Oh nein! Dieser blonde Schlaks da mit den Sommer= sprossen – ihm hat ein Esel ins Gesicht geniest – ist viel intelligenter, als er aussieht. Er heißt Günther Plattner und ist, seiner Meinung nach, zuviel auf dieser Welt und zuviel in diesem Waggon. Es gefällt ihm nämlich gar nicht hier – ist das nicht merkwürdig?"

Kreutzer fand langsam Gefallen an dieser Revolverschnau= ze, die sie Nico nannten, und fragte: „Wem gefällt es hier schon?"

„Dem da!" Nico deutete auf den letzten seiner Freunde. Der lag, die Arme hinter dem Kopf verschränkt und mit an= gewinkelten Beinen auf seinem Koffer. Er was schlank und drahtig und man sah ihm den verspielten großen Jungen an. Mit weitgeöffneten Augen starrte er auf das Ofenrohr, das senkrecht zur Decke hochstieg und im Freien mündete.

„Sie sehen den Erfinder der Öllampen bei seiner geistigen

Arbeit", erklärte Nico. „Conrad Onjert. Von uns allerdings Conny gerufen..."

„Halt doch deinen Mund!" fiel ihm Conny in die Rede.

„Sehen Sie, Kreutzer", fuhr Nico unbeirrt fort, „der Junge ist etwas schwierig, wenn er gestört wird. Deshalb geht mir das Getue mit seinen laufend neuen Plänen auf die Nerven. Ich, für meine Person, bin mehr für Gemütlichkeit – für Kartenspielen, wenn Sie es ganz genau wissen wollen."

Durch Kreutzer ging eine ruckartige Bewegung. „Das ist das erste gescheite Wort von dir! Ganz meinerseits, mein Sohn, ich sterbe für's Kartenspiel. Könnt ihr Skat?"

„Skat? Nein, noch nie gespielt. Wie geht das?"

Kreutzer kam in Wallung. „Das hat nichts zu sagen, ich bring es euch bei. Dachte mir ja, daß ihr nicht ganz unbrauchbar seid. Bevor wir aber anfangen, sag mir noch schnell, wieso ist dieses hübsche Kind, die Inge, hier? Um das zu erfahren, bin ich eigentlich hergekommen. Ihr Jahrgang war ja gar nicht gefragt."

„Ihr Jahrgang nicht – aber der ihres Bruders Paul, ein Klassenkamerad von uns."

„Na und?"

„Sie mußte an Stelle ihres Bruders fahren."

„Versteh ich nicht, wo ist denn der Bruder?"

„Das wissen wir auch nicht! Vielleicht in einem dieser Züge, vielleicht in diesem sogar."

Kreutzer schob sich die Pelzmütze aus der Stirn. „Jetzt versteh ich überhaupt nichts mehr. Wenn der Bruder da ist, braucht sie doch nicht an seiner Stelle zu fahren – mach doch einen alten Mann nicht schwachsinnig!"

„An diesem Verhängnis verzweifeln wir auch", sagte Nico bitter und streifte Inge mit einem entschuldigenden Blick. „Aber das kam so: als die Gerüchte über eine Deportation aufkamen, gingen wir vier hier und Paul Schrandt in die Berge. Dank unserem Erfinder Conny, bauten wir uns in nullkommanichts einen alten Viehstall zu einer Hütte um und verproviantierten uns für wenigstens zwei Monate. Uns hätte keiner gefunden. Wir hatten auch eine Waffe, ein Parabellum, sowie zwanzig Schuß Munition dafür.

Das Märchen dauerte jedoch nur kurze Zeit. Nach genau 14 Tagen schleppte sich ein halbtoter Soldat durch den Wald und hielt auf unsere Hütte zu. Zuerst wollten wir ihn erschießen, doch im letzten Augenblick erkannte Günther in ihm die Ordonnanz des bei ihnen einquartierten rumänischen Offiziers.

Als er uns erkannte, schossen ihm die Tränen in die Augen. Er erzählte uns, daß die Menschenjagd schon vor 5 Tagen begonnen habe. Für nicht aufgefundene Personen nahm man Familiengeiseln, wie z. B. Inge für ihren Bruder Paul Schrandt.

Wir brachen sofort aus unserem Berglager auf und erreichten in einem Nachtmarsch die Stadtgrenze. Hier trennten wir uns voneinander, um einzeln und unauffällig die Polizei zu erreichen.

Wir vier hier haben sie erreicht und unsere Angehörigen ausgelöst. Paul Schrandt kam nicht. Brauch ich noch etwas zu sagen?"

Kreutzer war sehr nachdenklich geworden. „Nein, jetzt versteh ich alles. Du bist überzeugt, daß man ihn geschnappt hat, seine Erklärungen unglaubhaft fand und ihn sofort in einen Transport geworfen hat."

„Das glauben wir alle!" Nico sagte dieses sehr betont, denn Kreutzers Frage ließ durchblicken, daß eventuell im Charakter Paul Schrandts eine andere Möglichkeit liege, die sein rechtzeitiges Erscheinen bei der Polizei verhinderte. „Wir sind sogar fest davon überzeugt, daß es so war!" sagte Nico noch einmal. „Wollen wir jetzt Skat spielen?"

„Gut, spielen wir Skat!" Kreutzer griff in seine Jackett= tasche und begann die Karten zu mischen.

Doch wurde das erste Spiel schon im Keime vereitelt, da jemand am Türriegel hämmerte, der kurz darauf mit dem erlösenden ‚Klick' zur Seite fiel. Die Türanlieger sprangen auf und legten Hände, Arme und Schultern mit an. Lang=

sam, knirschend und dann sanft polternd, rollte die massive Tür auf.

In der Öffnung lachte das rote Gesicht des Wachsoldaten Wassil. Nach Kreutzers Meinung hatte der zwar den Charak= ter eines ‚verschlagenen Windes', erfreute sich aber bislang einer gewissen Beliebtheit.

Wassil lachte noch einmal breit, dann sagte er: „Wot – so!"

Darauf hielt er mit der Linken seine auf dem Rücken bau= melnde Maschinenpistole fest, während er sich, auf die Rechte gestützt, in den Waggon schwang.

„Dobrowo utra – guten Morgen!" rief er laut und freund= lich.

Hierauf entstand ein allgemeines Gemurmel – was den Gegengruß darstellte.

„Dobrowo utra!" sagten die Fortschrittlichen, den Gruß= austausch gleichsam als Sprachübung betrachtend.

„N'Morgen!" murmelten die Konservativen.

Die Resignierenden enthielten sich eines Grußes.

„Servus, Willi!" rief Nico forsch.

„Leck mich am...!" entgegnete Kreutzer mit Würde.

Nachdem also jeder seiner Seele Luft gemacht hatte, sagte Wassil: „Kak poschiwaete – wie geht es?" Gleichzeitig rückte er sich, zum Zeichen dafür, daß er dienstlich zu werden ge= denke, die Militärmütze etwas nach vorne; auf seiner Stirn entstanden mehrere Längsfalten. Das Lächeln verschwand aus seinem Gesicht und mit ausgestrecktem Zeigefinger be= gann er lautlos seine Schutzbefohlenen zu zählen, ohne daß sich seine Lippen bewegten. Nur der Zeigefinger arbeitete. Böse Zungen hegten deshalb den Verdacht, er zähle gar nicht. Er könne gar nicht zählen!

Letzten Endes jedoch sagte Wassil jeden Morgen nach sei= ner Zeigefingerrunde:

„Wossemdessjat – achtzig!"

Was auch stimmte. Denn noch war keiner auf die Idee ge=

kommen, daß im endlosen Schnee der Ukraine die Freiheit blühe.

Anschließend an die große Morgenzählung vertrat sich Wassil etwas die Füße. Sein Lächeln, im Effekt gleich der aufgehenden Sonne, kroch langsam wieder über die roten Backenknochen. Um noch gemütlicher zu wirken, stützte er sich mit den Ellenbogen auf den vordersten Pritschenrand.

Dort verschlief Bulion seinen Rausch aus Viktors Flasche. Er hielt sein Gesicht, das zerfallen aussah, gegen Wassil hin.

Da verschwand die Sonne jäh aus den Zügen des Rotarmisten. Er schnupperte mit ernster Gewissenhaftigkeit und zunehmender Neugier in der Gegend von Bulions großem, offenen Mund herum. Plötzlich pflanzte er sich militärisch auf und schrie:

„Wodka!"

Er brüllte etwa drei Minuten lang, wobei das Wort ‚Wodka' immer wiederkehrte. Der Gipfelpunkt seiner Tirade war: „Dawai alkogol!"

Das hieß soviel, daß er die verbotenerweise noch im Besitz befindlichen, geistigen Getränke zu konfiszieren gedenke. Da Bulion der Stein des Anstoßes war, wollte Wassil folgerichtig bei ihm anfangen. Er knuffte den Sündenbock wach. Langsam, äußerst zaghaft, kam Bulion zu sich. Er öffnete zuerst seine Augen und dann den Mantel, um sich besser kratzen zu können, da ihm die Läuse zu schaffen machten.

Wassil war in Rage und brüllte Bulion an: „Dawai Wodka!" Zur Verstärkung unterstützte er ‚Wodka' mit einer Handbewegung, deren Ausdruck international ‚trinken' bedeutet.

In Bulions tagendes Hirn kam Licht. Er wiederholte Wassils Geste und gurrte: „Chrrr – Wodka gut!"

Da riß, für alle sichtbar, Wassils Geduld. Er ergriff den Kolben seiner Maschinenpistole, klatschte mehrmals hart mit seiner Faust darauf und brüllte in einer Tonart, die keinen Kompromiß mehr duldete:

„Dawai alkogol, dawai, dawai!"

Nach kurzer Zeit hatte der Russe das Gewünschte – wenigstens zum Teil – vor sich stehen: sieben Flaschen Schnaps, eine zierliche Flasche Karthäuser und einen kläglichen Rest Steinhäger.

Unter aufrichtigstem Staunen aller Anwesenden, ergriff Wassil eine Flasche nach der anderen beim Halse und schlug damit einmal kurz gegen das Eisen des Türrahmens. Die Flaschen zersprangen und ihr Inhalt floß in den zertrampelten Schnee des Bahnhofs.

Allein um zwei Flaschen erleichtert, führte Kreutzer während des Zeremoniells gotteslästerliche Redensarten. Einzig und allein versöhnend war für ihn die Bestätigung seiner Definition über den Charakter Wassils, was er auch deutlich genug in seine Redensarten einflocht.

Anschließend traten die Wasserholer in Aktion, während zur gleichen Zeit die Bedürfnisverrichtung stattfand. Zwischen zwei Gleisen und nach Geschlechtern getrennt.

Dann pfiff die Lokomotive einen Akkord und der Zug brauste ab durch den Schnee. – In Richtung Osten, irgendwo hin – vielleicht bis zum Ural – vielleicht auch darüber hinaus.

Viktor fühlte sich schlapp – irgendwie krank. Er vermied die geringsten Bewegungen und stellte fest, daß er sich zum Zähneputzen sogar hatte zwingen müssen. Seit Tagen hatte er nichts gegessen. Er verspürte auch keinen Hunger. Im Gegenteil, am liebsten hätte er sich erbrochen.

Seit heute morgen wußte er nämlich, wer Milan war. Das war aber noch nicht das Schlimmste. Beängstigender war die Frage: warum dieser Milan hier war, hier in diesem Viehwaggon, der sie durch die Weite Rußlands schaukelte? – Beruhte seine Anwesenheit auf einem Irrtum, oder war es kalte Berechnung dieses Menschen? – Wenn letzteres zutrifft, dann gnade mir Gott und allen anderen, dachte Viktor, und bekam nasse Hände.

Einige Öllämpchen flammten auf. Der Zug rollte mit gewohnter Geschwindigkeit durch die Abenddämmerung.

Viktor sehnte sich nach Gesellschaft, nach einer Aussprache mit einem Menschen. Er blickte zu den Studenten hinüber, die ihm äußerst sympathisch waren. Die vier Jungen spielten Karten, das Mädchen sah ihnen zu und lachte. Ob die neu= gierige Fragen stellen würden? – Nein, es war zu gefährlich, Milan lag zu nahe bei ihnen.

Da fühlte er eine Hand auf seiner Schulter. Er sah hoch und blickte in Bulions grinsendes Sommersprossengesicht.

„Ich hab Hunger!" sagte dieser ohne lange Umschweife.

Viktor lächelte: „Gut, hole den Rucksack herunter."

Bulion gehorchte. Gierig schnitt er sich einige Wurstschei= ben ab und riß mit seinen Zähnen große Löcher ins Brot. Ab und zu kratzte er sich an allen möglichen Körperteilen, wozu er mampfend: „Verdammte Läuse!" knurrte.

Den Besuch Bulions empfand Viktor angenehm. Im Grunde genommen tat ihm dieser schmatzende, abgerissene und obendrein verlauste Kerl leid. Er sagte: „Bulion, du kannst immer, wenn du Hunger hast, herüberkommen. So lange ich Vorräte habe, bekommst du etwas ab."

„In Ordnung", brummte Bulion in einem Tonfall, als habe er einen Gruß erwidert. „Und was soll ich dafür tun?"

„Mich nicht bestehlen!"

„Mein Ehrenwort drauf", schwor Bulion. „Hast du noch einen Schnaps?"

Viktor nickte und holte die Flasche heraus. Bulion nahm einen kräftigen Schluck und hustete.

Da schnellte Kreutzer neben ihm auf und schrie erregt: „Jetzt fängt dieser Schnorrer schon wieder an zu saufen! Sofort ins Bett – aber flink!"

Das klägliche Ende der Vornacht noch in allen Knochen spürend, ließ Bulion ausnahmsweise Vernunft vor Begierde walten und kroch geduckt um den Ofen herum. Dann schwang er sich auf sein Pritschenteil, wo er sich beleidigt in die Untiefen seines Cheviotmantels zurückzog.

Ein wenig peinlich berührt, verfolgte Viktor den Abgang Bulions. Dann lehnte er sich zurück und schloß die Augen. –

Kreutzer indessen kroch zu den Studenten weiter, um ein=
mal kurz ‚Guten Abend ‘zu sagen. Was zeitlich gesehen
einem längeren Skatspiel gleichkam. Er hatte diese jungen
Leute in sein grobes Chauffeurherz geschlossen, obwohl sich
ihre Ansichten in vielem von den seinen distanzierten.

Aber gleich ihnen spürte er instinktiv eine gesunde Fusion
zwischen ihm, der seinem eigenen Ausspruch nach bereits in
alle Winkel gerochen hatte, und diesen nassen Wickel=
kindern, die noch an alles glaubten. Am meisten wohl noch
an die Moral.

Aber das war ja ihre Sache.

Seinen rauhen Ton im Umgang mit Mitmenschen mißbilli=
gend, fragte Inge gleich nach seinem Absitzen: „Warum sind
Sie so grob zu diesem Bulion, Herr Kreutzer?"

Kreutzer verschlang sie mit einem Blick, der zu seinen
Routineallüren im Umgang mit Frauen zählte. „Liebes Juwel,
diese Sorte Menschen muß man so anfassen! Sonst springen
sie einem morgen mit dem Hinterteil ins Gesicht."

„Aber das sind doch arme Menschen", verteidigte ihn Inge.
„Man sollte sie doch nicht alle Augenblicke schlagen, weder
moralisch, noch körperlich."

„Arme Menschen? Dumme Menschen! Die müssen Schläge
kriegen. Ich wette, in diesem Zug sind noch eine ganze Menge
Bulions. Die werden von den Russen Schläge bekommen,
eben weil sie dumm sind. Mich wird keiner anrühren, dazu
bin ich viel zu raffiniert."

Conny horchte auf und fragte: „Na, Kreutzer, und wir
fünf hier? Wir sind weder ausgesprochen dumm, noch raffi=
niert. Was ist mit uns?"

„Ihr", sagte Kreutzer und kratzte sich an der Nase, „ihr
kriegt auch keine Schläge. Ihr seid zu intelligent, viel zu
intelligent, sage ich euch. Selbst mir, der ich schon in alle
Winkel gerochen habe, macht ihr noch etwas vor. Ich weiß
nicht, was es ist, aber seit ich euch kenne, glaube ich an die
Intelligenz!"

„Reichlich spät, dafür aber im richtigen Moment", sagte

Nico grinsend. „Was glauben Sie, Kreutzer, wie sich die Russen freuen würden, wenn sie wüßten, daß Sie ausgerechnet in ihrem gottgesegneten Land von dieser Erkenntnis befruchtet worden sind."

„Du Wurstzipfel", fuhr Kreutzer Nico an, „du wirst doch nicht etwa keck? Ich habe deinen Satz zwar nicht ganz verstanden, aber ..."

Roland, der für eine gütliche Lösung jeden Zwistes war, stieß Kreutzer in die Rippen und fragte: „Übrigens, wie ging das Techtelmechtel zwischen Ihnen und der Frau Pfarrer aus Stolzendorf aus? Jetzt können Sie es erzählen, Inge hat sich schlafen gelegt."

Das war das Signal! Kreutzer zwirbelte selbstgefällig seinen Schnurrbart und startete eine seiner unzähligen Episoden, geschehen auf den einsamen, staubigen Landstraßen Siebenbürgens, über die mehr als zwei Jahrzehnte lang ein Autobus fuhr, dessen Steuer Kreutzer lenkte. In seinem braunen Chauffeurjackett und mit dem Schnurrbart, der schon damals ungarischer Art war. –

Angesichts des noch vor ihm liegenden Abends war Girr die Unentschlossenheit selber. Einigemale blickte er zur Ecke hin, wo Kreutzers Erzählung von der Pfarrerin auf vollen Touren lief. Fast erlag er der Versuchung, hinüber zu kriechen und mitzulachen.

Da kam ihm eine Idee – eine kapitale – wie er selbst feststellte: ich schreibe meiner Frau einen Brief!

Auch der gleich aufkommende Zweifel, ob die Zeilen seine Lotte je erreichen würden, konnte seinem Entschluß kein Bein mehr stellen. Aus seinem Holzkoffer zog er das Schreibzeug hervor und begann:

Geliebte Lotte!

Dein inniggeliebter Mann fährt schon mehrere Tage unter den miserabelsten Umständen durch den verfluchten russischen Schnee. Wir sind in Focsani in große russische Wag=

gons umgeladen worden. Einen Ofen haben wir, aber nur wenig Holz zum Feuern, so daß Dein geliebter Gatte mit klammen Fingern zur Feder greifen muß.

Ja, Lotte, Du kannst von Glück reden, daß unser Fritz schon fünf Monate nach der Hochzeit auf die Welt kam. Wenn ich Dir damals nicht, wie Du mir täglich vorgeworfen hast, das Leben zerstört hätte, wärst Du heute auch hier. Denn die Russen haben nur Euch Frauen mit Kindern unter einem Jahr verschont. Du mußt die Qual nicht mitmachen, die viele Frauen hier im Waggon erdulden. Vor meinen Augen sogar, liebe Lotte...

Hier machte Girr eine Pause. Eine Verschnaufpause einer= seits, denn es war ein Kunststück, so schicksalsschwere Zei= len im fahrenden Zug und mit klammen Fingern zu schrei= ben. Anderseits fühlte er sich seit geraumer Zeit beobachtet.

Weil er im Schreiben nicht sehr flüssig war, hatte er mehr= mals haltgemacht und seinen Blick in den hinteren Waggon= teil erhoben, in entgegengesetzter Richtung von Kreutzer und den Studenten. Dort war, seit dem großen Umsteigen in Focsani, für ihn noch unerforschtes Neuland. Und eben, als er den Satz mit ,liebe Lotte' beendete, schien es ihm, als seien es Augen, die ihm unentwegt entgegenglänzten.

Girr kniff nach dieser Vermutung seine Augen etwas zu= sammen und machte die unabwendbare Feststellung, daß zu diesen Augen ein ganzer Kopf gehörte. Ein weiblicher Kopf dazu noch, denn um das Fahl des Gesichtes fiel ein dunkler Haarkranz. Das phänomenalste am ganzen jedoch war, daß ihr Mund lächelte. Ihn, Hans Girr, anlächelte! Ohne Unterlaß.

Verlegenheit kannte Girr in keiner Situation. – Sonst! – Aber hier lag ein Sonderfall vor, der ihn trotz der Kälte leicht anwärmte.

Neugierig erhob er sich. Der Brief an Lotte rutschte vom Koffer auf den Boden. Langsam und vorsichtig, als sei ein Minenfeld zu überqueren, schob Girr sich an das Ungewisse heran.

Mit einiger Schwierigkeit erreichte er den lächelnden Mund, der sich plötzlich öffnete, und eine Mädchenstimme fragte flüsternd:

„Sie kommen zu mir, Herr Girr?"

Girr war zunächst verwirrt und beugte sich mit der ganzen Wucht seines Körpers nach vorn. „Sie kennen meinen Namen?"

„Ja", kam es zurück, „wer kennt Sie denn nicht, den großen, starken Herrn Girr?"

Girr wurde es eigenartigerweise noch wärmer, obwohl er durch ihren letzten Satz eine gewisse Verehrung heraushörte. Die bei seiner Veranlagung zu Selbstherrlichkeit ins Schwarze traf. Um einige Grade sicherer, beugte er sich noch tiefer zu ihr nieder und fragte: „Darf ich mich setzen?"

„Oh bitte!" sagte sie und zog ihre Knie an, die, wie der größte Teil ihres Körpers, unter einer Decke steckten.

Hans Girr ließ sich vor ihr nieder. Er war an sich nicht unzufrieden mit dem Verlauf der Situation. Denn was jetzt, ganz aus der Nähe betrachtet, vor ihm saß, war ein hübsches, nach seinem Geschmack sogar, ein rassiges Mädchen.

„Wer sind Sie denn?" fragte er.

„Ich heiße Maria Schuster!" antwortete das Rassegesicht.

„Ahaah!" machte Girr, irgendwie enttäuscht. Obwohl der Name aus ihrem Mund nach mehr klang, stand er doch stark im Gegensatz zu ihrem Gesicht.

„Vom Möbel=Schuster die Tochter", ergänzte das Mädchen bescheiden.

„Was?" fuhr Girr auf. „Die Tochter vom großen Möbel=Schuster aus unserer Stadt?"

„Dieselbe", bestätigte die Tochter – und lachte.

„Das ist ja unwahrscheinlich", staunte Girr. „Wirklich unwahrscheinlich!" Er fand es nach dieser Überraschung für durchaus berechtigt, sich für einige Sekunden über die einzelnen ‚Abmessungen' des Mädchens genauer zu orientieren. Dabei stellte er Formen und Maße fest, die ihm den Boden unter den Füßen wegrissen.

„Warum haben Sie immer zu mir herüber gesehen, Fräulein Schuster?" fragte er.

„Weil ich Angst habe! Ich sterbe vor Angst, Herr Girr."

„Doch nicht aus Angst vor mir?"

„Sie Dummer!" sagte die rassige Maria und legte ihre gepflegte Rechte auf Girrs breiten Handrücken. „Vor den Russen habe ich Angst. Glauben Sie, daß wir alle vergewaltigt werden?"

Nein! wollte Girr sagen. Aber das schien ihm nicht die richtige Antwort. „Ja, wenn ich Sie so betrachte, Fräulein Schuster, fällt es mir schwer, Ihnen eine tröstende Antwort zu geben. Vielleicht vergewaltigen sie welche – man kann den Brüdern ja nie trauen. Sie werden sich sicher die Hübschesten aussuchen."

„Herr Girr", flüsterte Maria, und es hörte sich an wie ein Flehen, „bin ich hübsch?"

„Zu hübsch", sagte Girr und legte seine noch freie Hand auf Marias Unterarm. „Zu hübsch für Rußland!" verbesserte er mit Bestimmtheit.

„Ich habe Angst, Herr Girr!" jammerte Maria erneut. „Darf ich auf Ihre Hilfe rechnen, wenn – wenn ich in Gefahr komme?"

Girr schnappte nach Luft. „Sie dürfen! Rechnen Sie mit allem, was zu mir gehört! Vom Scheitel bis zur Sohle stehe ich Ihnen zur Verfügung. Selbstverständlich auch, wenn keine Gefahr droht."

Maria schloß hierauf die Augen und verstärkte den Druck ihrer Hand. „Sie sind so gut, Herr Girr. Ich bewundere Sie. In meinen Augen sind Sie ein Mann, ein richtiger Mann!"

Langsam verlor Girr den roten Faden der Geschehnisse. Er stammelte, es sollte Bescheidenheit ausdrücken: „Ach wo!" Dann umschraubte seine Hand Marias Unterarm bedenklich fest, während er ihre Knie mit dem Ellenbogen zur Seite drückte und sich langsam zu ihr neigte. Um die eigene Nasenlänge von ihrem Gesicht entfernt, registrierte er beiläufig ihren herzbeklemmenden Parfumgeruch und entschloß sich,

diesem ihm vom Schicksal auf so nächtlich=dunkle Weise zu=
gewehten Mädchen einen Kuß zu geben.

Was ihn um einiges später auch nicht reute; denn Marias
Entschlüsse und Wünsche schienen den seinen irgendwie ver=
wandt. Sie umschlang ihn mit ihren feingliedrigen Armen
und hauchte: „Hans!" an sein Ohr, wonach er sich befugt
genug hielt, der Tochter vom großen Möbel=Schuster ein
entsprechend zartes: „Maria!" zuzuhauchen.

„Nenne mich doch Mitzi!" bat sie mit dunkel gefärbter
Stimme.

Girr küßte sie aufs neue und dachte: bei meiner Seele, Na=
men hat das Kind – die können einen an den Rand der Ver=
zweiflung treiben.

Da tippte ihm eine Hand auf die Schulter. Eine heisere
Altstimme fragte: „Haben Sie vor, hier zu übernachten?"

„So ungefähr!" sagte Girr und drehte verärgert seinen
Kopf zur Seite. Er erkannte unter einem riesigen, schwarzen
Kopftuch die verhärmten Züge einer Frau.

„Das muß man ja wissen", sagte diese. „Erstens räume ich
dann hier das Feld und zweitens erklären Sie mir gefälligst
– und zwar ganz genau – wo Ihr Platz ist. Das Gepäck kön=
nen wir meinetwegen morgen, bei Tag, umtransportieren.
Nach der Art eurer Poussiererei sieht mir das hier nach einer
Dauerangelegenheit aus. Da will man ja nicht stören!"

Girr verzog das Gesicht und fragte: „Kennen Sie den alten
Kreutzer?"

„Meinen Sie den stinkigen Chauffeur da hinten?" fragte
die Frau noch heiserer.

„Denselben! Neben den können Sie sich einnisten."

Die Frau im schwarzen Kopftuch erhob sich schwerfällig
und murmelte nicht besonders freundlich: „Nein, was die
jungen Leute heute alles von einem verlangen!" Sie warf
sich ihre Wolldecke über die Schulter und verabschiedete
sich: „Die Decke kann ich wohl mitnehmen, wie?" Darauf
lachte sie leise. „Und viel Spaß!"

Girr sah ihr kurz nach und brummte: „Verdufte, alte Gewürznelke!"

Bevor er sich neben seiner Mitzi endgültig niederließ, fragte er sie: „Wer war denn diese Frau?"

„Sie heißt Johanna Stefan und war, ihren Erzählungen nach, Putzfrau in einer Salamifabrik."

Im Morgengrauen schlug Kreutzer seine welken Augenlider auf. Gründlich wie er war, rekapitulierte er das Ende des gestrigen Abends.

Nach seiner mit viel Gelächter aufgenommenen Erzählung von der Pfarrerin, hatte er sich schließlich über schon schlafende Körper seinen Heimweg gebahnt. Zu seinem Staunen war Girr auch ausgeflogen. Also hatte er aus seiner Schnapsflasche noch einen Gutenachtzug getan und war dann sanft entschlafen.

Seine Gründlichkeit ging so weit, daß ihn jetzt die Frage quälte, wo wohl sein intimster Freund Girr den Abend verbracht hatte. Das zu erfahren, fand er der ersten Morgenbetätigung für würdig. Er neigte also seinen Kopf leicht zur Seite hin – er schlief ausnahmslos auf dem Rücken – und riß seinen Mund auf. Vor Staunen! Denn neben ihm schlief, den Kopf fast gänzlich in ein schwarzes Tuch gehüllt – eine Frau!

Sie hielt den Mund beim Schlafen sperrangelweit geöffnet, weshalb Kreutzer fürs erste drei Goldzähne zählen konnte.

„Oho!" murmelte er. „Morgenstund' hat Gold im Mund!"

Ihre Gesichtszüge waren verhärmt, trotzdem man allgemein behauptet, daß Schlaf die Haut glätte. Auf ihrer linken Wange saß eine Warze, auf der einige Härchen sprießten. Das war alles, was Kreutzer von ihr wahrnehmen konnte, da ihren Körper eine braune Wolldecke verhüllte.

Kreutzer dachte: wenn man neunzig Prozent ihrer Häßlichkeit übersieht, kann man sie vielleicht schön finden!

Indem er nun nach den 10 Prozent vorhandener Schönheit zu forschen begann, schlug sie plötzlich und ohne besondere Vorzeichen die Augen auf und schloß automatisch den Mund.

Ihr erster Blick traf Kreutzer. Dieser, den die Situation bisher eher belustigt als neugierig gestimmt hatte, fühlte jetzt, da sie wach war, das unbestimmte Verlangen nach einer Klärung des Rätsels.

Er sagte: „Ich würde wenigstens ‚Guten Morgen' wünschen, wenn ich mich zu fremden Leuten ins Bett schleiche – schöne Frau!"

Die Härchen ihrer Warze begannen sich zu sträuben. „Immer langsam, ja! Du stinkiger Chauffeur! Ich habe mich nicht eingeschlichen, sondern aus purer Menschlichkeit mit deinem Freund Girr die Plätze getauscht. Also immer langsam, ja!"

Kreutzer richtete sich, wie zum Schutz der hier obwaltenden, und noch mehr, der zu erwartenden Schärfe, halb auf und sagte: „Du scheinst ja eben so schüchtern wie schön zu sein! Vielleicht läßt sich trotzdem aus dir herausquetschen, wo mein Freund geblieben ist. Oder wenigstens, wo du ihn hast deine Nächstenliebe fühlen lassen?"

Frau Stefan richtete sich ebenfalls auf und zeigte in die Richtung ihres alten Quartiers. „Dort hinten liegt der Poussierstengel. Donnerwetter, ein Temperament hat der – so stell ich mir den Mongolensturm von Annopiep vor!"

Kreutzers Augen bekamen einen trüben Film, während er in die ihm gewiesene Richtung blickte. Er konnte es noch nicht fassen, daß ihn sein bester Freund dieser Fahrt verlassen hatte. Auf so plötzliche, unerklärliche Weise. Da lag er nun in den Armen einer Frau, oder eines Mädchens und schickte ihm als Ersatz diese überdrehte Schraube. Die zu allem Überfluß nicht nur Haare im Gesicht, sondern auch auf den Zähnen hatte. Und zwar üppigen Wuchses, wie ihm schien!

„Es ist ein wahrer Jammer!" brummte er und öffnete seine Tabakdose, um wenigstens in den Genuß einer Zigarette zu kommen, an diesem so verpfuschten Morgen. Als er sie in Brand hatte, erinnerte er sich wieder der Frau an seiner Seite. Etwas milder gelaunt, fragte er: „Wie heißt du, Jungfrau?"

„Ich bin Frau Stefan, Johanna Stefan", sagte die Frau mit

ihrer heiseren Stimme. Nunmehr, da sie wach war, hatte sie auch unzählige Runzeln auf der Stirn.

Kreutzer blies genußvoll – seine Spezialität – den Rauch durch die Nase und sagte, nachdem er sie noch einmal eingehend betrachtet hatte: „Die Jüngste sind wir wohl nicht mehr, was?"

An sich war er auf einen Sturm gefaßt, da er überzeugt war, sie beleidigt zu haben. Nichts dergleichen jedoch. Frau Stefan schoß eine Blutwelle ins Gesicht und sie lächelte verlegen:

„Nicht jung und nicht alt. Ich bin achtunddreißig. Damit man meine achtzehnjährige Tochter verschonte, habe ich mich gestellt. Ich bin arbeiten gewohnt. Achtzehn Jahre habe ich für die Kleine als Putzfrau in der Salamifabrik gearbeitet. Sie ist Kontoristin geworden. Sollte ich sie jetzt zur Zwangsarbeit nach Rußland lassen? Dann arbeite ich lieber weiter -- und wenn es noch einmal achtzehn Jahre werden. Ich bin nicht mehr jung, aber gesund."

Kreutzer bereute fast seine harten Worte. – Fast! – Ganz wollte er ihr nicht zu erkennen geben, daß er sie bedauerte. Er kannte diese Sorte Frauen, die, wenn sie die ganze Bitternis packt, gröber als Soldaten an der Front werden konnten.

Frau Stefan fragte ihn: „Wieviel Kinder hast du?"

„Sieben!" Kreutzer rieb sich mit verschmitzter Geste die Schnurrbartspitzen. „Sieben eheliche. Die anderen könnten höchstens geschätzt werden."

Johanna Stefan kreischte nach diesem Kreutzer=Witz auf und knuffte ihn, als Bekräftigung ihrer Anerkennung, in die Rippen.

„Bist du Witwe?" fragte Kreutzer weiter.

„Sozusagen! Mein Mann verließ mich kurz nach der Hochzeit, er war ein Nichtsnutz."

„Das soll vorkommen", brummte Kreutzer. „Sag mal, was hältst du von einem Frühstück? Ich habe noch ein selbsteingewecktes Huhn. Verspeisen wir es zusammen – für den ersten Anprall. Ich lade dich ein!"

„Schön", sagte Frau Stefan. „Zum Mittagessen lade ich dich ein. Auf eine Salami – eigenes Fabrikat."

„Du hast scheinbar doch deine Qualitäten, Juwel!" stellte Kreutzer gerührt fest. „Na, Rußland ist ja groß und irgendwie werden wir uns schließlich vertragen. – Hier, schneid schon mal Brot!"

An diesem Morgen meldeten sich Conny und Nico als Wasserholer. Es war dieses keine mit Vorteilen verbundene Tätigkeit. Das einzig Wertvolle der halben Stunde war, daß man seine steif und lahm gelegenen Glieder wieder einmal vertreten konnte. Ansonsten war es – je nach der Entfernung des Brunnens – eine mühselige Schlepperei. Denn jeder mußte 40 Wassergefäße füllen und tragen.

Nico und Conny reihten sich, von Wassil bis zur Sammelstelle eskortiert, in die Doppelreihe der vom ganzen Zug zusammengestellten Trägerkolonne ein. Ein Leutnant zeigte in eine Richtung und schrie: „Dawai!"

Die Schlange der Träger setzte sich in Bewegung, gefolgt von dem Leutnant. Die vielen hundert Gefäße – zu dutzenden gebündelt, an Lederriemen hängend – verursachten einen Lärm, der dem Glockengebimmel einer großen Kuhherde glich.

Sie verließen den kleinen Bahnhof. Hinter dem Gebäude lagen, aus dem Schnee ragend, große Haufen von Krautstrünken. Dahinter wuchtete ein mächtiger Silo in die fahle Morgendämmerung. Die Kolonne bog in einen Feldweg ein, der zu einer Gruppe von etwa zwei Dutzend Bauernhäusern führte.

Am Himmel hingen bleischwere Wolken. Ab und zu lösten sich daraus einzelne Schneekristalle. Ein gelbes Rot tönte den Horizont im Osten. Die Sonne ging auf.

„Sieht aus wie eine Eiterbeule!" murmelte Nico und schüttelte sich.

Vor einer niedrigen Kate staute sich die Klapperschlange. Neben einer Strohtriste stand ein Brunnen. Der Leutnant stellte laut aufbellend fest, daß an der Aufzugkette kein Eimer hing. Die durch seinen Lärm aufgescheuchten Bauern kamen neugierig aus ihren Behausungen gekrochen.

Zuerst schienen sie das Gekläff des Leutnants zu überhören. Als sie aber merkten, daß dieses ausnahmslos an sie gerichtet war, folgte ein Worthagel aus mehreren groben Bauernkehlen, der den Leutnant in den Äther zu jagen drohte. Ganze Familiengenerationen wurden ins Wortgefecht geworfen und erlagen, in mehr oder minder dramatischen Gipfelpunkten, jeweils einem Notzuchtakt, dessen Delinquent in jedem Fall der Leutnant war, zumindest aber eine Offizierscharge der Roten Armee.

Endlich fiel das Wort: Natschalnik! was allgemein ‚Chef' bedeutet, und sich in diesem Fall auf den Kolchos=Gewaltigen bezog.

Wie ein Meteor schoß der Leutnant davon, der Häuserreihe entlang. Blind vor Wut und uneingedenk der seiner Obhut anvertrauten Wasserholer. Diese vertraten sich die Füße, gähnten und schwatzten.

Conny und Nico bewunderten nachdenklich die ungeheure Ausdrucksmöglichkeit des russischen Sprachschatzes, als eine Stimme gedämpft und kaum hörbar rief: „Eh, Fritz!"

Nico, der sich an die Wand der Kate gelehnt hatte, fuhr herum und sah in einer schmalen Türöffnung eine winkende Frauengestalt.

„Was will die denn?" fragte Conny.

Nico gab ihm keine Antwort, sondern fragte die Frau: „Tschto takoe – was ist?" Er trat dabei näher.

Die Frau winkte weiter und flüsterte: „Supa, brott, supa, brott!"

Nico sah Conny an und sagte: „Ich glaube, die Dame meint es gut. Los, beginnen wir die russische Seele kennen zu lernen!"

Sie griffen zu ihren Wassergefäßen und traten durch die Tür. Über einen dunklen Windfang gelangten sie in den einzigen Raum des Hauses. Die Frau, die sie gerufen hatte, war alt und abgearbeitet. In ihren Augen standen Tränen, als sie den beiden Jungen auf der Holzbank neben dem Ofen einen Platz anbot. Sie stellte jedem einen Tonnapf mit heißer Borschtsch auf den Tisch und sagte:

„Kuschaite – eßt!"

Neben dem Ofen saß ein Mann Mitte dreißig, dem das linke Bein fehlte. Er schnitt Futterrüben und sah die jungen Leute mit ausdruckslosen Augen an. An der Wand hing ein Bild von Stalin. Daneben ein Lautsprecher, aus dem, neben allerlei Störungsgeräuschen auch der Gesang eines Soldaten=chors herausquoll.

„Moskwa moja", sangen sie; jede Strophe begann und endete mit diesen Worten.

Ein etwa fünfjähriges Mädchen, scheinbar das Kind des Invaliden, kroch auf einem Bett herum und äffte den Gesang nach. Dabei spielte es mit einem zerbeulten, deutschen Wehr=machtskochgeschirr. Ein bis zu den Knöcheln reichender Brustpelz ersetzte die Bekleidung.

Die alte Frau ließ Conny und Nico in Ruhe essen und be=gann mittels einer Aluminiumkelle aus einem großen Was=serschaff neben der Tür die vierzig Gefäße zu füllen.

Da sagte der Invalide: „Woina kaput – der Krieg ist aus!"

„Da, da!" sagte Nico und löffelte weiter heiße Suppe.

‚Woina kaput' war das Übliche, womit jeder Russe ein Gespräch begann.

„Gietler kaput!" sagte der Invalide etwas später.

„Da, da!" antwortete Nico wieder und zog einen Schluck Tee hinterher, den die Alte inzwischen vor sie hingesetzt hatte.

„Wer ist schon wieder kaput?" wollte Conny wissen.

„Der Großmogul der vereinigten Germanenstämme, Adolf."

„Moskwa moja, Moskwa moja", sang das Kind und das Radio.

Und mit der größten Selbstverständlichkeit füllte die Rus=sin Gefäß um Gefäß mit Wasser. Es war wohlig warm im Raum. Störend war nur ein penetranter Ziegengestank und das grauweiß gesprenkelte Huhn, das auf der Kante des eisernen Bettes hockte.

Draußen erschien der Leutnant in Begleitung eines Hünen, der ohne Zweifel der Natschalnik war. In seiner Hand hing ein Wassereimer, der, verglichen an der Größe des Natschalniks, wie ein Trinkbecher wirkte. Von den Bauern sah man keine Spur mehr; höchstens noch die Absätze eines Forteilenden.

Am Brunnen begann das große Wasserschöpfen und Abfüllen.

Die alte Frau hatte die Gefäße bereits voll. Sie zeigte mit der Kelle darauf und sagte: „Podschaluista – bitte!" Dann lächelte sie bescheiden und fragte: „Fotografia?"

Nico sah Conny an. „Sie meint bestimmt, ob wir ihr die Fotos von unseren Angehörigen zeigen wollen." Er zog seine Brieftasche hervor und begann der Russin Bilder zu zeigen.

Diese stieß unverständliche Laute aus und weinte ohne Unterlaß.

Zwischendurch sagte der Invalide: „Berlin kaput! – Antoneasku kaput! – Gebels kaput!"

Nico bestätigte jedes ‚kaput' mit: „Da, da", womit der Amputierte zufrieden nach der nächsten Futterrübe griff.

Die Zeit verstrich. Als Conny wieder einmal zum Fenster hinausblickte, war der Platz vor dem Brunnen leer. Weit oben, der Häuserreihe entlang, ging der Natschalnik mit seinem Eimer wieder nach Hause.

Mein Gott, dachte Conny, und sein Herz begann wild zu klopfen, man hat uns vergessen. Er krallte seine Finger in Nicos Arm. „Sag, Nico, was fällt dir auf?"

„Dasselbe, was dich in Wallung bringt!"

Sie starrten wie gebannt auf den schneezertrampelten Platz vor dem Brunnen. Die Russin weinte über Conny's Bildersortiment gebeugt. Der Invalide schnitt Rübe um Rübe. Das Kind plärrte, indem es versuchte, sich das Kochgeschirr auf den Kopf zu stülpen: „Woina kaput, woina kaput!"

„Man hat uns vergessen!" flüsterte Conny. „Los, Nico, los,

laß uns fix schalten. Wir überreden die Alte, uns einige Tage in der Strohtriste zu verstecken. Wenn unser Fehlen unbemerkt bleibt, verduften wir."

„Wohin?" fragte Nico. Es lag eine eisige Überlegenheit in seiner Stimme.

Nach Hause! wollte Conny sagen, doch er schwieg betreten. Erst jetzt drang ihm die gnadenlose Erkenntnis voll ins Bewußtsein, daß es für sie in der nächsten Zukunft kein Zuhause mehr gab. Man würde immer Jagd auf sie machen. Zu Hause erwartete sie nur ein anderer Zug, ein anderer Waggon.

Sie erhoben sich, dankten der Russin noch einmal und ergriffen die Wassergefäße.

Die alte Frau gab jedem noch eine Handvoll Machorka, dann bogen sie im Trapp auf den Feldweg ein.

Der scharfe Lauf tat ihnen gut und brachte sie auf andere Gedanken. Beim Silo erreichten sie den Trupp der Wasserholer und reihten sich stillschweigend ein. Nico fiel bei den Krautstrünken schon wieder in seine schnoddrige Art zurück.

„Mensch", sagte er, „die Alte konnte mal heulen! Ich glaube ab heute an die russische Seele."

„Ja, sie existiert. In Tränen!"

Anschließend an Bulions Lager lag ein Mann halb aufgerichtet auf der Pritsche. Er wirkte verschlafen. Das dunkelblonde, wellige Haar strebte wild nach allen Seiten. Die Gesichtshaut war rauh, als habe er eine Gänsehaut. Einige planlos darauf verstreute Pickel ließen vermuten, daß er den Schmutz nicht vertrug.

Er nannte sich Milan. Einfach Milan. Mehr wußte keiner von ihm. Nicht einmal, ob Milan der Vor- oder Familienname war. Es interessierte sich auch kaum jemand für die andere Hälfte eines Namens. Wenn man seinen Nebenmann nur irgendwie ansprechen konnte, genügte es. Was galten

schon Namen in diesem kleinen, dunklen Raum? Im allge=
meinen weniger, als der frühere Beruf oder das Vorleben.
Im allgemeinen.

Daß es dennoch jemanden gab, der für den vollständigen,
bezw. richtigen Namen Milans einiges gegeben hätte, wußte
dieser nicht. Vielleicht interessierte es ihn auch im Augen=
blick nicht. Denn seine ganze Konzentration galt Irmas unter
Tränen gestammelter Erzählung.

Er packte ihre Handgelenke und fragte scharf, so daß das
Geräusch des rollenden Zuges seine Lautstärke gerade noch
verwischte: „Also los, was haben sie von mir gesagt?"

Irma hatte vom vielen Weinen gequollene Augenlider und
wendete sich von ihm ab. Ihr sonst mit ‚zuckersüß' anzu=
sprechender Mund wirkte jetzt, wo sie zwischen Verzweif=
lung und einem neuen Weinkrampf schwebte, häßlich.

Milans Finger packten noch fester zu. „Du wirst mir doch
nicht die Antwort verweigern? Los, fix, heraus mit der
Sprache!"

Langsam drehte Irma ihren Kopf zu ihm herum und sagte:
„Heute morgen, beim Austreten, warnten die Frauen mich
vor dir. Sie sagten, du wärst ein Verräter, ein schlechter
Mensch..."

„Und was hast du ihnen darauf erzählt?"

„Daß du Arzt bist, und wir im Lager alle auf dich ange=
wiesen sein werden. Daß du allen helfen wirst und aus Te=
meschwar stammst", sagte Irma, und es klang wie das von
einem Kind dahergeplapperte Gedicht.

„Gut soweit", sagte Milan und gab ihren Arm frei. „Und
was haben sie auf diese Erklärung geantwortet?"

In Irmas Augen schoß eine neue Tränenwelle. „Sie glaub=
ten mir kein Wort. Sie haben mich ausgelacht und mir immer
wieder versichert, daß man dir nicht trauen dürfe. – Milan,
wer kennt dich denn hier? Ohne Grund kann man doch kei=
nen Menschen schlecht machen."

„Fängst du jetzt auch noch an dämlich zu werden?" herrsch=
te Milan sie an. „Ich habe dir versprochen, dich im Lager

zu meiner Assistentin zu machen. Wenn auch nur zum Schein, auf alle Fälle entgehst du so einer schweren Arbeit. Wirst du jetzt augenblicklich mit dem dusseligen Geflenne aufhören?"

Irma hörte nicht auf. Ihr heute morgen noch frisch auf= getragener Lippenstift verschmierte ihr das Gesicht vom Kinn bis zu den Backenknochen und begann sie fratzenhaft zu entstellen. Sie jammerte weiter: „Milan, eine Frau sagte, du wärst von den Russen hier als Spitzel angestellt. Du würdest wieder zurückfahren!"

„Jetzt halt doch endlich den Mund! Zehn Weiber unter sich lügen das Blaue vom Himmel herunter. Aber verraten könntest du mir doch, welche Frau das vom Spitzel gesagt hat."

„Das weiß ich nicht mehr."

„Wer war es?" fragte Milan mit Nachdruck.

„Ich weiß das wirklich nicht mehr!" Irma fühlte erneut seinen Griff an ihrem Handgelenk. Es schmerzte sie. Mit großen, nassen Augen starrte sie Milan an. Da hob er seine Hand und schlug rechts und links in ihr Gesicht. Sie wollte vor Schmerz aufschreien, doch er drückte ihr die Hand auf den Mund. Es entstanden nur einige gurgelnde Laute, die in der allgemeinen Mittagsunterhaltung untergingen.

Fünf Minuten später erfuhr er von Irma, daß die Frau, die ihn ‚Spitzel' genannt hatte, Johanna Stefan hieß. Er unter= zog den Namen einer gedanklichen Kleinarbeit und stellte abschließend kopfschüttelnd fest, daß er in keiner Beziehung zu seinem bisherigen Leben stand. –

Die Bremsen des Zuges kreischten mit einer derartigen Heftigkeit, als ob der Ehrgeiz des Lokomotivführers dahin ziele, seinen Fahrgästen einige physikalische Gesetze, beson= ders das von der Schwerpunktverlagerung, zu demonstrieren. Dann stand der Zug still.

Die Tür wurde aufgerissen und der Wachtposten Wassil sprang herein. In der Hand hielt er ein Beil.

„Sdrawstwuite!" rief er gut gelaunt. Sein Gesicht strahlte.

Er erhielt aber keinen Gegengruß. Die drei letzten Tage, während denen er aus purer Willkür kein Brennholz gebracht hatte, verschlossen allen den Mund.

Bloß Kreutzer, der mit wachsender Neugier das blitzende Beil betrachtete, sagte ihm seinen Spezialgruß. Der jedoch, genauer betrachtet, weder direkt, noch sinngemäß einem Gruß entsprach.

In Kreutzer einen Sprecher der Masse vermutend, gab ihm Wassil, noch freundlicher, einen Gruß zurück. Sprang dann zwei Schritte vorwärts, hinter den Ofen – und scheuchte zwei Bäuerinnen, eingemummt in schwarze, wollene Kopftücher und Barchentröcke, von ihren Plätzen.

Auf der kleinen, freigewordenen Bodenfläche ritzte Wassil ein Quadrat mit dem Beil ein, etwa dreißig mal dreißig Zentimeter. Seine Mimik und die Gebärden waren dabei so schwungvoll und tatendurstig, als läge unter dem angerissenen Geviert ein Kronschatz.

Das allgemeine Rätseln seiner Zuschauer äußerte sich in Friedhofsstille. Seit dem Flaschenmord war Kreutzers Diagnose, Wassil habe den Charakter eines verschlagenen Windes, zur Volksmeinung geworden.

Nachdem Wassil das Planquadrat fixiert hatte, blickte er vernichtend ernst in die Runde und winkte Kreutzer zu sich.

Dieser erhob sich unter Aufsagen diverser Fluchkombinationen und ging zu Wassil. Wassil übergab ihm das Beil und sagte mehrere Sätze, unterstrichen und begleitet von Gesten.

Kreutzer besah sich das Beil und sagte: „Neponimaju – versteh ich nicht!"

Wassil wiederholte seine Sätze und verdoppelte die Gesten.

Kreutzer strich mit der linken Hand über seine Schnurrbartspitzen und wiederholte: „Neponimaju!"

Darauf entschloß sich Wassil, noch idiotensicherer zu werden. Er spreizte seine Beine, setzte die Füße mit knappem Abstand links und rechts neben zwei geritzte Quadratsei=

ten – und ging dann etwas in die Knie. So verharrte er etwa vier Sekunden, die Kreutzer zur Erklärung benutzte: „Der will uns beibringen, wie man freihändig seine Not verrichtet. Und statt Papier, nimmt man hier ein scharfes Beil!" sprach's und ging mit seinem rechten Daumen über die Schneide, als wolle er die Schärfe prüfen.

Wassil glaubte genügend demonstriert zu haben und erhob sich. Er fragte Kreutzer: „Ponimaesch?"

„Njet", sagte der und machte Anstalten, ihm das Beil wieder zurück zu geben.

Da riß Wassils Geduld. Er griff sich an die Stirn, sagte: „Och, tü bljad!" und stapfte, aufs tiefste erbost, zum Waggonausgang. Dort schickte er zunächst einige Flüche über das Bahnhofsgelände, anschließend schrie er wie besessen: „Perewodtschik – Dolmetscher!" und fluchte weiter. Doch kaum hatte er einige Sexualmorde in bewunderungswürdiger Wortmalerei zum Besten gegeben, als auch schon ein Schatten in die Waggonöffnung fiel. Und knapp dahinter der Dolmetscher, selbst ein deportierter Zivilist, im Türrahmen stand.

Pflichteifrigst, und mit der Miene eines frisch ernannten Staatssekretärs, pflanzte er sich vor Wassil auf. Seine pyramidenförmige Pelzmütze prangte in meliertem Grau. Die Spitze war lässig eingeknickt und schwankte noch leicht vom Sprung in den Waggon; über einem Gesicht, das im Augenblick wie die Luftaufnahme eines Kalksteingebirges aussah.

Wassil bestätigte sein kometenhaftes Erscheinen mit einem gutmütigen: „Charascho!" Dann sprach er einige hastige Sätze.

Der Dolmetscher begriff schlagartig, um was es hier ging und trat in Aktion. „Kam'raden!" sagte er. „Ihr habt's in den letzten Tagen jeden Morgen einen sowjetischen Bahnhof b'schissen. Balta, Perwomaisk und Kirowograd, um nur die größten zu nennen. Des hert ab heite auf. Die Bahnhofsvorsteher der gesamten U.d.S.S.R. weigern sich geschlossen, daß ev'ntäll bis zum Frihling eire Scheißspur zwischen den Gleisen ihrer Bahnhefe lagert..."

Er sprach das zersetzte Deutsch eines Menschen, bei dessen Volkszugehörigkeit nicht immer seine eigene Wahl ausschlag= gebend gewesen war. Sondern die jeweils vom Sternbild des politischen Himmels bestimmt wurde.

Nach seiner Eröffnungsrede begannen die Zuhörer verein= zelt zu lachen. Das Beil noch immer in der Hand wiegend, fragte Kreutzer: „Du hast doch wohl jetzt nicht vor, uns zu erklären, daß wir ab heute in die Hosen machen müssen?"

Der Dolmetscher empfand Kreutzers Frage ausgesprochen störend, zumal das Gelächter an Stärke zunahm. Er beherrsch= te sich und fuhr in seiner Ansprache fort, ausschließlich zu Kreutzer gewandt: „Kam'rad, in die Hosen braucht keiner zu machen. Der umsichtigen Transportleitung ist es gelungen, des Problöm zu lesen. Guck da, mit dem Beil sollst du dort, wo der Kam'rad Soldat ein Viereck gezeichnet hat, das Loch hauen. Dort kennt's ihr dann durchscheißen, bis eich die Därme platzen."

Ein Lachsturm setzte ein. Der Witz der Situation über= trumpfte noch die Härte und Abscheulichkeit.

Kreutzers Schnurrbart wippte auf und ab. Er fragte den Dolmetscher: „Sag mal, wie heißt du Schweinigel eigentlich?"

„Kam'rad", erwiderte der Dolmetscher leicht empört, „laß die Finger von Beleidigungen. Mit mir is schlecht raufen! Aber, weil ihr mißt's ja eh mal erfahren, wie eier Dolmet= scher heißt: mein Name ist Sadlokal, Ferenz Sadlokal!"

„In Ordnung", sagte Kreutzer, und ließ seinem Schnurr= bart völlige Bewegungsfreiheit. „Geht ganz in Ordnung, Saftlokal!"

„Sadlokal, bittschen", verbesserte der Dolmetscher.

„Wenn ich Saftlokal sage, heißt das Saftlokal! Und damit basta!"

Ferenz Sadlokal merkte instinktiv, daß hier eine weitere Diskussion restlos fehl am Platze sei. Lieber etwas Ansehen verlieren, als etwa die Stellung als Dolmetscher – die ent= schieden auch ihre guten Seiten hatte.

Auch schaltete sich Wassil, gereizt durch das tatenlose Pa=

laver der beiden, wieder in die Szene ein. Er streifte Sadlokal mit strafendem Blick und brüllte: „Dawai po bistrej!"

Sadlokal funktionierte promptens. „Also bittschen, Kam'=rad, hau das Loch in den Boden!"

„Ausgeschlossen!" sagte Kreutzer und legte das Beil vor Sadlokals Füße.

„Was heißt hier ausgeschlossen?" fragte dieser aufge=bracht.

„Ich kann mit einem Beil nicht umgehen."

„Maria'ndjosef!" stöhnte Sadlokal. „Ja gibt's denn des? Was bist du denn von Beruf?"

„Briefmarkensammler", sagte Kreutzer mit akzentuierter Selbstgefälligkeit. „Früher wollte ich sogar einmal Ballettmei=ster werden."

Das Gelächter der Zuhörer schlug haushohe Wellen. Sad=lokal sah ein, daß er in Kreutzer an den denkbar Falschen gekommen war. Er ließ beleidigt von ihm ab und blickte suchend in die Runde.

Sein Blick verfing sich in Bulion, der seit Beginn dieses seltenen Schauspiels auf seinem Pritschenrand saß. Er glich dabei einem auf der Stange hockenden Hausraben. Auf sei=nem Gesicht lag ein breites Feixen. Sadlokal streckte ihm das Beil entgegen und sagte: „Nimm das Beil, Kam'rad, und hau du das Loch!"

Bulion zog den Kopf zwischen die Schultern. Ein Gurren war alles, was er Sadlokals Aufforderung entgegenschickte. Das ihm gereichte Beil zu ergreifen, hätte seinen üblichen Begriff von Geschwindigkeit über den Haufen geworfen. Denn Bulion pflegte, wenn er nicht gerade aß, seine Hände in den Manteltaschen verborgen zu halten.

Sadlokal verlor den Glauben an die Rettung der so arg verfahrenen Situation. Er entfernte sich erschrocken von dem unheimlich wirkenden Bulion und schrie: „Maria'ndjosef! Fahren hier auch Verrickte mit?"

„Davon bin ich sogar fest überzeugt!" sagte Kreutzer und umfaßte Sadlokal mit einem nicht mißzuverstehenden Blick.

„Dawai po bistrej!" schrie Wassil unwiderruflich, packte Sadlokal am Arm und schob ihn zum angeritzten Quadrat.

Sadlokal kapitulierte vor sich selbst und begann mit dem Beil in die Bodenbretter zu hauen. Er hackte mit verbissener Wut drauflos, daß die Späne fontänenartig in die Luft wirbelten. Die Umlieger gingen in Deckung oder flohen in sichere Gegenden.

Nur einer harrte im Späneregen aus – Kreutzer. Mit merklich guter Laune sammelte er das fliegende Holz zusammen und legte es neben den Ofen. Und alle, die seine Tätigkeit beobachteten, frohlockten zuversichtlich. Wenn Kreutzers Hände Holz anfaßten, war ein Feuer schon diesseits der Wahrscheinlichkeitsgrenze.

Dann straffte sich Sadlokals Rücken. Er wischte sich mit dem Wollschal den Schweiß aus dem Gesicht und sah zu Wassil hoch. Dieser trat, nicht weniger aufatmend, hinzu und belohnte Sadlokals Mühe mit einem zweiten: „Charascho!"

Schweigend senkten sie beide ihre Köpfe zum frisch gehauenen Loch hin, dessen Form, dank Sadlokals Arbeitshast, entschieden von der eines Quadrates abwich. Trotzdem konnte man durchschauen. Man sah auf Schnee, sowie auf eine Schiene. Und je länger Wassil andächtig schweigend diese Schiene betrachtete, desto mehr reifte in ihm der Verdacht, die Schiene bewege sich. Erst als ein schwaches Zittern den Waggon durchlief, lag es klar auf der Hand, daß sich der Waggon und nicht die Schiene bewegte. Der Lokführer stellte unter Beweis, daß es auch auf die sanfte Art ging; oder er handelte auf höheren Befehl der umsichtigen Transportleitung – mit Rücksicht auf die neu angelegten Aborte, beziehungsweise auf deren erste Benutzer.

Wassil schwebte in Todesängsten. Der Schrecken bei der Vorstellung, eine Nacht lang inmitten seiner Gefangenen zu verbringen, trieb ihn zur Selbsthilfe. Er sprang zur Tür, und feuerte aus seiner Maschinenpistole eine Salve in die Luft.

Man hörte seinen Hilfeschrei und hielt, so daß er sich in den Mannschaftswagen retten konnte.

Wie ein Schatten verließ auch Sadlokal den Waggon. Begleitet von einer Abschiedsrede Kreutzers, deren Inhalt mehr als andeutungsweise ausdrückte, daß der Name Sadlokal allein schon verpflichte, sich in anständiger Leute Wohnungen als Abort=Architekt zu betätigen.

Bei der Hast des Aufbruches war das Beil liegen geblieben. Kreutzer hatte es sofort an sich genommen und war anschließend zu den Studenten hinübergekrochen. Hier hatte es eine kurze Beratung gegeben, deren Abschluß lautete: um Mitternacht geht es los! –

Um Mitternacht flammte ein Öllämpchen auf. Nico hielt es fest. Conny zog aus seiner Tasche eine Kombinationszange und sagte zu Roland: „Los, weck den Chauffeur!"

„Parkt schon", brummte Kreutzer, der bereits zwischen ihnen stand.

„Zuerst diese Ecke hier", flüsterte Conny. Sie krochen über die Schlafenden. Roland stellte sich breitbeinig auf und faltete, wie der Chef einer Artistengruppe, die Hände zusammen. Conny stieg darauf und schwang sich auf Rolands Schultern.

„Und alles ohne Netz!" flüsterte Nico.

Im schwachen Licht des Lämpchens tastete Conny den kräftigen Eckbalken ab. „Sechs Schrauben, wie ich euch sagte."

Er begann mit der Kombizange die erste Schraubenmutter zu lösen. Sie war fest angerostet und ließ sich nur langsam drehen. Nach einer halben Stunde mühseliger Arbeit keuchte Conny: „Das Beil her!"

Dann hallten Schläge, unheimlich laute Schläge in die Nacht.

„Sie werden es hören", raunte Roland.

„Ach was", beruhigte Kreutzer. „Unsere roten Generäle meinen bestimmt, hier müht sich einer auf dem neuen Klo ab."

Sie lachten. Und Conny trieb Schraube um Schraube hin=

aus, wo sie der Schnee vergrub. Dann reichte er den ersten Balken hinunter.

Die drei weiteren Ecken folgten. Auch einige schmälere Dachverstrebungen gingen mit.

Um drei Uhr morgens war das Werk vollendet. An Kreutzer fiel nur noch die Aufgabe der Zerkleinerung, was bei ihm bloß eine Frage von Minuten war.

Im frühen Dämmern saßen sie vor einem zaghaft angehenden Feuer. Nico und Kreutzer rauchten, die anderen hielten ihre Hände gegen das heiß werdende Eisen des Ofens.

Roland sagte: „Hoffentlich fällt uns nicht das ganze Dach auf den Kopf."

„Unmöglich", belehrte ihn Conny gähnend. „Daraufhin habe ich die ganze Konstruktion tagelang untersucht. Der Waggon wird wohl manchmal etwas schwanken, aber nach uns die Sintflut!"

Kreutzer gab allen noch einen Schnaps und sagte: „Wirklich schade, daß ihr so intelligent seid!"

„Warum?" fragte Nico.

„Weil ihr sonst ganz brauchbare Kadetten seid. Nur raffinierter müßtet ihr noch werden."

„Dafür wird der Umgang mit Ihnen schon sorgen", lachte Nico.

„Also du, halt ja den Mund! Du bist der Gefährlichste. Aber nun hopp, auf in die Federn, Kinder haben den Schlaf nötig. Ich bleibe hier beim Feuer."

„Ja, Vater", knurrte Nico und erhob sich. –

Kurz nachdem sich Conny hingelegt hatte, vernahm er ein Geräusch. Es klang, als weine jemand.

Vorsichtig reckte er seinen Kopf höher und stellte fest, daß das Schluchzen direkt von nebenan kam. Dort hatte Inge seit Beginn der Fahrt ihren Platz.

Sie weinte haltlos, wobei ihr ganzer Körper zitterte.

Conny erschrak über eine so unvermutete nächtliche Fest=

stellung. Obwohl er fühlte, Inge auf eine Art helfen zu müs=
sen, empfand er beim Gedanken daran eine Art Lähmung,
die ihn minutenlang zwang, tatenlos liegen zu bleiben.

Was sagt man einem weinenden Mädchen, fragte er sich? –
Langsam schob er seinen Arm zu ihr und flüsterte: „Inge!"

Das zitternde Mädchen drehte sich ihm zu. Das Schluchzen
wurde schwächer.

„Inge – hörst du mich?" fragte Conny.

Ihre Hand ergriff seinen Arm. „Ja, Conny, es ist lieb von
dir."

„Warum weinst du? Ist etwas passiert?"

„Oh nein, es ist nur – Conny, kannst du dir nicht denken,
daß ein Mädchen in meiner Situation Grund zum Weinen
haben könnte?"

Conny schluckte. Sicher, dachte er, ist die Situation für ein
Mädchen zum Heulen. Aber daß Inge weinen könnte – dar=
auf wäre er nie gekommen. In welche Schlammgrube war
sie doch gefallen! Sie, die noch vor Wochen ihre Zeit mit
Schulaufgaben ausfüllte, Bücher las, oder ihre Schallplatten=
sammlung ordnete. Er sah die schicke Inge mit einer Schar
Freundinnen über den Corso bummeln . . .

Und diese Inge lag nun neben ihm. Im häßlichen Dunkel
dieses Viehwaggons. Er fühlte ihre kleine, sich an ihn klam=
mernde Hand. Er fühlte plötzlich ein unsagbares Mitleid mit
diesem so hartgetroffenen Menschen. Und fühlte, daß er die=
ses Mädchen, ihre innere Sauberkeit und ihr Wesen schon
seit Tagen gern hatte.

„Inge", flüsterte er. „Du darfst nicht mehr weinen, hörst
du? Wir sind ja bei dir! Wir werden dir helfen, wo wir nur
können! Schau, die erste Aufgabe wird sein, daß wir deinen
Bruder ausfindig machen. Wenn der gefunden ist, läßt man
dich bestimmt nach Hause fahren . . ."

Conny stockte. Einerseits weil er merkte, daß er ihr etwas
sagte, was kaum geschehen würde; andererseits eine Hoff=
nung in ihr weckte, deren Erfüllung mehr als fraglich war.

Inge ließ ihn im Unklaren, wie sie sich dazu stellte. „Ach

Conny, wirst du jetzt den anderen erzählen, daß ich geweint habe?"

„Nein, keine Spur! Ich verspreche dir, es morgen selbst vergessen zu haben."

„Schön, aber vergessen wirst du es nicht", sagte sie.

„Wieso?"

„Weil du es nicht sollst. Es bleibt unser Geheimnis."

„Warum?"

„Das sage ich dir ein andermal – später!"

Conny überraschte dieser Verlauf des Gesprächs. Was sollte er dazu sagen? Sie schwiegen beide eine Weile. Inge löste ihre Hand, und Conny merkte, daß sie sich wieder hin= legte. Sie ordnete ihre Decke.

„Frierst du stark?" fragte Conny.

„Es geht. Ich werde versuchen zu schlafen."

„Willst du einen Schnaps?" fragte Conny.

„Brrr – danke! Nimm du nur einen – und gute Nacht." –

Warm, wie die stickige Luft im Waggon, waren auch die Gemüter aller nach Tagesanbruch. Mäntel wurden das erste Mal wieder ausgezogen und die Pelzmützen von den Köpfen gerissen.

Hans Girr, dessen Brief an seine Frau Lotte nach wie vor im Dreck des Waggonbodens seiner völligen Vernichtung entgegensah, stimmte vor Übermut ein Lied an. ‚Fern bei Sedan' sang er, die glückliche Mitzi Schuster, an seine Seite geschmiegt, festhaltend. Er liebte dieses Lied, das er während seiner Schulungsabende in der Formation ‚Einsatzstaffel' ge= lernt hatte.

Es schlossen sich ihm mehrere Stimmen an. In gefälliger Selbstbewunderung über seinen guten Einfall wippte Girr mit seinem Kopf den Takt – besonders heftig bei Beginn einer neuen Strophe.

Der Zug stand auf dem Bahnhof Alexandrija. Die Loko= motive zog Wasser.

Da stieg, in diesem allgemeinen Jubel des Morgens, Milan

von der Pritsche. Er trug einen auf Taille gearbeiteten, blauen Doppelreiher mit Nadelstreifen. Ein weißes Hemd sowie eine silbergraue Krawatte vervollständigten seinen feierlichen Aufzug. Er lachte und hob seine ebenfalls in blau gekleidete Irma von der Pritsche. Irma lächelte, doch ihre Augen glänzten verweint.

Das Sedanlied erfuhr ein jähes Ende, da besonders Girr, das Rückgrat des Chores, vor Staunen den Mund zu schließen vergaß.

Milan benutzte diese Pause zu einer knappen Ansprache. „Alles mal herhören!" sagte er. „Freunde, da mein Schicksal ganz das eure ist, will ich euch auch teilhaben lassen an einem mir persönlich sehr werten Ereignis: meiner Hochzeit!"

Er hielt kurz inne. Seine Worte übten eine tiefe Wirkung aus. Er hatte damit gerechnet und fuhr fort: „Ich, Dr. med. Milan Gorgonz, heirate im Augenblick Fräulein Irma Dengel. Da ich weiß, daß sich unter uns kein Pfarrer befindet, muß ich auf eine Trauung im üblichen Sinne verzichten. Ich leiste jedoch vor 78 Zeugen den Eid", er hob vorschriftsmäßig die Schwurfinger, „meine Frau zu lieben und ihr die Treue zu halten – bis der Tod uns scheidet."

„Bravo Milan!" rief eine Stimme aus dem Hintergrund und jemand klatschte Beifall. Doch wurde dadurch die eigenartige Feierlichkeit der Situation nicht gestört. Milan griff von der Pritsche eine grüne Schnapsflasche herunter und sagte:

„Meine Hochzeit soll auch begossen werden. Los, Bulion, fang an und laß die Flasche rundgehen!"

Bulion ließ sich das nicht zweimal sagen. Er setzte an und trank, als sei er der einzige Trauzeuge. Erst als ihm die Luft ausging, reichte er die Flasche weiter.

Langsam kam wieder Wortgemurmel auf. Während die Flasche von Mund zu Mund wanderte, erhoben sich einige und gratulierten Milan sowie seiner Frau, die das Zeremoniell mit zu Boden geschlagenen Augen überstand.

Weniger von der Hochzeit, als von einer ungestümen Sangesfreude ergriffen, stimmte Girr ein neues Lied an. ‚Wir lagen vor Madagaskar'. Ebenfalls eins aus der Formation ‚Einsatzstaffel' und das zweitbeste Lied, seiner Meinung nach.

Noch immer wanderte die Flasche. Milan verfolgte ihren Weg und erwiderte lächelnd das ihm oft zugerufene ‚Prosit'.

Eben hatte eine Bäuerin getrunken und wollte die Flasche ihrem Nachbarn, Karl Viktor reichen. Doch dieser sagte etwas, indem er eine oberflächliche Bewegung machte.

Milan verstand im Lärm des besungenen Massensterbens von Madagaskar nicht, was der Separatist dort drüben sagte. Er sah nur seine negierende Handbewegung und das abweh= rende Gesicht. Es war aber genug, um Milan stutzig werden zu lassen. Er betrachtete die gekrümmte Gestalt genauer. Und zuckte plötzlich zusammen. Er kniff Irma in den Arm und raunte: „Los, 'rauf! Mir langt's!"

Schockiert über diesen so plötzlichen Tonwechsel, wollte Irma etwas sagen, doch er kam ihr zuvor.

„Was sagtest du neulich", fragte Milan. „Wer nannte mich einen Spitzel?"

„Eine gewisse Frau Stefan!" Irma zitterte.

„Stefan? Stefan?" murmelte er, indem er Viktors Gesicht nicht aus den Augen ließ. Dann sah er vor sich hin und dachte erneut über diesen Namen nach. Aber ohne Erfolg. Unwillig schüttelte er den Kopf und fragte Irma: „Du, sag mal, wie heißt der Kerl dort drüben – der mit dem Wolfspelzkragen?"

„Meinst du Herrn Viktor?" flüsterte Irma.

„Was? Viktor? Der ist hier!" stammelte Milan. Seine Gesichtsfarbe wechselte zwischen dunkelrot und kalkweiß. Er ließ sich langsam auf die Ellenbogen nieder.

„Milan, was hast du? Wird es dir schlecht?" fragte Irma besorgt.

Milan gab ihr keine Antwort. Er wandte sich von ihr ab und ließ sie im Unklaren, ob es ihm schlecht sei, ob er an Frau Stefan oder an seine Hochzeit denke. Die an sich noch im Gange war – wenigstens der kreisenden Flasche nach zu urteilen.

In Wirklichkeit dachte Milan an Viktor.

Auch noch einer verbrachte den Rest dieses Tages in übel=
ster Laune. Dank seines verspielten Betätigungsdranges war
Conny als ausgeglichener, freundlicher Mensch von allen
gut gelitten. Heute aber zeigte er sich von einer Seite mit
scharfen Kanten. Nico hatte bereits versucht, durch mehr oder
minder gelungene Witze seine Wut zu neutralisieren. Ohne
Erfolg.

Selbst Roland hatte eine Abfuhr erlitten. Obwohl er sonst
durch sein Missionarsgemüt wilde Löwen dazu brachte,
Strychnin aus seiner Hand zu fressen.

Günther wagte erst gar nicht, sich geistig auszubreiten
– wie er eine Debatte nannte – da er a priori wußte, wel=
chen Ausgang so etwas nahm. Er kam nämlich bei heißeren
Diskussionen etwas ins Stottern.

Inge machte einen letzten Versuch, Connys Gleichgewicht
wieder herzustellen. Es war noch nicht der ganze Holzvorrat
vom nächtlichen Streifzug verfeuert. Sie hatte bei der Wärme
ihren Mantel ausgezogen. Sogar die Ärmel ihres Pullovers
waren bis über die Ellenbogen hochgestreift. Den rechten
Arm um Connys Schulter legend, sagte sie:

„Na, was hat denn unser kleiner Napoleon für große
Sorgen?"

Conny sah sie skeptisch an. „Mensch, Inge, ich kriege noch
junge Hunde. Tagelang hat man Eimerweise kaltes Wasser
und kein Brennholz. Organisiert man die halbe Nacht hin=
durch Holz, öffnen die Kerle den Waggon zum Wasserholen
nicht." Er sah verärgert an seinen Schaftstiefeln hinunter.

Inge neigte ihren Kopf näher zu dem seinen, so daß
ihn ihre Haare am Ohr kitzelten. „Na und, ist das so
schlimm?"

„Und ob – das ist es ja eben! Wo ich euch doch heute den
Tee liefern wollte, für achtzig Menschen heißen Tee! Mein
Mammutsamowar sollte heute sieden! Aber hat schon je=
mand ohne Wasser Tee gekocht?"

„Wohl kaum", bestätigte Inge. Sie machte ihren Mund
spitz, zog die Augenbrauen hoch und suchte lächelnd Connys

Blick. Als sie sich trafen, kam etwas Freundlichkeit in sein Gesicht.

„Sag, Inge, beginnst du mich auf den Arm zu nehmen?" fragte er.

„Gern tät ich es schon! Aber dafür bist du mir heute viel zu querköpfig."

„Komm – laß es gut sein! Bin ich noch sehr kindisch?"

„Ich möchte gar nicht, daß du anders wärst!" Sie sah ihn dabei durchaus ernst an, was ihn aufhorchen ließ.

„Wie meinst du das?" fragte er.

„Wie ich es sage!" Sie wippte dabei mit ihren Schultern den Takt des Schlagers mit, den Nico seit einer Woche auf der Mundharmonika spielte.

„Für eine Nacht voller Seligkeit", murmelte Conny. „Auf diese Platte haben wir bei deiner letzten Geburtstagsfeier bis zum Irrsinn getanzt."

„Tanzt du gerne mit mir?"

„Ja! Ich weiß noch genau, was für ein Kleid du damals anhattest."

„Welches denn?" fragte Inge neugierig.

„Es war hellblau und stand dir fabelhaft."

Inge wurde rot. „Ich habe es mit in meinem Gepäck."

„Was – das Sommerkleid?"

„Wundert es dich? In Rußland gibt es doch auch einen Sommer!"

Conny starrte sie etwas ungläubig an. „Und – du wirst es auch einmal anziehen? Im Sommer..."

„Natürlich! Allerdings nur, wenn du mir versprichst, auch einmal mit mir zu tanzen!"

Eine unbezähmbare Freude übermannte ihn und er flüsterte hastig: „Natürlich werden wir tanzen! Ganz verrückt wird es werden – an deinem Geburtstag. Verlaß dich drauf!"

Sie sahen sich an und lachten. Es war ein glückliches La= chen.

Tags darauf stand der Zug auf dem Bahnhof von Kre=
mentschug. Das Sensationelle daran war weniger das geo=
graphische Moment. Obwohl besorgte Stimmen verzweifelt
nach dem Grund der plötzlich nach Norden führenden Fahrt=
richtung fragten. Merkwürdig war allerdings der lange Auf=
enthalt auf diesem Bahnhof, der rein äußerlich jedem ande=
ren glich. Der Zug stand schon die ganze Nacht über still und
rührte sich nicht, als habe man den Lokomotivführer erstochen.

Es war bitterkalt, denn die in der Vornacht von Kreutzer
und Conny demontierten Waggonteile waren schon längst
zu Asche gefeuert.

Um die Mittagszeit gab es Wasser. Kurz darauf klopfte
Conny seinem Freund Günther, der nach Nicos Meinung am
Tag 25 Stunden schlief, auf die Schulter und sagte: „Auf
gehts, an die Arbeit!"

Günther gähnte herzhaft und reckte sich.

„Was soll denn passieren?" fragte Inge. Sie versuchte
schon seit dem Mittagessen, ihre Haare auszubürsten.

„Passieren soll hoffentlich nichts", sagte Conny, „ich will
nur versuchen, euch heute einen Fünfuhrtee zu liefern, von
dem die Welt noch sprechen wird."

„Ohne Brennholz?" rief ihm Inge boshaft nach.

Conny hörte sie nicht mehr, sondern kroch, gefolgt von
Günther, zu Viktor.

Obwohl diesen der Besuch der beiden jungen Leute wun=
derte, freute er sich, daß außer Bulion auch sonst noch jemand
zu ihm kam.

„Herr Viktor", sagte Conny, „haben Sie Lust auf eine
Tasse heißen Tee?"

Viktor horchte auf und lachte. „Mann Gottes, wollen Sie
mich zum Narren halten? Mittels welcher Brennmaterialien
wollen Sie das bewerkstelligen – doch nicht etwa auch mit
Speiseöl?"

Seine Gier nach einem heißen Getränk ermutigte Conny,
so daß er zum Schlag ausholen konnte: „Mittels Ihres Holz=
koffers!"

In Viktor entbrannte sichtbar ein innerer Kampf. Seine Lippen wurden blau und zogen sich zusammen. Er sah Conny scharf in die Augen, der seinerseits Viktors Blick nicht weni= ger stechend erwiderte.

„Na gut!" preßte Viktor schließlich hervor.

Günther ging ihm bei der Räumung des Koffers zur Hand, während Conny drei weiteren Holzkofferbesitzern einen Be= such abstattete. Als er mit dem letzten verhandelte, legte Günther den ‚viktorianischen' Koffer bereits Kreutzer zu Füßen.

Der alte Kreutzer sprang zweimal darauf und riß mit sei= nen Bärentatzen einigemale wild durch das Holz.

Die meisten Waggoninsassen hatten den Grund des Kra= ches kaum begriffen, als auch schon ein kleines Feuer im Kanonenofen prasselte.

Conny kam von seinem Rundgang zum Ofen zurück und band mit Günther die wassergefüllten Kochgeschirre von Viktor und Kreutzer neben seinem eigenen mit einem Draht rund um das Ofenrohr.

Kreutzer machte sich indessen an die Zerkleinerung der weiter gelieferten Holzkoffer.

Aus Mangel an warmer Nahrung während der letzten zehn Tage wurde die sich rund um den Ofen abspielende Szene von allen Insassen ausgesprochen wohlwollend be= trachtet. Einige, vor allem Hans Girr, begannen die Idee zu loben und fragten, ob sie sich beteiligen dürften.

„Ihr sollt es sogar", rief Conny. „Wir schaffen für jeden eine Tasse heißen Tee."

Was jedoch innerhalb der nächsten zehn Minuten geschah, übertraf sein Vorhaben sowie seine Berechnungen: in Dreier= reihen türmten sich die Kochgeschirre, die Conny, zuletzt auf den Schultern Günthers, mit seinen bereitliegenden Drähten ans Rohr band. Bis knapp unter die Decke.

Im Ofen donnerte inzwischen ein Feuer, dessen gemüt= liches Geräusch allein schon genügt hätte, einen Erfrorenen dem Leben zurückzugeben.

Eine halbe Stunde ging ereignislos vorbei. Als Conny endlich Viktor und Kreutzer erklärte, mit ihrem Tee sei es bald so weit, erlebte er den ersten Zusammenstoß mit dem Gemüt der Massen.

Frau Stefan wollte auch an ihr Kochgeschirr heran, das in der dritten Reihe von unten hing. Doch Conny erklärte ihr, daß das erst in etwa einer Stunde möglich sei.

„Wieso?" fuhr sie ihn an.

„Sehen Sie, liebe Frau, bei diesen Heizungsverhältnissen vermindert sich die Temperatur in den Kochgeschirren nach oben hin in linearem Verhältnis", begann Conny seine Belehrung. Dann fiel ihm ein, daß es für Frau Stefan vielleicht zu unverständlich sei, und fuhr unsicher fort: „Aber das verstehen Sie wohl nicht, Frau Stefan!"

„Doch, doch!" erwiderte sie mit weiblich allwissender Miene. „Ich verstehe Sie sehr gut!"

„Na also, dann gedulden Sie sich noch die kurze Zeit."

Daß Conny nun mit Frau Stefan nicht jeden Kochgeschirrinhaber abgewimmelt hatte, zeigte sich wenige Atemzüge nach ihrem Abtritt.

„Junger Mann", wurde er gefragt, „wann wird wohl mein Wasser kochen? Mein Geschirr ist in der sechsten Reihe, das mit dem eingeritzten ‚M'!"

„Theoretisch in weniger als drei Stunden – praktisch aber nie, da wir höchstens noch für eine Stunde Brennmaterial haben. Der Ofen schluckt mehr Holz, als ich ahnte."

Der Körper des Fragers fiel darauf zu Boden und einige Aufschreie begleiteten diesen dumpfen Ton. Conny hatte ab dato zwölf wutgetränkte Feinde – die nur am Wasser mitbeteiligten Personen der vier obersten Reihen nicht mitgezählt. Die vierte Reihe von unten, lauter Männer, blieb noch so gut wie geschlossen auf seiner Seite. Da sie die Hoffnung nährten, sich wenigstens einmal mit lauwarmem Wasser rasieren zu können.

So weit gut.

Kreutzer war gerade damit beschäftigt, kniend und fluchend

ein besonders hartnäckiges Kofferstück zu zerkleinern, als den nun schon seit vielen Stunden stehenden Zug ein leises Rütteln durchlief, dem ein ungeheuer kräftiger Ruck folgte.

Bulion, der schon seit Stunden auf seinem Pritschenplatz schlief, flog in parabolischer Kurve von seiner hohen Liegestatt weg – direkt auf Kreutzers Rücken. Dieser bäumte sich, mit einem an einen hungrigen Wolf erinnernden Schrei, auf, so daß Bulion mit seinem ganzen Gewicht gegen das geschirrgespickte Ofenrohr wuchtete. Dieses löste sich durch soviel rohe Gewalt in seine Einzelteile auf. Durch den sofort einsetzenden Rauch schwirrten die Kochgeschirre einzeln, oder gruppenweise, wie Meteore herum und kippten ihren Inhalt erbarmungslos über die hilflosen Menschenknäuel.

Eine ungezügelte Empörung ergoß sich über Conny. Doch der ertrug die Schmähungen mit einem verklärten Lächeln: Kreutzer hatte ihm kurz nach der Katastrophe zugeraunt, sein Teegefäß sei heil unten angekommen und er wolle selbstverständlich mit ihm teilen.

Conny wollte ihm den Vorschlag machen, auch Viktor eine Tasse mitzugeben. Doch da schrie dieser, auf dessen Körper Bulion letztlich gelandet war, als habe er den Verstand verloren: „Das haben wir nun davon, wenn uns dieser verdammte Idiot den sowieso schon wackeligen Waggon voller Wassergefäße hängt!"

Das war zuviel für den grundehrlichen Kreutzer. Vor Erregung zitternd, schleuderte er sein einzig mit Tee gefülltes Gefäß Viktor so heftig gegen die Brust, daß dieser seine blauen Lippen zusammenzog und hinter einer aufwärtsleckenden Rauchsäule absackte. Viktors Sturz war das Ende vom Fünfuhrtee in Krementschug.

Der Zug aber beschleunigte seine Fahrt und verließ Krementschug wieder in südlicher Richtung.

Der Lokomotivführer hielt einen Zeitungsfetzen in der Hand – eine sogenannte Sapiska – worauf in blauer Tintenstiftlösung stand: Petrowsk/Stalino.

Und immer, wenn er die Ortsbezeichnung durchlas, erbrach er sich in einen neuen Tobsuchtsanfall, wobei jedesmal seine kohlschwarzen Finger den Zettel um einige Risse vermehrten. Zum Schluß zerriß er ihn in viele kleine Schnitzel, die er seinem Heizer vor die Füße schmiß.

„Diese Armeehunde!" schrie er. „Wollten unbedingt über Krementschug nach Stalino fahren. Wo gibt es so etwas?"

„In der Sowjetunion!" sagte der Heizer bescheiden.

„Halt's Maul, Mann, über Krementschug fährt man nach Charkow, oder hinauf nach Gomel..."

„Oder nach Moskau!" ergänzte der Heizer mit mahnendem Zeigefinger.

„Beherrsch' dich, Mann! In diesem verfluchten Krementschug merken die verunglückten Marschälle, daß man besser über Dnjepropetrowsk nach Stalino fährt. Und lassen bei mir anfragen, ob ich die Sapiska mit dem Destinationsort schon verraucht hätte. Als ob ich auf deren dreckige Fetzen angewiesen wäre!"

„Wirklich schade drum", sagte der Heizer traurig und schob die Papierschnitzel mit seinem Filzstiefel zusammen. „Ich hätte mir gern eine Zigarette daraus gedreht."

„Mann, ich .." jaulte der Lokomotivführer erneut auf. „Jetzt verlangen diese uniformierten Ratten, meine Norm in Form von Geschwindigkeit wieder aufzufüllen. Als ob ich in dieses Krementschug hinauf gewollt hätte. Aber warte – denen will ich den Gefallen tun. Die sind früher in Petrowsk bei Stalino, als ihnen lieb ist! Los, mach ein Feuer, daß alle Ventile platzen! Auch der Kessel soll platzen, Stalin soll platzen, deine Großmutter soll platzen! Och, tschornü tschort – was glotzt du mich so borniert an? Los, Feuer hab ich gesagt – so ein Feuer, wie du noch nie gemacht hast! Und ab und zu werde ich in die Bremsen greifen, daß die lackierten Fronthelden sich an ihren eigenen Orden die Zähne einschlagen. Der Zug soll zerreißen, Stalin soll zerreißen..."

„Meine Großmutter soll..."

„Halt's Maul, ich verheiz' dich!"

Der Heizer schippte Anthrazit in über vierhundertprozen=
tiger Normerfüllung. Er schippte, schürte und schwitzte. An=
getrieben von seinem Lokführer, der ihn in unzähligen Run=
den ‚verheizte'. Und damit ein unbegrenztes Mittel bis zur
Neige ausnützte, an den verunglückten Marschällen – dem
Mannschaftswagen – Rache zu üben.
Rache für Krementschug.

„Wir fahren D=Zug=Tempo", sagte Conny und blickte
stirnrunzelnd zum Dach, das zeitweise besorgniserregend
schwankte – und an einzelnen Punkten verdächtig ächzte.
Nico nickte. „Aber wir sitzen in einem Mistkarren, der
die Geschwindigkeit nicht aushält..." Weiter kam er nicht
Ein Donnern polterte näher. Es krachte, ruckte und splitterte
irgendwo. Dann verebbte es ebenso plötzlich und der Zug
kam wieder auf Geschwindigkeit. Der Waggon ähnelte einem
Warenhaus im Sommerschlußverkauf.
„Was der Kerl bloß hat?" keuchte Nico, sich wieder auf=
richtend. „Mensch, der fährt, als habe er den Teufel im Nak=
ken."
„Den Tee hat er uns auch verdorben", sagte Conny nach=
denklich.
„Hör bloß damit auf!" schrie Nico und hob abwehrend die
Hände. „Über diesen Tee will ich mich nicht mehr unterhal=
ten. Sieh dir doch das Trümmerfeld an – es raucht noch
immer!"
Durch die halsbrecherische Fahrt sowie die immer wieder=
kehrenden Stopper, war noch kein Handgriff zu einem Wie=
deraufbau getan worden. Auch galt es zuerst, den von Brand=
und Brühwunden Betroffenen erste Hilfe angedeihen zu las=
sen.
Zu diesem Zweck hatte sich Milan ins Arbeitsfeld gewor=
fen; mit einem Feuereifer, der alle Erwartungen übertraf.
Irma assistierte ihm beim Anlegen von Verbänden und im
Aufstrich von Salben, die sie aus einem stilechten Landarzt=
köfferchen der achtziger Jahre hervorholte.

Bulion verschluckte die größte Menge an Verbandszeug. Bei ihm lag – laut Milans Diagnose – der Verdacht innerer Verletzungen nahe.

„Es sei denn", sagte Milan zu den staunenden Anliegern, „die Dreckkrusten haben ihn wie einen Panzer geschützt."

Man lachte und begann Milan mit anderen Augen anzu= sehen. Bei vielen grenzte es an Bewunderung. Denn wie er so durch den sich laufend schüttelnden Waggon kroch, jedem half und freundlich war, ließ sich das beruhigende Gefühl auch mit Gewalt nicht verdrängen: ein Arzt ist zur Stelle!

Doch keiner schöpfte mehr Wonne aus der Situation, als Milan selbst. Zumal er sich den Augenblick seiner ersten Betätigung als Arzt nie so erträumt hätte. Was ihm dieser Conny da für's erste in die Hände geliefert hatte, war ja rein phantastisch zu nennen. Noch phantastischer für ihn war die Tatsache, daß ihm durch diesen Unfall auch noch andere Leiden anvertraut wurden, deren Heilung er ebenfalls aus den Untiefen des Hebammenköfferchens bestritt. Im Vor= beieilen gewissermaßen, und mit der Geste eines Waschmit= telvertreters, der Proben unter das Volk wirft.

„Fertig!" sagte Irma und schloß den Koffer.

„Gut! Steig schon auf die Pritsche. Ich will bloß noch schnell den vier Brüdern da hinten den Urin auf Zucker prüfen. Langsam interessieren die mich. Die Praxis ist für heute geschlossen!" Milan sprach den letzten Satz betont feierlich. Dann steckte er sich eine Zigarette an und ging. –

„Schönen guten Abend, die Herren", sagte er, hinter Nico und Conny tretend, die noch immer beschwörend das Wag= gondach beobachteten.

Die Beiden fuhren herum. „Hach, Doktor!" rief Nico. „Der Schreck in der Abendstunde!"

Milan gab ihnen die Hand. Da Inge den Ankömmling neu= gierig bestaunte, rief er: „Wie geht's, Puppe?"

Inge ließ ihn über ihr Befinden im Unklaren und vertiefte sich in Rolands Lichtbilder=Kollektion, die er ihr, in seinem angeborenen Hang zur Beharrlichkeit, bereits zum fünften Mal erklärte.

Milan lachte kräftig. „Niedlicher Käfer, die Kleine! – Aber zur Sache. Ich komme speziell zu Ihnen, Herr Conny!"

„Zu mir?"

„Jawohl, ich wollte mich für die Wucht der Patienten be= danken. Fast der ganze Stall hat Beulen und Brandblasen."

„Ja, aber – es ist doch eher eine traurige Angelegenheit", stotterte Conny, „wie kann man sich für so etwas bedan= ken?"

„Mensch, Conny, ob traurig oder freudig! Man kriegt wieder mal zu tun. Dieses ewige Herumgeliege hängt mir schon zum Hals heraus; und hops ist ja keiner gegangen!"

Nico verhielt sich in einer sonderbaren Reserviertheit. Er erweckte den Anschein, Milans Gesichtspickel zu zählen.

Milan blies gewaltige Rauchwolken um sich und fragte: „Na, und wie fühlt man sich in Gymnasialkreisen – so im Großen und Ganzen?"

„Seicht!" sagte Nico deutlich=spitz.

„Seicht ist gut", lachte Milan. „Haben Sie schon eine Vor= stellung, was für ein Leben uns im Lager erwartet?"

„Da Sie angeben, Arzt zu sein, kann ich mir das Ihrige vorstellen. Weil wir etwas ähnliches nicht angeben können, kann ich mir das Unsere auch ausmalen", sagte Conny trocken.

Milan stutzte. „Verzeihung, habe ich richtig gehört? Wol= len Sie einen Zweifel an meinem Beruf ausdrücken?"

„Mein Freund spricht ein gutes und verständliches Deutsch", sagte Nico. „Abgesehen davon, daß uns Ihr Beruf ziemlich nebensächlich ist, werden Sie uns ja beweisen müssen, was Sie können und sind!"

Milan brannte sich eine zweite Zigarette an. Fast bereute er, den Gang zu diesen penetranten Rotznasen gemacht zu haben. „Spaß beiseite, Jungens!" sagte er. „Durch den Dol= metscher habe ich gestern erfahren, daß sich im Zug kein zweiter Arzt befindet. Also werden die Russen mich – mit an Bestimmtheit grenzender Wahrscheinlichkeit – als Lager= arzt einsetzen. Wenn man mir freie Hand bei der Wahl mei= nes Personals läßt, könnte ich Euch in den Lazarettapparat einbauen. Euren Goldknopf dahinten selbstverständlich auch! Bin ich verstanden worden?"

„Relativ!" sagte Conny und blickte zu Nico, der an seiner Unterlippe kaute und Milan wie eine Erscheinung anglotzte.

„Überlegt Euch das mal!" sagte Milan gönnerhaft. „Ich pflege gerne im voraus zu disponieren."

„Wir auch!" sagte Nico. „Und aus diesem Grund werden wir uns zu einer längeren Beratung zurückziehen. Meine wärmsten Empfehlungen an Frau Doktor!"

Reichlich verdattert erhob sich Milan. „Danke! Und das mit der Beratung geht in Ordnung. Aber seht zu, daß es nicht zu lange dauert. Und denkt daran: ubi bene, ubi patria!"

„... ibi patria!" verbesserte Nico.

Milan tat, als ob er es nicht mehr hörte. Er schwang sich auf die Pritsche, wo Irma ihn mit schnippisch geformten Lip= pen empfing: „Na, hast du deinen Zucker gefunden?"

Milan blickte stechend drein. „Zucker? Hast du eine Ahnung! Die haben Pfeffer – ach, was red' ich – gemahlene Glassplitter haben die!"

Sie saßen um die kleine Lichtzunge des Öllämpchens her= um. Die Fahrtgeschwindigkeit des Zuges hatte sich fast noch vergrößert. Der Waggon schwankte wie eine Barke bei hohem Seegang.

Conny hatte die Einleitung über den zu diskutierenden Vorschlag gesprochen. Nun sah er in die Gesichter seiner Freunde, als wolle er daraus die Wirkung seiner Worte lesen. Er sah in gleichgültige Gesichter – über die, durch das un= ruhige Flackern des Öllichts, Schattenbilder in abstrakten Formen huschten.

Günther brach das Schweigen: „An sich macht mir der Gedanke Spaß. Überlegt doch: keine allzu schwere Arbeit, wir sind immer zusammen und können dabei vielleicht geistig arbeiten. Und so unsympathisch ist mir dieser Milan gar nicht. Wir werden andere Vorarbeiter bekommen, die..."

„... die jedenfalls keine Verbrecher sind!" warf Nico dazwischen.

Roland hob verärgert den Kopf. „Nico! Halt doch gefälligst bei unpassenden Gelegenheiten deinen Schnabel. Witze solcherart würde ich zeitweise überhaupt unterlassen!"

„Und wenn du dich auf den Kopf stellst", grinste Nico, „das sollte kein Witz sein!"

„Dann bin ich ja beruhigt."

„Ich hoffe, du bleibst es auch, wenn ich bei meiner niedlichen Neuigkeit bleibe. Milan ist wirklich ein Verbrecher – ein ganz gefährlicher sogar."

„Wie bitte?" entfuhr es Conny.

Die anderen drei schauten ebenfalls verdutzt aus den Wintermänteln.

Neben dem Abortquadrat zankten sich zwei keifende Frauenstimmen um den Vortritt.

„Los, Nico", flüsterte Roland, „red doch schon: was treibt dich zu dieser absurden Feststellung?"

„Meine, an euch Kindern gemessene, schon bald überreife Lebenserfahrung."

Conny stieß Nico mit dem Ellenbogen in den Rücken. „Schon gut, schon gut. Aber nun schieß los!"

„Es wird aber länger dauern..."

„Mensch, fang an! Und wenn es bis morgen früh dauert!"

„Also gut! – Zuerst muß ich euch eine kleine Vorgeschichte erzählen. Leider! Aber ohne die würde die Logik auf der Hauptlinie fehlen. Also, – ich hatte eine Geliebte...!"

„Eine was?" rief Roland aufwiehernd.

Günther und Conny brachen gleichfalls in ein Gelächter aus, das jeder Beherrschung entbehrte.

Nico betrachtete, ohne eine Miene zu verziehen, stumm seine sich vor Lachen schüttelnden Freunde.

Inge lachte nicht, sie sagte empört: „Schämt euch! Warum soll Nico keine Geliebte gehabt haben? Komm, Nico, erzähle ruhig weiter, mich interessiert das sehr!"

Nico zog an seiner kalten, krummen Pfeife und begann von neuem: „Daß ihr nassen Grasaffen lachen würdet, wußte ich. Deshalb sagte ich: ‚leider' muß ich euch diese Vorgeschichte erzählen. Sonst versteht ihr meine übrigen Kombinationen nicht.

Ich liebte also ein Mädchen in unserer Stadt, das ihr nicht kennt – sie euch Gottseidank auch nicht – weil wir uns erst kennenlernten, nachdem die Russen einmarschiert waren. Alldieweil wir uns alle damals versteckten, zog ich auf den Dachboden meiner Tante, hinter dem Erlenpark.

Wie Diogenes lebte ich, nur zwischen alten Möbeln, prallen Bücherkisten und staubigen Zeitschriften. Ihr kennt ja die Situation.

Der Hausmeister meiner Tante hieß Tschiokalik. Er war Arbeiter im Arsenal und seit dem Einmarsch der Russen aktiver Kommunist. Er bewohnte die Kellerwohnung.

Eines Abends sitze ich im Garten, da kommt Tschiokalik über den Kiesweg.

‚Nicolaus', sagt er, ‚morgen bekommt das Kabuff da oben Zuwachs.'

‚In Form wessen?' frage ich.

‚Red nicht immer so geschwollen! Es kommt meine Nichte Fisso. Hab die Erlaubnis von deiner Tante schon. Sag dir's nur, damit du nicht auf den Gedanken kommst, dich an dem Kind zu vergreifen.'

Er duzte mich immer – oder habt ihr schon mal einen Kommunisten erlebt, der euch das ‚Sie' angetragen hat? – Na, ich sage darauf: ‚Bring deine Nichte ruhig in das Kabuff hoch. Damen vom roten Hochadel haben mich nie interessiert. Es wundert mich nur, daß die Nichte eines so mächtigen Häuptlings vor den Russen keinen anderen Schutz hat und auf einen staubigen Dachboden flüchten muß.'

‚Das geht dich einen Dreck an! Die Besatzungsmacht kann

darin keine Unterschiede machen. Es ist ja noch Krieg!' sagte er und ging.

Am nächsten Tag kam dann Fisso. Sie hieß Sofia Stefan, und hatte nichts mit der Partei zu tun, noch mit den Allüren ihres Onkels. Im Gegenteil: sie hatte saubere Fingernägel, roch nach frischer Wäsche und sah aus wie eine ehrgeizige Ballettratte.

Ich verliebte mich sofort in sie; das um so mehr, als ich die Feststellung machte, daß sie mich für voll nahm. Ich meine als Junge. Denn ihr wißt ja gut, daß ich mich infolge meines kleinen Wuchses bei Mädchen keiner besonderen Nachfrage erfreue.

Ich vergriff mich trotz Tschiokaliks Warnung an ihr – und gab ihr einen Kuß. Aber davon versteht ihr Anfänger ja nichts. Wissen müßt ihr bloß, daß sie mich auch liebte.

Fisso hatte keinen Vater, bezw. er war irgendwie verduf=tet. Aber dessen Vetter war Tschiokalik, der besonders seit dem Einmarsch der Russen seine Hände über die Familie Stefan hielt. Fisso war Kontoristin in einer Salamifabrik, wo ihre Mutter als Putzfrau tätig war."

„Die ist doch da hinten bei Kreutzer!" flüsterte Roland.

„Stimmt! Aber die Alte weiß von mir nichts, da unser Glück im Stillen blühte. Ich habe sie nur einmal vom Fenster aus gesehen. Kurz bevor Tschiokalik ins Gras biß..."

„Wie – tödlich?" fragte Roland gespannt.

„Abwarten, das kommt erst viel später. Ihr kennt ja die Zeit! Man lag den ganzen Tag auf der faulen Haut und über=legte, wie man sich das Leben gestalten könne, ohne von den Russen darin gestört zu werden.

Immer wenn Tschiokalik zur Arbeit ging, unternahm ich mit Fisso Spaziergänge, oder sogar Radtouren – wir wohn=ten ja am Stadtrand.

Eines Abends, Tschiokalik war zur Nachtschicht ins Arsenal gegangen, schlich ich vom Dachboden hinunter. Ich wollte Fisso, die ihr Abendbrot in der Kellerwohnung einnahm, zu einem Spaziergang abholen. Da sehe ich gerade noch, wie sie auf ihr Rad steigt und in Richtung Stadt abbraust. Weil mir schon am Nachmittag irgend etwas Fremdes an ihr auffiel, schoß mir der Gedanke durch den Kopf: die fährt nicht zu ihrer Mutter!

Ihr kennt mich ja nun genau und wißt, daß euer Nico schalten kann. Ich schwinge mich blitzschnell auf meinen Blechesel und fahre ihr nach. Immer mit hübschem Abstand, bis in die Unterstadt. Sie fährt über den Heumarkt und verschwindet im Siedlungsblock ‚Theresianum'. Ich knalle mein Veloziped an die Mauer und laufe durch die nach Moder riechende Toreinfahrt.

Fisso läuft in einen dunklen Wohnungseingang.

Nun müßt ihr wissen, ich war verliebt bis über meine schon damals sehr gepflegte Frisur. Und Fisso, meine Fisso, verschwindet abends in einem fremden Haus, um erst nach einer Viertelstunde wieder zu erscheinen.

Auf dem Heumarkt habe ich sie dann gestellt, weil ich vor Eifersucht karminrot sah. Nachdem sie sich vom Schreck erholte, fragte ich: ‚Wo warst du?'

‚Das – das kann ich dir nicht sagen', stammelte sie verlegen.

‚So? Du kannst nicht!'

‚Nico, das hat nichts mit uns zu tun. Wirklich – ich schwöre es dir.'

Da sehe ich, daß sie mit ihrer linken Hand öfter in die Manteltasche fühlt. Ich sage: ‚Und was hast du dort – in der Tasche?'

Sie zuckt zusammen: ‚Nico, frag mich nicht mehr, ich darf dir das nicht sagen.'

Ich greife zum billigsten Mittel: ‚Fisso! Entweder du sagst mir auf der Stelle, was hier vor sich geht, oder es ist aus. Wenn du eine Geheimniskrämerei anfängst, hat die Sache eine Lücke – und dann ist Schluß!'

Fisso wurde bleich. Sie ließ ihr Rad sinken und kam ganz nahe an mich heran: ‚Gut, ich will es dir sagen. Mein Onkel hat uns versprochen, mich vor den Russen, und besonders vor einer eventuellen Deportation zu schützen. Deshalb hat er mich zu sich genommen. Ich mußte ihm versprechen, dafür einige Gänge zu erledigen. Ist das so schlimm?'

‚Nein, nur daß du sie geheimhalten mußt, ist verdächtig', sage ich, und irgendwie begann mich die ganze Angelegen= heit zu reizen. ‚Wo warst du also?'

‚Ich habe einen Brief zu einem Herrn Simon gebracht.'

‚Hast du dafür einen anderen Brief erhalten?'

‚Ja!'

‚Was im ersten Brief drin stand, können wir nicht mehr erfahren, wohl aber den Inhalt des zweiten.'

‚Nico', flehte Fisso, ‚ich muß ihn aber abgeben!'

‚Sollst du auch. Wir lesen ihn so, daß dein Onkel nichts merkt.'

Als ich den Brief später in der Küche meiner Tante über Dampf öffnete, las ich folgendes: ‚Marpod, ca. 30 M. Alex.'

Ich machte ein langes Gesicht, denn außer, daß Alex ein männlicher Vorname, und Marpod ein Dorf im Harbachtal ist, konnte ich keine weiteren Schlüsse daraus ziehen. Fisso lachte mich aus und legte den Brief auf das Bett ihres Onkels.

Sie mußte noch öfters ins ‚Theresianum' fahren. Manchmal, wenn ich sie zurückkommen hörte, nahm ich ihr den Brief ab und hielt ihn gegen das Licht. Es stand aber immer nur eine Zeile drinnen. Die Namen Alex und Simon wechselten sich als Unterschrift unter den unklaren Texten ab.

In meinem jugendlichen Leichtsinn nahm ich Fissos Boten= gänge genau so selbstverständlich auf wie ihre Küsse. Ich war froh, daß dieser Simon wirklich nichts mit uns zu tun hatte.

Es war eine sehr schöne Zeit!

Bis mich einige Wochen später ein Ereignis stutzig machte. Ich las in einer Tageszeitung, daß sich in einem Dorf ehema= lige deutsche Soldaten, die versteckt bei Bauern lebten, in Bauerntracht verkleidet zum Gottesdienst in der deutschen Kirche eingefunden hatten. Durch Verrat wurden sie in der

Kirche von einem Sonderkommando der Miliz verhaftet. Das Dorf hieß Marpod – und die Zahl der Verhafteten war 32.

Ich zeigte Fisso den Bericht. Sie wurde weiß wie die Wand und begann zu weinen.

Ich fragte sie: ‚Ist dieser Simon Rumäne?'

‚Der? Nein, das ist ein ehemaliger deutscher Landser.'

‚Wie!' schrie ich. ‚Und das sagst du mir erst jetzt?'

‚Du hast mich ja nie danach gefragt!' antwortete Fisso.

Es kamen mir dunkle Gedanken. Ich ließ Fisso stehen, wo sie stand und schwang mich im Räubersprung auf mein Fahrrad. Es war bereits Herbst geworden und stark nebelig im Erlenpark. Ich trat in die Pedale und fuhr wie ein Irrsinniger zur Stadt. Vor dem Glatzerischen Haus, in der Kreuzgasse, bremste ich und klopfte an den Fensterladen. Frau Glatzer öffnete mir.

Ich flüsterte: ‚Frau Glatzer, ich brachte neulich von meiner Tante Wollsachen für die versteckten Landser. Wissen Sie, ob die heute noch da sind?'

Sie lächelte. ‚Sicher sind die noch da, Nicolaus.'

‚Dann sind sie in Gefahr. Könnte ich mal zu ihnen?'

‚Komm rein!'

In der Diele nahm sie einen Besenstiel und klopfte damit gegen den Rahmen des gläsernen Lichtschachtes an der Decke. Der öffnete sich sofort und es wurde eine Leiter heruntergelassen.

In dem Dachraum standen fünf Gestalten. Rasiert und sauber gekleidet, aber unnatürlich dick aufgedunsen, vom monatelangen Stilliegen bei guter Verpflegung. Die Männer gaben mir die Hand. Frau Glatzer wandte sich an den Jüngsten von ihnen: ‚Herr Levedong, dieser junge Mann spricht von Gefahr.'

‚Was gibt es denn, mein Junge?' fragte Levedong.

Ich sagte: ‚Kennen Sie einen ehemaligen Landser, der Alex oder Simon heißt?'

Levedong lachte. ‚Natürlich kennen wir den. Feldwebel

Alexander Simon lebt auch hier in der Stadt. Er war Sanitäter und hat uns kofferweise mit Medikamenten versehen.'

‚Wann?'

‚Moment mal, vor acht Tagen noch hat er Fühlung mit uns aufgenommen.'

‚Dann sind sie geliefert!' schrie ich ihm ins Gesicht.

‚Was?!'

‚Er verrät nach und nach alle ehemaligen deutschen Sol= daten an einen fanatischen Kommunisten. Machen Sie sich aus dem Staub, hier sind Sie keine Sekunde mehr sicher!'

Levedong sagte: ‚Ich ahnte es, daß sich Germania wieder einmal selbst auffrißt. Aber diesen Kerl wollen wir uns kaufen und mit ihm verfahren, wie mit einem Verräter. Noch ist Krieg.' Zu seinen Kameraden gewandt fuhr er fort: ‚Wir setzen uns ab in den Fuchsbau. Und zwar sofort.'

Ich verließ das Haus in der Kreuzgasse und fuhr langsam unter den Erlen durch den Nebel. Ich machte mir eine Vor= stellung über den erwähnten Fuchsbau und dachte an den Krieg, dessen Kugeln noch 500 Kilometer hinter der Front ihre Opfer suchten. Dabei widerte mich der Gedanke an, daß ich mich durch meine heutige Handlung auch am Krieg be= teiligt hatte.

Im November sagte mir Fisso: ‚Gestern habe ich Simon auf der Straße gesehen. Meine Mutter meinte, so sähe doch kein Verbrecher aus.'

‚Hast du deiner Mutter von deinen Botengängen erzählt?'

‚Ja, als die Sache mit Marpod passierte.'

Er lebt also noch! dachte ich an diesem Tag. Ich dachte überhaupt sehr viel an Simon. Man hörte auch wieder von der Aushebung mehrerer Soldatennester.

Tschiokalik duzte mich nach wie vor und ging ins Arsenal arbeiten. Insgeheim ersehnte ich einen Abschluß dieser Sache mit Simon! Aber die Leute vom Fuchsbau schienen zu zögern, oder schon festzusitzen.

Am 31. Dezember verließ ich mit Fisso in der Abenddäm= merung das Haus. Wir wollten einen Spaziergang durch den

Schnee machen. Als wir die Erlen erreichten, sprang Fisso hinter einen Baum und flüsterte:

‚Dort geht Simon!' Sie deutete auf die Straße, die zwischen den Erlen und der Häuserreihe lag.

Ein Mann von mittlerer Gestalt ging langsam den Bürgersteig entlang und suchte angestrengt die Hausnummern ab.

‚Er holt meinen Onkel ab', flüsterte Fisso. ‚Sie feiern heute hier in der Gegend bei einem Freund Sylvester.'

Ich bekam eine Gänsehaut. So dumm es auch klingt – es wurde mir plötzlich unheimlich zumute. Da ging nun der Mensch, dessen Existenz mein Gemüt schon seit Monaten in Aufruhr hielt, keine fünf Meter entfernt an mir vorüber. Und suchte in Seelenruhe Hausnummern! Einmal blickte er zu den Erlen hinüber, sodaß ich sein Gesicht genau sehen konnte. Ich bereute es, in der Hast meines Besuches in der Kreuzstraße, nicht nach der Lage des ‚Fuchsbaues' gefragt zu haben. Man hätte die Leute verständigen können...

‚Gehen wir jetzt?' hörte ich Fisso fragen. Sie war mir schon ein Stück vorausgeeilt.

‚Ja', sagte ich und wandte mich von Simon ab. –

Am Sylvestermorgen brachten Leute die von mehreren Kugeln durchbohrte Leiche Tschiokaliks ins Haus.

Ich stand am Fenster und erwartete Fisso, die ihre Mutter von der Kirche abholen sollte, um bei Tschiokalik zu essen. Als ich den Leichentransport im Vorgarten sah, packte es mich wie im Fieber. Ich rannte hinunter. Den drei Männern, die sich mit dem Toten abschleppten, stand die Angst im Gesicht geschrieben und sie hatten mächtige Alkoholfahnen.

‚Wo ist der andere – der Simon?' fragte ich frech.

Sie stiegen die Kellertreppe hinab. Einer sagte: ‚Hat nochmal Schwein gehabt. Die Verfolger mußten die Hetzjagd aufgeben, weil wir knapp hinterher kamen.'

‚Wer mußte die Hetzjagd aufgeben?' rief ich und lauschte gespannt in den engen Kellerflur.

‚Du Bettnässer!' rief derselbe Mann. ‚Hast noch nie was vom Fuchsbau gehört?' –

Wie mir Fisso nach dem Begräbnis sagte, steht auf Tschio=
kaliks Grabkreuz: Er starb durch Meuchelmord."

Nico machte hier eine Pause und besah sich die Fingernägel.
Günther fragte leise: „Und Simon?"
„Der?" Nico grinste. „Der liegt, wenn du nichts dagegen
hast, halblinks hinter dir auf der Pritsche – oder noch ge=
nauer, er saß vor zwei Stunden hier auf diesem Koffer. Er
heißt jetzt Milan. Ich verwette das letzte Stück meiner Ehre,
daß ich ihn eben, wo er uns so nahe saß, erkannt habe!"
Sie schwiegen betreten. Teils vor Grauen, teils, weil sie an
Nicos Erzählungen keinerlei Zweifel hegten. Er war ein aus=
gesprochenes Lästermaul, aber in ernsten Dingen sagte er
nur, was Hand und Fuß hatte.
Inge fand als erste die Sprache wieder: „Und Fisso? Hast
du sie danach noch gesehen?"
„Noch zweimal. Am 8. Januar gingen wir dann in die
Berge, da die Gerüchte um die Verschleppung immer dichter
wurden. Bei unserer Rückkehr in die Stadt hätte ich ihr gerne
Lebewohl gesagt – aber das ging ja schlecht."
Inge nickte. „Und – liebst du sie noch?"
„Selbstverständlich", sagte Nico etwas abrupt und streckte
sich auf seinem Koffer aus, zum Zeichen, daß ihm die Fragerei
auf die Nerven ging.
Die anderen versuchten mit ihrer Erregung wohl oder übel
fertig zu werden. Obwohl es unausgesprochen blieb, dachte
niemand mehr daran, eine Stelle im Lagerlazarett anzuneh=
men. Unter diesem Milan, Simon, oder wie er sonst heißen
mochte, jedenfalls nicht.
Am nachdenklichsten zeigte sich Roland. Immer wieder
streifte er Nico mit einem sehr zweifelnden Blick.
„Nico", sagte er nach gründlicher Überlegung, „findest du
nicht, daß wir besonders in der uns bevorstehenden schweren
Zeit die Wahrhaftigkeit der Lüge vorziehen sollten?"
Nico hob brüsk seinen Kopf. „Was spintisierst du denn

jetzt? Zweifelst du daran, daß ich diesen Menschen erkannt habe?"

„Das nicht. Aber, sag es selbst, war die Geschichte mit dieser – hm – Fisso nötig? Offen gesagt, ich glaube davon kein Sterbenswörtchen. Sei mir bitte nicht böse."

Nico richtete sich noch höher auf. Wilde Wut schlug aus seinen Augen. „Du Neidhammel! Bloß weil du dich nicht traust, ein Mädchen auch nur halbwegs männlich anzuschauen, stört dich der Gedanke, daß ich schon weit mehr erlebt habe, als man mir an der Nasenspitze ansieht. Verlaß dich darauf, deine Worte werden dich noch einmal bitter reuen..."

„Es wird bei euch immer interessanter", stellte Inge lachend fest. „Nein, was es alles gibt! Bitte, schau mich einmal männlich an – bekommt man dabei die berühmte Gänsehaut?"

Nico sah sie nicht an. Er drehte sich zur Wand und murmelte etwas von ‚blödem Volk'.

Für die weiteren Abendstunden war mit seiner Gesellschaft nicht mehr zu rechnen.

„Jeden Tag Salami ist auch nichts!" meckerte Kreutzer beim Frühstück. „Sag mal, hast du außer diesem trockenen Eselfleisch nichts anderes mitgenommen?"

Frau Stefan zog ihr Gesicht kraus. „Doch, warme Unterwäsche und ein evangelisches Gesangbuch."

„Evangelisch bist du auch noch?"

„Du! Mach grad so, als wärst du katholisch."

„Hab ich gar nicht nötig. Ich bin Nationalsozialist!"

„Seit wann jetzt auch das noch?"

„Schon lange. Aber immer nur am 30. Januar, dem Tag der Machtergreifung."

„Haben wir heute den 30. Januar?" fragte Frau Stefan überrascht.

„Erraten! Und zur Feier des Tages unternehme ich einen kleinen Spaziergang durchs Gelände. Heil Hitler!"

„Geh zum Teufel!" lachte Frau Stefan und packte kopfschüttelnd die angeschnittene Salami weg.

Kreutzer kroch an den übereinander geschichteten Ofenteilen vorbei und ließ sich stöhnend neben Girr nieder. Er kniff der rassigen Mitzi ein Auge und sagte zu Girr: „Hör einmal, du alter Flitterwöchner! Es ist Not am Mann – bist du noch einer?"

„Also Kreutzer", sagte Girr auffahrend, „du denkst nicht schön von mir! Wo bleibt unsere Freundschaft?"

„Das frage ich mich auch. Deshalb besuche ich dich ja. Bist du willens, den Ofen wieder aufzubauen? Als Schmied wäre dir das trotz allem noch zuzutrauen."

„Gemacht", sagte Girr und erhob sich, „es riecht mir verdächtig nach Feuer. Was?"

„Deine Nase ist in Ordnung. Und unsere Freundschaft ist es auch, wenn der Ofen wieder steht."

„Darauf kannst du dich verlassen!" Girr ließ seine Mitzi mit sich allein und ging zu Werk. Er begann seine Arbeit pfeifend, wie es einem richtigen Schmied zu Gesicht steht. ‚Wo die Nordseewellen spülen an den Strand', bewegte heute sein durch Liebe aufgewühltes Gemüt.

Während dessen pendelte Kreutzer weiter zu Viktor.

„Herr Viktor", sagte er hier, „nichts für ungut wegen gestern! Ich meine das Kochgeschirr. Es ist mir halt ausgerutscht..."

„Kein Wort mehr darüber", sagte Viktor, „ist schon in Ordnung. Bei mir wird nichts nachgetragen. Es waren nur die Nerven." Viktor biß sich auf die Lippen und musterte Kreutzer nachdenklich.

Dieser beobachtete Girr beim Ofensetzen, dessen Nordseewellenlied in der Strophenzahl bereits zweistellig notierte.

Nach dieser Pause sagte Viktor: „Neben Ihnen, Kreutzer, hat doch eine gewisse Frau Stefan ihren Platz."

„Ja, aber rein zufällig, bitte sehr!"

„Natürlich. Haben Sie sich mit ihr schon einmal unterhalten?"

„Sie! Ich möchte den sehen, der nur fünf Minuten lang neben ihr sitzt und von ihr nicht unterhalten wird..."

„Schon gut, aber hat sie Ihnen auch schon etwas von ihrer Familie erzählt?"

„Gleich zu Anfang. Ehemann verdünnisiert, Tochter Kontoristin..."

„Ja, stimmt. Über diese Tochter wollte ich Bescheid wissen. Ist die auch verschleppt worden?"

„Nein, deshalb sitzt ja die Alte hier."

„Dann ist es gut!" sagte Viktor. Es klang wie ein Erleichterungsseufzer.

Doch gerade das war es, was Kreutzers Ohren spitzte. Er tat so, als interessiere ihn im Augenblick nichts mehr, als Girrs Ofensetzen. Dabei dachte er: frag ich Viktor jetzt, was er mit der Tochter gehabt hat, läßt er mich abblitzen. Schweige ich, spricht er sich von selbst aus. Nach kurzer Zeit erfüllte sich seine Vermutung, allerdings in einer anderen Form.

Viktor sagte: „Kreutzer, noch ein Wort unter Männern, Frau Stefan erfährt keine Silbe über unser Gespräch. Hand aufs Herz!"

„Hand aufs Herz – kein Wort!" versicherte Kreutzer und dachte: die erfährt auch nichts. Aber ich werde sie einmal anzapfen – die Geschichte interessiert mich brennend.

Dann kroch er weiter zu den Studenten.

Zur Begrüßung sagte er mit übertriebener Freundlichkeit, die den Verdacht aufkommen ließ, er habe ein Anliegen: „Was macht das Säuglingsheim?"

„Sehr naß, wenn Sie Conny abholen wollen!" sagte Nico. „Wie ich sehe, ist der Ofen bald wieder intakt. Und wenn Sie mit Wollsocken heizen wollen – Tee wird keiner mehr gemacht!"

Nico vertiefte sich wieder in die Landkarte, in der er zusammen mit Günther wühlte.

Kreutzer ließ sich auf eine Kofferecke nieder und drehte

sich mit Bedacht eine Zigarette. Er beobachtete mit stillen Vergnügen das Getue der beiden an der Landkarte.

„Über Dnjepropetrowsk fährt man nach Stalino!" sagte Günther aufgebracht.

Nico ließ ihn ohne Antwort und kroch förmlich in die Karte, wobei seine überdimensionale Nase wie eine schmutzige Wolke über dem Gebiet des Donezbeckens hing.

„Über Dnjepropetrowsk fährt man nach Stalino!" wiederholte Günther, diesesmal in der Tonfarbe eines Trompetenstoßes.

„Menschenskind!" rief Nico aufblickend. „Hast du heute nacht ein Repetiergewehr verschluckt? Ich bin ja nicht schwerhörig. Ja, ja, über Dnjepropetrowsk fährt man nach Stalino!"

„Nicht unbedingt", meldete sich Kreutzer.

Nico sah ihn zweifelnd an und fragte mürrisch: „So? Über was, z. B., würden Sie ausgedienter Vergaser nach Stalino fahren – wenn nicht über Dnjepropetrowsk?"

„Über die Feiertage", lachte Kreutzer. „Und von wegen Vergaser, Freundchen..." er hob mahnend den Zeigefinger.

Roland, der etwas abseits saß, fragte interessiert: „Wer fährt hier nach Stalino?"

„Wir"! sagte Nico. „An der Schwerindustrie von Dnjepropetrowsk sind wir eben vorbeigefahren. Demnach kann unser nächstes Fahrziel nur im Donezbecken liegen. Und dessen Metropole heißt Stalino."

„Donezbecken? Das ist doch das Kohlenzentrum von Rußland!"

„Du sagst es! Wenn du diese Karte siehst, tun dir die Augen weh von den unzähligen schwarzen Hämmerchen, die kreuzweise in der Landschaft herumliegen."

Es folgte ein peinliches Schweigen, das bloß von Kreutzers Baß dezent untermalt wurde. Kreutzer versuchte nämlich das Wort ‚kreuzweis' in eine seiner speziellen Redensarten einzubauen.

Nico legte schließlich die Karte zusammen und fragte:

„Kreutzer, was ist eigentlich der Grund Ihres Besuches, schon so früh am Nachmittag?"

„Ich wollte euch etwas fragen."

„Bitte sehr."

„Ihr kommt ja aus sogenannten besseren Kreisen, womit unsereins zu verkehren nie so recht Lust hatte", sagte Kreutzer sauer.

„Und jetzt hat Sie plötzlich die Lust gepackt?"

„Herr behüt mich, nein! Aber mich interessiert ein ganz bestimmter Mensch, der zu Hause auch diesen sogenannten besseren Kreisen angehörte."

„Sie haben wohl vor, in eine Patrizierfamilie hinein zu heiraten, was?" Nicos Stimme schlug vor Spaß über.

„Auch das nicht. Aber paßt einmal genau auf: wäre das möglich, daß ein Mensch aus dieser sogenannten besseren Gesellschaft ein Mädchen lieben würde, das aus niederen Schichten käme?" fragte Kreutzer gespannt.

„Warum nicht – wenn sie hübsch ist", sagte Nico; ein wehmütiges Lächeln stand verloren in seinem Gesicht.

„Wenn sie hübsch ist! Das sieht dir Gartenzwerg so ähnlich. Ich will aber noch genauer fragen: angenommen, du würdest ein Mädchen lieben, deren Mutter – sagen wir mal – Putzfrau ist... Sag, hast du die Malaria?"

Nico war bei dem Wort ‚Putzfrau' zusammengefahren und hatte sich jählings verfärbt, was Kreutzer unwillkürlich bemerkte.

Dabei sah ihn Nico an, als wollte er ihm das Augenlicht nehmen und fauchte: „Geht Sie das etwas an?"

Kreutzer wußte mit dem sonderbaren Benehmen Nicos nichts anzufangen. Auch die anderen sahen ihn wenig geistreich an. Er zuckte also die Achseln und sagte: „Jesses! man wird ja noch was fragen dürfen!"

„Kreutzer!" preßte Nico heraus. „Wer hat Ihnen von dieser Sache erzählt? Etwa Frau Stefan?"

„Jetzt werde ich ganz blöd!" rief Kreutzer. „Nein, im Gegenteil, der soll ich gerade nichts darüber erzählen."

„Wieso? Wer sonst kann Ihnen denn etwas darüber gesagt haben?"

„Na er, der Herzensbrecher, ha, ha. Der Viktor da hinten!" Kreutzer bog sich vor Lachen.

Die Köpfe der jungen Leute flogen herum. Viktor saß in seiner üblichen Stellung an der Waggonwand und war damit beschäftigt, Bulion über eine Mahlzeit hinwegzufüttern. Sie unterhielten sich wie zwei alte Freunde.

„Herzensbrecher?" fragte Nico. „Wer hat wem das Herz gebrochen?"

„Woher soll ich das wissen?" sagte Kreutzer aufgebracht. „Ich war schließlich nicht dabei. Jedenfalls müssen die beiden ein Kuddelmuddel gehabt haben – der Viktor und die Tochter von der Stefanin. Hast du vergiftetes Schweinefleisch gegessen, Nico? Du wirst ja immer grüner!"

Nico wurde es auch grün vor den Augen. Er verlor bei diesen Andeutungen Kreutzers den Boden unter den Füßen.

„Wer ist dieser Viktor eigentlich?"

„Diese Frage wollte ich euch gerade stellen. Statt dessen habt ihr mich blöd gemacht. Ich ziehe mich verärgert zurück – adieu!"

Kreutzer wollte sich erheben, doch Nico griff in den Saum seines Lederjacketts und flüsterte: „Halt! Von wem haben Sie Ihre Weisheiten nun wirklich?"

„Von Viktor. Ehrenwort!"

Nico sah versonnen in Kreutzers Gesichtsfalten. „Werden Sie mir etwas versprechen?"

„Versprechen tue ich grundsätzlich alles!"

„Dann versprechen Sie mir, den Mund über diese Sache zu halten."

„Hand aufs Herz!" murmelte Kreutzer und dachte: bin gespannt, wer noch alles von mir verlangt, über eine Sache zu schweigen, die ich selbst nicht kenne.

Im Fortkriechen wandte er sich noch einmal um und rief: „Und gegen abend haltet euch bereit. Die Pritsche wird evakuiert und verheizt. Krieg ist Krieg!"

Nico sah ihm nachdenklich nach und drehte dann seinen Kopf scheu in die Richtung, wo Viktor saß. Was für ein verteufeltes Mißverständnis lag hier vor? Es brannte in ihm die Versuchung, einfach hinüberzukriechen und ihm die Frage zu stellen: was haben Sie mit dem Mädchen gehabt? Vor allem, wann kannten Sie Fisso?

Er beherrschte sich und verschob eine Aussprache bis nach der Ankunft im Lager. Hier waren zu viele Zuhörer. Und die Zeit, sagte er sich, läuft einem nicht weg – hier in Rußland bestimmt nicht.

Nur mühselig gelang es ihm, sich wieder seinen Freunden zuzuwenden. Roland sagte zwar nichts, aber sein Gesicht drückte eine ekelhafte Zufriedenheit aus. Zum Dreinschlagen, dachte Nico. Er tat aber auch das nicht, sondern versicherte ihm: „Dir wird das Grinsen schon in den nächsten Tagen vergehen! Sowie wir im Lager ankommen, kläre ich den Unsinn auf – genügt dir das?"

„Es sollte mich freuen", antwortete Roland, „es sollte mich für dich freuen!"

Nach der Räumung der Pritsche war Bulion ganz zu Viktor gezogen.

Beim Frühstück sagte Viktor: „Dieses war das letzte Essen, das du von mir bekommen hast."

„Was? Kannst du mich nicht mehr leiden?" fragte Bulion erstaunt.

„Im Gegenteil, immer besser. Aber meine Vorräte sind aus – restlos!"

„Schade! Jammerschade!"

„Suchst du dir jetzt einen anderen Brotherrn?"

„Nie im Leben! Ich bleibe bei dir", protestierte Bulion energisch. „Du denkst, ich hätte keinen Charakter?"

Viktor lachte. „Seit zwei Wochen hast du einen guten, bestimmt."

„Wollt ich auch meinen!"

Sie schwiegen darauf, bis Bulion fragte: „Hast du jetzt wirklich nichts mehr?"

„Nichts!"

„Das ist bitter! Aber, Viktor, wir verhungern nicht. Wir zwei auf gar keinen Fall. Jetzt bin ich dran, für uns zu sorgen..."

„Wie willst du das anfangen? Stehlen gibt's nicht mehr, darauf habe ich dein Ehrenwort."

„Aber nicht für Betteln! Davon war keine Rede..."

„Mensch Bulion, wen willst du hier anbetteln?"

„Die Frau Stefan. Die hat ihren ganzen Koffer voll Sa= lami."

„Tu das nicht!" sagte Viktor verärgert. „Dein Charakter wird dadurch wieder schlechter."

„Wieso? Hat das etwas mit Hungern zu tun?"

„Ja!"

„Dann hab ich den besseren Charakter von uns beiden, Viktor. Wetten, daß ich im Leben mehr gehungert habe als du!"

Viktor nickte und schwieg. Er bemerkte wieder einmal die einzige Lücke in der so festen Freundschaft mit diesem Bu= lion: dessen ausgesprochen dünne Bildung. Trotzdem konnte sie seine anderen guten Seiten nicht verdrängen: er war gut= mütig, immer freundlich und schweigsam. Es dauerte bei seiner Auffassungsgabe oft Stunden, bis er sich zu einer Erlebnisschilderung entschloß. Bereits 12 Tage forschte Vik= tor in Bulions Vergangenheit. Ohne darüber im Besitze einer abgerundeten Übersicht zu sein.

Bulion seinerseits stellte keine Fragen; es sei denn, man zähle darunter seine angeborene Frechheit, eine Frage mit einer Gegenfrage zu beantworten. Aber das war harmlos.

Wie auch eben. Viktor versuchte das Gespräch vom so variablen Begriff Charakter auf ein allgemeines Gebiet zu lenken. „Bulion, warst du eigentlich Soldat?"

Bulion schüttelte den Kopf. „Und du?"

„Sicher war ich Soldat!"

„Offizier?"
„Ja!"
„Bei den Deutschen?"
„Ja!"
Damit erlosch Bulions Interesse für den Militarismus. Die nähere Zukunft bewegte ihn heftiger. „Also wird nichts aus einer Salami?"

„Ist nicht nötig", tröstete ihn Viktor. „Morgen endet unsere Fahrt."

„Das kannst du doch nicht wissen!" zweifelte Bulion.

„Doch, ich war gestern als Wasserholer dran. Der Leutnant hat es mir gesagt."

„Kannst du russisch, Viktor?"

„Natürlich! Ich habe schließlich gegen die Russen gekämpft."

Bulion wurde hellhörig. „Das versteh ich nicht! Warum bist du nicht an der Front und läßt dich hier verschleppen?"

„Das kannst du nicht verstehen – du warst ja nie Soldat."

Bulion gab es auf. Es kam ihm vor, als habe er sich mit Viktor über diesen Punkt schon einmal unterhalten. Er wußte es nicht mehr genau.

Er wußte überhaupt sehr wenig.

Morgen sind wir am Ziel.

Diese fünf Worte hatte Sadlokal, der Dolmetscher, am späten Nachmittag in den Waggon posaunt. Seine Worte wurden aufgegriffen. Teilweise freudig, wie die letzte, treibende Planke vor dem Wassertod, zum Teil auch wie ein glühendes Eisen, das man schmerzdurchbohrt eilig zu Boden schleudert.

Ein eigenartiges Wort: Ziel. Für den einen bedeutete es – Licht. Für den anderen klang es wie – Ende. Der Dritte vielleicht dachte: es ist, als sage man einem Säugling – geh!

In diesen Strudel von diametralen Gefühlen, Debatten und Gedanken trat Kreutzer. Da er dieses wie immer mit beiden Beinen tat, erreichte er einen kurzen Stillstand der Unruhe.

„Nun seid doch für einige Minuten ruhig!" rief er. „Es ist der letzte Abend in diesem fahrenden Klosett. Weil wir uns während dieser Fahrt alle einigermaßen gut vertragen haben, wollen wir es uns für die letzten Stunden ein wenig gemütlich machen. Holz haben wir noch für die ganze Nacht. Zündet alle Öllämpchen an, daß man sich noch einmal in die Visagen schauen kann. Teilt das Essen mit eueren Nachbarn – wie es anständige Kommunisten tun – und vor allem, nehmt die Schnapsflaschen heraus und sauft auf alles, was euch heilig ist! Aber trinkt und zieht keine Gesichter!"

Es wurde ein ausgedehntes Fest. Die Öllämpchen schwelten in ungewisser Helle über den Menschen, in denen ein ungestümes Bekenntnis zum Leben aufbrach.

Die Schnapsflasche schwenkend stimmte Girr ein Lied ums andere an und wippte mit dem Kopf den Takt. Nico spielte Mundharmonika mit der Inbrunst eines Straßenmusikanten. Selbst Inge, die stockunmusikalisch war, sang mit. Sie bestaunte mit neugierigen Augen dieses Bild, das plötzlich voller Farbe war – voller bunter Gestalten, mit alkoholisierten, roten Köpfen.

Kreutzer sang auf Verlangen anderer und seiner eigenen Seele ungarische Lieder jeder Gattung. Er sang mit der dazugehörigen Wehmut sowie der stellenweise verlangten Wildheit. Die Texte verstanden nur die älteren Jahrgänge, was sie durch Mitsingen reichlich demonstrierten.

Bulion jagte noch einmal seinen ‚Korporal aus Caracal' durch den Waggon, dieses Mal von den entsprechenden Gesten begleitet.

Milan sang zu vorgerückter Stunde ein Lied in einer fremden Mundart mit dem Refrain:

> Wenn ich so an min Heimat denke
> und sün der Dom so für mich ston
> möcht ich direkt op Heimat schwenke
> ich möcht zu Fuß nach Kölle jon.

Erst weit nach Mitternacht verrauschte dieses Fest, das sich Inge vornahm, in ihrer Freizeit zu zeichnen. ‚Bankett der

Verlorenen' wollte sie das Bild nennen. Einzelne Lampen verloschen. Ihre primitiven Dochte glühten aus und wurden kalt.

Ein Licht brannte noch lange. Es hing in einer Fassung, deren kunstvolle Verzierung eine Meisterhand verriet. Und kaum noch an das Herstellungsmaterial, eine Konserven=
dose, erinnerte.

Hans Girr, der Schmied, hatte sie für seine Mitzi gefertigt, in deren Bann er kompromißlos geraten war. Die Tage der Fahrt waren für ihn nur so dahingeflogen. Wie im Film! stellte er täglich fest und griff sich jedesmal an den Kopf, vor Angst, aus einem Traum zu erwachen.

Nun saß er neben dem Kofferbett seiner Mitzi. Sein Kör=
per, wuchtig schwer, neigte sich alkoholgeschwächt vornüber. Sein Gesicht glänzte naß und drückte Schrecken aus. Er stierte Mitzi an und fragte müde:

„Was erzählst du da?"

Mitzi blickte gläsern irgendwohin. Sie saß aufrecht an die Wand gelehnt. Neben ihrem Kopf hing Girrs Präsent – die Lampe. Da sie ihre Blusen alle ‚durch' hatte, fand sie für das von Kreutzer angekündete Fest eine noch saubere Pyjama=
jacke aus hellgelber Seide mit goldfarbenen Effekten richtig.

Mitzi war, intensiv wie sie alles erlebte, zu stark in den Rausch des Festes geraten. Der überreichliche Schnapsgenuß hob sie so weit über die Situation, daß sie nunmehr das Opfer eines jämmerlichen Katers war. Bilder der Vergangen=
heit drängten sich ihr auf. Sie erzählte zuerst unzusammen=
hängende Episoden. Langsam aber formte sich das, was in ihr würgte, zur festen Vorstellung. Und ohne zu wollen, war sie auf ein Thema gekommen, das Girr einen Stoß gab, dessen Schmerzen ihn in tausendfacher Variation quälten.

„Halt doch!" sagte Girr erregt. „Erzähl das noch einmal, aber deutlich!"

Mitzi griff verloren in ihre Haare und verschränkte die Hände hinter dem Kopf. „Wie ich's doch sage. Eines Tages bekamen wir eine neue Einquartierung. Es war ein Haupt=

mann. Mein Vater verehrte ihn, meine Mutter verwöhnte ihn und ich liebte ihn. Er war anders als die vielen Einquartie=
rungen davor. Die beachteten mich nur, weil ich die Tochter meines Vaters war. Sie gingen mit mir tennisspielen, schwim=
men oder in Konzerte.

Hauptmann Levedong verliebte sich in mich. Er führte mich in Lokale, wir bummelten bis spät nachts durch die Stadt – dann kam unsere schöne Reise nach Bukarest..."

„Ihr wart zu zweit in Bukarest?" fragte Girr. Er brachte die Laute nur mit Gewalt über seine schwere Zunge. Die Arme hingen ihm schlaff zu Boden.

„Ich erzähle es ja gerade!" sagte Mitzi, gereizt über die Unterbrechung. „Nach dieser Reise beschlossen wir, uns zu verloben. Levedong war der Sohn eines Textilfabrikanten aus dem Rheinland. Er wollte mir Deutschland zeigen – noch vor unserer Hochzeit..."

„Ihr seid zu zweit nach Deutschland gefahren?" Girr fin=
gerte nach seiner Schnapsflasche und nahm mit geschlossenen Augen einen Schluck.

„Eben nicht! Am 23. August, als die Front in der Moldau zusammenbrach, stand er nachts plötzlich in voller Aus=
rüstung vor meinem Bett und verabschiedete sich. ‚Ich komme wieder und hole dich raus', rief er mir noch von der Tür her zu." Mitzi atmete schwer. „Ich werde ihn nie wiedersehen!"
Sie hatte ein taubes Gefühl in den Armen und legte die Hände umständlich in den Schoß.

Girr starrte sie unter stechenden Eifersuchtsqualen an und stammelte: „Aber Mitzi, du hast ja mich!"

Ob ihn Mitzi hörte? Sie hatte noch immer den abwesen=
den Blick und sah irgendwo hin. Sie überhörte sogar den dumpfen Ton, als Girr zu Boden schlug.

Er war restlos betrunken.

„Petrowsk ist ein trübes Nest", murmelte der Heizer gäh=
nend. Er lehnte neben dem Lokführer an der Maschinentür und beobachtete das Auswaggonieren der Gefangenen.

Der Lokführer zeigte ein gutgelauntes, sattes Lächeln. „Ein Kohlenbergwerk ist kein Kurbad auf der Krim!"

„Leider, Towarischtsch. Wäre viel lieber nach Balaklawa gefahren." Der Heizer spuckte in die Richtung, wo die ersten Gefangenen Aufstellung nahmen. „Ganz ehrlich gesagt, die armen Menschen tun mir leid!"

„Still! Willst du, daß ich dich denunziere? Du sympathisierst ja mit unseren Feinden!"

„Sind das unsere Feinde?"

„Alle Kapitalisten sind unsere Feinde!"

„Aber die sehen doch nicht wie Kapitalisten aus", grinste der Heizer.

„Nicht mehr! Wir haben unsere Norm erfüllt: die Fahrt hat sie zu Proletariern gemacht."

„Ein Wunder ist geschehen!" rief der Heizer aus und legte seine Hand auf die Herzgegend.

„Mann, was heißt das schon wieder?" fragte der Lokführer unwillig.

„Achtundzwanzig Jahre sind seit der Revolution vergangen – und aus mir will noch immer kein anständiger Proletarier werden. Und die da sollen es in zwei Wochen geworden sein?"

„Och, tschort! Du bist ein Provokateur. Ich muß dich denunzieren."

„Ladno", lächelte der Heizer und sprang aus der Maschine. „Bin im Tender zu finden. Ich werde vorher einmal tüchtig ausschlafen. Do swidanija!" –

Halbrechts neben dem eingelaufenen Zug stand der Förderturm. Dicht davor lag ein Berg frisches Grubenholz. Daran lehnten, ein Gewehr in der Hand haltend, zwanzig Frauen. Sie sangen ein Lied. Eines jener russischen Lieder, das weit klingt, sich ebenso gleichmäßig dahinzieht wie die Landschaft. Der Wind fetzt dazwischen, bläst ihnen Schnee in den Mund und reißt ihnen die Kopftücher weg. Aber sie singen weiter, ewig gleichlaut und gedehnt.

Diese singenden Frauen trugen die übliche, wattegesteppte Uniform einer unter Waffen stehenden Frauenabteilung der russischen Armee.

Auf einem Ziegelhaufen stand der Dolmetscher Sadlokal. Seine graumelierte Pelzmütze strebte in der Spitze hoch und knickte nicht ein. Sie wurde vom Wind gehalten. Er schrie unaufhörlich:

„Haltet's Ordnung, Kam'raden! Macht's keinen Balamuk! Zeigt's Disziplin beim Aussteigen!"

Zu seinen Füßen, rund um die Ziegelsteine, vertraten sich zwölf russische Offiziere die Füße. Vornean ein Major. Sie verfolgten mit ausdruckslosen, gesunden Gesichtern das Auslademanöver. Einige sahen bewundernd zu Sadlokal hoch, als sei er ein fremdes, unbekanntes Denkmal. Manch= mal sprach der Major einige Sätze zu Sadlokal. Es schienen aber in der Hauptsache immer dieselben zu sein, denn Sad= lokal brachte recht wenig Variationen in seine Kommandos, die er unermüdlich von seinem Postament brüllte:

„Benehmt's eich! Zeigt's was deitsche Zucht heißt!"

Die Sonne war noch kaum aufgegangen. Halb verschneit, halb kahl protzten neben dem Förderturm zwei Schuttpyra= miden in die Höhe. Aus dem Förderturm quollen schwarz= verstaubte Menschen mit brennenden Karbidlampen. Lachend strebten sie zum großen Tor der Schachtanlage hinaus. Sie freuten sich wahrscheinlich auf ein Frühstück und ein war= mes Bett.

„Reiht's eich ein! Immer finf nebeneinander!" klang Sad= lokals Stimme dazwischen. „Kam'raden, immer finf neben= einand! Zählt's mit den Fingern, finf Finger an der Hand, finf Mann nebeneinand!"

Langsam leerten sich die Waggons. Aus einem unförmi= gen Klumpen formte sich neben dem Gleis eine fünfreihige Menschenschlange.

Nachdem Conny Inges Gepäck und sie selbst aus dem Waggon gehoben hatte, stieg er nochmals hinein, um seinen Koffer zu holen. Der Raum lag leer da. Er wirkte jetzt un=

heimlich weitflächig. Wie abschiednehmend blickte Conny noch einmal zur Decke hoch. Sie hat doch gehalten, dachte er, aber zum Wrack haben wir den Waggon gemacht. Er grinste grimmig vor sich hin.

Da fiel ihm Bulion auf, der unentwegt an etwas rüttelte. Ab und zu sagte er: „Wach auf, wir sind da!"

Conny trat neugierig näher und schob Bulion zur Seite. Dann stieß er einen Schrei aus, der gellend zwischen den Dachverstrebungen widerhallte. Vor ihm hockte Viktor. In seiner altgewohnten Stellung, jedoch kalkweiß im Gesicht.

Conny wandte sich ab, sprang zur Tür und schrie:

„Viktor ist tot!"

Eine wilde Erregung packte die Nächststehenden. Kreutzer sprang mit einem Satz in den Waggon. Gleichzeitig mit Milan, der schon seit dem Morgendämmern eine Rote=Kreuz= Binde am linken Arm trug.

Kreutzer riß mit einem Griff den Rucksack zur Seite, worin der linke Arm von Viktor steckte. Milan ergriff diesen Arm und wischte bereits gestocktes Blut vom Handgelenk. Dort erkannte man einen kleinen, senkrechten Schnitt an der Schlagader. Nach einem kurzen, beiläufigen Blick in den Rucksack, erhob sich Milan wieder und sagte:

„Total verblutet. Nicht mehr zu retten."

Kreutzer hatte seine Pelzmütze schon vom Kopf genom= men und sah mit gefalteten Händen zu Boden. Langsam ent= blößten auch die anderen ihre Köpfe. Der Gesang der Flin= tenweiber drang in den Raum, bisweilen übertönt von Bulions Schluchzen. Er hatte sich neben Viktors Leichnam gehockt.

Dann erschien Sadlokal in der Begleitung des Majors und zweier Leutnants.

Sadlokal schrie: „Mariandjosef! Wer hat sich getetet?"

Kreutzer deutete auf Viktor. Der Major und die Leutnants behielten die Paparossis im Mund, während sie stumm hin= zutraten.

„Selbstmord!" sagte Milan zu Sadlokal. „Seit wenigstens vier Stunden tot."

Sadlokal wechselte mit dem Major einige Sätze.

„Ladno!" murmelte der Major und nickte gelassen.

„Wie heißt der Kam'rad?" fragte Sadlokal.

„Karl Viktor", brummte Kreutzer.

„Wir müssen sehen, ob das auch in seinen Papieren steht."

Sadlokal beugte sich über Viktor und untersuchte seine Taschen. Es war aber in keiner auch nur die Andeutung eines Dokumentes.

„Nikakoi pasport", meldete er folglich dem Major.

„Ladno", sagte dieser und deutete fragend auf Viktors Gepäck.

„Wem gehert des?" fragte Sadlokal.

„Dem da", erwiderte Kreutzer schnell und zeigte auf den weinenden Bulion.

„Ladno", murmelte der Major und wandte sich mit seinen Subalternen zum Gehen.

Bevor sich Sadlokal mit gebührendem Abstand in Bewegung setzen konnte, vertrat ihm Kreutzer den Weg: „Und was passiert mit Viktor?"

„Wird begraben! Für alles ist gesorgt, Kam'rad – sogar ein Friedhof steht uns zur Verfügung. Hebt's ihn nur da heraußen hin, das andere wird erledigt." Dann eilte er fort und schrie etwas später mit der gleichen Intensität von seinem Ziegelturm:

„Einreihen, bittscheen! Formiert's eich, gleich geht's los!"

Endlich kam dann auch Bewegung in die lange Menschenkolonne. Sie wurde von den Offizieren angeführt. Der Dolmetscher Sadlokal und der Arzt Milan folgten dicht in deren Kielwasser.

Die Spitze bog schon in die Straße ein, als Kreutzer sagte: „Also ... gehen wir!"

Es war ein eigenartiges Gehen. Die Knie schlotterten wie nach einer langen Krankheit. Die frische, winddurchwehte Luft stach kalt in die Lungen. Sie gingen in einer dichten

Gruppe zusammen: Vorne Frau Stefan neben Kreutzer, Mitzi, Girr und Bulion. Dahinter Conny mit Inge und seinen Freunden. Immer wieder wandten sie sich um und blickten zu dem weißen Leintuch, das Frau Stefan über Viktor gelegt hatte. Bulion war nur mit Gewalt in der Reihe zu halten. Er gab es nicht auf, Viktor wachzurufen. Auf seinem Rücken trug er den durch Kreutzers Geistesgegenwart geerbten Rucksack.

Inge blickte starr auf den gefrorenen Weg und sagte: „Ich habe heute den ersten Toten gesehen."

Die anderen schwiegen und taumelten auf Vordermann, weil es die zwanzig umherschwirrenden Flintenweiber so wünschten.

Nur vereinzelte Motorengeräusche von der abseits liegenden Rollbahn unterbrachen die absolute Ruhe der Februarnacht. Manchmal war es das Husten eines der vier Posten, die frierend in den Ecktürmen standen, manchmal riefen sie sich etwas zu. Aber nur selten, denn es war verboten. Ihr Vorhandensein sollte den Lagerinsassen im Optischen erschöpfend demonstriert sein. Zusätzliche Akustik schmälere den exterritorialen Nimbus des Wachtturmes, lautete die Begründung dieses Verbotes. Entworfen von Major Alliluew – Kommandant und Natschalnik des Lagers: 4/1080, in Petrowsk.

Es ging bereits auf Mitternacht. Der Major saß mit aufgeknöpfter Uniformbluse an seinem Schreibtisch, in der ‚Stabsbaracke' vor dem Lagertor. Auf dem Schreibtisch lag ein Wust von Zetteln, Listen und leeren Blättern.

Major Alliluew betrachtete diesen Papierberg mit nagendem Groll. Mit den Fingern bog er nervös an einem Bleistift herum, als habe er das gierige Verlangen, ihn in Stücke zu brechen. Der blondrote Igelhaarschnitt ging bei jeder Gesichtsbewegung mit. Und in dieser Nacht bewegte es sich oft, sein durch die Stupsnase stark ins Lausbubenhafte zielendes Gesicht.

Er hatte eine Schandwut auf diesen Perewodschik Sadlokal! Bis Mitternacht, hatte sein Befehl gelautet. Und darunter hatte er, Major Alliluew, zweiundzwanzig Uhr gemeint; denn seine Termine liebte er in der Regel um mindestens zwei Stunden von seinen Subalternen vordatiert zu sehen.

Sadlokal schien davon keine Notiz zu nehmen. Er hatte, wie die Uhr zeigte, das feste Vorhaben, erst Mitternacht mit den Listen zu erscheinen. Vielleicht schläft dieses spitze Her=melingesicht sogar! jagte es Alliluew durch den Kopf. Er sprang federnd vom Stuhl, griff zu Mütze und Mantel und stapfte die paar Schritte zum Lagertor.

In dem schmalen Wachhäuschen stand, lässig an die Wand gelehnt, der Posten – eine vermummte Frau mit Karabiner.

„Sluschai – höre!" sagte Alliluew. „Du weißt, wo der Pere=wodschik wohnt, eh! Er soll sofort zum Stab kommen, aber sofort!"

Die Frau nickte, lehnte den Karabiner an die Wand und ging. Sie querte gleich hinter dem Eingang die breite Lager=straße, ging an der ersten Baracke vorbei und verschwand dahinter.

Über der etwa 300 Meter langen Lagerstraße hingen bren=nende Lampen. Aus allen Barackenfenstern drang elektri=sches Licht. Jeder Wachtturm strahlte zusätzlich nach beiden Seiten mehrere tausend Watt aus. Diese Illumination konnte nur von einer Stelle aus= und eingeschaltet werden. Weniger aus Mangel an Fassungen als aus Vorsicht, hatte Alliluew alle Birnen direkt an die Leitungsdrähte löten lassen.

In seinem Lager gab es folglich keine Dunkelheit. Aus seinem Fenster konnte er weite Flächen des Terrains beobach=ten. Er konnte durch die Barackenfenster die dreistöckigen Pritschen sehen. Er wußte, wann seine Häftlinge schliefen, aßen, oder Läuse jagten. Aber wohin er in dieser Nacht auch sah, alles schlief. Pro Person auf einer 43 cm breiten Fläche. Auf frisch gezimmerten Pritschen, aus denen noch das Harz tränte. Aus einzelnen Schornsteinen stieg dünner Rauch auf. Also schliefen viele auch warm.

Das Flintenweib blieb lange fort. Alliluew betrachtete ihren Karabiner. Er ergriff ihn und spielte grinsend an dem Schloß herum. Dann legte er ihn an und feuerte in den Dach=balken der Latrine einen Schuß. Er hörte ihn im Holz ein=schlagen und stellte den Karabiner befriedigt an die Wand. Die Wachtposten blieben ruhig; sie sahen ihn ja in der Lichtflut des Lagertores. Warum sollte ihr Major nachts nicht einmal schießen?

Endlich erkannte Alliluew auf der Lagerstraße das Flinten=weib in Begleitung Sadlokals und hastete zurück zum ‚Stab', um Sadlokal in der richtigen Atmosphäre zu empfangen. Für diesen Zweck knöpfte er sich sogar seine Bluse zu.

Dann ging die Tür und Sadlokal pflanzte sich auf: „Towa=rischtsch Natschalnik?"

Der Major fixierte ihn mitleidig und brüllte: „Lokal, wo sind die Listen?" Er hatte sich, ebenso wie seine Leutnants, zu dieser Abkürzung des Namens Sadlokal bequemt.

„Gleich fertig!" schoß es aus Sadlokal.

„Und die Lagerordnung?"

„Noch heute nacht..."

„Lokal, so geht das nicht! Zehn Tage hast du Zeit gehabt für diese dreckigen Listen. Wir haben die ärztlichen Unter=suchungen gestern abgeschlossen – die Arbeitseinteilung ist getroffen. Morgen kommt der Polkownik und will etwas sehen. Er will aber nicht nur diese sattgefressenen Zivilisten sehen, sondern auch Listen, Zahlen und eine Lagerordnung. Und was habe ich bis jetzt? Eine schlaflose Nacht! Soll ich vielleicht auch noch die Listen schreiben? Oäh! Ich habe etwas gefragt!"

Sadlokal fühlte Schweiß in seine Beinkleider sickern. „Nein, Towarischtsch Natschalnik", stammelte er, „die Listen kommen noch, und die Lagerordnung..."

„Wann? Soll ich sie dem Polkownik per Post nachsenden?"

„Nein, ich schreibe schon seit Stunden daran. Es sind mehr als zweitausend Namen..."

„Was sind zweitausend Namen? Das ist nichts, wenn ich

dir sagen würde, wieviel Menschen in der Sowjetunion leben!" Alliluew sprang von einer Ecke in die andere.

Sadlokal betrieb ein planloses Spiel mit seinen Zehen und verkrampfte sich die feuchten Finger in den Hosennähten.

„Lokal!" brüllte der Major wieder auf. „Von wo kannst du überhaupt so gut russisch? Warst du vielleicht in der Armee der faschistischen Okkupanten?" Sein Lausbubengesicht rückte penetrant näher. „Oäh, ich habe etwas gefragt!"

Sadlokal gluckste: „Ich war in der rumänischen Armee, nur ein ganz kleiner Rang."

„Welche Einheit?"

„Schwere Artillerie, Regiment Poppa!"

„Welcher Rang?"

„Bloß Gefreiter – beim Verpflegungskommando", hauchte Sadlokal. Er atmete erleichtert auf, daß ihm dieser Einfall mit dem Verpflegungskommando noch in letzter Sekunde gekommen war. Doch genau so schnell mußte er die trübe Feststellung machen, daß er sich damit gewaltig in die Brennesseln gesetzt hatte.

Alliluew brauste nämlich auf: „Bei der Verpflegung, sagst du! Bloß? Und was für Eier habt ihr zu tausenden gefressen? Wem habt ihr die Butter wegorganisiert, den Speck, die Ziegen, die Kühe! Oäh, wem denn?"

Sadlokal senkte den Kopf und schwieg. Alliluew hatte ihn schachmatt gesetzt und schrie weiter: „Bloß Verpflegung, sagst du? Als hättet ihr mit euren paar verbogenen Kanonen auch schon etwas treffen können! Auf die drei Rotarmisten, die es vielleicht erwischt hat, kommt es bei uns gar nicht an! Aber Verpflegung! Zappzarapp, sabrali! Ihr habt dem russischen Volk das Brot gestohlen. Wie hieß die Einheit nur?"

„Regiment Poppa."

„Gut. Ich werde mich informieren. Wehe dir, wenn beim Regiment Poppa Verbrechen passiert sind! – Lokal, Lokal, es wird immer schwärzer um dich!" Alliluew hob den Finger und weidete sich an Sadlokals Qual. Reichlich besser gelaunt fragte er anschließend: „Es ist Mitternacht – was machen wir jetzt?"

„Die Listen!" japste Sadlokal, erfreut über den Themawechsel. Von zwei Übeln das kleinere, war ihm im Augenblick mehr als recht.

„Ladno", sagte Alliluew, „sagen wir – bis 5 Uhr morgens. Damit meine ich..."

„Zwei Uhr morgens!" schnellte es aus Sadlokal.

Über Alliluews Gesicht tanzte ein Wetterleuchten. „Alter Gauner! So bin ich ja auch nicht. Also sagen wir – 2 Uhr 30. Ich werde wegen dir hier auf dem Feldbett schlafen müssen. Und kommt der Polkownik vor den Listen an, reden wir mehr über das Verpflegungskommando vom Regiment Poppa. Verstanden?"

„Ponimaju!" stöhnte Sadlokal und war entlassen.

Auf der Lagerstraße, wo er nur den Schnee unter den Sohlen knirschen hörte, wimmerte er einmal ausgiebig: „Mariandjosef!" Beim Brunnen vor der Kantine blieb er stehen und betrachtete versonnen den bleistiftdicken Wasserstrahl, der aus einer strohumwickelten Röhre floß. „Sakra!" murmelte er dabei und war drauf und dran, seinen kochenden Kopf unter den Strahl zu halten. Er war am Ende seiner Überlegungen. Das Ding mit der Lagerordnung schmiß ihn glattweg um. Gut, die Namen hatte er noch einigermaßen hingekriegt. Aber eine Lagerordnung in ein anständiges Deutsch zu verfassen, das konnte keiner von ihm verlangen! Auch dieser Alliluew nicht.

Beim Namen Alliluew fiel ihm wieder das Verpflegungskommando ein. Es war zum Abkratzen!

Da sagte jemand hinter ihm: „Ja, Sadlokal! machst du Gedichte im Freien, oder bist du auf der Stelle angefroren?"

Sadlokal zuckte herum und sah Nico auf der Straße stehen. Noch ziemlich benommen fragte er ihn: „Bub, wo laufst du herum?"

„Man wird ja noch einmal auf die Latrine dürfen", sagte Nico nähertretend. „Noch immer im Dienst, Sadlokal?"

„Auleo! Bub, ich hab einen harten Dienst. Noch nie in meinem Leben hab ich so hart arbeiten müssen!"

„Das glaube ich", sagte Nico eindeutig.

Trotzdem war Sadlokal über diese Anteilnahme gerührt. Auch kam ihm da ein Gedanke, zu dem er sich selbst beglückwünschte. „Hör mal, Bub, bist du mide?"

„Kaum, warum?"

„Kent'st mir gut was helfen. Ich muß in zwei Stunden eine Lagerordnung abgeben. Ich schaffs aber nimmer. Die Finger – weißt, die Finger streiken." Sadlokal verrenkte sich, zur Erklärung, für Sekunden die Finger.

Nico sah interessiert darauf und dachte ein wenig nach. Daß Sadlokal in der Klemme saß, war ohne Zweifel. Und das auszunützen, schien ihm den Preis einer schlaflosen Nacht wert. „Gut", sagte er, „ich schreibe dir die Lagerordnung. Aber nicht ohne Bakschisch!"

„Gemacht!" rief Sadlokal. „Was willst du haben? Machorka, Brot oder Kantinenmarken?"

„Das kannst du dir alles braten. Ich möchte, daß Inge Schrandt in die Küche kommt. Ihr habt sie ins Bergwerk eingeteilt, ihr Hornochsen!"

„Der Doktor wollte euch alle ins Revier nehmen, warum seid's ihr nicht gegangen?"

„Das ist unsere Sache! Kommt sie in die Küche, oder nicht?"

„Ja, sie kommt in die Küche."

„Dann machen wir flott deine Lagerordnung!

Sie kehrten dem Bleistiftstrahl des Brunnens den Rücken und gingen in Sadlokals Behausung. Es war ein Zimmer in der Baracke, wo das Magazin für Arbeitskleider und der Karzer lagen. –

Genau um 2 Uhr 15 schwirrte Sadlokal durch das Lagertor und zu Alliluews Feldbett.

Der Major nahm die Listen und die Lagerordnung in Empfang und war freundlich wie ein Vater zum Sohn, der ein gutes Zeugnis heimbringt. „Ladno", gähnte er, „geh jetzt schlafen Lokal. Und weil es so prompt geklappt hat, beginne ich das Regiment Poppa langsam zu vergessen. Do swidanija!"

Alliluew warf die Papiere auf den Schreibtisch und verfiel in einen ungetrübten Schlaf. Jetzt konnte sein Oberst kommen.

Der Polkownik kam pünktlich zwischen sieben und zehn Uhr vormittags. Dieser Oberst erfüllte sämtliche Vorstellungen seiner bereits bis ins Sagenhafte gesprächsumwobenen Gestalt. Galt er doch als der oberste Befehlshaber der umliegenden Kohlegebiete und der dort eingesetzten Gefangenen und Deportierten. Sein Machtbereich umriß fürstliche Dimensionen und so, wie er nun vor dem zweitausendköpfigen, offenen Viereck stand, grenzte Nicos lose Rede: der Zar von Rußland kommt! an die Schwelle des Glaubhaften.

‚Der Zar' war eine Prachterscheinung. Groß, breit und eingehüllt in einen schweren Pelz. Der Schlitten brachte ihn bis vor Major Alliluew, hinter dem seine 12 Subalternen standen. Sadlokal hing am rechten Flügel wie eine preisgekrönte Spalierobstranke.

Nach der Meldung des Majors wurde Sadlokal aufgerufen. Damit schlug die Stunde seiner offiziellen Ernennung zum Lagerdolmetscher, und die Rede des Polkowniks begann.

Er sprach mit einer Stimme, die Respekt und Ruhe zugleich verschaffte: „Woina kaput!" und ließ Sadlokal durch eine bühnenreife Geste wissen, er wolle diese Sensation verdolmetscht haben. Er konnte jedoch bei seiner ganzen Fürstlichkeit nicht ahnen, daß er damit Sadlokal in ein ausweglosees Dilemma trieb. Der Satz ‚woina kaput' dröhnte den Gefangenen seit Wochen in den Ohren, abgesehen davon, daß ihn alle verstanden hatten und bereits über die deftige Lüge lachten.

Deshalb jagte Sadlokal nach einer neuen Übersetzungsvariation. Nach sekundenlangem Hängen und Würgen, nicht zuletzt getrieben durch einen Blick vom Polkownik, der Befremden ausdrückte, verkündete Sadlokal:

„Der Herr Oberst läßt eich sagen, der Krieg ist im Eimer!"
„Noch nie gehört!" schallte Kreutzers Baß aus der Mittelfront. „Endlich mal etwas Neues!"

Sadlokal scheuchte ihn, nach der Manier junger Lehrer bei einer Schulvisitation, wieder in die Schranken und übersetzte in willkürlichen Satzverstümmelungen einen weltanschaulichen Vortrag des Polkowniks, dessen angenehme Tenorstimme sich bis in den letzten Lagerwinkel fortpflanzte.

Den Abschluß der Kundgebung krönte Sadlokals Lesung der Lagerordnung. Er tat es mit einer Feierlichkeit, als lese er die Kriegsgesetze beim Fahneneid ausgebildeter Rekruten vor:

1. Das Lager 4/1080 setzt sich aus 2016 Personen zusammen.
2. Die Unterkünfte sind nach Geschlechtern, sowie nach Arbeitsgruppen getrennt bezogen.
3. Die Arbeitseinteilung sieht vor:
   a) 1600 Grubenarbeiter.
   b) 180 Spezialisten.
   c) 36 für das Hauskommando.
4. Die Grubenleute arbeiten in drei Schichten. Die Spezialisten 10 Stunden täglich. Das Hauskommando 24 Stunden, bei 24 Stunden Freischicht.
5. Essen wird dreimal täglich ausgegeben.
6. Der Abmarsch zur und von der Arbeit erfolgt nur in Begleitung des Wachpersonals ...

Sadlokal las unermüdlich, laut und undeutlich. Letzteres war jedoch keineswegs ausschlaggebend, da ihm sowieso niemand zuhörte.

Der Polkownik unterhielt sich mit dem Major, die Leutnants sahen wehmütig zur Kantine hinüber, wo das weibliche, russische Personal hochbusig aus den Fenstern quoll. Und diejenigen, die das Manifest ureigentlich anging, teilten sich langsam aber sicher in flüsternde Diskussionsgruppen.

Diesem Zustand verdankte Sadlokal einen ununterbroche=

nen Vortrag. Nahezu glückselig sah er das Ende der Schrift nahen:
37. Jede Baracke ist mit 180 Personen belegt. Sie wird von einem Leutnant der Armee geleitet. Zu seiner Verfügung steht ein Barackendolmetscher, der für die internen Regelungen, Essenverteilung, Wecken etc. verantwortlich ist.
38. Am letzten Tag eines jeden Monats ist Löhnung. Jeder Person wird im Büro ihres Arbeitsplatzes, nach Abzug von: Miete, Licht, Kohle, Wasser und Ver= pflegung, der Rest in Rubel ausgezahlt. Allerdings erst dann, wenn die Person eine hundertprozentige Norm erfüllt hat. Etwaige Differenzen werden in den Leistungen seitens der Lagerleitung berücksichtigt, bzw. in Abzug gebracht.

Erlöst faltete Sadlokal das Papier zusammen. Der Polkow= nik wünschte etwas übersetzt zu haben. Sadlokal fügte sich nur widerwillig in diesen Auftrag, denn er sah schwarze Wolken aufziehen.

„Kam'raden, der Oberst stellt es eich frei, Fragen an ihn zu richten. Bittscheen, wirdigt die Giete und fragt's nur An= ständiges."

Kreutzer erhob die Hand und fragte: „Zu Artikel 38. Wenn ich Differenzen mit meiner Norm habe, und beispielsweise unmöglich die Miete bezahlen kann — darf ich dann nach Hause fahren? Dort brauche ich nämlich keine Miete zu be= zahlen; ich wohne gratis bei meinem Schwager. Der hat eine Dienstwohnung, weil er Bremser bei der königlichen Eisen= bahn ist..."

„Mariandjosef, Kam'rad, was buserierst mich so parschief! Und wenn dein Schwager Oberkontrolleer bei der Eisenbahn wäre — nach Hause läßt man dich nicht so schnell. Dann ziehen sie dir schon eher die Differenzen vom Essen ab. Der Krieg ist hart, Kam'rad!"

„Ich denke, er ist aus!" rief jemand aus dem letzten Glied.

Sadlokals Gesicht blieb stehen. Erstens und zweitens, aber

vor allem, weil ihn der Polkownik steil ansah. „Kam'raden", stammelte er, „fragt's doch aktuellere Sachen! Ich und der Herr Oberst sind auch nur Menschen."

Eine Bäuerin meldete sich verschämt: „Bitte, dürfen wir nach Hause schreiben?"

„Eßli woina sakontschila!" sagte der Polkownik unbefangen.

„Wenn der Krieg aus ist!" übersetzte Sadlokal mit dem Gesicht eines Gallenkranken.

Damit schloß die Kundgebung. Mit derselben Eleganz, wie er gekommen war, verschwand der Polkownik auch wieder. Er hinterließ einen nachhaltigen, sehr angenehmen Eindruck. Obwohl, oder vielleicht gerade, weil er über das Kriegsende seine eigenen, sehr variablen Ansichten hatte.

Das Lager faßte an diesem Tag die Arbeitskleidung. Olivgrüne Leinenanzüge und ein Paar Batinki. –

Das Sägewerk lieferte Holz für unzählige Unternehmen: für die Kohlengruben, die Ziegelei, die Gießerei, das Bauunternehmen und an Private. An letztere allerdings nur inoffiziell, deshalb mengenmäßig jedoch nicht an letzter Stelle.

Das Werk lag keine 500 Meter hinter dem Lager. Es beschäftigte viele hundert Arbeiter und bot Tag wie Nacht ein Bild rastloser Arbeit.

Aus den Wäldern Mittelrußlands rollten endlose Züge mit frischgehauenen Tannen auf dem Rampenbahnhof an. Kräftige Arme russischer Frauen rissen sie mit Pickhacken von der Plattform. Waggon um Waggon, Zug um Zug.

Mit schwachen, hilflosen und trägen Bewegungen stemmten Gefangene die Stämme auf ihre Schultern und verluden sie auf Lastwagen. Oder sie schleppten die Stämme zu einer der Gattersägen, die sie bei gutem Material in Bretter schnitt.

Bei gutem Material.

Bei schlechtem Material dauerte es oft Stunden, bis ein Stamm in Streifen fiel. Das Vorzeichen eines schlechten Materials war ein sirrender Ton, etwa zwei Takte eines Indianer=

geheuls, dem bekannten ‚Jiii ii iiih'! Dem folgte ein zügelloses Tanzen oder Bocken des Stammes. Kurz darauf metallisches Pfeifen in der Luft. Anschließend ein langgezogener Fluch des Maschinenmeisters und zuguterletzt das Durchschlagen der Sicherung.

Dann war wenigstens ein Sägeblatt aus dem Gatter vernichtet. Und die ‚Stammhalter' krochen vorsichtig wieder aus ihrer Deckung hervor, wohin sie nach dem alarmierenden Sirren geflüchtet waren. Denn, wenn es einmal so weit war, flogen die Sägezähne durch die Luft, wie Konfetti im Fasching.

„Och woina – oh Krieg!" jammerte der Maschinenmeister.

Nico lamentierte darauf im selben Tonfall: „Stammbaum machen ist nicht schwer, Baumstamm halten dafür sehr!"

Die anderen grinsten nur. Wie jedes Ding in der Wiederholung seinen Reiz einbüßt, so war diese Sägerei – genau gesehen – eine Hundsschinderei. Das Anschleppen der Stämme, das tagelang ihre Beschäftigung war, schien ihnen Kinderspiel dagegen; nunmehr, wo sie schon seit zwei Wochen an diesem Gatter standen. Und das nur, weil man sie einmal aus Versehen an die Säge heran gelassen hatte. Die Wendigkeit ihrer Jugend, das bißchen Interesse für Krachmachen, sowie die elektrische Energiequelle des Arbeitsplatzes hatte sie hergetrieben – und dem Maschinenmeister ausgeliefert.

Er liebte diese Jungen wie seine Söhne und stopfte ihnen Machorka in die Taschen, als sei er Alleinbesitzer sämtlicher Tabakfelder. Er selbst lebte zu 80 Prozent nur seinem Machorka. Es ist daher nur zu selbstverständlich, daß er in guten wie in bösen Lebenslagen allem voran eine Zigarette stellte. Eine gute, mindestens daumendicke. Die Vernichtung eines Sägeblattes war daher der gegebenste Anlaß, die Situation ein wenig zu überräuchern.

Dnjestrowitsch, der Maschinenmeister, saß also nach seinem Ausruf ‚och woina' ab und begann mit flinken Fingern aus Zeitungspapier eine Zigarette zu drehen.

Nico hatte indessen seine Nase neugierig in den Sägespalt

des Baumstamms gesenkt und rief erstaunt: „Ach du lieber Himmel! Eine halbe Stalinorgel haben sie hier herein ge= pfeffert!"

Zusammen mit Conny, Roland und Günther, die ebenfalls zur Arbeitsbrigade Dnjestrowitsch gehörten, würgten sie den Stamm vom Sägetisch und fixierten mit Beilen die Lage des Geschoßsplitters. War das Metall dann ausgeschält, wanderte es, bestaunt, von Hand zu Hand.

Dnjestrowitsch besah es sich am intensivsten und murmelte düstere Reden um und über den Krieg. Er beschwor in diesen Reden seinen Sohn Jossif herauf, dem ein Granatsplitter die Schädeldecke weggerissen hatte. Im Moor von Shytzin, am Ufer des Ptytsch. Die vier Jungen sahen währenddessen be= treten zu Boden. Es war eine gewisse Tragik, daß Dnjestr= owitsch diese Baumstämme sägen mußte, zwischen denen die Geschütze der Ostfront seinen Sohn getroffen hatten. Die= selben Geschütze, die diese Tannen teilweise zerfetzt, teil= weise gespickt hatten. Die Einschläge hatte die gesunde Natur des Tannenholzes im Laufe der Jahre überwachsen, so daß sie wie die ringförmige Überbuchtung einer Aststelle aus= sahen. Und an diesen Splittern gingen Dnjestrowitschs Säge= blätter drauf, als wären sie aus Marzipan.

Heute, wie jeden Tag, erhob er sich anschließend an die Schilderung der Kämpfe im Moor von Shytzin und ging mit dem Stahlsplitter zum Büro.

Die Jungen machten sich daran, das schadhafte Sägeblatt abzumontieren. Doch merkten sie schon nach kurzer Zeit, daß heute der weitere Verlauf vom Üblichen abwich.

Dnjestrowitsch kam nämlich ohne ein neues Sägeblatt zurück. Auch hatte er seinen Mantel und die Filzstiefel ange= zogen. Seine Hünengestalt bewegte sich mißmutig und mit gekrümmtem Rücken über den Werkhof.

Dnjestrowitsch sagte zuerst gar nichts. Er spuckte einmal auf die zerlegte Säge und sah seine vier Helfer ausgesprochen traurig an.

„Conny!" murmelte er nach einer Weile.

Conny pflegte seine Wünsche zu übersetzen, da er in sei=
nen russischen Sprachkenntnissen den anderen etwas voraus
war. „Sie haben ihn zusammengestaucht", berichtete Conny,
„und lassen ihn nicht mehr an die Säge heran. Nehmt euch
jeder das Beil, wir gehen mit Dnjestrowitsch auf unsere neue
Arbeitsstelle."

Sie verließen das Sägewerk um die Mittagszeit. Nach einer
guten Stunde Marsch durch Schnee, vorbei an Schutthalden
und Bergwerkssiedlungen, blieb Dnjestrowitsch stehen. Sozu=
sagen auf freiem Feld, auf einer spurlosen Schneefläche. Links
zog sich ein verschneiter Park ins Ungewisse. Davor erhob
sich eine große Hausruine, ein ausgebranntes, dreistöckiges
Gebäude.

Dnjestrowitsch zeigte auf die Ruine und sagte: „Post=
awtem!"

Conny durchackerte sein ‚Tausend Worte Russisch': „Der
gute Mann meint, wir sollen diesen Palast renovieren."

„Dann sag ihm", lachte Roland, „er hat dafür die rich=
tigen Fachkräfte erwischt! Sag ihm auch, das bißchen Dach=
stuhl ist für uns ein winziger Fisch, denn unter dreistöckig
fangen wir gar nicht an."

Conny sagte überhaupt nichts, denn Dnjestrowitsch hatte
die Arbeit schon begonnen. Wortlos, ohne auch nur zu muck=
sen. Er hieb bereits in einen Baumstamm, den er sich aus
einer Schneekuppe gerollt hatte.

Kaum hatten die Jungen seine Absicht erraten, machten sie
sich ebenfalls über einen Baumstamm her. Es war auch höch=
ste Zeit. Denn länger als 10 Minuten war es nicht ratsam,
bewegungslos in der Kälte zu stehen.

Bald begann ein munteres Hauen. Der Beilschlag, unmoti=
viert im Rhythmus, widerhallte im Gemäuer der Ruine und
verlief sich zwischen den verschneiten Akazien des Parkes.
Die Späne flogen zu Boden oder wirbelten hoch.

Später begann es zu schneien und Dnjestrowitsch rief:
„Stoi!"

Er betrachtete lächelnd das Werk des Nachmittags: zwei

Stämme lagen fix und fertig und mit schnurgraden Kanten im Schnee. Es waren seine eigenen.

Die Stämme seiner Arbeitsgruppe zeigten verheerende Formen. Günther hatte es sogar vorgezogen, den Stamm vorher erst einmal zu schälen. Seine Arbeitsmethoden waren immer sehr persönlicher Natur, oft auch eigensinnig.

Dnjestrowitsch lächelte nur. Gutmütig, geduldig. „Budit – es wird!" war sein einziges Wort. Es klang darin weder Lob noch Tadel.

Da ertönte aus der Ruine ein Pfiff. Ein Flintenweib sprang aus einem Parterrefenster und schrie: „Schluß, ins Lager!"

Niemand hatte sie kommen sehen. Vielleicht war sie durch den Park gekommen, oder stand sie schon den ganzen Nachmittag auf dem Schutt im Gemäuer? Das Tun und Lassen dieser Frauen war sehr undurchsichtig. Sie verschwanden und kamen anscheinend wie sie Lust und Laune hatten. Und doch verbarg sich darin ein System, das aber nur selten konkrete Formen zeigte.

„Diese Frauenschaft!" meckerte Nico auf dem Heimweg. Es war eine seiner vielen Bezeichnungen für das weibliche Wachpersonal, gegen das er einen abscheulichen Groll hegte. Es störte ihn, von Frauen bewacht zu werden. „Seht euch doch diese waffenklirrende Hausfrau an! Wie ein kampferprobter Sioux bewegt sie sich durch das Gelände!"

Sie überquerten in der Dämmerung die Rollbahn, jene große Ausfallstraße von Stalino in westlicher Richtung. Ein scharfer Nordwind machte das Sprechen bei dem Schneefall zur Qual. Das Flintenweib ging zwischen ihnen und verfluchte sicherlich ebenso ihren harten Dienst bei dem Wetter.

In der wattegesteppten Uniform und mit den Filzstiefeln schlich sie wirklich wie ein Indianer. Nahezu elastisch waren ihre Bewegungen, soweit das die unförmige Uniform freigab. Auffallend waren ihre stechenden, schwarzen Augen, die bald diesen, bald jenen fixierten.

Bei Dunkelheit erreichten sie das Lagertor. Es strömten von allen Seiten verschneite Arbeitsgruppen heran. Zu zehn, zwanzig, oder hundert Mann. Durch die Zählung stauten sie sich vor dem Tor.

In diesem Menschengewühl trat das Flintenweib an Günther heran und drückte ihm ein Päckchen in die Hand.

„Nimm – bitteschön!" sagte sie flüsternd auf deutsch.

Erschrocken griff Günther zu, brachte aber nicht einmal den bescheidensten Dank hervor. Ehe er sich von der Überraschung erholt hatte, war sie schon weg.

Unter der ersten Lampe der Lagerstraße öffnete er das Päckchen. Die anderen drei umringten ihn neugierig. Der Inhalt bestand aus Sonnenblumenkernen, den sogenannten Semetschkis, und einer Packung Papirossi. Auf der Zigarettenschachtel stand: ‚Tausend Küsse von Feodora'. In sauberer Handschrift und – in deutsch.

Günther starrte staunend in drei feixende Gesichter und stotterte: „Was soll das bedeuten?"

„Daß du einer feuerspeienden Mutter das Herz gebrochen hast!" sagte Nico wiehernd.

„Aber, ich habe sie ja gar nicht angesehen", verteidigte sich Günther.

„Du wirkst halt indirekt – per Fluidum! Ich würde dir raten, sie vorerst auch nicht anzusprechen, mit deinem Gestotter."

Sie schlenderten lachend über die hellerleuchtete Straße. Als sie zu ihrer Baracke einbogen, fragte Günther:

„Und was mache ich jetzt?"

„Zwanzig kann man durch vier teilen", sagte Roland." Los, gib jedem fünf Papirossi. Die Semetschki kauen wir morgen bei der Arbeit. Die Küsse, rat ich dir, nimm bitte nicht alle auf einmal! Vergiß nicht, es sind tausend!"

„Ich bin nur froh", sagte Conny, „daß die Dame Feodora heißt."

„Warum?"

„Natascha, zum Beispiel, würde wohl leidenschaftlicher, aber abgegriffen klingen!"

Mit schallendem Gelächter betraten sie ihre Baracke. Um

die alltägliche Feststellung zu machen, daß die bereitstehende Krautsuppe nicht zu genießen war. Sie würgten einige Löffel hinunter – genaugenommen die zwei Dutzend Ölaugen, die auf der Oberfläche schwammen – und kippten den Rest hinaus, in den Schnee.

„Vorsicht, wir haben Waschtag!" rief Inge, als Conny die Köchinnenunterkunft betrat. Er zog den Kopf ein und brummte: „Du meine Güte!"

Frau Stefan turnte mit einer leeren Waschschüssel von der Pritschenleiter und sagte: „Da ist ja der Falott! Also ein für allemal: pro Woche wird ein Hemd angezogen, und nicht mehr! Verstanden!" Damit verschwand sie in dem Flur.

„Was hat die denn?" fragte Conny und sah ihr kopf=schüttelnd nach.

„Wir hatten heute unsere große Wäsche", erklärte Inge. „Da kam ich auf die Idee, auch einmal eure Sachen durchzu=sehen. Ich bin heimlich in die Spezialistenbaracke geschlichen und habe eure ganze, schmutzige Wäsche abgeholt. Bist du mir böse?"

„Inge", sagte Conny, „das sollst du nicht tun! Du mußt dich in deiner Freizeit ausruhen. Wir waschen uns das Zeug schon..."

„Selbst? Das glaube ich dir. Die Hemden sahen aus! Frau Stefan und ich haben beschlossen, für euch in Zukunft mit=zuwaschen. Und wenn Frau Stefan etwas beschließt, kann man nichts mehr dagegen tun. – Aber was stehen wir hier herum? Setz dich doch."

Conny zwängte sich am Herd vorbei und ließ sich auf eine Bank nieder, die in der Nische hinter dem Kamin stand. Es war urgemütlich, warm und sauber. Auf dem Tisch, den er selbst mit seinen Freunden im Sägewerk gezimmert hatte, lag eine weiße Leinendecke; in deren Mitte waren die über=stickten Namenszüge von Inge, Frau Stefan und Kreutzer.

„Eine Idee von dir?" fragte Conny.

„Ja, du mußt auch deinen Namen darauf schreiben. Jeder

Gast muß das tun. Wenn die Decke voll ist, fahren wir nach Hause – sagte Frau Stefan. Sie hat sie mir geschenkt. Zu Hause kommt sie auf den Tisch in meinem Zimmer – zur Erinnerung."

„Ja, zur Erinnerung", brummte Conny und schrieb zerfahren seinen Namen auf die Decke. Inge beobachtete ihn stehend, die Hände auf den Tisch gestützt. Sie hatte vom Waschen die Haare noch in ein Tuch gebunden.

„Mit welcher Farbe soll ich deinen Namen sticken?" fragte sie.

„Hast du hellblau?"

„Ich werde einige Fäden aus meinem Kleid ziehen. Aus dem, das dir so gut gefällt", sagte sie begeistert.

„Das Blau meine ich."

„Na siehst du. – Jetzt dreh dich bitte um, ich will mich etwas herrichten."

Conny lehnte sich an den Kamin und begann eine von den Papirossi zu rauchen, die Günther von Feodora bekommen hatte. Er hörte Inge mit Wasser plantschen, hörte wie sie sich kämmte und anzog. Er hatte für Augenblicke ein ungeahnt glückliches Gefühl.

„Inge", sagte er, „bist du jetzt guter Laune?"

„Gut ist kein Ausdruck", rief Inge zurück.

„Und warum?"

„Weil du keine fünf Schritte von mir entfernt bist. Muß ich dir das noch sagen?"

„Ich höre es gern, Inge. – Wir sind so froh, daß wir dich haben. Ich denke den ganzen Tag an dich."

„Gottseidank sagst du auch einmal etwas von dir. Ich kann es nicht leiden, wenn du immer von ‚wir' sprichst."

„Wieso? Kannst du die andern nicht leiden?" fragte Conny.

„Genau so gut wie dich! Aber dich habe ich nun am liebsten von der ganzen Bande. Ist das schlimm?"

„Inge!" rief Conny und wandte sich um. Sie hatte eine frische, weiße Bluse angezogen und einen blauen Faltenrock.

„Bitte?" sagte sie und sah Conny ernst an.

„Du, ist das wahr?" Conny sah sie erwartungsvoll an.

„Was denn?" fragte Frau Stefan, die Tür laut zuschlagend. Sie tat es mit einem Fuß, weil sie mit beiden Händen eine Waschschüssel mit Kartoffeln anschleppte. Sie stellte die Schüssel neben den Ofen und wandte sich an Conny: „Das nimm deinen Freunden mit. Sorg aber dafür, daß sie mir die Schüssel nicht verscheppern, und vor allem, Holz bringen."

„In Ordnung", sagte Conny. „Und schönen Dank für die Wäsche..."

„Bedank dich bei Inge, die ist dran gegangen wie der Mongolensturm Annosowieso! Auch die anderen Flegel sollen nichts von Dank reden – sondern Holz bringen. Das allein zieht bei mir." Sie überflog Inges Garderobe mit einem kritischen Blick. „Kind, ziehe noch nicht die Sandaletten an, der Lehmboden ist verdammt kalt. Deinem Stern gefällst du auch in Schischuhen."

Mit rotem Kopf beugte sich Inge diesem Kommando.

Frau Stefan begann am Herd zu schaffen, wo eine ganze Batterie Kochtöpfe stand. „Wir wollen auch gleich essen", sagte sie, „unserem Jüngling tränen die Augen vor Hunger. Reden tut er überhaupt nichts mehr."

„Wollen wir nicht auf Kreutzer warten?" fragte Conny. „Wo steckt er überhaupt?"

„Er drückt sich beim Brotauto herum und sprach von einem guten Rebbach. Der Teufel kennt sich in dem Menschen aus! Aber er sorgt für uns. Was soll er auch den ganzen lieben Tag tun? Der Arme langweilt sich gräßlich!"

Der Arme muß sich auch langweilen, dachte Conny. Der ‚arme' Kreutzer stellte in seinen Augen das größte Wunder in der Sowjetunion dar.

Der findige, raffinierte Chauffeur hatte bei der ärztlichen Untersuchung seinen richtigen Beruf angegeben. Er war als ‚awtamobilist=chofjor' eingetragen worden und ging auch einen Tag arbeiten.

Einen Tag.

Am nächsten Morgen erschien sein Werkstattleiter beim Stab und flehte Alliluew an, Kreutzer nicht mehr auf seine Werkstatt loszulassen. Der Meister drückte sich zwar über Kreutzers Untaten undeutlich aus, jedoch klar genug, daß Alliluew ihn ohne Groll entließ.

Seit jenem Tag durfte Kreutzer nicht mehr aus dem Lager. Alliluew hatte nämlich von seiner höheren, militärischen Dienststelle einen Jeep in Aussicht gestellt bekommen. Und den unklaren Reden des Werkstattleiters nach schlummerten in Kreutzer ‚motorische' Fähigkeiten, die zwar dem Werk=stattleiter in seiner Autorität schadeten, Alliluew aber zu seinem Zukunftsauto paßten, wie der Wetterhahn auf die Kirchturmspitze.

Aber das Auto kam und kam nicht. Was jedoch nicht be=sagt, daß es den einen oder anderen kränkte. Alliluew kannte und hatte den langen Atem solcher Aktionen. Darüber hin=aus war er nicht auf den Kopf gefallen, dieses Phänomen Kreutzer einem anderen Arbeitgeber auszuliefern. Sollte er so lange seine Zeit zwischen dem Stacheldraht totschlagen. Zur Entschädigung und Rückversicherung zugleich, beließ ihm Alliluew den Rang eines ‚awtamobilist=schofjor' und zahlte ihm monatlich pünktlich einen dicken Spezialistenlohn mit restloser Normerfüllung. Infolgedessen kam Kreutzer keineswegs mit seiner Miete in Konflikte, noch konnte man ihm etwas vom Essen abziehen. Er lebte das stille Leben eines Rentiers, der monatlich einmal von seiner Bank be=müht wird.

„So!" sagte Frau Stefan und stellte einen Topf auf den Tisch. Inge nahm die Verteilung vor. Conny verschlang drei Teller von der Kartoffelsuppe mit einer Hast, über die er sich anschließend schämte.

Aber Frau Stefan entschärfte seine Bedenken: „Ihr müßt ja eingehen, bei der Arbeit an der frischen Luft! Immer drau=ßen, bei eurem Holz. Wir haben es besser, nicht, Inge!"

„Das meine ich auch. Wir kochen zwar jeden Tag dieselbe

stinkige Krautsuppe, aber wir sind wenigstens im Warmen, und auch nicht im Bergwerk."

Unter mächtigem Gepolter brach schließlich Kreutzer durch die Tür. Es war seine Eigenart, Räume mit großem Geräusch= aufwand zu betreten und zu verlassen. In diesem Falle eini= germaßen berechtigt, denn – abgesehen vom dichten Schnee auf seiner Pelzmütze – kam er wie ein Weihnachtsmann an.

Zuerst knallte er vier Laibe Brot auf den Tisch, zog aus seinen Taschen mehrere verschiedengeformte Konservendo= sen hervor, und lüftete endlich seine Pelzmütze, worin zwei Päckchen Tabak steckten. Dann erst sagte er: „Guten Abend", und trennte sich von seinem braunen Lederjackett.

„Du machst uns richtig Freude!" jubelte Frau Stefan. „Von wo hast du die guten Sachen her?"

„Später! Packt zuerst das Ganze weg, man könnte durch's Fenster sehen!" Kreutzer drehte sich eine Zigarette und mur= melte: „Wißt ihr, eigentlich sollte ich euch nichts erzählen, denn selbst mir, der ich schon in alle Winkel gerochen habe, brennt der Hintern, wenn ich an diesen Diebstahl denke."

„Diebstahl hinten, Diebstahl vorne", flüsterte Frau Stefan, „sag schon, wo liegen denn solche Sachen?"

„Im kühlen Schnee", verriet Kreutzer und ließ seinen Schnurrbart wippen. „Beim Brotauto habe ich schon einiges beiseite gebogen. Aber das ist gar nichts gegen das, was sich unsere Barackenleutnants unter die Mäntel drücken. Was ich heute brachte, ist eine Wochenration vom Barackenleutnant Pozelui. Da ich ja Stammgast beim Brotauto bin und immer abladen helfe, habe ich so meine Beobachtungen gemacht.

Heute blieb ich im Schatten vom Autokühler stehen. Po= zelui hatte das Kommando. Mitten bei der Arbeit nimmt er sich vier Brote und geht um die Ecke der Magazinbaracke. Das ist ja nicht auffällig, denn alle anderen gehen auch mal um die Ecke, wenn sie Dienst haben. Verdächtig war mir nur immer, daß sie so schnell wieder zur Stelle waren – obwohl in der Nähe gar keine Tür ist, wo man die Last abstellen könnte.

Ich beteilige mich also heute nicht am Abladen und gehe,

als sich Pozelui die Brote schnappt, hinter ihm her. Da sehe ich, wie er die Brote zu Boden wirft und mit dem Fuß Schnee darauf schaufelt.

Freundchen, denke ich, du kannst lange nach den Broten suchen. Dann begebe ich mich zum Tatort und finde unter den Broten noch die andern Sachen. Na, wie habe ich das gemacht?"

Conny staunte ehrlich über Kreutzers Organisationstalent und rief begeistert aus: „Sie führen ein Herrenleben, Kreut= zer! Daß es so etwas gibt."

„Es ist nicht alles schön, was mit ‚sch' anfängt!" schränkte Kreutzer schlürfend ein. „Abgesehen davon, daß ich täglich pausenlos meine Nase in die Winkel stecke, wo es eventuell etwas zu klauen gibt, erdrückt mich diese gnadenlose Un= gewißheit!"

„Ungewißheit?"

„Gnadenlose Ungewißheit, habe ich gesagt. Stellt euch vor, der Major bekommt nun tatsächlich eines Tages ein Auto! Ich will ja nichts sagen, wenn man einen Termin wüßte – sagen wir, in einem oder zwei Jahren! Aber es kann morgen schon sein, oder heute nacht. Schrecklich! Meine Lage ist furchtbar."

Da ging die Tür und ein halbwüchsiger Bursche sprang ins Zimmer. Es war einer von den uniformierten Burschen, Mitglieder der sowjetischen Jugendbewegung ‚Komsomol'. Sie standen dem Major als Laufburschen zwischen dem Stab und der letzten Lagerecke zur Verfügung, und schwirrten wie flinke Hunde durch den Tag. Dazu veranstalteten sie den Lärm gereizter Hummeln.

Kreutzer warf dem Komsomolz einen giftigen Blick zu. „Na, du Pimpf!" rief er. „Was willst du schon wieder?" Er nannte sie ohne Ausnahme Pimpf.

„Schofjor, dawai na schtab!" schrie der Junge dienstbe= flissen.

„Da habt ihr es!" jammerte Kreutzer und erhob sich müde. „Wenn man das Auto nennt ... übrigens, sollte dieses mein

letzter freier Tag gewesen sein, trinken wir nachher noch einen. Es war auch eine Flasche Wodka unter meinen Fund=
sachen. Ich habe ihn so lange im Schnee kalt gestellt." Er hing sich sein Jackett über und ging.

Nach kurzer Zeit kam er wieder, in der Hand eine Wodka=
flasche haltend.

„Ist das Auto da?" wurde er dreistimmig und aufgeregt gefragt.

„Ach wo!" Kreutzer war blendender Laune.

„Was solltest du dann beim Stab?" fragte Frau Stefan.

„Ah! So ein Idiot soll heute abend dem Leutnant Pozelui Lebensmittel gestohlen haben. Auch sonst soll hier und da eine Konservendose fehlen – spurlos verschwinden. Der gute Major wollte mich nur bitten, meine Augen offen zu halten und Verdächtigungen sofort zu melden. Ich soll nicht selbst eingreifen, nur so noli=voli herumschnüffeln. – Es ist erbar=
mungslos, dieses Doppelleben. Heute kann mich nur noch der Wodka retten. Helf Gott!"

Gegen 22 Uhr verließen Conny und Kreutzer die Frauen=
baracke, da Besuche nach dieser Zeit verboten waren. Beim Abfallhaufen hinter der Küche duckte sich eine Gestalt. Es war Bulion. Als er die Beiden nahen hörte, sprang er auf und lief davon. Sein Cheviotmantel bauschte sich ballonartig auf. Es sah aus, als flüchte ein aufgescheuchtes Wild.

„Den armen Teufel haben wir vergessen", sagte Conny.

„Ich nicht!" murmelte Kreutzer. „Nach der nächsten Löh=
nung habe ich mit dem große Pläne vor."

„Arbeitet er im Bergwerk?"

„Ja."

Als Conny um weniges später fröstelnd in seinen Trai=
ningsanzug kroch, fiel daraus ein Zettel. ‚Schlaf gut und träume ein wenig von mir', stand mit Inges Handschrift dar=
auf. Er war zu betrunken und zu müde, um sich länger dar=
über zu freuen.

In das Buch ‚Die Fremdenlegion' vertieft, hatte Nico diese Sache mitbekommen. „Eine Zettelwirtschaft ist ausge=

brochen!" knurrte er. „Zuerst ist es Feodoren, dann der Gold=
knopf – bin gespannt, wer mir demnächst schreibt." Er
klappte das Buch zu und schlief in Gedanken an Fisso Ste=
fan ein.

So einsam wie am ersten Tag blieb der Platz vor dem
Parkhotel – wie sie ihren Bauplatz getauft hatten – nicht.
Denn wo Zimmerleute arbeiten, da fallen Späne. Und gerade
diese Späne waren es, die mit magnetischer Kraft ein Publi=
kum anzogen, dessen Hauptzahl – die Kinder – das Arbeiten
zur Qual machte.

Obwohl in direkter Nähe keine Wohnhäuser standen,
quollen pünktlich nach Sonnenaufgang Scharen von Klein=
volk aus dem Park. Ein bunter Haufen gesunder Knirpse,
mit Rotzfläschchen, die ihnen im Arbeitstaumel bis unter das
Kinn liefen.

Sie nahmen hinter den Zimmerleuten Aufstellung. Löste
sich der abgehauene Holzspan, griffen flinke Kinderhände
danach und beförderten ihn nach rückwärts, wo ein anderer
Sprößling der Sippe mit einem geöffneten Sack darauf harrte.

Auf diesen Augenblick warteten schon ein Dutzend andere
Familiengemeinschaften. Aufheulend stürmten ihre Vor=
kommandos in die freigewordene Lücke hinter dem jeweili=
gen Zimmermann. Nach feurigen Nahkämpfen bezog dann
der Sieger seinen Platz, um ihn wenige Sekunden später für
dasselbe Schauspiel wieder zu räumen.

Dnjestrowitsch litt Qualen. So sehr ihn auch der Arbeits=
fortschritt seiner Untergebenen erfreute, diese Kinder ver=
gällten ihm die Tage. Einige Male am Tag ließ er Holz Holz
sein und unternahm fruchtlose Versuche, die Plagegeister
zu verscheuchen. Doch dann schrie es aus vielstimmigen
Kehlen:

„Medwed, medwed! – Bär!"

Und im Laufe der nächsten Minuten kroch es wieder heran,
zockelig in den kleinen Gummistiefeln, unverwüstlich und

immun gegen Kälte. Das Heer der ‚Jungbolschewiken' bezog aufs neue seine Stellung und führte den Kampf mit zäher Beharrlichkeit durch.

Trotzdem wuchs der Haufen fertiger Balken. Zum Schutz gegen die Kälte hatte sich die kleine Truppe aus Schwartenbrettern eine Baubude errichtet, worin Dnjestrowitsch aus Trümmersteinen der Ruine einen Herd mauerte. Hier brannte ein ewiges Feuer. Dnjestrowitsch bestand darauf, daß jede halbe Stunde zwei Mann in die Bude gingen, um im Warmen eine Zigarette zu rauchen. Er selbst befolgte diese Einteilung äußerst exakt. Er rauchte zu gerne! Die Jungen taten ihm den Gefallen und rauchten drauf los. Rauchen bedeutete Pause und Wärme. Rauchen machte sie bei Dnjestrowitsch zu ganzen Männern – zu seinesgleichen: zu wetterfesten, russischen Zimmerleuten.

Eines Morgens begannen sie ihre Arbeit im Schneesturm. Der Sturm heulte aus dem Park, aus der Ruine und der tafelglatten Ebene. Er verfing sich in ihren Wintermänteln, verzerrte ihre Gesichter und verschlug ihnen den Atem.

„Stoi!" schrie endlich Dnjestrowitsch, nach kläglichen Versuchen, das Beil trotz der Windstärke zu führen.

In der Baubude hatte Conny eine längere Unterredung mit Dnjestrowitsch und dolmetschte den anderen: „Dnjestrowitsch zweifelt daran, daß sich der Sturm heute noch legt. Aber Arbeitsausfall wegen schlechtem Wetter gibt es in diesem Land nicht, sonst erfüllen wir unsere Norm nicht. Damit die im Sägewerk merken, daß sich beim Parkhotel etwas tut, sollen zwei ins Werk gehen. Einer bringt alle Beile in die Schmiede und läßt sie härten und schleifen, der andere geht mit diesem Zettel zum Büro, um drei Sägen und 1 Stemmeisen in Empfang zu nehmen."

Sie losten mit Streichhölzern. Roland und Günther zogen die zwei kürzeren und machten sich mit vermummten Gesichtern auf den Weg.

Nach anderthalb Stunden erreichten sie das Sägewerk. Es lag still im düsteren Dämmerlicht dieses Tages. Selbst den

Posten am Eingang hatte der Sturm weggefegt; wahrschein=
lich in die Nähe eines prasselnden Ofens.

„Dort ist die Schmiede!" schrie Roland. „Ich hole dich
nachher ab!"

Günther nickte und taumelte auf die eiserne Tür zu. Erst
als er durch seine vereisten Wimpern ein brennendes Feuer
erkannte, ließ er die Beile zu Boden fallen und streckte seine
Hände über die Flamme. Es war die Esse.

Da rief jemand aus einer Ecke: „Ich freß einen Besen,
wenn das kein Landsmann ist! Los, enthülle dich, damit man
dich erkennen kann!"

Günther riß seinen Schal vom Mund. „Ach, der Hans Girr!
Was machst du denn da?"

Girr saß an einer Werkbank und verzehrte bei einer Tasse
Tee ein Butterbrot. „Im Moment nehme ich mein Gabelfrüh=
stück. Im Allgemeinen bin ich Chef von dieser Schmiede.
Du bist doch einer von den spaßigen Jungen, die so dick mit
Kreutzer befreundet sind!"

„Ja, ich bin einer von denen", sagte Günther auf alle
Fälle. Obwohl er nicht genau wußte, was Girr mit spaßig
meinte.

„Na also", fuhr Girr noch besser gelaunt fort und reinigte
mit viel Aufwand an Mimik seine Zähne von Speiseresten.
„Ich dachte es mir gleich – so viele Sommersprossen kann
nur ein Siebenbürger haben, haha!"

Günther fand seine Sommersprossen bei weitem nicht so
lächerlich, auch hatte er noch nie gehört, daß die Siebenbür=
ger damit gestraft sind. Doch das breite Gemüt Girrs riß
ihn aus seinen Überlegungen.

„So, mein Junge", trompetete Girr, „jetzt zieh schon end=
lich deinen Mantel aus und hilf mir beim Knabbern. Meine
gute Mitzi hat mir wieder zuviel eingepackt. Komm setz dich
hierher und genier dich nicht. Für einen Landsmann tue ich
alles, haha!"

Günther half Girr beim Gabelfrühstück und blickte zwi=
schendurch verlegen zu den Beilen und auf die Tür.

„Hast du vielleicht Angst, daß man uns beim Sitzen er=wischt?" lachte Girr. „Junge, du bist in der Schmiede bei Girr! Vergiß das nicht! Hier hat außer mir keiner etwas zu sagen, verstehst du? Wenn zwanzig Landsleute hier schlafen würden, und der Obernatschalnik käme herein, weißt du, was ich dem sagen würde?"

„Nein!"

„Towarischtsch, würde ich sagen, laß sie schlafen! Sie träumen gerade vom russischen Einmarsch in New York! – Glaubst du das?"

„Ja", sagte Günther und dachte: erzähl mir, was du willst, deine Butterbrote jedenfalls sind gut, und grinste, denn Girr hatte New York ausgesprochen, wie man es schreibt.

Girr deutete auf die Beile. „Bloß damit ich Bescheid weiß, diese Tomahawks sind wohl stirbig? Wird gemacht. Alles für die Landsleut!"

„Härten und schleifen..."

„Wem sagst du das? Ah, nur so. Wollte ich auch meinen! Hier versteht keiner etwas vom Schmieden, außer mir. Die können dem Herrgott auf den Knien danken, daß sie mich importiert haben. Ein Friseurladen war das hier, aber keine Schmiede."

„Wieso?"

„Mein Vorgänger, der Marabu, war vor der Revolution Fri=seur und reparierte hier, in seiner neuen Stellung, haupt=sächlich Scheren und Mausefallen für die Natschalniks. Jetzt hab ich ihn langsam auf Trab gebracht. Wenn er dreißig Jahre jünger wäre, könnte man noch einen brauchbaren Schmied aus ihm machen."

„Marabu?" lachte Günther staunend. „Heißt der Mann so?"

„Nein. Seine Großmutter mag wissen, wie er richtig heißt. Ich komme mit der russischen Sprache nicht zurecht, und habe deshalb jedem den Namen gegeben, den ich für richtig hielt. Auch die Amtssprache ist bei mir deutsch – du sollst nur sehen, wie sie parieren, der Marabu und der Rotzlöffel!"

„Rotzlöffel?"

„So habe ich den Stift getauft. Als ich hier anfing, konnte er noch nicht bis drei zählen. Jetzt spielt er bereits ‚Sechsundsechzig'."

„Kann man deine Mitarbeiter einmal sehen?" fragte Günther.

„Mitarbeiter? Landsmann, beleidige mich nicht! Ich bitte dich, das sind meine Sklaven. – Selbstverständlich lernst du diese kennen. Glaubst du, ich vergreife mich an deinen stirbigen Zwiebelhacken? Nur muß ich die Sklaven erst wecken. Sie schlafen im Kohlenraum, hinter der Esse. Der Alte sagte mir, bei so einem Wetter plagen ihn immer die Hämorrhoiden. Und weil der Rotzlöffel heute morgen ein wenig wirr durch die Gegend plapperte, habe ich ihn auch gleich schlafen geschickt."

Girr klemmte seinen kleinen Finger in den Mund und pfiff lang gellend durch die Schmiede. „Paß auf, jetzt kommt der Marabu", flüsterte er.

Man hörte es im Kohlenraum rappeln. Dann schlürften Schritte näher und ein Greis trat hinter der Esse hervor, sich angestrengt die Augen reibend. Er hatte ein Gesicht, das hauptsächlich aus Bart bestand; aus einem grauen Bart, der einen verdächtigen Gestank nach Krautsuppe verbreitete. Die vom heftigen Wachreiben geröteten, aber nicht unfreundlichen Augen blickten unter einer wattierten Mütze respektvoll zu Girr hoch.

Girr deutete auf die Beile. „Marabu, topor in Feuer, dann hopp in woda. Verstanden?"

„Jja, jja", murmelte der Marabu und machte sich zitternd ans Werk.

Mit Augen voller Triumph sah Girr zu Günther hin, der den Alten mitleidig beobachtete.

„Der ist ja zum Bedauern", flüsterte Günther. „Schau doch mal, wie der zittert!"

„Ach was, zittern! Wenn ich ihm die Arbeit abnehme, ist er beleidigt und bringt mir keine Milch mehr. Willst du Zie=

genmilch? Dort hinten im Kessel steht noch eine ganze Flasche."

Während Günther Milch trank und Girr von der Seite her anstaunte, ertönten zwei kurze Pfiffe.

„Paß auf", sagte Girr, „jetzt kommt der Rotzlöffel!"

Tatsächlich sprang im selben Augenblick ein schwarzes Etwas aus dem Nebenraum. Ein dreizehnjähriger Junge, das Gesicht voll Kohlenstaub, die Kleider ausgefranst und viel zu groß für seine Gestalt, baute sich vor Girr auf.

„Rotzlöffel!" schrie Girr. „Schmirgelmaschinka sssrrr! da= wai, eins, zwei, drei!"

„Ainz, zwai, drai!" wiederholte Rotzlöffel und stürzte sich mit den unsteten Bewegungen eines Kreisels in die Arbeit.

„Fantastisch!" hauchte Günther und bot, ehrlich ergriffen, Girr seinen Machorkabeutel an.

„Tu dein Dillkraut schnell weg!" lachte Girr mitleidig. „Hier, probier eine Papirossi. Nimm gleich vier, auch deine Spezis sollen leben. Für Landsleute lasse ich mich in Stücke reißen."

Sie rauchten Papirossi und schauten in die Gegend. Drau= ßen tobte der Sturm weiter. Die Fensterscheiben waren be= reits zugeweht. —

Roland hatte sich, da kaum ein Mensch zu sehen war, nur mühsam zum richtigen Büro des Riesenbetriebes durchge= fragt. Als er endlich vor dem zuständigen Beamten zu stehen glaubte, fragte dieser in einem gebrochenen, aber verständ= lichen Deutsch: „Drai Sagen? Ainz Stametzki? Dnjestro= witsch? Kann viele kommen mit ainz Sapiska. Dawai na Personalkantora!"

Roland ging zum Personalkontor und schob einer fließend, aber unverständlich deutsch sprechenden Frau den Zettel vor die Brust. Sie war entweder drauf und dran einzuschlafen, oder durch sein Kommen gerade aufgewacht.

„Drei Sägemaschinen und ein Stemisenapparatur?" schrie sie. „Sie glauben im Sinne zu irren in die Intelligenz von russischen Fraudamen? Aber bitte schnell sie passieren die Schwelle von die Komnate, bevor ich sie werde meditieren einen Satz..."

„Oh, pardon", seufzte Roland und passierte in fliegender Hast die Kemenate dieser Dame, deren Funktion ihm nicht ganz klar war. Selbst das Türschild gab ihm keinen Auf= schluß, denn es stand nur ihr Name darauf: Anna Apatin.

Auf dem Gang traf er einen uniformierten Jüngling, der kein Wort deutsch sprach, aber den Zettel bedachtsam über= las. „Ladno!" sagte er freundlich, knallte auf den Zeitungs= fetzen seine Unterschrift und sagte: „Dawai, na magasin!"

Der Magazineur regierte sein Reich mit den typischen Be= rufsallüren dieser Dienststellung: er legte die gewünschten Werkzeuge mit einem Gesicht auf den Tisch, als habe man sie ihm Stück für Stück, langsam und qualvoll, unter den Fingernägeln hervorgezogen. Als Abschluß gewissermaßen entlud er sich eines heftigen Staunens, wieso Roland ohne Wachbegleitung in das Sägewerk hätte eindringen können.

Roland schickte ihm als Antwort ein neutrales Lächeln über den Tisch. Was zur Folge hatte, daß der Magazineur Augen wie glühende Reißnägel bekam und in den Neben= raum schrie:

„Eäh, saldat!"

Der hereinschreitende Soldat war ein hübsches Mädchen. Sie trug einen strengsitzenden, knallroten Pullover, einen khakifarbenen Rock und Halbschuhe. Ihr Gesicht hatte einen weichen Zug, der nicht zu den schwarzen, energisch blicken= den Augen passen wollte.

Es war Feodora.

Roland wußte es ganz bestimmt, obwohl weder er, noch speziell Günther, die edle Spenderin seit jenem Abend wie= dergesehen hatte. Das war bereits über zwei Wochen her.

Feodora betrachtete Roland weder neugierig noch freund= lich – eher dienstlich. Sie zischte dem Magazineur ein paar kurze Worte zu. Dieser verhaspelte sich in wilden Gestiku= lationen, worauf ihn Feodora mit scharfer Zunge ins Gebet nahm. Moralisch zersplittert zog sich der Mann schließlich in eine Ecke zurück und versank hinter der neuesten Ausgabe der ‚Prawda'.

Jetzt erst wandte sich Feodora an Roland und sagte: „Kommen Sie mit!"

Roland packte seine Geräte unter den Arm und setzte sich in Marsch.

Feodora schritt über Treppen und Korridore. Ihr Gang war elastisch und für Roland fast aufregend, während er sich in gebührlichem Abstand hinter ihr bewegte. Der rote Pullover wirkte von hinten weniger streng. Dafür sorgten ihre Beine für Attraktion.

Sie ist wie eine Medaille, dachte Roland: beide Seiten wirken im Relief!

Feodora riß eine Tür auf. Außer einer Maschinenpistole, die drohend auf dem Tisch lag, erschöpfte sich das Inventar des Raumes in der üblichen Nüchternheit eines Wartesaales dritter Klasse.

„Wie gefällt es Ihnen in Rußland?" fragte Feodora und ließ sich auf ihren Stuhl nieder. Gleichzeitig bot sie Roland eine Papirossi an.

„Ausgezeichnet!" erwiderte Roland und hatte kein gutes Gefühl, denn Feodora zog ihre Augenbrauen hoch.

„Sie lügen!"

„Mag sein!" sagte Roland gleichgültig und gab ihr Feuer.

„Warum?"

„Weil Sie Soldat sind. Sie wollen das ja hören."

„Falsch!" sagte Feodora scharf. „Ich will die Wahrheit hören. Als Mensch. Sie sind Student, nicht?"

„Das wissen Sie?"

„Sonst würde ich es nicht erwähnen. Ich möchte aber noch viel mehr von Ihnen wissen. Wie heißt der Blonde?"

„Günther Plattner."

„Günther Plattner – er ist mir sympathisch. Hat er die Zigaretten geraucht?"

„Er hat sie mit uns geteilt."

„Ich habe sie doch ihm geschenkt!"

„Wir teilen alles!"

„So!" Feodora zog ihre Augen zusammen und fixierte Roland nachdenklich. „Wie alt ist er?" fragte sie weniger scharf.

„Er wird achtzehn – wir werden alle achtzehn Jahre alt in diesem Jahr."

„Ich bin 23 Jahr alt. Liebt er Mädchen, die älter sind als er?"

Roland wurde verlegen. Diese Feodora wollte offensichtlich mit ihm dasselbe Manöver betreiben, wie vorhin mit dem Magazineur. Er straffte seinen Rücken und sagte: „Er hat noch kein Mädchen geliebt!"

Über Feodoras Gesicht huschte ein Lächeln. „Das wissen Sie so genau? Und die Blonde, die man oft bei Euch sieht, eh?"

„Bei der hat er keine Chancen", stammelte Roland und rief alle Heiligen einzeln an, ihn aus diesem Zimmer zu befreien. Dabei kam ihm der rettende Gedanke, den Spieß umzudrehen und selbst zu fragen. „Woher sprechen Sie so gut deutsch?"

Feodora lachte hell auf. Sie schüttelte den Kopf, daß ihr dunkles Haar mal auf die linke, mal auf die rechte Schulter flog. „Sie sind nicht dumm!" rief sie aus. „Ich frage zu viel, eh?"

„Sie fragen Dinge, die mich nichts angehen!"

„So? Gut, dann frage ich etwas ganz anderes. Sind Sie Faschist?"

„Über den Begriff habe ich nie nachgedacht. Ich kenne ihn erst, seitdem ich mit Russen konversiere."

Feodora stutzte. „Glauben Sie an den Sieg Rußlands?"

„Ich glaube seit zwei Monaten an gar nichts mehr. Höchstens an meine drei Freunde."

Feodora kniff wieder die Augen zusammen. Sie sah dabei sehr ungemütlich aus. „Sie sprechen sehr problematisch", murmelte sie. „Ist der Blonde ehrlicher?"

„Der spricht sehr wenig. Manchmal stottert er auch."

„Sie machen ihn schlecht! Warum sind Sie unhöflich zu mir?" Sie wurde langsam ärgerlich.

„Weil Sie mich schon wieder Dinge fragen, die er Ihnen besser selbst beantworten sollte."

„Wo ist er? Auch hier im Werk?"

„Ja, er wartet auf mich in der Schmiede."

„Gut. Gehen Sie in die Schmiede — ich komme gleich nach." —

In der Schmiede bot sich Roland ein Bild tiefsten Friedens. Günther saß in der Gesellschaft von Girr, Marabu und Rotzlöffel an einer leeren Teertonne. Sie spielten mit Verbissenheit Sechsundsechzig, daß die Tonne dumpf dröhnte.

„Schon wieder ein Landsmann!" rief Girr, angesichts des neuen Besuchers. „Wir sind bald Leute genug, um ein ‚Blaurot, bis in den Tod' zu singen. Haha, meine Sklaven müßten das einmal hören. Die rumänische Königshymne singen wir schon zweistimmig. He, ‚Traiasca Regele'!"

„Trääasca Reädschele — Es lebe der König!" brüllten die beiden Russen und nahmen Haltung an.

Günther verging vor Lachen, Roland übersah die Lage noch nicht ganz.

„Was, Landsmann, das ist Ruckzuck!" rief Girr stolz.

Roland gab ihm keine Antwort, sondern sagte zu Günther: „Feodora kommt gleich her!"

Ehe noch Günther die Nachricht erfaßte, schrien Girr und seine Sklaven:

„Feodora?!"

Girr tanzte nervös umher. „Los, Marabu, na rabotu! Rotzlöffel, sssrrr!"

„Jja, jja", und „ainz, zwai, drai", riefen die beiden wie besessen.

Girr selbst begann mit einem Vorschlaghammer auf den Amboß zu wuchten, als habe er vor, ihn auf kaltem Wege umzuformen. „Liebe Landsleut", rief er, als er nach dem ersten Arbeitsanfall sah, daß Günther und Roland kopfschüttelnd an der Werkbank lehnten. „Seid ihr von Gott verlassen? Tut mir den Gefallen, und steht nicht so albern herum. Reibt meinetwegen zwei Eisenstangen aneinander – aber tut so, wie wenn als ob!"

„Aber warum denn, Girr, eben sagtest du noch, es könnte der Obernatschalnik kommen..."

„Der kommt ja selber nicht, sondern diese Feo..."

Das Wort blieb ihm im Halse stecken, denn Feodora ließ sich mit fliegendem Rock vom Sturm in die Schmiede wehen. Sie ordnete während der paar Schritte zur Werkbank flüchtig ihre zerzauste Frisur und streckte Günther lachend die Hand entgegen:

„Guten Tag – Günther! Wie geht es?" Sie mußte fast schreien, denn Girr veranstaltete mit den Sklaven einen Heidenlärm.

„Danke, gut", erwiderte Günther und umfaßte Feodoras Gestalt mit einem ungenierten Blick, der zwischen Staunen und Ungläubigkeit lag.

Feodora betrachtete Günther nicht weniger neugierig. „So sieht eine waffenklirrende Hausfrau in Zivil aus", sagte sie ironisch.

„Ach du lieber Gott!" schrie Roland. „Daran habe ich noch gar nicht gedacht – Sie haben an dem Abend jedes Wort verstanden!"

„Natürlich!" lachte Feodora bitter. „Ich habe mich aber nur über den alten Sioux=Indianer geärgert. Sehe ich wirklich so aus?" Sie blickte Günther an, daß ihm die Luft auszugehen drohte.

„Ach wo!" bog er bei. „Das war nur ein Scherz. Nico macht aus allem einen Witz."

„Der Kleine ist Nico?"

„Ja, er hat eine scharfe Zunge, sonst aber..."

„Verlegen ist dieser auch nicht!" Feodora zeigte triumphierend auf Roland. Dann lachten sie alle drei auf, und Feodora sagte: „Es ist heute sehr kalt auf der Baustelle!"

Roland und Günther nickten. Feodora nestelte an Ihrem

Pulloverausschnitt herum und zog einen Notbrief aus Zei=
tungspapier heraus.

„Ich war vorhin beim Natschalnik", sagte sie und gab Günther den Brief. „Sie können ins Lager gehen. Bei dem Wetter werden Sie die Baustelle kaum noch erreichen."

„Danke schön!" sagte er überrascht. „Sie sind sehr gut zu uns..." weiter kam er nicht. Feodora umwickelte ihn noch einmal mit einem Blick, der ihn wie eine scharfe Paket= schnur zwängte, und lief zur Tür. Bevor sie zur Klinke griff, rief sie über die Schulter: „Zu Ihnen bin ich gut – sonst nicht!" Dann sprang sie in den Sturm.

Die allgemeine Reaktion auf ihr Verschwinden war Fried= hofsstille. Girr und seine Sklaven bremsten ihre Emsigkeit ebenso hektisch ab, wie sie diese begonnen hatten. Der baumlange Schmied knallte seinen Vorschlaghammer neben den Amboß und näherte sich schweißtriefend den beiden noch immer an der Werkbank lehnenden Freunden. Daß Roland dabei gelassen den Fatinitza=Marsch pfiff, ließ ihn den Mund weit aufreißen.

„Habe ich geträumt, oder war dieser Teufel wirklich hier?" zwängte er zögernd hervor.

„Wenn du Feodora meinst", sagte Roland, „dann hast du nicht geträumt, sie war hier."

„Aber – Landsmann, sie hat doch freundlich mit euch ge= sprochen!"

„Wie sollte sie auch anders – sie ist unsere Freundin."

„Eure Freundin?"

„Na ja, besser gesagt, Günthers Freundin", lachte Roland und stieß Günther den Ellenbogen in die Rippen.

Diesem schoß das Blut ins Gesicht. Doch überkam ihn die Lust, sich an Girr wegen dessen Angebereien zu rächen. „Na= türlich ist sie meine Freundin!" sagte er entschlossen. „Warum auch nicht? Übrigens, Girr, warum hast du so einen Mords= schiß vor dem Mädchen?"

„Warum? Ach, Landsmann, dieser schwarze Teufel macht mich nervlich fertig."

„Wieso – liebst du sie auch?"

„Ich die lieben? Wo sie meine Gutmütigkeit ausgenutzt hat! Umbringen tät ich sie auf der Stelle! Stellt euch vor, sie will mich vor eine Kommission bringen!"

„Vor was für eine Kommission?" fragte Roland und machte einen langen Hals.

„Weiß ich es? Jedenfalls schlafe ich seit Wochen nicht mehr. Dabei fing es so harmlos an: Sie kommt in die Schmiede und fragt mich nach hott und hüh. Zugegeben, Formen hat das Kind, wie ein schnittiger Rennwagen. Ich gebe ihr das mit Worten, und vor allem mit den Augen deutlich zu verstehen. Sie läßt mich nicht weniger im Unklaren darüber, daß sie über so ein Rennen mit sich reden ließe. Also will ich das ‚Wann und Wo' klären, da fragt sie: Wann und wo ist Adolf Hitler geboren?

Nun müßt ihr wissen, daß mich in der ‚Einsatzstaffel' keiner im Lebenslauf des Führers schlagen konnte. Ich antworte also wie aus der Pistole geschossen.

Da verwandelt sich der Rennwagen in einen Omnibus! Sie schreit mir Sachen ins Gesicht von wegen Faschist usw. Vor allem droht sie mir mit einer Kommission, die mich nach Sibirien schaffen wird. Also ich bitte euch! Und alles nur, weil ich so gutmütig bin.

Seitdem kommt sie jeden Tag her, will neue Daten aus dem Leben des Führers wissen, und wehe, wenn sie mich beim Sitzen erwischt! Man sollte dann meinen, die Kommission wäre schon zusammengetreten!"

„Aber, Girr", fragte Roland, „warum sagst du nicht, du wüßtest nichts mehr?"

„Das ist es gerade – ich weiß eben immer noch etwas. Da staunt ihr, was! Soll man wegen einem verlausten Steppenkind sein inneres Ehrenkleid wegwerfen? Habt ihr euch gedacht!"

Girr hatte seine innere Spannkraft wiedergefunden. Er prüfte die geschärften Beile und wandte sich verabschiedend an Günther:

„Landsmann, wenn du die Rassenschande schon nicht lassen kannst, dann lege wenigstens ein gutes Wort für mich bei Feodora ein. Vielleicht läßt sich die Kommission bis zum Kriegsende aufschieben. Man weiß ja sowieso noch nicht, wer von wem Senge kriegt. Es heißt ja, daß der Amerikaner..."

„Ist schon gut. Ich werde sehen, was sich machen läßt", versprach Günther. Dann traten sie vermummt bis zur Unkenntlichkeit den Weg ins Lager an.

Während sie von kräftigen Sturmböen aus einer Schneestaubwolke in die andere gerissen wurden, schrie Günther: „Ich glaube, diese Feodora ist sehr sinnlich veranlagt!"

„Für dich vielleicht gerade das Richtige!" antwortete Roland, mühsam nebenher torkelnd. „Hoffentlich bringt sie dich auf Trab."

Die ruhigste Zeit im Krankenrevier lag zwischen elf und zwölf Uhr vormittags. Vor der Visitenrunde bestand Milan allmorgendlich die eklige Kraftprobe, die Krankmeldungen auf dem erträglichen Standardmaß zu halten. Neueinlieferungen wurden nur im Ernstfall genehmigt. Einen Ernstfall von einem Simulanten zu unterscheiden, macht bekanntlich mindestens die Hälfte der ärztlichen Kunst aus. Es war daher durchaus verständlich, daß Milan diese elfte Stunde herbeisehnte, wie ein Strenggläubiger das Osterfest nach der Fastenzeit.

Heute, wie jeden Tag, griff er um Punkt elf Uhr nach seinem Hut.

Irma sah von ihrer Arbeit auf und fragte: „Gehst du?" Es war ihre übliche Frage, deren Wert zwischen Herzlichkeit und Stumpfsinn lag.

Milan hielt sie für sinnlos. Wie so manches, was seine Frau in Worten an den Tag förderte.

„Ziehst du den Mantel an?" fuhr Irma im gleichen Tonfall fort, während er sich den Mantel umhängte.

„Natürlich! Ich kann ja schlecht in der Unterhose ausgehen", rief Milan mit sicheren Anzeichen von Gereiztheit.

Hierüber begann Irma zu weinen. Still und zart gluck=
send, wie es ihre Art war. Die Tränen liefen über den blitz=
sauberen, weißen Kittel, tropften auf die quadratischen Zei=
tungsblättchen, oder in das Chininpulver, das sie vormittags
in Messerspitzen=Quanten darin einwickelte.

Am Spiegel seinen abnehmenden Pickelbestand prüfend,
beobachtete Milan sie eine Weile. Angewidert tippte er sich
mit dem Zeigefinger an die Stirn und verließ türknallend das
Ordinationszimmer.

Er ging den Flur entlang, vorbei an den drei Krankenzim=
mern zum rückwärtigen Ausgang. Auf dem kurzen, freien
Stück zum Badehaus machte er, quasi im Vorbeigehen, einen
Patienten ‚zur Sau', der im Schnee seine Not verrichtete.

In der Badebaracke, zwischen Dampfschwaden und Holz=
wannen, erkannte er die mit Schlüpfer und Büstenhalter be=
kleidete Mitzi Schuster, die in ihrer Funktion als Bademei=
sterin beim Reinigen der Wannen war.

„Guten Tag, Frau Maria!" rief Milan eintretend.

„Grüß Gott, Herr Doktor!" Mitzi straffte sich aus der ge=
bückten Haltung hoch. „Tut mir leid, meine leichte Aufma=
chung – aber ich halte es sonst in der Hitze nicht aus. Ewig
die klatschnassen Kleider. Hoffentlich stört es Sie nicht?"

„Sehe ich so aus?" Milan lachte geschmeichelt. An diesem
Mädchen störte ihn rein gar nichts, am allerwenigsten die
dürftige Bekleidung. Freilich, ihr Verhältnis mit dem Schmied
Girr lag wie eine Wolke über seiner gönnerhaften Einstellung
zu ihr. Diesen Mißgriff deutete er auch gelegentlich dezent an.

„Was macht die Gattin?" fragte Mitzi, nachdem sie
glaubte, ihre Figur Milan lange genug als Augenweide prä=
sentiert zu haben.

„Sie weint!" brummte Milan.

Mitzi überging diesen Familienbericht und frottierte sich
mit einem Handtuch ab. Milan sagte ihr nichts Neues. Irma
kannte man nur in zwei Variationen: entweder weinte sie
gerade, oder sie sah verweint aus.

„Sonst noch etwas passiert?" fragte sie.

"Angenehmes kaum. Heute morgen haben Sie mir wieder zu viele Krätzekranke geschickt."

"Wohin soll ich sie denn sonst schicken?" Mitzi rieb sich mit Hingabe Nivea=Creme ins Gesicht.

"Sie sollen sie nirgends hinschicken! Die Ferkel müssen Sie selbst behandeln. Sie kennen ja die Verfügung vom Major!"

"Der soll sich seine Verfügung einbuttern. Ich rühre keinen Krätzekranken an! Dazu sind die Krankenschwestern da – und der Arzt. Die Verfügung ähnelt übrigens stark Ihrem Schreibstil!"

Bevor Milan aus sich heraus gehen konnte, schob ihn Mitzi aus dem Türrahmen. "Ich möchte mich eben in meinem Zimmer anziehen", sagte sie. "Rauchen Sie bitte so lange eine eigene Zigarette, ich muß noch mit Ihnen reden."

"Dienstlich?" Milan wurde neugierig.

"Im Gegenteil – etwas äußerst Intimes!" Mitzi stand bereits in ihrem Zimmer.

Milan vertrat sich erregt die Beine. Ihre Andeutung stellte ihn vor Perspektiven, bei denen er die Zigarette vergaß.

"Doktor!" rief sie nach einer Weile. "Ich lasse bitten!"

Milan betrat Mitzis Behausung, ein kleines Stück abgetrennten Flur mit einem winzigen Fenster. Dieser Raum hatte viel mit der Garderobe einer Ballerina gemeinsam, die gerade flüchtig ausgepackt hat. Er setzte sich auf ein Fäßchen Schmierseife und sah Mitzi, die auf ihrem ungemachten Bett lümmelte, fragend an.

"Doktor", begann sie ohne Umschweife, "ich bin in anderen Umständen."

"Was sagen Sie?"

"Daß ich ein Kind bekomme, wenn Sie es so besser verstehen sollten."

"Ein Kind?" Milan war entsetzt und machte Augen, als ginge für ihn eine Welt unter.

"Was stört Sie denn daran? Oder trauen Sie mir so etwas nicht zu?"

„Doch – sehr, warum nicht? Haha."

„Na also, Sie tun gerade so, als sollten Sie es bekommen!" Mitzi ließ ein Gelächter vom Stapel, das Milan weh tat.

„Um Gottes Willen – ich meine, ich kann Ihre momentanen Gefühle bestens verstehen."

„Dann kommen wir der Sache schon näher", stellte Mitzi befriedigt fest.

„Es ist selbstverständlich, daß ich Ihnen helfe", sagte Milan. „Wer so lange in Frankreich gelegen hat – speziell in Paris..."

„Mich interessiert nicht, ob und wie lange Sie in Paris waren, sondern ob Sie auch Geburtshelfer sind?"

„Daß ich was bin?"

Mitzi blickte schräg auf. „Doktor, ich finde Sie heute reichlich kariert! Verstehen Sie etwas von Geburtshilfe oder nicht?"

„Klar verstehe ich etwas davon. Nur meinte ich, Ihre Andeutungen gingen da hinaus, daß Sie eventuell am Kinderkriegen nicht ernsthaft interessiert wären. Wer würde das nicht verstehen?"

„Sie!" entrüstete sich Mitzi. „Unterschieben Sie mir etwa billige Momente?"

„Na hören Sie, so billig sind diese Momente auch wieder nicht!" lächelte Milan. „Im Gegenteil, sie sind oft viel teurer als eine Entbindung. – Bei Ihnen allerdings..."

„Doktor!" Mitzi bekam einen roten Kopf. „Für was halten Sie mich eigentlich?"

„Für eine werdende Mutter!" grinste Milan ergeben.

„Dann haben wir uns verstanden – endlich!"

„Restlos. Kann ich Sie jetzt allein lassen?" Milan erhob sich.

„Ich hatte Sie nicht zum Essen eingeladen!" verabschiedete sie ihn schnippisch.

Milan verließ das Badehaus mit dem unguten Gefühl, eine reichlich schwache Platte aufgelegt zu haben. Deshalb be=

schloß er, einen Sprung in die Kantine zu tun, um zwei restliche Wodka=Gutscheine flüssig zu machen.

Beim Überqueren der Landstraße erreichte ihn eine Schwester. „Herr Doktor, Exitus auf Zimmer zwo, der Kollaps!" keuchte sie.

„Das habe ich erwartet", murmelte Milan. „Ich schaue ihn mir nachher noch einmal an. Bereiten Sie den Totenschein schon vor."

Sein Plan, die Wodka=Scheine einzulösen, bekam hierdurch einen nahezu offiziellen Charakter. –

Die Kantine durfte vorläufig nur vom Stab benutzt werden. Sadlokal und Milan hatten als einzige Zivilisten Eintritts=erlaubnis. Später sollte sie für die prämiierten Arbeiter freigegeben werden, als Anreiz zu Mehrleistungen. Vorläufig gaben sich nur die Privilegierten die Klinke in die Hand.

Die einzige Ausnahme machte Kreutzer, auf Grund seiner theoretischen Dienststellung als Chef=Fahrer bei Alliluew.

Als Milan eintrat, war Kreutzer gerade in voller Fahrt, Alliluew sowie einem Rudel dabei lümmelnder Leutnants das Kurvenfahren auf zwei Rädern zu explizieren. Es lag Kreutzer jedoch fern, solche Dinge – da sie wegen dem noch immer ausbleibenden Jeep theoretisch erfolgen mußten – in trockener Darstellung zu bringen. Er zwang vielmehr seine Zuhörer durch farbenreiche Erlebensschilderungen zu lebhafter Teilnahme.

Schwächender Faktor war dabei Sadlokal, der als Nichtautofahrer einerseits, und aus sprachlicher Unkenntnis der Fachausdrücke andererseits, oft nur recht blasse Bilder dolmetschte. Oder aber die Sache noch verwickelter machte, als Kreutzer sowieso schon daherlog.

Milan traf mitten in so einen Verkehrsknoten, über dessen heißer Debatte man sein Eintreten kaum beachtete.

„Kam'rad!" rief Sadlokal. „Du redst umanand! Also, du kommst mit dem Beämweh=Kabriolö in die Kurve an der Kasernenmauer. Im Notsitz klammern sich die zwei Zigeuner an ihre Violinen. Die Kasernenmauer liegt linker Hand, die

Kurve geht aber nach rechts. Jetzt sagst du grad, du reißt das Steuer links herum – ich versteh das nicht!"

Kreutzer drückte sich die Pelzmütze in die Stirn und kippte gereizt einen Wodka. „Saftlokal, was du noch nicht ganz ver= stehst, ist mir egal. Wenn ich sage, das Steuer kommt links herum, dann wird das wohl stimmen! – Denn ist es links herum, reiße ich es scharf nach rechts..."

„Also doch rechts!"

„Ja, du Hammel, denn nur so kann ich auf zwei Räder kommen. Voraussetzung ist natürlich auch die Geschwindig= keit."

„Wie hoch muß die sein?" wollte Alliluew wissen.

„Hundert bis hundertzwanzig", sagte Kreutzer gering= schätzig.

„Mariandjosef!" entfuhr es Sadlokal.

Alliluew und die Leutnants rutschten nervös auf ihren Sitzen.

„Und seid's ihr auf zwei Räder gekommen?" fragte Sad= lokal gespannt.

„Ja."

„Und seid's ihr auch durch die Kurve gekommen?"

„Nein."

„Ah – es ist dir vorher doch plümerang geworden?" froh= lockte Sadlokal.

„I wo! Wir sind in die Kasernenmauer geknallt."

„Mit hundert Sachen?"

„Hundertzwanzig!"

„Mariandjosef!" schrie Sadlokal auf. „Und du bist nicht kaputtgegangen?"

„Ich nicht!" sagte Kreutzer. „Aber einer von den Zigeu= nern klebte an der Wand."

„Und der andere?"

„Der hat dabei den Verstand verloren. Es war ja nicht viel – aber immerhin – futsch ist futsch."

„Wie hast du das denn gemerkt?"

„Er behauptete nachher, ich sei nur deshalb gegen die Mauer gefahren, weil ich scharf auf seine Violine gewesen wäre."

Die Offiziere zersprangen vor Lachen und klopften Kreutzer anerkennend auf die Schultern.

Sadlokal schüttelte nachdenklich den Kopf und murmelte: „Der hatte tatsächlich den Verstand verloren – wo du doch gar nicht Violine spielen kannst." –

Kreutzer stellte fest, daß das Mittagessen aufgetragen wurde, und beschloß für die nächste Stunde Wurzeln zu schlagen. Es bestand gar kein Zweifel, daß man für ihn mitdeckte.

Da Alliluew alle Mahlzeiten im Stab einnahm, erhob er sich, beschattet von Sadlokal. Erst jetzt bemerkte er seinen Lagerarzt.

„Ah Doktor – tschto nowoe?" fragte er im Hinausgehen. Was gibt es Neues? war Alliluews alltägliche Frage. Aber auch die einzige, mit der er sich an seinen Lagerarzt wandte. Dieser Mann hatte durch sein ewig glattes, fast zurückhaltendes Benehmen für Alliluews Begriffe zu wenig Farbe. Milan war für ihn der Typ, den man selten lachen sieht, Vorgesetzten gegenüber die eigene Tüchtigkeit betont und ihm, dem impulsiven offenen Menschen, einfach unsympathisch war. Er war ihm zu langweilig.

Milan hatte sich auf Alliluews Frage notgedrungen auch in Marsch gesetzt und überlegte scharf, wie er die Frage am einfachsten beantworten könne. Was war jetzt das Neueste? Daß ihm vor einer halben Stunde ein Todesfall gemeldet wurde, war wohl das Neueste, aber nichts Neues. Auch zeigte der Major bei Todesfällen keine besondere Laune.

„Das Lager bekommt ein Kind!" sagte Milan schließlich, um überhaupt etwas zu sagen.

Sadlokal hatte Mühe, diese Bombe sachlich zu übersetzen. So recht ins Gleichgewicht kam er erst wieder, als der Major lachend ausdrückte, das gäbe es doch gar nicht!

„Und trotzdem!" erwiderte Milan.

Alliluew schüttelte den Kopf. Das könnte gar nicht pas-

sieren! Die Deportations=Kommision habe keine schwange=
ren Frauen genommen. So brutal sei man nun doch nicht ge=
wesen! Und von ihm sei das Lager so eingerichtet worden,
daß jede Möglichkeit außer Zweifel stehe ...

„Und trotzdem!" wiederholte Milan hartnäckig.

Sie gingen einträchtig über die Lagerstraße. Dem Major
wurde es irgendwie nicht sehr wohl zu Mute. Sollte der Dok=
tor ihm also erklären, wo in seiner Organisation eine Lücke
sei.

„Auf dem Transport fuhr alles durcheinander", erklärte
Milan. „Man braucht also die vorzügliche Organisation des
Herrn Major nicht anzuzweifeln, wenn Dinge passiert sind,
wofür der Herr Major keine Verantwortung trägt."

Diese Fassung leuchtete Alliluew vollkommen ein. Die
Lücke sei also eindeutig erwiesen und bedeute für sein Lager
einen exterritorialen Fall, als Ursprung wenigstens. Exter=
ritorial war sein Schlagwort, mit dessen Anwendung er wag=
halsige Experimente anstellte. „Die Meldung werde ich auch
in diesem Sinne weiterleiten", resumierte Alliluew. „Sollen
die da oben sich die Köpfe über solche Dinge zerbrechen.
Damit ich jedoch eine exakte Meldung verfassen kann, brauche
ich konkrete Zahlen. Wenn wir schon eine Lücke festgestellt
haben, werden wir auch eine Möglichkeit finden, eine Ermitt=
lung derer anzustellen, die alle diese Lücke benutzt haben –
um uns hier mit Kindern zu überraschen! Bei einem Fall wird
es wohl nicht bleiben, oäh!"

„Leider nein!" seufzte Milan und bekam eine Gänse=
haut. Das Lager beherbergte etwa 1000 Frauen.

Sie waren beim Stab angekommen. Alliluew bat um einen
Vorschlag, wie diese Ermittlung am besten zu organisieren sei.

„Am besten ist, wir fragen alle: ob ja, oder nein!" schlug
Sadlokal vor.

„Sie Naivling!" lachte Milan. „Wenn Sie unbedingt ein
tausendfaches Nein hören wollen, können Sie es ja machen."

Auch Alliluew wehrte ab. „Der Doktor soll alle unter=
suchen, anders geht es nicht!"

„Großer Gott!" Milan griff nervös nach einer Zigarette. „Das dauert ja Wochen!"

„Und wenn es Monate dauert", ereiferte sich Alliluew. „Es muß sein! Übrigens – wer ist der Fall Nr. 1?"

„Maria Schuster vom Badehaus."

„Ladno!" Alliluew ließ seine Begleiter stehen. –

Aus seinem Schreibtisch holte er ein grünes Heft hervor, blätterte kurz darin herum und stoppte bei Schuster Maria. Daneben stand ein roter Pfeil und der Name Girr. Er blät= terte also zurück und fand bei Girr Hans einen roten Pfeil, neben dem Schuster stand.

Befriedigt lehnte sich Alliluew zurück und ließ sein Essen kalt werden, das schon auf der Bank neben der Garderobe stand. Sein Hang zur Klarheit siegte auch dieses Mal. Der Vater stand für ihn fest: Iwan Girr!

Soweit alles in Ordnung. Nun stand aber neben dem Namen Girr auch: Faschist. Was dem Major die Stirn in Run= zeln trieb. Nach kurzem Überlegen griff er nach einem Zet= tel, schmiß einige Zeilen darauf und rief: „Oäh, maltschik!"

Ein im Flur lungernder Komsomolz flog herein. Alliluew drückte ihm den Zettel in die Hand und schnauzte: „Geh ins Sägewerk, zu Feodora Rodionowa, und gib ihr diesen Zettel, dawai!"

Nach kaum einer viertel Stunde lehnte Feodora ihre Maschinenpistole an Alliluews Schreibtisch und begrüßte ihn mit einem Blick, der aufrichtiges Staunen über den erhaltenen Eilbrief ausdrückte.

„Feodora", begann Alliluew. „Du hast mir vor Wochen den Schmied Iwan Girr als Faschist angegeben. Du wolltest ihn aushorchen und mir die entsprechenden Berichte bringen. Oäh, wo sind sie?"

Sie lächelte maliziös. „Der Schmied ist für uns wertlos. Er weiß wohl, wann Hitler geboren ist und den üblichen Quatsch. Aber sonst ist er plump. Zu dumm für die Aufgabe, die ich ihm zugedacht hatte."

„Zu dumm!" brummte Alliluew. Er spielte mit seinem Bleistift eine Weile Propeller. Dann brauste er merklich auf. „Na und? Was mache ich jetzt? Ich will endlich wissen, wer diese Leute sind! Warum hat man sie hergebracht? Was haben sie getan? Warum die vielen Frauen? Wer ist Faschist unter ihnen? Tschort – ich muß endlich wissen, ob meine Methode richtig ist, oder ob ich sie verschärfen muß. Übrigens – dieser Girr bekommt ein Kind..."

„Allerhand! Das allerdings hätte ich ihm auch zugetraut. Aber als Faschist können Sie ihn aus der Liste streichen. Solche Menschen stellen sich schnell um – auch bei den Faschisten gibt es solche und solche!" Feodora sah sich gelangweilt im Raum um. „Sollte ich nur herkommen, um von Ihnen zu erfahren, daß der Schmied ein Kind bekommt?"

Alliluew sank in seinem Sessel zusammen. „Feodora, ich wollte etwas wissen! Soll ich warten, bis der Krieg aus ist? Und vielleicht erst nachträglich erfahren, daß sich in meinem Lager Faschisten satt gefressen haben..."

„Na, na, so schlimm ist das nicht mit dem Sattfressen – aber das ist ja nicht meine Sorge! Towarischtsch Major, ich habe einen, von dem ich einiges erfahren könnte."

„Wer ist es?"

„Günther Plattner. Zimmermann bei Dnjestrowitsch. Intellektueller."

„Faschist?"

„Keine Ahnung! Soll ich mich draußen im Schnee mit ihm unterhalten?"

„Nein, was brauchst du?"

Feodora konnte nicht antworten, denn der Lagerarzt Milan betrat den Raum. Er nickte ein oberflächliches ,sdrawstwuite' und legte den Totenschein des am Vormittag verstorbenen Patienten auf den Schreibtisch.

Feodora sah neugierig auf den Zettel und fragte Milan: „Ist er schon begraben?"

„Ich glaube ja, sie haben ihn vor einer Stunde weggetragen."

„Ist auch ein Pfarrer bei euren Begräbnissen dabei?"

„Zum Teil", antwortete Milan. „Es ist nur ein Pfarrer im Lager. Heute hatte er aber seine Schicht. – Bin ich hier noch erforderlich?"

„Ich glaube nicht." Feodora neigte sich ungeniert über den Schreibtisch und erwiderte nur undeutlich den Gruß des Arztes.

Alliluew war damit beschäftigt, den Namen des Toten auf eine gesonderte Liste zu malen.

Feodora beobachtete diesen Vorgang und zählte bei der Gelegenheit die Verstorbenen. Es waren neun. Verwundert blieben ihre Augen auf der ersten Eintragung haften. Sie ging um den Schreibtisch herum und las noch einmal, über die Schulter des Majors: Karl Viktor. – Sonst standen, im Vergleich zu den anderen, keine weiteren Daten dabei.

„Towarischtsch Major", sagte sie unumwunden. „Warum stehen bei diesem Viktor keine Angaben? Hat der eigentlich auf unseren Lagerlisten gestanden?"

„Das konnte er gar nicht, er hat nie im Lager gelebt. Er ist auf der Fahrt gestorben. Selbstmord im Waggon."

„Selbstmord?" Feodora senkte ihre Augen verwirrt nochmals auf den Namen nieder. „Weiß man warum?"

„Tschort!" knurrte Alliluew ungehalten. „Wie soll ich das wissen? Ich habe andere Dinge im Kopf! – Warum willst du das eigentlich wissen?"

„Ein Selbstmord ist immer verdächtig", bemerkte Feodora mit mysteriös gefärbter Stimme. „Hat ein Arzt seinen Tod festgestellt?"

„Soviel ich mich erinnere – ja. Unser Lagerdoktor, der eben hier war. – Aber Schluß jetzt mit dem Toten. Ich fragte dich vorhin, was du brauchst, um von deinem Neuen Berichte zu bekommen. Also, was ist es?"

„Freie Hand brauche ich. Besuch bei mir."

„Ladno. Ich bin neugierig!" Alliluew erhob sich reckend. Während sich Feodora mit geschulterter Maschinenpistole

zum Gehen wandte, rief er ihr nach: „Vergiß aber nicht, vor=
her das Bild weg zu hängen!"

„Warum?" fragte sie und knallte die Tür zu.

Alliluew ging zu seinem Schreibtisch zurück und strich im
grünen Heft das Wort Faschist hinter dem Namen Girr durch.
Dafür malte er neben Schuster einen gelben Punkt. Es sollte
das Zeichen der Lagerkinder werden.

Etwas später schlich Irma in ihren Wohnraum und rüttelte
Milan, der lang hingestreckt auf dem Pritschenbrett schlief.
„Milan, eine Russin möchte dich sprechen!"

„Schmeiß sie hinaus!" knurrte Milan und drehte sich auf
die andere Seite.

„Das kann ich nicht!" flüsterte Irma. „Sie trägt eine Ma=
schinenpistole bei sich."

Milan sprang auf. „Was will sie denn? Außer Jod und
Chinin haben wir sowieso nichts zu vergeben."

„Sie will keine Medikamente – sie will dich sprechen."

Milan zog seine Schuhe an und streifte den weißen Kittel
über. Maulend verließ er sein Einfamilienzimmer und stand
vor der deutschsprechenden Russin, die er eben noch bei
Alliluew gesehen hatte. Sein Gefühl wurde dabei gemischt,
denn wo deutschsprechende Russinnen auftauchen, ist für
gewöhnlich etwas faul. Diese Erfahrung hatte er bereits beim
Rußland=Feldzug gemacht.

„Ich will eine Auskunft von Ihnen", begann Feodora. Sie
setzte dabei ihre Betrachtung der sehr rudimentären Einrich=
tung des Ordinationszimmers fort.

„Wollen Sie Platz nehmen?" schlug Milan vor. Ihr eine
Zigarette anzubieten, war er noch geteilter Meinung.

„Nein, aber tun Sie es ruhig, vielleicht ist Ihr Gedächtnis
dann schärfer. Ich hoffe, ich kann damit rechnen!"

„Mein Gedächtnis hat mich noch nie im Stich gelassen."
Milan unterdrückte nervös das sich steigernde Verlangen
nach einer Zigarette.

„Umso besser. Sagen Sie mal, kennen Sie einen Karl Viktor?" fragte Feodora.

„Wen bitte?" Milan zuckte hoch und verfärbte sich.

Feodora hatte wie beiläufig das Studium des Raumes unterbrochen und stellte den unerwarteten Schrecken fest, den sie mit dem Namen auslöste. Sie tat, was ein scharf denkender Mensch in Situationen mit Überraschungen tut: sie schwieg.

Fahrig nestelte Milan eine Zigarette aus der Tasche. „Karl Viktor? Der erste Tote. Selbstmord im Waggon. War etwas überstürzt von dem Jungen!"

„Sie kennen also die Motive?" Feodora eröffnete ihr Kreuzfeuer.

„Ich kenne den Fall – als Arzt. Sonst nichts. Tut mir leid, ich habe kein Wort mit diesem Menschen gesprochen. Sein Platz war im Waggon zu weit von meinem entfernt."

„Mit wem war er auf der Fahrt zusammen?"

Milan sah vor sich hin. Sollte er den Namen Bulion nennen? Wer weiß ...

„Wie ist das mit dem Gedächtnis?" Ihre Worte schnitten ungemütlich in seine Überlegungen.

„Er hat – so weit ich weiß – mit keinem Kontakt gehabt. Ja, bestimmt! Er saß die ganze Zeit in sehr gebückter Haltung an der Waggonwand."

„Wie alt war er und wie sah er aus?"

„Etwa 33 Jahre, schlank, blond, helle Augen."

„Und hat sich mit niemandem unterhalten?" Sie lauerte auf die Antwort.

Milan merkte die Falle nicht und sagte: „Nein, er sprach mit niemandem."

„Sie lügen!" schrie Feodora. „Im Waggon waren doch bald hundert Menschen – und Sie behaupten, daß er mit keinem Kontakt hatte – wo Sie doch so weit von ihm entfernt waren! Haben Sie ihn vielleicht beobachtet? Sie wissen doch, der Selbstmord eines Menschen wirkt sich oft sehr peinlich für diejenigen aus, die ihn überleben!"

Milan kaute nervös am Karton seiner Papirossi. „Was wollen Sie eigentlich von mir? Ich habe Ihre Fragen sachlich beantwortet!"

„Wenn Sie davon überzeugt sind, beneide ich Sie. Allerdings, weniger Sachlichkeit wäre mir lieber gewesen. Aber wie Sie wollen. Ab heute befasse ich mich mit dem Fall. – Do swidanija!"

„Kanaille!" zischte Milan und wandte sich der selbstangefertigten Skizze eines gynäkologischen Stuhles zu. Girr sollte ihn in der Schmiede anfertigen.

Damit hatte er den ersten Schritt zur Ermittlung der Geburtenziffer getan.

Kreutzer hatte mit prächtigem Appetit in der Kantine gespeist und anschließend etwas mit dem russischen Serviermädchen geschäkert. Sie war schon sichtlich geneigt, ihm einen Wodka gratis über den Tisch zu schieben, als er einen flüchtigen Blick auf seine Taschenuhr warf.

„Sakrament!" rief er. „In fünf Minuten hab ich ein wichtiges Stelldichein. Ich lebe in der letzten Zeit nur noch mit der Uhr in der Hand – adieu, Babuschka!"

Er verließ die Kantine überstürzt und lief zum Lagertor, wo er sich äußerlich gelangweilt an die nassen Bretter des Wachhauses lehnte. Innerlich sehnte er aufgeregt die Heimkehr der Frühschicht herbei.

Diese kroch pünktlich um 15 Uhr die Kawalleria uliza entlang, jene Ausfallstraße von Petrowsk, die auf die große Rollbahn mündet.

Kreutzer atmete auf, als er die Spitze erkannte. Die dreihundert Menschen bewegten sich in Fünferreihen langsam durch den Schneeschlamm. Der Kordon der Flintenweiber aß Semetschki. Es war kaum ein dawai zu hören; die Erfahrung hatte gelehrt, daß an diesen, von der achtstündigen Schicht restlos ausgepumpten Menschen jegliches Antreiben vergeblicher Stimmaufwand war.

Kreutzer überflog die Reihen und sah, inmitten einer Rotte,

eine Gestalt, die in ihrer Aufmachung von den anderen ab=
stach. Denn Bulion legte seinen Cheviotmantel selbst bei der
Grubenarbeit nicht ab. Als er Kreutzers Blick auffing, kniff
er grinsend das linke Auge zu. Kreutzer setzte sich neben
der Kolonne in Marsch und nahm Bulion in Empfang. „In
Ordnung?"

„Alles geklappt!" stöhnte Bulion. „Wo laden wir ab? Ich
breche bald zusammen."

„Tu dich nicht so!" herrschte ihn Kreutzer an und sah ein=
mal kurz an Bulion hinunter. Der Mantel hing nicht wie sonst
schlaff um seinen dürren Leib, sondern stand an einigen
Stellen prall ab. „Ins Badehaus!" dirigierte Kreutzer.

Im Flur dieser Baracke zog er einen Sperrhaken aus der
Tasche und öffnete die Tür zu Mitzis Unterkunft.

Bulion sank sofort auf das Fäßchen Schmierseife, während
Kreutzer es nicht lassen konnte, die Unordnung des Raumes
zu kritisieren. „Allmächtiger, so eine schlodderige Frau würde
ich krumm und lahm schlagen. Schau dir das einmal an: die
Unterwäsche auf den Kartoffeln, der Lippenstift auf dem Gur=
kenglas – ich möchte wissen..."

„Bitte, Kreutzer", japste Bulion, „nimm mir die Sachen ab.
Ich schleppe sie schon acht Stunden am Leib. Es geht nicht
mehr!"

Kreutzer erlöste Bulion. Zuerst befreite er ihn von seinem
Mantel. Dann streifte er ihm die über den Schultern hängen=
den Taschen ab, sowie die verschieden geformten Leinenbeu=
tel, die rund um seinen Leibriemen baumelten. Alles zusam=
men ergab es einen stattlichen Haufen, den Kreutzer einer
genauen Prüfung unterzog. Er fand Mais und Sojamehl, Salz,
Machorka, Makucha – gepreßte Sonnenblumenkerne – und
einen großen Posten weiße Bohnen.

Bulion präsentierte ihm eine Liste. „Deine Preise stimmten
alle. Habe ich es gut gemacht?"

„In Ordnung, Willi. Dich kann man brauchen. Konntest du
ohne weiteres auf den Basar?"

„Hoh, ich bin ja nicht blöd! Beim alten Förderturm kann

man durch den Stacheldraht kriechen. Der Basar ist nicht weit davon entfernt. Manchmal kam ein Offizier über den Markt – aber bemerkt hat mich keiner. – Langweilig ist nur das Warten auf die nächste Schicht – und saukalt!"

„Es wird ja langsam Frühling", tröstete Kreutzer, „dann kannst du dich so lange an die Sonne legen. Morgen muß es noch einmal so gehen, dann ist mein Gehalt auf. Bis ich den Erlös wieder in der Tasche habe, vergeht wenigstens eine Woche. Dann haben wir auch das Ostergeschäft hinter uns und können mit größerem Kapital arbeiten."

„Ostern? Dann müßten wir Ostereier machen!" strahlte Bulion.

„Alles schon geplant. Paß nur auf, wir zwei werden noch reiche Leute. Und die anderen freuen sich bestimmt über unser Unternehmen."

Bulion bekam einen traurigen Zug um die Augen. „Schade, daß Viktor das nicht miterlebt. Glaubst du mir, Kreutzer, ich verstehe das nicht. Wie kann sich ein Mensch selbst umbringen?"

„Das wissen die Götter", knurrte Kreutzer und begann eine Ecke im Raum für die Waren frei zu machen. „Wie kommst du jetzt auf Viktor?"

„Als ich im Förderturm saß, sah ich einen Leichenzug. Jetzt weiß ich, daß der Friedhof zwischen der Ziegelei und dem Akazienwald liegt. Morgen werde ich nach dem Basar auf den Friedhof gehen. Wer soll sich um Viktors Grab kümmern, außer mir? Ich war sein bester Freund!"

„Geh meinetwegen auf den Friedhof!" Kreutzer stapelte geschäftig seine Waren. „Aber laß dich nicht erwischen! – Willst du deinen Anteil in Rubel oder in Waren haben?"

„In Maismehl, wenn es geht", bat Bulion.

„Gut. Halte deine Mütze auf. Sagen wir 15 Stakan, einverstanden? Davon kannst du dir fünf Mal Mamaliga kochen."

„Sagen wir – 18 Stakan. Das gibt sechs Mamaliga. Für

jeden Wochentag ein Essen. Den Sonntag schlafe ich sowieso durch."

„Du bist wirklich nicht blöd!" lachte Kreutzer und zählte zwanzig Gläser in die Mütze. „Die zwei sind für Sonntag zum Kaffee. Aber jetzt schau zu, daß du in die Klappe kommst, sonst schläfst du morgen auf dem Friedhof ein."

Kreutzer ließ sich für eine Machorkaprobe auf das Seifen= fäßchen nieder und kalkulierte die Preise. Dann verließ er das Boudoir Mitzis, um die ersten Kundenbesuche zu absol= vieren. Es war die Geburtsstunde des Kaufhauses ‚Kreut= zer & Bulion'.

Conny trat leise auf, als er das Zimmer des Küchenperso= nals betrat; denn Inge saß am Tisch und schlief, das Gesicht in den verschränkten Armen vergraben. Noch stark im Zwei= fel, was er tun sollte, ließ er sich neben ihr nieder und be= trachtete sie eine Weile. Aus Verlegenheit überlas er noch einmal die Bittschrift, die er zusammen mit seinen Freunden, auf Anraten Sadlokals, verfaßt hatte. Das Schreiben war an Major Alliluew gerichtet und betraf die unberechtigte Ver= schleppung von Inge Schrandt.

Den Inhalt kannte Conny schon auswendig und er schickte deshalb seinen Blick wieder zu dem schlafenden Mädchen. Er strich ihr einmal zärtlich über das Haar und erschrak.

Denn Inge zuckte zusammen und hob den Kopf. „Conny! Du bist hier?" Sie legte ihre Arme um Connys Hals. „Es ist so gut, daß du da bist."

Er drehte seinen Kopf leicht zur Seite und küßte sie zärt= lich.

Nach einer Weile sagte Inge: „Oh Conny, jetzt bin ich aber ganz wach! Sag mal, geht das immer so zu, wenn man ge= küßt wird?"

„Wahrscheinlich – bist du mir jetzt böse? Ich habe dich im Schlaf überfallen!"

„Ich habe mich ja überfallen lassen", sagte sie verträumt. „Wie soll ich dir da böse sein!"

Conny schaute sie lächelnd an und sagte: „Ich wußte gar nicht, daß Mädchen beim Küssen noch hübscher aussehen."

„Wieso? Hast du die Augen offen gehalten?"

„Ja natürlich! Muß man sie denn schließen?"

„Aber ja, so steht es jedenfalls in allen Romanen."

„So, dann küsse ich dich jetzt einmal literarisch einwandfrei."

Sie hörten weder die Schritte, noch das Knarren der Tür. Erst Frau Stefans heiseres Organ riß sie auseinander. „Erwürgen tut ihr euch ja nicht!" Sie stellte sich breitbeinig vor Inge und wetterte weiter: „Aber so geht es einem. Zuerst machen sie eins mit guten Manieren weich, dann entpuppen sie sich als Poussierstengel!" Dann nahm sie Conny aufs Korn. „Das könnte dir Lümmel so passen, hier ehrlicher Leute Suppen essen, und nebenbei unschuldige Mädchen verführen, was?"

„Aber er hat mich doch gar nicht verführt", meldete sich Inge kleinlaut.

„Das wollte ich ja nur hören!" Frau Stefans Stimme klang schon versöhnlicher. „Grad so borniert bin ich wiederum nicht, wie ich aussehe. An euch ist jedes gute Wort verlorene Mühe – das sehe ich euch an. Macht mir aber bitte keinen Kummer! Los, kommt jetzt essen."

Nach dem Abendbrot zog Conny die Bittschrift hervor. „Komm, Inge, wir bringen diesen Brief schnell noch zu Sadlokal."

Auf dem Weg, zwischen den erleuchteten Baracken, hakte sich Inge ein. „Conny, wenn ich ganz ehrlich bin – ich möchte gar nicht mehr ausgetauscht werden."

„Was?" Conny stoppte und packte sie an den Armen.

„Ja. Abgesehen davon, daß ich nicht an eine Möglichkeit glaube, möchte ich nicht mehr fort von dir. Angenommen, ich käme wieder nach Hause – was hätte ich davon? Vielleicht Jahre auf dich warten müssen? So ist es, als habe unser Leben schon begonnen. Oder hat es nicht gerade jetzt begonnen?"

„Das ist ja heller Wahnsinn!" stieß Conny hervor. „Ich

würde, wenn du hier fort wärst, sofort auf eigene Faust ausbrechen..."

„Um in den Tod zu rennen! Nein, Conny, das könnte ich nicht ertragen!"

„Ich muß es aber ertragen, zuzusehen, wie du diese schwere Arbeit verrichtest."

„Willst du mich los sein?" fragte Inge erschrocken.

„Nein!" schrie Conny. „Ich will doch nur dein Glück. Du sollst leben wie ein Mädchen."

„Mein Glück ist hier bei dir. Und bei dir führe ich ein sehr schönes Leben, als Mädchen. Wenn du mich umarmst, merke ich erst richtig, daß ich ein Mädchen bin, – dein Mädchen."

Conny tippte nervös mit den Stiefeln in der Schneesuppe herum. Die Situation war verteufelt schwierig. „Du Inge", begann er vorsichtig. „Du traust mir also nicht zu, daß ich aus Rußland herauskomme? Schau, ich mache gute Fortschritte in Russisch, bin das, was man einen normalen Sportler nennt und stelle auch sonst keinen Vollidioten dar."

„Ich traue dir alles zu, alles! Ich will nur nicht, daß du es wegen mir tun mußt. Ich würde irrsinnig, wenn du nicht durchkämst. Es haben schon viele versucht, aus der Gefangenschaft zu fliehen. Sehr wenige haben ihr Ziel jemals erreicht."

„Und wenn ich dich sehr bitte, dieses Gesuch doch einzureichen – und mir ein wenig mehr, sagen wir Glück, zuzumuten – würdest du mich dann weniger lieben?"

„Ach Conny! Du weißt ja, daß ich das nicht könnte. Gut, geben wir das Papier einmal ab. Ich sehe ein, es bringt dich in ein Dilemma. Ich bin doch noch sehr albern."

Beruhigt nahm Conny ihren Arm und ging mit ihr weiter. –

Aus der Magazinbaracke klang ihnen Geigenspiel entgegen. Durch die Fensterscheiben erkannten sie Sadlokal, der mit verzückten Bewegungen den Bogen führte.

Beim Eintreten schauten sie erstaunt auf das Instrument,

das deutlich eine Bastlerhand verriet und im Aussehen eine Kreuzung zwischen Mandoline und Gitarre darstellte.

„Ah, Bub", rief Sadlokal gut gelaunt. „Bringst das Gesuch? Ist das das respektive Madel?"

„Ja, das ist Inge Schrandt." Conny legte das Schreiben auf den Tisch. „Wollen Sie sich der Sache etwas annehmen, Herr Sadlokal?"

„Ich schon. Für mich ist die Sache sehr kurz. Ich leg den Wisch dem Major auf den Schreibtisch. Ob er sich dann Zigaretten daraus dreht oder ihn an die nächste Instanz weiterleitet, das bleibt Gottes Auge überlassen."

„Hoffen wir das Beste! – Haben Sie die Violine selbst gebaut?"

„Die Pratschen meinst, Bub? Sicher, oder traust mir das bisserl Kunst net zu? Weißt, eine Freid muß der Mensch haben – ich spiele leidenschaftlich gern Pratschen. Ich war tragende Kraft in der ‚Harmonia'. Das war das Musikongsambel von der Maschinenfabrik, in der ich Modellschreiner war."

„Interessant!" sagte Inge nähertretend. „Was bauen Sie da hinten? Noch eine Bratsche?"

„Nein, das gibt eine Balalaika für dem Major seinen Sohn, dem ich ab ibermorgen Musikstund geb." Stolz färbte Sadlokals Stimme.

„Ah! Wollen Sie uns nicht etwas vorspielen?" bat Inge.

„Heute net, Madel. Die Finger, weißt, die Finger! Aber am Ostersonntag machen wir in der Kantine einen Tanznachmittag. Da kennt's mich heren, ich geb ein reichhaltiges Döbüh. Kommt's ihr?"

„Bestimmt!" versicherte Inge. „Siehst Du, Conny, wir werden tanzen. Habe ich recht behalten?"

„Es scheint so. Also dann, gute Nacht, Herr Sadlokal – und vergessen Sie das Gesuch nicht!"

„Bub, für liebe Leit tu ich alles."

Bulion schwankte zwischen den Lehmbergen der Ziegelei. Er liebäugelte mit dem Gedanken, seine Last irgendwo zu verstecken, um den mühsamen Weg im nassen Schnee leichter bewältigen zu können. Doch nahm er schnell davon Abstand, da er vor der unbequemen Vorstellung kapitulierte, vielleicht mit leeren Händen vor Kreutzer zu stehen.

Endlich lag auch der Steinwirrwarr der Brennerei hinter ihm. Er sah die kahlen Akazien und beschleunigte, auf dem spurengezeichneten Pfad, seinen Gang. Es waren die Fußabdrücke des gestrigen Leichenzuges.

Bei den ersten Kreuzen bemerkte er, daß vom Mittelweg eine frische Spur nach links abzweigte, wo in der äußersten Ecke nur ein Kreuz stand. Bulion fuhr ein kalter Schrecken in die Glieder: vor dem einsamen Grab stand eine Frauengestalt in Uniform. Eine Russin!

Bulion stand eine Weile wie angewurzelt. Den Gedanken, umzukehren, verwarf er angesichts der raren Möglichkeit, Viktors Grab zu sehen. Also begann er auf der rechten Seite die Inschriften, die oft sehr undeutlich und in der Farbe verwaschen waren, zu buchstabieren.

In kurzer Zeit hatte er die acht Namen durch. Den von Viktor fand er nicht. Er versuchte es noch einmal – und bekam einen zweiten Schreckensstoß: die Russin konnte nur vor Viktors Grab stehen!

Diese Feststellung schleuderte Bulion in eine abgrundtiefe Verzweiflung. Was war zu tun? Betete die Frau – oder weinte sie? Scharfes Nachdenken schmerzte ihn. Zudem erdrückte ihn die Last unter dem Mantel. Er hockte sich in den Schnee, an das Fußende irgend eines Grabes. Gesprächsfetzen mit Viktor schossen ihm durch den Kopf, unzusammenhängend und wirr.

Da wandte sich die Russin zum Gehen. Auf dem Mittelweg sah sie Bulion und stutzte.

Unter Angstschweiß erkannte Bulion die deutschsprechende Feodora, die hin und wieder in der Wachkompanie Dienst tat.

„Was machen Sie hier?" fragte diese nähertretend, mit belegter Stimme.

„Ich wollte ein Grab aufsuchen", stammelte Bulion und erhob sich mühselig. Die Leinenbeutel waren teilweise ver= rutscht und eckten die unmöglichsten Falten in seinen Cheviot.

„Und? Haben Sie es gefunden? Welches ist es?" fragte sie.

„Hier ist es nicht", antwortete Bulion. „Es kann nur das dort drüben sein. Wo Sie auch waren."

Feodoras Stimme schlug über: „Das Grab? Wen suchen Sie überhaupt?"

„Karl Viktor – er war mein bester Freund." In Bulion regte sich der Stolz.

Feodora musterte seine durch den verbeulten Mantel stark deformierte Gestalt.

„Im Waggon", ergänzte Bulion und sah wehmütig zum Grab hinüber.

Feodora zuckte zusammen. „Sagten Sie im Waggon?"

„Ja. Die letzten Tage verbrachte ich sogar neben ihm. Für mich war er der allerbeste Mensch von der Welt."

„Gehen Sie zum Grab, ich warte hier", sagte Feodora barsch.

Bulion befolgte ihren Befehl und ging. Vor dem Grab kniete er nieder und zog seine Mütze ab.

Feodora wandte sich ab und sah eine Weile zum Schacht hinüber. Dann rief sie ihn wieder zu sich.

Schon von weitem herrschte sie ihn an: „Wieso laufen Sie hier herum? Drücken Sie sich etwa vor der Arbeit?" Ihr Ton war scharf und rein dienstlich.

„Nein, ich gehöre zur Nachtschicht und wollte mit der Frühschicht wieder in das Lager gehen."

„Das wäre erst am Nachmittag möglich. Dawai, ich bringe Sie ins Lager. Wenn Sie ein anderer erwischt hätte – Kar= zer hätten Sie bekommen!"

„Das glaube ich Ihnen gerne", sagte Bulion leutselig und hatte Schwierigkeiten, mit ihr Schritt zu halten.

Ohne Überleitung fragte Feodora: „So, also Sie haben sich im Waggon öfter mit Viktor unterhalten?"

„Was heißt hier öfter?" brauste Bulion beleidigt auf. „Jeden Tag, die ganze Zeit. Ich sagte Ihnen doch, er war mein bester Freund! Es ist furchtbar, daß er das getan hat."

„Wissen Sie, warum er es getan hat?" Feodora beobachtete Bulion scharf von der Seite.

„Wenn ich das wüßte! Ich zerbreche mir darüber selbst den Kopf. Wo wir gerade ankommen sollten – ein paar Stunden davor!"

„Worüber, zum Beispiel", fragte Feodora nach einer kurzen Überlegung weiter, „haben Sie sich die ganze Zeit unterhalten?"

Bulion dachte angestrengt nach. „Über meinen Charakter zum Beispiel."

Feodora sah ihn ungläubig an. „Weiter – es wird ja auch etwas anderes gegeben haben, was ihn interessierte."

Bulion dachte noch intensiver nach. „Ah, Sie wollen wissen, was ihn interessiert hat! Das ist etwas anderes. – Er wollte wissen, was ich von Beruf bin, zum Beispiel."

„Weiter!" Feodora betrachtete Bulion immer fragwürdiger.

„Dann wollte er wissen, wer neben mir schläft, zum..."

„Weiter! Halt – wer schlief neben Ihnen?"

„Milan, unser Doktor!"

Feodora blieb stehen. Ihr Gesicht bekam einen herben Zug. „Lügen Sie mich auch nicht an?"

Heilfroh über diese Rast sagte Bulion jovial: „Sie! Über Stehlen können Sie mit mir reden. Aber lügen tue ich nie. – Warum schauen Sie mich eigentlich so giftig an? Habe ich Sie beleidigt?"

Sie schüttelte den Kopf. „Nein, Sie scheinen kein schlechter Mensch zu sein."

Bulion merkte, daß er immer mehr Oberwasser bekam, und grinste. „Das hat auch Viktor gesagt. Darf ich Ihnen verraten, wie er über meinen Charakter dachte?"

„Nein! Sagen Sie mir lieber: wußte Viktor, daß das Fahrt=
ziel Petrowsk war?"

„Ja, ich glaube, er wußte auch das."

„Es ist gut", sagte Feodora etwas geistesabwesend. „Wir
sind schon beim Lager. Gehen Sie nur hinein, ich regele das
schon."

Bulion zog dem staunenden Posten ein krummes Gesicht
und ging durch die Sperre. —

Da es noch früher Vormittag war, staunte Kreutzer nicht
wenig, als er Bulion die Lagerstraße herunterkommen sah.
Von Wahnvorstellungen getrieben, lief er ihm entgegen
und rief: „Was ist los?"

„Nichts!" keuchte Bulion. „Abladen möchte ich."

„Und wie kommst du jetzt schon?"

„Alles nachher, ich bin hundemüde." Bulion schwenkte
schon automatisch zum Badehaus ein. In Mitzis Zimmer
sank er erschöpft auf die Seifentonne.

Kreutzer nahm ihm die Sachen ab. „Bist du verrückt, oder
raffiniert? Alles hätte auffliegen können! Warum kommst
du allein hier an?"

„Ich bin nicht allein gekommen. Feodora hat mich beglei=
tet", sagte Bulion mit der größten Selbstverständlichkeit.

„Und die hat nicht nach den Sachen gefragt?" fragte
Kreutzer, gelb vor Schreck.

Bulion grinste: „Die wollte ganz andere Sachen wissen.
Zum Beispiel, was ich mit Viktor auf der Fahrt gesprochen
hätte."

„Versteh ich nicht", sagte Kreutzer. „Wo hast du denn
die Feodora getroffen?"

„Auf dem Friedhof, vor Viktors Grab." Bulion wischte
sich teilnahmslos die Nase.

„Du bist übergeschnappt!" schrie Kreutzer. „Oder willst
du mich frotzeln?"

„Nein."

„Dann erzähl mir alles der Reihe nach — aber haargenau!"

„Wenn du mir vorher eine Zigarette gibst."

Die ersten Zeichen des Frühlings äußerten sich am Bau=
platz vor dem Parkhotel in einer Zahlenverdoppelung des
russischen Kindersegens, der auf dem durch die Schnee=
schmelze zum See gewordenen Bauplatz lebhafte Wasser=
spiele veranstaltete.

Dazwischen wuchs der Dachstuhl langsam heran. Dnjestro=
witsch, den seit Tagen ein Gichtleiden plagte, gab, auf einen
Stock gestützt, seine Anweisungen. Wortkarg hockte er die
meiste Zeit am Ofen in der Baubude und studierte den Bau=
plan.

Über allem aber sangen die Zugsägen ihr Lied.

Nico zog am gleichen Stahl mit Conny, Günther bildete
mit Roland das zweite Paar. Die linke Hand an der Scha=
blone, die rechte um den Sägegriff, standen sie knöcheltief
im Wasser.

„Du hast sie also geküßt!" sagte Nico, ohne den Arbeits=
rhythmus zu unterbrechen.

„Wenn du gestattest – ja!" Conny drückte gereizt das
Sägeblatt nach.

„Herrgottnochmal!" schrie Nico und hielt ein. „Warum
heißt dieses Instrument Zugsäge? Weil man daran zieht! Die
Drückerei kannst du bis zum Abend aufschieben. Also los,
du fängst an!"

Sie sägten weiter.

„Seit wann", fragte Conny verbissen, „interessiert dich
mein Liebesleben?"

„Seit ich einen genauen Fluchtplan ausgearbeitet habe. –
Du sollst nicht drücken!"

„Zieh du lieber durch! – Was hat dein Fluchtplan mit mei=
nem Liebesleben zu tun?"

Nico schnaufte. „Das wird dir Inge deutlich genug sagen,
wenn sie erfährt, daß wir am 21. Juni türmen!"

„Du hast einen Vogel", brummte Conny und bekam einen
heißen Kopf.

Nico führte ungerührt die Säge. „Wir anderen haben hier
mit keinem Mädchen angebandelt. – Eigenartig, wie du auf

meine Neuigkeit reagierst. Ich erinnere dich der seligen Zei=
ten, bei der Alten in der Bauernkate. Wer wollte damals
stiften gehen? Du oder ich? Und heute spielst du Händchen=
halten und verlebst deine Abende in – zugegeben – wohl=
proportionierten Armen eines Mädchens. Wie Fürst Rotz!
Reiß dich doch am Riemen."

„Nico", fauchte Conny, „das verstehst du alles nicht..."

„Haha, auf das habe ich gewartet! Ich und das nicht ver=
stehen. Ich weiß ganz genau, was mit dir passiert ist: du
erliegst den ersten, zarten Flüstertönen eines – zugegeben –
hübschen Mädchens. Aber höre auf einen erfahrenen Mann:
es steckt nicht viel dahinter. Und eines Tages, wenn wir
anderen schon längst in der Freiheit herumgondeln..."

„Ach hör auf! Du – du untersetzter Knilch! Gleich laß
ich die Säge los, dann kannst du zusehen, wie du deine Ho=
sen trocken bekommst."

„Ich knall dir gleich eine!" drohte Nico.

„Blöder Heini!"

„Armleuchter!"

Das Lied der Zugsäge war aufreizend. –

„Feodora hat dich gestern abend besucht?" fragte Roland
neugierig. Die Säge fraß sich langsam dem Zapfen entgegen.

„Ja, sie hat mich zu Ostern eingeladen." Günther zog, und
ließ sich ziehen.

„Das ist ja toll! Darfst du denn aus dem Lager?"

„Sie hat mit Alliluew schon gesprochen. Er hat es erlaubt.
Sag, sollen wir etwas pausieren?"

„Willst du?"

„Ich richte mich ganz nach dir, von mir aus sägen wir wei=
ter."

„Machen wir weiter", sagte Roland. „Ich finde diese Säge=
rei herrlich beruhigend. Man kann seine Gedanken auf dem
begrenzten Weg der hundert Sägezähne mitpendeln lassen.
– Um noch einmal auf deine Ostereinladung zurückzukom=
men – ich möchte auch einmal einen Blick in eine russische
Privatwohnung werfen."

„Du kannst ja hingehen", bot Günther großzügig an.
„Eigentlich ist mir bei dem Gedanken etwas schummerig zu Mute. Ich verzichte gern zu deinen Gunsten."
„Das geht ja nicht, du mußt schon selber hingehen!"
„Wie du meinst. Achduliebergott – jetzt haben wir den Zapfen mit abgesägt!"
Roland betrachtete den im Wasser liegenden Zapfen gelassen. „Keine Aufregung, der Stamm ist ja lang genug. Sägen wir halt einen neuen Zapfen. Wir können uns dabei doch so gut unterhalten."
Die Zugsäge sang zuweilen auch sanfte Lieder. –
Am Nachmittag kam eine neue Ladung Stämme an. Beim Abladen kippte einer zu früh vom Auto und schlug auf Connys rechten Fuß. Er knickte in den Schneebrei und konnte sich nicht mehr von der Stelle rühren.
Der Chauffeur versprach ihm, ihn später in das Lager zu fahren.

Die Laune Kreutzers war nicht sonnig, als er Bulion aus Mitzis Zimmer entließ. Seine bei der Verabschiedung geäußerten Bemerkungen waren wenig schmeichelhaft und bezogen sich ausnahmslos auf Bulions Geistesvermögen.
Bei einer Zigarette wurde Kreutzer ruhiger. Er sezierte die von Bulion gehörte Sensation Satz für Satz auf das gründlichste.
Zu dumm, dachte er, daß ich mich von diesem Lagerleben so habe einlullen lassen. Dabei wollte ich schon im Waggon aus der Stefanin einiges herausquetschen, als der Viktor von ihrer Tochter sprach. Halt – auch dieser Giftzwerg Nico faselte Sachen daher, die damit zusammen hingen.
Kreutzer legte hastig eine Decke über die Waren und zog aus der Hosentasche seine Uhr – eine dicke Roßkopf mit Cellophanhülle. Halb vier! brummte er. Zuerst zu der Stefan. Sollte die Schwierigkeiten machen, wird Nico am Lagertor abgefangen und hier im Séparée in die Zange genommen.
Über den gelungenen Einfall Séparée als Deckname seines

Magazins stieg sein Seelenbarometer wieder. Es war auch nötig, denn in der Stefanschen Familienchronik zu wühlen war eine Sache mit Ecken und Kanten. Die Bitternis ihrer unfreiwilligen Witwenschaft legte rund um diesen Punkt Minen. –

„Mahlzeit!" sagte Kreutzer beim Betreten des Zimmers. Johanna Stefan strickte, während Inge angeregt an einer Zeichnung schraffierte.

„Treibt es dich wieder einmal heim?" fragte Frau Stefan und legte kein sonderliches Gemüt in ihre Worte.

Kreutzer verströmte deshalb eine verdächtige Herzlich= keit. „Ja, da schau her! Was gibt das, wenn es fertig ist?"

„Wäsche für Mitzis Kind. Die Arme hat daran noch nicht gedacht. Ich möchte ihr schon ein paar Teile zu Ostern schenken." Johanna Stefans Augen leuchteten glücklich.

„Reichlich früh! Hoffentlich freut sie sich", bemerkte Kreutzer und entschloß sich, langsam zur Sache zu kommen. „Du, Hanni, deine Tochter war doch nicht verheiratet, oder?"

Frau Stefan trennte sich ruckartig von ihrer Arbeit. „Sag einmal, wie kommst du jetzt auf die Fisso? Das ist ein un= beschohltenes Mädchen! Hoffentlich wechselst du bald das Thema, ja!" Sie streifte Inge mit einem beschützenden Blick.

Kreutzer dachte nicht daran, das Thema zu wechseln. Er änderte bloß den Kurs. „Die Fisso! Die wird jetzt vielleicht genau so an uns denken, wie wir an sie. Die Arme hat doch wirklich alles verloren..."

„Dich kennt sie doch gar nicht", lachte Johanna Stefan.

„Und wen soll sie denn außer mir verloren haben?"

Kreutzer schmunzelte. „Ich sage nur zwei Worte: Doktor Juri!"

Frau Stefan kratzte sich mit einer Stricknadel nachdenk= lich am Kopf. „Heute hat man dir wohl zu viel Wodka spen= diert. Geh, leg dich schlafen, oder häng dich auf!"

„Na, na!" kicherte Kreutzer, keineswegs getroffen. „Ich will ein Wort mehr sagen: Selbstmord! Na, sind wir jetzt im

Bilde?" Er war sichtlich zufrieden mit seiner Diskretion, die er bei diesem heiklen Thema entwickelte.

Die Wolle behutsam aus den Händen legend, wandte sich Frau Stefan an Inge: „Nun sag selbst, ist er noch normal, oder ist er plemplem? Ich glaube, der Warenhandel hat ihn umgeschmissen. Hinaus, Kreutzer – und komm erst wieder, wenn es dir besser geht!"

„Ich werde meine Schritte zu einem anderen lenken", brummte Kreutzer, als er merkte, daß er hier nicht weiter kam. „Zu einem, dem die Krautsuppe das Hirn noch nicht verdünnt hat! Adieu!"

„Hörst du, Inge", flüsterte Frau Stefan. „Er spricht auch schon ganz anders: er lenkt Schritte! So ein Blödsinn!" –

Mit weit besserer Laune, als Johanna Stefan sie hatte, verließ Kreutzer die Baracke. Ja, er lachte sogar und rieb sich vergnügt die Hände. Und eine Spannung arbeitete in ihm, daß er glaubte, die Stunde bis zur Ankunft der Spezia= listen nicht lebend überstehen zu können.

Dann war es aber so weit. Er schnappte sich den verdutz= ten Nico direkt vom Lagertor weg und setzte ihn auf die Seifentonne in Mitzis Zimmer.

Nico hörte sich den Bericht über Bulions Friedhofserlebnis mit zunehmender Anteilnahme an und erzählte darauf Kreut= zer, was er über Milan wußte. Kreutzer folgte mit glühen= dem Kopf seinen Worten, vergaß zu rauchen und auch bei= nahe den Grund seines Anliegens. Zu guter Letzt fragte er:

„Und Viktor? Was hat der mit der ganzen Geschichte zu tun gehabt? Du behauptest doch, du wärst Fissos Freund gewesen!"

„Stimmt auch", versicherte Nico mit Nachdruck. „Viktors Frage an Sie muß eine Verwechslung gewesen sein. Eine unwichtige. Interessanter ist die neue Perspektive: Feodora – Milan – Viktor. Irgendetwas stimmt da nicht!"

Kreutzer sah bestürzt auf. „Was willst du damit sagen?"

„Noch gar nichts. Ich habe bloß meine Vermutungen. Ganz

private Kombinationen, über die ich noch nicht sprechen möchte."

„Ach du!" murrte Kreutzer. „Das ist wieder einmal typisch! Kommst dir dabei auch noch weiß Gott wie gescheit vor, was?"

„Ich wollte, ich wäre gescheiter. Aber das kann ja noch kommen. Günther ist zu Ostern von Feodora eingeladen worden. Wenn der sie geschickt fragt, können wir um einiges klarer sehen. Hauptsache, es wird bis dahin nicht dumm durch die Gegend gequatscht. Milan ist auf alle Fälle stärker, als wir alle zusammen."

Kreutzer nickte zustimmend. „Und – der Stefanin, sollen wir der von deinem Techtelmechtel mit Fisso erzählen?"

Nico wurde es unbehaglich. „Einmal muß sie es erfahren, denn ich habe ernstlich vor, das Mädchen einmal zu hei= raten."

„Donnerwetter!" entrutschte es Kreutzer. „Du gehst ja mächtig ran. Ich an deiner Stelle würde versuchen, zuerst noch etwas zu wachsen. Denn, wenn die Fisso nach der Alten geraten ist, wird dir dafür keine Zeit mehr bleiben..."

„Die Fisso schlägt nach ihrem Vater", wandte Nico mit Überzeugung ein.

„Und der ist davongelaufen!" triumphierte Kreutzer. „Meinst du, die hält dir die Treue?"

„Sie hat es mir geschworen!"

„Aha, das ist etwas anderes", kicherte Kreutzer. „Schwö= rende Frauen – das ist, was ich so gerne habe."

„Kreutzer", fauchte Nico verstimmt. „Sie geht das Ganze gar nichts an. Verstehen Sie! Ich mache mir ja auch keine Gedanken darüber, ob Ihre Frau Ihnen die Treue hält!"

„Du wirst lachen, Kleiner, darüber mache ich mir selbst die allerwenigsten Sorgen. Weißt du, eine Frau mit sieben Kindern ist das Treueste, was man sich vorstellen kann. Die hat die Nase gestrichen voll."

„Es wird wohl auch noch andere Gründe zum Treusein geben, als nur ein Haufen Kinder", sagte Nico zweifelnd.

„Meiner Ansicht nach nicht. Aber ihr wollt ja immer alles besser wissen als ein erfahrener Mann. Trotzdem wünsche ich dir, daß du recht behältst und die Fisso heiraten kannst. Grad so schlecht ist der Schlag auch wieder nicht. Das seh ich an der Alten. Man muß sie nur unter der Fuchtel halten. – Komm, wir gehen gleich zu ihr hinüber. Ich platze vor Neu= gierde, wie sie sich zu dem unverhofften Schwiegersohn stellt. Oder willst du mir das Vergnügen vorenthalten?" Kreutzer legte eine kindische Eile an den Tag. Der Hinaus= wurf vom Nachmittag saß ihm noch im Gemüt und er fühlte keine größere Lust, als der Stefanin zu beweisen, daß er letzten Endes doch recht hatte. Ob der Schwiegersohn nun Viktor oder Nico hieß, fand er von weitaus geringerer Be= deutung.

„Gut, gehen wir", sagte Nico. „Es ist vielleicht ganz inter= essant, bei der Gelegenheit gleichzeitig zu erfahren, ob Frau Stefan den Milan auch wiedererkannt hat." –

Auf dem Weg sagte Kreutzer: „Du brauchst nicht auf= geregt zu sein – von wegen dem zukünftigen Schwiegersohn. Ich werde es ihr schonend beibringen. So etwas liegt mir, weißt du!"

„Ich hoffe es", murmelte Nico zögernd. Er empfand das Schicksalsschwere der Stunde äußerst drückend.

Ambulant! schrieb Milan in seine Agenda. Er tat es zer= streut und mit bedenklicher Laune.

„Wie war Ihr Name nur?" fragte er über die Schulter. „Ah, Conrad Onjert! Danke, ich erinnere mich jetzt – Tee in Krementschug! Ja, das waren noch Zeiten! Also, drei Tage arbeitsfrei. Es ist keine Fraktur."

Unter wärmsten Empfehlungen für kalte Umschläge gab er Conny zwei Stöcke und einen Filzstiefel. „Humpeln Sie ab!"

Conny senkte seinen geschwollenen Fuß in die Filzhülle und ergriff die Stöcke.

Da rief ihm der Arzt nach: „Moment mal. Sie verkehren

doch in einem Kreise, wo Frau Stefan mit von der Partie ist, nicht? Die soll mal herkommen – aber möglichst bald!"

„Ich werde versuchen, ihr das plausibel zu machen", sagte Conny und stelzte davon.

Milan durchschritt sein Zimmer mit Seufzern, die von der Galle kamen. Diese Feodora machte ihm einen ungeahnten Kummer. Heute hatte sie ihn schon wieder traktiert – aber wie! Und wieder mit diesem Fall Viktor! Sie hatte von einem gesprochen, der die Angelegenheit genau kennen würde. Wer konnte das sein? Eine Frau Stefan hatte im Waggon über ihn gelästert. Sein Verdacht fiel folglich zuerst auf sie. Nach reiflichem Überlegen hatte er den Entschluß gefaßt, diese Frau einmal zum ‚singen' zu bringen.

„Ich möchte die nächste halbe Stunde nicht gestört wer= den. Von niemandem!" rief er ins Nebenzimmer.

Dann trat Frau Stefan mit einem fragenden Blick ein und sagte grußlos: „Was ist?"

„Ich habe Sie rufen lassen..."

„Das habe ich gemerkt. Ist es wegen Conny?"

„Nein, wegen Ihnen! Sagen Sie mal, Frau Stefan, es ist mir zugetragen worden, daß Sie mir üble Reden angehängt haben, die wohl über ein erträgliches Maß von Witz hinaus= gehen. Wie verhalten Sie sich dazu?" Milan sprach langsam. Mit einer Schere klopfte er sich auf die Fingerknöchel.

Johanna Stefans Gemüt schaltete auf Kampf um. „Wie ich mich dazu verhalte? Wie immer, wenn ich im Recht bin."

Milan lachte ungläubig auf. „Sie kennen mich doch gar nicht!"

„Und ob ich Sie kenne!" Das Gespräch begann sich ganz nach ihrem Geschmack zu entwickeln.

Milan wurde hellhörig. „Von wo wollen Sie mich eigent= lich kennen?"

„Von wo?" Frau Stefan lachte kreischend. „Haha, das möchten Sie wohl gerne wissen, Sie lackierter Judas!"

„Sie sind wohl ganz verrückt geworden!" brüllte Milan

und verlor den Kopf. „Vergessen Sie denn, mit wem Sie reden?"

„Sie müssen ja gemerkt haben, daß ich das nicht vergessen habe. So etwas kann man nicht vergessen. Sie können es nur meiner Gutmütigkeit verdanken, daß ich bisher geschwiegen habe – Herr Simon!"

Milan sprang auf. Seine Stimme schlug vor Erregung über: „Was sagen Sie da? Heraus mit der Sprache – was soll das heißen? Für wen halten Sie mich?"

„Für das gemeinste Schwein unter Gottes Himmel. Wer für gutes Fressen seine Kameraden verrät, gehört an den Strick!" Die Empörung trieb ihr das Blut ins Gesicht.

Milan erhob sich langsam. „Frau Stefan", raunte er. „Sie lassen sich gehen – zu Ihrem Schaden. Mein Arm reicht weit, er könnte in absehbarer Zeit Ihren Mund schließen."

„Ach Sie! Glauben Sie, die Russen schätzen Menschen, die nach zwei Seiten treten? Wieso sind Sie überhaupt hier? Sie konnten sich in der Stadt wohl nicht mehr halten, was? Pfui Teufel!" Sie ließ ihn angewidert stehen und ging.

Milan pfefferte die Schere mit verzerrtem Gesicht zu Boden und setzte sich, den Kopf auf die Hände gestützt, an den Tisch.

Er merkte nicht, daß Irma eingetreten war.

„Bist du da?" fragte sie, mit über dem Bauch gefalteten Händen.

Er blickte auf. „Wo soll ich denn sonst sein? Was willst du überhaupt?"

„Das Abendessen ist fertig. Kommst du?"

„Nein! Wo arbeitet diese Frau Stefan, weißt du das zufällig?"

„In der Küche", sagte Irma.

„In der Küche!" Milan wiederholte diese Worte gedehnt, erhob sich und griff nach Hut und Mantel.

„Und das Essen?" fragte Irma besorgt.

„Kannst du allein verdrücken. Ich habe andere Dinge im Kopf, als dein Gepansch." Er hängte sich den Mantel über und verließ mit überzeugend festen Schritten das Revier. In Richtung Kantine, wo er sich für den ersten Anprall einen Wodka genehmigen wollte.

Als Frau Stefan, bei der Rückkehr in ihr Zimmer, Kreutzer und Nico am Tisch sitzend vorfand, flog ein Lächeln über ihr, von der Begegnung mit Milan noch düsteres Gesicht. Sie näherte sich Kreutzer mit gespielter Vorsicht und fragte: „Hast du dich vom ersten Anfall erholt? Etwas bleich siehst du schon noch aus. – Sag mal, Nico, wie schaust du mich denn an? Ich trage das Hemd heute auch nicht quer, mein Junge!"

„Hanni", begann Kreutzer, „wir müssen dir etwas erklä= ren. Die Sache sieht nämlich anders aus, als heute nachmittag. Selbst wenn dich der Schlag auf der Stelle treffen sollte – Viktor war es gar nicht, sondern dieser hier ist es." Er warf Nico einen aufmunternden Blick zu.

Doch bevor sich Nico von Kreutzers schonungsvoller Art erholen konnte, legte Frau Stefan los: „Du armer Junge! Jetzt hat er dich auch noch verwirrt! Warum gehst du ihm nicht aus dem Weg, wenn ihn der Gottlose reitet? Siehst du denn nicht, daß einem Menschen, der so viel trinkt, kein Arzt mehr helfen kann?" Frau Stefan hielt ein. Beim Wort Arzt erinnerte sie sich wieder an den Zusammenprall mit Milan. Und da sie sich gerne alles von der Seele redete, fragte sie: „Wollt ihr von mir eine Neuigkeit hören?"

„Aber gerne!" rief Kreutzer aus, erfreut, wieder zu Wort zu kommen.

„Also hört: der Milan heißt gar nicht Milan..."

„Sondern Simon!" ergänzte Kreutzer gleichgültig.

Frau Stefan war drauf und dran, ihm wegen seinem Zwi= schenruf über den Mund zu fahren – da erstarrte sie in kühner Positur.

„Was sagst du?" brach es erregt aus ihr. „Du weißt von der Geschichte?"

„Ach, das sind alte Schinken!" antwortete Kreutzer über=

heblich. „Den ganzen lieben Tag will ich mit dir darüber reden, und was machst du? Du schmeißt mich hinaus! Komm, setz dich zu uns, wir haben sehr viel mit dir zu besprechen."

Die drei unterhielten sich lange Zeit ungestört. Es war eine erregte Unterhaltung. Zuerst berichtete Frau Stefan, wie genial sie Milan eben den ‚Marsch geblasen' habe.

Worauf Kreutzer von seinem Sitz hochschoß und verzweifelt ausrief: „Jetzt ist der Mist am dampfen! Der Mann wird nichts unversucht lassen, um uns den Mund zu stopfen!" Und von Nervosität angetrieben, erzählte er Frau Stefan vom Abenteuer ihrer Tochter Fisso mit diesem ‚überaus gebildeten, feinen Menschen Nico', und von dessen Vermutungen und Erfahrungen über Milan.

Frau Stefan kam vor lauter Überraschung gar nicht dazu, Kreutzer zu unterbrechen. Ihr Blick ruhte von Anfang bis Ende auf Nico. Keines eigenen Wortes fähig, bediente sie sich schließlich eines Sprichwortes: „So finster es gesponnen, es kommt ans Licht der Sonnen!" Sprach's und hob drohend ihren Zeigefinger.

Nico fühlte das Unbehagen bis in die Stiefelschäfte und stammelte verlegen, aber ritterlich: „Liebe Frau Stefan! Ich ziehe selbstverständlich alle Konsequenzen!"

Mit gemessenen, kurzen Schritten rückte Frau Stefan auf ihn zu und sagte: „Gottes Wege sind seltsam, aber wunderbar! Wer hätte gedacht, daß meine Fisso einen Studierten bekommt. Na komm, jetzt schäm dich nicht, mein Junge. Es haben schon ganz andere Leute vor ihre Schwiegermutter hintreten müssen, und haben auch nicht mehr gesprochen. Mein Mann..."

„Ich schlage vor, wir unterhalten uns heute abend noch einmal eingehend", fuhr ihr Kreutzer in die Parade. Das sich anbahnende Familiendrama überstieg seinen sonst sehr breiten Familiensinn. Die Wirklichkeit lag ihm weit näher. „Entschuldigt mich jetzt, aber ich muß 5 Minuten mit den Füßen von der Erde. Der Tag hat mich reichlich geschlaucht."

Sadlokal polierte an der Balalaika, die er für Alliluews Sohn angefertigt hatte. Wenn abends die dampfenden Krautsuppen über die Lagerwege getragen wurden, begann seine knappe Freizeit, die ganz im Zeichen der hohen Muse stand. Er betrachtete liebevoll das neue Instrument, klimperte planlos über die Saiten und hängte sein Werk befriedigt an die Wand.

Noch liebevoller hob er seine Bratsche vom Bett und begann verzückt sein liebstes Konzert von Vivaldi zu spielen. Er war mehr ein Musiker mit Herz, als mit Talent. Trotzdem konzentrierten sich seine Gesichtszüge virtuos zum Kinn hin.

Inmitten des Spieles öffnete sich die Tür. Jäh unterbrach Sadlokal die Musik und erkannte den Lagerarzt. „Ah, Herr Kollega!" rief Sadlokal ihm entgegen. „Sie kommen auch einmal zu mir?" Die Titulation ‚Kollega' bezog Sadlokal auf die beiderseits gehobene Stellung im Lager. Er tat es sehr betont, nahezu geschmeichelt.

„N'abend, Sadlokal", grüßte Milan. „Störe ich?"

„Nicht sehr! – Gefällt Ihnen meine Pratschen?" Er hielt Milan das Instrument stolz vor die Brust.

„Doch, netter Kasten!" antwortete Milan uninteressiert. „Sagen Sie, Sadlokal, ich möchte mal Ihre Listen einsehen. Sind die hier?"

„Aber sicher! Ich arbeite mit doppelter Buchführung: einen Zettel bekommt der Major, einen behalte ich."

Sie setzten sich nieder und Milan begann zu blättern. „Hier", sagte er schließlich, „die Stefan Johanna kommt ab ersten April ins Bergwerk!"

Sadlokal sah ihn belustigt an. „Sie, Kollega, des geht net!"

„Was soll das heißen? Wollen Sie nicht?" fragte Milan verdutzt.

Sadlokal lachte. „Mir ist das wurscht. Aber der Major wird nicht wollen. Sie, der schwört auf die Kochkunst von der Stefan. Grad letzten Sonntag hat sie ihm ein Pörkölt gemacht – ich hab nur im Vorbeigehen dran gerochen, dabei ist mir fast schwindelig geworden. Nein, nein, des kennens dem

Major nicht einreden, der reißt Ihnen den Hals aus, und mir auch!"

Damit hatte Milan allerdings nicht gerechnet. Er trommelte für Sekunden auf der Tischplatte herum und streifte gedankenverloren die Listen. Da heftete sich sein Blick auf eine Stelle, wo man deutliche Kratzspuren im Papier erkennen konnte.

„Was ist denn hier geschehen?" fragte er beiläufig.

„Och, das kleine Madel haben wir umdisponiert. Vom Bergwerk in die Küche."

„Welches Mädchen?" fragte Milan interessiert.

„Hier, Kollega, da stehts: Inge Schrandt. Ein sießes Madel. Sie wohnt zusammen mit der Johanna Stefan und wird von ihr wie eine leibhaftige Tochter gehalten."

„So? Die Stefan hat sie gern, die Kleine!"

„Ich sag's ja. Wie am eigenen Kind hängt's an ihr." Sadlokal gähnte und sah verstohlen zu seiner Bratsche. „Herr Kollega, missen's net nach den Kranken schauen? Gleich ruft mich der Major!"

„Die Kranken überlassen Sie ruhig meiner Sorge. Auf wessen Befehl haben Sie damals umdisponiert?"

„Befehl? Aus Menschlichkeit hab ich's getan! Zu guten Taten brauche ich keinen Befehl."

„So!" machte Milan. „Dann bringen Sie Ihre eigenmächtige Handlung schleunigst wieder in Ordnung. Jetzt erinnere ich mich genau: das Mädchen haben wir damals ins Bergwerk eingeteilt, weil sie mit den anderen vier Jungen nicht ins Revier wollte. – Ich würde es begrüßen, wenn Sie diesen Fehler vor meinen Augen berichtigen würden."

Sadlokal fuhr hoch. „Sie spaßen, Kollega! Ich werd doch nicht dem Madel was antun müssen. Warum denn das?"

„Weil alles seine Richtigkeit haben muß. Es kann hier schließlich nicht jeder machen, was er will und auf eigene Faust Einteilungen treffen. Also los!"

„Nein!" sagte Sadlokal entschlossen.

„Gut! Dann gehe ich zu Alliluew und berichte ihm von den trostlosen Zuständen in Ihrem Laden. Was halten Sie davon?"
„Kollega", bat Sadlokal. „Was verdienen Sie denn dran? Keinen Rubel! Laß die Sache wie sie ist, sie schadet keinem Menschen. Es war eine private Angelegenheit..."
„Private Angelegenheiten schätzt der Major sowieso! Also los, ich verstehe da keinen Spaß."
Sadlokal blickte verwirrt im Raum herum. Was sollte er tun? Es drauf ankommen lassen? Wo der Major vielleicht im Ernst Erkundigungen über das Regiment Poppa anstellte! Alles verlieren, wegen dieser Lappalie? – Kopfschüttelnd er= griff er den Tintenstift und setzte Inges Namen wieder nach dort, von wo er ihn in jener Listen=Nacht entnommen hatte. „Mariandjosef!" murmelte er dabei, „Recht ist es net!"
Milan hatte sich erhoben. „Ab 1. April tritt die Änderung in Kraft. Der Fall ist somit in Ordnung. – Schreiben Sie sich ihn hinter die Ohren. Solche Schweinereien sind immer ge= fährlich! – Schlafen Sie wohl!"
Sadlokal sah ihm mit stierem Blick nach und zuckte zusam= men, als die Tür ins Schloß fiel. Dann griff er nach seiner Bratsche und spielte weiter Vivaldi. Das Largo gelang ihm derart tiefschürfend, daß ihm einige Tränen in die Augen schossen.
Er war eben ein Musiker mit Herz.

Pfauen, afrikanische Papageien, sowie eine Unzahl Phan= tasiegefieder in warmen Farben bevölkerten das Dessin von Mitzis seidenem Morgenrock. Sie pflegte ihn zum Feierabend anzulegen, wenn der letzte Badetrupp die Baracke verlassen hatte. Angesichts ihrer sehr negativen Einstellung zu körper= licher Arbeit, räumte sie abends die zwei Baderäume nur flüchtig auf. Außerdem beschlich sie jeden Abend eine felsen= feste Ahnung, der nächste Morgen entfache in ihr eine bedin= gungslose Arbeitslust. Diese Vorstellung war derart stark, daß sie jedesmal davor kapitulierte.
Heute lag Mitzi auf ihrem Bett und ruhte, in der farblich

unruhigen Hülle ihres Negligés; salopp=attraktiv, weder längs noch quer – eher leicht gerollt.

Girr umtanzte nervös den Ofen. Es war seine abendliche Beschäftigung, die ihn restlos ausfüllte. Er kochte nämlich leidenschaftlich gern, was man von Mitzi nicht behaupten konnte. Sonst hätte vielleicht sie gekocht und Girr gelümmelt.

Da nun aber die Dinge lagen, wie sie waren, begrüßten beide die Tatsache als genial gelungen und waren zufrieden.

Girr um so mehr, da Mitzi ihm beim Maisbreirühren nicht etwa tatenlos zusah, sondern ihm Abend für Abend Filme erzählte. Filme aller Gattungen und Qualitäten. Filme voller Spannung, Leidenschaft, Liebe und Glück.

Seit die Sache mit dem Kind perfekt war, kramte Mitzi nach Handlungen, deren Ausgang in nicht geplanten Kindern gip= felte. Girrs Aufnahmefähigkeit für diese Materie war uner= schöpflich. Bald spiegelte er sich in der Rolle des Flotthuber Sepp, der mit der steinreichen Zenzi getechtelmechtelt hatte, bald erkannte er sich in verblüffender Ähnlichkeit im jungen Kolonialoffizier Lavarre wieder, der mit der Tochter seines Colonels zweistimmige Liebeslieder singt und zu guter Letzt im Hinterland von La Papete heiraten muß, weil es höch= ste Zeit wurde.

Heute erzählte Mitzi ‚Die goldene Stadt', deren Milieu in etwa ihr Schicksal streifte.

Girr lauschte atemlos. Kurz bevor die Söderbaum ins Was= ser ging, klopfte es.

„Die Kommission ist da!" flüsterte Girr und duckte sich hinter den Ofen.

Es waren aber nur Kreutzer und Nico.

„Wir stören gewiß nicht", sagte Kreutzer entgegenkom= mend, da er Mitzi zeitweise auch für wortfaul hielt. „Du, Mitzi, können wir den Schlüssel zur Entlausungskabine haben? Ich muß mit diesem Jüngling etwas Wichtiges be= sprechen. – Wie geht's, Girr? Von der Kommission etwas gehört? Im Stab ist es jedenfalls ruhig, von dort weht keine Gefahr."

„Vielleicht ist es die Ruhe vor dem Sturm!" Girr war kei=
neswegs zuversichtlich. „Was macht das Auto?"

„Male den Teufel nicht an die Wand! An meiner Lage hat
sich nichts geändert. Ah, da ist der Schlüssel – also laßt euch
nicht stören."

„Halt!" rief Girr. „Kreutzer, kannst du nicht einmal bei
Alliluew herumschnuppern? Es kann ja sein, daß er auf ein
gutes Wort von dir hört." Girr sah demütig zu Kreutzer auf.

„Schnuppern tue ich prinzipiell nie. Dann stecke ich eher
meine ganze Nase in eine Sache hinein. Seid aber ohne Sorge!
Wenn es nur nicht so umständlich wäre – alle Gespräche
müssen über Sadlokal gehen. Hoffentlich lernt der Major bald
deutsch, dann kann ich ihm besser auf die Finger schauen.
Adieu!"

Mitzi lachte auf. „Dieser Kreutzer! Wenn man ihn reden
hört, meint man, er wird morgen Präsident von Amerika.
Ach, Hans, mach dich doch nicht kaputt mit dieser Kommis=
sion! Komm, setz dich her zu mir. Näher! So, gib mir einen
Kuß!"

Girr fuhr mitten im Küssen zusammen, da jemand die Tür
aufriß.

Milan hatte sich die für ihn praktische Gewohnheit zu eigen
gemacht, sämtliche Räume ohne Anklopfen zu betreten. Man
stand, seiner Meinung nach, somit immer gleich mitten in
der Handlung. Diesesmal verletzte er sich an seiner eigenen
Waffe, da er sich diesen Anblick gerne erspart hätte. Er tat
aber unbefangen und rief jovial: „Kinder, Kinder! Wollt ihr
partout Zwillinge haben? – Guten Abend, Frau Maria! Ah,
Girr!"

Mitzi bot ihm den Platz auf der Seifentonne an. „Was
drückt Sie, Doktor?" Sie schloß ihren Morgenrock so her=
metisch, daß die Pfauenhähne mächtige Räder schlugen.

„Ihren – hm – Freund will ich sprechen. – Girr, Sie bekom=
men über mich von der Lagerleitung einen Auftrag für die
Schmiede. Sie sind doch Fachmann! Oder?"

Girr atmete tief. „Das will ich meinen. Schießen Sie nur

los, Doktor, was brauchen Sie? Außer Injektionsnadeln mache ich alles!"

„Wir brauchen einen gynäkologischen Stuhl."

„Einen kinogologischen Stuhl? Interessant! Für alles, was mit Kino zusammenhängt, habe ich etwas übrig. – Was ist das eigentlich?"

„Für die Frauenabteilung im Revier..."

„Ah! Kapiert", lachte Girr. „Kinogologisch ist übrigens gut. Sagen Sie, warum wird der denn nicht aus Holz gemacht, wenn es hier schon so wenig Porzellan gibt? Den Deckel kann ich meinetwegen aus Weißblech machen."

„Sie haben Nerven, Girr! Wir sind ja nicht bei den alten Germanen! Und vom Blech bleiben Sie mir ja mit den Fingern weg! Es muß schon stabiles Rohr sein."

„Rohr?! Doktor, leben Sie auf dem Mond? Seit ich in Rußland bin, habe ich so ein starkes Rohr noch nicht gesichtet. Sie wollen mir doch nicht etwa zutrauen, daß ich heimlich ein Stück von der Kanalisation ausgrabe?"

Daß Fachleute alte Besserwisser sind, wußte Milan aus Erfahrung. Dieser Girr aber war besonders zäh. „Mein Gott, Girr, was sind Sie eigensinnig! Wer zwingt Sie denn zu solchen Mammutausmaßen? Zweizölliges Rohr genügt vollkommen."

Girr kratzte sich skeptisch hinter dem Ohr. „Zweizöllig? Sie, das wollen Sie den Frauen zumuten? Dazu noch kranken? Sie haben Gemüt! Oder meinten Sie doch Männerabteilung? Eine solide Rinne mache ich gerne, auch zweizöllig in Gottesnamen, aber..."

Milan war das Palaver satt. Er hielt Girr seine Skizze hin und fragte ungehalten: „Können Sie das machen? Ja oder nein!"

Girr schwenkte seine Augen über das Blatt und sah verworren zu Milan. „Natürlich kann ich das machen. Aber.."

„Nichts aber! Sagen Sie mir einen Termin!"

„Hm, drei Wochen. Sagen Sie, sind das Räder hier unten?"

„Sehr richtig, das sind Räder. Der Apparat muß transpor=

tabel sein." Milan griff zum Hut. „Also in drei Wochen. Ich sehe ihn mir mal im Rohbau an. Gute Nacht, Frau Maria!"

Kopfschüttelnd vertiefte sich Girr in die Skizze. „Nein, der Arzt muß aus sonderbaren Verhältnissen stammen! Du, Mitzi, schau dir das Gebilde einmal an – auf diesen Hoch≈ stand müssen kranke Frauen klettern! Haha, ich lache mich tot, Gottseidank ist unsere Latrine ebenerdig. Mitzi, sei nicht böse, aber diese Zeichnung muß ich unbedingt dem Kreutzer zeigen! Ich bin gleich wieder da."

Mitzi machte es sich auf dem Bett noch gemütlicher. Da erschien Girr schon wieder. „Glaubst du, die haben mich hin≈ ein gelassen? Eine komische Sitzung ist das: Kreutzer, Johanna Stefan, Nico und der blonde Rassenschänder Gün≈ ther sind anwesend. Was die bloß haben? Hau ab! hat Kreut≈ zer geschrien."

„Ach laß sie doch. Es ist bestimmt wegen dem Osterpro≈ gramm." Mitzi gähnte ausgiebig. „Was macht das Essen, Hans? Riecht es nicht schon verdächtig nach Bohnen?"

„Das merke ich auch, Augenblick!"

Da schlug jemand gegen die Tür und eine ungehaltene Stimme schrie: „Otkroi dwer!"

Girr sank wieder hinter den Ofen. „Pst, das ist die Kom≈ mission. Bleib ruhig, Mitzi!"

Doch Mitzi erhob sich und schlürfte in ihren feuerroten Pantoffeln zur Tür.

„Herr, steh mir bei! Was soll das?" schrie sie auf.

Zwei Komsomolzen zwängten unter Assistenz von Sad≈ lokal eine große Trommel durch die Tür.

Sadlokal fragte ergeben: „Wohin damit, schöne Frau?"

Mitzi rang nach Atem. „Wohin? Hinaus, aber sofort! Wer erlaubt sich mit mir diesen groben Scherz mit der Pauke? Ich zerschlag sie! Ich spring drauf..."

„Das kennen's net machen, Madam. Sie gehert dem Kosa≈ ken=Regiment von Stalino. Der Herr Major hat sie freind≈ licherweise für unseren Osterball ausgeliehen."

„Was gehen mich die Kosaken von Stalino an? Mein Zim≈

mer ist schließlich keine Requisitenkammer! – Wer soll übri=
gens darauf spielen? Etwa ich?"

„Ich", sagte Girr, seine Ofendeckung verlassend.

„Ihr Herr Freind, oh pardon, Ihr Herr Gemahl hat sich gietlicherweise bereit erklärt, in unserem Orchester die Trommel zu schlagen." Sadlokal lachte spitz.

Mitzi musterte Girr mit einem unheilverkündenden Blick.

Da regten sich die beiden Komsomolzen. „Barischna, dawai konfekti!" bettelten sie, die Hände Mitzi entgegenstreckend. Die Augen unter ihren Blondschöpfen verfingen sich in Mitzis pfauenumfächelten Konturen.

„Ihr verfressenen Bengel!" grollte Mitzi. „Aber morgen, wossem tschassow, schrubbt ihr mir das Badehaus! Ponimai?"

„Da, da!" versicherten die beiden, nahmen mit wässerigen Zungen die Malzbonbons und verschwanden mit Sadlokal.

Mitzi steuerte auf Girr. „Und jetzt reden wir deutsch: wer hat dir diesen Floh ins Ohr gesetzt, uns mit der Trommel zu blamieren? Deine Schmiederei liebe ich zwar nicht, aber ich versuche sie zu schätzen, weil es ehrliche Arbeit ist. Aber das hier, das haben zu Hause die Zigeuner gemacht, aber keine anständigen Leute. – Gibst du mir keine Antwort?"

„Doch, Mitzi, ich hab halt für die Musik eine schwache Seite. Und letzten Endes tue ich es wegen der Kommission."

„Hör bitte mit dieser Kommission auf! Wegen der wirst du noch Seiltänzer. Aber wie du willst, ich langweile mich auf dem Ball nicht. Darauf kannst du dich verlassen! Das wäre ja noch schöner, ich und Mauerblümchen spielen!" Mitzi ließ sich mit kokett=langsamen Bewegungen auf ihr Bett fallen.

Girr verstaute inzwischen die unselige Trommel auf Kreut=
zers Warenlager.

„Herr im Himmel!" schrie Mitzi plötzlich auf. „Seit wann raucht unser Ofen so stark?"

Girr sprang hinzu. „Das ist nicht der Ofen. Unsere Bohnen sind angebrannt. Jetzt können wir Mamaliga mit Rübenkraut essen!"

In der Entlausungskabine waren die Mienen nicht weniger verbittert.

Kreutzer riß das Wort an sich. „Unser Plan liegt somit fest. Dem Milan drehen wir einen Strick, in dessen Schlinge er sich unweigerlich das Genick bricht! Wir müssen nur sehr vorsichtig zu Werk gehen. Letzten Endes befinden wir uns in Rußland und wissen noch nicht genau, warum er nicht zuhause bei seinen Auftraggebern geblieben ist. Vor Ostern wird aber nichts unternommen, verstanden! Außer Günther, der Feodora ein bißchen anzapft. Vor allem du, Hanni, hältst deinen Mund! Wenn es auch noch so schwer fällt. Können wir damit rechnen?"

„Wenn es unbedingt sein muß!" Johanna Stefan fügte sich nur widerwillig.

„Dann haben wir uns verstanden. Wir müssen achten, daß es auf unserer Seite keine Opfer gibt. Fisso ist gute tausend Kilometer weg – also keine Sorge. Inge lassen wir aus dem Programm ganz draußen. Und wir anderen haben unseren Mund am rechten Fleck, stimmts, Hanni?"

„Ich denke, ich soll ihn zuhalten?"

„Für den Anfang. Im letzten Akt reiß ihn möglichst weit auf!" Kreutzers Gemüt begann sich wieder zu lockern.

„Ich werde euch nicht enttäuschen, so wahr ich Johanna Stefan heiße. Das Miststück reiße ich in Fetzen!"

„Wäre es nur schon so weit." Kreutzer erhob sich, zum Zeichen, daß die Sitzung beendet sei.

Einzeln verließen sie das Badehaus.

Im Lager 4/1080 läuteten keine Osterglocken.

Auch die Sonne, die so heiß ersehnte, blieb hinter den Wolken. Es war überhaupt, als habe sich der Winter entschlossen, in diesem Jahr sein Gastspiel um einige Wochen zu verlängern. Es blies ein eisiger Nordost, so daß der Schneeschlamm auf den Lagerwegen in der Nacht schon wieder glasfeste, abnorme Gebilde formte.

Aber es war Ostern. Eine feierliche Stille lag über dem

Lager und seinen Insassen, die diesen Tag zufällig schichtfrei hatten. Kleider streiften über Körper, deren Umfang beträchtlich abgenommen hatte. Weiße Hemden flogen über Rücken, die sich seit langem wieder strafften.

Im Revier sprach der Pfarrer zu den Kranken und tröstete sie mit Gottes Wort. Die Kranken beteten um Erlösung und verfluchten ihr Los. Im Gang spielte Sadlokal dazu auf der Bratsche das Ave Maria von Gounod. Es war Ostern!

Conny stelzte mit seinen Krücken der Küche zu. Die erste Diagnose Milans war etwas leichtsinnig gewesen, denn der Fall hatte sich doch noch zu einem Knöchelbruch entwickelt. Sein Fuß hing in Gips, um den er einen Schal gewickelt hatte.

Inge reichte ihm die Hand aus dem Küchenfenster, nachdem sie sich mit der Schürze den Schweiß aus dem Gesicht gewischt hatte.

„Frohe Ostern, Inge!" sagte Conny. „Meine Freunde haben dir aus dem Park diese Schneeglöckchen mitgebracht. Soll ich sie in euer Zimmer stellen?"

„Dir wünsche ich baldige Genesung, lieber Conny. Ja, geh in unser Zimmer. Kreutzer hält dort den Ofen in Gang. Noch vier Stunden, dann werde ich hier frei. Wir gehen doch um drei auf den Osterball?" fragte Inge erwartungsvoll.

„Ich kann doch nicht tanzen. Gehst du nicht lieber mit den anderen?"

„Ich gehe mit dir! Tanzen wollten wir doch erst an meinem Geburtstag, nicht? Na, siehst du, wir sehen uns die Sache einmal an. Es wird bestimmt sehr lustig. Wolltest du mir nicht noch etwas sagen?"

Conny strahlte sie an. „Ich liebe dich! Ich liebe dich katastrophal=wahnsinnig! Verstehst du das?"

Sie lachten beide.

„Nicht ganz, aber wenn es wenigstens so viel ist, wie ich mir darunter vorstellen kann, bin ich zufrieden."

„Aber Inge, es ist hundertmal mehr!"

„Das ist mir zu hoch!" Inge neigte sich übermütig aus dem

Fenster. „Ach, Conny, trag mich fort von hier! Irgend wohin – am besten dahin, wo es auch einmal Frühling wird."

„Auch hier wird es Frühling. Im Park sind furchtbar viele Fliedersträucher..."

„Du, erkälte dich nicht bei unserem Frühlingsahnen. Mach es dir drüben gemütlich. Kurz vor Zwei verschwinde ich hier." –

Auf dem Flur der Köchinnenbaracke traf Conny auf Nico, der in Halbschuhen und langer Hose unschlüssig vor der Stefanschen Zimmertür stand.

Conny grinste ihn an. „Du wirkst so steif wie ein Konfirmand vor der Einsegnung. Sag bloß, du willst deiner Schwiegermutter frohe Feiertage wünschen!"

„Erraten! Seit einer Woche muß ich wohl oder übel die verwandtschaftlichen Beziehungen pflegen. An Feiertagen ist das noch am bequemsten. – Sag, was schenkt man so einer Frau in diesem Falle? Ich habe an ein Bild gedacht: Fisso und ich auf einer Radtour."

Conny klopfte ihm auf die Schulter. „Blendende Idee. Zeig mal her!"

Nico griff in seine Brusttasche. „Aber wehe, wenn du lästerst!"

„Ich werd den Teufel tun", versicherte Conny, das Bild betrachtend. „Du, die Fisso ist beileibe nicht von schlechten Eltern. Nur, hast du nicht ein Photo, wo weniger Fahrrad und mehr Fisso drauf ist?"

Da lugte Kreutzer zur Tür heraus. „Nun kommt schon herein, der Wodka wird sonst ganz warm. – Ah, unser Dong Schuwan! Hat sich in Schale geworfen! So gehört es sich auch. Nein, was hab ich gelacht! Lebt dieser Kassanoah bereits monatelang unter uns und schweigt sich einen Ast! So, und jetzt setzt euch hin. Bis die Frauen kommen, machen wir ein mordsjämmerliches Besäufnis, prima Idee, was? Es ist ja schließlich Ostern – Halleluja!" –

Im Badehaus roch es ebenfalls nach Ostern. Wenn auch nicht nach Lamm, dafür umso mehr nach Ziegenfleisch, das der Sklave Marabu der in Vergrößerung befindlichen Familie Girr gestiftet hatte.

Girr begoß leuchtenden Auges den Braten und spannte zwischendurch heimlich das Fell der Kosakentrommel.

Mitzi beschäftigte sich mit ihrer Frisur, nachdem sie morgenfüllend Körperpflege betrieben hatte. —

Ostern war es auch für Feodora. Sie ging stumm neben Günther auf der glasfesten Kawaleria uliza. Sie trug zwar ihren Uniformmantel, hatte aber zur Feier des Tages die Maschinenpistole zu Hause gelassen. Oft trafen sich ihre Blicke. Dann lachten sie verlegen und schlitterten weiter.

Vor einer Apotheke blieb Feodora stehen und sagte: „Wir sind da."

Von ganz weit her vernahm man schwache Glockentöne.

Günther horchte auf und fragte: „Wird da irgend wo geläutet?"

„Natürlich. Das sind die Glocken vom Heiligen Nikolai in Stalino. Der Wind trägt die Töne – er weht ja von Osten." Feodora lockerte ihr Kopftuch.

Günther sah sie überrascht an. „Läuten denn in Rußland überhaupt Kirchenglocken?"

„Ostern ist das größte Fest der orthodoxen Kirche", sagte Feodora und öffnete die Tür.

Der Ball in der Kantine begann Punkt drei Uhr nachmittags mit dem Einmarsch des Schirmherrn sowie der Ehrengäste.

Schirmherr war selbstverständlich Lagermajor Alliluew, der frisch rasiert und pomadisiert erschien, an der Hand seinen fünfjährigen Sohn Sascha, den Musikeleven Sadlokals.

Sascha war seinem Vater wie aus dem Gesicht geschnitten und trug eine Uniform mit kesser Kosakenmütze. Auf seinem Rücken hing, wie ein Gewehr, die funkelnagelrote Balalaika aus Sadlokals Werkstatt. Sie schlug ihm beim Gehen in die Kniekehlen.

Sieben Leutnants, mit den entsprechenden sieben Bräuten, bildeten den Flor der Ehrengäste.

Das Eintreten der Honoratioren vertonte Sadlokals Ensemble mit einem wuchtigen Tusch. Die Kapelle war auf einem Podium aus zusammengeschobenen Tischen untergebracht. Und hatte sich für diese Ouvertüre erhoben. Der Trompeter war ein gutmütiger Bauer, ein gewisser Andreas Guist. Der Blockflötist, von Beruf Lehrer, litt an einem Zwölffingerdarmgeschwür, was in seinem Gesicht für jedermann deutlich zu lesen stand. Die Ziehharmonika versah ein junger Mann mit müden Augen, die er bei sentimentalen Stücken gänzlich zu schließen pflegte. Hans Girr trug mit gewölbter Brust sein gestricktes Trachtenhemd und schlug beim Tusch auf das Trommelfell, als stehe er vor seinem Amboß.

Während die Ehrengäste Platz nahmen, erstattete Sadlokal Meldung. Kinderlieb, wie er war, neigte er sich auch zu seinem Schüler Sascha hinunter und kniff ihn gutmütig in die Wange.

Sascha hatte für diese Art Freundlichkeit keine Meinung. Er trat Sadlokal mit seinem Stiefel kräftig gegen das Schienbein und schrie: „Prokljatüi sabak – verfluchter Hund!"

Anstatt aufzuschreien, was gewiß sehr naheliegend war, bewahrte Sadlokal Fassung. Erschütternder war das ‚prokljatüi sabak – verfluchter Hund!' Sadlokal beschloß, Rettung in der Kunst zu suchen, und schwang sich auf das Podium.

Dort sagte er nach einer knappen Ansprache den ersten Punkt im Programm an: Sich selbst, unter beiläufiger Erwähnung von Antonio Vivaldi, dessen Concerto a=moll für Viola d'amore und Orchester, opus 25, er zu spielen geneigt sei.

Man begann mit Zieharmonikaakkorden, einigen verirrten Trompetenstößen, Blockflötengesäusel und Trommelgrollen. Dann stürzte sich Sadlokal in das Allegro des ersten Satzes und war nicht mehr zu halten. Er jagte den Bogen über die Saiten, wurde krebsrot und neigte seinen Oberkörper in eine Horizontale, als stehe jemand mit der Wasserwaage hinter ihm.

Die Bratsche weinte, jauchzte und klagte an. Dem Publi=

kum lief es kalt über den Rücken. Der Ziehharmonikaspieler untermalte, mit zugeklappten Augen, durch einen gefühlvoll gesteuerten Baß das Spiel. Das zwölffingerdarm=gezeichnete Gesicht des Flötisten löste sich in Verklärtheit auf. Und Girr versuchte durch diskretes Augenkneifen seine Mitzi auf sich aufmerksam zu machen.

Doch diese, in ein flaschengrünes Samtkleid gehüllt, koket= tierte noch diskreter mit Major Alliluew, der seinen Sohn Sascha auf dem Schoß zu bändigen versuchte.

Man hätte eine Stecknadel fallen gehört, wenn nicht Sad= lokal gespielt hätte. Und sein Spiel dauerte an. Für Alliluew unerträglich lang, denn sein Sohn hatte heute kein Sitz= fleisch. Bei Beginn des zweiten Satzes, einem knieweichen Largo, übergab er ihn kurzerhand der ersten Leutnantsbraut zur Verwahrung.

Da Sascha dieser gleich zu Anfang einen Faustschlag ins Dekolleté versetzte, verlängerte sie ihn einen Schoß weiter – zur zweiten Leutnantsbraut.

Sascha trat ihr jedoch so brutal in die Milz, daß seine Bleibe hier noch kürzer war.

Der dritten Braut biß er in die Nase, der vierten griff er in die Augen.

Die fünfte gab ihm erst gar kein Asyl mehr, sondern pfefferte ihn unwirsch auf den Lehmboden.

Das hatte Sascha von Anfang an nur gewollt. Er kroch, endlich frei, im Takte des dritten Satzes unter das Podium, und tauchte, während sich Sadlokal im Furioso des Finales zerfleischte, neben der Trommel wieder auf.

Dank Sadlokals Einstudierung hatte Girr, außer der Ein= leitung, Pause bis zum Ende. Der Filzschlägel lag also nutz= los neben dem Instrument. Sascha fingerte danach und warf einen verstohlenen Blick auf Girr. Doch der verfolgte Mitzis Kokettieren mit zunehmender Eifersucht und nahm von Sa= scha nicht die geringste Notiz. Erst als ein nervenzerreißen= der Trommelschlag an sein Ohr dröhnte, wurde er aus seiner Betrachtung gerissen.

Sascha ließ es nicht bei einem Schlag bewenden, sondern berauschte sich an dem Krach. Er schlug drauf los, schrie ‚Hurräh' und hämmerte weiter.

Als Sadlokal erkannte, welche Macht ihre Hand im Spiel hatte, unterbrach er den Vortrag mitten im Takt und verneigte sich beleidigt und schwitzend vor seinem Publikum.

Saschas Schläge erstickten im Beifall und verloren dadurch den Reiz für ihn. Auf alle Fälle beschloß er, seinen Platz neben diesem interessanten Instrument bis auf das Letzte zu verteidigen.

Die langweilige Balalaika duldete er nur noch ihrer roten Farbe wegen auf seinem Rücken.

Zum Tee zog sich Feodora um. Während sie in ihren Schlafraum ging, versuchte Günther seine Gedanken zu sammeln. Die überzeugende Existenz von Feodora erdrückte ihn. Oder war es der süßliche Geruch ihres Veilchenparfüms, der ihn irgendwie lähmte? Dabei hatte er sich mit ihr unterhalten, wie er sich noch nie mit einem Mädchen unterhalten hatte.

Feodora hatte diese Unterhaltung gelenkt – gekonnt und elegant. Und er hatte erzählt. Von zu Hause, der Schule und von seinen Freunden. Sie hatten von der Kirche gesprochen, von Reisen – und von Erotik.

Vielleicht, ertappte er sich, hing ihm dieser letzte Gesprächsstoff im Gemüt. Feodora war nämlich charmant=offen in ihren Reden, doch keine Spur ordinär. – Jetzt zog sie sich um – am hellichten Tag, nachmittags um 5 Uhr!

Günther erhob sich, müde vom Sitzen, und schritt durch das vom Rauchen dunstige Zimmer zum Fenster. Draußen lag ein diffuses Licht, die Kawaleria uliza war kaum bevölkert. Im Nebenzimmer knarrten die Bodenbretter.

Gerade wollte er sich vom Fenster zurückziehen, als er im Eingang des gegenüberliegenden Hauses eine Gestalt erkannte, die ihnen auf dem Herweg begegnet war. Es war ein Mann in Zivil, der unentwegt zu Feodoras Fenstern hoch sah.

War es Zufall, oder was interessierte den Mann? Eigenartigerweise beschlich Günther ein unklares Mißtrauen. Bestand für ihn etwa Gefahr? War es ein Freund von Feodora, der ihr auflauerte? Oder – Günther blieb das Herz stehen – trieb Feodora ein banales Spiel mit ihm?

Er hatte jedenfalls wieder einen klaren Kopf und schwor sich, auf der Hut zu bleiben.

Da trat Feodora ins Zimmer. Ihr Gesicht war weiß gepudert und sie trug eine Art Dirndlkleid. Um den Hals hatte sie eine silberne Kette gelegt, an der ein Filigranmedaillon hing. Sie strahlte. „Sehen so die Mädchen bei euch aus?" fragte sie und drehte sich einmal auf dem Absatz herum. „Ja, Günther, was starren Sie mich denn so an? Stimmt etwas nicht an meiner Garderobe, oder was stört Sie sonst? Soll ich Licht machen?"

„Bitte nicht!" rief Günther. „Feodora, lachen Sie mich nicht aus, aber man beobachtet uns. Sehen Sie dort unten, der Zivilist starrt wie angewurzelt herauf!"

„Ach der!" lachte Feodora wenig beeindruckt. „Lassen Sie ihn doch starren! Der beobachtet nicht uns, sondern mich. Keine Angst, an Ihnen hat er kein Interesse."

„Das versteh ich nicht!" Günther ließ sich auf seinen Stuhl nieder.

„Dafür sind Sie zu kurz in Rußland. Wollen Sie unbedingt darüber sprechen? Auch wenn Sie mein Ehrenwort haben, daß er nur meinethalben – aber keineswegs privat, dort unten lauert?"

„Nein, wenn Sie mir das so sagen, glaube ich Ihnen." Günther war trotzdem nicht zufrieden mit ihrer Erklärung. Wer gab heute noch etwas auf Ehrenworte? Er wollte sie jedoch nicht vor den Kopf stoßen. Auch wurde er durch ihr friedliches Zivil einigermaßen abgelenkt.

Feodora saß wieder vor ihm und brillierte mit Charme und Intelligenz. Sie schenkte Tee ein und bot Zigaretten an. „Dieses ist ein wunderschöner Tag für mich", sagte sie. „Ich spreche sehr gerne deutsch."

„Sie sprechen ein gutes Deutsch. Viel härter noch als wir. Ich könnte Ihnen stundenlang zuhören. Haben Sie deutsche Eltern?"

„Nein. Meine Eltern sind Russen. Sie leben in Irkutsk."

„Irkutsk? In Sibirien am Baikalsee? Das ist doch wenigstens viertausend Kilometer von hier entfernt. Wann haben Sie sie das letzte Mal gesehen?"

„Ich war 1939 zum letzten Mal zu Hause. Bevor ich zum Studium nach Moskau fuhr. Als der Krieg ausbrach, ging ich freiwillig an die Front und bin bis heute im selben Abschnitt geblieben. Sie sehen, ich habe keine abwechslungsreiche Vergangenheit."

Günther fühlte die Ironie ihres letzten Satzes, und verstand sie auch, auf seine Art. „Dann waren Sie sechs Jahre nicht zu Hause? Das ist doch unmenschlich!"

„Warum? Das ist selbstverständlich. Nur so kann man den Krieg gewinnen. Wir wundern uns, wenn man Leute von euch reden hört, daß sie schon nach Hause möchten. Für drei Monate hat man keinen hergebracht. Ich hörte neulich im Stab, daß ihr mehrere Jahre hierbleiben müßt."

„Mehrere Jahre?" Günther zerdrückte aufgeregt eine Zigarette.

„Wundert es Sie? Wenn Sie meinen Lebenslauf kennen? Wir operieren mit Zahlen und nicht mit Gefühlen. – Gehen Sie zum Fenster und sehen Sie hinunter. Der Zivilist steht noch immer dort. Stimmt's?"

„Ja!" murmelte Günther.

„Ziehen Sie den Vorhang zu und machen Sie Licht – so – jetzt vergehen keine fünf Minuten, und der Apotheker, mein Wirt, kommt mit irgendeinem fadenscheinigen Vorwand zu mir ins Zimmer. Sind Sie aufgeregt? Nehmen Sie ruhig einen Schuß Wodka in den Tee!" Feodora ging zum Ofen und warf eine Schaufel Kohlen hinein.

Ohne daß man Schritte gehört hatte, trat ein Graukopf in den Raum und richtete an Feodora eine Frage, Günther vollkommen ignorierend.

Feodora entgegnete ihm: „Njiä nada", worauf der Mann wieder verschwand. Sie trat lachend zu Günther und streichelte wie besorgt über sein Haar. „Vergessen Sie die Störung. Ich sagte Ihnen ja, in dieser Beziehung muß man die Gefühle ausschalten. Er fragte mich, ob ich Milch wünsche. Ich sagte nein. Weil ich weiß, daß seine Ziege krank ist. Hätte ich Ja gesagt, wäre er in einer Stunde wieder gekommen. Nur um mir zu melden, daß seine Ziege krank sei. – Bin ich nicht klug?"

„Klüger als ich!" lobte Günther sie. „Was haben Sie studiert?"

„Sprachen. – Aber das ist lange her. Wie spät ist es? Schon bald sechs! Radio Moskau bringt jetzt Musik. Möchten Sie tanzen? Ich habe über zwei Jahre nicht mehr getanzt. Warten Sie, ich stelle den Apparat an."

Günther wurde unruhig. Auch er hatte lange nicht mehr getanzt. Er war kein begehrter Tänzer in der Tanzstunde gewesen. Nervös blickte er in die Ecke, wo Feodora am Einheitslautsprecher kurbelte. Sie hatte ihn beobachtet und lächelte beruhigend herüber.

„Sind Sie verlegen?" fragte sie. „Trinken Sie doch den Wodka aus, das macht Mut!"

Günther kippte den Schnaps hinunter und erhob sich. – Da stand Feodora schon vor ihm. Entschlossen nahm er sie in den Arm und begann mit ihr zu tanzen. Aus dem Apparat quäkte ein alter Foxtrott.

Günther wurde mutiger und zog sie näher an sich. Sie folgte willig und legte ihr Gesicht an seine Wange.

„Feodora!" Günther verlor den Takt. „Was tun wir?"

Sie sah ihm in die Augen. „Was zwei junge Menschen tun, wenn sie sich nicht gerade hassen. Übrigens, sollten Sie vorhaben, mich heute noch zu küssen – der Zivilist kann es nicht sehen."

Günther verlor langsam auch das Gefühl für Zeit und Raum.

An den Fensterscheiben sickerten ganze Bäche von kondensiertem Dunst herab. Der Ball in der Kantine entwickelte sich ganz nach dem Geschmack der Allgemeinheit. Auf dem Lehmboden wogte ein Knäuel Tanzbesessener, die selbst unter Verrenkungen, doch ohne Rücksicht auf Nationalität und Alter, den Rhythmus hielten. Einen Rhythmus, den vornehmlich Girr mit der Trommel dirigierte. Er bearbeitete das Fell bei peinlichster Vermeidung von Pausen. Setzte er einmal den Schlägel ab, griff Sascha gierig danach. Bekam der ihn nicht, so biß er sich in der Faust des Schmiedes fest und erreichte es so, der Trommel einige Schläge verabreichen zu können.

Das Schwergewicht hatte sich sowieso in der Kapelle leicht verlagert. Nach dem zweiten Wodka riß der Trompeter die Herrschaft an sich. Als alter Dorftrompeter war er gewohnt, freie Bahn für sein Spiel zu haben. Wenn ihm eine Melodie gut in der Lunge lag, schmetterte er diese mit dickem Hals gleich drei bis vier Mal hintereinander.

Um die Spannkraft seines Klangkörpers nicht zu schwächen, unterstellte Sadlokal seine Bratsche freiwillig der Trompetenführung.

Der Blockflötist hatte, nach einer Stunde Mitwirkung, sein Instrument säuberlich zerlegt und seinen Zwölffingerdarm als Entschuldigung vorgeschoben. In Wirklichkeit hatte ihn der Trompeter beleidigt, der, angeblich aus Versehen, den Speichel aus der Trompete dauernd in seine Halbschuhe laufen ließ.

Der Ziehharmonikaspieler kümmerte sich kaum um diese äußeren Vorgänge. Er öffnete seine Augen nur in den Pausen, oder wenn es eine Lage Wodka gab, oder ein Glas Kwaß, ein säuerliches Getränk aus Schwarzbrot und Malz.

Für das Gros des Publikums gab es kein Getränk. Außer Kreutzer vermißte auch niemand geistige Getränke. Am allerwenigsten Alliluew, der sich beim Tanzen an Mitzis verspieltem Dekolleté genügend berauschte.

Girr schnob darüber Essig und Galle. Doch konnte er das Tanzpaar schwerlich trennen, da ihm die Hände zweifach ge=

bunden waren: in erster Linie fesselte ihn der aufdringliche Majorssprößling an die Trommel, andererseits besann er sich der Kommission.

Als Alliluew aber mit Mitzi hinter den Kaminvorsprung schob, dessen Gemäuer für Augenblicke die Sicht zum Podium abschnitt, erlosch Girrs Langmut. Er klatschte Sascha zwei handfeste Ohrfeigen herunter, daß dieser vor Überraschung zu schreien vergaß und sich ohne Gegenwehr vom Podium heben ließ.

Noch benommen von der Züchtigung, setzte er sich unter einen Tisch und sann auf Rache. –

Da Conny und Nico vom ‚mordsjämmerlichen Besäufnis‘ mit Kreutzer eine bedenklich überdrehte Stimmung auf den Ball mitgebracht hatten, hingen sie in der stickigen Kantinenluft wie welke Schnittblumen über der Tischkante.

Nico tanzte aus Freundschaftsgefühl einmal mit Inge, um ihr bei der Gelegenheit den Riemen einer Sandalette in zwei Teile zu treten. Anchließend tanzte er, aus Verwandschaftsgefühl, mit Frau Stefan.

„Er kann sehr gut führen", war ihre abschließende Meinung. Johanna Stefans Lob entsprang mehr den eben von Nico vernommenen Berufsplänen, als seiner Tanzkunst. Er erwähnte nämlich, um irgendeine Unterhaltung in Gang zu bringen, daß er Jurist werden wollte.

Der Juristenberuf ist für werdende Schwiegermütter immer faszinierend, selbst in einem Zwangsarbeitslager in Rußland.

Ob man damit auch Geld verdienen könne, war die einzige, zweifelnde Frage ihrerseits.

Unter Atembeschwerden ging Nico mit einem Linkswalzer zielsicher in die Kurve. „Die Zeit ist nie günstiger, als nach einem Krieg", erklärte er. „Die Moral sinkt – und besonders die kriminellen Delikte bedeuten sicheres Brot für diesen Beruf."

Frau Stefan hörte nur noch mit einem Ohr hin. Viel reger beschäftigte sie der Gedanke, was sie Nico, der so treu an ihrer Tochter hing, am nächsten Sonntag auf den Mittags=

tisch zaubern könnte. Da ihr das Wort ‚Delikt' im Ohr hängen blieb, knüpfte sie den Faden der Konversation daran und sagte:

„Delikat ist ja so ein Kartoffelauflauf mit Ziegenmilch und Sojabohnen. Magst du das?"

„Ich liebe Auflauf", zwängte Nico unter ihrem Busen hervor. Und verfluchte den Trompeter Guist, der wieder kein Ende fand. –

In der großen Pause trat Girr, in seiner ganzen Wucht dräuend, vor Mitzi und zischte: „Nach Hause!"

Mitzi kniff ihn gutgelaunt in den Arm. „Immer mit der Ruhe! Ich habe nur wegen der Kommission interveniert!"

„Kommission? Los, was ist damit?" Girr vergaß die Eifersucht.

„Sie wird mit Bewährung verschoben! Du bist ab heute kein Faschist mehr, der Major hat dich von der Liste gestrichen."

Girr sah nachdenklich zu Boden. „Das kann der doch gar nicht. Wer in zahlreichen Schulungsabenden den Weg zum Führer gefunden hat, dem kann doch nicht ein X-beliebiger, russischer Major erklären: ab heute bist du kein Nationalsozialist mehr! Ich bin und bleibe einer – der Major kann sich einen Storch braten!"

Mitzi rang nach Fassung. „Oh, Hans, sicher soll er sich einen Storch braten – erinnere mich bitte an das Wort ‚Storch', nachher – und du sollst bleiben, was du willst. Aber bitte bleibe es im Geheimen, ohne daß der Major etwas merkt."

„Na gut!" preßte Girr hervor. „Dir zuliebe. Ich werde den großdeutschen Gedanken weiterhin heimlich in meinem Herzen tragen, obwohl ich den offenen Kampf mehr liebe. Aber was willst du diesen Partisanenhengsten anderes zutrauen? – Was wolltest du mit dem Storch?"

„Ja! Hans, der Major wußte auch schon von unserem Kind, ist das nicht rührend?"

Girr fand es nicht rührend, was Mitzi aber keineswegs störte. Sie fuhr fort: „Der Major hat mir entgegenkommenderweise eine leichtere Arbeit angeboten: in seinem Haushalt, als Kindermädchen. Er hat doch einen reizenden Jungen, nicht!"

Bevor Girr widersprechen konnte, was er entschieden vorhatte, fielen ihm im Zusammenhang mit dem ‚reizenden Jungen' auch die saftigen Ohrfeigen ein. Seit jenem Augenblick fehlte von dem Aufdringling jede Spur. Sollte er ihn verletzt haben? Girr schoß das Blut in den Kopf und er stammelte überstürzt: „Es ist alles gut, Mitzi! Die Trommel ruft, unterhalt dich gut!"

Im Forteilen hörte er Mitzi rufen: „Denkst du auch an das Kind?" Die kann Gedanken lesen! durchfuhr es Girr. Dann begann er zu suchen.

Unter dem Podium war Sascha nicht. Girr brach der Schweiß aus. Er verendet vielleicht irgendwo! hämmerte sein Hirn. Man müßte ...

Sadlokal bat um Gehör und die entsprechende Ruhe. Es werde, auf allgemeinen Wunsch, als Einleitung zum zweiten Teil, die Hymne der verlorenen Heimat, ‚Siebenbürgen, Land des Segens' gesungen. Ob der Herr Major das gestatte?

„Ladno!" sagte Alliluew, mehr neugierig, als einverstanden.

Sadlokal intonierte und winkte ein. Das Publikum erhob sich von den Plätzen und sang mit eigenartigen Gefühlen. Tränen drückten das Sentiment aus, helle, frohe Kehlen zeigten Freude darüber, daß noch eine Brücke zur Heimat bestand.

Nur Girr war fern dieser Brücke. Wo er auch suchte, der Trommelschlägel war ebenso spurlos verschwunden wie Sascha. Dunkle Kombinationen schwirrten durch seinen Kopf. – Er machte trotzdem erträgliche Miene zur fatalen Situation und sang schließlich mit. Den Takt versuchte er nach besten Kräften mit der nackten Faust aus der Trommel herauszuholen.

Als waschechter Russe stellte Alliluew einen Chorgesang einer Flasche Schnaps gleich. Deshalb würdigte er das, was an sein Ohr drang, mit wohlwollender Kritik. Bei der zwei=

ten Strophe versuchte er sich vorzustellen, welche erhöhte Wirkung ein Vorsänger noch herausschlagen könne. Während der Schlußstrophe beschloß er, zur kulturellen Hebung des Lagers, durch Sadlokal einen Chor gründen zu lassen. Warum sollte in seinem Lager nicht gesungen werden?

„... schlinge sich der Eintracht Band,
Schli=hi=hinge sich der Eintracht Band."

sangen seine Gefangenen, wobei eine gewaltige Bewegung durch ihre Reihen ging: sie legten sich gegenseitig die Arme auf die Schultern und sangen in imponierender Geschlossenheit noch einmal:

„Sei gegrüßt in deiner Schöne,
Und um alle deine Söhne
Schlinge sich der Eintracht Band,
Schli=hi=hinge sich der Eintracht Band."

Diese Strophe wirkte auf Alliluew so suggestiv, daß er sich dabei ertappte, seinem Nebenmann ebenfalls den Arm auf die Schultern legen zu wollen. Es gelang ihm noch rechtzeitig zu bremsen, wobei er wie vom Blitz getroffen zusammen fuhr: neben ihm stand jene Leutnantsbraut, der er Sascha auf den Schoß gedrückt hatte. Da sie aber stand, suchte er Sascha vergeblich auf ihren Knien.

„Gde Sascha – wo ist Sascha?" schrie der Major sie an. Im Rummel der Ball=Atmosphäre hatte er an alles andere als an seinen Sohn gedacht. – Doch weder die Leutnantsbraut, noch andere Befragte konnten seine Frage beantworten. Am allerwenigsten Girr, der seelisch nur noch aus dieser Frage bestand.

Da kam Kreutzer, der die große Pause zu einer dringenden Notwendigkeit benutzt hatte, durch die Tür und schrie: „Im Lager wird geschossen!"

„Wo?" fragte Sadlokal aufgebracht.

„Wenn mich nicht alles täuscht: in der Latrine", antwortete Kreutzer und ergänzte, da Sadlokal ein ungläubiges Gesicht machte, er habe deutlich gesprochen: „Geschossen, mit ,o'!"

Die Militärs, allen voran Alliluew, lockerten ihre Pistolen und stürmten ins Freie, gefolgt von einem Schwarm Neu= gieriger.

Und tatsächlich – Schüsse peitschten durch die Nacht, oder genauer gesagt, in der großen Latrine.

Die Offiziere schwärmten aus und umzingelten, in vorsich= tiger Geländeausnützung, den hölzernen Bau. Auf ein Zeichen Alliluews blieben die Leutnants mit entsicherten Waffen stehen, während er selbst entschlossen den Vormarsch fort= setzte.

Sadlokal versuchte die Masse der Schaulustigen zu bän= digen: „Nicht drängeln! Geht's zurück, geht's tanzen!"

Der Major war inzwischen an der Bretterwand angekom= men, blickte vorsichtig durch ein Astloch, und stieß einen Schrei aus, dem eine gellende M. P. Garbe folgte. Kopflos rannte er um den Bau herum und verschwand im beleuchteten Eingang.

Hier stand ein Flintenweib von der Wache mit angelegter Maschinenpistole und zielte lachend – in die gähnende Öff= nung der Grube. Neben ihr stand Sascha wie ein Feldherr und schrie:

„Ischtschjo ras – noch einmal!"

Prrrep! machte der Feuerstoß und spritzte in den Ober= flächenspiegel der Senkgrube, wo einige kümmerliche Filz= fetzen an einer runden Holzkugel hingen.

Prrrep! Prrrep! Prrrep! heulte es noch einmal auf. Dann winkte Sascha ab und klopfte erleichtert auf den Lauf der M. P.

„Ladno!" jubelte er und meldete seinem erstaunten Vater die endgültige Vernichtung des Trommelschlägels.

Dem Schicksal bedingungslos Dankbarkeit schuldend, hob Alliluew seinen Sohn auf die Schultern und verließ mit schal= lendem Lachen den Ort.

Die Zuschauer fielen in das Gelächter ein, obwohl sie die Sachlage nicht ganz übersahen.

Am lautesten lachte Girr. Er allein wußte um die inneren

Zusammenhänge dieser Latrinenschlacht. Und lachte mit der größten Berechtigung: ein unversehrter Sascha war ihm weit= aus lieber als ein Trommelschlägel. –

Als die Stunde der allgemeinen Nachtruhe schlug, verließ Alliluew mit seinem Gefolge die Kantine.

Gerade wollte Inge mit unterdrücktem Gähnen zum Auf= bruch mahnen, als vor ihrem Tisch ein Barackendolmetscher erschien und sie fragte, ob sie Inge Schrandt sei.

„Ja, – warum bitte?" erwiderte Inge neugierig.

Der Mann zog eine Liste aus der Tasche. „Du wirst in der Baracke 7, Zimmer 3 untergebracht. Ich werde dir den Prit= schenplatz selbst zeigen. Deine Schicht beginnt morgen nach= mittag um 2 Uhr im Schacht ‚Perwoe Maja'."

Inge sah verstört vom Dolmetscher zu ihren Freunden. Die von der Küchenarbeit geröteten Wangen wurden weiß. Ihre Lippen bewegten sich zitternd, ohne etwas zu sagen.

Kreutzer pflanzte sich vor dem Dolmetscher auf und ver= sicherte ihm, ihn zu Kleinholz zu schlagen, falls er seine Worte wiederhole.

Der Dolmetscher wiederholte seine Worte. Kreutzer merk= te, daß es voller Ernst war und schlug ihn nicht klein.

„Wer hat das denn bestimmt?" schrie Conny.

„Weiß ich das?" Der Dolmetscher zog gleichgültig die Schultern hoch. „Sadlokal hat es mir in der Pause mitgeteilt. Um Euch das Osterfest nicht zu verderben, habe ich bis jetzt gewartet. Ich glaube nicht, daß ihr an der Verfügung etwas ändern könnt. – Guten Abend!"

„Du kannst hier nicht schlafen", sagte Feodora. Nicht be= leidigt, nicht enttäuscht – und auch nicht lieblos.

Günther sah sie lachend an. „So habe ich das auch nicht gemeint. Ich sagte nur: einmal wieder in der Badewanne sit= zen, und wieder in einem weichen, frischbezogenen Bett schla= fen dürfen! Sind das nicht menschliche Ideale?"

„Durchaus!" versicherte Feodora und kämmte sich um= ständlich. „Aber du kannst trotzdem nicht hier schlafen.

Damit würdest du die Aufmerksamkeit des Zivilisten da unten auf dich lenken. Das wäre schade!"

„Hach! Der Zivilist! Ich hatte ihn beinahe vergessen. Steht er noch immer dort unten?"

„Vermutlich, oder er sitzt beim Apotheker. – Denk doch nicht dran." Sie schlüpfte in ihre Schaftstiefel.

„Feodora", bat Günther unruhig. „Willst du mir nicht doch sagen, warum er dich beobachtet? Du bist doch Russin. Was für ein Interesse hat er an dir?"

Sie trat vor Günther und legte ihre Arme um seinen Hals. „Gut. Wir wollen mit offenen Karten spielen, obwohl ich dir eine Illusion gerne erhalten hätte. – Ich bin eine Verräterin! Mein Los ist schlimmer als das Deine. Du hast Pech, daß deine Muttersprache Deutsch ist. Mein Verhängnis ist es, daß ich diese Sprache erlernte. Du wirst Rußland einmal ver= lassen können – ich aber nie. Ich werde auch nie mehr nach Irkutsk kommen. – Mein Schicksal ist ausweglos! Glaubst du mir das?"

„Nein", sagte Günther und sah eine ganz andere Feodora vor sich. Ihre Augen flackerten unsicher. Ihre Arme um= klammerten nicht mehr seinen Hals, sondern lagen kraftlos auf seinen Schultern. „Nein"! wiederholte er. „Das kann ich nicht glauben!" Er fühlte sich nicht freier, als zuvor. Wußte er jetzt mehr? Was konnte sie getan haben? Oder spielte sie Theater! Allerdings konnte er darin keine Zweckmäßigkeit sehen.

Sie legte ihr Kopftuch um und fragte tonlos: „Kommst du in zwei Wochen wieder zu mir? Ich werde es bei Alliluew durchsetzen."

„Ich komme gerne! – Warum nimmst du die Maschinen= pistole mit? Hast du Angst, ich laufe dir fort?"

Feodora ging über diese zweideutige Frage stumm hinweg. Sie nahm seinen Arm und zog ihn aus dem Zimmer. Im dunklen Flur küßte sie ihn noch einmal leidenschaftlich und flüsterte: „Ich habe nur dich!"

Auf der Kawaleria uliza blies der Wind noch immer mit

derselben Schärfe. Sie begegneten einem vermummten Trupp, der zur Nachtschicht ging. Er trappelte stumm über die Eisbahn, wie eine versprengte Viehherde.

Kurz vor dem Lager täuschte Günther einen gelösten Schnürsenkel vor und spähte beim Bücken hinter sich. Von dem Zivilisten war aber nichts zu sehen. Nur eine Frau kam etwa zwanzig Schritte hinterher. Sie ging sehr langsam und sah zu Boden, als suche sie etwas. –

Erst als Günther auf der Lagerstraße war, fiel ihm ein, daß er vergessen hatte, sich bei Feodora über Viktor zu erkundigen. Er zog eine geringschätzige Grimasse und dachte: ist ja alles Quatsch! Ein Hirngespinst von Nico.

Wenn die Erdscholle aufbricht und zu riechen beginnt, will sie uns etwas sagen. Vielleicht: atmet meinen Duft ein, er ist zwar streng und herb, schließlich aber bin ich nichts anderes als das, woraus ihr selbst seid und wozu ihr wieder werdet – Erde. Vielleicht: jetzt bin ich wieder da, eure alte Erde! Die Sonne hat mich gewärmt und den Schnee zu Wasser gemacht – mit dem ich mich vorerst gründlich gewaschen und getränkt habe. –

Kreutzer war bei weitem davon entfernt, seine Zeit mit philosophischen Betrachtungen zu verplempern. Dazu ließ ihm seine Taschenuhr keine Zeit. Aber die Stelle, von der ihn im Augenblick nicht einmal eine Turmuhr weggeholt hätte, zwang ihn zu Gedanken, die im allgemeinen Besinnlichkeit verlangen.

Es saß nämlich fest. Im endlosen Brei der Lagerstraße, die seit Tagen mehr einem Moorbad, als einer Straße glich.

Seit jeher schnitt diese Straße das Lager in zwei Teile. Beim Einsetzen der milden Witterung, kurz nach dem Osterfest, trennte sie es in zwei restlos selbständige Distrikte. Wobei die Straße als Grenze unüberquerbar wurde.

Für die Gefangenen, die das Lagertor passierten, war es von wichtigster Bedeutung zu wissen, in welchem Teil ihr Ziel lag: links oder rechts. Denn beiderseits der Straße hatten sich Pfade gebildet, die glattweg begehbar waren. Hatte sich aber das Lagertor geschlossen, war auch die Brücke gefallen, über die man den Distrikt hätte wechseln können.

Für Kreutzer bedeutete dieser Straßenbrei nicht nur eine Beeinträchtigung der sowieso schon sehr knappen Bewegungsfreiheit, sondern obendrein eine äußerst beschwerliche Abwicklung seines Warenhandels, der einen traumhaften Aufstieg genommen hatte.

Aber nun saß er, bis an die Waden eingesunken, fest. Am meisten verfluchte er seine Batinkis. Er trug sie seit der Schneeschmelze, weil diese galoschenähnlichen Gummischuhe kein Wasser durchließen. Aber was nützte ihm das jetzt, wo er die Nässe bald in den Kniekehlen spürte. Abgesehen davon, daß er nicht mehr so recht das Gefühl hatte, noch in den Schuhen zu stecken.

Da die Batinkis dem Staat gehörten, wäre es sehr naheliegend gewesen, mit den Händen in dem dunklen Brei nach ihnen zu tauchen und dann barfuß an das rettende Ufer zu kriechen. Aber das war es ja gerade: seine Hände waren nicht frei.

Wie das nur ihm passieren konnte, hatte er plötzlich vor einem vollen Kartoffelsack gestanden. Daß er auch gleich eine Zeitung zur Hand hatte, die, genau besehen, schon die Form einer Tüte aufwies, ist in diesem Falle nebensächlich. Folgenschwerer war nur, daß diese Tüte nicht zusammenhalten wollte und beide Hände als Stütze benötigte.

So stand er da und sann. Die Zeitung begann langsam an den unmöglichsten Stellen zu platzen, wobei Kreutzer zusehen mußte, wie Kartoffel um Kartoffel in den Schlamm fiel und nach kurzem Verdrängungsprozeß versank.

Das Schlimmste war, daß ihn niemand mit den Kartoffeln sehen durfte, da sie, genau wie seine Batinkis, Staatseigentum waren.

Er überlegte also, welches von den zwei Gütern er opfern solle. Da er die Batinkis sowieso verfluchte, lag seine Wahl den Kartoffeln schon sehr nahe. Andererseits hatte sich ihr

Bestand schon so dezimiert, daß ihm die Entscheidung wieder schwerer wurde.

Wie das bei solchen Dingen oft zu gehen pflegt, wird man letzten Endes eines eigenen Entschlusses durch fremde Ein= wirkungen enthoben.

Denn durch das Lagertor kamen zwei Soldaten, von einem Zivilisten gefolgt.

Der Zivilist war ein gewisser Genosse Prowotkin. – So wenig dieser Name besagt, so viel mehr hebt sein Typ sich von dem des normalen Bürgers ab.

In Rußland jedenfalls.

Hier gibt es diese Prowotkins zu Tausenden. In jedem Ort, in jedem Werk waltet mindestens einer. Still und äußerlich bescheiden ist ihre Arbeit. Hart und herzlos ihre Methode. Und nicht immer segensreich ihr Erfolg – im Kleinen gesehen. Das wollen sie aber auch gar nicht. Sie arbeiten vielmehr für die große Sache: für die Idee, die Anschauung. – Allerdings nicht als Strategen, sondern in Form blitzschneller, fanatischer Stoßtrupps. Vom Gedanken der Gemeinschaft getragen, be= fassen sie sich mit dem Einzelnen. Sie stürzen sich auf ihn, wie die Krähen auf die Saat eines Kornfeldes.

Diese Kommissare haben eben eine Nase für faule Stellen und picken sie heraus. Nicht die Körner. Zum Unterschied von den Krähen. –

Kreutzer sah, wie sich dieser Gruppe auch Sadlokal an= schloß und witterte wegen seinem Beutegut Kalamitäten. Des= halb pfefferte er die Kartoffeln einzeln in den Dreck und ent= schloß sich, bis zur Klärung der heranrückenden Ungewiß= heit im Moor auszuharren.

Die Gruppe stoppte auf seiner Höhe und Sadlokal rief: „Kam'rad, was machst denn da?"

„Siehst du seit neuestem schlecht?" antwortete Kreutzer. „Ich wasch mir die Füße. – Was wollen die drei Schönen bei uns?" Kreutzer kannte jeden Russen im Lager und hatte es gern, über fremde Gesichter ziemlich prompt seine Informa= tionen zu sammeln.

„Die kommen zu dir!" rief Sadlokal, offensichtlich erfreut, Kreutzer auf seinen unkontrollierbaren Wegen so schnell gefunden zu haben.

Kreutzer faßte die Worte als schwachen Witz auf. „So? Davon weiß ich aber nichts. Sag ihnen, sie sollen morgen wiederkommen, ich habe heute schon zu viel Zeit auf dieser dämlichen Straße verloren. Und nun geht schön – adieu!" Er hatte nicht vor, den Vieren mit der Suche seiner Batinkis ein Schauspiel zu bieten.

Sadlokal blieb konstant. „Die kommen wirklich zu dir. Der Genosse in Zivil ist von der Partei."

„Tatsächlich? – Also so sieht ein echter Bolschewik aus!"

„Pst!" Sadlokal wurde unruhig. „Kam'rad, wo hast wieder deine Zunge?"

Kreutzer ließ sich den Mund nicht verbieten. „Ein Bolsche=
wik! Ja hat der Mensch Töne! Und der läuft frei herum? Ich denke, die muß man alle einsperren, weil sie staatsgefährliche Elemente sind." Kreutzer kam langsam in Fahrt. „Anstatt mir gute Lehren zu geben, sage ihm lieber, daß er Suppen=
flecke auf der Krawatte hat!"

„Kam'rad", wimmerte Sadlokal, „mach mir keine Misere! Komm schon her, sie wollen dich dringend sprechen."

Etwas vorsichtiger fragte Kreutzer: „Weiß Alliluew eigent=
lich, daß die Partei mich sprechen will?"

Sadlokal kam nicht mehr zu einer Antwort, da der Partei=
funktionär kiebig wurde. Er verlangte nach Kreutzer in einer Stimmlage, die diesen von der Dringlichkeit der Mission über=
zeugte.

Aus angeborener Neugier verließ Kreutzer seine sichere Stellung. In Strümpfen, mit schlammbeschmierten Hosen=
beinen und einem gefischten Schuh betrat er den Gehpfad. Noch ehe er seinen Spezialgruß anbringen konnte, schnapp=
ten ihn die zwei Soldaten und stießen ihn zum Lagertor, wo ein Kübelwagen mit laufendem Motor wartete.

Da er zum ersten Mal das Lagerterritorium verließ, sah Kreutzer während der Fahrt interessiert in die Landschaft und suchte krampfhaft nach dem Motiv seiner Entführung. Da er keinen besonderen Grund finden konnte, begrüßte er sogar die Luftveränderung.

Doch sollte sie in der Entfernung sehr kurz sein.

Vor dem Sägewerk sprang der Parteibonze lächelnd von seinem Sitz und sagte: „Dawai!"

Die kleine Kavalkade begab sich über den Werkhof und bezog entschlossen den Verwaltungsflügel. Hier drängte der Kommissar Kreutzer in einen Raum, dessen Einrichtung aus einem Schreibtisch und einer Frau bestand, die beim Anblick der Ankömmlinge schreckhaft hochfuhr. Besonders Kreutzers Aufmachung erregte sie. Auf seine Schlammbeine zwinkernd, schrie sie:

„Mein dieu! Sie werden deprimieren den goût esthetique der russisch Frau Dame! Von wo Sie gekommen in diese Schweinereikostüm?"

Kreutzer war reichlich verblüfft über dieses sonderbare Gestammel, das er nur teilweise verstand, und setzte seinen geretteten Galoschen zu Boden. „Warum so aufgeregt, Mütterchen? Du machst ja gerade so, als sei dir der Blinddarm geplatzt." Dann wandte er sich an den noch immer lächelnden Kommissar und sagte: „Also, Herr Kommissar, nun schießen Sie los!"

Die zwei Soldaten bewachten die Tür wie bissige Kettenhunde.

Die gekränkte Dame legte ein Schriftstück vor sich hin und sagte: „Sie heißen Kröser Mihai und sind ohtomobilistmecanique bei Alliluew, da?"

„Stimmt genau!" bestätigte Kreutzer nicht ohne Stolz.

Die Frau warf dem Zivilisten einen Blick zu, der etwa bedeuten konnte: na, bitte sehr!

„Wo ist das otho?" fuhr sie dann fort.

„Liebe Frau!" begehrte Kreutzer auf. „Ich soll es ja nicht machen, sondern nur fahren. Bin ich allwissend?"

Der Blick, den der Zivilist über seine bekleckerte Krawatte schickte, drückte aus: na, was habe ich gesagt!

Kreutzer fühlte seine kalten Füße gleichzeitig mit dem Verlangen, sich zu setzen. „Wie ist das hier mit einem Stuhl? Ich bin müde, Mütterchen!"

Die Russin überlegte kurz und ließ durch einen Wachposten einen Stuhl holen.

Kreutzer setzte sich mit verschränkten Beinen und placierte seinen nächsten Vorstoß in diese geheimnisumwitterte Gesellschaft. „Bekommt man bei euch nichts zu rauchen?"

Die Frau schob ihm auch eine Zigarette entgegen und setzte das Verhör fort: „Nun, wollen Sie uns sagen, was Sie machen die ganze jour – äh, die ganze Tag? Arbeiten?"

Genußvoll blies Kreutzer den Rauch durch die Nase. „Sicher arbeite ich! Feste weg sogar!" Er log ja nicht.

Der Blick, den die Frau in die Gegend des Kommissars warf, war ein eindeutiges: aha!

„Und was", fragte sie weiter, „arbeiten Sie? Ohne othomobil – für die große salair, der die Major zahlt?"

Kreutzer sah lila. Was ging hier vor? Instinktiv fühlte er, daß die Laus im Pelz von Alliluew saß. Auf diesen aber ließ er nichts kommen und nahm sich vor, ihn nach Kräften zu decken. – Was natürlich nicht einfach war. Was sollte er auf die letzte Frage antworten? Auf gut Glück gestand er: „Ich arbeite – Verschiedenes." Auch jetzt hatte er nicht gelogen.

Der Blick des Genossen morste: schärfer zufassen!

Aus der wissensdurstigen Frau Dame schoß die Frage: „Zum exemple, was arbeiten Sie?"

Am Ende seiner Ausweichmöglichkeiten, holte Kreutzer tief Luft und sagte: „Das kann ich nicht sagen. Ich verweigere die Aussage!"

Der Kommissar machte Anstalten, sich mit seiner eigenen Krawatte zu erdrosseln und schrie in perfektem Deutsch: „Sind Sie wahnsinnig? Was soll das heißen?!"

„Das soll heißen", sagte Kreutzer, den eine blendende Erleuchtung heimsuchte, „daß ich verschiedene Geheimaufträge habe, über die Ihnen nur Major Alliluew Auskunft geben kann."

„Was für geheime Aufgaben? Sprechen Sie schon!" schrie der Kommissar drohend.

Kreutzer schmunzelte. „Sie sind aber naiv, Sie! Wie kann ich Ihnen etwas erzählen, wo ich doch ausdrücklich sage: Geheimaufträge!"

Der Kommissar riß wieder an seiner Krawatte, die Frau wurde migränegrün – und Kreutzer spürte, daß die trockenen Dreckkrusten an seinen Beinen die Haut zusammenzogen.

Da sprang die Tür auf und Alliluew persönlich erschien, feuerrot im Gesicht. „Tschto takoie?" brüllte er raumfüllend.

Die Anwesenden ließen sich mit der Antwort Zeit, da sie das Auftauchen des Majors überrascht hatte.

Dieser scheuchte zuerst die Posten hinaus und blickte bei der Gelegenheit fragend zu Kreutzer.

Der raffinierte Chauffeur kniff ihm beruhigend, aber kurz, ein Auge und grinste die perplexe Russin hämisch an. „Mütterchen, wie haben wir es mit noch einer Papirossi?" Er fühlte sich federleicht. Hatte er bislang dem Major die Stange gehalten, sollte der sich jetzt Fransen an den Schnabel reden.

Und das tat der auch gehörig.

Anschließend ging die Rede lang und breit um ein Protokoll, auf dem der Kommissar mit spitzer Beharrlichkeit bestand. Es war in russischer Sprache verfaßt und hatte folgenden Inhalt:

„Ich, Michael Kreutzer, verpflichte mich, Dienste zu leisten, die zur Sicherheit der Lagerleitung beitragen. Diebstähle, faschistische Umtriebe sowie Fluchtpläne meiner Mitgefangenen habe ich unverzüglich Major Alliluew zu melden."

Man reichte Kreutzer eine Feder und verlangte seine Unterschrift. Kreutzer fühlte einen Brechreiz, nahm die Feder und dachte: ihr könnt – und schrieb unter das Dokument – Michalle Kreutzweis.

„Charascho!" lachte Alliluew befreit und übergab die Akte dem Kommissar, der sie befriedigt an sich nahm. –

Auf dem Weg ins Lager, den Kreutzer auf Socken und an der Seite Alliluews zurücklegte, war die Laune der beiden prächtig.

Der eine wußte nun vom anderen, daß er sich auf ihn verlassen konnte. Leider hatten sie keine gemeinsame Spra= che, um sich ihre gegenseitige Hochachtung zu versichern.

Alliluew war so übermütig gelaunt, daß er Kreutzer ein Magazinphoto von Pola Negri zeigte und ihm mit Gesten zu verstehen gab, sie sei seine Frau.

Himmelhund! dachte Kreutzer und zog aus seinem Leder= jackett eine alte Photographie, die ihn, äußerst matt, im Kulissenflugzeug eines Schnellphotographen zeigte.

Alliluew verglich verstört den Schnurrbart des Bildes mit dem von Kreutzer und stieß bewundernd aus: „Ti tosche pilot?"

„Ja, ich bin auch Pilot!" gab Kreutzer bescheiden zu.

In Alliluew schwoll der Stolz auf seinen zukünftigen Chauffeur, der zusätzlich auch noch Pilot war! Überschweng= lich griff er in die Tasche und schenkte Kreutzer das Bild von Pola Negri.

Kleine Geschenke erhalten die Freundschaft. –

Am Abend dieses Tages ging Kreutzer von Baracke zu Baracke, versammelte ihre Insassen um sich und sagte: „Seit ich in Rußland bin, habe ich mir meine Hände durch Arbeit noch nicht schmutzig gemacht. – Ab heute bin ich Spitzel bei Kommissar Prowotkin. Denkt aber nicht, daß ich mir etwas anderes beschmutzen werde, was viel wertvoller ist als die Hände! Im Gegenteil!" Hier pflegte Kreutzer eine Pause zu machen. Dann fuhr er mit verschmitztem Lächeln fort: „Wenn einer durchbrennen will, trage ich ihm den Koffer persönlich bis an den Stacheldraht."

Während Feodora referierte, lag die Igel=Frisur Alliluews völlig reglos. Das Schwergewicht seines Oberkörpers ruhte auf der Tischkante und nur die hochgezogenen Augenbrauen verrieten eine gespannte Neugierde.

Feodora saß ihm gegenüber und berichtete, exakt und leidenschaftslos. Es war mehr ein trockener Geschichtsstreifen, mit dem sie den Major quälte.

Als der merkte, daß keine Pointe abzusehen war, löste er sich von der Tischkante und brüllte: „Tschort! Was gehen mich diese Dinge an? Ich will wissen, warum die Leute deportiert wurden!"

„Das kommt jetzt", sagte sie. „Nach einem Paragraphen im Waffenstillstands=Vertrag mit Rumänien waren an uns Arbeitskräfte zu liefern. Die Regierung hat diese Verpflichtung erfüllt und uns die Volksdeutschen ausgeliefert. Es sind durchwegs Zivilisten."

„Und die Faschisten?" forschte Alliluew. „Es muß doch auch Aktivisten unter ihnen gegeben haben!"

„Hat es auch gegeben, aber die sind gleich nach dem Einmarsch unserer Truppen interniert worden. Vermutlich hat man sie auch in die Sowjetunion gebracht – aber das sind andere Lager. – Diese Menschen hier haben mit dem Krieg wenig zu tun gehabt."

„Hm", machte Alliluew und kritzelte mit seinem Bleistift auf einer Zeitung herum. „So weit ich diesen Aussagen glauben darf, ist ja alles in Ordnung. Obwohl ich der Meinung bin, daß niemand unschuldig hinter unseren Stacheldraht kommt." Er besann sich eine Weile. „Und wenn diese Leute den kleinsten Grad einer Schuld hätten, was soll ich mit ihnen machen? Weichere Bretter zum Schlafen habe ich nicht, das Essen ist nach der Vorschrift – und zum Arbeiten sind sie ja schließlich da. Bei uns arbeitet auch jedes Kind. Es ist eben Krieg!" eiferte er sich. „Oäh, Feodora, dann wäre ja alles in Ordnung. Hast du sonst noch etwas?"

„Ja. – Ich möchte, daß Günther Plattner mich jeden zweiten Sonntag besucht."

„Was? Bist du krank?" Alliluew richtete sich kerzen=

gerade auf. „Ich sagte eben: der Fall ist in Ordnung! Was für einen Zweck hätte es denn?"

Feodora lächelte fast mitleidig. „Towarischtsch Major, haben Sie nie daran gedacht, daß mit der beginnenden, warmen Jahreszeit die Gefangenen auf krumme Gedanken kommen könnten? Haben Sie noch nie gehört, daß Gefangene ausgebrochen sind? Vielleicht wäre es sehr peinlich für Sie, diese Zahlen nach oben zu melden."

Der Major verzog das Gesicht. Was hatte man heute mit ihm vor? Jeder sprach über die Gefahr eines Ausbruches. In der etwas peinlichen Situation bei Prowotkin war er heilfroh gewesen, daß dieser Punkt letztlich zur Diskussion gelangte. Für voll hatte er jedoch das Palaver nicht genommen. Jetzt kam ihm Feodora mit denselben Befürchtungen. Deshalb ereiferte er sich mächtig: „Aber es ist doch Irrsinn, in der Sowjetunion auszubrechen! Wir würden sie doch alle wieder einfangen und bestrafen!"

„Davon bin ich überzeugt", pflichtete ihm Feodora bei. „Aber wäre es nicht besser, diesen Unsinn von vornherein zu verhindern? Eine Verbindung privater Natur mit einem Gefangenen könnte Ihnen doch manchen Ärger ersparen."

„Ladno!" sagte Alliluew, nachdem er nachdenklich auf den Lippen herumgekaut hatte. „Der Gedanke ist nicht schlecht. Vielleicht bietet sich damit für dich die sehr nötige Chance, durch die du deine Lage etwas verbessern kannst. – Ich kann deinen Ehrgeiz absolut verstehen. – Hat dir übrigens Prowotkin zu Ostern nachgeschnüffelt?"

„Selbstverständlich. Er hat mich höchstpersönlich beschattet. Wenn es ihm Spaß macht, soll er es auch weiterhin tun!"

Zum Zeichen, daß er die Unterredung für beendet betrachte, erhob sich Alliluew umständlich. Er hielt es für überflüssig, ihr das heutige Ereignis in Prowotkins Büro zu erzählen. Wenn die Leute schon vorsichtig sein wollten, sollten sie es unabhängig voneinander sein. Ihm konnte es keineswegs schaden, denn doppelt genäht hält immer und überall besser.

– Sich das Koppel straffer schnallend, fragte er: „Ißt du in der Kantine?"

„Nein", lehnte Feodora entrüstet ab. „Ihre Leutnants schmatzen wie die Wildschweine. Do swidanija!"

Wie hatte sich der Bauplatz vor dem Parkhotel verändert, als Conny, nach seiner Genesung, das erste Mal wieder zur Arbeit ging.

Das idyllische Arkadium der Wintertage klang nur noch blaß nach in dem Getöse und Gewimmel der vielen, neuen Arbeitskräfte. Mehrere Arbeitsbrigaden von Maurern verlangten von den Gerüsten nach Mörtel und Steinen. An die hundert Frauen schleppten ihnen das Gewünschte hoch. Andere hockten im Trümmerschutt und wühlten nach verbrannten Nägeln, die wiederum von anderen Gruppen, auf einer ausgedienten Eisenbahnschiene, geradegeklopft wurden. Zementmischer, Teerkocher und nicht zuletzt die erweiterte Schar der Zimmerleute vervollständigten das Bild des Platzes – eines richtigen Bauplatzes eben.

Vom blausauberen Himmel strahlte die Sonne angenehm wärmend auf diesen Ort der Arbeit. Die nach dem Prinzip der Sklaverei verrichtet wurde; modern in der Auffassung, althergebracht in der Methode.

Die vier jüngsten Zimmerleute hatte man auf das Dach beordert, dessen Horizontalbalken verankert in den Grundmauern saßen. Sie stemmten Löcher für die Zapfen der Dachsparren. Ihre Laune war nicht sonderlich, da sie mit dem Zustrom der vielen, neuen Arbeitskräfte nicht nur ihre Erstlingsprivilegien verloren hatten, sondern obendrein noch ihren guten Chef Dnjestrowitsch. Die Gicht hatte ihn zu einem längeren Siechtum verdammt.

An seine Stelle war der Vorarbeiter Ustschenko getreten. Jünger, schmächtiger – und ungemütlicher als Dnjestrowitsch. Wo er auftauchte, entwickelte er Dampf. Nie unter Ausschluß von weltanschaulichen Tiraden, in denen er die faschistisch= deutschen Okkupantenheere unter sein Dauerfeuer nahm.

Für die vier Zimmerleute auf dem Dach hatte Ustschenko nur zwei Positiva, sein Asthma und ein Holzbein, die ihm ein Steigen über den zweiten Stock hinaus nicht erlaubten. Sie machten also aus der Not eine Tugend und nützten ihren Arbeitsplatz zu dem aus, was Ustschenko ohne Asthma kaum geduldet hätte: zu einem unkontrollierbaren Eldorado.

Es genügte ausreichend, wenn einer im Blickwinkel von Ustschenko arbeitete. Die anderen saßen im Schutz der Bo= denbretter, in der Mitte der Dachfläche, und spielten mit einer Hand Karten. Mit der anderen hämmerten sie planlos auf die Bretter, was Arbeitslärm vortäuschte.

Das Spiel war heute sehr träge, weil Nico und Conny verschiedener Meinung waren. Die Differenz hatte damit be= gonnen, daß Nico eine Frage wiederholte, die Conny unruhig werden ließ: „Hast du schon mit Inge gesprochen?"

Er hatte noch nicht mit Inge gesprochen. Weil gerade jetzt das eigentliche Rußland für Inge begonnen hatte: im Schacht Perwoije Maja.

„Soll ich sie restlos ruinieren?" brauste Conny auf. „Wißt ihr, was die Grubenarbeit für ein Mädchen bedeutet? Kerker wäre halb so schlimm..."

„Du bläst dich auf, wie ein ehrgeiziger Hamlet", fuhr ihm Nico in die Rede. „Interessant für uns ist bloß: machst du mit oder nicht? Ich persönlich verschwinde hier mit Roland um punkt Sommerbeginn, also am 21. Juni 1945. Günther hat mir seine Zusage ebenfalls gegeben, obwohl man nicht weiß, wie sich diese Feodora=Ära entwickelt. Nur du machst Schwierigkeiten. Wegen einer Eva!"

Conny fuhr sich durch die Haare. „Was bleibt mir anderes übrig? Inge hat nur mich – soll sie gänzlich aufhören zu leben? Wie lächerlich: ich soll mich durch die Steppe dünn= machen, und sie soll Jahre lang in der Grube arbeiten! Warum willst du nicht, daß wir sie mitnehmen?"

„Warum? Weil es ein Unternehmen auf Leben und Tod wird! Kannst du dir die Strapazen vorstellen? Was ist da schlimmer: der Schacht, oder vielleicht irgendwo auf der Strecke verrecken?"

„Irgendwo auf der Strecke verrecken dürfte auch für Inge noch sinnvoller sein, als vielleicht nach Jahren erst hier im Lager – allein zu verrecken. – Inge würde uns nicht zur Last fallen. Sie ist gesund, und ich bin überzeugt, sie kommt mit. Und wenn es in den Tod geht." Conny packte Nico beschwö= rend an den Schultern. „Paß auf, Nico, ich mache dir einen Vorschlag – und das ist mein letztes Wort: ich komme mit, aber nur mit Inge!"

Nico sah tonlos nieder. „Wie du willst. Aber diese Sache geht auf deine Verantwortung. Ich will mein nacktes Leben aus diesem verdammten Krieg, der noch immer raucht, retten. Ihr denkt genau so, weil wir unter anderen Umständen jetzt Soldaten wären, und auch mit dem Leben spielen müßten. – Gut, wenn Inge will, soll sie. Roland, sag ihm den Plan mit allem drum und dran. Ich löse Günther ab."

Der Plan sah keine Flucht nach Hause vor, da es für sie keine Rückkehr nach Hause mehr gab. Das Ende des Krieges würde ihnen die Chance nicht einräumen, sich in ihrer Hei= mat zu halten, deren Regierung sie an Rußland verkauft hatte.

Nico hatte die Türkei als Sprungbrett gewählt, wo in An= kara ein nichtkommunistisches Konsulat ihr weiteres Schick= sal entscheiden sollte.

Die über 1500 km lange Route hatte Roland auf der Karte markiert: zu Fuß aus dem Donez= und Donbecken, bei Ro= stow über den Don und per Zug durch die sumpfige Kuban= niederung. Über Armawir in den Kaukasus. Bei Ordschoni= kidse am Terek den Krestowipaß hinauf und über die soge= nannte Grusinische Heerstraße hinunter nach Tiflis, der Hauptstadt Georgiens.

Von dort im Tal des Kuraflusses aufwärts und endlich am Oberlauf, südlich von Achalkalaki, über die türkische Grenze. Auf türkischem Territorium zum ersten Bahnhof: Karaur= gan...

„Stop!" sagte Conny, der Rolands Bericht mit zunehmendem Staunen gefolgt war. „Halt doch mal ein, mir dreht sich der Kopf! Sag mir nur, von wo hast du denn diese Namen alle her? Unsere Karte reicht doch bloß bis zum Don!"

Günther räusperte sich: „Als ich am Ostersonntag von Feodora heim kam, fand ich die Karte in meiner Manteltasche. Die Route war ganz dünn eingezeichnet. Ich werde sie übermorgen fragen, ob sie es getan hat. Aber wie ich sie kenne, wird sie es abstreiten." Roland schaltete sich wieder ein: „Du mußt am Tag der Flucht einen zünftigen, russischen Anzug haben. Also eine wattegesteppte Koffaika sowie eine Schildmütze. Dazu 1000 Rubel in bar. Die Lebensmittel müssen so bemessen sein, daß wir erst nach dem Don stehlen müssen.

„Stehlen?" Conny flimmerten die Augen.

„Sehr richtig. Es ist ja noch Krieg. Wir meinen, daß wir auf dieser Flucht die ganzen Kriegsgesetze in Anspruch nehmen dürfen, da wir bei einer Gefangennahme auch mit einer ähnlichen Behandlung rechnen müssen."

Conny nickte wortlos und sah über die Bodenplanken zum Park, wo die Akazien im ersten, zaghaften Grün standen. „Sagt mal, was ziehen wir Inge an? Sie kann schwerlich in einem flotten Übergangsmantel losgehen. Vielleicht läßt sich Feodora auf einen Kleidertausch ein. Günther, geh diese Sache einmal an."

„Ihr habt Nerven!" begehrte Günther auf. „Sollen wir der unseren Plan denn sagen? Ich finde es unvorsichtig. Wer weiß, was sie mit uns treibt! Eigenartig, wenn sie in meiner Nähe ist, empfinde ich kein Mißtrauen. Mit Abstand wird mir bei der Sache immer etwas mulmig."

„Weil du selbst ein mulmiger Kauz bist", sagte Nico, dessen Kommen man überhört hatte. „Ustschenko ist mit dem Traktor ins Werk gefahren. Es lebe die Freiheit! – Nun höre mal, Günther: wenn du dein nächstes Schäferstündchen hast, quatsch weniger von Erotik, sondern bringe in Erfahrung, was oder wen Feodora verraten hat. Kauf dir bei Kreutzer vorher einige Schnäpse und geh mit Schneid ran. – Fang am besten mit Viktor an. – Herrgott nochmal, wenn ich die bloß einmal sprechen könnte!" – Nico wandte sich an Conny. „Sag, geht es Inge wirklich so schlecht? Ich habe sie seit Ostern nicht mehr gesprochen. Und du hattest ja auch nicht die Zeit, mich zu informieren."

„Was hätte es für einen Zweck gehabt?" fragte Conny resigniert. „Du kannst an ihrer Lage auch nichts ändern."

„Das wollen wir erst einmal sehen!" entgegnete Nico mit schmalen Lippen. „Vielleicht läßt sich doch etwas machen." Und er erzählte seinen Freunden sein Erlebnis mit Sadlokal in jener Februarnacht. „Er hat schon einmal die Listen geändert", schloß Nico. „Vielleicht tut er es noch einmal, wenn ich ihm drohe!"

Nico sprach leise, denn auf dem Bauplatz herrschte Friedhofsstille. Ustschenko fehlte eben. Die Kraft seiner Macht reichte nicht über die Grenze seiner Anwesenheit.

Die Wölbung der Decke konnte man nicht erkennen. Bei der schwachen elektrischen Birne hätte man sie höchstens ahnen können. Doch stellte dies gewisse Anforderungen an das Vorstellungsvermögen.

Inge versuchte sich an die Lehre vom freien Fall zu erinnern, um auf diese Weise die Höhe zu bestimmen. Das genaue Wissen darum hätte wohl wenig an ihrer Lage geändert. Aber vielleicht war die Decke nicht viel höher, als ein normales Zimmer? Das wäre beruhigend! Vielleicht aber gähnte das hausbreite Loch unendlich weit nach oben – ein Himmel aus Steinen und winzigen Sturzbächen, angefüllt mit Dunkelheit und grauenhaftem Nichts.

Inge fröstelte. Sie befand sich in der Zentrale der Sohle 5, etwa 300 Meter unter Tag. ‚Zentrale' war die Bezeichnung dieses saalartigen Platzes, auf dem drei Schienenstränge in einer Drehscheibe zusammenliefen. Dort, wo neben einer abgestützten Öffnung das neugelegte Gleis verschwand, lag ein großer Haufen schwerer Steine, die bis vor kurzem Män=

ner auf Schubkarren in die Zentrale gefahren hatten. Heute mittag hatten sie die scharfkantigen Brocken noch fluchend ausgekippt, die Inge, inmitten einer Frauengruppe, auf Loren verlud.

Wo blieben eigentlich diese Männer? Und auch die Frauen, ihre Arbeitsgefährtinnen, kamen nicht mehr. Inge setzte sich auf eine umgekippte Lore und dachte nach.

Begonnen hatte es mit heftigen Stichen in der rechten Bauchseite, beim Heben schwerer Steine. Schon seit Tagen hatte sie ein Brennen an der gleichen Stelle gespürt. Es war zuerst nur kurz und wenig schmerzhaft gewesen. Die heutigen Stiche aber hatten geschmerzt, glühend und andauernd. Sie hatte aufschreien wollen, doch wurde es ihr plötzlich schwarz vor den Augen, sie war ausgerutscht und hinter die Lore gefallen, auf der sie jetzt saß. Dann folgte eine laute Detonation. ‚Nasad' und ‚zurück'! hatte es mehrstimmig geschrien, und aus der abgestützten Stollenöffnung kamen die Männer herausgestürzt. Sie liefen sich gegenseitig in die Kniekehlen und hasteten in eine bestimmte Richtung. Zum Schluß war der Steiger selbst aus dem Stollen geschossen, als Inge ein neuer Schmerz lähmte. Als sie wieder zu sich gekommen war, atmete sie einen dichten Staub ein und mußte kräftig husten. Die Luft roch nach Verbrennung und war eigenartig warm. Der Schmerz war völlig verschwunden, jedoch, wohin Inge auch sah, es war kein Mensch mehr in ihrer Nähe. Nur die schwache Birne in dem schütteren Drahtkorb der elektrischen Notleitung warf ihr zaghaftes Licht nieder, als wolle sie die Rolle des letzten Trostes übernehmen.

Ja, so war es! dachte Inge. Die anderen sind fortgelaufen und haben mich hinter der Lore nicht bemerkt. Aber warum holt mich keiner? Es muß schon über eine Stunde vergangen sein! Ob Rufen einen Zweck hat? Ich kenne doch kaum einen Namen – oder lief nicht Bulion zwischen den Männern mit?

Ein dicker Wassertropfen platschte von der Decke in ihren Nacken. Hart, spritzig und mit einer Wucht, als sei es kalter Stahl. Inge sah betroffen zur unheimlichen Höhe dieser Kup=

pel auf, deren Ungewißheit sie beschäftigte und ihr Grauen einflößte.

„Bin ich schon verrückt?" fragte sie sich laut.

„... verrückt ... verrückt ... verrückt ...!" plapperte das Echo aus den nassen Winkeln. Gelächterhaft und versteckt.

Sie stieg wieder vor die Lore, machte einige Schritte und lauschte. Doch sie hörte nur das Sickern des Wassers an den Steinwänden; irgendwo tropfte es dumpf auf Holz.

Inge ging von einer Stollenöffnung zur anderen und schaute vorsichtig hinein. Aber nirgends Licht! Zwei Schritte noch glänzte das Metall der Schienen – dann begann das Reich der Finsternis.

Die Kuppel fiel ihr wieder ein, und gleichzeitig dachte sie: einen Stein müßte ich hinaufwerfen und die Sekunden zählen, wie wir es bei unserem Brunnen zu Hause taten. Die Quadratzahl der Sekunden mal fünf ergibt die Höhe – vorausgesetzt, ich höre den Stein an die Decke schlagen.

Inge nahm einen handfesten Stein und schnellte ihn hoch. Um nicht von ihm getroffen zu werden, sprang sie an die Wand und verschränkte ihre Arme über dem Kopf. – In den oberen Lagen hörte sie einen kurzen Aufprall und begann zu zählen. Plötzlich stockte sie, da ein zweites Geräusch zu vernehmen war. Steine prasselten zu Boden und schwollen zu einem Steinschlag an.

Inge vergaß das Weiterzählen und flüchtete hinter ihre Lore. Nach dem dumpfen Klang zu urteilen, folgten auch größere Brocken. Einer schlug auf eine stark vortretende Wandkante, kippte in einen anderen Kurs über und traf den rostigen Drahtkorb der Birne. Mit einem kurzen Ton zersplitterte sie und verlosch.

Dann herrschte Stille und absolute Dunkelheit.

Erst jetzt erfaßte Inge ihre Situation. Vorher war ich verrückt, dachte sie, jetzt bin ich verloren. Was tut ein Mensch, wenn er am Ende ist? Wie füllt man seine letzten Stunden aus? Wenn der Schmerz nicht kommt, können sie vielleicht erträglich werden. Ob ich beten soll?

Dann brach wieder der Lebenswille durch. Oder bin ich doch nicht ganz verloren? fuhr es durch ihr Hirn. Vielleicht kommen sie wieder, der Steiger mit seinen Männern.

Dieser Gedanke regte sie auf und trieb ihr das Blut in den Kopf. Fast erlag sie der Versuchung, aufzuspringen und ihnen entgegen zu eilen.

Aber durch welchen Stollen kamen sie? Den mittleren Stollen hatten sie vor Stunden verlassen. Blieben also zwei übrig. Der rechte führte zu einer zwei Kilometer weit entfernten Baustelle, wo bald Kohle gefördert werden sollte. Der linke zog sich in fast gleicher Länge zum Förderschacht.

Soll ich sofort aufbrechen und versuchen, den Förderschacht zu erreichen? überlegte sie. Es ist aber keine gerade Strecke! Und doch werde ich es tun! beschloß sie. Ich muß versuchen die Richtung zu halten. Und wenn ich die Lampen sehe, bin ich gerettet!

Während Inge aufstand, flog ihr Atem wie nach einem langen Lauf. Der Gedanke an Rettung war für sie aufregender, als der des Verlorenseins. – Sie tastete sich zum Stolleneingang vor, zog den Kopf ein und ging zwischen den Schienen. In kurzen Schritten, die Schwellen zählend.

Nach viertausend Schritten mußte sie die Förderstation erreicht haben.

„Soll ich mitkommen?" fragte Conny. Er stand, wie Nico, in einem Holzzuber der Badebaracke und nahm ein Freibad, wie sie diese Sorte Bad nannten. Freibad deshalb, weil sie sich frei jeder Kleidung bewegen mußten, da ihre Garderobe in der Zwischenzeit von Mitzi Schuster entlaust wurde.

„Klar kommst du mit!" sagte Nico aus dem Wasser. „Warum auch nicht?"

„Er könnte vielleicht Geschichten machen, weil ein Zeuge dabei ist."

„Unsinn! Den nagel ich fest, paß einmal auf, wie der zappelt!" Nico pfiff vor sich hin und schrubbte seinen Rücken.

Sie plätscherten noch eine Weile im Wasser herum – und tauchten in die Zuber unter, als Mitzi den Raum betrat.

Sie trug ihre übliche, leichte Arbeitskleidung und lachte: „Na, na, nun tut nicht so, als ob ihr noch kein Bruchrechnen gehabt hättet! – Da habt ihr eure Klamotten. – Stört euch meine sparsame Robe?

„Gott soll mich strafen, ja!" sagte Nico.

Mitzi unterbrach ihr Lachen und lehnte sich mit hochgezogenen Augenbrauen an das Fensterbrett. „Das ist sehr interessant! Was stört Sie denn?"

„Die Farbe", antwortete Nico. „Man sieht sich ja an dem Blau dusselig. Haben Sie nichts zum Wechseln?"

„Haha! Sie kleiner Gourmet! Daß ich nicht lächele. Ob blau oder sonstwie – da habe ich schon von berufeneren Leuten Komplimente gehört, die von Frauen mehr verstanden, als ihr beide zusammen." Mitzi machte nicht den Eindruck, als ginge ihr das Gespräch auf die Nerven. „Übrigens, damit Sie ganz beruhigt sind: mein Verlobter schätzte das Blau, weil es mit meinem Teint harmoniert."

„Sie waren verlobt?" fragte Nico, nicht ohne ein Staunen zu zeigen.

„Glauben Sie denn, ich bin immer schon für die wilde Ehe gewesen? Verlobt ist allerdings zu viel gesagt: so gut wie verlobt war ich. Ich wäre heute Frau Major, wenn Sie es ganz genau wissen wollen!" Mitzi vergaß ihre ursprünglich eingenommene Pose und setzte sich gemütlich auf das Fensterbrett.

„Donnerwetter!" platzte es aus Nico. „Da haben Sie sich nicht sehr verbessert. Haben Sie sich denn mit – äh, Herrn Major wieder entlobt, oder ist er auf dem Felde der Ehre verblieben?"

Mitzi dämpfte ihre Stimme. „Der Wirrwarr der Zeit hat uns entlobt. – Damit wir uns nicht mißverstehen: damals war er Hauptmann."

Sie verschränkte ihre Arme hinter dem Kopf und schlug die Beine gelassen übereinander. „Hauptmann Levedong vom

Sicherheitsdienst. Wir standen kurz vor der Verlobung, als die Asiaten kamen. – Sagt einmal – wollt ihr eigentlich im Wasser verfaulen?"

Nico hatte beim Namen Levedong aufgehorcht und sah sehr eindringlich zu Conny.

Den beschäftigte aber im Augenblick das Problem, wie er aus dem Zuber tauchen sollte, ohne Mitzi und die guten Sitten zu verletzen. Ihre Frage paßte ihm, wie der Löffel in den Mund. „Wir möchten schon heraus, nur – die Anwesen= heit einer Dame..."

„Du meine Güte, seid ihr pimpelig!" rief Mitzi belustigt. „So göttergleiche Körper habt ihr auch wieder nicht, daß das Auge einer Dame daran brechen könnte. – Na gut, ich kann mich ja etwas zur Seite drehen."

In der kurzen Pause, die hierauf entstand, ließ Mitzi ihr Feuerzeug knacken und brannte sich eine Zigarette an.

Während sich die beiden ihre entlausten Kleiderbündel sortierten, fragte Nico: „Da ist Ihnen also der gute Levedong durch die Lappen gegangen?" Heimlich triumphierte er, denn allem Anschein nach kam er endlich dem sagenumwobenen Fuchsbau auf die Spur. „Wann war das, wenn ich fragen darf?" In Gedanken hörte er Mitzi schon sagen: Januar 1945.

Doch Mitzi setzte einen verträumten Blick auf und sagte: „August 1944 – am Tag der rumänischen Kapitulation. Er wollte mir noch vor der Hochzeit Deutschland zeigen."

Nicos Gesicht bekam ein schräges Gefälle. „Seit dem August haben Sie ihn wirklich nie mehr gesehen? Das ist ja sehr interessant! Er muß ein nobler Mensch gewesen sein!" Mit einem Grinsen stülpte er sich das Oberhemd über.

„Er war ein Gentleman erster Klasse", hörte er Mitzi schwelgen. Doch dann stutzte sie und fragte: „Was inter= essiert Sie denn so intensiv an meinem Verflossenen? Haben Sie ihn etwa auch gekannt?"

Nico verhedderte sich in seinem Hemd. „Ach wo. Ich finde die seltene Gelegenheit nur äußerst entzückend, mit einer

Dame mit Vergangenheit zu plaudern. Reife Frauen waren schon immer mein Ideal. – Wie geht es Girr?"

Mitzi fiel vom Himmel auf die Erde. „Er arbeitet schwer, wie soll es ihm gehen? Gottseidank hat er den gynäkologischen Stuhl fertig. Ihr könnt eure Bräute schon seelisch darauf vorbereiten: ab morgen muß Farbe bekannt werden. Ich lach mich jetzt schon krank!"

„Einen was hat Girr fertig?" fragten die beiden und hörten auf, ihre Scheitel zu ziehen.

Mitzi drückte die Zigarette an der Sohle ihres roten Pantoffels aus und sagte barsch: „Also, wenn ihr das nicht wißt, finde ich euch, ganz ehrlich gesagt, noch viel zu grün, um darüber zu reden. Da soll der Fluch eurer Mütter andere treffen – aber aufklären tu ich euch nicht. – Aber abgesehen davon, meine Niveacreme ist zu Ende. Hört euch um und kommt mir demnächst nicht ohne an!" Damit rutschte sie vom Fensterbrett und ließ die beiden stehen. –

Nico und Conny bogen von der Badebaracke rechts ab und hielten auf Sadlokals Behausung.

„Was bist du so nachdenklich?" fragte Conny, da Nico stumm nebenher ging. „Überlegst du es dir doch, ob ich mitgehen soll?"

„Ich überleg mir, daß es mit Frauen zu sehr interessanten Gesprächen kommt, die bei ihrer Unterwäsche beginnen. Wirklich sehr lehrreich! Glaubst du, die hätte sonst ihren Hauptmann Levedong ausgepackt?"

„Ich bin entschieden deiner Meinung. Nur interessiert mich dieser Levedong nicht in dem Maße."

Nico nickte. „Das kann ich verstehen. Eigenartig daran ist nur, daß dieser Levedong noch fast ein halbes Jahr in der Stadt war – und Mitzi sitzen ließ. Ein ausgesprochen treuer Husar, nicht?" –

Als Sadlokal seine Gäste eintreten sah, wurde ihm nicht besonders wohl zumute. Er schraubte sich beherrscht in eine oberflächliche Freundlichkeit und drückte seine Spannung wörtlich aus: was wohl die jungen Herrn zu ihm führe?

„Sadlokal", begann Nico eisig. „In meinen Augen sind Verträge da, um eingehalten zu werden, auch wenn sie nicht schriftlich abgefaßt sind. Ich habe Sie an sich für einen Ehrenmann gehalten. Muß ich meine Meinung ändern?"

„Sakra, Bub", stöhnte Sadlokal. „Ich weiß nicht, von was du redst. Ich muß auch gleich zum Major!"

Conny stellte sich vor ihn hin und herrschte ihn an. „Warum haben Sie Inge Schrandt ins Bergwerk eingeteilt. Warum? Hat das Mädchen Ihnen etwas getan?"

„Bub, sei verninftig! Es arbeiten viele Frauen und Madel in der Gruben. Muß ich jede bedauern? Ich bin auch nur ein Gefangener..."

„Das wissen wir alles", sagte Nico. „Aber wir zwei haben einen Handel gehabt, der damit nichts zu tun hatte. Soll ich jetzt auch mein Wort brechen und dem Major sagen, wer hier so gut schreiben kann?"

„Mein lieber Bub", jammerte Sadlokal. „Ich bin kein schlechter Mensch und hätte das Madel gern in der Kichen gelassen. Glaub mir, ich hab geweint, als ich die Änderung hab machen missen." Sadlokal sah mit irrem Blick zu Conny. „Das Gesuch ist nach Stalino abgegangen – ich tu bestimmt alles. Aber wenn man mich zwingt..."

„Halt!" schrie Nico. „Hat Alliluew Sie gezwungen? Hat er gemerkt, daß wir in den Listen gekratzt haben?"

Sadlokals Blick flimmerte. Nico lieferte ihm da eine mund= gerechte Antwort, die ihn völlig entlasten würde. Doch der Abend mit Milan steckte ihm noch eklig in den Gliedern. Er hätte zwar nie an eine Rache in persönlicher Form gedacht. Blieb er jetzt bei der Wahrheit, leitete er dann nicht eine Rache in die Wege, die den ereilte, der auch die Schuld trug? Ohne selbst aufzukippen! – Mit einem spitzen Lächeln sagte er endlich: „Nicht Alliluew hat mich gezwungen, sondern Milan, der Doktor."

Conny und Nico fuhren hoch und sahen sich an. Nico packte Sadlokal am Rock und fauchte: „Erzählen Sie, wann war denn das? Welche Gründe nannte er? Los, Mann, reden Sie schon!"

Sadlokal erzählte erregt von dem Abend. Er versuchte, die Dialoge wörtlich wiederzugeben.

Die zwei Zuhörer folgten seinen Worten mit finsteren Gesichtern. Am Ende der Schilderung verabschiedeten sie sich hastig. –

Draußen brach die Dämmerung herein. Die beiden Freunde gingen wortlos in das hintere Lagerterrain, wo sie ungestört reden konnten.

Sie sprachen eine Weile miteinander, wobei Nico beschwichtigte: „Ich versteh dich nur zu gut! Aber tu mir den Gefallen und beherrsch dich. Der Anlaß war eindeutig die Stefanin, weil sie Milan so offen die Meinung gesagt hat. Die Alte würde sich umbringen, wenn sie wüßte, was sie damit angerichtet hat. – Wir wollen ihr aber nichts sagen. Niemand soll etwas erfahren – selbst Inge nicht. Wir würden nur noch mehr verpfuschen."

„Und ich tu es doch!" brauste Conny auf. „Der Kerl muß endlich einmal merken, daß er hier sein schmutziges Handwerk nicht weiterführen kann. Wir haben bisher alle geschlafen. So ein Tier hätte man von Anfang an erschlagen sollen." Conny redete sich in eine wilde Wut hinein.

„Ohne Beweise konnten wir nichts machen", schränkte Nico ein.

„Aber Inge ist ein Beweis, der zum Himmel schreit!"

Nico sah auf seine dreckbespritzten Stiefel. „Vielleicht ist der Fall Milan für die Aufwicklung reif. Wenn Bulion nicht fantasiert hat, sind wir aber nicht die einzigen daran Interessierten. Diese Lücke mit Viktor dürfte nicht sein. Herrgott, man müßte mich einmal an Feodora heranlassen! Ich wittere da einige Schlüssel."

„Wieso?" fragte Conny gedankenlos. Er sah im schwachen Dämmerlicht, wie Milan eilig in das Badehaus trat. Er trennte sich deshalb von Nico und tat, als ginge er zur Latrine. Doch schlug er hinter der Spezialistenbaracke einen Winkel und stellte sich hinter den mächtigen Schlackenhaufen neben dem Kesselhaus. Er konnte nicht merken, daß ihn Kreutzer aus dem Kesselhaus beobachtete.

Kreutzer war gerade damit beschäftigt, einen Sack mit Anthrazit zu füllen. Für den eigenen Gebrauch, selbstverständlich.

Die Sohle 5 im Schacht Perwoije Maja war nicht soweit hergestellt, daß Kohle gefördert werden konnte. Viele Hauptund Nebenstollen lagen noch verschüttet. Wie der größte Teil dieses Schachtes. Sein Schicksal teilte auch die weitaus größte Zahl der umliegenden Bergwerke. Ihre Sprengung und Überflutung war im letzten Augenblick vor der Räumung des Gebietes durch die deutsche Besatzung erfolgt.

Die bedenkliche Not an Brennstoffen, der daraus resultierende hektische Schrei nach Wiederaufbau – und nicht zuletzt das Fehlen von wirklichen Fachkräften verhalf beim Aufbau der Willkür und Planlosigkeit zur Macht.

Donnerte irgendwo ein Stollen bei der Aufräumungsarbeit zusammen, verließ der entsprechende Vorarbeiter mit seiner Arbeitsbrigade grauenerfüllt den Ort und versuchte sein Glück an einer anderen Stelle. Arbeit wartete überall – Hauptsache, man stieß einmal auf Kohle. War man dann endlich vor Ort, kamen die Trupps der Hauer, und mit ihnen der Komfort: die anständige Entlüftung und ein richtiges, elektrisches Leitungsnetz. –

Inge hatte gehofft, nach 3000 Schritten den schwachen Schimmer von Lampen zu sehen, die gewiß am Förderschacht brennen mußten.

Doch ihre Hoffnung erfüllte sich nicht. Es mochten bald zwei Stunden seit ihrem Aufbruch aus der Zentrale vergangen sein. Anfangs war sie recht gut vorwärts gekommen. Mit gespreizten Beinen bewegte sie sich fort, links und rechts die Fühlung zwischen Schuh und Schiene beibehaltend. Dann stellte sich aber die äußerst ermüdende Reaktion dieser Gang=

art ein, und, was noch viel schlimmer war, die verdichtete Angst vor der Dunkelheit.

Nach einigen Stürzen über im Weg liegende Steine wur= den ihre Schritte zaghafter. Sie ertastete sich vorsichtig Meter um Meter. Ihre Haare fühlten sich klatschnaß und strähnig an – das Kopftuch hatte sich gelöst und war wohl bei einem Sturz liegen geblieben.

Nach 4000 Schritten machte sie halt und lauschte, wie sie es wohl schon hundertmal getan hatte. Aber nichts rührte sich, außer dem Sickern und Tropfen des unsichtbaren Wassers.

Ich bin verkehrt! durchfuhr es sie. Sie fühlte, wie sich der Schweiß auf ihrem Rücken mit dem kalten Bergwasser ihrer durchnäßten Kleider mischte. Ich schreie! war ihr nächster Gedanke.

„Bulion!" schrie sie gedehnt. Aber was war das? Ein tieri= sches Wimmern? – Sie schrie noch einmal, aber es klang noch leiser, noch häßlicher.

Da packte sie ein gnadenloses Grauen. Sie duckte sich tie= fer und begann zurück zu hasten. Ihre Lungen keuchten in unregelmäßigen Stößen, der Pulsschlag drohte ihr die Luft abzuschneiden. Sie schlug vornüber, raffte sich wieder hoch und stolperte weiter. Ohne ein Gefühl für Zeit zu haben. Nur noch die Ströme von Wasser und Schweiß fühlte sie, die über ihr Gesicht liefen. Oder war es Blut? Sie war einmal gegen die Wand getaumelt und hatte sich gewiß die Schläfe aufgeschürft.

Da merkte Inge, daß der Stollen jäh in ein Gefälle über= ging. Noch hatte sie keine Erklärung dafür, als sie auch schon bis zu den Knien in Wasser stand.

Der Schock dieses neuen Elements sowie die Erkenntnis, wieder auf dem falschen Weg zu sein, peitschte ihre Kräfte erneut auf. Sie riß sich auf der Stelle herum und eilte zurück.

Wenn ich nur schreien könnte! hämmerte es immer wieder in ihrem Kopf. Aber ihr Mund war wie verbrannt und gab nur heisere Laute frei.

Sie zählte keine Schritte mehr und bewegte sich nur fort, um dem Irrsinn zu entrinnen. Ich gehe, bis ich umfalle! fieberte sie.

Ein harter Schlag traf sie an die Stirn. Sie war gegen die Stollenwand gelaufen. Tausendfache Lichtkugeln eines Feuerwerks stiegen vor ihr auf. Dann versagten ihre Knie.

Inge brach zusammen und blieb liegen.

Um im Schatten der Schlackenhalde ungesehen verharren zu können, hockte sich Conny nieder.

Wer mich sieht, muß mich für verrückt halten! dachte er. Aber ich warte, und wenn er noch eine Stunde bleibt! Eine so günstige Gelegenheit finde ich nicht alle Tage.

Im Kesselhaus gähnte Kreutzer gottergeben und dachte: der da draußen muß mich für übergeschnappt halten, wenn ich jetzt erst hinaustrete.

Er stellte seinen Kohlensack hinter den Holzstoß. Eine gewisse Vorsicht bei seinen Beutezügen war er seinem guten Ruf schuldig.

Als der hereinbrechende Abend auch die letzten Konturen des Badehauses weich zeichnete, ging endlich die Tür.

Den Hut in der Hand haltend, trat Milan heraus. Mitzi, der sein Besuch gegolten hatte, streckte ihm lässig ihren Morgenrockärmel zum Abschied entgegen und sagte: „Ich müßte lügen, wenn ich mich für Ihren Besuch jetzt bedanken würde. – Aber leben Sie wohl, für die nächsten Monate verbinden uns nur noch die Krätzekranken – und das hoffentlich recht selten."

„Ich erfüllte nur meine Pflicht als Arzt", sagte Milan entschuldigend. „Sie stehen als erste auf der Mütterliste, leider wird das morgen abend anders aussehen. Guten Abend, Frau Maria!"

Milan drückte sich bedächtig den Hut in die Stirn und atmete, unschlüssig in die Gegend blickend, die milde Frühlingsluft ein.

Keine fünf Schritte von ihm entfernt, registrierte Conny

jede seiner Bewegungen. Jetzt nur nicht weich werden! redete er sich zu.

Sich eine Zigarette anbrennend, wandte sich Milan endlich zum Gehen. Und zwar, wie Conny richtig vermutete, in Richtung Kantine, an seinem Versteck vorbei.

Sich langsam erhebend, blickte er noch einmal über das menschenleere Gelände. Dann vertrat er Milan den Weg und preßte heraus: „Bleib stehen!"

Vor diesem so unvermutet aufgetauchten Menschen schrak Milan zusammen und stoppte: „Wenn mich nicht alles täuscht", murmelte er verwundert, „machen Sie hier Scherze, Herr Onjert! Spielen Sie Verstecken? Oder Räuber und Gendarm?"

„Lassen Sie besser Ihre Witze! Ich habe hier auf Sie gewartet, um ungestört mit Ihnen über Inge zu sprechen." Connys Stimme zitterte vor verhaltener Wut.

Es fiel Milan schwer, sich vor diesem verzerrten Gesicht zu sammeln. Er lachte trocken. „Nun behalt doch die Nerven, mein Junge! So heiß, wie es gekocht ist, kommt nichts auf den Tisch. Glauben Sie mir, ich habe Verständnis für Liebeleien in Ihrem Alter! Ihr macht bloß alle den gleichen Fehler: geht an die Puppen ran wie die Rekruten, markiert auf den Pritschen den starken Wilhelm – und dann wird der Onkel Doktor auch noch ungezogen angerempelt. – Also nur nicht zu schwarz sehen. Schon manches junge Mädchen hat einen verkorksten Magen für eine Schwangerschaft gehalten! Immer mit der Ruhe, mein Lieber, mit mir kann man reden; auch wenn es Gravidität sein sollte. Wer so lange in Frankreich war, speziell in Paris..."

„Halt den Mund!" zischte Conny. Anfangs hatte er nicht recht begriffen, wo Milan hinaus wollte. Seinen letzten Sätzen nach wurde ihm jedoch klar, daß der sich entweder dummstellte, oder bewußt Verdächtigungen aussprach, die ablenken sollten. „Inge ist nicht schwanger! Sondern von dir diplomiertem Metzger in den Schacht versetzt worden! – Darüber will ich reden. Also raus mit der Sprache, oder..."

„Oder was?" Milan nahm ruhig die rechte Hand aus der Manteltasche. Seine Augen zogen sich zu zwei schmalen Strichen zusammen, die unregelmäßig zuckten.

„Oder ich schlag dich zusammen, hier, wo uns keiner sieht", drückte Conny entschlossen durch die Zähne.

Milan verzog das Gesicht zu einem Grinsen. „Du änderst damit nichts! Es könnte höchstens deine Lage verschlimmern. Im Schacht ist nach wie vor Arbeitermangel. – Andererseits hast du vielleicht gehört, daß in Trudowskaja ein Straflager eingerichtet worden ist..."

„Wo der richtige Platz für Schweine deiner Sorte ist", fiel ihm Conny ins Wort. „Verlaß dich drauf: wenn einer von uns beiden nach Trudowskaja kommt, dann bist du es. Los, was hat dir Inge getan, daß du sie aus der Küche genommen hast? Du kommst hier ohne Antwort nicht vorbei!"

„Das wollen wir doch sehen!" fauchte Milan und stieß Conny die rechte Faust in den Magen.

Der schrie auf und wankte gegen die Schlacke. Doch fing er sich auf halber Höhe und knallte Milan beide Fäuste schnell hintereinander ins Gesicht.

Milan schüttelte sich kurz. Erst als Conny noch einen Hieb landete, ein Mittelding zwischen Ohrfeige und Faustschlag, kam Milan auch in Rage. Er stürzte sich auf seinen Gegner, schlug zu, steckte ein und trat mit den Füßen.

Conny versuchte ihn in den Schwitzkasten zu bekommen, mußte aber die Feststellung machen, daß seine Kräfte durch den ewigen Hunger rasch verbraucht waren.

Sie fielen auf die Schlacke, rangen nach Atem und glitten am Schweiß ihrer Gelenke ab.

Da kamen Schritte näher. Conny sah, wie ein Kohlensack, von zwei Fäusten gehalten, in der Luft schwebte und dann ungeahnt schnell und krachend auf Milans Kopf niedersauste.

Dessen Körper sackte zusammen und der Griff seiner Hände lockerte sich.

Conny zwängte sich frei und blickte beim Aufstehen in

Kreutzers Gesicht, der über Milan gebeugt stand und nach dessen Atem lauschte.

„Mensch, Kreutzer", fragte Conny schweratmend. „Haben Sie ihn vielleicht erschlagen?"

„Leider nicht", knurrte Kreutzer. „Aber um ein Haar hätte er dich erwürgt. Bist du wahnsinnig, dich mit dem einzulas= sen? Die Ohren müßte man dir ausreißen! Hoffentlich sind dir die Hiebe eine Lehre – hast ja einige verpaßt bekommen."

„Haben Sie das denn gesehen?" Connys Stimme klang elend und aufgeweicht.

„Gottseidank ja, von Anfang an." Kreutzer hob seinen Kohlensack auf. „Jetzt aber schnell fort von hier! Die Sache wird ohnehin kompliziert werden, wenn der erst einmal auf= wacht."

Sie ließen Milan liegen und machten sich aus dem Staub. Connys Glieder fühlten sich wie zerstückelt an, während er an Kreutzers Seite einherhumpelte.

„Kreutzer", keuchte Conny. „Es ging wirklich nicht anders. Er ist ein ganz gefährlicher Hund!"

„Das weiß ich, das weiß ich!" brummte Kreutzer. „Ich habe ihm auch nicht ungern die Kohlen auf den Schädel gelegt. Aber sich planlos herumprügeln! Das gibt noch ein Nachspiel, darauf kannst du Gift nehmen."

„Aber er hat angefangen!" verteidigte sich Conny.

Kreutzer fuchtelte mit seiner freien Hand ungehalten durch die Luft. „Auf diese kindische Ausrede habe ich nur gewartet! – Aber nun komm, die Stefanin muß dich zurecht flicken. So kannst du Inge nicht vor die Augen treten."

Die Augen der Männer saugten förmlich das „gotowüi – fertig" von den Lippen des Steigers.

Ausgepumpt setzten sie sich hinter ihm in Bewegung. Und mit ihnen die Lichterschlange der Karbidlampen.

Ihre Schritte waren mechanisch. Zum Sprechen fehlte ihnen der Speichel. Ihre Augen hafteten ausdruckslos auf den Ab= sätzen des Vordermannes.

Über einem an der Seite liegenden Balken überquerten sie die große Wasserpfütze des erst kürzlich freigewordenen Stollens.

Bulions Knie bibberten so, daß er ins Wasser platschte. Die anderen nahmen keinerlei Kenntnis davon, denn von einem ausgemergelten Körper verlangte niemand, daß er noch schwindelfrei sei.

Als Bulion die Reihe seines Arbeitstrupps wieder erreichte, staute sich die Kette vor ihm. Fast gleichzeitig schrie der Steiger: „Ibit twoja mat! Tschto äto?!"

Bulion drängte nach vorne und sah einen Mädchenkörper, der zwischen den Schienen hingestreckt lag. Nach kurzem Hinsehen schrie er auf: „Das ist Fräulein Inge! Mein Gott – das ist Inge Schrandt!" Er warf sich zu Boden und nahm Inges Kopf in seine Hände.

Der Steiger sah bestürzt auf den reglosen Körper zu seinen Füßen und neigte sich ebenfalls nieder.

Es herrschte ein längeres Schweigen, bis der Steiger seinen Kopf wieder erhob und sagte: „Kaputt!"

Bulion verlor die Fassung: „Was? Kaputt?" Er öffnete Inges Arbeitsjacke und horchte auf den Herzschlag. Dann schüttelte er den Kopf. „Nix kaputt! Herz: bum, bum bum!"

„Njet!" sagte der Steiger unwillig und warf sich seinerseits zu Boden. Er lauschte angestrengt und ausgiebig, setzte sich auf und flüsterte, wie zu sich selbst: „Bum, bum, bum!"

Bulion strahlte über das ganze Gesicht und fuhr liebkosend über das dreck= und blutverschmierte Gesicht von Inge.

Der Steiger lächelte ebenfalls erleichtert und griff nach ihrer Hand. Da bewegten sich ihre Finger und krallten sich fest.

„Sie schlägt die Augen auf!" flüsterte Bulion. „Fräulein Inge, kennen Sie mich? Sie haben geschlafen – kennen Sie mich? Sagen Sie es doch!"

Inge öffnete die verkrusteten Lippen. Sie murmelte undeut= liche Laute – und stieß einen Schrei aus, kalt und schrill, daß den Männern die Ohren weh taten.

Der Steiger sprang auf und befahl: „Anu, dawai birii!"
Sie hoben sie auf und marschierten weiter. Als Inge zu stöh=
nen begann, mahnte Bulion: „Geht sanft mit ihr um, sie ist
ein schönes Mädchen!"
„Blöder Hund!" murrte einer von hinten. „Glaubst du, eine
häßliche hätten wir liegenlassen!"

Die Nachtschwester hatte sich ihre Schicht gemütlicher
vorgestellt, zumal der Chef in den Abendstunden ‚kolla=
bierte'. Seine Frau, Irma, hatte das Personal jedenfalls da=
hingehend unterrichtet und um keinerlei Störungen gebeten.
Verschiedene Patienten wollten von anderen Dingen ge=
hört haben, wonach die Ursache weniger vom Kreislauf, als
vielmehr von äußeren Elementen herrührte.
Was der Schwester entschieden einerlei war. Als pulver=
geätzte Frontschwester hatte sie zu ihren Chefs nur medizi=
nische Beziehungen. Also waren es nicht die Gedanken hier=
über, die ihr ein Dilemma bereiteten, sondern die eben er=
folgte Neueinlieferung: Verschüttung vermutlich. Ein Mäd=
chen mit schmerzverzerrtem Gesicht, Schürfwunden – und
was das Schlimmste war: höllische Schmerzen im Unterleib.
Die Schwester tat automatisch alles, was in ihr Ressort der
ersten Hilfe fiel. Dann aber ging der Fall in die höhere Wis=
senschaft über, wo nur die Kunst eines Arztes weiterhelfen
kann.
Mit den gleichgültigen Zügen einer Krankenpflegerin
atmete sie also einmal tief, klopfte an die Tür des Chefs und
betrat das Zimmer.
Milan lag seltsam unruhig und mit bedenklich umwickel=
tem Kopf auf seinem Lager. Eine leere Wodkaflasche und
Irma lagen knapp daneben, letztere mit der normalen Por=
tion Tränen um und in den Augen.
Die Schwester trat leise hinzu und meldete: „Chef, eine
schwere Verschüttung ist eingeliefert worden!"
Milan sah glasig auf und gurgelte: „Ich bring ihn um!"
Irma schluchzte auf und jammerte: „Er ist total betrunken!"

Ein besoffener Chef ist ein schlechter Chef. Die Schwester herrschte Milan an: „Doktor, es ist eine Sie. Schwere innere Störungen!"

Milan sah noch stierer auf und brüllte: „Hau ab, blöde Ziege!"

Es gibt gewisse Ausdrücke, die selbst aus dem Mund eines betrunkenen Chefs beleidigend wirken. Die Schwester zeigte dieses demonstrativ, indem sie sich von Milan schroff abwandte und Irma mit einem schnittfesten Blick mahnte: „Frau Irma, ich stelle das Wohl eines Patienten über eine persönliche Kränkung. Kommen wenigstens Sie mit, ich brauche den Schlüssel zum Medikamentenschrank."

Irma folgte wie schlafwandelnd diesem Kommando, nicht ohne Milan zärtlich zu streicheln. „Er hat so Schweres ausstehen müssen", flüsterte sie entschuldigend.

„Sein Aussehen läßt darauf schließen!" sagte die Schwester ironisch und streifte die Wodkaflasche mit einem Gesicht, als sehe sie darauf das Giftkreuz. –

Im Ordinationszimmer empfing sie Inges Stöhnen. Ihr Kopf glühte unnatürlich. Mit aufgerissenen Augen stammelte sie unverständliche Worte.

Irma starrte gebannt auf den gequälten Körper. Sie kannte das Mädchen vom Ansehn und fühlte tiefstes Mitleid.

„Dann wollen wir mal!" hörte sie die Schwester sagen und trat zu ihr, vor den geöffneten Medikamentenschrank.

Die Schwester tastete mürrisch über den mäßigen Bestand der Hausapotheke. „Alles Mist!" murmelte sie und machte einen Vorstoß in eine braune Pappschachtel. Ihre Augen verklärten sich beim Anblick der darin befindlichen Ampullen. „Schau, schau, Morphium gibt es hier auch?" sagte sie bissig.

„Nein!" flüsterte Irma. „Gehen Sie da nicht dran! Das gehört zum privaten Eigentum meines Mannes. – Ich habe aus dieser Schachtel noch nie etwas entnehmen dürfen."

„Das kann ich mir denken. Dafür bedient er sich selbst um so häufiger, was?"

„Nein, bestimmt nicht. Es waren immer 27 Ampullen

drin. Manchmal zählt er sie – es ist sein Heiligtum. Was machen Sie denn da?"

Die Schwester hatte eine Ampulle herausgefingert und hielt sie auf der flachen Hand. „Verabreichen werde ich sie diesem armen Kind. – Kochen Sie schon die Spritze aus! Sie reden zu= viel für eine Arztfrau!"

„Aber das können Sie doch nicht machen! Mein Mann wird es merken. Er wird mich schlagen!"

Die Schwester quittierte Irmas Einwände mit einem Stirn= runzeln. „Sie quatschen wirklich zu viel, selbst für eine Frau! Machen Sie die Patientin schon frei!"

Wieder unterlag Irma dem Befehlston der Schwester.

Nach der Injektion betrachete die Schwester gedankenver= loren das Gesicht des verletzten Mädchens. Auch Irma stand regungslos darüber gebeugt. Inges Verkrampfung löste sich zusehends. An Stelle des Stöhnens trat die tiefe, beruhigende Erlösung des Schlafes.

Die Schwester brach das Schweigen: „Es müßte jemand bei ihr bleiben. Hat die Patientin vielleicht Angehörige im Lager? Es wäre gut, wenn wir sie die Nacht über hier liegen ließen."

„Ja", sagte Irma überlegend. „Man könnte die Frau Stefan aus der Küche holen. – Hat Morphium eine so starke Wir= kung auf Schmerzen?"

„Morphium wirkt Wunder", sagte die Schwester geistesab= wesend. „Ich springe schnell in die Küche hinüber. Bleiben Sie so lange bei ihr."

Als die Schwester gegangen war, setzte sich Irma an das Feldbett. Wie gebannt ruhten ihre Augen auf dem jetzt stillen Körper von Inge. – Seit Beginn ihrer Arztfrau=Lauf= bahn hatte sie noch nie die so rasche Wirkung eines Mittels erlebt. Faszinierend klangen die Worte der Schwester in ihr nach: Morphium wirkt Wunder!

„Von wo ich diese europäischen Kleider alle habe?" fragte Feodora. „Alles Beziehung! Es gibt Menschen, deren Beruf ist es geradezu, Beziehungen zu jagen. Selbst dich habe ich

nur durch Beziehung. Ich möchte fast behaupten, ich lebe nur noch durch Beziehungen." Sie eilte übermütig durch ihr Zim=
mer. Teils um den Tisch fertig zu decken, teils – und das in kindischer Freude – Günther ihr schneeweißes Georgette= Kleid vorzuführen.

Es war ein herrlicher April=Sonntag. Die Sonne schien warm durch das geöffnete Fenster. Auf der Kawaleria uliza bummelten lachende Pärchen parkwärts.

Bloß ein junger Bursche mit einer verwegen sitzenden, marineblauen Schildmütze, pendelte hin und wieder gegen den Strom und blickte zu Feodoras Fenster hoch.

„Man bekommt direkt ein Auge für diese ewigen Schnüff= ler", sagte Günther.

„Eben", ergänzte Feodora leichthin. „Ich kann sie schon bald nicht mehr aus meinem Leben wegdenken. Im Gegen= teil, ich habe fast Angst, sie könnten einmal nicht mehr da sein. Dann ist es aus mit Feodora. Feodora kaputt, würde man euch dann sagen."

„Wenn man dich reden hört", sagte Günther tröstend, „könnte man auf den Gedanken kommen, du hättest Kom= plexe, oder gar Todesahnungen. Soll das etwa die Melancholie der Russen sein? Sonst hast du doch nur Lebensbejahendes an dir – Temperament und Witz!"

Sie setzte ihr charmantes Lächeln auf. „Aber nur, weil ich will. Ich zwinge mich in etwas hinein – aus Sport, aus Spie= lerei. Ich lebe einer fixen Idee, derenthalben ich ein Spiel be= treibe."

„Mit mir etwa?" fragte Günther betroffen.

Sie wehrte ernsthaft ab. „Es ist von jeher mein Verhängnis gewesen, daß man in mir mehr vermutet, als da ist. Dabei bin ich besser, als man mir ansieht. Oder – ich war besser! Man hätte mich so lassen müssen. Jeder Mensch kann nur eine gewisse Portion Problematik verdauen. Was darüber geht, schlägt auf den Magen, das heißt, mir hat es das Hirn zersetzt." Feodora sprach wie in Trance.

Welcher Kontrast, dachte Günther: das fanatisch gespannte

Gesicht mit dem rebellischen Funken in den Augen – und dieses duftige Georgette=Kleid, das sie wie eine verspielte Wolke umgibt.

Sie redete hastig: „Es hieß immer: Feodora, wir brauchen deine Intelligenz! – Ich habe sie ihnen kostenlos geliefert. Jahrelang. Jetzt bediene ich mich ihrer einmal für meine eigenen Zwecke. Direkt schädige ich damit nur mich persön= lich. Indirekt sollen sie aber meine Rache spüren. Ich will den Abtritt aus meinem verpfuschten Leben selbst bestim= men. Wenn mir das gelingt, habe ich das Spiel gewonnen!"

Günther fühlte eine Genickstarre vom Hochblicken. Auch kamen ihm bange Zweifel über ihren Geisteszustand. „Was redest du denn, Feodora. Ich verstehe kein Wort davon..."

„Mag sein. Ich sprach über meine Vergangenheit, die ich für eine Zukunft geopfert habe. Für mich gibt es diese Zu= kunft aber nicht mehr – weil ich ein wenig Gegenwart erleben wollte! Und es auch getan habe!"

Man kriegt ja Angst, dachte Günther. Oder sollte sie doch eine Schauspielerin sein?

Sprunghaft, wie sie war, ließ sie ihm keine Zeit für eine Frage. Dabei hatte er doch ein ganzes Frageprogramm von seinen Freunden eingehämmert bekommen.

Sich zu ihm setzend, sagte Feodora: „Dieses weiße Kleid habe ich von einer heimgekehrten Ostarbeiterin. Die haben sich in Deutschland allerhand gekauft. Nun kann man Klei= der, Strümpfe und Parfüm von den Mädchen in Trudowskaja kaufen."

„In Trudowskaja? Da soll doch jetzt ein Straflager sein!"

„Das Lager meine ich auch. Die Mädchen werden dort politisch neu aufgebügelt. Dafür brauchen sie keine seidene Wäsche." Es war kein natürliches Lächeln, das kurz über ihr Gesicht glomm.

Sie aßen schweigend von der reichlich gewürzten Borschtsch. Günther empfand keine rechte Freude an diesem Tag. Irgendwie kränkte ihn Feodora mit ihrer Geheimnis= tuerei. Sein Gefühl schwankte zwischen Mitleid und Zorn.

Da fiel ihm die Karte ein. Vielleicht wartete sie schon auf ein Wort darüber. „Ich hatte die Karte schon am Abend ent= deckt", begann er. „Vielen Dank dafür! Warum hast du sie mir zugesteckt?"

Feodora ließ den Aluminiumlöffel in die Suppe sinken. „Weil man es euch an der Nasenspitze ansieht, daß ihr fliehen wollt. Oder habt ihr es etwa nicht vor?"

„Wir haben es vor", antwortete Günther und fühlte sein Blut rascher zirkulieren. Sein ungeschickter Satz war ein glatter Verrat, wenn Feodora falsch war. Schon daß er die Karte behalten hatte, schien ihm jetzt unvorsichtig. Man hätte sie abpausen und mit bedauerndem Lächeln zurück= geben müssen. Andererseits empfand er Feodora gegenüber sein bisheriges Schweigen über diesen Punkt unfair.

„Du mußt verstehen, Feodora", sagte er, „wir sind noch jung und bringen die Energie für so ein Wagnis auf. In die= sem Sommer gewiß. Wer weiß, was in einem Jahr ist! Man wird von Tag zu Tag schwächer bei der ewigen Kraut= suppe..."

„Du mußt dich nicht entschuldigen", unterbrach ihn Feo= dora. „Ich habe es von euch fest angenommen und mir schon vor Ostern darüber Gedanken gemacht. – Die eingezeichnete Route ist die einzige mögliche, bei den sowieso sehr gerin= gen Chancen. Wenn du mir auch den Termin der Flucht nennst, schenke ich dir 5000 Rubel. Du weißt ja, Bargeld lacht. – Auch in Rußland!"

Sie aß gelassen weiter, während Günther die Bissen im Mund quollen.

Was hieß das jetzt schon wieder? 5000 Rubel – Bargeld lacht! Zog sie alle Register, um ihn nachher um so leichter hineinlegen zu können? Oder hatte sie nun wirklich das beste Herz, das ihm je begegnet war? Warum sprach sie aber über diese Dinge so leidenschaftslos – so gefaßt? Bei ihrem Temperament müßte doch das Gefühl auch durchschla= gen! Schließlich zeigte sie ihm gegenüber eine gewisse Zu= neigung!

Günther hielt ihr diesen Gedankengang vor.

Zum ersten Mal hörte sie ihm gespannt zu. Ihr Gesicht begann wie das von einem Backfisch zu glühen, wenn das Wort ‚Liebe' fällt. „Du sprichst sehr schön", sagte sie. „Du sprichst das Mädchen in mir an. Laß uns aber ein für allemal klar umgrenzen: du mußt von hier weg, weil du jung bist und etwas werden sollst. Ich bin dir sehr gut, das habe ich dir auch immer gezeigt. Deshalb helfe ich dir auch, wo ich kann. Aber Rücksicht brauchst du auf mich nicht zu nehmen. Ebenso kannst du von mir nicht verlangen, daß ich weine, wenn du gehst. – Trinken wir Wodka?"

„Bitte." Günther blickte, Ablenkung suchend, auf die Kawalleria uliza. Die Wallfahrt der Pärchen zum Park hielt an. Sogar zu dem jungen Mann mit der blauen Mütze hatte sich ein Mädchen gesellt. Sie lachten und aßen stehend Malai.

„Schau mal", sagte Günther erheitert, „unser Schatten ißt im Dienst. Ist das erlaubt?"

„Der wird heute noch ganz andere Dinge im Dienst tun", lachte Feodora. „Die noch weniger erlaubt sind!"

„Was heißt das denn?"

„Das heißt, daß du heute in einem weiß bezogenen Bett schlafen darfst. – Ein durchaus menschliches Ideal, oder wie sagtest du? Den Genuß eines Bades kann ich dir leider nicht bieten, das geht über meine Verhältnisse."

„Gib mir schnell einen Schnaps", verlangte Günther. „Wie hast du das denn zustande gebracht?"

„Es war sehr einfach: Die Mädchen in Trudowskaja sehnen sich nach Liebe. Da ich öfter in das Lager komme, sagen sie es mir. Und der junge Mann da unten sucht eine Braut – wie jeder junge Mann am Sonntag – und ich trage gerne schöne Kleider..."

„Du hast das Kleid von dem Mädchen?"

„Richtig. Schließlich habe ich sie aus dem Lager beurlaubt. – Die braucht keine Seidenkleider mehr! So ein Krieg ändert nicht nur Gesinnungen, sondern nimmt auch brutale Wand=

lungen innerhalb der Gesellschaftsschichten vor. – Du wolltest trinken?"

„Ja, trinken wir!" sagte Günther gepreßt. Am liebsten hätte er gesagt: da komme ich nicht mehr mit!

Bis zur heutigen Sonntagsnacht hatte sich an dem Zustand von Inge Schrandt nur wenig geändert. Besser gesagt: nichts! Obwohl sie von der liebevollsten Pflege umgeben war.

Abgesehen von Johanna Stefan, die ihren Platz mit eiserner Beharrlichkeit neben dem ungehobelten Krankenbett behauptete, arbeitete auch ein ganzer Stab nach ihren Anweisungen.

Girr lieferte täglich seine Milch ab, die ihm Marabu dedizierte.

Das Handelsunternehmen Kreutzer & Bulion stimmte einen beträchtlichen Teil seines Einkaufs auf den Diätzettel ab, den Frau Stefan für Inges Wiederherstellung entworfen hatte.

Selbst Milan behandelte Inge wie ein rohes Ei. Als er am Morgen nach ihrer Einlieferung das Ereignis der Nacht erfuhr, hielt er überrascht den Atem an. Irma erzählte ihm den Vorgang haargenau – bis auf die Ampulle Morphium. Dann stellte er die Diagnose: Magenstörungen. Behandlung: Aktivkohle.

Bevor Milan an jenem Morgen die geplante gynäkologische Untersuchung begann, überdachte er das Ereignis des Vorabends, das mit einem so katastrophalen Niederschlag seinerseits geendet hatte. Seinen Entschluß, diesen jungen Bengel hinter Schloß und Riegel zu bringen, vernichtete der Unglücksfall Inges. Milan schätzte sich so klug, den Staub erst dann aufzuwirbeln, wenn Inge wieder auf den Beinen sein würde. Also war er freundlich zu ihr und bewahrte, selbst bei der ersten Begegnung mit Conny, Ruhe.

Sie starrten sich reserviert an, wobei jeder von beiden dachte: es steht 1:0 für den anderen.

Conny deshalb, weil Inges Schicksal in Milans Händen lag.

Und Milan war überzeugt, daß der Schlag auf seinen Kopf von einem Dritten herrühren mußte. Er wußte nur nicht, wer es war. Dieses Geheimnis lag eben bei Conny. –

In dieser Sonntagsnacht versah Irma den Nachtdienst. Sie konnte sich dieser Unbequemlichkeit selbst als Arztfrau nicht entziehen, da sie auf den Listen als Krankenschwester rangierte.

Nach stundenlangem Kampf gegen den Schlaf verließ sie das Ordinationszimmer und unternahm einen Rundgang. Sie nahm die Sturmlaterne aus dem Flur, hörte aus ihrem Zimmer das Schnarchen Milans und betrat die Frauenabteilung.

Anfänglich fiel ihr nur der eklige Geruch der Wundkranken auf. Aus Mangel an Verbandszeug hatte man den Kranken ihre eigenen Handtücher auf die eiternden Stellen gelegt.

Irma ging von Reihe zu Reihe. Ein leises Wimmern ließ sie aufhorchen. Sie hob die Laterne und erkannte Inge, die auf ihrem zerwühlten Lager mit ihren Schmerzen rang. Das Gesicht glänzte von Schweiß und Tränen.

Irma näherte sich ihrem Lager, setzte die Laterne ab und griff nach den in der Wolldecke verkrampften Fingern.

Erst jetzt bemerkte Inge die Fremde und bat: „Helfen Sie mir! Tun Sie doch etwas. Ich halte die Schmerzen nicht mehr aus!"

Irma sank neben sie auf den Boden. Sie sah die aufgerissenen Augen des Mädchens und fühlte die sich anklammernden, heißen Hände. Die Augen, die Hände und der halb aufgerichtete Körper der Kranken – alles flehte nach Hilfe; nach Erlösung von unerträglichen Schmerzen. Es mußte etwas unternommen werden – und zwar sofort!

Entschlossen richtete sich Irma auf. „Ich helfe dir! Warte, ich bin gleich wieder da." Sie wollte sich entfernen, doch Inges Hände ließen nicht locker. Dazu klang Inges bettelnde Stimme: „Kommen Sie bitte wieder! Alle haben mir Hilfe versprochen – und kamen doch nicht wieder. Die Nächte sind das Schlimmste..."

„Ich komme bestimmt wieder – es geht ganz schnell!"

„Es geht ganz schnell", keuchte Inge und gab Irmas Hände frei. Verständnislos blickte sie der Forteilenden nach.

Irma huschte über den Flur. Aus ihrem Zimmer hörte sie Milans lautes Schnarchen. Kaltblütig schlüpfte sie hinein und tastete sich zu Milans Kleiderbügel vor. Zwei schnelle Griffe, und der Schlüsselbund klimperte in ihrer Hand. Mit weichen Knien verließ sie den Raum und hastete in das Ordinations=zimmer.

Als habe sie ihr Leben lang nichts anderes getan, sägte sie eine Ampullenspitze ab und zog die Spritze auf. Mor=phium wirkt Wunder! dröhnte es im Takt ihres Pulsschlages.

Inge starrte noch verständnisloser drein, als Irma wieder=kehrte. Sie ließ sich wortlos die Spritze geben und streckte sich zurück. Nach einigen Minuten flüsterte sie: „Ich danke Ihnen! Was haben Sie mir gegeben?"

Irma lächelte. „Das ist gleichgültig. Die Hauptsache ist, dir geht es jetzt besser. Wirst du nun schlafen können?"

„Bestimmt! Ich habe keine großen Schmerzen mehr. – Wenn ich wieder gesund bin, schenke ich Ihnen etwas."

„Das ist nicht nötig", wehrte Irma gerührt ab. „Du mußt mir nur verprechen, über diese Injektion Stillschweigen zu wahren. Hörst du?"

„Ich verspreche es Ihnen!" sagte Inge leise. Die Erschlaf=fung riß sie in einen erlösenden Schlaf. –

Bevor Irma den Schlüsselbund in Milans Rocktasche zu=rücklegte, preßte sie den Schlüsselbart vom Medikamenten=schrank in ein Stück Kernseife.

Das Erlebnis dieser Nacht wiegelte ihr Blut gegen alles auf, worüber ihre Tränen bisher haltlos geflossen waren: das äußerlich satte, jedoch sinnlose Schattendasein neben einem Mann, an dessen Wesen sie langsam irre wurde.

Während sie mit zitternden Fingern die Injektionsnadel unter Inges Haut gestochen hatte, leistete sie den Schwur, über den Weg einer guten Tat aus dem Labyrinth ihrer Zwei=fel heraus zu finden.

Sie schlug die Kernseife in ein Taschentuch und überlegte,

wie sie Girr bitten könnte, ihr den Schlüssel schnellstens anzufertigen.

Günther lag in einem unruhigen Schlaf. Er träumte unzusammenhängende Szenen. Mal stand er auf einem schaurigen Steingrat eines grauen Bergriesen und sah, über die weit unten liegenden Almen, einen Kosaken herauf galoppieren. – Dann saß er in einem engen Klassenzimmer und versagte schwitzend in seinem Abitur. Oft sah er sich auf einem großen Wasser liegen, kämpfte gegen das Ertrinken und sank – sank immer tiefer. Selbst der Meeresboden war weich wie Wasser. Er sehnte sich nach einem harten Grund, ruderte mit den Armen umher – und hielt plötzlich ein Brett in den Händen. Ein hartes Brett! Berauscht vor Freude wachte er auf.

Im matten Schein des Nachttischlämpchens blickte Günther um sich. Seine Hände hielten ein Seitenbrett des Bettes umschlungen. Weit von ihm abgerückt, fest an die Wand gepreßt, lag Feodora. Ihr Haar verdeckte einen Teil ihres Gesichtes. Die andere Hälfte lag in friedlichem Schlummer, entspannt und reglos.

Günther verspürte einen unerträglichen Durst. Der Wodka hatte ihm den Gaumen ausgetrocknet. Er versuchte sich an den Abend zu erinnern und bekam Kopfweh. Gleichzeitig ließ er seine Augen im Raum umherirren und begutachtete die paar Möbelstücke. Alter Krempel! dachte er und drehte den Kopf wieder zu Feodora.

Die Wand, an der sie lag, schmückte eine Decke mit Stickereien. Doch darüber – hing da nicht eine Photographie? Günther richtete sich neugierig und unter Kopfstechen auf und starrte benommen auf das Photo. Er besah es sorgfältig von unten bis oben, dann entfuhr es ihm heiser: „Der Teufel! Träume ich noch?"

Feodora schrak zusammen und fuhr aus dem Schlaf hoch: „Tschto ti gawarisch?" Auf Grund ihres unsanften Erwachens sprach sie russisch, doch brauchte sie nur kurze Augenblicke zur Orientierung. Sie glitt neben Günther und umarmte ihn.

„Wie schön ist das, wenn man wach wird und hat einen Menschen neben sich, den man liebt. Günther, du hast mich im Schlaf beobachtet? Sag, war ich häßlich – hörst du? Ich bitte dich, sag mir etwas Nettes!"

Günther schluckte und drehte seinen Kopf wortlos dem Bild zu, aus dessen Rahmen ein scharfgeschnittenes Männergesicht lachte.

Der Mann trug die Offiziersuniform der deutschen Wehrmacht.

„Wer ist das?" fragte Günther. – Wenn ihn nicht alles täuschte, kam ihm das Gesicht bekannt vor. Jedoch, sagte er sich, Uniform macht Dutzendware. Also täusche ich mich wahrscheinlich.

Feodora antwortete, ohne hoch zu blicken: „Das ist er. Der Anfang und das Ende meines Lebens!" Sie sah Günther gefaßt in die Augen. „Er ist tot. Sollen wir davon sprechen?"

Günther hustete trocken. „Es ist vielleicht sehr geschmacklos – aber ich bitte dich trotzdem darum." Er fühlte sich zum ersten Mal Feodora überlegen. Auch fesselte ihn der Gedanke, daß dieses Bild in einem Zusammenhang mit Feodoras absurden Redeweisen stehen könnte. Und da stand auch der kategorische Auftrag Nicos vor ihm auf: quetsch Feodora doch mal über Milan aus – sie muß einiges wissen!

„Was soll ich dir eigentlich erzählen?" fragte Feodora, als wolle sie in seine Überlegung eingreifen.

„Am besten alles!"

Sie suchte seine Hand. „Von meinem Studium habe ich dir erzählt!"

„Ja."

„Dann kam ich an die Front. Zuerst als einfacher Soldat. Bis der deutsche Vormarsch ins Stocken kam und die ersten Schwächen der scheinbar unbesiegbaren Armee registriert wurden. Ich bekam eine Spezialausbildung und wurde durch die Front in den Rayon Stalino geschleust – in die Linien der Deutschen."

„Allerhand", staunte Günther. „Dazu gehört Mut!"

„Auch das. Aber bei mir rechnete man mit meinem Aussehen und meiner Intelligenz. Man erwartete von mir interessante Meldungen. Denn hier in Stalino saß zwar schon eine unserer Agentinnen – kennst du die überspannte Anna Apatin aus dem Sägewerk? Aber sie war nicht mehr jung und kam höchstens einmal an einen biederen Unteroffizier, der sich nach vielen Monaten Frontdreck bei einer Flasche Cognac wie zu Hause fühlen wollte.

Wir aber brauchten Offizierskreise. Wir brauchten diese blonden Jungengesichter, die Sekt aus Flaschen tranken und von den Generalsstreifen träumten.

Ich war also nahe daran, für mein Vaterland zur Dirne zu werden. Doch darauf kam es mir nicht an, denn wir führten ja einen Kampf auf Leben und Tod. Und ich war stolz auf meinen Auftrag.

Ich hatte aber Pech. Der erste Offizier, den ich kennenlernte, verliebte sich in mich. Für ihn hatte der Krieg keine Probleme. Er war ein typischer Korsoleutnant und sprach von nichts anderem, als von mir. Wie lächerlich, im Vergleich zu meinen Aufgaben! Ich begann ihn zu hassen und betrog ihn mit seinem Freund." Feodora sah zu dem Bild hoch. „Der war anders. Er dachte über den Krieg nach und entwickelte nächtelang Theorien über eine Kriegführung, die allein Rußland treffen könnte. Er erzählte aber auch Tatsachen, die über den kleinen Sender der Anna Apatin in unsere Linien wanderten."

„War die Front damals direkt hier?" fragte Günther gespannt.

„Nein. Wir lagen dahinter. Die Front hielt sich eigenartigerweise lange starr.

Er hatte im Bezirk Aufgaben, hinter die ich nie ganz genau kam. Er fuhr aber viel zu den einzelnen Kohlengruben und ärgerte sich über kleinere Sabotagen.

Nach Wochen unserer Bekanntschaft kümmerte mich das nicht mehr, denn – ich verliebte mich in ihn."

Günther schluckte betroffen und es entstand eine peinliche Pause.

Feodora atmete tief und fuhr fort: „Du wolltest ja alles wissen. Ich kannte dieses Leben gar nicht, denn bis dahin hatte ich nur ein Ziel vor Augen: die Befreiung der Sowjet=union und ihr neues Aufblühen. Der Krieg hatte uns darauf dressiert. Etwas anderes gab es nicht.

Nun liebte ich einen Mann von der feindlichen Seite. Die ersten Konflikte ertränkte ich im Rausch meiner wilden Liebe zu ihm. Ich weiß nicht, ob er ahnte, daß ich mich zuerst in den höchsten Selbstanklagen zerfleischte.

Meiner nächsten Vorgesetzten, der Anna Apatin, lieferte ich erfundene und sinnlose Meldungen, da ich die Zeit mit ihm für viel zu kostbar hielt, mich über den Krieg zu unter=halten. In seiner Gegenwart hielt ich den Krieg für ebenso sinnlos wie er und ertappte mich bald in Wunschträumen von einem Frieden, der ganz anders aussah, als der, den ich bisher ersehnt hatte.

Manchmal fuhr er in die Etappe und brachte mir Geschenke mit. Es war ein rasendes Glück, eine Sturmflut von Erlebnis=sen. Viel größer, als der magische Zauber eines Märchens.

Dann kamen die ersten Anfragen von drüben. Ich ließ sie achtlos liegen. Es kamen Verweise, Mahnungen und scharfe Befehle.

Ich lachte!

Eines Tages, wir waren inzwischen her nach Petrowsk ge=zogen, stellte mich ein Mann, der heutige Kommissar aus dem Sägewerk. Ich saß im Park und las ein deutsches Buch.

Er sei Partisan, sagte Prowotkin, und habe den Auftrag, mit mir Verbindung aufzunehmen. Ich schickte ihn zum Teufel und wollte aufstehen. Doch Prowotkin drückte mich auf die Bank zurück und fragte barsch nach dem genauen Termin der Grubensprengungen.

Meine Gedanken hatten sich derart vom Krieg distanziert, daß ich über diese Forderung lächelte. Prowotkin beteuerte mir, daß die zurückweichenden Einheiten den allgemeinen

Befehl hätten, die Kohlengruben zu vernichten. Mein deutscher Freund habe diesen Teil vom Donezbecken unter sich. Da es sich um ein wichtiges Kriegspotential handele, müßten diese Sprengungen verhindert werden. Er erwarte meine Meldung rechtzeitig und an der Stelle X.

Ich ging ungerührt in mein Quartier und wurde erwartet, umarmt und mit Zärtlichkeiten überhäuft.

Zehn Tage später wußte ich den Termin." Feodora streifte wieder das Bild über ihrem Bett. „Er nannte ihn mir unbewußt, da darauf unser Abreisetag aus Petrowsk abgestimmt war. Die Front hatte sich gelockert und war im Zurückfluten.

Ich dachte nicht daran, den Termin zu verraten. Wer hätte mich zwingen können, meinen damals liebsten Menschen an das Messer zu liefern? Sollten also die Kohlengruben zusammenkrachen – was ging mich noch das Kriegspotential an!

Als der Tag kam und die ersten Detonationen den Boden erschütterten, in die sich noch zusätzlich das Geräusch der anrollenden Front mischte, packte ich in aller Hast meine Sachen. Er wollte mich um punkt 14 Uhr mit seinem Kübelwagen abholen.

Während ich an meinem Fenster lehnte und nur den einen, brennenden Wunsch hatte, seinen Wagen in die Straße einbiegen zu sehen, stürmten zwei Männer in mein Zimmer. Sie traten mir wortlos in den Unterleib und schleppten mich, besinnungslos, weg.

In der NKWD=Zentrale von Stalino wachte ich wieder auf, und zwar hinter Gittern." Feodora hatte sich aufgerichtet und sah auf Günther nieder, der ihr atemlos zuhörte. „Den Aufschub meiner endgültigen Verurteilung zur Zwangsarbeit verdanke ich meinem ehemaligen Kompanie=Chef, dem heutigen Major Alliluew. Er spürte mich im Gefängnis auf und setzte sich energisch und mit Erfolg für mich ein.

Man gab mir Strafaufschub mit Bewährung bis zum Kriegsende – als Spitzel unter den deutschen Gefangenen!

Der Krieg hatte mich wieder. Nur noch grausamer und mit dem Unterschied, daß ich selbst eine Gefangene bin. Prowot=

kin hält Tag und Nacht ein Auge über mir. Du kennst ihn ja, den Zivilisten!"

Günther griff sich an den Kopf. Seine bleischweren Ahnungen schienen Wirklichkeit zu werden. „Um Gotteswillen, Feodora! Du bist ein Spitzel?"

Sie nestelte lächelnd seinen Hemdkragen zurecht. „Reg dich nicht auf. Ich habe verschiedene Aufgaben. Neuerdings habe ich mich freiwillig angeboten, Fluchtpläne der Gefangenen zu ermitteln..."

„Feodora!" Günther setzte sich auf. „Also gehöre ich doch in deinen Spielplan! Du wirst uns verraten!"

Sie rückte von ihm fort und schaute ihn gekränkt an. „Denkst du das wirklich, was du da sagst? Du weißt doch, ich will dieses Leben nicht mehr und habe meinen eigenen Plan. Und so lange du da bist, will ich dich haben. Du bist ernst und klug und ich mag dich gern." Sie streifte das Bild flüchtig. „Du ähnelst ihm irgendwie – nur war er älter, männlicher."

Günther sah kritisch auf. Nun wollte er auch das Letzte wissen. „Weißt du bestimmt, daß er tot ist? Du hast mir noch nicht einmal seinen Namen genannt."

Feodora sah starr auf das Bild und sagte tonlos: „Karl Viktor."

„Nein!" Günther fuhr hoch. „Also war dein Besuch auf dem Friedhof kein Zufall!" Seine Gedanken wirbelten durcheinander. „Kann Viktor denn gewußt haben, daß unsere Fahrt in Petrowsk endete?"

„Er hat es gewußt! Dieser – Bulion – behauptet es wenigstens. – Soll ich uns einen Tee machen?"

Günther spürte erst jetzt wieder seinen Durst. „Bitte, ja. Ich kann sowieso nicht mehr schlafen. – Du nimmst also an, daß Viktor sich das Leben genommen hat, weil er Angst hatte, in Petrowsk erkannt zu werden?"

„Es ist sehr naheliegend." Feodora erhob sich fröstelnd und hängte sich den Uniformmantel um.

Günther hörte sie im Nebenzimmer hantieren und ver=

suchte, Einzelheiten dieser sonderbaren Geschichte zu ver=
arbeiten. Als Feodora mit der Teekanne zurückkam, fragte
er sie: „Und deine Erkundigungen bei Bulion über Milan,
war das Konversation? Oder hattest du bestimmte Gründe?"

„Dieser Milan interessiert mich", sagte sie lediglich. „Es ist
möglich, daß er mit dem Selbstmord Viktors etwas zu tun
hat. Was weißt du von ihm?"

„Vieles! Es wäre für dein Aufgabengebiet ein Fall, dessen
Klärung in erster Linie den Gefangenen dienen würde." –

Es war vier Uhr morgens.

Als Günther zwei Stunden später seinen Kopf in die
Waschschüssel steckte, rief Feodora aus dem anderen Zim=
mer:

„Viel geschlafen hast du in dem weißen Bett nicht. Dafür
hast du mir eine Meldung geliefert, die mir zum ersten Mal
Spaß macht. – Wann wollt ihr eigentlich weg?"

Günther vergrub sein Gesicht im Handtuch. „Im Juli", log
er. Und dachte: sicher ist sicher!

Goldig, wie die warme Sonnenflut, war auch die Laune von
Major Alliluew an diesem Montagmorgen.

Montagsstimmungen sind bekanntlich kritisch in der Tö=
nung. Doch Alliluew machte in diesem Punkt eine Aus=
nahme. Bei ihm war vieles eine Ausnahme: sein Lager wuchs,
seiner Meinung nach und im Vergleich zu ähnlichen Institu=
tionen, mustergültig heran und war auf dem besten Wege,
ein Musterlager zu werden.

Irregulär war auch das Ausbleiben seines Dienstwagens –
aber darüber wollte er sich heute nicht ärgern. Beherrscht
kehrte er diesem Gedanken den Rücken und wandte sich
wieder seinem Musterlager zu.

Da lag es vor ihm. Organisiert, bewacht und mit beinahe
trockenen Wegen. Die Gefangenen zeigten Ordnung und
Disziplin. Kein Wunder, dachte Alliluew, wenn keine Fa=
schisten unter ihnen sind!

Der Major ging dazu über, ausgelassen zu pfeifen. Keine

direkte Melodie – diese Fähigkeit hatte ihm die Natur vor=
enthalten. Aber er pfiff mit Hingabe, weil er an die Kirsch=
bäumchen dachte. An die 500 Stück, die er zur Verschöne=
rung des Lagers aus einer Gärtnerei organisiert hatte und
die seit dem Morgengrauen hinter der Torwache lagen. Ein
Teil von ihnen wurde bereits von einem Sonderkommando
längs der Lagerstraße eingepflanzt.

Dieses Kommando bestand durchwegs aus Wassersüchti=
gen, jenen ‚Wasserleichen', die das lebendige Wahrzeichen
eines jeden Gefangenenlagers darstellten.

Durch die pflanzliche Einzäunung der Straße befriedigte
Alliluew nicht nur seinen eigenen Schönheitssinn; er stellte
diese Großbepflanzung über den Genuß des Auges. Die
Aktion sollte den Häftlingen das erste Zeichen des nahen
Friedens ausdrücken. Aus dem Schlamm des Leides sollte
junges Leben wachsen und ein Meer weißer Blüten zeugen.

Blüten des Friedens!

Zu dumm, dachte Alliluew versonnen, anstatt ihm zu ver=
raten, wann und wieviel Früchte die Bäume tragen würden,
hatte ihm der Gärtner bloß händeringend vergewissert, die
Bäumchen würden nicht angehen, da die Verpflanzung ver=
früht sei. So ein Komödiant! Als ob er, ein einfacher Lager=
major, den ersten Mai auf den 15. versetzen könne.

Denn am 1. Mai sollten die Bäume stehen – ob mit oder
ohne Triebe. Hauptsache, der Polkownik, dessen schriftliche
Anmeldung für den ‚Tag der Arbeit' irgendwo auf dem
Schreibtisch lag, konnte seine Ansprache auf der ‚Prome=
nade' halten. Es lag fern jeden Zweifels, daß die Bezeichnung
‚Promenade' in kürzester Zeit die ‚Lagerstraße' in Vergessen=
heit drängen würde.

Da klopfte es.

Sich noch vor Zufriedenheit die Hände reibend, nahm Alli=
luew selbst die Öffnung der Tür vor. Und hereingeschritten
kamen, mit verschlossenen Gesichtern, der Leutnant Pozelui,
Sadlokal und Kreutzer.

Leutnant Pozelui war Sohn vom Stamme der Usbeken. Ob

er sich seine unzählbaren Pockennarben aus den Baumwoll=
feldern längs des Amudarja geholt hatte, oder ob seine phan=
tastischen O=Beine von halsbrecherischen Ritten durch die
Ust=Urt=Wüste stammten, das wußte niemand. Wohl aber,
daß er mit 40 Jahren nicht nur der älteste von Alliluews
Offizieren war, sondern wahrscheinlich auch der älteste Leut=
nant der Roten Armee.

Dieses, sowie sein Name – Pozelui heißt zu deutsch Kuß –
war Grund genug, über ihn zu lächeln. Nicht böswillig natür=
lich, denn, mochte Pozelui auch so wild wie das unergründ=
liche Asien aussehen, in seinem Innern war er ein harmloses,
großes Kind.

Deshalb und auch vielleicht, weil Alliluew das Alter ehrte,
fungierte Pozelui als inoffizieller Adjutant des Lagermajors.

Nun, dieser Pozelui baute sich verärgert, und heftig nach
Lysol duftend, vor seinem Major auf.

Es passierten, meldete er, in diesem Lager nichts als
Schweinereien.

„Wieso?" fragte Alliluew höchst befremdet, denn Poze=
luis Worte standen in entschiedenem Widerspruch zu seiner
heute morgen noch gefaßten Meinung.

Ob Kreutzer das Kommando über die Baumpflanzung
hätte? wollte Pozelui wissen.

„Da!" Alliluew pfefferte es heraus, als könne er damit
seinem Leutnant eine Ohrfeige geben.

Ob Kreutzer auch den Befehl hätte, aus rotem Sand und
gelben Steinsplittern das Emblem der Sowjetunion um jedes
Bäumchen zu legen?

„Da!" Alliluew drückte in Gedanken seinen Stiefel in Po=
zeluis Kreuz.

Ob Kreutzer informiert worden sei, wieviel Zacken der
Sowjetstern habe?

„Njet!" gab Alliluew irritiert zu. „Wer in aller Welt muß
darüber erst informiert werden, daß der Sowjetstern 5 Zak=
ken hat?"

„Dieser Provokateur Kreutzer! Seine Leute legen die

Sterne zum Teil mit 6 Zacken!" Pozelui nahm Rührteuch=
stellung ein und sah gelangweilt an die Zimmerdecke.

Die Reihe, zu sprechen, ging also auf Sadlokal über. „Was, Mariandjosef, fallt dir ein, solcheten Bleedsinn zu machen?"

Kreutzer räusperte sich. „Untersteh du dich, mich vor den Augen meines speziellen Freundes zu beleidigen! Was heißt hier Blödsinn? – Siehst du, Saftlokal, Undank ist der Welten Lohn. Schreib dir das hinter die Ohren! Da geht einer wie ich hin und fühlt sich gebauchstriegelt, diesen hervorragen= den Gedanken unseres Herrn Major auszuführen: Sowjet= sterne unter die Kirschbäume! – Gesagt, getan, ich versammle meine zugeteilten Wasserleichen um mich und sage: Leichen – äh – Leute, um jedes Bäumchen kommt roter Sand von der Größe eines Autorades. Darin legt aus gelben Steinen den Sowjetstern. Aber – und jetzt kommt es, Saftlokal – aber, nicht alle mit 5 Zacken, sondern einige auch mit 6! Und warum? Ganz einfach: infolge daß, und nicht zuletzt weil der Herr Polkownik gesagt hat, Rußland hat den Krieg ge= wonnen, muß sich das doch wenigstens in einem Zacken mehr äußern, oder nicht? Warum also diese lumpigen 5 Zak= ken – wo ihnen doch bald die ganze Welt gehört! Ehre, wem Ehre gebührt! Ist es nicht so, Saftlokal?"

Sadlokal hatte schon einiges von Kreutzer dolmetschen müssen, wo er nicht ganz dahinter kam. Aber dieses Stück grenzte an das eines Husaren. Mit unruhigen Bewegungen übersetzte er das Gehörte.

Alliluew bekam zuerst verdächtig spitze Ohren, dann brach er in ein Lachen aus. Ein strapazierendes Lachen, fand Sadlokal.

Unter Schnurrbartwippen, was bei Kreutzer bekanntlich innere Lachstürme andeutete, sah dieser, wie Pozelui zer= schmettert die Augen verdrehte. Von Alliluew erfuhr er noch keine Meinungsäußerung, da der in tiefes Grübeln versank.

Der Major hatte nämlich, wie immer, für Kreutzers Ein= fälle ein offenes Ohr. Sollte sich da nicht, sinnierte Alliluew, für das Auge des Polkowniks ein erhöhter Effekt im Arrange=

ment der Promenade erzielen lassen. Etwa: rechte Flanke 5=zackig, linke Flanke 6=zackig? Oder: zwei 5, zwei 6, zwei 5, zwei 6. – Verfrüht! stellte er schließlich radikal fest. Ein Major, dazu noch ohne Dienstwagen, kann keine Embleme ändern.

Wehmütig nahm er also von der Versuchung Abstand. Er schmiß zuerst Pozelui, unter Anpreisung seiner eigenen Großmutter für unanständige Zwecke, hinaus.

Darauf drückte Alliluew Kreutzer eine Packung Machorka in die Tasche und klopfte ihm auf die Schulter.

Kreutzer mahnte mit einem demonstrativen Blick auf seine Taschenuhr, daß jedes Werk vollendet sein wolle. Wogegen Alliluew nicht das Geringste einzuwenden hatte. –

Beim Verlassen des Stabes konnte Sadlokal nur schwerlich seine Sprache wiederfinden. „Weißt, Kam=rad, ich hab mei=ner Lebtag gedacht, du wärst ein geborener Antikommunist."

Kreutzer gab ihm bei der Lagerwache den Vortritt, weil er es nicht lassen konnte, das Flintenmädchen in die Seiten zu kneifen. „Was willst du damit sagen, Saftlokal?"

„No, heit hast mich überzeigt, daß't ein ganz kapitaler Kommunist bist!"

„Wenn du dich nur nicht täuschst", grinste Kreutzer.

„Wieso?"

„Unter Brüdern: den Wasserleichen habe ich ganz was anderes gesagt..."

„Kam'rad!"

„Leichen – äh – Leute, hab ich gesagt, macht Sterne mit soviel Zacken, wie es gerade auskommt! 5 müssen es minde=stens sein, darunter gehe ich um keinen Preis! Denn bis 5 können alle Russen zählen. Das sieht man an ihrem 5=Jahres=plan, marschiert wird in Fünferreihen – und warum haben wir keinen sechsten Sinn? Weil die Russen nur bis 5 zählen können! – Aber was darüber geht, soll mir egal sein. Ein Glück, daß gerade der Pozelui nachgezählt hat..."

„Wieso Glück?" Sadlokal ahnte Böses.

„Weil der zufällig bis 6 zählen kann. Stell dir vor, der hätte die von mir gelegten Sterne gezählt, wo ich mich auf 7 Zacken festgelegt hatte."

„Sieben?"

„Na klar, Saftlokal: Siebenbürgen, Land des Segens! Über=troffen hat mich nur der Lehrer dort hinten. Der hat gleich zwölf Zacken gemacht."

„Mich trifft der Schlag!" wimmerte Sadlokal. „Wie kommt der Mensch auf 12?"

„Ganz einfach: er hat ein 12=Fingerdarmgeschwür. Er sagte, die Zahl vergißt man nicht so leicht!"

Sie waren beim Kirschbaum=Kommando angekommen. Sadlokal sah in banger Sorge an Kreutzer hoch. „Und jetzt, Kam'rad, was machst jetzt?"

„Das wollte ich dir schon vorher unter die Nase wischen: es soll mir ein spezielles Vergnügen bereiten, höchst eigen=händig die überzähligen Zacken aus den Sternen zu brechen. – Merkst du jetzt, was für ein ‚geborener' ich bin!" –

Alliluew indessen zehrte weiter an diesem nur von erbau=lichen Ereignissen unterbrochenen Montagmorgen. Die Zak=kenfrage Kreutzers steigerte sich für ihn über das Maß der Anregung. Er erblickte in ihr eine sinnvoll geäußerte Glo=riole: jeder neugewonnene Krieg ein weiterer Zacken. Er stellte sich seinen Sohn Sascha in männlicher Größe, mit einem roten Sonnenkranz an der Kokarde vor. Bei Gott, der Gedanke konnte berauschen! – Aber vorläufig war ja erst ein Frieden zu erwarten, der unter Umständen unmenschlich lange dauern konnte!

Mit gedämpften Gefühlen vernahm Alliluew erneut ein Türklopfen. Wagte es doch jemand, ihm den Morgen zu ver=gällen?

Doch es kam bloß der Lagerarzt mit seinem täglichen Rap=port. Gewohnheitsgemäß brachte er Sadlokal mit, als ein ‚en tout cas', gewissermaßen.

Alliluew schenkte den vorgelegten Listen keine weitere Beachtung. Gut gelaunt ließ er sich zu einer leicht plätschern=

den Konversation herab, obwohl ihm dieser Doktor stink=
langweilig war.

Welche Epidemie zu erwarten wäre, interessierte den Major beiläufig.

„Ruhr und Typhus", antwortete Milan.

Ob man ein Serum anfordern solle? erkundigte sich Alli=
luew gewissenhaft.

„Wäre nicht verkehrt", versicherte Milan. „Doch möchte ich zuerst die Frauen hinter mir haben. Anschließend können wir impfen."

„Ah, die Geburtenziffer!" Alliluew streifte die Gleichgül=
tigkeit ab. „Was haben die bisherigen Untersuchungen er=
geben?"

„Die Listen liegen auf dem Schreibtisch. Bei Schwanger=
schaft habe ich die Namen mit einem Positivzeichen ver=
sehen." Milan tat unwillig wie einer, dem man die Zeit stiehlt, während Alliluew stumm die Listen einsah.

Auch Sadlokal fand diese Herumsteherei langweilig. Er gähnte diskret in seine Mütze. Die Frühjahrsmüdigkeit setzte ihm arg zu. Der Ausruf des Majors machte ihn jedoch wie=
der frisch.

„Tschto takoe!" rief Alliluew und spießte seinen Zeige=
finger auf einen Namen. „Ni positiv, ni njägativ – tschto äto?" Als zäher Verfechter gut geführter Listen merkte Alli=
luew eventuelle Lücken darin sogar im Traum. Und da stand, neben Inge Schrandt, weder ein Plus= noch ein Minuszeichen.

Sadlokals Gesicht verfinsterte sich ruckartig beim Über=
setzen der Sachlage.

Auf die Erklärung, das Mädchen sei derart schwer krank, daß sie für eine gynäkologische Untersuchung noch nicht in Frage käme, nickte Alliluew mehr pietät= als verständ=
nisvoll. Als aber Sadlokal beifügte, es handele sich um all=
gemeine Störungen auf Grund eines Grubenunglücks, hörte der Major auf zu nicken.

Er schüttelte vielmehr den Kopf, denn seiner Meinung nach handele es sich um das Mädchen, dessen Gesuch er wei=

ter geleitet habe. Und die arbeite in der Küche! Sadlokal wolle hoffentlich nicht sein gutes Gedächtnis anzweifeln!

„Ich werd mich hüten!" versicherte dieser und fühlte die Symptome einer aufziehenden Nervosität. „Sie arbeitete in der Küche – wurde dann aber versetzt, in den Schacht Perwoje Maja."

Alliluew zog tiefe Furchen in seine Stirn und flüsterte gefährlich: „Interesni!" – Wie alle Vorgesetzten, machte er die beliebte Schwitzpause – nicht ohne Sadlokal gespannt zu fixieren. Dann erst stellte er die verfängliche Frage: „Wer disponiert hier außer mir? Du weißt, Lokal, mein Gedächtnis..."

„Ich werd mich hüten!" wiederholte sich Sadlokal, einen triumphierenden Blick auf Milan werfend. „Diese Änderung hat der Doktor getroffen."

„Eha! Der Doktor!" dehnte Alliluew hinterhältig hervor. „Er soll mir sagen, welche Veranlassung ihn dazu getrieben hat. Aber schnell!"

Mit einiger Theatralik verdeutschte Sadlokal diese überflüssige Frage an Milan.

Diesem glitt ein flüchtiges Lächeln über das Gesicht. „Mensch, Sadlokal, jetzt sitzen Sie fest, was? Der Krug geht so lange zu Wasser – kennen Sie das Sprichwort?"

„Wer hier festsitzt", lächelte Sadlokal zurück, „wird sich sofort herausstellen. Wer spricht hier eigentlich russisch! Sie, oder meine Persenlichkeit? Ich kann dem Major sagen, was mir gefallt! Also dalli, was sagen wir, das uns beiden kommod ist?"

Milan fühlte sich gedemütigt bei diesem Vorschlag. Doch blieb ihm nichts anderes übrig, das sah er ein.

Nach kurzem Wortwechsel erklärte Sadlokal dem Major: „Der Doktor sagt, er habe diese Einteilung in Vertretung von Herrn Major getroffen. Gewissermaßen, um nicht zu stören."

Alliluew schrie förmlich nach der Antwort auf seine Frage, wann man ihn denn nicht hätte stören dürfen?

„Zu Ostern", antwortete Sadlokal. „Auf dem Ball war

der Herr Major so beschäftigt – mit einer schönen Frau ist man immer beschäftigt – und deshalb hat der Doktor stillschweigend nach dem Rechten gesehen. Der Arbeitermangel im Schacht ist ja bekannt..."

„Ladno, ladno", wehrte Alliluew weitere Worte ab. Er bekam auf Sadlokals gut gesteuerte Andeutungen einen roten Kopf und konnte es sich nicht versagen, für Sekunden im gehabten Amüsement zu schwelgen. „A nu tak", begann er die übliche Abschiedsfloskel und entließ die beiden mit einem gewinnenden Lächeln.

Auch die zwei lächelten und gingen erlöst durch die Wache. –

Im großen und ganzen sah Alliluew in dem zuerst vermuteten Skandal keine Autoritätsuntergrabung. Seine gute Laune blieb ihm auf alle Fälle erhalten.

Gute Laune verdrängt meistens auch die Lust, irgend etwas Ernsthaftes zu tun. Also durchschritt er seinen Dienstraum mit ausgreifenden Schritten und hörte im Flur das Raunen der auf Kommandos lauernden drei Komsomolzen. Gutmütig öffnete er die Tür und sagte: „Oäh, Boris, Georgij, Emil – schwere Langeweile, was? Na, paßt einmal auf: hier habt ihr drei Rubel. Holt euch Semetschki und macht euch einen schönen Tag! Tragt euch die Bänke ins Freie und legt euch an die Sonne. – Na, gefällt euch das? Haha!"

Die drei brüllten: „Bolschoe spaßibo – vielen Dank!" und trollten hinaus.

Ein wohliges Hungergefühl leitete die Gedanken Alliluews sacht auf das Mittagessen über. – Da erkannte er auf der Kawaleria uliza Feodora. Semetschki kauend schlenderte sie elastisch, aber erschreckend schnell näher. Ihre Maschinenpistole wippte lässig in der Rechten, als sei es ein duftiger Sonnenschirm.

Alliluew kräuselte erneut seine Stirn. Sollte Feodora es sein, die ihm den Montag verdarb?

Er hatte noch nicht die Möglichkeit einer Verleugnung durchdacht, als sie auch schon in den Raum fegte.

abnehmer. Mitzi hatte es ihm für eine Flasche Sonnenöl zur Verfügung gestellt.

Ohne selbstherrlich zu sein, konnte Kreutzer nicht umhin, diese praktische Lösung als kühn zu bezeichnen. Daß die Patin dieser Kühnheit seine eigene Faulheit war, schmälerte seine Zuversicht auf ein langes Leben nicht. Im Gegenteil, sein gesunder Verstand sagte ihm, daß dieses Leben auszuhalten sei.

Er hielt, wie jeden Tag während der Mittagsstunde, sein Gesicht der Sonne entgegen und resümierte.

Zeit seines Lebens hatte er solche Stunden nicht gehabt. Wann befindet sich ein Chauffeur an der Sonne? Wenn er auf offener Straße Pannen flickt. Aber dann arbeitet er und verfinstert die Sonne mit Flüchen. Überhaupt – die Flüche! Ein Mensch flucht, wenn er unzufrieden ist. Kreutzer fiel es auf, lange nicht mehr geflucht zu haben. Nein, nein, sagte er sich, man muß nur zu leben wissen. Ich mußte nach Rußland kommen, um das zu lernen. Es ist etwas Wunderbares, sich zu langweilen – man müßte viel mehr Menschen die Möglichkeit geben, vom Nichtstun zu leben. Und man kann vom Nichtstun leben! Bei Gott, das kann man!

Ein fernes Autohupen, das wie der Ruf seines Schicksals klang, riß Kreutzer aus seinen Träumereien. Er schlug vorsichtig die Augen auf und bemerkte bloß Bulion, der mit Waren angeschwankt kam.

„Zapperlot!" murmelte Kreutzer. „Ist es schon so spät?"

Bulion nickte freundlich und ließ sich schnaufend auf der Bank nieder. Er kam immer an, als habe er den letzten Liter Sauerstoff in der Lunge.

„In Ordnung?" fragte Kreutzer, nachdem er ihm die bewährte Erholungspause gegönnt hatte. „Hast du den Weizengries?"

„Klar", japste Bulion schwindsüchtig. „Aber frage nicht, was er kostet!"

„Spielt keine Rolle, Hauptsache, er ist da. Nach dem Kakao ist es wohl unnütz zu fragen, was?"

„Dobrowo utra, towarischtsch!" erklang ihre melodische Stimme.

„Sdrawstwui!" grunzte Alliluew und taxierte skeptisch ihre frohlockenden Augen. „Muß ich mir eine Meldung an= hören – oder willst du bloß in der Kantine essen?" Er gab die Hoffnung noch nicht auf.

„Welche Frage!" sagte Feodora. „Sie kennen ja meine Auffassung von den Tischallüren Ihrer Leutnants. Nein, nein, ich komme um eine Prämie!"

„Prämie – wofür denn?"

„Für eine sensationelle Meldung. Darf ich mich einige Minuten mit Ihnen über den Lagerarzt unterhalten?"

„Ooh!" Alliluews Gesicht veränderte sich wie nach dem Genuß einer bitteren Medizin. „Kann es nicht ein anderer sein? Der Mensch langweilt mich tödlich – Ärzte sind in mei= nen Augen Luft. Ich kann nichts dafür..."

„Dieser Doktor wird Sie ab sofort nicht mehr langweilen. Kann ich eine Papirossi haben? Marke Odessa, wenn es geht!"

Wenn Feodora penetrant wurde, wußte Alliluew, wieviel die Uhr geschlagen hatte. Also fügte er sich in sein Schicksal und schenkte ihr die Papirossi – und notgedrungen auch das Gehör. –

Die Hinterwand des Kesselhauses war Südseite. Dieses war für Kreutzer leichter festzustellen gewesen, als das Ma= terial für die Bank, die daran lehnte, zu beschaffen. Da ihm aber alles gelang, was er wollte, stand seit Tagen auch seine Bank. Wenn die Sonne dem Gemäuer jene Wärme verliehen hatte, die einem wohlig den Rücken wärmt, bezog er seine Bank.

Sie war gewissermaßen zum Handelszentrum seines Un= ternehmens geworden und vereinigte sämtliche Institutionen, die etwas mit Handel zu tun haben: Börse, Tauschgüter= Einkauf= und Umschlagplatz für Großabnehmer. Das Kessel= haus im Rücken eignete sich als Verkaufsladen für Einzel=

Bulion nickte stolz. „Hab ihn, Freunderl, hab ihn! Aber frage nicht..."

„Halt deine blöde Klappe! Du weißt, ich zahle jeden Preis."

„Das weiß ich schon. Nur, Kreutzer – wohin soll das führen? Diese Sachen sind doch sündhaft teuer! Muß es denn immer Bienenhonig, Zucker oder Kakao sein? Ich weiß, ehrlich gesagt, nicht einmal, wie Kakao schmeckt."

„Das ist auch nicht nötig. Du weißt wahrscheinlich auch nicht, was für Schmerzen sie ausstehen muß!"

„Ich und nicht wissen!" brauste Bulion auf. „Wer hat Inge denn gefunden? Wer hat dem Steiger gesagt: nix kaputt! Sie liegt mir auch am Herzen, Kreutzer, nur..."

„Hier gibt es kein nur, sondern nur ein Dafürschuften, daß sie wieder gesund wird. Es sieht bedenklich mit ihr aus. Selbst wenn wir nachher wieder von vorne anfangen müßten – wer, außer uns, kann ihr die Sachen geben, die ein Magenkranker verträgt? – Na also, erhol dich schon – vielleicht ist es auch nicht so schlimm!" Kreutzer knuffte ihn derb in die Seite, denn wenn Bulion so ein Gesicht machte, war er auf dem besten Wege, vor Mitleid in Tränen aufzuweichen. „Wie steht es mit der Provision? Du hast ein ziemliches Guthaben bei mir! Was willst du heute? Öl, Mehl oder Bohnen?"

Bulions Miene erhellte sich. „Gut, daß du damit anfängst, ich wollte sowieso mit dir reden. Heute möchte ich Geld. 85 Rubel muß ich haben!"

„Unglaublich!" rief Kreutzer aus. „Hast du heute Buttermilch gefrühstückt? Soviel Geld hast du gar nicht gut. Höchstens 50 Rubel."

Bulion bestand auf seiner Forderung. „Dann leih mir halt den Rest, aber ich muß das Geld haben!"

„Mit dir bekommt man Spaß! Möchtest du mir verraten, wofür du diese Summe brauchst? Ich kann schließlich mein Geld nicht in den Wind schreiben!"

„Ich möchte mir endlich einmal ein großes Brot kaufen,

Kreutzer. So ein richtiges 2=Kilo=Brot. Weißt du, ich habe in meinem Leben viel Brot gegessen – trockenes Brot. Es hat mir aber noch nie so gut geschmeckt wie hier. Ich habe mir gedacht: jetzt, wo es mir so gut geht, kann ich mir das ein= mal leisten. Kannst du das nicht verstehen?"

Kreutzer verstand es nicht. Er blickte besorgt an Bulion hinunter und murmelte: „Du bist wahnsinnig geworden. Brot ist das Teuerste auf dem Basar!"

„Eben deshalb! Ich möchte mir auch einmal das Teuerste kaufen! Die Zeit ist vorbei, wo ich ein armer Schlucker war."

„Du bist größenwahnsinnig geworden!" verbesserte Kreut= zer. „Gut, du sollst das Geld haben. Aber wehe, du schnappst mir noch ganz über!"

„Keine Angst", beruhigte Bulion ihn aufatmend. „Wenn ich einmal ein Brot auf einen Sitz aufgegessen habe, weiß ich, wie das ist. Mehr will ich nicht wissen."

„Hoffentlich. Komm, wir laden ab!"

„Ich wollte dir aber noch etwas sagen, Kreutzer. Ich kaufe jetzt nicht mehr am Vormittag ein. Sondern wenn ich Früh= schicht habe. Ich brauche dann nicht mehr so lange zu war= ten."

„Versteh ich nicht. Red deutlicher! Wie, willst du denn ins Lager kommen?"

„Durch das Loch." Bulion grinste verfänglich. „Dort hin= ter der Küche, beim Abfallhaufen, wachsen schon Brennes= seln. Sie wachsen bis an den Stacheldraht. Dort habe ich mir ein Loch in den Draht gemacht – und kann prima herein= kriechen. Was sagst du jetzt?"

„Du bist ein Idiot", sagte Kreutzer. „Die Gefahr, daß sie dich erwischen, ist viel größer. Aber wie du willst. Blöd ge= boren, stirbt blöd. – Also, laden wir jetzt ab."

Bulion war zufrieden. Heute klappte alles wie am Schnür= chen.

Ein anderer Alliluew durchschritt den Raum, nachdem ihn Feodora, mit drei Packungen Papirossi, verlassen hatte.

Alliluew merkte nichts mehr von dem prächtigen Wetter. Und da er nicht pfiff, waren auch die Kirschbäumchen schon längst aus seinem Sinn.

Er wartete, bis Feodora auf die Kawaleria uliza eingeschwenkt war. Dann zupfte er sich die Uniformbluse zurecht, striegelte sich erregt das Haar und riß die Tür auf. Doch der Flur war leer. Unter neu aufflammendem Zorn erinnerte er sich, daß er seine drei Läufer selbst an die Sonne geschickt hatte. Ohne Rücksicht auf die leichtgebaute Baracke, riß er das Flurfenster aus dem Rahmen und sichtete die Komsomolzen in seligem Sonnenschlaf auf ihren Bänken. Ein Wirrwarr von Sonnenblumenschalen ließ darauf schließen, daß sie die Semetschki restlos vertilgt hatten.

„Oäh!" schrie Alliluew. „Ihr habt euer Hirn wohl auch gleich mitgefressen? Seid ihr noch nicht da?"

Die so unsanft geweckten Jungen taumelten wie angesengte Hühner auf und nahmen blinzelnd und gähnend Aufstellung.

Ihr Major donnerte weiter. „Schlafen da, wie die Schweine an der Sonne! Was euch nur einfällt! – Wer noch einmal gähnt, bekommt eine geklebt, verstanden! – Jetzt wird aber im Galopp gelaufen. Du, Boris, holst den Perewotschik. Du, Georgij, den Doktor. Und du, Emil, fliegst ins Sägewerk und kommst mit dem Genossen Prowotkin wieder. Er soll aber allein kommen, und seine Sekretärin dort lassen. Er soll auch nicht zu mir hereinkommen, sondern sich im Wachhaus bereithalten, bis ich ihn rufe. – Was steht ihr noch hier herum! Dawai, oder ich pfeffer euch ein paar Kugeln..."

Die Komsomolzen schossen ab wie die Raketen. Es blieb ihnen keine Zeit, sich über den Stimmungswechsel ihres Majors zu wundern. –

Bereits nach wenigen Minuten rollte eine sonderliche Kavalkade über die Lagerstraße. Allen voran Milan, laut aber nutzlos protestierend.

Sadlokal bewegte sich im Stechschritt hinterher, böse Ahnungen flackerten ihm aus den Augen.

Da die Komsomolzen die zwei mit unnötigem Lärm antrieben, gesellten sich von dem Baumkommando Kreutzers einige ‚Wasserleichen' mit in den Zug, in der Meinung, das dawai gelte ihnen.

Den Abschluß bildete Kreutzer selbst. Die Lautstärke der Jungen war für ihn von jeher das Barometer für Alliluews Gemütsverfassung. Dem heutigen Tamtam nach stand dieses auf Sturm. Da es nun einmal seine Schwäche war, die Brennpunkte im Lager höchstpersönlich mitzuerleben, konnte er es sich nicht verkneifen, das hier bevorstehende Ereignis mitzunehmen. – Er ließ die Kirschbäume achtlos am Wegrand liegen und stieß bis zur Torwache vor. Hier schieden die Komsomolzen die von Alliluew Verlangten vom Rudel der Mitläufer.

Kreutzer verfolgte noch das Eintreten von Milan und Sadlokal im Stab. Dann fingerte er nach seinem Machorkabeutel, lehnte sich an die Schranke und erfreute das Postenmädchen mit anzüglichen Bemerkungen. Sein Entschluß stand fest: an Ort und Stelle ausharren, bis man sieht, was sich hier entwickelt. –

Zwischen dem Lachen des Flintenweibes hörte er ganz deutlich Alliluews Stimme aufheulen. Der Major schien deftig geladen zu sein, denn schreien – tierisches Aufbrüllen – zählte nicht zu seiner üblichen Art.

Als Kreutzer dazu noch den Kommissar aus dem Sägewerk daherschlendern sah, pfiff er eine leise Melodie unter seinem Schnurrbart.

Er wurde noch stutziger, als der Kommissar nicht zum Stabsgebäude einschwenkte, sondern langsam auf die Wache zuschritt. Auf ihn, Kreutzer, gewissermaßen. Denn der Genosse hatte ihn erkannt und lächelte dementsprechend. Er schob den Posten beiseite und lehnte sich ebenfalls an die Schranke.

Kreutzer versuchte, sich so geschickt wie möglich der veränderten Lage anzupassen und rief: „Grüß Gott, Genosse! Zeigen Sie sich auch wieder einmal bei uns? Die Welt ist doch nur ein Dorf, man trampelt sich immer wieder auf den Füßen herum!"

Der Kommissar lachte auf und fragte freundlich auf deutsch: „Wie geht es?"

„Otschin charascho!" erwiderte Kreutzer auf russisch.

„Ailo!" staunte der Kommissar. „Lernen Sie russisch?"

Kreutzer ertrank in Wut über das Erscheinen dieses Stö=renfrieds. Vielleicht entgingen ihm wichtige Augenblicke in der Sache, derenthalben er hier stand. Er antwortete: „Fällt mir nicht im Traum ein. – Sagen Sie, haben Sie eigentlich nichts zu tun? Es ist doch noch früher Nachmittag!"

Der Kommissar grinste. „Dasselbe wollte ich Sie fragen. Was machen Sie hier bei der Wache?"

„Ich an Ihrer Stelle hätte das erraten. Was soll ich schon anderes machen: ich wache!"

Den Genossen überkam ein leichter Groll. „Ich warne Sie, Kreutzer. Sprechen Sie vernünftig! Sie stehen vor Kommis=sar Prowotkin!"

„Endlich!" sagte Kreutzer und drückte seine Zigarette an der Schranke aus, haarscharf neben Prowotkins Finger.

„Was soll das heißen?"

„Daß ich nun gottseidank weiß, wie Sie heißen. Sie haben nämlich damals im Sägewerk vor Aufregung vergessen, sich vorzustellen, Herr Protkowin."

„Prowotkin heiße ich!"

Kreutzer tat irritiert. „Wissen Sie was? Ich nenne Sie auch weiterhin schlicht und einfach: Genosse. Einverstanden?"

Der Kommissar wurde bissig. „Sind Sie in der Partei?"

Kreutzer tat noch irritierter. „Meinen Sie eine ganz be=stimmte Partei? In Parteifragen soll man sehr vorsichtig sein. Ich würde ja nie offen zugeben, welcher ich angehöre."

Prowotkin wurde ungehalten. „Also sind Sie nicht in der kommunistischen? Sprechen Sie, welche ist es denn?"

Kreutzer lächelte. „Wenn ich gewußt hätte, daß Sie so grantig werden können, hätte ich Sie nicht begrüßt. Sie lassen mich ja nicht ausreden – guten Freunden kann man ruhig die Partei verraten: ich war in gar keiner! Mich hat gar keine Partei aufgenommen..."

„Es gibt Menschen", sagte Prowotkin geringschätzig, „die taugen für keine Partei. Aber genug davon. Was machen Sie hier?"

„Wie ich schon sagte! Ich erfülle meine Pflicht – als Spit=
zel."

„Ah!" Prowotkin warf einen verstohlenen Blick auf das stumm dabeistehende Flintenweib und drängte Kreutzer seit=
lich hinter das Wachhaus. „Erzählen Sie! Haben Sie gute Nachforschungen gemacht?"

„Sehr gute", versicherte Kreutzer und sah gelangweilt zu seinem Kommando.

Prowotkin faßte nach Kreutzers Rockaufschlag und wurde eindringlicher: „Und? Was haben Sie erfahren? Sie wissen doch noch, was Sie unterschrieben haben?"

„Und ob ich das weiß", gab Kreutzer zu. „Ich weiß sogar noch, daß ich die Meldung an Major Alliluew zu machen habe. Von Ihnen stand da nichts drin."

„Tschort! Es gibt in dieser Beziehung keinen Unterschied zwischen Major Alliluew und mir. Dawai, wollen etwa einige von euch hier fort?"

„Oh ja!" sagte Kreutzer.

„Was? Sind Sie vorsichtig – ich habe gefragt: einige!"

„Es ist schlimmer", flüsterte Kreutzer. „Mehrere, müßte man schon sagen. Oder noch genauer: alle wollen fort. Es gefällt nämlich niemandem hier, – so auf die Dauer gesehen."

Der Genosse Kommissar mußte die bittere Feststellung machen, daß ihn Kreutzer schändlich auf das Glatteis ge=
führt hatte. Sein Gesicht verriet einen Schreianfall – da stellte sich Sadlokal vor ihn auf und sagte atemlos: „Towarischtsch Prowotkin, zum Stab, bittscheen!"

Ohne Kreutzer noch eines Blickes zu würdigen, sauste der Kommissar durch die Wache.

Kreutzer bedauerte, nicht in den vollen Genuß seines Tri=

umphes gekommen zu sein. Doch tröstete er sich mit der Anwesenheit Sadlokals darüber hinweg.

Dieser verriet eine heillose Nervosität und wollte, leichenblaß, weitereilen.

„Moment, Moment!" sagte Kreutzer und schnappte ihn am Ärmel. „Was passiert eigentlich da drinnen? Ihr tut alle, wie von der Tarantel gestochen."

Sadlokal wand sich frei. „Laß aus, Kam'rad! Misere is – großer Buhei! Das Regiment Poppa bricht mir's Kreiz! Und fort war er.

Kreutzer sah ihm kopfschüttelnd nach und rief: „Du mußt einmal ausspannen, Saftlokal! Das viele Musizieren bekommt dir nicht."

Sadlokal reagierte darauf nicht. Er taumelte über die Lagerstraße und verschwand in der Latrine.

„Dem ist es auf die Blase geschlagen", murmelte Kreutzer vor sich hin und lehnte sich erneut an die Schranke. Er dachte: es gibt Tage, da müßte man vier Augen und zehn Ohren haben!

Er hatte keine drei Zigaretten zu Ende geraucht, als vom Stab her Stimmen erklangen.

Milan und Prowotkin kamen einträchtig plaudernd heraus und schritten langsam auf die Telefonstange zu, die etwas abseits vom Stab stand.

Kreutzer verstand kein Wort von dem, was sie sprachen. Wohl aber erkannte er Alliluew, der von seinem Fenster aus die beiden beobachtete. Mit einem Ausdruck des Staunens oder der Besorgnis, wie es Kreutzer schien.

Gerade wollte sich Kreutzer von seinem exponierten Posten an der Schranke diskret entfernen, als ihn Alliluew schon entdeckt hatte und wild nach ihm zu winken begann.

„Bahn frei, Mutter!" raunte er dem Flintenweib zu und rannte zum Stab.

Alliluew empfing ihn aufatmend. „Oäh, schofjor! Gawarisch poruski?"

„Malo, malo!" antwortete Kreutzer neugierig.

„Ah! Charascho, ja goworiju nemnogo po nemezki. Anu tak: doktor nix gutt tschelowek, ponimaesch?"

„Da, da!" gestand Kreutzer und fieberte vor Spannung.

„Wot!" fuhr Alliluew fort. „Kammissar Prowotkin auch nix gutt! Oh, särr schlächt Mänsch!"

„Das glaube ich Ihnen auf's Wort! Er ist ein mordsblöder Hund!" Kreutzers Augen leuchteten. Wo wollte der Major hinaus?

„Wot!" Alliluew nickte, als habe er Kreutzers Versicherung restlos verstanden. „Doktor nix sprächen vill mit Kammissar. Doktor – Kammissar, nix gutt Fusion! Ponimaesch?"

„So halb und halb", gab Kreutzer zu. Ganz kapierte er es noch nicht.

„Sluschai", begann Alliluew wieder. „Essli Kammissar kommen na Doktor, du schofjor, dawai na stab, na Alliluew! Ponimaesch?"

Kreutzer riß die Augen auf. Wenn er richtig verstanden hatte, sollte er nunmehr auch den Kommissar beobachten. Und zwar, wenn der versuchte, mit Milan in Verbindung zu treten.

„Ponimal!" versicherte er mit kräftiger Stimme. Er hatte alles, aber auch restlos alles verstanden. „Sie können mit mir rechnen", betonte er nochmals. „Den zwei Schmierfinken schau ich auf die Finger. – Do swidanija, Gospodin Major."

Alliluew hörte aus dem Abschiedsgruß Kreutzers nur das ‚Gospodin' – Herr, heraus. Gerührt erwiderte er: „Budite sdarawui, pilot – leben Sie wohl, Pilot!" Er fand es an der Zeit, ihm die Ehre dieser Titulation zu geben. Schofjor klang viel zu brutal.

Bei seinen Krankenbesuchen kümmerte sich Conny kaum um die vorgeschriebenen Besuchszeiten. Eigenartigerweise stieß er auch nirgendwo auf Schwierigkeiten. Am allerwenigsten bei Milan, der ihm eher aus dem Weg ging.

Heute abend betrat Conny das Krankenzimmer gut gelaunt, denn die Stefanin hatte Küchenschicht und ihm gleich die Kakaoflasche mitgegeben. Er war entschlossen, die ganze Nacht bei Inge zu wachen.

Conny fand sie wie üblich vor: heiße Hände, das sehr schmal gewordene Gesicht durch gerötete Flecken entstellt.

Inge zwang sich zu einem Lächeln. „Mein lieber Conny", flüsterte sie und hielt seine Hände nach der Begrüßung fest.

„Mein Armes", sagte Conny und küßte ihr Gesicht. Er setzte sich neben sie nieder. „Du, ich habe mit der Schwester gesprochen. Morgen trägt sie dich an die Sonne hinaus. Wir haben dir so eine Art Liegestuhl gebastelt. Du wirst sehen, wie schnell du jetzt gesund wirst." Er vergrub sein Gesicht an ihrer Schulter, um sie nicht ansehen zu müssen.

Inge umschlang seinen Hals und flüsterte: „Bleib ein wenig so nahe bei mir, Conny. So spüre ich kaum noch Schmerzen."

Conny umarmte sie fest und raunte: „Wenn du wieder auf den Beinen bist, wird es noch viel schöner mit uns. Wirst du mich dann auch noch lieben?"

„Ach, Conny!" Sie küßte ihn mit den fiebrigen Lippen auf die Stirn und Schläfen. Ihre Atemzüge wurden länger. Stoß= weise zuckte sie einige Male zusammen, dann merkte Conny, daß sie in seiner Umarmung eingeschlafen war.

Das Erlebnis der Nähe ihres liebsten Menschen hatte ihre Schmerzen für eine Weile überwältigt.

Conny stellte bestürzt fest, daß er noch immer seinen Arm unter ihrem Kopf liegen hatte. Er blieb also vornübergebeugt sitzen und traute sich kaum zu atmen.

Doch Inge schlief nicht lange. Ihr Schlaf wurde unruhig, und sie stöhnte leise, aber beängstigend qualvoll. Mit einem kurzen Schrei wurde sie wach.

Scheinbar aus pietätvoller Rücksichtnahme, hatte eine Bett= nachbarin das Licht im Zimmer gelöscht, obwohl es noch nicht spät war. Im fahlen Schein einer Straßenlampe merkte Con= ny, daß Inge die Augen aufschlug und ihn erschrocken ansah.

„Du bist noch hier?" fragte sie aufgeregt. „Wie spät ist es?"

„Neun Uhr erst", antwortete Conny, den ihre Worte über=

raschten. „Ich bleibe noch lange bei dir. Ich bleibe die ganze Nacht..."

„Nein!" Sie drängte ihn von sich. „Nein, das geht nicht. Es ist auch viel später – du mußt jetzt gehen!"

Conny suchte ihre Hände. „Warum denn, Inge? Fühlst du dich nicht gut? Was soll ich dir bringen?"

„Nichts! Nur geh jetzt, es ist gleich Mitternacht. Ah, sie wird gleich kommen, dann ist es gut. Glaubst du, daß sie heute auch kommen wird?"

Conny rieb sich verzweifelt die Augen. „Wer, Inge, soll denn kommen? Von was sprichst du überhaupt?"

„Ach nichts! Ich muß schweigen. Es soll keiner etwas er= fahren." Sie sah Connys besorgten Blick. „Frag mich bitte nicht weiter, dann wird alles gut."

Er wurde fahrig. Sollte das Fieber so erschreckend hoch gestiegen sein, daß sie bereits phantasierte? Man muß ihre Gedanken ablenken, dachte er. Vielleicht gewaltsam von Dingen reden, die sie aus diesem Milieu wegheben.

„Inge", flüsterte er eindringlich. „Wir wollen fliehen! Du wirst mitkommen, hörst du!"

Sie nickte teilnahmslos.

„Es dauert gar nicht mehr so lange. Sag, Inge, freust du dich?"

„Wie spät ist es?" fragte sie tonlos.

Conny griff sich an den Kopf. „Ingelein, wir fünf brechen hier aus und erzwingen uns die Freiheit. Du mußt bis dahin gesund sein, verstehst du! Am 21. Juni geht es ab. Bis dahin bist du wieder meine gesunde, lustige Inge. Nicht wahr!"

Sie sah ihn mit einem abwesenden Blick an. „Ich muß ge= sund werden, natürlich! Am 21. Juni fliehen wir. Aber bitte, gehe jetzt, sonst wird sie nicht kommen."

Conny deckte sie behutsam zu und erhob sich. „Du willst sicherlich schlafen, mein Armes. Ich werde gehen. Schlaf gut – und denke fest an den 21. Juni."

„Ich werde daran denken. Nur mußt du mich auch lieben,

wenn ich nicht mitkommen kann. Versprichst du mir das?"

Conny neigte sich noch einmal nieder und küßte sie. Dann verließ er vorsichtig den Raum.

Noch nie war es ihm so stark aufgefallen, wie schwerkrank Inge sein mußte. Hier mußten andere Dinge passieren, wenn sich an ihrem Zustand in den nächsten Tagen nichts änderte. Aber was? Lag ein Versuch, sie vor einen anderen Arzt zu bringen, im Bereich des Absurden? Es mußte doch in Stalino ein Krankenhaus geben! Mit einem richtigen Arzt vor allem!

Conny schlenderte planlos durch die Lagerwege und war, als ihm das Krankenhaus einfiel, in der Nähe von Sadlokals Baracke. Entschlossen öffnete er die Tür.

Sadlokal saß über seine Bratsche gebeugt und sah verloren auf die stummen Saiten. Als Conny sich bemerkbar machte, fuhr er hoch. „Mariandjosef, Bub! Kannst einen auch erschrecken. – Kommst wahrscheinlich wegen dem Gesuch? Ist heite noch davon gesprochen worden!"

Conny setzte sich auf den Bettrand. „Wegen dem Gesuch komme ich nicht, Herr Sadlokal. – Inge Schrandt ist schwer krank. Sie könnten ihr vielleicht helfen!"

Sadlokal legte die Bratsche quer über die Knie. „Ich? Bub, verlangst hoffentlich nicht, daß ich wieder eine Radierung in den Listen mache..."

„Listen können Inge nicht mehr helfen", sagte Conny und sah zu Boden. „Aber man könnte einen anderen Arzt ausfindig machen. Vielleicht in Stalino! Wenn Sie bei Alliluew ein gutes Wort einlegen könnten..."

„Au, au, au!" lamentierte Sadlokal. „Da hast dir den richtigen ausgesucht, Bub! Bei Alliluew habe ich ausgespielt! Hat mich heit vormittag hinausgeschmissen und nichts mehr von sich heeren lassen. Ich bin dispensiert – aus ist's mit mir! Morgen bin ich genau so ein einfacher Mensch wie ihr alle."

„Also Sie gehen jetzt nicht mit mir zum Stab?" Conny stand auf.

„Daß er mich vielleicht noch einsperren läßt? Nein, Bub, hab meine Karriere sowieso schon eingebist wegen dem Ma=

del. Der Major hat mich deshalb einen „dreckigen Liegner" geschimpft. Geh allein zum Stab – viel Glück!"

Conny verließ Sadlokal und rannte auf die Lagerstraße. Ohne Überlegung schwenkte er zum Tor ein.

Als er die Schranke erreichte, trat der Posten aus dem Wachhaus und schrie: „Nasad!"

Conny versuchte ihm die Dringlichkeit, den Major sprechen zu müssen, verständlich zu machen.

Doch der Posten stellte sich noch breitbeiniger an die Schranke und wiederholte: „Nasad! dawai nasad!"

Conny sah ein, daß er hier nicht durchkam. Mit einem Fluch kehrte er auf dem Absatz um und ging zurück. Seine Sorge um Inge trieb ihn wieder in die Gegend des Reviers.

Ohne Rücksicht auf irgendwelche Folgen, drückte er die Klinke der Eingangstür. Doch sie war schon verschlossen. Er erinnerte sich des Fensters, durch welches das Licht der Straßenbeleuchtung auf Inges Bett gefallen war, und lief um die Baracke herum.

Vorsichtig trat er an das Fenster. Die vierte Bettstelle, dachte er und sah hinein. Doch was war das? Neben Inges Lager brannte eine trübe Laterne. Eine Schwester stand daneben und machte sich an Inge zu schaffen. Es sah aus, als gäbe sie ihr eine Injektion. Conny sah, wie Inge etwas sagte, die Hand der Schwester drückte und sich dann zurückfallen ließ.

Die Schwester nahm anschließend die Laterne und verließ auf Zehenspitzen den Raum.

Conny betrachtete Inge noch eine Weile und fand sie ruhig. Eigenartig berührt durch die ungewöhnliche Szene, doch irgendwie erleichtert, wandte er sich vom Fenster ab. – War diese Nachtbehandlung doch ein Zeichen, daß es jemand gut mit Inge meinte? Er hatte die Schwester bei dem Licht nicht erkannt. Krankenschwestern sehen sowieso alle gleich aus.

Major Alliluew kurbelte am Telefon, als stehe er vor einem verstopften Spielautomaten. Manchmal wollte der Apparat durchaus nicht. Und das meistens dann, wenn er es eilig hatte! Er war so nervös, daß er sogar zu fluchen vergaß.

Als alle bisher bewährten Mittel nichts mehr nützten, lief er quer durch das Zimmer, nahm vom Garderobehaken seine Kartentasche und pfefferte sie gegen den Fernsprechkasten.

Dort schepperte es kurz, dann quäkte es aus der Muschel: „Hallo, Wanja! Hallo, Wanja!"

Ein Triumph huschte über Alliluews Backenknochen. Da sieht man es wieder, dachte er, wie nützlich es ist, die Pistolenmunition in der Kartentasche zu tragen.

Liebevoll hob er die Hörmuschel ans Ohr und fragte: „Zentrale? Mädchen, laß deinen Wanja noch etwas warten und gib mir Trudowskaja, Lager Trudowskaja. Da bistro, bistro!"

Alliluew sah einmal stolz auf seine neuen Kosakenstiefel und hörte die Verbindung knacken. „Oäh, ist dort die Konkurrenz? Haha, dobro utra, Kasimir. Was? Du hast dein Auto gestern bekommen? Tschort, ich warte noch immer. Ob ich keinen guten Chauffeur kenne? Doch, Teuerster, aber der gehört mir. Jaja, du hast gut gehört: er ist auch ein alter Flieger. – Hör mal, schick Feodora Rodionowa an den Apparat! Was, sie hört bereits mit? – Hallo, Feodora, kukla moja, komm sofort zu mir, ich brauche dich dringend. Ja, Schweinerei ist kein Ausdruck. Bitte, Feodora, komm! – Nein, zu Fuß habe ich dir auch nicht zugetraut. Ich habe dir eine Lokomotive aus der Ziegelei geschickt – sie muß schon dort sein. Lebewohl, bis nachher!" –

Die Lokomotive setzte Feodora in der Nähe des Lagers ab, so daß Alliluew sein Gewissen bald erleichtern konnte.

Er erzählte ihr zuerst von seiner gestrigen Disposition. Die Sache mit den Listen hatte er mit Milan und Sadlokal erledigt.

„Feodora", strahlte er, „du hättest die beiden im Netz zappeln sehen sollen! Den Lokal habe ich mit seinem ehemaligen Regiment fertiggemacht..."

„Der ist nebensächlich und harmlos", fuhr ihm Feodora in die Rede. „Aber der Arzt, wie ging das?"

Alliluew wurde verlegen. „Gar nicht gut. Damit die Sache durch Sadlokal nicht ins Lager getragen würde, habe ich den nach seiner Abreibung hinausgeschmissen und Prowotkin dolmetschen lassen."

„Heiliger Nikolai!" stieß Feodora aus. „Warum nicht seine Sekretärin, die Apatin? Die weiß Minuten später sowieso nicht mehr, was sie gesagt hat."

„Ich weiß – aber sie macht mich nervös. Hätte ich sie doch kommen lassen, dann müßtest du heute nicht hier sitzen."

Feodora verzog das Gesicht. „Also, wo brennt es jetzt? Gab es Komplikationen?"

„Und was für welche!" seufzte Alliluew. „Ich hielt dem Doktor durch Prowotkin vor, daß ich längst weiß, was für ein Gauner er ist."

„Da hat der Doktor aber die Ohren gespitzt, was!" fragte Feodora gespannt. „Es tut mir sehr leid, daß ich nicht dabei sein konnte."

„Er hat die Ohren wohl gespitzt", fuhr der Major fort. „Aber noch mehr hat sie Prowotkin gespitzt, dieses alte NKWD=Schwein! Was sagst du nun?"

„Dasselbe, was ich eben schon sagte: man hätte die Apa= tin holen sollen. Aber da können wir jetzt nichts mehr ändern. Warum, wenn ich fragen darf, hat Prowotkin die Ohren gespitzt?"

„Weil – wenn deine Angaben stimmen – dieser Milan der Mann für Prowotkin ist. Als ich die Sache von dem Verrat erzählte, ging Prowotkins Gesicht auf, wie ein Malai. Eine regelrechte Sympathie leuchtete aus seinen Augen. Und wenn du glaubst, daß das noch ein Verhör war, irrst du dich gewaltig. Die beiden haben sich gesucht und gefunden. Pro= wotkin unterhielt sich mit ihm wie mit einem Kollegen. Und als ich sie später beide hinausschmiß, weil sie mich nahezu ignorierten, sprachen sie dort bei der Telefonstange weiter. – Ein Glück, daß mein Pilot in der Nähe war. Ich habe ihn gleich beauftragt, mir über Prowotkins Besuche bei Milan Meldung zu machen. Denn Prowotkin wird auf eigene Faust eine Verbindung mit Milan aufnehmen und noch mehr in meinem Lager herumschnüffeln. Ich brauche aber in meinem Lager kein NKWD. Das sieht immer gleich so aus, als tauge der Kommandant nichts."

Feodora hörte nachdenklich zu und fragte: „Worin kann ich nun eine Erklärung für den dringenden Anruf von eben finden?"

„Oäh, das kommt jetzt. – Als mir Prowotkin seine Ent= rüstung ausdrückte, ich würde einen Mann verurteilen, der praktisch für die kommunistische Partei gearbeitet habe, kam mir ein Gedanke. Womit ich denke, den Doktor fangen zu können.

Ich sagte nämlich: ohne Beweise glaube ich nichts – der Doktor bleibt in meinen Augen ein Verräter! Sicherlich wird er uns sagen, er habe für die kommunistische Partei gearbei= tet. Wer aber weiß, für wen er gearbeitet hat, bevor es mo= dern wurde, für uns zu arbeiten!

Da hättest du sehen sollen, wie der Doktor hitzig wurde. Die beiden unterhielten sich längere Zeit auf deutsch, dann erklärte mir Prowotkin: es befinde sich ein ehemaliger deut= scher Offizier in Rußland, der Milan sofort legitimieren könnte. Der Mann sei ein ehemaliges Mitglied von dem ‚Fuchsbau' – oder wie du ihn gestern nanntest."

„Wieso", fragte Feodora ungläubig, „kann Milan das so genau wissen?"

Alliluew lächelte überlegen. „Der Doktor muß es wissen, denn er hat diesen Fuchsbau ausgemacht und verraten – kurz bevor er sich deportieren ließ."

„Oh!" entfuhr es Feodora. „Wie gemein! Warum hat er sich aber gestellt? Er war ja sicher bei den Kommunisten!"

Wieder lächelte Alliluew. „Bei denen schon. Aber einer von den Fuchsbauleuten war bei der Aushebung nicht im Bau – und entkam so. Als der die Katastrophe bemerkte, lauerte er Milan Tag und Nacht auf. Es muß einen zermür=

benden Zweikampf von mehreren Tagen gegeben haben. Der Fuchsbaummensch scheint dem Doktor immer knapp an der Gurgel gewesen zu sein. – Als dann gerade in jenen Tagen die Verhaftungen für die Deportation einsetzten, rettete Milan sein Leben durch das Untertauchen in der Masse der Verschleppten. Denn der andere hätte ihn bis an das Ende der Welt verfolgt, um ihn zu erledigen."

Es war ruhig im Raum. Alliluews Worte hatten wie die Hagelkörner eines Sommerregens in diese Stille geknallt.

Das Kinn auf die Hand gestützt, hörte sich Feodora die Erzählung an. Als Alliluew keine Anstalten mehr machte, noch etwas zu sagen, fragte sie leise: „Wie hieß dieser – Fuchsbaummensch, der den Doktor jagte?"

„Tschort, interessiert mich das vielleicht? Über exterritoriale Geschichten mache ich mir keine Gedanken. Ich bin froh, daß ich mir den anderen notiert habe, der Milan legitimieren kann. Klappt eine Gegenüberstellung, kann der auch beweisen, daß Milan kein Arzt ist. Und darauf kommt es mir an. Dann kann ich den Doktor überführen – und Prowotkin soll ihn sich meinetwegen einsalzen. – War mir immer langweilig, der Doktor. Jetzt verachte ich ihn, als Soldat!"

„Und wie heißt der Beweismensch", forderte Feodora.

Alliluew grub aus dem Wust der üblichen Papiermassen seines Schreibtisches einen Zettel aus und las: „Der Name ist Levedong..."

„Leve...!" Feodora biß sich beherrscht auf die Lippen.

Alliluew faltete den Zettel umständlich zusammen und lachte: „Siehst du, so geht es mir auch! Wer kann diese deutschen Namen schon auf Anhieb aussprechen? Levedong – du wirst ihn dir noch genau einprägen müssen."

„Ich?" Feodora rang noch immer nach Fassung. Alliluew hatte ihr Entsetzen nicht bemerkt, das sie beim Namen Levedong erfaßt hatte. Spitz fragte sie: „Wozu soll ich ihn mir einprägen?"

„Feodora", begann Alliluew dienstlich. „Du wirst zur Zentrale nach Stalino fahren und dir sämtliche Lagernummern

aus dem Donezkij bassein geben lassen. Dann fährst du alle Lager ab und suchst nach diesem Levedong. Ich gebe dir eine gültige Sapiska mit. Du brauchst nur auf den einzelnen Stä=
ben die Listen zu lesen. – Für den Hertransport des Gesuch=
ten gebe ich dir – hm – welcher Leutnant gefällt dir am besten?"

„Sie wissen, was ich von den Kerlen halte! Also brauche ich auch nicht zu antworten."

„Dann werde ich dir Pozelui mitgeben. Der ist weder schön noch jung, er wird dich also auch nicht belästigen."

Feodora neigte sich vorsichtig nach vorne. „Kommt Poze=
lui wirklich nur wegen dem Transport des Gefangenen mit?"

Alliluew wurde ernst. „Ich wollte dich nicht kränken. Ge=
ben wir dem Kind diesen Namen. – Ihr fahrt morgen früh los. Sonst noch etwas?"

„Ja. Ich möchte Günther Plattner heute zu mir einladen. Wie Sie wissen, sind noch andere Leute hinter Milan her. Berechtigterweise, doch könnten sie unliebsame Schritte un=
ternehmen, die nur unnötigen Krach im Lager verursachen. Es genügt wohl, wenn wir den Fall erledigen."

„Ladno, du hast recht. Denn deine Fahrt kann sich über zwei Wochen hinziehen – und in zwei Wochen passiert in einem Lager allerhand. Fährst du jetzt wieder nach Tru=
dowskaja?"

„Nein, ich gehe ins Lager, um mit Milan zwei Wörtchen zu reden."

„Hoffentlich machst du keinen Blödsinn, Feodora?"

„Welche Frage!" rief Feodora zwischen Tür und Angel. „Keine Sorge, nur eine kleine, persönliche Abrechnung. Proschtschaite!"

Feodora tänzelte, wie alle Mädchen, wenn sie ein Haufen Männer anstaunt, über die Lagerstraße. Sie hatte diese Straße noch nie so bevölkert erlebt wie heute. Das Kommando Kreutzer vermehrte sich nämlich von Stunde zu Stunde, weil

Milan die nützliche Feststellung gemacht hatte, daß die Pflanzerarbeit den ‚Wasserleichen' bestens bekam. Sie saßen an der gesunden Sonne, tauschten alte Episoden aus und reihten Steinchen an Steinchen. Hauptsache, die Zeit verging trotz der geschwollenen Beine, und das gelegte Mosaik zeigte im Endeffekt einen Sowjetstern.

Am intensivsten nahm Kreutzer Feodora aufs Korn, der ganz oben, an der Spitze der Arbeitskolonne, mit den Gesündesten Löcher aushob.

Als sie ihn im Vorübergehen fast streifte, gelang es ihm nicht, den Mund zu halten. „Wohin des Wegs, Generalin?" fragte er.

„Ins Kino!" antwortete Feodora und blickte Kreutzer an, daß diesem die Schnurrbartspitzen zitterten. „Gehen Sie mit, Sie alter Flugkapitän?"

„Oh nein!" sagte Kreutzer. „Ich habe hier Kino genug. Sehen Sie sich die Leute an: jeder Mann ein Film! Wenn ihr mit euren Krautsuppen so weiter macht, besteht das Lager bald nur noch aus Revier."

Feodora ließ ihn achtlos stehen und schwenkte zum Revier ein.

Kreutzer warf seine Spitzhacke zu Boden und drückte sich hinterher. –

Feodora fand den Doktor bei einer Zigarettenpause in seinem Zimmer. Er stand langsam auf, als sie so unerwartet eintrat. Weder er, noch Feodora sagte einen Gruß.

Nach einigen lautlosen Augenblicken sagte Feodora: „Einmal haben Sie mich angelogen. Versuchen Sie es heute noch einmal, bringe ich Sie binnen kürzester Zeit zur Strecke. Beantworten Sie mir die kurze Frage: kannten Sie Viktor wirklich nicht? Auch nicht dem Namen nach, bevor Sie in den Waggon kamen?" Sie stand so nahe, daß sie jede Bewegung in seinem Gesicht beobachten konnte. Aber es bewegte sich nichts. Entweder hatte er mit ihrem Erscheinen gerechnet oder es beschäftigten ihn andere Dinge mehr – die ihm seit gestern wichtiger erschienen.

Nach anfänglichem Schweigen sagte er: „Es scheint mir fast eine Geistesarmut von Ihnen, mir immer wieder die=selbe Frage zu stellen! Fällt Ihnen wirklich nichts Besseres ein? Sie sehen doch nicht dumm aus!"

Feodora überhörte die Beleidigung und sagte in gleich=mäßigem Tonfall: „Wie Sie wollen. Würden Sie mir dann verraten, wie der letzte Mann aus dem Fuchsbau hieß, der Sie so gejagt hat, daß Sie in ein russisches Arbeitslager flohen?"

Hatte sich sein Gesicht jetzt geregt? Es war kaum zu be=haupten. Milan sagte: „Es scheint mir nicht wert, mein Hirn darüber anzustrengen, da mir Ihre Person nicht amtlich ge=nug ist. – Ich möchte nur den ganz ausdrücklichen Wunsch äußern, von einer nochmaligen Belästigung Ihrerseits ver=schont zu bleiben."

Feodora schürzte die Lippen. „Es ist schwer zu sagen, ob sich Ihr Wunsch erfüllt. Es scheint mir eher wahrscheinlich, daß ich Sie noch mehr belästigen werde. Dann allerdings offiziell!" –

Feodora trat auf den Flur und fiel bald über Kreutzer, der anscheinend gerade vor Milans Tür etwas im gestampften Lehmboden verloren hatte. Denn er starrte gebückt auf eine kleine Fläche im Boden, die sich aber kaum von anderen Stellen unterschied.

Sie sagte: „Hoppla! Sie, Pilot, wissen Sie, wie Sie aus=sehen? Wie ein Hund, der Fährte nimmt! Was haben Sie eigentlich verloren?"

„Die Fährte", sagte Kreutzer. „Sagen Sie, was ist seit ge=stern eigentlich los? Es wird Ihnen nicht unbekannt sein, daß ich mit dem Major sehr eng befreundet bin – wegen dem Auto, Sie wissen doch."

„Ja, ich weiß", antwortete Feodora. Sie überging Kreutzers Frage, indem sie selbst fragte: „Sagen Sie mir lieber etwas anderes. Man hört so munkeln, daß Milan einen Stein auf den Hinterkopf bekommen hat . . ."

„Na, na", warf Kreutzer ein. „Ein Stein ist schon ein biß=

chen übertrieben! Sagen wir lieber ein Holz – oder, na es ist ja egal. Warum?"

Feodora faßte ihn am Arm, während sie langsam der Straße zuschritten. „Wissen Sie, wer der Täter war?"

Kreutzer vertrat sich den Knöchel. „Wie soll ich das wissen – verdächtigt jemand etwa mich?"

„Nicht ohne Sie zu bewundern! Aber das ist jetzt Nebensache. Wichtiger ist, Sie trauen sich etwas Ähnliches zu. Na, wie ist es?"

Sie waren am Spalier der Kirschbäumchen angekommen. Kreutzer bog eine Krone zur Seite und zeigte auf die Triebe. „Ich glaube, die schlagen nie aus. – Sagen Sie, wer soll denn die Narkose bekommen?"

Feodora sah interessiert auf die dünnen Zweige. „Derjenige, der sie schon einmal bekommen hat!"

Kreutzer ließ das Bäumchen zurückschnappen. „Wann und wo?"

„Das ist noch unbestimmt. Wahrscheinlich, noch bevor die Triebe ausschlagen. Und wo, das hängt von den Umständen ab."

„Es ist gut!" sagte Kreutzer, und dachte: sehe ich eigentlich so vielseitig aus, daß man mir lauter derartige Aufträge gibt? Den einen soll ich beobachten, den anderen gleich niederschlagen – wenn das so weitergeht, bin ich hier eines Tages noch Lagerkommandant! – Habt ihr euch gedacht!

Entgegen der Prognose Alliluews, innerhalb von zwei Wochen passiere in einem Lager allerlei, trat für die nächsten Tage eine Stille ein. Jeder Sturm, sei er von noch so geballter Kraft, will sich einmal legen.

Am meisten empfand diese Ruhe Alliluew selbst. Seit Feodora mit Pozelui ihre Suchaktion im großen Kohlengebiet des Donezbeckens angetreten hatte, konnte er sich wieder ganz der friedfertigen Arbeit in seinem Lager widmen. Besonders an der großangelegten Verschönerung der Wege hing sein ganzes Herz.

Mit Sadlokal schloß er wieder Frieden und verzieh ihm seinen faux pas. Denn der gesinnungsweiche Ferenz Sadlokal hatte nicht umsonst Stunden angestrengter Geistesarbeit, über seine stumme Bratsche gebeugt, verbracht. Er brach den Zorn seines Majors, indem er dessen kurz nach Ostern geäußerten Wunsch in die Tat umsetzte: Sadlokal gründete den Gesangverein ‚Donez=Pirole' mit der Ehrenpräsidentschaft Alliluews.

Es fand sich zwar für den Anfang kaum ein Dutzend sangesfreudiger Männer. Dafür aber eine musikalische Elite, die um der nackten Kunst willen unter den Taktstock Sadlokals trat.

Zum Probezimmer schenkte ihnen der Major den Karzer. Dieser Raum hatte sich allmählich als unnötig erwiesen und fand somit eine ehrenvollere Verwendung.

Wenn abends, bis spät in die Nacht, Lieder aus den geöffneten Fenstern erklangen, erinnerten nur noch die Eisenstäbe an die ureigentliche Bestimmung dieser Mauern.

Sadlokal hatte Hände und Kehle voll zu tun, um dem reichhaltigen Programm, das Alliluew für den 1. Mai entworfen hatte, gerecht zu werden.

Besondere Schwierigkeiten bereitete ihm die Einstudierung der russischen Lieder, mit deren einem es seine nennenswerte Bewandtnis hatte.

Als passiver Kunstfreund konnte es Alliluew nicht lassen, schon während der ersten Probe des jungen Chores stummer Zuhörer zu sein. Anschließend daran forderte er Sadlokal auf, ihn für einen kurzen Spaziergang auf der Promenade zu begleiten.

Während sie unter dem prachtvollen Nachthimmel dahinschritten, sagte Alliluew leicht verlegen: „Lokal, ich habe ein Gedicht gemacht!"

Wäre dem ahnungslosen Sadlokal ein Stein auf den Fuß gefallen, hätte er nicht jäher seinen Schritt verhalten. „Sie?" fragte er ehrlich verwundert. Dann erinnerte er sich, wer eigentlich neben ihm ging, und verbesserte sich eiligst. „Sie machen auch Gedichte?"

Alliluew beugte gegen zu erwartende Lobhudeleien vor. „Na, Lokal, so schlimm ist es nicht. Nur eines, als Leutnant noch, im Defensivkrieg. Es soll auch unter uns bleiben, verstanden!"

Sadlokal verstand ihn nur zu gut und nickte. „Was, wenn ich fragen darf, soll mit dem Gedicht geschehen, Towarischtsch Major?"

Alliluew rieb sich die Hände. „Es scheint mir wert, ein Lied daraus zu machen. Du, Lokal, sollst es vertonen! Als Musiker hat man doch auch eigene Einfälle. — Mein Gedicht ist übrigens sehr kurz."

„Mariandjosef!" flüsterte Sadlokal und fühlte sein Musikerblut wallen. „Vertonen? Wo ist das Gedicht?"

„Hier!" Alliluew nestelte umständlich ein Papier aus der Blusentasche, wobei er verstohlen um sich sah, so, als befürchte er, ertappt zu werden.

Mit vor Aufregung zitternden Fingern ergriff Sadlokal das Gedicht und überflog es. Es hieß auf deutsch etwa: ‚Wir sind aus Dynamit'! — Noch suchte er die inneren Zusammenhänge der einzelnen Verse, als Alliluew ungeduldig fragte:

„Na, was sagst du, Lokal?"

„Es gefällt mir ausnehmend gut", bemerkte dieser für den ersten Anprall. Dann setzte er eine erleuchtete Komponistenmiene auf, sah einmal kurz in den Nachthimmel und sagte schicksalsschwer: „Ich glaube, mir schwebt schon eine Melodie vor. Ich werde es schaffen, Towarischtsch Major!"

Der Major klopfte ihm auf die Schulter. „Charascho! Das Lied kommt an die Spitze des Programms. Der Polkownik wird Augen machen!"

„Bestimmt, er wird Augen machen", brummte Sadlokal und schritt feurig bewegt in seine Behausung, um den Vorentwurf seines Einfalls auf Papier zu zwingen.

Und dieses Lied, das wie ein kurzer Fanfarenstoß dem Polkownik entgegenschmettern sollte, bereitete dem Chor

abendfüllende Mühen. Alliluew selbst scheute keinen Auf=
wand an Sprachunterricht, denn der Text sollte in seiner
Urfassung, also russisch, gesungen werden. –

Eine gottbegnadete Ruhe legte sich auch über Inges Lei=
den. In diesen Tagen vor dem 1. Mai schien sie die Krise
überwunden zu haben. Sie lag den ganzen Tag über an der
Sonne, schleppte sich öfter sogar bis zum Küchenfenster, um
Frau Stefan vom Fortschritt ihrer Genesung zu überzeugen. –

Selbst Bulion wurde in diesen Tagen wieder der alte. Er
hatte seiner Verschwendungssucht Luft gemacht und ein
sündhaft=teures Brot auf einen Sitz verschlungen. Die kör=
perlichen Folgen davon waren das, was man volkstümlich
einen schweren Leib nennt. Seelisch belastete ihn dieses Übel
keineswegs, denn nun wußte er, wie das ist, wenn man
schlemmt. Mehr wollte er nicht wissen und war zufrieden.
Zumal auch das Loch im Stacheldraht seine Erwartungen
übertraf und ihm mehrere Stunden lästiger Wartezeit ver=
kürzen half. –

Der Gipfel dieser harmonischen Lagerära fiel auf den
ersten Mai selbst.

Schon der glückliche Umstand, daß keiner, aber auch wirk=
lich keiner, an diesem großen Feiertag der Sowjetunion arbei=
ten mußte, schaffte die Gewähr einer echten Feiertagsfreude.

Die Sonne hatte sich noch kaum angeschickt, ihr Gold auf
diesen Tag zu schütten, als der Trompeter Andreas Guist
eine Reveille blies, die mehrere Liter Tränen forderte. Dabei
tat er als alter Dorfturmbläser nur das, was man am 1. Mai
noch im Morgendämmern tut: man bläst das Mailied.

Er begann seine Ständchenrunde bei der vor Staunen ge=
lähmten Lagerwache und wanderte langsam die Promenade
entlang.

Wenn es nach ihm gegangen wäre, hätte er selbst vor den
Toren Stalinos nicht haltgemacht und mit speicheltriefendem
Instrument geschmettert: „Der Mai ist gekommen!"

Aber erstens waren seine Schritte als Gefangener gezählt,
und nicht zuletzt war zwischen 7 und 10 Uhr mit dem Er=

scheinen des Polkowniks zu rechnen. Also setzte er am Ende der Promenade die Trompete ab und begnügte sich mit der Hoffnung, auch dem letzten Lagerwinkel den Mai eingeblasen zu haben. –

Der Polkownik kam pünktlich zwischen 7 und 10 Uhr. Verständlicherweise nicht, wie einst im Februar auf seinem Schlitten, sondern, jetzt im Mai in einem funkelgorgonzola= grünen Studebaker Typ Jeep.

Die anfänglich stürmische Begrüßung Alliluews nahm im selben Maße ab, wie seine Gedanken an Erkenntnis reicher wurden, daß der Wagen nicht ihm, sondern seinem Oberst gehörte.

Für eine berechtigte Frage um die Besitzklärung des respek= tiven Gefährts ließ ihm der Polkownik keine Zeit. Er zwäng= te sich rastlos durch die Torwache und leierte, kaum daß Sadlokal ihm folgen konnte, seine Rede herunter.

Von der Baumkultur nahm er nicht die geringste Notiz, geschweige denn von dem Mosaik der Sowjetsterne. Sehr zum Mißfallen Alliluews, grub sich seine Stiefelspitze in die Konturen des ihm zu Füßen gelegenen Prachtexemplars eines Fünfzackens. Die gelben Steinchen rutschten aus dem Muster und machten das Ganze zu einem deformierten Gebilde ...

Erst am Ende seiner mustergültig kurzen Rede wandte sich der Polkownik direkt an Alliluew. Wie hoch die tödlichen Ausfälle während der Wintermonate seien? begehrte der Oberst zu erfahren.

Alliluew schoß einen sekundenlangen Einblick in seine Li= sten und meldete exakt: „67 Personen."

Der Polkownik nahm die Summe mit den äußeren Zeichen von Unzufriedenheit auf und murmelte: „Otschin plochoi – sehr schlecht!"

Der Major zuckte die Achseln und rang nach einem Thema= wechsel. Er habe, meldete er, ein Programm zusammenge= stellt – besonders ein Lied verdiene besondere Beachtung.

„Ich möchte morgen die Totenscheine in meinem Büro ha=

ben", äußerte sich der Oberst auf Alliluews Ablenkungsma=
növer. „Was soll ich mir anhören – ein Lied?"

„Ja, bitte. Ein Lied, das von einem echten Soldaten stammt,
und kampf= und haßerfüllt gegen die Faschisten ist. Der Chor
wird russisch singen!"

Mehr höflich als begierig murmelte der Polkownik: „Da=
wai, sie sollen singen!"

Wie eine Bogensehne schnellte Sadlokal zur Mitte des
offenen Vierecks und ordnete die auf ein Zeichen dressierten
Donez=Pirole.

Sie trugen schon durchwegs die gequälten Gefangenen=
Physiognomien zur Schau und hatten Körper von Haut und
Knochen. Außer Girr, der nach wie vor in seiner Wucht aus
der Reihe stach.

Nach einem kurzen Fehlstart setzten sie dann geschlossen
ein. Ins Deutsche übersetzt sangen sie:

> „Wir sind aus Dynamit
> Und brechen jede Fessel durch,
> Hört ihr schon unsern Schritt?
> Man kennt uns schon am Tritt!
> Hurra, hurra!
> Wir nennen uns Dynamiter vom Teufelsregiment,
> Feuer! Blitz und Bombard'ment!"

Der Umstand, daß das Lied sich aus nur einer Strophe zu=
sammensetzte, hatte den Major zur Anordnung verleitet,
diese eine Strophe dreimal hintereinander abzusingen. Er
rechnete dabei heiß auf die sehr undeutliche Aussprache des
Gesangvereins sowie auf die sehr eindrucksvolle Melodie,
die hauptsächlich den Polkownik fesseln würde.

Doch dieser hätte auch bei 12 Strophen das getan, was er
während der Singerei allem anderen vorzog: er verfolgte
augenzwinkernd den Flug einer ‚Rata', die ein Spruchband
am Seitenleitwerk nach sich zog: ‚Da sdrawsdwui perwüi
mai – sei gegrüßt erster Mai!', stand darauf geschrieben.

Anders reagierte die Masse der Gefangenen auf den Ge=

sang, was Alliluew überraschte. Ja, ihn fast ausgesöhnt stimmte im Vergleich zu den Beleidigungspillen, die ihm der Oberst aus noch unerklärlichen Gründen eingab.

Die Gefangenen nämlich hatten bei der ersten Strophe aufgehorcht und sich verdutzt angesehen. Bei der ersten Wiederholung begannen einige auf deutsch mitzusingen, was Alliluew vor Ergriffenheit erschauern ließ. Sollte die deutsche Übersetzung seines Gedichtes eine Überraschung Sadlokals sein?

Als sich beim dritten Durchgang mehrere Hundert dem Chor anschlossen, hörte sich Alliluew das Ganze vergleichsweise mit geschlossenen Augen an und konnte nicht sehen, wie Sadlokal bleich und bleicher wurde.

Denn die Donez=Pirole sangen in leidlichem Russisch: „Hurra, hurra! Wir nennen uns Dynamiter vom Teufelsregiment!"

Das Gros aber gröhlte: „Hali, halo! gar lustig ist die Jägerei, allhier auf grüner Heid'!"

Sadlokal hatte bei seiner noch so großen Mühe, die Gunst seines Majors auf Biegen und Brechen zu vergrößern, den kleinen Fehler begangen und für die Vertonung doch keine eigene Melodie komponiert. Wer in aller Welt konnte wissen, daß der Jäger aus Kurpfalz so populär war? Dabei hatte er noch unter dem prachtvollen Himmel jener Nacht die überwältigende Entdeckung gemacht, daß diese Melodie auf Alliluews Verse wie der Hahn zur Henne paßte. Denn keine andere Melodie war es, die ihm damals so plötzlich zugeschwebt war.

Unter ahnungsgeschwängerten Vorstellungen winkte er schließlich den Gesang ab und kehrte sich notgedrungen, aber elend in den Gliedern, Alliluew zu. Und traute seinen Augen nicht. Der Major strahlte bis unter die Frisur und kniff ihm begeistert ein Auge.

Während der Jeep' des Polkowniks wild aufheulte und auf die Rollbahn zubrauste, klopfte der Major seinem fassungslosen Dolmetscher kräftig auf die Schulter. „Charascho, Lo=

kal! Nur so weiter, ich schätze Aufmerksamkeiten wie diese. Übrigens, auf deutsch klingt mein Gedicht auch nicht schlecht. Ist die Übersetzung ziemlich wortgetreu, oäh?"

Sadlokal stapfte in einem Dilemma. Einerseits haßte Alliluew Unaufrichtigkeiten, das hatte er erst kürzlich erfahren. Zum andern aber, sollte er sich durch dämliche Ehrlichkeit jetzt alles verderben, wo es sich so unglaubhaft gut anließ?

„Towarischtsch Major", stammelte er mit schwerem Atem. „Die Übersetzung ist ziemlich genau..."

„Ladno! Was meinst du, Lokal, soll ich es wagen? Wo es den Leuten so gut gefällt?"

„Was, Towarischtsch Major?" brachte Sadlokal nur mühsam hervor.

„Na, Lokal – traust du mir nicht zu, daß ich noch zwei Strophen dazudichten könnte? Die eine wird den Leuten einmal zu dumm. Ich aber möchte das Lied öfter hören!"

Sadlokal fühlte sich vernichtet. Oder war noch Zeit, das Verhängnis abzuwenden? Da schoß ihm eine Idee durch den Kopf, vor der man grad stehen konnte. „Ich muß", sagte er, nach Festigkeit in der Stimme ringend, „Ihnen etwas sagen: Das Lied hat schon drei Strophen – in deutscher Sprache!" Ausgesprochen gelogen hatte er ja nicht.

Der Major schmiß ihm einen abgrundtiefen Blick zu. „Was soll das heißen?"

„Daß – daß sich schon einer gefunden hat, der die Strophen gedichtet hat."

Lange sah Alliluew nach dieser Erklärung zu Boden. Aber lächelnd hob er wieder seinen Kopf. „Es freut mich, das zu hören – obwohl ich damit gezwungen werde, meine Strophe nicht zu dichten. Nein, es geht wirklich nicht; ein Lied mit zweierlei Texten! Was meinst du, Lokal?"

„Es geht wirklich nicht! Es würde nur Verwirrung schaffen", bestätigte Sadlokal und bekam wieder einen kühleren Kopf.

„Charascho. Wer ist eigentlich der Dichter?"

Wieder fühlte Sadlokal, wie seine Nerven zu sirren began=

nen. Wer kennt schon den Textdichter eines deutschen Volks=
liedes? Doch schwor er sich einen Kampf bis zur letzten Pa=
trone. „Sie müssen verstehen, Towarischtsch Major, der
Mann möchte nicht genannt werden. Vielleicht können Sie
sich in seine Lage versetzen..."

„Ladno, ladno!" Der Major errötete vorübergehend. „Aber
ich möchte das Lied heute noch vollständig auf dem Stab
haben. Unser Lied, Lokal!"

„Unser Lied!" lallte Sadlokal und schluckte einmal kräftig.
Es war ihm, als verschlucke er die Hülse seiner letzten Pa=
trone.

Daß er sich anschließend auf sein Bett schmiß und eine
Stunde Erholung brauchte, beeinträchtigte keineswegs die
gehobene Maistimmung der anderen.

Sie erholten sich ebenfalls, in kleinen Gruppen an der
Sonne. Schemel wurden vor die Baracken gestellt, und im
obersten Lagerviertel, wo ein großes Stück unbebauter Fläche
lag, breitete sich Decke an Decke auf dem Boden aus. Wie
es eben auf einer Maiwiese zugeht.

Der Tag war wie eine Halbzeit. Eine Zeitscheide im Elend
ihres Stacheldrahtdaseins. Weit zurück lagen die kälteklir=
renden Wintertage, vergessen waren die Frostbeulen und Er=
frierungen.

Ebenso wenig dachte heute einer an die Epidemien der
kommenden Sommermonate. Obwohl Gerüchteexperten ihren
Gesprächsstoff bereits damit nährten.

Selbst die Turmposten wurden an der Sonne weich. Als
sich aus dem Heer der Lagernden ein junger Mann erhob
und vorsichtig dem Stacheldraht zuschritt, sah ihm das Flin=
tenmädchen zwar aufmerksam entgegen, verzog aber keine
Miene.

Roland lächelte ihr zu und schob sich in die Dreimeter=
Zone vor dem Stacheldraht, deren Streifen heilig und ver=
boten war.

Das Gesicht des weiblichen Postens blieb noch immer
stehen.

Roland erreichte den Stacheldraht, sah noch einmal zum Turm hoch und zwängte sich durch die Drähte.

Der Posten hatte wohl seine Stellung, nicht aber seine Miene verändert.

Nun wagte Roland noch zwei Schritte – und stand vor dem einzelnen Fliederstrauch, der wild auf freiem Feld wuchs. Flink brach er einige seiner Zweige mit noch sehr schwach angesetzten Blüten ab und kehrte wieder um.

Jetzt erst reagierte das Mädchen auf dem Wachtturm: es lächelte beifällig und griff geschickt nach der Dolde, die ihr Roland auf den Turm hochwarf. Sie steckte den Zweig in die Karabinermündung und winkte damit ihrer Kollegin vom nächsten Turm zu.

Roland legte den Fliederstrauß in Inges Schoß. „Der erste Flieder für unser Juwel, wie Kreutzer sagen würde. Schön ist er nicht, aber er duftet wie der Flieder zu Hause!"

„Ich bin begeistert", lachte Inge. Sie saß, in Decken gehüllt, in ihrem Liegestuhl, inmitten ihrer Freunde. Obwohl sie noch nicht den Eindruck einer Gesunden machte, lag in ihren Augen ein Abglanz ihrer früheren Fröhlichkeit. „Als was schenkst du ihn mir? Als Held, oder als Kavalier? Das eine wie das andere Lob hast du verdient. Wenn der Posten nun geschossen hätte?"

„Der hätte nicht geschossen! Ich wußte, daß er nicht schie=ßen würde!"

„Hör auf!" bat Nico und wandte sich an Inge. „Als Pfarrer hat er dir den Flieder geschenkt. Jawohl, jetzt schaust du! Erinnerst du dich noch, wie ich euch im Waggon dem alten Kreutzer vorstellte? Meine Worte werden Wahrheit: in dem Jungen steckt das Evangelium! Er hat mich in einer der letz=ten Nächte mit Bibelzitaten traktiert – ich schlage mich seit=her mit Komplexen herum! Hja, die Zeit wird nie müde, große Köpfe zu formen!"

Im Vergleich zu Nico, der ähnliche Reden ohne besondere, innere Anteilnahme daherplappern konnte, erregte sich Ro=land zu einem fanatischen Eifer: „Bei deinem Atheismus

bleibt dir auch nichts anderes übrig, als dich mit Komplexen zu beladen! Du glaubst ja an gar nichts mehr!"

Nico lachte: „Du hast dich ja auch erst geändert, seitdem du deine Freizeit beim Pfarrer verbringst und die Bibel liest, wie früher Karl May..."

„Laß die Bibel aus dem Spiel!" herrschte ihn Roland an. „Wenn man sie so wenig kennt, wie du, sollte man wenigstens die herrliche Dynamik ihrer Sprache nicht anzweifeln. Sie ist und bleibt das Buch der Bücher!"

„Ist schon gut! Wer sagt was dagegen? Mich regten nur deine salbungsvollen Worte auf: ich wußte, daß er nicht schießen würde! Einen Dreck wußtest du!"

„Hoi, hoi!" mischte sich Inge ein. „Seid ihr fest davon überzeugt, daß sich bei euren Streitereien ein Mensch erholen kann?"

„Oh, wir streiten uns doch nicht", besänftigte sie Roland. „Überleg doch einmal: was wären wir ohne Nico? Armselige Streichhölzer ohne Reibfläche!" Roland wandte sich an Kreutzer, der etwas abseits neben Girr lagerte. „Zehn Rubel, bitte! Ich habe doch die Wette gewonnen, oder!"

„Natürlich hast du gewonnen", brummte Kreutzer. „Hier hast du zwanzig. Die anderen zehn sind Sühnegeld für meine eigene Blödheit, mit euch Wetten abzuschließen."

Girr hatte dem Gespräch zwischen Nico und Roland gespannt zugehört und leider jede Pause verpaßt, sich einzuschalten. Jetzt tippte er Roland auf die Schulter und sagte: „Verlaß dich drauf, Landsmann, der Posten hätte ganz bestimmt nicht geschossen! Jetzt, wo der Roosevelt tot ist, verbündet sich der Amerikaner über kurz oder lang mit Großdeutschland und knallt die paar Rußkis über den Haufen."

„Entschuldige Girr", sagte Kreutzer skeptisch. „Was hat der Roosevelt mit den Postenmädchen hier zu tun?"

„Das sag ich dir sehr schnell. Weil der Russe jetzt vor dem Amerikaner bibbert. Die können es sich nicht leisten, so mir nichts dir nichts Kugeln in die Gegend zu pfeffern. Wenn sie hier im Hinterland noch Kugeln haben! – Den Marabu haben sie vor einer Woche auch zum Militär eingezogen. Er bewacht im Schacht Perwoje Maja die Kohlenwaggons und besuchte mich neulich mit geschultertem Gewehr. Was glaubst du, was der in seinen Patronentaschen hatte? In der einen Machorka, in der anderen Semetschki! Na, ich bitte dich, Kreutzer, ist das noch eine Armee?"

Roland, der den Marabu kannte, lachte auf. „Was, hast du deine erste Kraft verloren? Wie geht es dem Rotzlöffel? Bei seiner Auffassungsgabe spielt der bestimmt schon Tarock!"

„Tut er nicht", sagte Girr. „Der liegt zur Zeit in Stalino im Hospital."

„Hat er die Masern?"

„Nicht ganz. Der Marabu wollte ihn ein wenig mit dem Gewehr erschrecken, zielte auf ihn und drückte ab. Irrtümlicherweise mußte im Magazin doch eine Patrone gewesen sein; denn dem Rotzlöffel ging sofort die Luft aus und er klagte jämmerlich über einen Lungenschuß. – Für mich ist das Alleinsein in der Schmiede außerordentlich ermüdend – wie ihr euch wohl denken könnt!"

Diese ungewollt heitere Erzählung Girrs löste für den weitesten Umkreis eine Lachwelle aus. Besonders Nico erholte sich nur schwerlich. „Also wird doch noch geschossen!" japste er.

„Schon", gab Girr unwillig zu. „Aber nur aus Spaß!" –

Wie wohl nun die einzelnen Gemüter ihre persönlichen Grenzen für Spaß zu umreißen versuchten, hatte Girr, in seiner mehr als einfältigen Auffassung, das Gesicht des Krieges in ein sehr warmes, hoffnungsfreudiges Licht gestellt. Dazu sogar noch die Wirkung einer Waffe zu einem Spielzeug für einfallsarme Greise verniedlicht. Als Verbildlichung hierzu wiegte sich, für alle sichtbar, die Fliederdolde im Karabinerlauf des Turmpostens. –

Spät abends, als schon alle Lichter brannten, lagerte noch immer eine kleine Gruppe im spärlichen Gras der Maiwiese.

Obwohl der Wind mehr als erfrischend blies, hielten sie es recht lange am selben Fleck aus.

Nico kniete vor einer Karte und flüsterte: „Ihr seht also, wir haben rund 1500 km auf russischem Boden zurückzulegen. Davon mindestens die ersten 500 zu Fuß – und zwar nachts. Die Tage können wir in den hohen Getreidefeldern verbringen. Und wo kein Getreide wächst, wird genügend wilde Flora sein – und vor allem keine Menschen."

„Was glaubst du", fragte Inge, „wieviel Tage brauchen wir für die Fußreise?"

„Wenn wir 20 km pro Nacht schaffen, sind wir in dreißig Tagen in der Manytschniederung."

„Ist 20 km nicht sehr wenig pro Nacht?" erkundigte sich Conny.

„Wohl kaum." Nico faltete die Karte bedächtig zusammen, als handele es sich um ein Heiligtum. „Du mußt bedenken, daß wir nach dem Kompaß gehen und recht selten geeignete Wege finden werden, die zufällig in unserer Marschrichtung liegen. Zudem müssen wir Ortschaften und Hauptverkehrsstraßen sowieso meiden. Das Querfeldein wird uns als einzige und sicherste Möglichkeit übrig bleiben. Da möchte ich den sehen, der auf einem Acker mehr als 20 km in der Nacht schafft! Zumal die Nächte im Sommer bekanntlich sehr kurz sind."

Günther fand es an der Zeit, sich einmal zu räuspern. „Und wem sagen wir den richtigen Termin?"

„Keinem! Nicht einmal dem alten Kreutzer oder meiner zukünftigen Schwiegermutter. Zeit zum Händeschütteln ist in den letzten Minuten immer noch genug. Mehr als Glück wünschen kann uns auch keiner! Und wenn wir beim Start bereits Schwierigkeiten haben, können wir uns einbuttern lassen. – Es wird schwer genug sein, unsere Sachen hier nach und nach zu verkaufen. Aber tut mir den Gefallen und verscheuert, was irgendwie Rubel einbringt. Versteckt die Konserven, wo ihr wollt und könnt, aber schafft Lebensmittel heran! Wenn wir für drei Wochen verpflegt sind, kann uns nichts mehr passieren. Dann sind wir schon über dem Don. –

„Aber die türkische Grenze!" warf Inge ein. „Ist das nicht das schwierigste Stück?"

„Ach wo – das sind Stunden. Überleg nur, was wir dann schon hinter uns haben und wieviel Raffinessen wir kennen. Als durchtriebene Steppenläufer werden wir durch Tiflis bummeln!" Nico sprach begeistert. Es war ihm durchaus bewußt, daß er das Haupt dieses Unternehmens war. In die daraus erwachsende Verantwortung warf er alles hinein, was ihm dafür von Natur aus gegeben war: Geist, Energie und Überredungskunst. Nahezu fanatisch verwarf er Zweifel, die bei diesem oder jenem Punkt aufkamen. Andererseits pickte er mit buchhalterischer Pedanterie wunde Stellen aus dem Gerippe seines bis in die letzte Einzelheit aufgebauten Planes heraus und gab keine Ruhe, bis nicht alles, aber auch alles, sicher saß. Theoretisch wenigstens. –

So verbrachte diese kleine Gruppe Verschworener die noch freien Stunden des Abends in Decken gehüllt hinter der letzten Baracke. Das Gespräch dehnte sich bis zum schwierigsten Problem: dem Start!

Nico hatte noch keine feste Vorstellung davon. „Ihr fragt mich hierüber vergebens. Wer weiß, wo wir in sieben Wochen arbeiten? Nur eines weiß ich gewiß: es wäre tölpelhaft, von hier aus dem Lager auszubrechen. Von der Arbeitsstelle aus muß es geschehen. Und das richtet sich ganz nach deren Struktur. Doch verlaßt euch darauf, auch das wird gelöst! So wie wir uns für die ganze Angelegenheit zum Grundsatz gemacht haben: wir wollen keine freigewordene Horde werden, sondern eine eingespielte Truppe, die sich geschickt aus einem Kessel hinauslaviert! – Was ist denn das? Wer singt da drüben?"

Vom Lagertor her wehte der Westwind den Gesang eines mehrstimmigen Chores herüber.

„Das ist Sadlokal mit seinen Donez=Pirolen", flüsterte Ro=

land. „Sie bringen Alliluew ein Ständchen. Hört ihr? Sie singen: Wetscherni swon."

Unregelmäßig, stoßweise wie der Wind eine Melodie zerfetzt, rauschte das Lied über das Gras.

Inge reckte sich lauschend höher und fragte: „Wie eigenartig das Lied klingt, nicht? Was heißt: Wetscherni swon?"

„Wörtlich übersetzt bedeutet es: ‚Abendliches Geläute'. Es ist ein russisches Volkslied und Sadlokal hat es dem Chor einstudiert."

An Connys Schulter gelehnt, wiederholte Inge eine der zugewehten Strophen: „Nie kehrt es mehr, das Lebensglück, mit süßem Trug zu mir zurück! – Was für eine Philosophie in so alten Liedern doch steckt! Ich finde die Strophe verblüffend im Ausdruck der ostischen Auffassung von Glück: Es ist süßer Trug! Hat nicht auch irgendein Philosoph bei der Definition vom Glück gesagt, es sei bloß ein vorübergehendes Narkotikum – oder so ähnlich?"

„Das war Nietzsche", sagte Conny. „In ‚Jenseits von Gut und Böse'."

Roland wurde unruhig. „Meint ihr nicht, daß man diese Begriffe viel einfacher klären kann? Ich will nicht speziell auf die Heilige Schrift zurückkommen..."

„Mir langts", seufzte Nico und erhob sich. „Ich war bis heute der Meinung, daß der 1. Mai kein christlicher Feiertag sei. Gute Nacht!"

Da der Wind an nächtlicher Kühle zugenommen hatte, rafften auch die anderen ihre Decken zusammen und begleiteten Inge bis zum Revier, in dessen Tür eine Gestalt lehnte.

Es war Irma. Sie faßte Inge beim Arm und flüsterte: „Ich wollte dich gerade rufen. Du mußt dich noch sehr schonen! Aber nun bist du ja da – schlaf gut!"

„Eine ziemlich dicke Freundschaft, wie?" fragte Conny, als Irma wieder verschwunden war. „Woher kommt das?"

Inge biß sich auf die Lippen. „Och, das erzähle ich dir ein anderes Mal – vielleicht, wenn wir durch Tiflis bummeln." Sie gab Conny einen flüchtigen Kuß und lief in die Baracke.

Aus dem offenen Korridorfenster rief sie: „In ein oder zwei Tagen werde ich hier entlassen. Wißt ihr eigentlich noch, wann ich Geburtstag habe?"

„Am 20. Mai!" antwortete Conny.

„Merkt euch das Datum und haltet den Abend frei. Ich sage es schon jetzt, statt Karten!" Dann tauchte sie im Dunkel unter.

Die drei Freunde schlenderten ihrer Baracke zu. Sie sprachen nichts und dachten alle mit Unwillen an den kommenden Arbeitstag. Diese ernüchternde Besinnung ist wohl das Ende jedes erlebnislosen, ruhigen Feiertags. –

Es gibt Menschen, die können über ihnen gegebene, aber nicht eingehaltene Versprechen Gras wachsen lassen.

Nicht so Mitzi Schuster, die Bademeisterin. Alliluews Einflüsterungen während des Osterballs hatten sie tagelang in verzückter Freude gewiegt. Die ergebnislosen Wochen darauf aber bildeten den Nährboden sehr konkreter Überlegungen, deren Verwirklichung Mitzi für äußerst dafürhaltend fand. Und da ihr Grundsatz für die Erledigung solcher Angelegenheiten lautete: lieber jetzt als gleich, sagte sie sich nach einer ausgiebigen Morgentoilette: also sofort!

Freilich, dachte sie bei der Gesichtsmassage, es ist so gut wie ein Bittgang.

Dann lehnte sie den Spiegel etwas schräger an das Gurkenglas, damit sie ihre Halspartie genau ins Bild bekam, und beschönigte die eben gemachte Feststellung: vielleicht vertuscht eine geschickte Wahl in der Garderobe den Bittgang. Und es wird – hm, kann man das Gegenteil Triumphzug nennen?

A propos Garderobe, dachte sie, erhob sich und streifte einen grauen Leinenvorhang von einem Holzrahmen.

Mein kläglicher Bestand! seufzte sie, angesichts der sehr dezimierten Zahl ihrer Kleider. Das Beste war bereits über die Organisation Kreutzer & Bulion auf den Basar gewandert.

Haben müßte man ein helles Frühjahrskostüm, überlegte sie. Nehmen muß ich entweder das braune Woll= oder das flaschengrüne Samtkleid.

Unschlüssig ließ sie sich auf irgend einen Warenbestand Kreutzers nieder. Braun oder grün? Wolle oder Samt? Hei= kel wie das Problem war auch die Wahl. Und doch kam nur eines in Frage: grüner Samt! Selbst die Geschmacklosigkeit der Wiederholung hielt Mitzi nicht davon ab, dieses Kleid vom Bügel zu nehmen. Konnte nicht gerade die Erinnerung den Erfolg bringen?

Noch ein Hauch Puder, einige Tropfen Lavendel an Schlä= fen und Ohrläppchen – und Mitzi Schuster war startbereit.

Milan, der ihr gleich hinter dem Barackenausgang mit einer Beschwerde über Krätzekranke daherkam, ließ sie mit bedauerndem Lächeln stehen und schritt weiter. Auf der La= gerstraße wollte Kreutzer sie in ein kameradschaftliches Ge= spräch verwickeln, doch sie schob ihn achtlos zur Seite.

Nur Sadlokal kam recht günstig in ihre Bahn. Er durfte sie durch die Wache geleiten, staunte aber nicht wenig, als sie sein Anerbieten, für sie bei Alliluew zu dolmetschen, überlegen ablehnte. „Eine Frau spricht mehr Sprachen, als es Völker auf der Erde gibt", warf ihm Mitzi über die Schulter zu. –

Sie schwebte in der ihr angeborenen Gangart in den Flur der Stabsbaracke und unterdrückte einen berechtigten Auf= schrei.

Drei Komsomolzen bauten sich wie ein Mauersockel vor ihr auf und bettelten: „Barischna, dawai konfekti!"

„Ihr Blutegel habt mir in der Galerie gerade noch gefehlt", schimpfte sie und fingerte aus der Handtasche drei Malzbon= bons.

Die Jungen sagten: „Bolschoe spaszibo!" und zerbissen die Bonbons dankbar grinsend, ohne sich jedoch von der Stelle zu rühren.

Mitzi verabreichte dem ersten einen sanften Klaps und

sagte: „Nun steht hier nicht so dämlich herum! Hopp, macht mal der Tante Platz, sie will zu Väterchen Alliluew!"

„Nix Alliluew!" feixte der Beklapste. „Alliluew konferenz, nikakoi tschelowek..."

„Kakao, Kakao!" äffte Mitzi nach. „Was soll das schon für eine Konferenz sein? Also flott, macht Platz!"

Doch die Jungen ließen nicht mit sich reden. Sie handelten auf den sehr strikten Befehl des Majors, keinen in sein Zim= mer zu lassen.

Mit dem entrüsteten Gebaren einer Frau, die nicht ge= wohnt ist, lange zu warten, ließ sie sich schließlich auf der Wandbank nieder und suchte im Streichholzspiel der Kom= somolzen Ablenkung – hinter dessen Regeln sie nicht ganz kam. Selbst dann noch nicht, nachdem sie sich in mehreren Runden daran erfolgreich beteiligt hatte. Erfolgreich inso= weit, daß sich die ihr zugeschobenen langen Streichhölzer mächtig vermehrten. Erst als die Jungen auf diese Hölzer deuteten und erklärten, für die langen müsse sie je ein Malz= bonbon zahlen, während sie selbst für die kurzen je einen Sonnenblumenkern zahlen wollten, sank Mitzis Gutmütig= keit auf Null.

„Bah!" rief sie empört. „Ihr habt mich betuppt! Behaltet eure Semetschki – die russische Schokolade schmeckt mir nicht! Ich bin mit euch quitt und perdü!"

„Perdüj! Perdüj!" grölten die Komsomolzen und mischten die Streichhölzer in einer speckigen Mütze für das nächste Spiel.

Mitzi hatte noch kaum ihre Gedanken dem ureigentlichen Grund ihres Hierseins zugekehrt, als Alliluew seine Tür auf= riß und einen aufgeregten Blick in den Flur schmiß.

„Tschto takoe?" brüllte er seinen Läufern zu und erkannte Mitzi, die sich spiralenförmig von der Bank erhob. Alliluew starrte sie an, als erblicke er das Kreuz des Südens, und trat ihr neugierig entgegen.

„Towarischtsch Major!" klimperte Mitzi und reichte ihm

die Hand, deren Creme=Aroma Alliluew bis in die Knöchel aufweichte.

Bei einem ausgiebigen Händedruck ging sein Blick unsicher in Mitzis Samtgrün unter. Dann erinnerte er sich, daß er eigentlich rot sah und trat einem Jungen ins Hinterteil. „Emil", donnerte er dazu. „Hol den Doktor!"

Emil schoß bedingungslos ins Freie. Seine Kollegen beugten sich gelassen über das Spiel; es war in den letzten Wochen nichts Sensationelles mehr, daß der Doktor öfter zum Stab gerufen wurde.

Aber Alliluew fand es sensationell, daß Mitzi ihn besuchte. Er hielt noch immer ihre Hand fest umschlossen, mit zeitlich unabsehbarer Hingabe.

Deshalb äußerte Mitzi in ihrem Gefangenen=Russisch das Verlangen nach einem Stuhl.

Wie aus einem Traum erwachend, stammelte Alliluew: „Sitschasz – sofort!" und zog sie in sein Zimmer.

Es waren gleich vier weibliche Augenbrauen, die sich merklich schnell in die Höhe zogen. Denn Feodora fand das Erscheinen dieser affektierten Gefangenen ebenso deplaciert, wie Mitzi es störend fand, in der Anwesenheit einer zweiten Frau den Major an seine Versprechungen zu erinnern.

Der ahnungslose Alliluew verwünschte am meisten diese verzwickte Situation. Sein Blick wechselte Unheil witternd von der neben ihrem Reisekoffer lässig lümmelnden Feodora zu der sich umständlich auf den Stuhl drapierenden Mitzi. Die einzige Brücke zwischen den zwei Frauen bestand in der Visierlinie ihrer giftigen Blicke, mit denen sie die Luft in Streifen schnitten.

In diese Spannung platzte Feodoras Stimme: „Von wem haben Sie eigentlich die Erlaubnis, das Lagertor zu passieren?"

„Wie bitte?" Mitzi dampfte förmlich. Schon lange hatte sie sich gewünscht, mit dieser Person, die Hans Girr wochenlang das Leben zur Hölle machte, einmal abzurechnen. Jetzt war also der Moment da, bloß reichlich unvorhergesehen. Des=

halb fehlten ihr auch die passenden Worte. Ihrer Seele Luft machend, dehnte sie nochmals hervor: „Wie bitte?" Diesmal klang es schon spitzer. Das ‚e' bereits ein halbes ‚ö'. Und überhaupt, so richtig aus dem Profil herausgeschleudert.

Alliluew hatte nicht die innere Sammlung für das sich anbahnende Damen-Doppel. Er forschte vielmehr nach dem Begehr Mitzis. Mit wohlwollendem Unterton in der Stimme; wie sich denken läßt.

Durch Feodora befragt, merkte Mitzi, daß sie nun endlich an der Adresse ihres Wunsches war. „Ich will nun endlich wissen: werde ich Kindermädchen beim Major, oder nicht? Meinetwegen führe ich ihm auch die ganze Wirtschaft. – Aber eines sage ich Ihnen gleich von vorneherein, Fräulein: mit mir reden Sie anständig! Erstens habe ich schon bessere Zeiten gesehen, abgesehen davon bin ich im dritten Monat!"

Über Feodoras Gesicht glitt ein geringschätziges Lächeln. „Das eine wie das andere ist Ihre Sache. Das erstere beeindruckt mich nicht, für das letztere habe ich kein Verständnis. Warum sollte ich mit Ihnen unanständig reden – wo ich es gar nicht vorhatte! – Also soll ich den Major fragen?"

„Ich möchte sehr darum gebeten haben!" Mitzi gab es nicht auf, das ‚Satansweib' irgendwie zu verletzen.

Feodora sprach in der Zwischenzeit auf den Major ein. Dieser hörte sich die Sache mit gerafften Lippen an und sagte zum Schluß ein breites: „Da!"

„Der Genosse Major ist damit einverstanden", übersetzte Feodora. „Aber vorläufig nur, bis seine Frau aus dem Kaukasus nach hier übersiedelt."

Mitzi zog ihre Stirn kraus. „Der Major hat auch eine Frau?"

Feodora lachte. „Ja glauben Sie, er hat seinen Sascha in der Lotterie gewonnen?"

„Das nicht. Aber er war ja schließlich im Krieg! Es gibt unzählige Möglichkeiten, zu Kindern zu kommen."

„Ich kenne nur eine", sagte Feodora belustigt. „Aber Sie müssen es ja wissen. – Kommen wir also zur Sache..."

Sie kamen nicht zur Sache. Die Tür flog auf und Milan trat ein. Sein jugendlicher Treiber knallte von außen die Tür ins Schloß und sang mit seinen Kumpanen ein zweideutiges Soldatenlied. –

Die Ankunft Milans wirkte auf Alliluew wie eine Spritze. Er vergaß Mitzi samt ihren Forderungen und sprang vom Stuhl. Leider verstand Milan keines der hundert Worte, die ihm der Major aus allernächster Nähe ins Gesicht schrie.

Darauf hatte Feodora nur gewartet. „Was sagen Sie nun, Doktor?" fragte sie hämisch. „Wir sprechen uns tatsächlich wieder! Muß Ihnen der Major noch bekräftigen, daß ich hier offiziell bin?"

Milan hatte ob so viel Lärm die Farbe verloren. Was bedeutete die Bademeisterin in der ganzen Szene? Die wie vergessen auf ihrem Stuhl posierte und sich am Ganzen köstlich zu weiden schien.

„Was liegt denn jetzt schon wieder vor?" fragte Milan, nachdem er selber merkte, daß man von ihm etwas zu hören wünschte.

„Es liegt klar auf der Hand", erklärte Feodora, „daß Sie Major Alliluew zum zweiten Mal belogen haben. Er wird Ihnen das nicht so schnell verzeihen! Ich komme nämlich gerade von meiner Rundreise aus dem Donezkij bassein zurück. Glauben Sie, ich konnte Ihren Zeugen finden?"

„Sie haben Levedong gesucht?"

„Und nicht gefunden. Es gibt keinen Mann dieses Namens in einem Lager unserer Gattung. Wenn alles so verlaufen wäre, wie Sie dem Major angegeben haben, müßten wir ihn gefunden haben."

„Er wird gestorben sein", wandte Milan etwas kleinlauter ein.

„Auch auf den Toten=Listen ist er nicht zu finden", sagte Feodora. „Sie wissen, ich lese ab und zu gerne gerade diese Listen durch."

Erst jetzt kreuzte Milans Überlegungen ein Gedanke: „Was haben Sie überhaupt mit der Sache zu tun?" fragte er sie.

„Sehen Sie", antwortete Feodora triumphierend, „warum haben Sie mir diese Frage nicht gleich gestellt? Ich habe mit dieser Sache nicht mehr und nicht weniger zu tun, als mit dem Todesfall Viktor. Weil ich ahnte, daß hier ein Zusammenhang besteht, fuhr ich gerne von Lager zu Lager, um den Kronzeugen für Ihre Verrätertätigkeit zu suchen. Es hat wohl selten einen Menschen mit Ihrer Vergangenheit gegeben, der so sehnlich auf einen Zeugen aus dieser Vergangenheit wartete! Sie wären in den Augen Prowotkins für die nächsten Jahre der kommende Mann gewesen!

Überlegen Sie sich das Tätigkeitsgebiet: Deutschland ist morgen oder übermorgen erledigt. Hunderttausende von Gefangenen werden in unser Land kommen. Und Sie tauchen in einem Lager nach dem anderen auf und ermitteln Schuldige oder Unschuldige, die nach unseren Statuten eine schärfere Behandlung als normale Gefangene verdient haben. Na, das wäre eine Karriere!

Aber trösten Sie sich, es wird trotzdem anders kommen. Gottseidank existiert dieser Zeuge nicht, und Major Alliluew wird unter das Protokoll von Prowotkin schreiben, daß Ihre Angaben einschmeichlerische Lügen sind.

Was halten Sie jetzt von Ihrer Lage? Nebenbei bemerkt, sind wir jetzt auf Sie aufmerksam geworden. Ein ganzer Apparat wird sich einschalten, um Ihre Person zu analysieren. Es wird einiges an den Tag kommen, was man von Ihnen nie erfahren hätte – wären Sie hier einfacher Doktor geblieben. Es gibt aber Menschen, die glauben, als Parasiten vorwärts zu kommen. Es geht aber nicht! In der Sowjetunion erst recht nicht!"

Feodora schlug ihre Augenlider nieder, zum Zeichen, daß sie sich ausgesprochen hatte.

In Mitzi Schusters Gesicht hatten seit der Ankunft Milans die verschiedensten Veränderungen stattgefunden. Zuerst fand sie die Abreibung des Doktors köstlich=amüsant. Hatte sie doch dieser Mensch mit den Krätzekranken bis zur Weißglut gepiesackt. Dann, als der Name Levedong fiel, begann die Sache höllisch=interessant zu werden. Und jetzt – konnte sie mit dem Gehörten gar nichts mehr anfangen.

Mehr zur Klärung eines etwaigen Mißverständnisses, als die Aufmerksamkeit wieder auf sich zu lenken, sagte sie, zu Feodora gewandt: „Bitte, Fräulein, wenn ich mir ein Wört= chen erlauben dürfte..."

„Ach, Sie sind ja auch noch da!" rief Feodora. „Sagen Sie bloß, Sie wollen plötzlich nicht mehr Kindermädchen wer= den!"

Mitzi schüttelte Kopf und Hände. „Ich hörte eben zufällig den Namen Levedong – man ist ja schließlich nicht taub. Sprachen Sie etwa von meinem Verlobten?"

Feodora sah Mitzi mitleidig an. „Sagen Sie, finden Sie Ihre Familienverhältnisse nicht selbst reichlich verworren? Sie haben einen Freund, ein halbfertiges Kind – und jetzt auch noch einen Verlobten?"

„Wie bitte?" Mitzi spreizte diesesmal das ‚e' zu einem vollkommenen ‚ö'. „Nun werden Sie aber nicht komisch, ja! Ich sagte Ihnen bereits, daß ich auch schon bessere Zeiten gesehen habe. Ich war so ziemlich verlobt mit Hauptmann Levedong..."

„Langsam!" rief Feodora. „Richard Levedong stimmt. Nicht wahr, Doktor?"

„Ganz genau!" bestätigte Milan aufatmend. Sollte diese Bademeisterin, die er schon immer verehrt hatte, ihm den Rettungsring reichen?

Mitzi nahm ihre übliche Pose ein, wenn Sie von dieser Episode sprach. „Wo soll jetzt mein Verflossener sein? Hier in Rußland?"

Feodoras eindeutiges „Ja" war verständlicher als Milans nervöse Gestikulationen.

„Da liegen Sie aber schief gewickelt, wenn Sie das anneh= men." Mitzi seufzte einmal ernüchternd=schwer. „Nein, nein, Fräulein! Levedong ist heute wenigstens Major. Aber in Deutschland! Und nicht hier!"

„Wieso?"

„Ganz einfach: Weil er in der Nacht zum 24. August vorigen Jahres zum Westen abgerückt ist!"

Feodora war irritiert. Irgend etwas stimmte nicht. Diese Aussagen der Maria Schuster brachten ihre ganzen Kombinationen ins Wanken. Jemand log hier auf das kräftigste. – Sie umfaßte Mitzi mit einem herausfordernden Blick. „Sie müssen sich in Acht nehmen! Was Sie hier sagen, müssen Sie gegebenenfalls beeiden können. Ihren Worten nach hat Levedong im August 1944 die Stadt verlassen. Der Doktor will ihn noch am 1. Januar 1945 gesehen haben. Wie verhält sich das?"

„Mich fragen Sie? Ich weiß nur, daß ich keinen Anlaß habe, falsche Angaben zu machen. Er ist in der besagten Nacht abgefahren, alles andere ist erstunken und erlogen! Und ich glaube auch nicht, daß es mehrere Levedongs gibt, die auf den Namen Richard hören. – Was soll das Ganze überhaupt?"

Feodora gab Mitzi keine Antwort, sondern lenkte geschickt ab: „Also übermorgen sieben Uhr früh melden Sie sich hier beim Major. In der Zwischenzeit sehen wir nach einem Ersatz für die Badebaracke. – Wollen Sie jetzt bitte gehen?"

Mitzi erhob sich umständlich. „Ich habe schon viel über die berühmten russischen Methoden gelesen. Ist dieses die Hinausschmeiß=Methode?"

„Wie Sie es auffassen", lächelte Feodora. „Gemeint habe ich es nicht so." –

Lange noch, nachdem Mitzi gegangen war, sprach Feodora erregt mit Alliluew, der berechtigterweise über die neuesten Ereignisse unterrichtet sein wollte.

Milan stand bewegungslos auf seinem Platz und schien durch die beiden durchzusehen. Kein Muskel seines Gesichtes verriet eine Bewegung. Auf Alliluews Frage, was er zu Maria Schusters Aussage zu sagen habe, erklärte Milan tonlos: „Bei schwangeren Frauen leidet manchmal das Gedächtnis beträchtlich. Das berücksichtigt normalerweise jedes Gericht. Die allgemeinen Funktionsveränderungen – um nicht zu sa=

gen Störungen, rufen diese oft sehr erhebliche Unzurech=
nungsfähigkeit hervor.

Ich halte also die Äußerungen der Bademeisterin für kompletten Blödsinn. Nicht nur als Beschuldigter – sondern als Arzt."

„Als Arzt!" wiederholte Feodora und versuchte hinter die Stirn dieses Menschen zu schauen, der ihr langsam unheim= lich vorkam.

Infolge der Sprachunkenntnis zu Passivität gezwungen, traten bei Alliluew bei längeren Debatten Müdigkeitserschei= nungen auf. Auch jetzt begann er rücksichtslos zu gähnen und gab Milan einen Wink, wodurch sich dieser entlassen fühlte.

Als seine Schritte im Gang verhallten, fragte der Major: „Und jetzt, Feodora? Wir hatten uns so viel von Levedong versprochen!"

„Wir müssen wieder von vorne beginnen. Meiner Ansicht nach stellt man den Doktor einfach in Stalino vor eine Ärzte= kommission und überprüft, ob er wirklich Arzt ist."

Alliluew sah müde auf. „Gerade das möchte ich vermeiden. Soll es heißen, daß sich durch meine Unfähigkeit im Lager ein Mann als Arzt monatelang hat halten können – und gar keiner ist? Laß es uns selbst noch einmal versuchen! – Ich schlafe sowieso sehr schlecht, weil der Polkownik die Toten= listen nicht zurückschickt. Ich befürchte, die Zahl ist doch zu hoch! Nicht auszudenken, wenn es dazu noch an den Tag kommt, daß der Kerl kein Arzt ist.

Nach außen hin müssen wir ihn wegen anderen Gründen überführen. Überleg doch bitte in dieser Richtung! – Wohin gehst du jetzt? Du wirst dich einmal ausschlafen?"

„Noch nicht. Ich gehe vorher zur Baustelle am Park. Viel= leicht haben die vier Zimmerleute eine Neuigkeit für mich. Ich ahne sowieso, daß wir über sie mit diesem Fall endlich zu einem Ende kommen. Proschtschaite!"

An das Holzbein und das Asthmaleiden des Vorarbeiters und uneingeschränkten Kommandeurs des Bauplatzes am Parkhotel hatte man sich relativ schnell gewöhnt. Daß dieser verbitterte Invalide Ustschenko auch eine scharfe Rede führ= te, war letzten Endes kein Drama. Neue Besen kehren gut, verschleißen jedoch um so schneller.

Als er aber an einem schönen Morgen auf einem Gaul angetrabt kam, begann sein Name in die vordersten Linien der Diskussionsgefechte seiner Untergebenen zu rücken.

Denn wer reitet in Rußland schon seinen eigenen Gaul? Und der Gaul gehörte Ustschenko. Er war hellbraun, mager und alt. In den ersten Tagen gönnte ihm sein Besitzer eine bestimmt reichlich verdiente Ruhe. Der Gaul hatte nichts anderes zu tun, als in den Unweiten des Parks Gras zu rup= fen, insoweit es bereits stellenweise sproß. Ein Gefangener wurde ihm als Hüter mitgegeben, und es bestand keine ein= heitliche Meinung darüber, wer es wohl besser habe: der Gaul oder der Gefangene.

Eines Tages, mitten in der Arbeitszeit, schwang sich Ust= schenko auf seinen Falben und ritt davon. Entlang der Trak= torspur, die von den Materialtransportern des Sägewerks herrührte.

Als er wiederkehrte, war er bester Laune und schrie den Feierabend eine halbe Stunde früher aus.

Er ritt darauf jeden Tag fort, manchmal sogar mehrmals am Tag. Immer in dieselbe Richtung, der Traktorspur ent= lang.

Nur dem Dachkommando, den vier Freunden, fiel es auf, daß Ustschenko die Traktorspur jeweils nur bis zu einer eigenwilligen Bodenwelle einhielt, dann aber in die verschie= densten Richtungen davontrabte.

An diese Beobachtungen schloß sich die Feststellung, daß der Invalide immer dann fortritt, wenn ein frischer Material= transport eingetroffen war. Dazu kam, daß er an diesen Abenden kurz vor Feierabend auffallend nervös wurde.

Den letzten Beweis dafür, daß Ustschenko sich dem ein=

träglichen Gewerbe von Materialschiebungen in mittleren und größeren Maßen verschrieben hatte, lieferte ein Karrengefährt, das einmal anscheinend zu früh vorfuhr. Ustschenko scheuchte den Mann samt Gefährt vom Bauplatz, nicht ohne anschließend mit ihm, im vermeintlichen Schutz der Bodenwelle, den entsprechenden finanziellen Teil freundschaftlich zu erledigen.

Nico und seine Freunde lachten herzhaft über diese Feststellung. Es bereitete ihnen, als Mitwisser, eine diebische Freude, die Manipulationen ihres Vorarbeiters aus der Vogelperspektive zu beobachten. Von wo aus hätte man das abendliche Anrollen der verschiedensten Gefährte besser einsehen können, als von dem noch immer halbfertigen Dach.

Wie das leibhaftige schlechte Gewissen krochen die Karren aus dem Horizont der breiten Ebene, suchten in der Nähe der Baustelle eine Deckung und verschwanden in diesem Unterschlupf. Bis Ustschenko sie herbeipfiff. Nach Feierabend natürlich!

Und das Material nahm ab. Mochten noch so hochbeladene Traktoren aus dem Sägewerk angeächzt kommen, ihre Last war am nächsten Morgen auf das Kläglichste zusammengeschmolzen. Nicht allein durch die Verarbeitung am Bau, sondern zu einem guten Teil durch Ustschenkos Lieferungen an Unbekannt.

Es waren eben die Lieferungen des Sägewerks an Private. Freilich auf indirektem Wege, dafür aber mengenmäßig nicht unwesentlich.

Ustschenko holte seine Kunden so lange herbei, bis die weiteren Bauarbeiten eingestellt werden mußten.

„Rebjata – Kinder!" rief Ustschenko von seinem Gaul herunter. „Material njetu!" und verlas die Einteilung für die neuen Arbeitsplätze.

Nur das Dach sollte langsam seiner Vollendung entgegenblicken. Deshalb beließ der geschäftstüchtige Invalide seine Zimmerleute in ihrer luftigen Höhe, setzte zu ihrer Beaufsichtigung einen phlegmatischen jungen Mann mit blauen

Augen in die Werkzeugbude und ritt in die Weiten der ukrainischen Ebene.

Für die vier jungen Zimmerleute begann ein neues Zeitalter: das der Sonnenbad=Saison.

Nachdem ihr phlegmatischer Wächter außer für Schach nur noch für seine Braut ein gewisses Interesse zeigte, war es sehr einfach, ihn zu behandeln. Wenn alle vier streikten, sich zu einem totlangweiligen Schachmatsch zu stellen, zog er verdüsterten Gemütes ab, um bei seiner Braut Trost zu suchen. Die gleich hinter dem Park wohnen sollte.

So lebten sie ein sonniges Maidasein. Nur der ewige Hunger und das seltene Auftauchen Ustschenkos erinnerte sie zeitweise an ihr Zwangsarbeiterlos.

Mit dem blauäugigen Jüngling, der von der Schachweltmeisterschaft träumte, fiel ihnen noch ein besonderer Vorteil in den Schoß: der junge Mann tauschte ihnen weder mit Widerspruch, noch unter übermäßigem Staunen gegen Mundharmonikas, Bleistifte und Füllhalter, alte, wattegesteppte Einheitsanzüge, Koffaikas, ein.

Seit Maianfang brach im Park ein unaufhaltsames Blühen aus. Ein herrliches Fliedermeer am Rande der ungepflegten Wege, die nicht selten noch ein Laufgraben zerschnitt.

Feodora ließ sich Zeit. Bald blieb sie vor einem blauen Fliederbusch stehen und roch an seinen prallen Dolden, bald lauschte sie dem übermütigen Bienensummen um und in den Blüten.

Sie erblickte zwei aus dem Boden ragende Betonklötze und sah abschätzend zurück. Hier muß die Bank gestanden haben, dachte sie. Hier saß ich, als Prowotkin mich zum erstenmal stellte.

Sie nahm ihr Kopftuch ab, legte es auf einen der Klötze und setzte sich nieder.

Damals las ich ein deutsches Buch, erinnerte sie sich. Es war so warm wie heute – wie hieß das Buch eigentlich? Wie sehr sie sich auch anstrengte, sie kam nicht auf den Titel.

Der Inhalt war ihr damals sehr nahegegangen: eine Deutsche liebte einen Franzosen, einen Feind gewissermaßen. Sie liebte damals als Russin einen Deutschen. Auch einen Feind.

Diese Parallele hatte sie sehr beeindruckt. „Togda – damals", murmelte Feodora und erhob sich. Vergiß es! redete sie sich zu und ging weiter.

Sie wollte zu Günther auf die Baustelle, um ihm nach 10 Tagen Abwesenheit einen Gruß zu sagen. Auch wollte sie ihm von der anderen Sache berichten.

Aber was war das? Gab es neuerdings auf den Arbeitsstellen der Gefangenen auch Mittagspausen? Sie sah bereits die grauen Mauern des Baues über die letzten Akazienkronen ragen, doch war kein Laut zu vernehmen. Sie lief über den leeren Bauplatz und sah in die Werkzeugbude hinein. Aber außer einem Tisch, worauf nur Schachfiguren lagen, befand sich nichts mehr darin.

Klangen da Stimmen aus dem Bau? Sie rannte hinüber und stieg das Gerüst hoch. Auf dem Dachboden endlich erkannte sie vier halbnackte, braungebrannte Gestalten, die mit Besessenheit Karten spielten.

„Ailo!" rief sie, vom Steigen außer Atem. „Ist denn der Krieg aus? Dawai, an die Arbeit!"

Die Vier ließen vor Schreck die Karten fallen und sprangen auf, einer möglichst viel Deckung hinter dem anderen suchend, denn ihre einzige Bekleidung bestand aus einer langen Unterhose.

„Ein unvergeßliches Bild!" lachte Feodora. „Mhm, wie aufregend die Kostüme! Sdrawstwui, Günther! So sag doch schon etwas, ihr seid doch sonst nicht schüchtern!"

Nico bat: „Drehen Sie sich bitte um, wir werden gleich Gala anlegen – weil Sie es sind!"

Während sie sich anzogen, ließ sich Feodora über die hier herrschende Stille aufklären. Sie hörte verwundert zu und sagte: „Kein Gebäude wächst in den Himmel. Ustschenko sorgt eben dafür, daß dieser Bau keine Ausnahme macht. Er

wird so lange reiten, bis sein Gaul strauchelt. Oder er selbst.
— Euch gefällt es jedenfalls ausgezeichnet?"

„Danke", sagte Nico. „Wir können nicht klagen. — Darf ich Ihnen übrigens meine Freude darüber ausdrücken, Sie auch einmal privat sprechen zu dürfen. Wir sind Ihnen zu größtem Dank verpflichtet — für vieles! Haben Sie irgend einen Wunsch? Wir würden Ihnen jeden erfüllen, wenn er im Bereich des Möglichen liegt..."

„Ach, lassen Sie das", unterbrach ihn Feodora. „Sagen Sie lieber, wie geht es der Blonden? Wird sie kräftig genug sein?"

Nico sah auf Conny und sagte: „Es geht ihr wieder schlechter. Viel schlimmer als in der ersten Zeit!"

„Nein!" entfuhr es Feodora. „Das kann doch nicht sein! Woher kommt denn das?"

Conny zuckte mit den Schultern. „Wir wissen es nicht. Seit vorgestern kommt sie nicht mehr zur Ruhe. An sich haben wir auf Sie gewartet. — Besteht eigentlich keine Möglichkeit, Inge vor einen richtigen Arzt zu bringen? Das Mädchen leidet meiner Ansicht nach unnötig. Es muß doch ein Mittel gegen Bauchweh geben!"

Feodora hatte sich auf einen Balken niedergelassen. „Wir stehen hier wie in einer Vitrine! Setzt euch doch hin, nicht daß etwa der einbeinige Reiter plötzlich auftaucht. Abgesehen davon würdet ihr euch sowieso setzen — wenn ich euch das Neueste verrate."

„Du hast Levedong gefunden?" fragte Günther aufatmend.

„Keine Spur. Aber du hast mich doch gebeten, nach Paul Schrandt zu forschen, dem Bruder von der Blonden."

„Sie haben ihn gefunden?" rief Conny.

„Nicht so hastig!" sagte Feodora. „Er war im Lager Makejewka, nordöstlich von Stalino. Eine Woche nach Ostern ist er durchgebrannt."

Durch die braunen, mageren Gesichter der Jungen ging eine Bewegung.

„Durchgebrannt", murmelte Conny und nickte unmotiviert mit dem Kopf. „Wohin denn?"

Feodora sah ihn ungläubig an. „Werden oder können Sie hier beim Abschied sagen, unter welcher Adresse Sie in einigen Wochen zu finden sind? Er hat als erster einen Fluchtversuch gemacht – und es scheint ihm gelungen zu sein. Die übliche Suchaktion ist jedenfalls ergebnislos verlaufen. Er muß entweder schon sehr weit sein und lebt – oder er ist nicht weit gekommen und ist tot.

Zwei Tage nach seiner Flucht ist das Gesuch seiner Schwester im Lagerstab von Makejewka eingelaufen. Zwei Tage zu spät! Hier ist es, mit den nötigen Vermerken." Feodora zog aus ihrer Uniformtasche das Papier hervor und zeigte es Conny. „Gebe ich es Alliluew, wird er auf euch aufmerksam. Deshalb vernichten wir es hier." Sie riß es in kleine Vierecke und reichte jedem eins. „Da!" sagte sie. „Dreht euch Zigaretten daraus, das ist das Sicherste."

Es wagte keiner ein Wort. Sie blickten stumm in alle möglichen Richtungen und hatten wohl jeder denselben Gedanken: Inge darf es nicht erfahren!

Als habe sie den gleichen Gedanken gehabt, wandte Feodora sich an Conny: „Was werden Sie machen, wenn die Blonde bis zum Sommer nicht kräftig genug ist?"

„Hierbleiben", sagte Conny und kaute an seinen Lippen.

„Sie müssen sie sehr liebhaben!" Feodora erhob sich. „Um einen Arzt werde ich mich kümmern. Es wird sehr schwer sein, das sage ich jetzt schon. – Übrigens, in einigen Tagen ist der Krieg aus!"

Ihre Worte blieben ohne sonderlichen Eindruck. „Na und?" fragte Nico. „An unserem Los ändert sich damit nichts. Wir sind und bleiben diejenigen, die den Krieg schon lange verloren haben. Wir und alle Kriegsgefangenen."

„Und ich!" sagte Feodora leise. Sie band sich langsam das Kopftuch um. „Sie hatten mir die Erfüllung eines Wunsches versprochen?"

„Selbstverständlich", bestätigte Nico. „Haben Sie einen?"

„Ja. Es gibt im Lager einen Mann, der sägt aus Rinder=
knochen allerlei Figuren zum Anstecken. Die russischen
Mädchen aus der Küche tragen sie auf ihren Sonntagsblusen.
Ich wünsche mir, daß er ein Schildchen mit dem Namen Karl
Viktor sägt. Bulion soll es an sein Grabkreuz nageln. Es eilt
nicht, würde mich aber sehr freuen. Der Regen hat die
Schrift schon ganz verwaschen."

Nico nickte betreten. „Es wird so schnell wie möglich ge=
macht. Wir verehren Sie alle sehr, Feodora Rodionowa."

Günther begleitete sie hinunter. Die anderen sahen die
beiden über den Platz gehen. Feodora hakte sich ein und
winkte noch einmal hinauf.

Sie sahen aber nicht, daß sie im Park Günthers Küsse
stürmisch erwiderte.

Wohl aber fiel ihnen auf, daß Günther nach einer Stunde
nicht zu ihnen heraufkam, sondern mit dem ebenfalls auf=
getauchten Wächter an der Sonne Schach spielte.

„Da haben sich zwei Schicksalsgenossen gefunden", sagte
Nico, bereits wieder im Sonnendreß auf den warmen Bret=
tern liegend. „Ob sie zwischen den einzelnen Zügen auch
fachsimpeln?"

Roland suchte seine Hemdnähte nach Läusen ab. „Günther
schämt sich vor uns. Ich finde, wir müßten ihm eine Aus=
sprache über diese, vom rein bürgerlichen Standpunkt aus
gesehen, sündhafte Beziehung erleichtern."

„Oh Pietät!" rief Nico aus. „Du bist bloß neugierig, weil
du als einziger noch kein Mädchen geküßt hast!"

Roland ließ sich in seiner Läuserazzia nicht stören. Er er=
widerte ohne aufzusehen: „Erlaube mir ein offenes Wort,
Nico. Deine Geschichte mit Fisso glaube ich immer noch
nicht!"

Nico riß ihm das verlauste Hemd aus den Händen und
sagte wichtig: „So?"

„Ja! Du neigst zu Aufschneiderei und hast uns einen
tüchtigen Bären aufgebunden. Aber wie gesagt, sei mir nicht

böse. Daß Viktor seine Hände da im Spiel hatte, finde ich viel glaubhafter, als dein Märchen."

„Findest du?" Nico war drauf und dran, zu platzen.

„Ja!" Roland nahm behutsam sein Hemd wieder an sich.

„Und wenn wir eines Tages nach Hause kommen sollten", ereiferte sich Nico, „und ich heirate eine gewisse Fisso Stefan – was wirst du dann sagen?"

„Wahrscheinlich: Herzlichen Glückwunsch! – Aber glauben tue ich es nicht."

„Es geht dich ja auch nichts an!"

„Eben!"

An einem Donnerstagmorgen, es war der 10. Mai 1945, lag dichter Bodennebel über dem Lager.

Die Abfertigung der Frühschicht aus dem Schacht war in vollstem Gange, als Kreutzer die Promenade entlang lief. Schon von weitem erkannte er, inmitten einer rauchenden Männergruppe, Bulions unverkennbaren Kopf. Seine Brigade war noch nicht an der Reihe der Zählung.

„Morgen, Willi!" sagte Kreutzer zu seinem Kompagnon. „weißt du, was Lakritze ist?"

Bulion grinste. „Klar! Zum Beispiel, die Bademeisterin Mitzi ist eine!"

„Nein!" stöhnte Kreutzer. „Die Mitzi ist eine Kaprize, das meinst du wohl, was?"

„Ja. Was ist denn das andere?"

„Etwas zum Essen!" sagte Kreutzer. „Hast du dir nie Bärendreck beim Apotheker gekauft?"

„Nein. Meinst du nicht Hundefutter? Das habe ich mir aber immer in der Metzgerei geholt."

Kreutzer packte ihn an beiden Schultern. „Jetzt hör mir einmal gut zu, Willi! Lakritze oder Bärendreck ist dasselbe und soll gut für den Magen sein. Die Stefanin meint es wenigstens. Es ist schwarz, in Stangen oder Rollen. Schau dich einmal auf dem Basar um! Hier hast du 50 Rubel, bring, was du dafür bekommst. Hast du verstanden? Inge hat heute nacht wieder kein Auge zugetan."

Bulion ließ den Geldschein in die Tasche gleiten und nickte. Er wollte sich wieder zu seiner Brigade begeben, da kam Nico auf ihn zugerannt.

„Hör mal, Bulion", sagte der. „Die Feodora läßt dir sagen, du möchtest heute dieses Schildchen an Viktors Grabkreuz anbringen. Hier sind zwei Nägel, einen Stein zum Hinein= klopfen findest du überall."

Bulion nahm das Namensschild in Empfang und besah es sich von allen Seiten. „Steine gibt es überall", brummte er. „Natürlich bringe ich es an. Gleich wenn ich auf dem Basar fertig bin. Aber ich muß jetzt gehen, die zählen schon." Er sprang in seine Reihe und ging durch die Sperre. Draußen wandte er sich noch einmal nach Nico um und rief: „He du! Ich kauf auf dem Basar auch ein paar Blumen – sage ihr das!"

„Verrückter Hund!" murmelte Nico und schlenderte frö= stelnd über die Straße. Es war kurz nach 5 Uhr.

Die Essenholer schleppten die Morgensuppen in die Ba= racken. Am Brunnen wuschen sich einige Spartaner unter dem eiskalten Wasserstrahl. Verschiedene Arbeitsgruppen formierten sich weiter zur Zählung.

Da nahte ein heulendes Motorengeräusch. Es kam so schnell näher, daß Nico noch kaum den Lastwagen erkannt hatte, der die Leutnants allmorgendlich bis vor die Stabs= baracke brachte, als das Gefährt auch schon in eine gewagte Kurve ging und gegen einen Eckpfosten des verschlossenen Lagertores prallte.

Nicht daß jetzt etwa eine Panik entstand. Drei Leutnants sprangen vom Wagen, lachten über den schrägen Torbalken und öffneten das Tor. Der abgemurkste Motor brauste wieder auf und schoß in das Lager. Die noch auf der Plattform ver= bliebenen Leutnants grölten armeschwenkend ein Soldaten= lied.

Vor der Kantine würgte der Fahrer den Motor mitten in seinem höllischen Tempo wieder ab. Aus der Führerkabine

kroch Major Alliluew heraus, schwang sich auf den Kühler und schrie, daß ihm das Blut in den Kopf schoß:

„Sluschaite! Woina sakontschila – woina kaputt! Nix rabota! Hurräh, hurräh, hurrä!"

Im Nu war der Platz rund um den Wagen gedrängt voll. Mehrere hundert Gesichter glotzten zu Alliluew hoch, dessen Siegestaumel kein Ende nahm. Zwischen den einzelnen Hurräh=Salven stimmten die Leutnants ihre Kampflieder an. Selbst die Posten in den Wachttürmen sangen mit schrillen Stimmen mit und schwenkten ihre Karabiner durch die Luft.

Der Krieg war aus!

Nico lehnte, ergriffen von dem Schauspiel, an einer Barackenwand. Obwohl er in einem Krieg aufgewachsen war, hatte er sich nie eine Vorstellung über das Ende dieses Zweiten Weltkrieges gemacht.

Da war es nun, das Ende! In Form eines Haufens besoffener russischer Offiziere. Sie kletterten übermütig von dem Militärkamion und hielten einen lärmvollen Einzug in die Kantine. Sie schrien nach Wodka und Kwaß, umarmten die verschlafenen Serviermädchen und zogen sie – soweit der Vorrat reichte – auf den Schoß.

Auf Alliluews Wunsch mußten die Donez=Pirole antreten und den Jäger aus Kurpfalz in russischer Fassung singen. Auch der Trompeter Andreas Guist wurde geholt. Er blies zwar ausschließlich ‚Preußens Gloria', was ihm aber im allgemeinen Freudentanz keiner krumm nahm.

Auf seine Rhythmen stampften die Offiziere einzeln, paarweise oder in ganzen Gruppen wilde Tänze auf den Lehmboden, über weggeworfene Mützen und zersplitterte Wodkagläser.

Über allem aber lag das immer wieder ausgerufene Wort: „Mir – Frieden!" –

Während das Gelage der Sieger seinen Anfang nahm, während der Bodennebel sich langsam in Nichts auflöste und die Sonne klar und warm höher stieg, kroch eine sich rasch fortpflanzende Angst unter die verstörten Lagerinsassen.

„Und was geschieht jetzt mit uns?" fragten ihre stummen Mienen, als sich die Kunde vom Frieden über das gesamte Gelände ausbreitete. Das Wort „Frieden" schmerzte fast, nach diesem langen, enttäuschenden Krieg. Es klang unwahr – wie eine primitive Lüge.

Nico lehnte eine Diskussion über die Größe dieses Tages ab. „Das Wort Frieden ist eine subjektive Angelegenheit für den Sieger. Es auch auf den Besiegten anzupassen, ist eine Gemeinheit! Für den beginnt erst richtig der Krieg – der zermürbende seelische Krieg. Und der ist weit schlim= mer als Pulverdampf und Splitter. – Ich lege mich an die Sonne. Wir haben ja heute frei, damit sich die Sieger aus= toben können."

Eine Organisation im Lager existierte an diesem Tag nicht. Die sonst noch so bewachten Gefangenen waren Luft für all diejenigen, die damit direkt etwas zu tun hatten.

Außer der Frühschicht hatte auch kein weiterer Trupp das Lager verlassen. Sogar der Wachtposten am Toreingang trank Wodka mit Kwaß und starrte in den Himmel, der sich blau und wolkenlos spannte. –

Als Bulion am Nachmittag auf den Platz einbog, auf dem sich der Basar abzuspielen pflegte, rieb er sich verstört die Augen. Keine Matka mit weißer Schürze, kein Muschik mit Maismehlsäcken war zu sehen.

Ein dichtgedrängter Menschenklumpen verbaute die Sicht. Viele hielten Transparente über ihrem Kopf und einige schwenkten Bilder von Stalin und anderen Gesichtern durch die Luft.

Bulion gaffte eine gute Weile in das merkwürdige Getue der Leute und wunderte sich gewaltig. So viele untätige Men= schen hatte er seit seiner Ankunft in Rußland noch nicht auf einem Haufen gesehen.

Fest stand jedenfalls, daß heute kein Basar stattfand. Hier= über verärgert, löste er sich aus dem Menschengewühl. Ein begeisterter Radfahrer schlug ihm im Vorbeigehen derb auf die Schulter und schrie mit erhobener Faust: „Mir! Mir! Mir!"

„Mir kannst du den Hobel blasen!" fluchte Bulion und sah, daß er schleunigst wegkam. Was die Leute nur alle hatten?

Er schlenderte über die wie ausgestorben wirkende Kawaleria uliza und bemerkte plötzlich ein Schild, auf dem ‚Apteka' stand. Hatte Kreutzer im Zusammenhang mit Lakritze nicht von einer Apotheke gesprochen? Er stieg die Stufen hoch und äußerte dem Mann hinter dem Pult sein Anliegen.

Dieser rieb sich eine Ewigkeit den grauen Hinterkopf. Dann verschwand er kopfschüttelnd und kehrte mit einer dünnen, schwarzen Stange wieder.

„Potschjom sto – was kostet das?" fragte Bulion.

„Ah, idi – ach geh!" sagte der Apotheker unwirrsch.

Was sich Bulion nicht zweimal sagen ließ. Er nahm die vier Stufen mit einem Satz und bog zur Ziegelei ein. Die schwarze Stange schob er geringschätzig in die Brusttasche seines Mantels. Was konnte das schon sein, was man in Rußland gratis bekam!

Auch in der Ziegelei war kein Mensch zu sehen. Obwohl sich Bulion nicht erinnerte, eine Feierabendsirene gehört zu haben. Je mehr er sich dem Friedhof näherte, um so weniger kümmerten ihn diese Dinge.

Er suchte einen geeigneten Stein und brachte mit viel Hingabe das Schild an Viktors Grabkreuz an.

Nach vollendeter Arbeit zog er sich seinen Mantel aus, breitete ihn vor Viktors Grab aus und legte sich darauf. Die Sonne stach warm in den Nachmittag. Und er hatte Zeit. Vor Einbruch der Dämmerung konnte er sowieso nicht durch das Loch im Zaun kriechen. Er versuchte sich vorzustellen, wie etwas schmecken kann, das den vielversprechenden Namen ‚Bärendreck' führt.

Darüber schlief er ein. Rund herum herrschte eine göttliche Ruhe. –

In der Lagerkantine dagegen tobte die Siegesfeier auf einer

nicht mehr zu steigernden Lärmstufe. Total betrunkene Körper rutschten unter die Tische, um dort schon ruhende Wodkaleichen wieder wachzurütteln. Regelmäßig wie die Gezeiten spielte sich dieser Wechsel ab. Immer neue Trinksprüche, neuer Wodka und neue Lieder.

Gegen Abend fand Alliluew das Blasen des Trompeters zu dünn. Der Harmonikaspieler mußte sekundieren. Und den nur noch lallenden Chauffeur trieb Alliluew mit vorgehaltener Pistole an sein Steuer, um die Trommel des Kosakenregiments aus Stalino zu holen.

Die Trommel kam nie an. Der Chauffeur selbst erschien erst nach zwei Tagen wieder – zu Fuß. Über den Wagen gab er nur ungern und äußerst widersprechende Auskünfte.

Nach Einbruch der Dämmerung zapfte Alliluew höchst eigenhändig ein Fäßchen Krimwein an. Eine persönliche Stiftung, sozusagen.

Man sah durch die offenen Fenster die vollen Gläser und hörte sie klingen.

Da schrie ein Turmposten mit heller Mädchenstimme:
„Stoi!"

Die in ihrer Nähe im Gras lagernden Gefangenen hielten den Schrei für einen Scherz, da heute alle Russen im Lager unter Alkohol standen.

Doch das Postenmädchen legte seinen Karabiner an die Wange und schrie noch einmal:
„Stoi! Ja streliu! – Halt! Ich schieße!"

Ein von der Latrine zurücktaumelnder Leutnant hörte diesen Anruf und blieb lauschend stehen.

Da knallte auch schon der Warnschuß. Irgendwo am Stacheldraht ertönte ein heiserer Laut.

Der Leutnant wischte sich einmal über das Gesicht, zog die Pistole hervor und jagte gleich einige Schüsse in Richtung Stacheldraht, woher der Laut gekommen war.

Ein paar am Fenster stehende Offiziere hörten das und lockerten lachend ihre Pistolen. Sie sprangen hinaus und schossen übermütig ihre Magazine leer. Sie feuerten nach dort, wohin die noch rauchende Mündung ihres Kameraden zeigte: auf den Abfallhaufen neben der Küche. Sie zielten auf leere Konservendosen, deren Weißblech deutlich im Schein der Küchenfenster blinkte.

Erst durch diese Ballerei wurde Alliluew aufmerksam und schwang sich durch das Fenster hinaus. Er schrie Befehle. Doch wer hörte ihn? Acht, neun, zehn Leutnants hielten Front auf einen unsichtbaren Gegner. Die getroffenen Drähte des unmittelbar hinter dem Müllhaufen verlaufenden Zaunes sangen in den kurzen Ladepausen.

Erst als es einem Leutnant an der frischen Luft schlecht wurde, setzte das Dauerfeuer aus. Er erbrach sich, so daß die anderen vor Lachen nicht mehr zielen konnten und somit die Lust an dem Gefecht verloren.

In die eingetretene Stille brüllte Kreutzers Baß: „Seid ihr denn verrückt geworden? Saftlokal, komm schon her!"

Sadlokal näherte sich nur unwillig. Was hatte dieser Kreutzer? Er war ja kalkweiß im Gesicht!

„Saftlokal", schrie Kreutzer. „Sag dem Major, beim Stacheldraht muß schon längst ein toter Mann liegen!"

„Was redst, Kam'rad?" Sadlokal übersetzte nur zaghaft Kreutzers Worte.

Doch Alliluew war kein Mann des langen Palavers. Vor allem hatte ihn sein Pilot noch nie angelogen. Allen voran hastete er in Richtung Müllhaufen – und packte Kreutzer erregt am Ärmel.

Vor ihnen lag die Leiche Bulions. Sein großer, schwarzer Mantel war unzählige Male durchlöchert und stark im Stacheldraht verheddert. Wahrscheinlich hatte er sich eingehängt und nach den ersten Schüssen noch versucht, sich zu retten. Man brauchte aber allein die Einschüsse in seinem Gesicht zu zählen, um zu wissen, daß keine Rettung mehr möglich war.

Um den Müllhaufen war es schwarz von Menschen. Die Leutnants starrten mit aufgerissenen Augen teils auf die Leiche, teils auf ihre erkalteten Pistolen.

Ungläubig blickte auch das Postenmädchen auf den Un=
glücksort hinunter. Wer hätte gedacht, daß aus dem vor=
schriftsmäßigen Warnschuß ein unmenschlicher Mord werden
würde?

Als Milan erschien, machte man ihm Platz. Er beugte sich
über Bulion, öffnete seine Kleider und erhob sich wieder. Er
trat ungerührt vor Alliluew und sagte: „Sadlokal, sag ihm:
So eine durchsiebte Leiche habe ich selbst im größten Front=
gemetzel nicht erlebt. Man hat hier eine wahre Heldentat
vollbracht!" Sprach's und sah Alliluew mit Augen an, aus
denen unverkennbar Hohn schlug. Dann verließ er den Platz.
– Manche meinten nachher, er habe dabei gelächelt.

Milans Worte trafen Alliluew bitter. Er sah Kreutzer an
und murmelte: „Isvinite – Verzeihung!"

Was sollte ihm Kreutzer darauf antworten? Er zog die
Schultern hoch und sagte: „Wir wollen ihn aufbahren. Viel=
leicht ist er der einzige unter uns, der heute den Frieden er=
halten hat. Den ewigen Frieden. – Kommt, helft mir an=
packen!"

Ein paar Männerarme griffen zu und trugen Bulion zwi=
schen einer Mauer entsetzter Gesichter hindurch, zum Revier.

In der Anwesenheit Sadlokals und der teilnahmslosen
Schwester leerte Kreutzer den Inhalt aus Bulions Taschen:
1 Stange Lakritze und ein zerschossener 50=Rubelschein.

„Armer Kerl!" brummte er angesichts der Lakritzestange.
„Wegen einer Stange Bärendreck hat es sein müssen!"

„Was sagst da, Kam'rad?" fragte Sadlokal, die Ohren
spitzend.

Kreutzer schickte ihm einen kurzen Blick über den Schra=
gen. „Halt den Schnabel! Was suchst du überhaupt noch
hier? Schnapp dir lieber deine Geige und spiele einen Trauer=
marsch. Spielst ja sowieso nur Trauermärsche, vielleicht hört
der Herrgott einmal einen und schaut hier endlich nach dem
Rechten."

„Kann ich jetzt zudecken?" fragte die Schwester. „Ich
möchte mein Abendessen möglichst warm einnehmen."

Kreutzer zerriß mit finsterem Gesicht den 50=Rubelschein und verließ den Raum. Auf der Türschwelle besann er sich der Lakritze, kehrte wieder um und gab sie der Schwester. „Bringen Sie die Stange der kleinen Inge", sagte er. „Erzäh= len Sie ihr aber nicht, auf welchem Weg sie hier angekom= men ist!" –

Der Mord an Bulion hatte die Wege von Menschen sau= bergefegt. Als Kreutzer über die Promenade ging, lag eine tiefe Ruhe über dem Lager. Die Offiziere waren mit betroffe= nem Schrecken aus dem Lager getorkelt. Wem konnte noch Alliluews Rotwein schmecken?

Den Major selbst erkannte Kreutzer in der Kantine. Den Kopf auf die Fäuste gestützt, saß er an einem der leeren Tische. Aus dem schlecht verschlossenen Spund des Wein= fäßchens sickerte ein dünner Strahl auf den Boden. Weil es ihn an Blut erinnerte, kehrte Kreutzer nicht ein. Obwohl er in der Stimmung war, am liebsten das ganze Fäßchen aus= zutrinken.

Als Feodora am nächsten Morgen den Stab betrat, saß der Major zwar an seinem Schreibtisch, bewegte aber keine Miene auf ihren Gruß hin. Seine Uniformbluse saß zerknit= tert und schlampig. Der Bart sproß rötlichblond in der grellen Morgensonne. Sein Blick stierte in die Ecke, wo das Koppel und der Mantel hingen.

„Ailo, Major!" rief Feodora aus. „Sie tun gerade so, als habe der Krieg gestern begonnen und nicht aufgehört. Schlecht geschlafen?"

Alliluew brachte es nicht über ein paar Grunztöne hinaus. Er griff sich an den Kopf und sank nach vorne. „Feodora, ich bin nicht mehr ich! Uah, dotschka moja, hol mir Wasser – viel Wasser! Ich verdurste!"

Feodora erkannte den Zustand Alliluews und befahl einem Komsomolzen, einen Eimer Wasser zu holen. Wieder vor dem Schreibtisch, fragte sie lachend: „Aber Towarischtsch Major, am 2. Friedenstag so übel gelaunt?"

Alliluew röchelte: „Es ist Krieg! Krieg im Lager, Feodora. Lies, was mir der Polkownik schreibt! Uah, Wasser – Was=ser!"

Feodora nahm den geöffneten Brief vom Tisch und über=flog ihn stirnrunzelnd.

„... ist mir leider zu Ohren gekommen", las sie, „daß es Leute im Lager gibt, die keine produktive Aufbauarbeit leisten.

2) Daß die mit viel Nachsicht behandelte, und mit Bewäh=rung auf freien Fuß gesetzte Feodora Rodionowa intime Be=ziehungen zu einem Gefangenen aufrecht erhält.

3) Daß mir während der Feier am ‚Tag der Arbeit' ein Lied vorgesungen wurde, das zur Zeit der faschistischen Be=setzung vom deutschen Militär gesungen wurde, und mir von Ihnen, Major, noch besonders empfohlen wurde!

Dazu kommt noch", las Feodora mit gesteigertem Unmut, „daß die Todesfälle, gemessen an den Zahlen anderer La=ger, eine skandalöse Höhe aufweisen. –

Einer exakten Stellungnahme entgegensehend..."

Feodora faltete das Schriftstück nachdenklich zusammen. Der Komsomolz stolperte mit dem Eimer herein, stellte ihn mit schadenfrohem Lächeln vor Alliluews Füße, sagte: „Na=sdarowie – Prosit!" und suchte das Weite.

Alliluew hing sich an den Eimer und sog einen guten Liter Wasser in sich. Feodora gab ihm ein nasses Taschentuch, das er sich stöhnend auf die Stirn legte. „Das Schlimmste weiß der Polkownik gar nicht", stammelte er unruhig. „Meine Leutnants haben gestern einen Gefangenen über den Hau=fen geknallt."

„Den Schweinen traue ich alles zu – ich habe nie viel von ihnen gehalten. Das ist aber nicht das schlimmste. Wir schreiben einfach, er hat zu fliehen versucht..."

„Uah Feodora, das ist es doch gerade: er wurde auf der Flucht erschossen. Zwischen dem Stacheldraht!"

„Was? Hier wollte einer fliehen?" Nervös spielte sie mit den Fingern. „Wie heißt er denn?"

„Dort liegt der Schein. Der Doktor brachte ihn mir schon ganz früh."

Sie nahm den Zettel und schrie auf: „Bulion? Das ist doch nicht möglich. Der wollte bestimmt nicht fliehen. Ich glaube, der Mann war nicht ganz in Ordnung im Kopf. – Hier steht gar keine Todesursache!"

„Das ist es, was mich am meisten ärgert. Der Doktor über=läßt es mir, etwas zu schreiben. Verstehst du? Er überläßt es mir, um mich auf den Leim zu führen. Dem Kommissar Prowotkin aber wird er die Wahrheit erzählen."

„Die Wahrheit?" Feodora sah Alliluew irritiert an.

„Ja, Feodora! Die Wahrheit ist: wir waren alle betrunken, und haben auf den Mann wie auf einen Sandsack geschossen. Er hatte gar keine Möglichkeit mehr, auf Warnungen zu reagieren. Es war ein glatter Mord!" Sein Blick hing flehend an Feodora, die mit zusammengezogenen Lippen versteinert dasaß.

„Das ist allerdings sehr schlimm", sagte sie nach einer Pause. „Bei einer harten Auseinandersetzung mit Milan ver=sprach ich mir von diesem Bulion eine wichtige Aussage. Jetzt ist er tot. – Schreiben Sie ruhig: auf der Flucht er=schossen. – Wie wäre es, wenn wir Milan erledigten, bevor sich Prowotkin näher mit ihm befaßt?"

Alliluew zuckte die Achseln. „Wie soll das geschehen?"

„Sehr einfach: im Lager ist jetzt ein Krankheitsfall, bei dem es entweder nicht mit rechten Dingen zugeht, oder der Arzt kann nichts. Dann ist er kein Arzt und lebt, wie wir ja schon gewarnt worden sind, unter falschen Angaben."

„Dafür fehlen uns die Beweise", konstatierte Alliluew, von seinem Kater genesend.

„Aber wir können uns Beweise schaffen, durch den be=sagten Fall. Wir holen Milan her und lassen uns seine Diagnose schriftlich geben. Dann lassen wir aus dem Ho=spital von Stalino einen Arzt kommen. Anschließend stellen wir Milan vor eine Ärzte=Kommission."

„Ich tue es nicht gerne, Feodora. Ich hätte den Verdacht

schon früher äußern müssen! Aber der Mensch war mir so lästig=langweilig! Oäh, wer ist der Krankheitsfall?"

„Die junge Blonde, die Milan damals auf eigene Faust..."

„Oh!" fuhr Alliluew auf. „Die ist noch immer krank! Her mit dem Doktor! Ich werde kämpfen! Tschort, soll ich vor einem Schurken zittern?"

„Ganz im Gegenteil!" rief Feodora erlöst. „Den bringen wir zum Zittern! Damit hätten wir gleich den 4. Punkt vom Polkownik halb beantwortet: Hohe Totenziffer auf Grund von Berufsschwindel des angeblichen Arztes. – Komsomol!"

Der Komsomolze holte sich den Befehl und brachte bin= nen kürzester Zeit den Arzt.

Milan kam im weißen Kittel und ziemlich arrogant an. „Was gibt es? Ich bin mitten in der Sprechstunde!"

„Wir wollen Sie nicht lange stören", antwortete Feodora. „Bitte notieren Sie hier auf diesem Schein die Diagnose von Inge Schrandt. Die praktische Behandlung gleich dabei."

Milan lachte. „Die? Typische Simulantin. Bei der kommen die Schmerzen fast auf die Minute genau: morgens, kurz vor meiner Visite. Es gab schon Tage, da fand sie es garnicht nötig, das Theater zu spielen. Ich beobachte so etwas. Am 1. Mai lag sie den ganzen Tag im Freien – also was wollen Sie?"

Feodora ließ sich nicht aus der Fassung bringen. „Sie soll= ten mir nichts erzählen, sondern schreiben!"

Die kurze Notiz, die Milan mit Tintenstift machte, lautete: Sekundäre Magenstörung, Behandlung: Aktiv=Kohle. „Was sind denn das für neue Sitten?" fragte er Feodora und gab ihr den Schein.

Feodora lächelte verbindlich. „Wir haben dafür noch keine Bezeichnung. Aber wir hoffen, daß es für uns nützlich sein wird. Sie können gehen!"

Nach Erledigung dieses Punktes nahm Alliluew einen zweiten Liter Wasser zu sich. „Und jetzt?" fragte er und wagte erst gar nicht, an die übrigen drei Punkte zu denken.

„Ganz einfach", sagte Feodora. „Wir gehen zum nächsten

Punkt über – von hinten gelesen. – Was ist das denn für ein Lied? Der Punkt ist mir am unverständlichsten."

„Feodora", begann der Major mit schwerem Atem. „Wenn das Lied nicht von mir stammen würde, könnte ich mir vorstellen, daß da irgendwelche Schweinereien unterlaufen wären. Aber es ist mein Lied – und mein Lied kann nicht von den Faschisten gesungen worden sein. Verstehst du mich?"

„Ich verstehe Sie sehr gut", sagte Feodora und rückte etwas vom Schreibtisch ab. Der Blick, mit dem sie Alliluew musterte, ließ keinen Zweifel offen, daß sie ihn nicht für voll nahm. Deshalb beeilte sie sich zu sagen: „Aber ich glaube, über diesen Punkt sprechen wir morgen – oder besser, übermorgen. Sie haben gestern auch mächtig getrunken, wie?"

„Oooch, Feodora, so eine große Butylka hast du noch nicht gesehen, wie ich sie gestern leergetrunken habe. – Aber sag ehrlich, würdest du dich nicht auch ärgern, wenn dir jemand plötzlich sagte: dein Lied haben andere gesungen. Fremde, deine Feinde! Das ist eine Beleidigung!"

„Ist es auch", pflichtete Feodora bei. Ihr Blick wurde immer besorgter. „Sie sollten es lieber lassen, schon am Morgen zu trinken, Major. Mit Maß genossen ist am schönsten genossen."

Alliluew überhörte ihre Ablenkung. „Willst du mein Lied wenigstens einmal hören? Ich kann zwar nicht gut singen, aber..."

„Wenn es geht," bat Feodora, „möchte ich es lieber vom Chor hören. Morgen – oder übermorgen vielleicht..."

„Also gut. Dann kannst du auch dein Urteil abgeben." Alliluew lächelte verlegen. „Was mache ich aber mit dir? Deine Beziehung zu diesem Plattner ist ziemlich fruchtlos verlaufen!"

„Wieso? Ist hier schon einer geflohen? Der Bulion fällt weg, das war keine Flucht."

„Du hast recht. Es hat es noch keiner versucht. – Was

sagtest du eben, er war nicht ganz richtig im Kopf – dieser Bulion? Das stimmt auffällig mit meinen Ansichten überein, daß nur Verrückte versuchen, aus Rußland zu fliehen!"

„Na also! Schreiben Sie dem Polkownik: ohne private Beziehungen können keine Fluchtpläne ermittelt werden. Und wenn hier keiner flieht, kann ich doch nichts dafür. Ich kann die Leute doch nicht zwingen, zu fliehen, bloß damit ich etwas melden kann!"

„Sehr, sehr gut! Bleibt nur noch der Pilot, denn kein anderer ist in Punkt 1 gemeint. Der sticht dem Prowotkin in die Augen. Tut selbst den ganzen Tag nichts, der Parteihund. Man müßte diese Leute alle verhaften dürfen!"

„Leider verhaften die uns!" berichtigte Feodora. „Haben Sie mir nicht erzählt, daß er Kreutzer selbst als Spitzel verpflichtet hat? Geben Sie das doch an! Dann ist dieser Fall auch erledigt."

„Bleibt noch mein Lied", stöhnte Alliluew.

Feodora erhob sich schnell. „Das machen wir morgen oder übermorgen, wie ich schon sagte. Ich muß jetzt leider nach Trudowskaja. Ich an Ihrer Stelle würde einmal ausschlafen! Dann sieht alles gleich ganz anders aus – auch das mit dem Lied!" Es war für Feodora nicht leicht, sich das Lachen zu verkneifen. Erst als sie außer Hörweite auf die Rollbahn zuschritt, lachte sie schallend heraus. Der Größenwahn ist ein Privileg der Männer, wenn sie betrunken sind, dachte sie. Der eine fühlt sich stark wie Napoleon, Alliluew macht Lieder!

In der ersten Woche dieses unheimlichen Weltfriedens hielt an einem Nachmittag eine schwarze, breite Limousine vor dem Stabseingang.

Ein schlanker Mann, kaum dreißig Jahre alt, sprang aus dem Schlag und lief Major Alliluew ein paar Schritte entgegen.

Der junge Mann war Tatar.

Alliluew begrüßte ihn herzlich, beinahe aufatmend.

Die beiden klärten kurz die richtige Parkmöglichkeit des Wagens, dann betraten sie gemeinsam das Lager. Alliluew gab einige Erläuterungen um und über die Mosaikbilder am Fuße der Kirschbäumchen, wozu der Tatar sich in keinerlei Äußerungen festlegte.

Was Alliluew entschieden egal war. Hauptsache, der Mann war gekommen.

Wie bestellt, gesellte sich kurz vor dem Revier Sadlokal zu ihnen und hielt diskreten Abstand. Worauf sie die Kran= kenbaracke betraten.

Ihr Mann schliefe, gestand Irma. Was Sadlokal mit In= brunst weitergab. Daß hier etwas gegen Milan vorging, war lachhaft leicht zu erraten gewesen.

Die um Irma reicher gewordene Gruppe schwenkte in die Frauenabteilung ein und stoppte vor Inge Schrandts Bett.

Diese lag, stark zusammengefallen und mit müden Augen, auf dem Rücken und sah die vielen Besucher erschrocken an.

„Du brauchst keine Angst zu haben", tröstete Irma. „Ein russischer Arzt wird dich untersuchen!"

„Wer sagt denn, daß ich Angst habe?" flüsterte Inge. „Wird er mir helfen?"

Sie bekam keine Antwort, da der Tatar Irma den Weg vertrat und sich zu Inge auf das Bett setzte.

Alliluew öffnete sich, von der stickigen Luft des Raumes unangenehm berührt, den obersten Knopf seiner Bluse und sah die übrigen Patientinnen gelangweilt an.

Es fiel kaum ein Wort. Mit katzenhaften Bewegungen zauberte der fremde Arzt die Instrumente aus seinen Ta= schen, drückte, klopfte und horchte mit gespannter Miene. Nach einer Viertelstunde ließ er seine Bestecke ebenso laut= los wieder verschwinden und sagte: „Gotowüi – fertig!"

Ohne ein weiteres Wort zu verlieren, schritt er zum Aus= gang, gefolgt von seiner Begleitung.

Vor dem Lagertor, mit Alliluew allein, sagte der Arzt: „Für eine vollwertige Diagnose brauche ich das Blutbild. Spätestens morgen früh sage ich telefonisch Bescheid."

Alliluew machte anschließend noch etwas Konversation über den märchenhaften Wagen. Viel später erst kam er zu der Erkenntnis, daß der junge Mann beileibe kein unterhaltsamer Gast gewesen war.

Milan drückte zur gleichen Zeit mit Conny die Klinke von Inges Krankenzimmer. Milan von innen, Conny vom Gang aus. Einen Augenblick lang sahen sie sich ausdruckslos an, dann ging Conny an ihm vorbei und trat zu Inge.

Milan änderte sein Vorhaben, den Raum zu verlassen, und machte sich am verrutschten Verband einer Kranken zu schaffen.

Inge lag, wie die vorigen Tage auch, in leichtem Fieber. Wie immer, wenn sie Conny erwartete, hatte sie sich gekämmt und duftete ganz leicht nach Kölnisch Wasser. Sie gab sich Mühe, ihm den widerlichen Geruch des Raumes erträglich zu machen.

Auch heute nahm Conny bei seinem Begrüßungskuß diese Aufmerksamkeit wahr. Sie ging ihm siedendheiß ins Blut, diese kleine Nebensächlichkeit: Inge machte sich für ihn schön! Wer weiß, wie lange sie bei ihrer Schwäche dafür brauchte! Gewiß hatte sie dabei Schmerzen!

„Erzähl mir, war es schön draußen?" fragte sie freundlich. Sie sprach so hastig, daß sie sich verschluckte.

„Oh, gewiß", sagte Conny. „Ich habe nach Rußland kommen müssen, um den Mai einmal so bewußt zu erleben. Auf dem Gang steht ein großer Strauß Flieder. Ich durfte ihn nicht mit hereinbringen, morgen früh stellt die Schwester ihn dir neben das Bett. Du müßtest einmal den Park sehen — es ist eine Flut von Blüten, Duft und übermütigen Insekten. Wir riechen schon bald selbst nach Flieder."

Inge hatte ihre Augen geschlossen, um diese so heiß ersehnte Stunde und besonders Connys Erzählung unabgelenkt zu genießen. War es doch für sie der Stoff für die langen, ruhigen Stunden des nächsten Tages.

Sie öffnete die Augen und bat: „Hol mir doch den Strauß herein – auf eine Minute, bitte, Conny! Ich muß ihn einmal ganz schnell an mein Gesicht drücken."

„Aber natürlich", sagte Conny und stand auf. Im Hinausgehen stellte er fest, daß Milan noch immer am Bett von der Kranken saß. Freilich, mit dem Rücken zu Inge, aber es störte ihn irgendwie.

Über Inges Entzücken beim Anblick des Flieders vergaß er Milan wieder.

„Ihr habt mich richtig fliedersüchtig gemacht", flüsterte Inge. Sie vergrub ihr Gesicht in den blauen Dolden. „Ach, es riecht so erfrischend – so nach neuem Leben. Laß ihn mir noch ein Weilchen hier!" Sie lächelte abwesend vor sich hin und sagte: „Ich hatte heute ein so schönes Erlebnis, Conny. Stell dir vor, ich habe mich geteilt. Verstehst du das?"

„Nein – nicht ganz", antwortete Conny.

„Schau, vielleicht kann es auch nicht jeder. – Aber plötzlich geschah es: mein Körper blieb hier in diesem Raum, auf dem Bett zurück, während ich genau fühlte, daß ich zu dir ging. Du hast mir den Weg zu eurem Bauplatz schon so oft beschrieben. Vorbei an den Bergwerkssiedlungen, wo ihr euch immer den Machorka kauft, durch den Park – und dann sah ich dich oben auf dem Gerüst stehen. Du kamst mir entgegengelaufen, nahmst mich auf die Arme und trugst mich hoch. Man konnte euren Wächter unten in der Sonne vor einem Schachbrett sitzen sehen, und ein Reiter umkreiste uns mehrmals am Horizont. – Du hattest übrigens einen schicken, hellgrauen Anzug an. Er stand dir ausgezeichnet zu deinem braunen, schmalen Gesicht."

„Du hast geträumt, mein Liebes", lächelte Conny.

„Vielleicht. Wenn man so lange krank ist und viel Zeit hat, sich mit einem Menschen zu beschäftigen, unterscheidet man nicht mehr so streng zwischen Wirklichkeit und Traum. – Hast du gemerkt, daß ich bei dir war?"

„Du bist immer bei mir", murmelte Conny. Die Erzählung Inges beunruhigte ihn. Er entschloß sich aber, darauf einzu=

gehen. „Ich habe dich bestimmt in die Arme genommen – wenn auch nur in Gedanken."

„Ach Conny", seufzte sie. „Jetzt machst du dich über mich lustig!"

Er wollte etwas erwidern, da fragte sie in seine Über=legung hinein: „Weißt du schon, daß ein Tatar hier war?"

„Was für ein Tatar?" fragte Conny überrascht.

„Er ist Arzt und hat mich gründlich untersucht."

„Ah," machte Conny erleichtert und blickte sich um. Milan saß noch immer am Bett der Kranken. Seine Rückennaht am Kittel war an zwei Stellen geplatzt.

„So hör doch", bettelte Inge. „Er ist bestimmt ein tüch=tiger Arzt. Glaubst du mir, vor dem habe ich mich gar nicht geschämt. Der faßte mich ganz anders an, als ..."

Conny legte schnell seinen Zeigefinger auf ihren Mund. Doch sie schüttelte ihn ab. „Was hast du denn? Langweile ich dich etwa?"

„Oh nein! – Was sagte der Tatar denn?"

„Gar nichts. Er nahm mir aus dem Ohrläppchen eine Blutprobe. Vielleicht kommt er morgen wieder. Meinst du, daß er mir helfen kann?"

„Ich glaube es bestimmt. Was suchst du denn unter dem Kissen?"

Sie lächelte verschmitzt und zog aus ihrem Portemonnaie einen Ring heraus. „Du, Conny", flüsterte sie ernst. „Willst du mir einen Gefallen tun?"

„Natürlich!"

„Gib diesen Ring dem alten Kreutzer. Ich selbst bring es nicht fertig – ich bin so untalentiert in solchen Dingen. Er hat schon soviel Geld für mich ausgelegt. Sag ihm, er soll es als guten Willen ansehen. Wenn er wieder zu Hause ist, wird ihm mein Vater mehr geben. – Tust du das?"

Conny fühlte einen Knoten im Hals. Wie weit dachte Inge? Ihre Gleichgültigkeit dabei war erschreckend. Er stam=melte: „Aber, Inge, Kreutzer will doch keine Belohnung! Er hat eben ein gutes Herz und war durch seine glückliche Lage

der einzige, der auf diese Weise helfen konnte. Wir be=
leidigen ihn nur damit!"

Inge dachte nach. „Vielleicht hast du recht. Dann soll ihn
Bulion bekommen. Sagtest du nicht, daß er die Sachen ein=
kauft?"

Conny hatte Mühe, regungslos zu antworten. „Ja, Bulion
brachte die Sachen."

„Na siehst du! Der sagt bei Gold bestimmt nicht nein.
Wie sieht er noch aus? Ich habe ihn seit langem nicht mehr
gesehen. Bring ihn doch einmal mit! Dem gebe ich den Ring
schon selbst – ich muß mich sowieso noch wegen der Ohr=
feige auf der Fahrt entschuldigen. Mein Gott, man kannte
die Leute doch damals noch nicht."

„Nein, man kannte sie nicht", flüsterte Conny mit einem
unbehaglichen Gefühl. Er konnte ihr doch unmöglich sagen:
den Bulion gibt es nicht mehr!

„Also wann bringst du ihn mal her? Morgen?"

„Das wird schwerlich gehen – er hat morgen Schicht.
Willst du damit nicht warten, bis du gesund bist?"

Sie überhörte seine Worte. „Ah, morgen geht das nicht!
Du, Conny, kannst du diesen Stein aus der Fassung brechen?
Den möchte ich behalten – er ist ja der wertlosere Teil."

„Ich kann das schon. Warum willst du ausgerechnet den
Stein behalten?"

„Es ist ein Karneol. Und schau – das weiß nur ich – die
Farbe, derselbe Ton des Steines, liegt manchmal auch in
deinen Augen. Ja, bestimmt, bei Sonnenlicht habe ich es oft
gesehen. Ich sehe öfter am Tag in den Stein. Dann meine ich,
du siehst mich an. Was tust du jetzt? Lachst du?"

„Nein – oder ja, Inge. Du bist das liebste, allerbeste Ge=
schöpf! Wir werden noch einmal sehr glücklich. Wer sich so
mit einem Menschen beschäftigt, muß ihn auch lieben!"

„Ich liebe nur dich – und habe auch nur dich. Steck den
Ring bitte gut weg, es darf ihn keiner stehlen. Morgen
bringst du mir den Stein, nicht?"

„Ich gebe ihn noch heute abend der Stefanin mit, dann

kannst du mir schon morgen früh in die Augen sehen. Ist es so recht?"

„Ich freue mich schon. – Wenn du heute abend zu Frau Stefan gehst, sage ihr bitte, sie möchte mir morgen das blaue Kleid mitbringen. Bitte, vergiß es nicht. Wenn du dann abends kommst, habe ich es an. Wird es dir gefallen? Du sollst mich nicht immer nur in dieser Schlafanzugjacke sehen."

„Schön! Es wird für mich ein langer Tag werden, bei den festlichen Aussichten." Conny strich ihr gerührt über die heißen Wangen.

„Auch der Tag geht vorbei", raunte Inge und schloß wieder die Augen. Über ihr Gesicht zuckte es kurz, wie schwache Schatten; schwebende Schatten, die vom Wind gewirbelte Blätter verursachen. Sie bäumte sich etwas auf, wodurch der Fliederstrauß zu Boden fiel.

Erschrocken sah Conny sich um. Milan saß nicht mehr auf dem anderen Bett, sondern stand, keine zwei Schritte hinter ihm. Mit verschränkten Armen. War ihm Inges Zustand auch aufgefallen?

Conny flüsterte: „Wird es wieder schlimmer, Inge?"

Nur mühsam kamen ihre Worte: „Sie soll kommen – schnell! Seit Tagen kommt sie nicht mehr! Sie soll mich nicht vergessen!"

„Wer, Inge? Wer soll denn kommen?"

„Das darf ich nicht sagen! – Sie hat mich sicher auch aufgegeben – alle geben mich auf, weil sie feige sind!" Inges Worte kamen stoßweise.

Conny drehte sich um. „Doktor, sehen Sie das nicht? So tun Sie doch etwas!"

Milans Gesicht blieb regungslos. Conny war sich dessen bewußt, daß er diesen Augenblick mit satter Zufriedenheit genoß. Es waren soeben die ersten Worte seit ihrer Rauferei gefallen – wie würde er reagieren?

Nur zögernd entschloß sich Milan zu sprechen: „Was soll ich tun? Wir sind in Rußland und nicht in einer Privatklinik.

Es wird schon von selber besser. – Warum helfen Sie ihr denn nicht? Sie hält ja so viel von Ihnen!"

Inge atmete schwer. „Conny, versprich mir, daß ihr mich nicht allein laßt..."

„Nein, Inge, wir sind immer bei dir. Es wird gleich besser. Willst du dich nicht auf die Seite legen?"

Sie ging auf seinen Vorschlag nicht ein. „Wartet auf mich... ich will mit... ich will immer bei dir sein, hörst du!"

Conny begann zu schwitzen. Sprach sie jetzt von der Flucht? Jetzt, wo dieser Verräter hinter ihm stand! Er beugte sich noch näher zu ihr nieder und flüsterte eindringlich: „Inge, denk jetzt an nichts anderes, als an morgen. An dein blaues Kleid, an den Stein!"

Ihre Finger bohrten sich in seine Handballen. „Conny! Wartet... ihr werdet doch bestimmt... ich will mit... am 21...."

Conny fiel wie gefällt über sie. Er wußte keine andere Möglichkeit, ihr den Mund zu verschließen: er küßte sie; küßte sie, wie er es noch nie getan hatte! Er hörte sie schnaufen und wußte, daß er ihr fast jede Möglichkeit zum Atmen nahm. Aber sie sollte vergessen, was sie noch weiter sagen wollte. Ein Wort noch und Milan mußte wissen, worüber sie sprach.

„Was tust du?" fragte sie, nachdem er sie endlich losließ. Ihre Augen glänzten groß, ihr Atem flog.

Conny tupfte ihr den Schweiß von der Stirn und sah sich dabei vorsichtig um. Milan war fort. Endlich!

„Du mußt jetzt gehen, Conny", mahnte Inge. „Sei unbesorgt, ich werde schlafen. Wenn du Irma siehst, sag ihr bitte, sie möchte zu mir kommen."

„Ich werde sie suchen. Bekommst du heute abend noch eine Medizin?"

Sie überging seine Frage. „Auf Wiedersehen – bis morgen. Es wird ein wunderschöner Abend."

„Gute Nacht, Ingelein." Conny nahm den Strauß, winkte ihr aus der Tür nochmals zu und schloß sie dann lautlos.

Am Brunnen fand er Irma. „Könnten Sie noch einmal nach Inge sehen?" fragte er sie. „Sie hat darum gebeten."

„Wieso?" fragte Irma bestürzt. „Hat sie Schmerzen?"

„Ich glaube sogar sehr. Vielleicht fürchtet sie sich auch vor der Nacht. Schauen Sie bitte nach ihr!"

„Ja, selbstverständlich", versprach Irma. Während Conny weiterging, murmelte sie: „Allmächtiger Gott! Was tue ich jetzt?"

Alliluew war dem Platzen nahe. Das Telefon tat und tat es nicht. Ums Verrecken nicht! Selbst nach dem sonst immer noch wirksamsten Mittel, dem Kartentaschentrick, rührte sich nichts in den Drähten. Von den verschiedensten Bom=bardements arg beschädigt, hing der braune Kasten mit bereits stark gelockerten Wandnägeln schief an der Stirn=seite des Raumes. Vielleicht hätte ihn das allerletzte, ein Fall zu Boden, noch einmal zum Funktionieren gebracht. Aber davon nahm der Major dennoch Abstand.

Feodora, lässig auf Alliluews Schreibtisch sitzend, amü=sierte sich königlich über dessen Nervosität. „Wenn er ge=sagt hat, er würde anrufen, wird er auch anrufen. Warum wollen Sie es denn tun?"

„Warum? Weil er gesagt hat, er riefe mich spätestens heute morgen an. Jetzt ist es schon 11 Uhr durch! Ich kann nun einmal Menschen nicht leiden, auf die man sich nicht verlas=sen kann. Weiß der Teufel, ich traue dem Jungen nicht! Sprach gestern sowieso kaum ein Wort, der Asiate. Vielleicht fällt ihm das Telefonieren noch schwerer. Ob er überhaupt telefonieren kann?"

Feodora lachte schallend. „Vielleicht steht er auch vor so einem Apparat, der nicht mehr will!"

„Unmöglich!" ereiferte sich Alliluew. „Ich habe den älte=sten Apparat aus der ganzen Sowjetunion! Mit dem hat

Katharina die Zweite mit ihrem Favoriten Potemkin noch telefoniert!"

„Aber Towarischtsch Major!" rief Feodora. „Damals gab es doch noch gar kein Telefon..."

„Eben. Das hier ist ja auch kein Telefon, das ist... das ist..." Er kam nicht mehr dazu, seine Bezeichnung auszu=sprechen, denn draußen hupte ein grauer Wagen, auf dessen Seitenwänden das rote Kreuz zu erkennen war.

Feodora sprang vom Tisch. „Wir brauchen nicht mehr zu telefonieren. Man holt sie in das Hospital. Dawai, kommen Sie hinaus!"

Bei laufendem Motor sprang der Fahrer aus seiner Ka=bine, während zwei Sanitäter aus dem Fond krochen. Einer von ihnen übergab Alliluew einen Brief und sagte: „Wo ist sie? Wir haben wenig Zeit!"

Alliluew murmelte ob des Tones ein ungehaltenes: „Po=daschdi – warte!" und erbrach den Brief. Zusammen mit Feo=dora überflog er folgenden Inhalt:

„Diagnose: durchbrochener Blinddarm. Falsche Behand=lung. Operation nicht mehr aufschiebbar. Erfolgt voraus=sichtlich noch heute nacht. Dr. Bogatai."

Der Major sah bestürzt in Feodoras Gesicht. „Geht mir selbst an die Nieren! – Aber hast du gesehen – auch das Schreiben fällt ihm schwer. Der Junge wird noch einmal ganz stumm. Hoffentlich kann er mit dem Messer umgehen."

Feodora fuhr mit dem Krankenwagen mit zum Revier.

Am Krankenbett Inges saß Frau Stefan und war damit beschäftigt, Inge die letzten Knöpfe des blauen Kleides zu schließen, als die Sanitäter mit Feodora hereinpolterten.

„Sie werden es gleich besser haben", sagte Feodora zu der staunenden Inge. „Diese Männer bringen Sie nach Stalino ins Hospital. Der Blinddarm muß heraus. Haben Sie keine Angst, es ist eine Kleinigkeit."

„Werde ich dann auch gesund?" fragte Inge zögernd. Mit dieser Feodora persönlich zu sprechen, ging ihr im Augen=blick näher, als ihr Zustand. Das war also dieses eigenartige, geheimnisumwitterte Mädchen, von dem ihre Freunde soviel sprachen und behaupteten, bei ihr sei Günther ein Mann geworden.

„Nach der Operation werden Sie bestimmt gesund", sagte Feodora fast mütterlich. „Ein schönes Kleid haben Sie an – wollen Sie noch etwas Besonderes mitnehmen? Diese Leute hier haben es eilig."

Jetzt fand Frau Stefan es an der Zeit, ein Wörtchen mitzu= reden. „Moment, liebes Fräulein! Was heißt hier eilig? Ist die Operation durchaus nötig? Und wer operiert?"

„Die Operation ist nötig, und es wird sie der Arzt aus dem Hospital in Stalino operieren, der gestern hier war."

„Das ist gut", sagte Inge matt. „Von dem lasse ich mich gerne operieren – ich glaube, dem kann man trauen."

„Sehen Sie", sagte Feodora. „Das ist die Hauptsache. Also gehen wir!"

„Halt!" sagte Frau Stefan entschieden skeptisch. „Ich lasse Inge nicht allein! Und wenn Sie mich erschießen – ich fahre mit. Es muß jemand bei ihr sein!"

Feodora betrachtete überlegend die zwei Sanitäter, die den rundum liegenden Frauen belustigt Grimassen schnitten, und stellte schließlich dem Nächststehenden eine Frage.

Der sagte ein kräftiges: „Aha!" wobei er einen prüfenden Blick um Johanna Stefans Taille wickelte.

„Sie können mitfahren", erklärte Feodora. „Sie werden die Möglichkeit haben, nach der Operation hier im Stab anzu= rufen. Ich bin die ganze Nacht zu erreichen."

Während Frau Stefan schnell etwas Wäsche und Inges Toilettenzeug in ein Tuch einschlug, sagte Feodora zu Inge: „Ich gehe jetzt gleich auf den Bau, um Ihren Freunden Nach= richt zu geben. Wollen Sie ihnen etwas sagen lassen?"

„Ja. Sagen Sie zu Conny, ich nehme den Stein mit. Ich würde ihn während der Operation in der Hand halten. Und noch etwas. Wir hatten uns auf den heutigen Abend so ge= freut. Er soll nicht traurig sein – ich komme ja bald wieder."

„Ich werde alles genau sagen und ich wünsche Ihnen viel Glück!"

Etwas später fuhr der Krankenwagen aus dem Lager.

Weit nach Mitternacht noch saß eine kleine, stille Gruppe vor dem Wachhaus am Lagertor. Alliluew selbst hatte dem Posten die Erlaubnis erteilt, die 5 Menschen in der Nähe des Lagereinganges zu dulden.

Sie wechselten kaum ein Wort. Am stillsten war Kreutzer, der zu anderen Zeiten den jungen Leuten mit Witzen die Zeit vertrieben hätte. Seit dem Tod Bulions war er zusam= mengefallen. Die unzähligen Selbstvorwürfe – durch seine Schuld sei der arme Teufel in den Tod gerannt – hatten ihn zermürbt und umgeworfen. Auch wenn Frau Stefan oder einer der Jungen ihm dies auszureden versuchten, machte er eine wegwerfende Handbewegung und sagte: „Ah! Redet mir nichts vor! Ich habe ihn auf dem Gewissen. Ich hätte nicht dulden sollen, daß er durch den Draht kroch! Er war hilflos durch seine Dummheit."

Es war eine laue, stille Nacht. Im Gras vor dem Stab zirpte ein Heer von Grillen. Dazwischen kratzte das Geräusch zer= bissener Sonnenblumenkerne, die sich der Posten am Tor unermüdlich in den Mund steckte. Mit den ausgespuckten Schalen versuchte er die Schranke zu treffen.

Ab und zu trat Feodora auf die oberste Stufe vor dem Stab. Sie wartete, bis sie gesehen wurde, dann schüttelte sie den Kopf. Noch kein Anruf! Sie kehrte wieder zurück an Alliluews Schreibtisch und las gedankenlos in den herum= liegenden Zeitungen.

Später fertigte der Posten eine heimkehrende Einzelper= son ab.

Es war Mitzi Schuster, die vor Müdigkeit fast über die Wartenden fiel.

„Was macht ihr für einen Quatsch!" wetterte sie. „Eine Mutter mit Kind so zu erschrecken! Seid ihr schon auf, oder noch nicht zu Bett?"

„Komm, laß es gut sein, Mitzi. Wir warten auf den Ausgang von Inges Operation!" knurrte Kreutzer.

Mitzi zeigte Rührung und klagte zugleich über die schwere Arbeit in der Alliluewschen Wohnung. „Das mach ich nur noch mit, bis seine Alte gekommen ist! Der Bankert Sascha treibt mich noch zum Kaiserschnitt!"

Nachdem sie dreimal erwähnt hatte, ihre Beine trügen sie kaum noch, schickte Kreutzer sie schlafen.

Die Nacht wurde lang. Vom vielen Rauchen brannten ihnen Zunge und Gaumen.

Als es taute, hüllten sie sich in Decken und bekamen klappernde Zähne.

Aber Stunde um Stunde schüttelte Feodora auf der Stabstreppe den Kopf.

Dann kam die Zeit, wo man sie zur Arbeit trieb. Sie schlangen übernächtig die Morgensuppe hinunter und reihten sich in die Kolonne.

Major Alliluew kam gegen 9 Uhr vormittags in den Stab und fand Feodora auf seinem Feldbett liegend. Sie schlief aber nicht, sondern öffnete sofort die Augen.

Blaß und müde meldete sie auf seinen fragenden Blick: „Nichts!"

„Habe ich mir gedacht", brummte Alliluew und hängte seine Mütze an den Haken. „Wenn der Junge so wenig arbeitet, wie er telefoniert, warten wir noch 10 Tage vor meinem Telefon – dieser Rübenmaschine! Das sind eben die Asiaten!"

Er blieb eine Weile breitbeinig im Raum stehen und ließ sich die Sonne in den Nacken scheinen. Seine Stiefelwichse verbreitete einen penetranten Geruch.

Gerne hätte Alliluew Feodora aus ihrer verträumten Haltung gelöst. Aber er war zu ungelenk für solche Dinge und selbst in einer mehr als weichen Verfassung.

Einmal machte er den Versuch, über seine Haushaltshilfe, Maria Schuster, loszulegen. Was aber ging Feodora sein

Ärger über dunkelbraune Bratkartoffeln, übergekochte Milch oder gar die zunehmenden Fingerabdrücke auf den Paus=
backen des armen Sascha an!

Sie machte ein so gelangweiltes Gesicht, daß der Major von selbst aufhörte.

Sein Hals reckte sich um mehrere Zentimeter höher, als ein Mann im Spaziergängertempo näher kam. „Prowotkin kommt!" sagte er unwillig.

Feodora sprang vom Feldbrett und stellte sich neben den Major. „Er hält auf das Lager zu! Tschort! Der kommt einen Tag zu früh! Er darf unter keinen Umständen mit Milan in Berührung kommen!"

„Wo ist der Pilot?" war die erste Frage Alliluews. Es war das erste Mal nach Bulions Tod, daß er es wagte, Kreutzer vor die Augen zu treten. Das Gewissen sagte ihm, daß er diesen Mann enttäuscht haben mußte. Und Freunde pflegte Alliluew von sich aus nie zu enttäuschen.

„Der sitzt seit gestern abend bei der Lagerwache", sagte Feodora. „Er hängt sehr an der Kleinen."

„Gut! – Er hat ja meinen Auftrag. Trotzdem werde ich schnell in das Lager gehen und in der Gegend vom Revier Wache halten – zur Verstärkung gewissermaßen. Du bleibst am Telefon!"

„Das habe ich versprochen!" sagte Feodora, die durch das Auftauchen Prowotkins ihren toten Punkt überwunden hatte. –

Etwas später ging der Kommissar durch die Wache. Der durch Alliluew bereits informierte Kreutzer lümmelte zwar noch immer mit gelbem, unrasiertem Gesicht neben dem Tor, sagte aber: „Gott zum Gruße!" als sich Prowotkin vor ihm aufpflanzte.

„Wußten Sie, daß ich komme, oder ist das hier ihr neuer Arbeitsplatz?" fragte der Genosse, über Kreutzers Gelassen=
heit im höchsten Grad erstaunt.

„Ja und nein!" sagte Kreutzer.

„Sie!" brauste der Kommissar auf. „Ist das eine Antwort?

So autoritätslos wie Sie spricht wohl kaum ein Mensch mit mir!"

„Dann war es an der Zeit, daß wir uns kennenlernten! Wollten Sie noch etwas wissen? So ungelegen wie heute, sind Sie mir selten gekommen..."

„Mann, Sie haben Mut! Wollen Sie, daß ich Sie abführe?"

Kreutzer lachte gequält. „Sie haben Humor! Wissen Sie, was Sie mich können? Na, ich sag es lieber nicht, sonst sind Sie gleich wieder beleidigt. Sehen Sie, der Major dort oben – der kann mich abführen! Der ist schließlich auch etwas geworden! Zu einem Lager hat er es sogar gebracht! – Haben Sie ein Lager? Nichts haben Sie! Eine einzige Krawatte höchstens, und die ist immer fleckig. Waschen Sie die eigentlich nie?"

Prowotkin schnob roten Dampf. „Sie spielen mit Ihrem Leben, passen Sie auf!"

„Mein Leben ist mir scheißegal, verstehen Sie? Scheißegal, sag ich! Seit ich weiß, was für dämliche Landsleute ihr seid. Schießt einfach einen Menschen ab, der wehrlos am Boden liegt. – Ach, gehen Sie weg, oder erschießen Sie mich. Mich kotzt Ihr ganzes Getue an." Zur Bekräftigung spuckte sich Kreutzer auf die eigene Stiefelspitze.

Doch Prowotkin ging weder weg, noch erschoß er Kreutzer. Er fragte neugierig: „Sie kennen also den Fall?"

„Mehr als das", brummte Kreutzer. „Ich mußte sozusagen zusehen, wie er durchlöchert wurde. Vom ersten Schuß an wußte ich, wen die Kugeln trafen. Aber die Rindviecher waren ja alle besoffen und hörten mich nicht!"

„Moment", sagte Prowotkin nachdenklich. „Wenn Sie wußten, auf wen geschossen wurde, kannten Sie wahrscheinlich auch schon vorher dessen Absicht!"

„Sie sind heute sehr scharfsinnig! Ja, ich wußte es. An sich habe ich ihn auch schon Wochen vorher gewarnt."

Wie klingendes Silber hörten sich diese Worte für Prowotkin an. Über das ganze Gesicht lachend, sagte er: „So? Wissen Sie, daß ich Sie jetzt gefangen habe? Erinnern Sie sich nicht mehr des Schriftstückes, das Sie einmal unterschrieben haben? Sie nahmen da gewisse Pflichten auf sich, bezahlte Pflichten auf sich. Bezahlte Pflichten! Warum haben Sie den Fluchtplan des Gefangenen nicht gemeldet? Wenn Sie ihn schon Wochen vorher wußten?"

„Heiliger Strohsack!" rief Kreutzer. „Jetzt werden Sie wieder kindisch. Der Mann wollte doch nicht fliehen – der wollte nur in das Lager hinein!"

„Er wollte das Lager verlassen!" brüllte der Kommissar. „Wofür haben wir ein Lagertor? Kein vernünftiger Mensch kriecht durch den Stacheldraht hinein."

„Der war eben nicht vernünftig! Seine eigene Dummheit hat ihn in den Tod getrieben. – Hören Sie, ich sage Ihnen ganz ehrlich: meine Stimmung verträgt sich heute nicht mit Ihrem Palaver. Kommen Sie in den nächsten Tagen einmal wieder. Zeit haben Sie ja genug, denn allzuviel tuen Sie bei Gott auch nicht! Der einzige Punkt, in dem wir uns einig sind, oder nicht?"

Es war für Prowotkin nicht leicht, die Zügel zu behalten. Für eventuelle Temperamentsausbrüche paßte ihm die Silhouette Alliluews nicht ganz, der nach wie vor bewegungslos auf der oberen Promenade stand. Deshalb kehrte er, leidlich beherrscht, zur Sache zurück: „Also der Mann wollte in das Lager hinein? Sagen Sie mir dann auch, warum?"

„Weil wir einer Schwerkranken helfen wollten! Bulion kaufte ihr auf dem Basar eine Stange Lakritze. – Und jetzt lassen Sie mich in Ruhe!"

Prowotkin wieherte laut auf. „Sie Lügner! Am 10. Mai war gar kein Basar! Ich selbst habe auf dem Platz der Roten Armee eine Friedenskundgebung abgehalten."

Kreutzer zog die Schultern hoch. „Dann wird er sie halt woanders gekauft haben! Oder habt ihr hier keine Apotheke? Er konnte es mir unter den Umständen nicht mehr verraten."

„Sicher haben wir eine Apotheke. Den Provisor kenne ich sogar sehr gut. Ich werde jetzt gleich hingehen und mich erkundigen. Wie hieß das Zeug?"

„Lakritze!" knurrte Kreutzer. Was er sonst noch sagte, verstand der Genosse nicht mehr. Es war vielleicht für beide am besten so.

Feodora war bereits 30 Stunden nicht aus den Kleidern gekommen, geschweige denn aus den Strümpfen. Nun ging es auf den Mittag zu, und noch immer wollte sie kein Anruf ihres Postens entheben.

Da Alliluew sich seit Prowotkins Auftauchen wie ein Wachhund im Lager herumtrieb, fehlte ihr die ablenkende Unterhaltung, die ihr den Schlaf vertrieben hätte.

Gähnend schleppte sie sich vom Schreibtisch weg und ließ sich auf den Rand des Feldbettes fallen.

Doch was war das? An der linken Wade, mit der sie unachtsam eine scharfe Kante des Eisengestells gestreift hatte, fühlte sie eine dahinhuschende Laus. Aber, wer hat an den Beinen Läuse? Feodora renkte voll böser Ahnungen das Bein herum und erstarrte: eine Laufmasche nahm Kurs auf ihre Ferse! Immer schneller, unheimlich anzuschaun! An den neuen Seidenstrümpfen, die sie erst kürzlich in Trudowskaja gegen einen Mann eingetauscht hatte.

Nach dieser ausgedehnten Schrecksekunde befeuchtete sie ihren Zeigefinger und drückte ihn auf die prägnante Stelle.

Was tun? dachte sie. Lasse ich los, ist das Biest in einem Atemzug an der Ferse und der Strumpf beim Teufel! Einen Tropfen Gummiarabikum müßte man haben! Aber so etwas führte Alliluew nicht.

Da kam ihr ein rettender Gedanke. Den Finger fest auf den Strumpf gepreßt, schrie sie: „Eäh, Komsomol! Dawai sjuda!"

Ein Junge flog herein und vergammelte sich im seltenen Anblick der so ungewohnt sitzenden Barischna.

„Glotz mich nicht so an!" herrschte Feodora ihn an. „Spring schnell zum Perewotschik Sadlokal und bring mir etwas von dem Lack, mit dem er seine Balalaikas bepinselt. Aber laufe!"

Der Komsomolz stob und polterte über den Gang. Wieder senkte sich über Feodora diese ermüdende Stille. Ab und zu blickte sie scheu an ihrem linken Bein hinunter. Aber ihr Finger hielt – der Strumpf war so gut wie gerettet.

Da kratzte es ein paarmal deutlich im Telefonkasten und ein messerscharfer Ton schrillte durch das Zimmer. Hoch, gedehnt, mit kurzen Abrissen.

Feodora sprang auf und drehte sich um ihre eigene Achse. Sie starrte verstört auf den braunen Kasten, der an Laut= stärke Unwahrscheinliches leistete. Sogar durch ihre Hand= ballen, die sie sich unwillkürlich an die Ohren preßte, drang dieser Ton, der ihr den Schock einer Sirene eingejagt hatte.

„Heiliger Nikolai!" entfuhr es ihr. „Das Gespräch ist da – das Hospital ruft an!"

Mit einem Sprung erreichte sie den Apparat und hob den Hörer ab. Ein Stimmengewirr quäkte in der Membrane, dann fragte eine Fistelstimme auf deutsch: „Hallo, ist dort das Lager Petrowsk?"

Feodora schluckte. „Ja, Feodora Rodionowa am Apparat! Sind Sie die Begleiterin von Inge Schrandt? Hallo... Sagen Sie doch schon endlich..."

„Feodora... die Operation..." Frau Stefans Stimme schlug in wildes Weinen um.

Feodora fühlte ihr Herz schneller schlagen. „Hallo... was ist denn? Hallo, hören Sie mich?"

Ein Poltern in der Leitung antwortete. Dann dröhnte eine feste Männerstimme aus der Muschel: „Hallo! Hier spricht Dr. Bogatai. Hören Sie, ja? Es war zu spät, hören Sie! Es war nichts mehr zu machen – es war viel zu spät!"

Dann knackte es. Die Leitung war unterbrochen.

Im Türrahmen tauchte Alliluews Gestalt auf. Etwas vorn= übergebeugt stand er da, unbeholfen und betreten, die Mütze in der linken Hand verkrampft. Durch das lange Läuten des Fernsprechers war er herbeigeeilt und wußte nun Bescheid.

„Dotschka moja", murmelte er nähertretend. „Ich habe es nicht gewollt. Komm, wir trinken einen Wodka. Es geht mir selbst an die Nieren. Schau, haben wir nicht genug Tote im Krieg gesehen? Tot ist tot – da können wir nichts mehr ändern."

„Aber das hier ist etwas anderes", sagte Feodora. „Sie war ein Kind – sie wußte ja noch gar nichts vom Leben. Wie alt war sie eigentlich?"

„Moment!" sagte Alliluew aufatmend. „Ich sehe sofort mal nach. Gieß mir schon den Wodka ein, sonst bin ich morgen magenkrank." Er war froh, sie ablenken zu können. „Da, bitte, hier haben wir es: geboren am 20. Mai 1928. Heute haben wir den 16. Mai. In vier Tagen wäre sie siebzehn geworden. Sie war die Jüngste im Lager. – Was suchst du denn?"

„Meine Uniformbluse. Ich muß jetzt weg. Ihre Freunde warten auf eine Nachricht, und hier kann ich sowieso nichts mehr tun." Sie schulterte die Maschinenpistole.

„Was meinst du", fragte Alliluew. „Soll ich den Doktor gleich hier verhaften lassen?"

„Das wäre dumm. Es muß ihn zuerst eine Ärztekommission entlarven. Möglichst schon in den nächsten Tagen!"

„Gut, ich werde Schritte unternehmen. Geh jetzt, und ruhe dich ein paar Stunden aus." –

In der Gangtür prallte Feodora mit dem Komsomolzen zusammen, der ihr den Lack brachte.

„Poschaluista, barischna!" sagte der und hielt ihr eine Dose entgegen.

Feodora blickte ihn verständnislos an, dann fiiel ihr der Strumpf ein. Ein rascher Blick über die Schulter überzeugte sie, daß ihn auch der Lack nicht mehr retten konnte.

„Zu spät", sagte sie bissig. „Auch dafür ist es zu spät! – Was stehst du hier noch herum wie ein gekränkter Maulesel? Bring das Zeug zurück oder trink es mit deinen Kumpanen aus! Siehst du nicht selbst, daß die Masche schon in der Ferse sitzt?"

Dann machte sie sich auf den Weg. Doch nach einigen Schritten fiel ihr Kreutzer ein, der wohl sehnlichst auf eine

Nachricht wartete. Sie kehrte um und fand ihn an derselben Stelle neben dem Eingang.

Er schlief, lang hingestreckt in der Sonne.

Warum soll ich ihn wecken? dachte Feodora. Er erfährt es noch früh genug. – Und ging.

Selbst dem schachsüchtigen jungen Mann am Parkhotel fiel es auf, daß heute mit seinen Untergebenen nichts anzufangen war. Also äußerte er sich dahingehend, seiner Braut eine Aufwartung zu machen. Gelegentlich würde er wieder einmal vorbeischauen. Material sei ohnedies keins da.

Es wurden für die Freunde recht lange Stunden. Als die Sirenen der einzelnen Gruben den Mittag ankündigten, verließ Conny das Dachgeschoß.

„Ich gehe Feodora etwas entgegen", murmelte er im Hinuntersteigen.

Die anderen nickten. Roland rief ihm nach: „Geh nicht zu weit, sonst schnappen sie dich!"

Conny ging langsam über den Bauplatz und trat in den Park. Vor ihm promenierte ein Offizier mit seiner Freundin. Sie hielten sich an den Händen und lachten wie Kinder.

Um nicht gesehen zu werden, ließ sich Conny auf einem der zwei Betonklötze nieder, die am Wegrand aus dem Boden ragten. Die Ellenbogen auf die Knie gestützt, hielt er sich den Kopf mit den Händen fest und sah zu Boden.

Gab es überhaupt noch eine Möglichkeit im Zusammenhang mit dieser langen Wartezeit, die er nicht überdacht hatte? Es konnten nur Tatsachen sein, die zu empfinden er für möglich hielt. Und die mußte Feodora bringen.

Klang da ein Schritt? Conny hob langsam den Kopf. Ja, es war Feodora.

Sie hatte ihn auch erkannt und kam nicht schneller näher. Sollte das etwa – oder lächelte sie?

„Feodora!" schrie Conny und sprang auf.

Ohne ihre Lippen zu bewegen, kam sie näher. Ihr Gesicht drückte gar nichts aus.

„Feodora, sagen Sie etwas!" Conny ergriff ihre Hand und schüttelte sie unzählige Male. „Mein Gott, soll das etwa heißen...? Sagen Sie bitte noch nichts! Lassen Sie sie mir noch eine Minute – nur noch wenige Augenblicke!"

Feodora sah zu Boden. Der Blick dieses jungen Mannes, sein fester Griff an ihrer Hand, der nicht nachließ – alles tat weh.

„Kommen Sie, wir setzen uns ein wenig", schlug sie vor, um überhaupt etwas zu sagen.

Conny ließ sich gefügig auf den Beton drücken, während sich Feodora auf die andere Seite setzte.

„Ich weiß noch keine Einzelheit", sprach sie langsam auf ihn ein. „Nur, daß es bereits zu spät war. Viel zu spät für eine Operation. Dem Arzt aus Stalino tut es selbst leid."

„Dem Arzt tut es leid", wiederholte Conny. Dann schrie er: „Und sie soll jetzt tot sein, wird begraben und vergessen!"

„Sie wird nicht vergessen! Am allerwenigsten werden Sie es tun. – Wollten Sie heiraten?"

„Wenn das das Höchste ist, das man einem Menschen bie= ten kann, den man liebt; ja, wir wollten auch heiraten! Wir wollten studieren – ah, wir wollten so vieles! Und nun ist alles so gräßlich gekommen."

Feodora suchte vergebens nach tröstenden Worten. Dann fragte sie: „Wollen wir nicht zu den anderen gehen?"

Conny erhob sich. „Es bleibt uns nichts anderes übrig, gehen wir." –

Günther war der erste, der die beiden aus dem Park kom= men sah. Als er Nico darauf aufmerksam machte, sagte der: „Das Schlimmste ist eingetroffen. Am besten wird es sein, Feodora nimmt Conny gleich mit ins Lager. Wir suchen ein paar Bretter und machen den Sarg." –

Aus dem Krankenwagen, der am Nachmittag vor dem Lagertor hielt, stieg eine alte Frau. Unter dem Arm trug sie ein flüchtig zusammengeschlagenes Bündel.

Sie ging achtlos an dem Posten vorbei und hakte sich mit

einem kurzen Nicken in Kreutzer ein, der durch den Motor=
lärm des anfahrenden Wagens aufgewacht war und Johanna
Stefan sofort erkannt hatte.

Er fühlte, daß sie schwer in seinem Arm hing. Hatte er
doch selbst Mühe, sich einigermaßen gerade zu halten.

„Wohin sollen wir gehen?" fragte er sie bei der Kantine.
„Zu dir?"

„Nein", flüsterte sie. „Gehen wir zu deiner Bank – dort ist
es am schönsten."

Sie fanden sie leer und ließen sich darauf nieder. „Du
brauchst mir nicht viel zu erzählen", sagte Kreutzer nach
langem Schweigen. „Ich kann mir alles denken. Wie soll das
weitergehen? War sie nicht wie unser Kind?"

Frau Stefan nickte. „Ich habe sie in Gedanken immer für
meine Fisso gehalten. Vielleicht war ich noch besser zu Inge,
aus Dankbarkeit, daß Fisso zu Hause bleiben durfte."

Kreutzer kämpfte gegen Verlegenheit. „Weißt du, Hanni,
mich trifft es auch schwer. Ich bin Kinder gewohnt! Sieben
Kinder erziehen einen dazu, sich in der Familie wohl zu füh=
len. Wir sind doch hier eine große Familie. Jetzt bleiben uns
nur noch die Jungen – und das nicht mehr lange. Glaub mir
das, die brennen durch! So etwas fühlt einer wie ich. Noch
ein paar Wochen, dann sind die ausgeflogen!"

„Du wirst schon recht haben – verdenken kann man es
ihnen nicht."

Wieder schwiegen sie.

„Ist sie wenigstens ruhig entschlafen?" fragt Kreutzer
schließlich.

„Allmächtiger! Warum fragst du mich gerade das? Nein,
es war sehr schwer. Sie wollte leben, verstehst du! Sie wollte
es nicht nur, sondern hätte es auch gekonnt, wenn sie nicht
so verpfuscht worden wäre."

Kreutzer rieb sich fahrig den Stoppelbart. „Ich glaube, die
Tage von Milan sind gezählt!"

„Ich glaube es nicht nur", sagte Johanna Stefan grimmig,
„ich weiß es sogar. Sie holen ihn nach Stalino in das Hospi=

tal – was glaubst du, was der Doktor ihn verflucht hat! Es ist sogar möglich, daß der selbst für einige Zeit hier nach dem Rechten sehen wird."

„Der Tatar?"

„Ja."

„Na, Mahlzeit! Armes Siebenbürgen, weit sind wir gekommen. Einen Tataren als Doktor! – Sag, hast du keinen Hunger? Soll ich dir etwas richten?"

„Nein, laß das!" wehrte Frau Stefan ab. „Ich finde es hier so schön – wir müssen ja anfangen, uns an das Alleinsein zu gewöhnen."

„Du hast recht, Hanni. Ab heute weiß ich, wie es ist, wenn man alt wird." –

Ein unangenehm kühler Wind fegte über den Friedhof, als die kleine Trauergemeinde sich um Inges Sarg scharte. Damit die rohen Bretter etwas verdeckt würden, hatte Frau Stefan vor dem Aufbruch aus dem Lager jene Tischdecke darüber gebreitet, die Inge voller Namen sticken wollte. Es waren über ein Dutzend Namen geworden. Die Namen der Menschen, die sie wohl alle gern hatten.

Steif und verbittert, übermannt von Andacht und Enttäuschung, standen sie vor dem offenen Grab.

Es war, als wage niemand den letzten Schritt zu tun: das Hinabsenken des Sarges, um den sich ein breiter Fliederkranz wand. Die ausnahmslos weißen Blüten verdeckten die frischaufgeworfene Erde und blendeten bei langem Hinsehen.

In diese Stille schwoll plötzlich Frau Stefans Stimme. Sie hielt ihr Gesangbuch vor sich und sang heiser und klagend:

„O Welt ich muß dich lassen, ich fahr dahin mein Straßen..."

Während sie zu singen begann, kam etwas Leben in Kreutzers Züge und er stimmte mit seinem wuchtigen Baß mit ein.

Die Freunde sahen sich verwundert an und gaben sich beschämt Mühe, die Melodie mitzusummen.

Während Strophe um Strophe über den Grabhügel klang, polierte der Posten, der sich in diskreter Entfernung aufhielt, mit seinem Ärmel an dem Lauf seines Karabiners herum.

Als Frau Stefan ihr Gesangbuch schloß, begann Roland zu reden: „Liebe Inge! Um eine Schwester beraubt stehen wir hier vor dir. Gerne hätte jeder von uns dein Los auf sich genommen, wenn wir Menschen uns in Gottes Hand=werk einmischen dürften." Roland stockte. Der Wind nahm seine Worte mit und zerriß sie in den Wipfeln der Akazien, die sich ächzend und tief zur Seite bogen, als wollten sie von dem, was sich in ihrer Nähe abspielte, nichts wissen.

Roland strich sich die zerzausten Haare aus der Stirn und fuhr fort: „Inge! Du bist für eine ganze Generation ge=storben, die als die betrogenste von allen dasteht. Man hat ihr die Jugend, die Heimat und den Glauben an das Leben genommen. Aber alle, die wir zum letztenmal vor dir stehen, werden es laut zum Himmel schreien: wir wollen nicht unter=gehen in diesem irrsinnigen Ringen um inhaltslose Welt=anschauungen und überspannten Nationalismus.

Wir werden der Welt deinen Namen nennen und unter seiner Sauberkeit versuchen, das an uns Verratene und Ver=kaufte wieder zu erlangen. Das schwören wir dir!

Lebewohl, Inge! Gott hat dich in sein Reich aufgenommen. Wir falten ergeben unsere Hände und beten: Vater unser, der du bist im Himmel..."

Der Posten gähnte, als beim Grab das Gebet gemurmelt wurde, und sah in die Sonne, deren Kraft heute vom Wind sehr geschwächt wurde.

Der Sarg wurde langsam in die Erde gesenkt. Dann fielen die Erdschollen auf seine Tannenbretter, unter denen ein totes Mädchen lag. In einem hellblauen Kleid und mit einer festverkrampften Hand, worin sie einen lichtbraunen Stein verbarg. Einen Karneol. –

Wenige Tage später näherte sich dem Lager ein Traktor. Er wäre nicht mehr und nicht weniger als jeder andere Trak=

tor aufgefallen, wenn der Beifahrer sich nicht wie ein Irr=
sinniger gebärdet hätte.

Er schien vor Schmerzen zu brüllen und hielt sich ein
Taschentuch über das rechte Auge.

Nach einem kurzen Wortwechsel fuhr der Traktor durch
das Tor und brummte über die Promenade.

Es war die Stunde, während der Alliluew die Kantine auf=
zusuchen pflegte. Deshalb konnte er auch den tobenden
Mann neben dem Traktoristen erkennen.

Es war Hans Girr, der Schmied.

Vor dem Revier stoppte das Gefährt. Wie gehetzt sprang
Girr vom Sitz, rannte in den Eingang und mitten in die
Sprechstunde Milans.

„Na, na, na!" machte Milan, erstaunt aufblickend. „Hier
geht es der Reihe nach! Hat Sie eine Hornisse gestochen?"

Girr packte ihn am Kittel. „Schnell, Hilfe! Ein glühender
Eisensplitter ist mir ins Auge gesprungen ... Schnell, sage
ich!"

Milan drückte ihn auf den Stuhl und nahm ihm das
Taschentuch fort. Aber wie er auch immer versuchte, sich
dem Auge zu nähern, heulte Girr unartikuliert auf und fegte
ihn mit seinem langen Arm zur Seite.

Die Erkenntnisse der letzten Tage trieben Milan zu größter
Besorgnis an. Nicht um Girr, sondern um sich selbst. Irgend=
wie mußte er den Schreihals zum Schweigen bringen – der
brüllte noch das ganze Lager zusammen!

Während er noch diesbezügliche Überlegungen anstellte,
sprang die Tür auf, und Alliluew kam neugierig mit zwei
seiner Leutnants hereingeschritten. Hinter ihren breiten
Rücken war Sadlokal nur schattenhaft zu vermuten.

Ihr habt mir gerade noch gefehlt! dachte Milan und be=
richtete von Girrs Mißgeschick, der sich nach wie vor unter
Schmerzen im Kreise drehte – wie ein Hund, dem man
Steine ins Kreuz geschmissen hat.

Zum Zeichen, daß er sich die Behandlung anzusehen
wünsche, ließ der Major sich auf den einzigen Stuhl des

Ordinationszimmers nieder. Wie autorisierte Hofmarschälle plazierten sich die zwei Leutnants daneben. Ihre Gesichter sagten eindeutig: jetzt aber los, wir sind gespannt!

Als Meister im Überblicken verknoteter Situationen, hatte Milan schon längst den modus vivendi gefunden. Dieser Girr sollte seinen Tanz und das Gebrüll beenden – für alle sichtbar. Den Offizieren sollte der Unterkiefer auf die Knie fallen – vor Staunen

Vor Staunen über seine Heilkunst. Milan fühlte den Augenblick seiner Rehabilitierung gekommen, nach den mehr als reichlich anklagenden Verdächtigungen der letzten Wochen.

Mit dem verheißungsvollen Mienenspiel eines Magiers suchte er zuerst nach einer Injektionsspritze, fuchtelte damit einige umständliche Manipulationen und sperrte den Medikamentenschrank auf.

Das Offizierstrio schaute ihm nach und konnte nun sehen, wie Milan einen braunen Pappkarton aus der hintersten Ecke hob.

Er legte den Karton auf den Tisch, nahm den Deckel ab und griff – anstatt eine Morphiumampulle – in Luft.

Der Karton war restlos leer!

Milan wischte sich einmal mit der Hand über die Augen und sah wieder in den Karton. Der gähnte ihn jedoch nach wie vor leer an.

Die Spritze in der Hand, vergaß er den umhertänzelnden Girr, lief an den stummen Offiziersgesichtern vorbei und hinaus. Dort riß er seine Zimmertür auf und brüllte der mit Bügeln beschäftigten Irma entgegen: „Wo ist das Morphium? Los, du warst die einzige, die davon wußte!"

Er stand auf Armlänge vor ihr.

Irma setzte das Bügeleisen ab und sagte ruhig: „Es ist fort!"

„Was – fort?" Milan erstickte an seinem eigenen Schrei. „Fort, sagst du? Und du weißt, wer es gestohlen hat?"

„Ich!" sagte Irma und ließ ihre Hände vom Tisch sinken.

Was für Augen machte Milan denn? So hatte sie ihn noch nie erlebt. – Da traf sie schon ein klatschender Schlag ins Gesicht.

„Du?" schrie er. „Du bestiehlst mich? Na warte, du, hier hast du Morphium!"

Die Ohrfeigen prasselten erbarmungslos auf Irma nieder, die vor Schreck keiner Reaktion fähig war.

„Milan!" rief sie. „Nicht ich habe das Morphium gebraucht... so warte doch... aua... warte doch, der kleinen Inge habe ich sie gegeben! Alle 27, jede Nacht, wenn die Schmerzen unerträglich wurden!"

Milan hielt betroffen ein. Seine Nasenflügel liefen weiß an. „Der? Der hast du sie gegeben? Ah, paß auf, jetzt bekommst du eine Injektion, an die du dein ganzes Leben denken wirst!"

Er wechselte die Spritze aus der linken in die rechte Hand.

Irma sah die Nadel in der Sonne aufblitzen und wurde von einer Todesangst gefaßt. Bevor Milan sie ins Gesicht treffen konnte, sprang sie hinter den Tisch und schrie gellend: „Hilfe! Hilfe!"

Doch Milan kam ihr nach, stach wieder in die Luft – konnte sie aber am Saum ihrer herausgerutschten Bluse greifen.

Irma war so gut wie verloren. Sie schrie noch einmal auf – da stürzte Allilüew mit seinen Subalternen in das Zimmer.

Die Leutnants fielen Milan in die Arme, während der Major seine Pistole herausriß.

Aus dem Türrahmen rief Sadlokal: „Kollega, sind Sie ibergeschnappt?" Dieses war einer der größten Augenblicke in Sadlokals Lagerlaufbahn: Milan vor der Pistolenmündung Alliluews!

Der Major donnerte eine Serie von Befehlen herunter. Zuerst wünschte er, daß Milan im Karzer sichergestellt würde. Nie, aber auch nie hätte er sich träumen lassen, diesen Doktor auf so treffende Art überführen zu können. Wenn auch die Situation, in welcher er ihn überrascht hatte, seinen Geschmack tödlich verletzte. Er konnte verstehen, daß ein

Mann seine Frau aus Liebe prügelte, aber das hier war etwas anderes gewesen! Tschornüi tschort! Er wollte den Anlaß gar nicht wissen. Hauptsache, dieser Fall zog sich dem Ende zu.

‚Gemeiner Versuch einer Körperverletzung' würde er unter das Protokoll setzen. Dazu der Fall Inge Schrandt, darüber hinaus die noch bevorstehende Ärztekommission.

Einer Schwester befahl Alliluew, sich um die Doktorsfrau zu kümmern, die mit weit aufgerissenen Augen auf dem Boden saß, wohin sie letztlich gesunken war, und den Major anstierte, als sei er der Erzengel Michael.

Blieb noch Girr, der in schmerzvollen Verrenkungen auf dem Gang angetorkelt kam und schrie: „Na was ist jetzt, Herr Arzt, hilft mir denn niemand?"

Alliluew ließ das auf der Promenade stehende Brotauto entladen, wenden und mit Girr nach Stalino in das Hospital fahren. —

Dann erst versenkte er seine Pistole in die Ledertasche und kehrte wieder in die Kantine zurück. Der Kampf war zuende! Sein Kampf, den er für den ungewöhnlichsten seines Lebens hielt.

Das erklärte er nach dem ersten Wodka seinen in Be= wunderung lauschenden zwölf Leutnants.

Nach dem zehnten Wodka lud er alle Anwesenden zu einer Spazierfahrt in seinem Auto ein.

„Wann?" fragte einer kleinlaut.

„W skorom wremeni!" versprach der Major mit glänzen= den Augen. In der nächsten Zukunft!

Die Leutnants fanden seine Antwort sehr klug.

Am Abend dieses Tages, an dem das Lager keinen Arzt mehr hatte, griff Sadlokal seit langem wieder einmal zur Bratsche.

„Sadlokal übernimmt sich wieder", flüsterten sich die Menschen zu, die seinen Weisen freiwillig oder gezwungener= maßen lauschten.

Hätte Sadlokal einmal, nur einmal, etwas Herzhaftes, Volkstümliches gespielt, wäre er zum Liebling aller Musik=freunde geworden.

Aber immer dieser Vivaldi! Der Vieh=Waldi, wie Kreutzer zu stänkern pflegte. Kreutzer zweifelte überhaupt Sadlokals Kunst am lautesten an. „Wenn sich ein Mensch nur mit Trauermärschen abgegeben hat, wie dieser Vieh=Waldi, dann bewundere ich den Sadlokal, daß er all die falschen Töne so richtig spielt. Erfahre ich aber eines Tages, daß Sadlokal diese falschen Töne auch noch falsch spielt, dann zerschlage ich ihm das Instrument auf seinem eigenen, spitzen Schädel. Katzenmusik ist es so oder so!"

Heute jagte Sadlokal seinen Bogen besonders tiefschürfend über die Saiten. Nicht aus Freude, daß der Lagerarzt im Kittchen nebenan saß, sondern aus Trauer, daß die Donez=Pirole keine Sängerhalle mehr hatten.

Denn als Milan abgeführt wurde, war es Sadlokals erste bittere Aufgabe gewesen, seine Notenpulte, sowie andere Kunstrequisiten, wie: Stimmgabel und mühevoll rekon=struierte Piecen, aus dem Raum zu schaffen. Die Musikhalle wurde wieder das, wofür sie vorgesehen war: Karzer.

In einem traumhaft lang angelegten Legato knarrte die Tür. Sadlokal setzte stantepede ab und sah sich der Doktors=frau Irma gegenüber, die unter einem weißen Tuch klappern=des Emaillegeschirr verbarg.

„Sehr zu Diensten", begrüßte sie Sadlokal. „Nehmens Platz. – Ja, das Leben ist schmutzig, wenn's einen so packt!"

Irma setzte ihre anonyme Last ab und nahm auf dem zugewiesenen Stuhl Platz.

Da sie kein Wort sagte, erlaubte sich Sadlokal die Be=merkung: „Und Sie weinen noch nicht?"

„Ich bin ausgeweint", sagte Irma. „Ich weiß, daß ich euch allen damit auf die Nerven gegangen bin. Mich sieht keiner mehr weinen, mich nicht!"

„So ist's auch recht", pflichtete Sadlokal, mit tröstendem

Unterton, bei. „Greinende Weiber sind für mich das greeßte Ibel. Was mechtens eigentlich von mir?"

Irma sah ihn entschlossen an. „Dreierlei, Herr Sadlokal. Haben Sie die Lagerlisten hier?

„Auleo!" stöhnte Sadlokal. „So ist mir auch Ihr Mann einmal gekommen, sehr zu meiner Misere. Wollens auch so eine krumme Tour?" Er malte sich schon die Tonstärke seines „Nein" aus.

Irma sagte: „Ab heute bin ich mit diesem Manne fertig. Ich will meinen Mädchennamen wiederhaben, es hat uns weder ein Pfarrer, noch ein Standesamt getraut. Hätte ich auf die Warnungen der Frauen gehört, wäre es nie so weit ge= kommen. Ich habe Milan blind vertraut – und habe heute seine Augen gesehen. Er ist wirklich ein schlechter Mensch! Abgesehen davon, daß er mich umbringen wollte."

Erst jetzt legte Sadlokal die Bratsche aus den Händen. Was Irma sagte, ging ihm ans Herz. Selbstverständlich mußte da geholfen werden. Wenn es bloß auf den Namen ankam – was waren schon Namen hier in Russland.

Ohne ein Wort zu verlieren, wühlte er in seinen Listen und sagte endlich: „Aha!" Er zückte seinen Tintenstift und fragte: „Wie wollens heißen?"

„Dengel! Irma Dengel", sagte sie erleichtert.

Sadlokal erledigte die Umschreibung. Dann setzte er sich in Positur. „Gemacht und erledigt! Wenn wir hier schon so viele Todesfälle registrieren, warum sollen wir keine Schei= dungen vollziehen? Sie sind also geschieden, Fräulein! – Gehen wir zu Nummero zwei. Das hat hoffentlich nichts mit Listen zu tun?"

„Doch", sagte Irma. „Eigentlich noch mehr als das erste."

„Mariandjosef! Ihr machts mich verrickt mit eiren Win= schen. Was ist jetzt? Neue Hochzeit vielleicht?"

„Herr Sadlokal!" begann Irma. „Ich hatte die Möglichkeit, der Inge Schrandt in ihren schwersten Stunden zu helfen. Nur für einige Stunden zu helfen. Aber durch sie und in diesen bangen Stunden ist es mir bewußt geworden, wie verkehrt ich gelebt habe. Den ersten Schritt zu einem neuen Leben habe ich getan: ich bin wieder frei. Aber ich möchte es ganz sein!

Hören Sie! Diese arme Inge ist leider gestorben und ihr Platz im Schacht ist freigeworden. Wenn ich Sie nun sehr bitte – könnten Sie mich an ihre Stelle einteilen? Mein Name soll dort stehen, wo Sie den ihren ausgestrichen haben. – Würden Sie das tun, Herr Sadlokal?"

Franz Sadlokal hatte Mühe, das Gehörte zu begreifen. „Moment, habe ich richtig verstanden? Sie wollen in die Gruben?"

„Ja!"

Sadlokal zog sich am Ohr und stellte irritiert fest, daß er nicht träumte. Was ging in der jungen Frau vor? Umgekehrt, das hätte er verstanden! „Mariandjosef, was treibt Sie denn in die Gruben? Sie müssen das ja net! Wenn auch Ihr Mann – äh, pardong, der Milan nicht mehr herumdoktern darf, Sie können doch bleiben, Sie sind ja nicht er!"

„Eben! Ich bin nicht er! – Mein Gewissen treibt mich in den Schacht. Ich will schwer arbeiten, daß ich abends müde ins Bett falle. Ich will schwere Loren schieben und Steine heben – wie Inge es tat. – Verstehen Sie das nicht, Herr Sadlokal?"

„Nein, kein bisserl!" sagte er. „Aber das hat ja nichts zu bedeiten. Ich hab in diesem halben Jahr gelernt, daß vieles genau verkehrt umenanderleift, als ich bisher dachte. Gut, ich trag Sie in die Liste ein. Schließlich soll nicht ich in die Gruben. Ich persenlich tät mich eher aufknipfen, als unter der Erde arbeiten missen. – So, jetzt stehens drin. Wohnen tuns in Baracke 7, Zimmer 3. Ich trag Ihnen nachher eine Arbeitsmontur hiniber. – Habens noch was am Herzen?"

„Ja, hier", sagte Irma, jetzt etwas schüchtern, und zog die Serviette weg. „Milan wurde kurz vor dem Mittagessen abgeführt. Ich wollte gerade den Tisch decken. Es ist seine Leibspeise: Kartoffelpuffer mit Rübensirup. Mittags waren wir ja noch verheiratet, also steht es ihm noch zu. – Bitte, tragen Sie es ihm hinüber. – Und sagen Sie ihm bei der Gelegenheit auch, daß wir jetzt geschieden sind!"

„Aber gern", versprach Sadlokal, als Irma bereits in der Türe stand.

Kartoffelpuffer mit Rübensirup schmeckten ihm selbst ausnehmend gut. Deshalb, und weil Milan jetzt bestimmt keinen Appetit haben würde, verzehrte er die Portion im Stehen.

Abgesehen davon, konnte sein Magen auf diese kuriosen Begebenheiten sowieso etwas vertragen.

Dann erst ging er hinaus, um Milan zur Scheidung sein Beileid auszudrücken. – Vor den Gitterstäben, vorsichtshalber.

Als die Akazien ihre herrlichen Dolden aufsteckten und ihren betörenden Duft in die schwüle, gewitterige Juniluft ausströmten, lag es klar auf der Hand, daß die 500 Kirschbäumchen Alliluews auf immer zu einem kahlen, blatt- und blütenlosen Gertendasein verurteilt waren.

Sie würden nie ausschlagen, das wußte jeder. Wie mahnende Ruten reihten sie sich entlang der Promenade, auf der nunmehr, der Jahreszeit angepaßt, der Malm knöcheltief lagerte und nur darauf wartete, als Wolke hochgewirbelt zu werden.

Und es wirbelte viel Staub auf, in diesen ersten Junitagen!

Milan wurde von Dr. Bogatai, dem neuen, tatarischen Lagerarzt in Hauptmannsuniform, nach Stalino geschafft, von einer Kommission geprüft und als Schwindler entlarvt.

Milan habe, so drückte sich der neue Arzt dem Major gegenüber aus, ein rudimentäres Wissen um die Medizin. Das Niveau eines Sanitäters – mehr nicht.

Alliluew meldete die Erledigung dieses Falles seinem Polkownik, der aber sehr mit einer Entscheidung über Milans weiteres Schicksal warten ließ.

So wurde Milan bis auf weiteres wieder in den Karzer zurückgebracht und tagsüber mit Arbeiten beschäftigt, die Alliluew für Menschen dieser Art für angemessen hielt.

Neuerdings hob Milan unter Aufsicht eines Extrapostens neben der Latrine eine neue Grube aus. Die alte Anlage sollte durch einen Durchbruch entlastet werden. Er verzog dazu keine Miene. Beängstigend willig erledigte er jeden Auftrag. Manchmal, wenn irgend jemand beim Stab vorfuhr, blickte er konzentriert nach dort hin. Erwartete er einen ganz Bestimmten, oder war es die Angst vor der Unge= wißheit?

Alliluew, der ihn des öfteren beobachtete, sah da nicht klar. Am liebsten wäre er ihn schon ganz los geworden. –

In diesen Tagen kam auch Girr wieder aus dem Hospital zurück. Abgemagert und bleich ging er durch den Prome= nadenstaub. Nicht mehr das ewige Lachen zeichnete sein Gesicht, sondern eine schwarze Binde über dem Auge.

Girr war rechts erblindet. Der glühende Eisensplitter hatte ihm die Sehkraft vernichtet. Und es schien, als sei damit auch seine ganze Wucht dahin, diese bis zuletzt ihm eigene, seine Umgebung erdrückende Gesundheit. –

Alle diese Ereignisse stellte ein anderes in den Schatten.

Einzelne, nächtliche Latrinenschwärmer wollten beobachtet haben, wie zwei Leutnants eine Gestalt durch die Wache geschoben und in den zweiten, noch freien Raum des Karzers gestoßen hatten.

Die ganze Angelegenheit wäre nie zum Allgemeingespräch geworden, hätte man anderntags etwas Genaueres erfahren. Auf eventuelle Fragen aber zogen die Russen die Achseln hoch. Und trat man an das respektive Karzerfenster, lag auf der Pritsche eine mittelgroße Männergestalt. Sie wirkte aus= gesprochen russisch, hatte einen üppigen Bartwuchs und lag Tag und Nacht regungslos da. Wie ein Hungerkünstler. Oder wie tot.

Die einen hielten diesen Mann für einen Deserteur, die anderen für einen Gefangenen der Wlassow=Armee.

Nach Tagen einigte man sich auf einen abgeschossenen, amerikanischen Flieger. Und so blieb es auch, bis...

Bis, eine Woche nach seiner Einlieferung, Feodora nach langem wieder das Lager betrat und zur Spezialistenbaracke ging.

Sie fand Günther und Nico beim Machorkaschneiden und rief ihnen durch das offene Fenster zu: „Kommt schnell mit zum Stab!"

Die beiden sahen sich an und folgten ihr. Feodora hatte es derart eilig, daß Günther erst beim Tor fragen konnte: „Ist es etwas Schlimmes?"

Sie gab ihm keine Antwort, sondern eilte weiter – voraus.

Im Stab saß, auf der Bank neben Alliluews Schreibtisch, der Fremde aus dem Karzer. Er saß, völlig verwildert, vorn= über gebeugt. Erst als Feodora Alliluew etwas zurief, sah er auf – und stieß einen Schrei aus. Er riß sich hoch und wankte hinkend auf die verdutzten Freunde zu.

Es war Paul Schrandt.

Nico und Günther starrten ihn an, ungläubig und er= schauernd. Dann faßten sie ihn unter, stützten ihn kräftig und vergaßen für Minuten die Anwesenheit Alliluews.

„Mensch, Paul!" brachte Nico würgend heraus. „Was ist von dir noch übrig geblieben? Komm, wir setzen dich wieder hin. Bist du verwundet?"

„Die Bastonade!" murmelte Paul Schrandt schwerfällig. „Sie haben mir eine regelrechte Bastonade gegeben." Sein Blick hing glotzend an den beiden. „Meine Füße sind noch ganz wund!"

Dann schaute er sie prüfend an und sagte: „Ihr seid anders geworden. Habe ich mich auch verändert?"

„Das kann man wohl sagen", lachte Nico. „Na, du wirst uns allerlei zu erzählen haben. Und deine Füße kriegen wir wieder flott, paß nur auf. Auch einkleiden werden wir dich neu."

Es war eine eigenartige Atmosphäre. Feodora und Alliluew lagen durch ihre Anwesenheit wie Schatten im Raum.

Alliluew blickte auf Paul wie auf eine Erscheinung von einem anderen Stern. So sah also ein Mensch aus, der auf den Gedanken gekommen war, aus einem russischen Lager auszubrechen! Bewunderung und Enttäuschung schnitten den Major in zwei Teile: Als Frontsoldat hätte er diesem Kerl auf die Schulter geschlagen, als Lagerkommandant am liebsten ins Gesicht!

Es hatte Mühe gekostet und Tage gedauert, bis dieser verschwiegene Mensch sich identifizieren ließ. Als den Bruder von Inge Schrandt, wie es nunmehr ganz klar geworden war.

Paul Schrandt sah noch immer zweifelnd an seinen Freunden hoch. Er glaubte am allerwenigsten an die Wirklichkeit dieser Begegnung. „Seid ihr alle hier?" fragte er. „Auch Conny und Roland?"

„Ja", sagte Nico und bekam einen engen Kragen.

Der Blick Pauls wurde noch düsterer. „Und – so sagt es schon, ist sie wirklich deportiert worden? Ich schrieb an die Zentrale in Stalino. Ich hatte so eine dunkle Ahnung. Nach Monaten kam die Antwort: Inge Schrandt, Donezkij bassein, Petrowsk, Lager 4/1080. Stellt euch vor! Seit Wochen suche ich dieses Lager. Nachdem man mir einen Besuch erst nach dem Kriegsende in Aussicht stellte. Aber wer weiß, wie lange der Krieg noch dauert!

Dreimal haben sie mich erwischt, dreimal bin ich wieder ausgebrochen – auch nach der Bastonade! Manchmal glaube ich, dieses Petrowsk gibt es gar nicht.

Vor Tagen versteckte ich mich hier irgendwo in der Gegend. Plötzlich hörte ich ein Pferd schnauben und sah vor mir einen Falben, auf dem einer mit einem Holzbein saß.

Ich war mit meinen Kräften am Ende und kam gegen seine Peitsche nicht mehr an. Er trieb mich vor sich her – zu einem Sägewerk, bis vor einen Kommissar. Der ließ mich hierher transportieren. – Sagt einmal, wo sind wir hier und welche Nummer hat dieses Lager?"

„Es hat die Nummer 4/1080 und liegt am Rande von

Petrowsk", sagte Nico. Verleugnen konnte man hier nichts mehr. Paul mußte die Wahrheit überstehen.

Der schüttelte ungläubig den Kopf. „Dann haben die da oben sich geirrt! Warte mal, hier habe ich den Zettel aufbe= wahrt." Er fingerte aus dem Futter seiner speckigen Mütze ein zerknittertes Papier. „Hier, lies es doch selbst!"

Nico nahm den Zettel zögernd an sich und sah sich auf= geregt um.

„Siehst du", sagte Paul Schrandt, „sie haben sich geirrt. Oder haben sie mir absichtlich eine falsche Auskunft ge= geben?"

„Die Auskunft ist richtig", sagte Günther. „Oder besser gesagt, sie war richtig. – Paul, reiß dich bitte zusammen!"

„Was soll das heißen?" Paul Schrandt schnellte hoch und packte Günthers Wollweste. „Was willst du damit sagen?" schrie er unbeherrscht.

„Es tut mir leid, es dir sagen zu müssen", sagte Günther. „Deine Schwester Inge ist am 16. Mai hier gestorben.

Durch den Körper des bärtigen, ausgemergelten jungen Mannes lief ein sichtbarer Schauer. Eine Art Schüttelfrost packte ihn, dann sank er zusammen.

Günther sprang zu spät hinzu, er konnte ihn nicht mehr auffangen.

Ab und zu drang ein Aufschluchzen vom Boden hoch. Sonst äußerte der zusammengebrochene Körper keine Re= gung mehr. Paul Schrandt weinte verzweifelte Tränen in den gestampften Lehmboden.

Als erste verließ Feodora das Zimmer. Alliluew folgte etwas später. Sein Gemüt war solchen Augenblicken nicht gewachsen.

Nachdem Günther und Nico eine Weile wie Salzsäulen dagestanden hatten, flüsterte Nico: „Wir setzen uns auf die Bank im Gang. In solchen Situationen kann man nicht helfen."

Draußen bemerkte er bissig: „Das ist nun die große Zeit, in der wir leben! Weinende Männer hat sie aus uns gemacht.

Pfui Teufel, man müßte allen Politikern einen längeren Auf=
enthalt in einem russischen Zwangsarbeitslager zudiktieren.
Unter denselben Bedingungen wie unsere. Die Welt würde
anders aussehen!"

„Keine schlechte Idee!" pflichtete ihm Günther bei. „Aber
kümmern wir uns einstweilen lieber um Paul. Ich glaube, der
sieht grün aus vor Hunger. Deine Schwiegermutter bekommt
direkt eine neue Lebensaufgabe. – Auch müssen wir ihn vom
Kriegsende in Kenntnis setzen, der hat davon noch keine
Ahnung."

Während der nächsten Tage wurde aus Paul Schrandt ein
neuer Mensch. Äußerlich wenigstens, obwohl Frau Stefan
sich vornahm, ihn auch seelisch aufzubügeln.

Gewaschen, rasiert und aus der dürftigen Garderobe seiner
Freunde frisch gekleidet, saß er die längste Zeit des Tages
mit Kreutzer auf dessen Bank.

Kreutzer nahm sich seiner besonders an und versuchte auf
diese Art, ihm heimlich Abbitte zu leisten für die ehemalige
Verdächtigung, Paul Schrandt sei vor der Polizei gekniffen
und habe bewußt die Verschleppung seiner Schwester ver=
schuldet.

In Wirklichkeit war er ein Opfer der Willkür jener Tage
gewesen. Beinahe ein halbes Jahr lang hatte dieser blasse,
blonde Junge versucht, seine Schwester auszulösen. Er war
jedoch zu spät gekommen – um ein paar lumpige Wochen zu
spät. Er hatte den Wettlauf mit dem Tod verloren.

Über seine Fluchterlebnisse sprach Paul wenig. Nur selten
erfuhren die anderen Einzelheiten, und dann brach alles so
überhastet aus ihm hervor, daß sich erst recht kein deutliches
Bild formte.

Nur eines betonte er jedesmal: „Wißt ihr, was das heißt,
in Rußland frei herumzulaufen? Jedes Kind ist hier ein Spür=
hund, jede Frau sieht dich stechend an und verrät dich beim
nächsten Kommissar. Und wenn die dich erst haben, dann

hörst du die Engel singen! Eine Bastonade, eine regelrechte Bastonade haben sie mir verabreicht."

Es war verständlich, daß ihm diese Bastonade am meisten in die Erinnerung schnitt. Seine Fußsohlen eiterten noch immer stark. Deshalb ließ ihn der Major auch in Ruhe, versprach ihm jedoch, ihn nach der Genesung in eine Schlosserei einzuteilen. Paul war in Makejewka Schlosser gewesen.

Über die bevorstehende Flucht sprach man mit ihm noch nicht, obwohl es seinen Freunden klar war, daß er mit mußte.

Ein erschreckend befremdender Zug an diesem neuen Paul war seine Ausdrucksweise, die seinen Freunden immer wieder den Atem verschlug. Das Essen bezeichnete er ausnahmslos als ‚Fressen', die Russen waren für ihn durchwegs ‚Banditen' und Feodora bezeichnete er als ‚Animiermädchen'. –

Eines Abends gab Kreutzer vor, Geburtstag zu haben, und äußerte den Wunsch, die ganze ‚Blase' zu Maisbrei und Bohnen um sich geschart zu sehen. Man könne ja nicht wissen, und überhaupt – so jung käme man nicht mehr zusammen.

Man leistete seiner Einladung Folge und saß gedrängt um Frau Stefans ungehobelten Tisch.

Da auch Mitzi Schuster und Hans Girr eingeladen waren, hatte Frau Stefan die größten Töpfe gefüllt und schuftete mit hingebungsvollem Eifer, um alle Gäste satt zu bekommen. Sie tat es schwitzend, aber lächelnd. Menschen zu füttern, bereitete ihr ein wohliges Behagen.

Als Kreutzer nach dem Essen eine Flasche Wodka auf den Tisch stellte, machte alles „Aah". Paul ließ sich sogar zu der Bemerkung hinreißen, selten in so einem gemütlichen Stall gesessen zu haben.

Kreutzer überhörte diesen neuesten Ausdruck und versuchte, ein allgemeines Gespräch anzubahnen.

Doch auf Pauls Zunge schien der Wodka eine lösende Wirkung auszuüben. Er sah nachdenklich von seinem leeren Glas auf und fragte: „Sie heißen Frau Stefan?"

Die Angesprochene sah ihn freundlich an und sagte: „Ja,

mein Junge! Fällt dir das erst jetzt auf?" Sie war froh, daß dieser stille Mensch auch von sich aus einmal eine Frage stellte.

„Nein", fuhr Paul fort. „Es fällt mir nur etwas ein. Wo ist meine wattierte Mütze? Haben Sie die auch mit meinem Leinenanzug verbrannt?"

„Wie könnte ich", lächelte Frau Stefan. „Die war noch ganz in Ordnung. Ich habe sie entlausen lassen und für den Winter aufbewahrt. Willst du sie jetzt haben?"

„Bitte, es ist nämlich etwas Wichtiges darin. Hoffentlich haben Sie sie noch nicht gewaschen!"

Frau Stefan schüttelte den Kopf. „Ich hatte wichtigere Sachen zu tun – wo der Winter noch so weit ist." Sie erhob sich und suchte die Mütze aus ihrem Gepäck hervor.

Zur Verwunderung der Anwesenden wendete Paul das Futter nach außen, spreizte eine offene Naht auseinander und fingerte ein stark zerknittertes Blatt Papier heraus.

„Schon wieder so ein Wisch!" lachte Günther. „Du hast ein ganzes Postamt auf dem Kopf herumgeschleppt!"

Paul ließ sich in keiner Weise beirren, sondern strich umständlich das Blatt gerade. Dann sagte er: „Ich frage der Reihe nach, so geht es am einfachsten. – Kennt ihr einen gewissen Drotlef? Seine Frau ist in Makejewka und sucht ihn."

„Nein", sagte Kreutzer. „Erkundige dich am besten bei Sadlokal, wir sind hier schließlich 2000 Menschen. – Lies weiter."

Paul las weitere Namen vor. Je tiefer sein Zeigefinger auf dem Blatt rutschte, umso schneller las er. Kreutzer gähnte bereits diskret in die hohle Hand, da rief alles durcheinander:

„Halt! Den kennen wir!"

Paul sah auf. „Den Karl Viktor? Na, wenigstens einen!"

„Von wem sollst du Viktor denn grüßen?" fragte Kreutzer. Er neigte sich gespannt über den Tisch und kniff die Augen zu.

„Den soll ich nicht grüßen, sondern warnen", sagte Paul ungerührt.

„Vor wem denn?" fragte Nico mit schnellem Atem.

„Vor einem gewissen – warte mal – ja, hier steht es: Alexander Simon. Der muß sich in einen Deportierten=Transport eingeschmuggelt haben. Kinder, Kinder, das ist eine Geschichte! Na, lassen wir das."

Nico faltete die Hände über seinem Kopf und rief: „Meine Vermutung! Meine ganz geheime Vermutung!"

Paul sah ihn schief an. „Sag einmal, schnappst du über oder stoßen dir die Bohnen auf? Du kennst die Geschichte gar nicht!"

„Und ob ich sie kenne! Sag mir nur noch, von wem kommt die Warnung? Na, sag es schon – mit ‚L' fängt es an, stimmts!"

„Nein! Mit ‚M'. Der Mann heißt Meier Richard. Er war mein bester Freund in Makejewka."

„Meier?" Nico rutschte enttäuscht auf seinem Platz herum. „Ich hätte schwören können, der Mann hieße Levedong..."

„Levedong?" Paul wurde stutzig. „Von wo kennst du den Namen denn?"

„Das ist meine interessante Geschichte. Vielleicht gleicht sie genau deiner."

„Muß sie, muß sie wohl!" rief Paul aus. „Denn Meier heißt er bloß seit dem Transport. Früher hieß er Levedong. Er mußte vorsichtig sein, denn er war schließlich Hauptmann beim Sicherheitsdienst. – Ist Ihnen eine Ratte unter den Rock gesprungen, Fräulein Schuster?"

Mitzi hatte bis zur Erwähnung des Namens Levedong mit verlorenem Blick dagesessen, die Hände ergeben über der bereits erkennbaren Mutterschaft gefaltet. Da aber wurde sie rege: „Was? Mein Verlobter hier in der Nähe? Und wie geschmacklos, – Meier, sagen Sie, nennt er sich jetzt? – Hat er nie von mir gesprochen?"

„Ich erinnere mich nicht – es kann auch eine Verwechslung sein. Er ist nämlich verlobt..."

„Junger Mann", sagte Mitzi kühl. „Mit mir spielen Sie nicht Ringelreihen! Mit mir nicht! Wenn Sie schwer von kapé sind, beklagen Sie sich bei Ihrem Erzeuger. Sagte ich vorhin nicht deutlich: Mein Verlobter? Glauben Sie, es gibt 10 Hauptmänner, die Levedong heißen?"

„Das glaube ich nicht, aber der Levedong, den ich kenne, der ist nicht mit Ihnen verlobt. Er lebt mit seiner Braut zusammen im Lager Makejewka. Ich habe die beiden jeden Tag gesehen."

Mitzi griff sich in die Herzgegend und unternahm noch allerlei, was zu einer vollkommen gekonnten Ohnmacht gehörte. Es wollte aber nicht ganz klappen. Stoßweise stöhnte sie: „Also doch! Er hat mich verlassen – und liebt eine andere! Hans, halte mich fest!"

„Ich verstehe Ihre Aufregung nicht", schaltete sich Paul ein. „Wie man deutlich sieht, haben Sie den gleichen Begriff von Treue gehabt wie er." Paul streifte zur Bekräftigung seiner Worte ihre gezeichnete Figur.

„Hans, lang ihm eine!" befahl Mitzi beleidigt. „Was bildet sich dieser Grünschnabel ein?"

Girr langte ihm selbstverständlich keine, dafür hatte Kreutzer einen viel zu beruhigenden Baß: „Los, lies weiter", forderte er Paul auf. „Über die Unterhaltung brauchen wir uns heute nicht zu beklagen!"

Paul las weiter, Namen für Namen. – „Ah, Frau Stefan", sagte er nach einem weiteren Dutzend. „Da haben wir es. Deshalb wollte ich den Zettel überhaupt haben. Haben Sie eine Tochter?"

„Ja!" sagte diese und erbleichte. „Aber die ist zu Hause."

„Dann ist es gut", sagte Paul erleichtert. „Ich soll nämlich einer Frau Johanna Stefan Grüße von ihrer Tochter bestellen. – Wie heißt denn Ihre Tochter?"

„Sophia. Fisso habe ich sie gerufen."

Paul sah verdrossen auf seinen Zettel nieder und brummte: „Dann komme ich nicht drum herum, Ihnen die Grüße zu bestellen. – Ihre Tochter Fisso ist in Makejewka!"

Zuerst erstarrte Frau Stefan, dann warf sie sich mit dem Oberkörper auf den Tisch, verkrampfte sich mit den Fingern in den Kanten und schrie: „Nein! Nein! Das kann doch nicht... es ist nicht wahr! Sag doch, daß es nicht wahr ist!"

Paul sah regungslos auf sein verknittertes Blatt. Selbst Kreutzer war vorläufig keines Wortes fähig. Er entfernte die Wodkaflasche vorsichtig aus Frau Stefans Nähe und hob ihr den Kopf hoch. „Hanni, was machst du jetzt für ein Theater? Sie lebt doch, ihr werdet euch später bestimmt einmal sehen können. Willst du nicht zuerst lieber fragen, wie es ihr geht?"

Frau Stefan nickte und sah Paul fragend an.

„Ihrer Tochter geht es blendend", antwortete Paul auf ihre stumme Aufforderung. „Sie sieht blühend aus, verdient im Bergwerk nicht schlecht – bei uns hat es schon Prämien gegeben! Ihr seid hier in allem etwas rückständig. – Ja, das wäre so in kurzen Zügen alles über Fisso. – Na, und verlobt ist sie natürlich auch."

„Verlobt?!"

Dieser Ausruf stammte nicht von Frau Stefan. Der verschlug es eher die Rede. Sondern Nico, den seit Beginn des Gespräches über Fisso niemand beachtet hatte, verlor die Beherrschung. „Verlobt, sagst du? Paul, es muß doch eine Verwechslung sein!"

Paul sah Nico ungnädig an. „Du quatschst mir heute verdammt viel dazwischen! Halt dich aus Dingen heraus, die dich einen Dreck angehen. – Also, sie ist verlobt mit diesem Meier-Levedong. Er will sie mit nach Deutschland nehmen – und heiraten!"

„Er will sie mit nach Deutschland nehmen!" schrie Mitzi hysterisch. „Hans, bring mich nach Hause, sonst krieg ich das Kind hier auf der Stelle!"

Während Girr sich nervös die schwarze Augenbinde zurechtzupfte und seiner Mitzi vom Stuhl half, faßte Frau Stefan den Mut zu fragen: „Nun erzähl, mein Junge, wie ist das alles nur gekommen?" Paul stürzte einen Wodka hinunter,

brummte etwas von „alten Geschichten aufwärmen" und er=
zählte schließlich: „Viktor war der Chef von diesem Fuchs=
bau, einer letzten Zufluchtsstätte für versprengte Landser
und Offiziere. Muß eine straffe Organisation gewesen sein,
denn sie konnten sich monatelang im Zentrum der Stadt ver=
steckt halten.

Als andere Verstecke nacheinander durch diesen Simon
ausgehoben wurden und die Fuchsbauleute durch Zufall er=
fuhren, wer der Verräter war, versuchten sie, Simon umzu=
legen. Einmal gelang es ihnen, ihn zu stellen. Doch er ent=
kam wie durch ein Wunder.

In umständlicher Kleinarbeit gelang es dem Fuchsbau, ein
Mädchen ausfindig zu machen, das anscheinend die Adresse
von diesem Simon wußte.

Als die Verschleppungsaktion bereits begonnen hatte, ver=
ließ der Chef selbst, also Viktor, den Fuchsbau und besuchte
dieses Mädchen in ihrem Quartier.

Das Mädchen war Ihre Tochter, Frau Stefan. Sie nannte
Viktor die Adresse, worauf dieser sich sofort auf den Rück=
weg machte. Mit dem festen Entschluß, Simon endlich das
Handwerk zu legen.

Als er den Fuchsbau erreichte, fand er ihn leer. Simon war
ihm zuvorgekommen.

Jemand hat Simon nachher mit Gepäck auf der Polizei ge=
sehen. Levedong nimmt an, daß ihm Viktor derart auf den
Fersen gewesen ist, daß er sein Leben nicht anders retten
konnte, als in der Masse unterzutauchen."

„Es stimmt, es stimmt!" jubelte Günther auf. „Wenn ich
es nur schon Feodora sagen könnte!"

„Was hat die denn damit zu tun? Ihr seid eine komische
Gesellschaft! Kaum hat man einen Satz beendet, schreit einer:
es stimmt! Meine Vermutung! Lang ihm eine!"

„Feodora war im Rußland=Feldzug Viktors Freundin", er=
klärte Günther.

„Bitte schön, was sag ich: Ihr seht, sie ist ein Animier=

mädchen", grinste Paul. „Aber Gottseidank bin ich jetzt mit meiner Erzählung zu Ende. Laßt uns saufen!"

„Du kannst ja saufen – wir trinken!" sagte Kreutzer. „Sag uns doch einmal, in welcher erstbesten Gesellschaft warst du in Makejewka?"

„Ich sagte euch schon, daß dieser Meier=Levedong mein bester Freund war. Und ich der seine natürlich. Er ist ein feiner Mensch. Witze kann der erzählen! – Kennt ihr den von der Giraffe..."

Kreutzer überging den begonnenen Witz. „Na, du scheinst ja viel von ihm gelernt zu haben. Sauf Wodka und denk an ihn!"

Paul soff und taute mehr und mehr auf. Er erzählte Frau Stefan, wie Fisso bei einer Hausdurchsuchung, die wegen Tschiokaliks Tod von der kommunistischen Partei durch= geführt wurde, gefunden und verschleppt wurde. –

Nachts, beim Aufbruch, gesellte sich Nico an Pauls Seite, der zur Unterstützung seiner wunden Füße an zwei Stöcken humpelte.

„Du, Paul", fragte Nico leise. „Hat Fisso nie von mir ge= sprochen? Ich meine, wenn dieser Levedong einmal nicht da= bei war. Ein Wörtchen nur..."

„Du bist der Sonderbarste in eurem Club!" schnob Paul bei seinem mühevollen Gehen. „Nein, mit keinem Sterbens= wörtchen hat sie dich erwähnt. – Willst du sie etwa kennen? Du, an die kommt so schnell keiner heran... oder er muß schon Hauptmann sein, wie Levedong!"

„Aber sie war doch meine Geliebte! Ja, glaub es mir doch..."

„Deine Geliebte! Hahaha!" Paul ließ sich in den Straßen= graben nieder und lachte erschreckend laut. Er lachte, daß sein blonder Haarschopf tanzte und die Posten in den Wacht= türmen unruhig wurden. „Du Zwerg, wenn ich nicht wüßte, daß deine Phantasie manchmal mit dir durchgeht, würde ich dich jetzt glatt für verrückt halten! Hahaha!"

Roland fand seine Stunde für gekommen. Er legte den Arm mitleidig um Nicos Schultern, der wie begossen dastand, und sagte: „Schau Nico, einmal entgleisen wir alle. Zieh daraus deine Lehre: des Menschen höchstes Gut ist die Wahrhaftigkeit. Geh etwas in dich und du wirst wieder dahin zurückfinden, wo deiner ehrlichen Eltern Erziehung aufhörte: bei der Wahrhaftigkeit des Wortes, des Handelns und des Denkens."

Nico stützte sich an das Brunnenrohr. Seine Brust schmerzte wie von mehreren Messerstichen durchbohrt. Ich muß unter einem Fluch stehen! dachte er. Wie leicht machen es sich die andern, ein Mädchen zu besitzen. Und mir traut es keiner zu! Meine besten Freunde glauben es mir nicht – sie lachen mich aus!

Er hielt seine Stirn unter den nachtkühlen Wasserstrahl, als könne er seine Erinnerung an Fisso wegschwemmen.

Weit unten auf der Promenade dröhnte noch immer Pauls Lachen.

Daß der einbeinige Bauleiter Ustschenko zwischen abendlichen Schlehenbüschen Paul zum Gefangenen gemacht hatte, wanderte wie eine prickelnde Sage von Mund zu Mund.

Er hatte bewiesen, daß man einem System auf die verschiedensten Arten dienen konnte. Und was zu seinem eigenen Vorteil gereichte: seine Tätigkeit auf gleichzeitig mehreren Baustellen wurde von einer führenden Stalinoer Tageszeitung zur rühmlichsten Normerfüllung des Rayons erhoben.

„Denn", so schrieb das Blatt, „der erwähnte Genosse reitet nach getaner Arbeit nicht in – verständlicherweise – müder Haltung nach Hause. Nein – er durchstreift noch in später Abendstunde das Revier und unternimmt auf eigene Faust Säuberungsaktionen, die einen Kampfgeist dokumentieren, ohne den wir die faschistischen Horden nie aus dem Lande gejagt hätten. Genosse Ustschenko, nur so weiter!"

Und ob Ustschenko weitermachte! Dieser reitende Natio=

nalheld schmiß die noch nach feuchter Druckerschwärze rie=
chende Zeitung auf den Tisch Prowotkins und sagte:

„Ich will auch die Baustelle vom neuen Förderturm im
Schacht Perwoje maja haben, verstanden?"

Wer den Wind in den Segeln hat, braucht nicht zu rudern,
dachte er und erhielt den Auftrag.

So kam es, daß er Mitte Juni den leeren Platz vor dem
Parkhotel anritt und das Fähnlein seiner vier Getreuen vom
Dach herunterpfiff. Es war in der letzten Zeit selten vorge=
kommen, daß Ustschenko sich blicken ließ, so daß er, vor
allem seine Tonart, zu bösen Vermutungen Anlaß gab.

Wo der Wächter sei? spie es aus Ustschenkos Gesicht.

Der junge Mann hatte vor geraumer Zeit die beglückende
Entdeckung gemacht, daß das Interesse seiner Braut in stei=
gendem Maße nach der Erlernung des Schachspiels züngelte.
Folglich zeigte er sich nur noch gelegentlicher als gelegentlich
am Bauplatz. Das heißt, er erschien täglich einmal kurz vor
Fünf, um ein müdes „Feierabend" zu lispeln.

Conny entschuldigte ihn auf das günstigste bei Ustschen=
ko, worauf dieser dem Wächter die Blattern wünschte und
der Braut obendrein.

Anscheinend wurde Ustschenko daraufhin ruhiger. Er
schloß die Baubude ab und traf die neue Einteilung: Conny
und Nico zum neuen Förderturm im Schacht Perwoje Maja,
als Gerüstebauer. Roland und Günther in die Ziegelei, als
Formmacher.

Da die Ziegelei, Ustschenkos Haupteinnahmsquelle seines
Geschäftszweiges ‚Steine und Lehm', hinter dem Schacht Per=
woje Maja lag, eskortierte er die vier höchstpersönlich an
ihre neuen Arbeitsstellen. Zu zweien gereiht und das Beil auf
der Schulter, trieb er sie vor seinem Falben her.

Sie drehten sich immer wieder um und nahmen Abschied
von ihrem russischen Arkadium aus guten und bösen Tagen:
dem Parkhotel und der Akazienblüte. Sie würden dieses
Fleckchen Erde wohl nie wiedersehen; das wünschten sie sich
und taten es dennoch schweren Herzens.

Was sie aber besonders schweigsam stimmte, war die Tatsache, daß sie von nun an getrennte Arbeitsstellen haben würden. Dieser Punkt konnte für ihren Start die größte Gefahr bedeuten.

Wenn Major Alliluew vom Polkownik Post in offiziellen, blauen Briefen bekam, wußte er, daß etwas nicht gut roch oder stank.

Feodora saß in einer mehr als durchsichtigen Bluse und Strohsandalen auf der Bank.

Ein Bild des Sommers! konstatierte Alliluew wiederholt und drückte sich um das Öffnen der zwei eben eingegangenen Dienstbriefe herum, die mahnend und blau vor ihm lagen.

Feodora erriet seinen Kummer und fragte: „Was schreibt uns der Polkownik Schönes?"

„Kann ich das wissen? Es fällt mir heute besonders schwer, die Briefe aufzumachen. Willst du es nicht tun?"

„Lesen wir sie zusammen. Welchen nehmen wir zuerst?"

„Den rechten – auf der Herzseite kann ich schlecht schlafen!"

Feodora lächelte über Alliluews Aberglauben und öffnete das Kouvert.

„Ah", machte sie nach einem kurzen Blick über die Zeilen. „Das Lied ist wieder dran! – Ja Teufel, wir haben seit damals nicht mehr darüber gesprochen! Was ist nun mit diesem Lied?"

„Ein Lied, das ich gedichtet habe – wenigstens die erste Strophe. Die Musik ist vom Perewotschik. Du wolltest mich damals ja nicht anhören, aber es ist wahr. Damals schrieb mir der Polkownik, das Lied hätten bereits faschistische Kompanien hier gesungen – vor Jahren schon! Nun frag ich dich, gibt es so etwas?"

„Theoretisch nicht", gab Feodora zu.

„Und praktisch auch nicht! – Das habe ich damals dem Polkownik auch geschrieben und ihm mitgeteilt, daß beide, der Textdichter sowie der Komponist, hier im Lager sitzen.

Da ich mich nicht nennen konnte, schrieb ich ihm, daß der Komponist der Perewotschik sei, den er persönlich kennt. Den Text habe ich ihm beigelegt. – Und was schreibt er nun?" Alliluew sah wie um Gnade flehend auf.

„Er schreibt", las Feodora, „... dem Perewotschik muß ab sofort das Handwerk gelegt werden, nachdem anzunehmen ist, daß er auch noch andere, bereits von den Faschisten gesungene Melodien ausgraben wird. Melodien, die von den Leuten mit reaktionären Gefühlen aufgegriffen werden können. Der Perewotschik ist seines Amtes zu entheben und zur Grubenarbeit einzuteilen. – Als neuen Lagerdolmetscher erhalten Sie die frühere Agentin Anna Apatin aus dem Sägewerk..."

„Ooch!" stöhnte Alliluew. „Es wird immer schlechter! – Was schreibt er noch?"

„Der Textdichter", las Feodora und verkniff sich das Lachen, „der Textdichter muß ein ausgewachsener Idiot sein und soll schärfstens verwarnt werden. – Diese Entscheidungen sind endgültig und ab sofort wirksam. In Erwartung einer Vollzugsmeldung..."

Feodora lachte hell heraus. „Jetzt bin ich erst richtig gespannt auf das Lied. Bitte, Towarischtsch Major, singen Sie es mir vor!"

Alliluew machte eine müde Bewegung. „Mir ist die Lust zum Singen vergangen. – Was machen wir, Feodora?"

„Was der Polkownik wünscht. Der Perewotschik muß in den Schacht. Oder wollen Sie den Fall noch mehr aufblasen?"

„Tschort! Nein, aber ich kann mich vor dem Perewotschik nicht blamieren, ausgeschlossen! Feodora, so etwas tut man nicht! Selbst unter Zwang nicht. Seine Musik ist schön, ob mit oder ohne Faschisten."

„Was gedenken Sie denn sonst zu tun? Die Entscheidung vom Polkownik ist endgültig!"

„Ich muß sie auch respektieren – ich muß! Sonst sitze ich noch als General in keinem eigenen Auto. – Meinst du, daß im zweiten Brief etwas von meinem Auto steht?"

„Schon möglich, warum nicht? Wollen Sie aber vorher nicht dieses Lied aus der Welt schaffen?"

„Gezwungenermaßen! Aber auf eine andere Weise. Das Lied soll dadurch nicht beschmutzt werden, ich will es schließ= lich auch noch einmal hören – ohne Polkownik. – Was schreibt er über den Textdichter? Idiot! – Ah, der Polkownik ist brutal! Oäh, Komsomol!"

Der Komsomolz holte sich den Auftrag, Sadlokal herbei= zuschaffen.

Alliluew erhob sich und durchschritt nervös seinen Dienst= raum. „Nein", murmelte er. „Gern tue ich es nicht. Hatte mich schon so an diesen Lokal gewöhnt. Der Kerl tut mir leid! Die Kunst hat ihm das Genick gebrochen – er darf die Wahrheit nie erfahren, sonst klappt er mir vor den Augen zusammen."

„Was wollen Sie ihm denn sonst für einen Grund sagen?" fragte Feodora neugierig.

Bevor der Major antworten konnte, donnerte Sadlokal in den Raum. Konzentration und Neugierde zogen sein Gesicht an den üblichen Stellen spitz zusammen. „Towarischtsch Major?" fragte er beflissen.

Alliluew fiel der Anfang schwer. Er hüstelte verlegen. „Lo= kal, der Tag ist für uns beide bedeutungsvoll. Möchte selbst, die Sonne wäre heute nie am Himmel erschienen!"

„Potschemu?" fragte Sadlokal.

„Weil ich nähere Einzelheiten von deinem Regiment er= halten habe. – Wo lagt ihr die längste Zeit?"

„Saporoshje", zwängte Sadlokal hervor und bekam Augen= flackern.

„Richtig – so steht es auch im Bericht. Also freiwillig, was habt ihr alles zusammengestohlen?"

Sadlokal zweifelte an der Echtheit des rauhen Tones. So war ihm der Major schon lange nicht mehr gekommen. Ret= tungsuchend sah er zu Feodora hinüber.

Doch die fächelte sich mit einem geöffneten Brief das Ge= sicht. Mit dem Bericht wahrscheinlich, durchzuckte es Sad=

lokal. Er würgte: „Gospodin Major, was kann ein kleiner Grad beim Militär schon anstellen? – Die mit ihren Dienst= autos, die müßte man schnappen! Tonnenweise haben sie das Mehl verladen, ganze Ochsen und Schweine."

Er sprach hastig, als gälte es, sich von dem Strang freizu= reden.

Aber Alliluew stand versteinert da. Keine Silbe beein= druckte ihn.

Sadlokal packte die Panik und er wurde unüberlegt: „Auf mein Wort, Gospodin Major: ich habe mich nicht bereichert. Bei Gott nicht! Steht da vielleicht etwas von den Klavieren?"

Alliluew wurde unsicher. War es besser, die Klaviere im Bericht stehen zu lassen, oder „Nein" zu sagen? Was steckte dahinter? Er beschloß, diplomatisch zu antworten. „Ja, die Klaviere! Lokal, wie war das? Aber ehrlich! Ich weiß sowieso alles!" Er schickte Feodora einen triumphierenden Blick zu, die ihn ehrlich bewunderte. So wendig hatte sie ihren Major noch nicht erlebt.

„Die Klaviere", begann Sadlokal um eine Nuance düsterer, „die sind tatsächlich konfisziert worden. – Aber ich habe sie nur ausgesucht, denn ich allein konnte ein gutes von einem schlechten unterscheiden – als Musiker. Jeder Offizier, ab Kapitan, hat sich eins nach Hause geschickt, ob er spielen konnte oder nicht. Die meisten verstanden nichts davon."

„Und trotzdem hast du ihnen gute ausgesucht?" fragte Alliluew mit echtem Groll.

„Ja, ich war doch nur ein kleiner Grad ..."

„Ach was, kleiner Grad! Du hättest die Finger davon las= sen sollen! Lokal, ab sofort bist du als Perewotschik abge= setzt! Laut einer Entscheidung der höchsten Natschalstwo. Verstanden!"

Sadlokals Haut lief grau an. Seine Zähne klapperten, ent= gegen der warmen Jahreszeit. „Degradiert, Gospodin? Zu was bin ich degradiert worden?"

„Du bist ab heute in den Schacht Perwoje Maja eingeteilt. Dein Glück ist dabei noch grenzenlos. Weißt du, was man mit solchen Leuten, wie du, tut? Bis zu 25 Jahre Zwangsarbeit erhalten sie! Oft nur wegen einer gestohlenen Kuh! – Was aber ist eine Kuh gegen ein Klavier?"

Sadlokal stammelte: „Aber ich habe für mich doch kein Klavier genommen!" Er wischte sich mit dem Rockärmel die Nase, die ihm aus unerklärlichen Gründen zu laufen begann. Hilfesuchend wandte er sich auf deutsch an Feodora: „Bitte=scheen, Freilein, vielleicht hab ich mir mal ein Ganserl ge=schnappt, so im ganzen Remidemi. Deshalb soll ich bießen?"

Feodora blieb stumm. Es fiel ihr nicht ein, sich hier einzu=mischen.

Zumal Alliluew zur Schlußattacke ansetzte: „Lokal, es muß sein! Die Entscheidung ist endgültig! Das einzige, was ich tun kann, ist, daß du dein eigenes Zimmer behalten darfst. Über einen Künstler halte ich gern meine Hand – auch wei=terhin!"

Sadlokal wankte hinaus.

Wie gut ist es, manchmal von der Wahrheit verschont zu bleiben. Denn selbst Sadlokals Fassungsvermögen hätte die Tatsache nicht verdaut, daß ihm in Wirklichkeit der ‚Jäger aus Kurpfalz' den Hals gebrochen hatte. – Und nicht die Kla=viere von Saporoshje. –

„Ich komme mir heute vor wie ein Mörder", brummte der Major nach Sadlokals Abgang. „So etwas tue ich auch nie wieder!" Er blickte verstohlen zu dem zweiten Brief. „Meinst du, Feodora, daß da drinnen etwas Erfreuliches steht?"

„Vielleicht", sagte sie und riß ihn mit einer Haarspange auf. Sie überflog den Inhalt und gab ihn Alliluew zurück. „Er ist nicht für mich bestimmt", sagte sie leise.

Der Major las, sah auf und las noch einmal. „Feodora, dotschka moja, was ist heute nur los?" Vor ihm stand es nüchtern, schwarz auf weiß: ... geben wir Ihnen Nachricht, daß nunmehr die ehemalige Agentin Feodora Rodionowa aus Irkutsk ohne vorherige Verständigung, am 3. Juli 1945 um 9 Uhr vor das Gericht in Stalino zu bringen ist. Feodora Rodionowa wird sich gegen die Anklage wegen Landesverrat und Desertation zu verteidigen haben. – Mitzubringen ist eine Wäschegarnitur und ein Arbeitsanzug..."

Alliluews Hände zitterten erregt. „Dotschka moja!" murmelte er wiederholt.

Feodora lehnte ungerührt an der Tischkante. „Ja, bitte?" fragte sie.

Alliluew kam auf sie zu. „Das müssen wir verhindern! Kein Mensch kann dir in der letzten Zeit einen Fehler nachweisen! – Könnten wir nur eine besondere Leistung angeben, vielleicht die Entlarvung Milans..."

„Das ist zu wenig", wendete Feodora ein. „Abgesehen davon, möchte ich von diesem Menschen nichts mehr hören. Es ist gut so, wie es ist!"

Der Major schüttelte sie an den Schultern. „Aber wir müssen etwas finden! – Diese Gerichtsverhandlung muß verhindert werden. Kannst du dir nicht denken, um was es dabei geht? Einen Arbeitsanzug sollst du mitbringen. – Weißt du, was das heißt?"

„Natürlich weiß ich es! – Aber ich weiß auch, daß diese Verhandlung nicht stattfinden wird! Ich wäre nicht Feodora Rodionowa, wenn ich nicht noch einen Trumpf hätte..."

„Also doch!" jubelte Alliluew. „Was ist es? Wirst du es mir jetzt schon sagen?"

Feodora wippte seine Hände von ihren Schultern. „Nein, ich sage nichts!"

„Wird es etwas sehr Überzeugendes sein?" fragte der Major bekümmert. „Oder kann ich dir helfen?"

Feodora zupfte sich den Rock zurecht. „Ein Trumpf ist immer überzeugend! – Für das Hilfsangebot danke ich, aber ich benötige es nicht."

„Dotschka, ich bin sehr stolz auf dich", sagte Alliluew und ließ sich auf seinen Stuhl nieder. – Als er wieder aufblickte, war Feodora nicht mehr im Zimmer.

Elastisch und unbekümmert ging sie bereits die Kawaleria uliza hinauf.

Ein Bild des Sommers! dachte Alliluew und versank in eine

unerklärliche Schwermut, gegen die es nur ein Mittel gibt: Wodka!

Milan bewahrte nach außen hin nach wie vor eine gefährliche Ruhe. Alliluew ließ ihn von Mädchen bewachen, die garantiert männermüde waren und teilweise ein leidliches Deutsch sprachen.

Trotzdem erfuhr der Major jeden Abend denselben Bericht: er arbeitet willig und spricht mit keinem.

Anders sah es in Milans Innerem aus. Denn der noch so großen Geduld sind Grenzen gesetzt. – Er hatte nun tagaus, tagein an der neuen Latrine gegraben. Jeden Tag dieselbe Kubikzahl, dieselbe Hitze und dieselbe Melodie, die die Postenmädchen am Rand der Grube sangen. Mit verträumten, halboffenen Augen.

Und jeder Tag war ereignisloser als der andere. Aber je versengender die Hitze wurde, je härter seine Schwielen in den Handflächen wurden, umso verbissener glaubte er an das Versprechen Prowotkins, das er ihm einmal an der Telefonstange vor dem Stab gegeben hatte.

Prowotkin würde kommen, das hatte er sich schon hundertmal gesagt. Und Prowotkin würde nicht umsonst kommen, das sagte er sich auch heute und lehnte sinnierend über seinem Spatengriff.

Es ging auf Mittag. Gleich würde ihm einer der Komsomolzen das Essen bringen.

Einer der Komsomolzen...

Milan hielt seinen Kopf wie horchend zur Seite. War das eine Eingebung, die durchführbar war? Einer der Komsomolzen...

„Eäh, arestant!" schrie da eine Stimme in die Grube. Milan sah auf und gewahrte den Komsomolzen Emil mit einem Kochgeschirr winkend.

„Hallo! Stoi Kamerad!" rief Milan und kroch hastig die provisorische Leiter hoch. „Sluschai!" bat er in seinem kargen Russisch. „Nix ponemai nemezki?"

„Värstähn!" grinste der Junge.

„Bist ein prima Kerl, Emil. Hör mal gut zu! Du bekommst hier diese Tschassi, wenn du gehen na Sägefabrik zu Towarischtsch Prowotkin."

Emil betrachtete gierig die Uhr, die ihm Milan unter die Nase hielt. Er fühlte einmal darüber und fragte: „Soloto – Gold?"

„Da, da!" sagte Milan beschwörend und hielt sie zum Vergleich neben seinen goldenen Eckzahn. „Du gehst zu Prowotkin und sagst ihm: dawai na doktor! Ponemai?"

„Värstähn! dawai tschassi!" sagte Emil, nahm die Uhr in Empfang und sauste los.

Milan konnte sehen, wie er durch die Sperre fegte und Kurs auf das Sägewerk nahm. Erleichtert ergriff er sein Kochgeschirr und setzte sich an den Rand der Grube. –

Prowotkin saß in seinem Büro und löffelte Kascha mit Konservenfleisch, als Emil durch die Tür brach und ihm mit rasselnden Lungen zuschrie: „Sofort zum Doktor!"

Prowotkin strich sich aus den Mundwinkeln hängengebliebene Hirsekörner fort und fragte: „Doktor Bogatai?"

Der Junge schüttelte den Kopf und schnaufte etwas vom alten Doktor, dem deutschen Doktor.

Prowotkin spießte den Aluminiumlöffel in seinen Kascha. – Die neuesten Nachrichten über diesen Doktor hatten sehr ungemütliche Kreise gezogen. Nichts, aber auch gar nichts stimmte, was der Mann angegeben hatte. Wie durch ein Wunder fühlte er, Prowotkin, sich von diesem Lügner verschont – der seine Position sehr blamabel durchkreuzt hätte. – Und dieser Mensch wünschte ihn zu sprechen!

Der Kommissar sprang auf und schrie den Komsomolzen an: „Hinaus! Bischai nasad!" –

Als Emil wieder in das Lager schoß, paßte Milan ihn ab und fragte: „Na, weiß der Kommissar Bescheid?"

„Da, da!" antwortete Emil stolz, sah noch einmal auf seine so schnell verdiente Uhr und galoppierte zu seinen Kollegen.

Für Milan stand es nunmehr außer Frage: Prowotkin würde kommen!

Auch Feodora nützte die gleiche Mittagspause für einen wichtigen Gang.

Als der Vorarbeiter der Ziegelei zum Mittagessen abschlürfte, trat sie hinter einen Stoß noch roher Lehmziegel und winkte Günther zu sich.

„Günther!" flüsterte sie und sah ihn ungewöhnlich durchdringend an. „Wann geht ihr fort? Ich muß es genau wissen – bitte sag es mir ehrlich!"

Günther glaubte in der bewegungslosen, heißen Luft zwischen den Ziegelstößen zu ersticken. Er fühlte die große Verantwortung des Augenblicks und sah die verhängnisvollen Folgen, wenn Feodora das war, wovor ihn Paul in den letzten Tagen gewarnt hatte: Ein selten durchtriebener Spitzel!

Er sah sie mit bohrendem Unbehagen an, sah, wie der Schweiß aus ihrem Gesicht perlte. Gleichzeitig stellte er sich vor, wie sich ihre hauchdünne Bluse anfühlen würde, durch die ihre geschmeidige Gestalt durchschien, wie hinter einem unnötigen Schleier.

Ihr Atem ging hastig und kurz. Die Hitze! Diese verdammte Hitze! Günther zog die Augen geblendet zusammen, fühlte plötzlich ihre Bluse und umfaßte sie mit kräftigem Griff.

Feodora warf ihren Kopf in den Nacken und ließ sich mit geschlossenen Augen küssen. Ihre Fingernägel verkrallten sich in seinem Rücken, daß es ihn schmerzte. Sie taumelten zu Boden und stammelten halbe Sätze. – Jeder in seiner Muttersprache.

Feodora fand als erste wieder zu sich. Sie schob Günther zur Seite, setzte sich auf und sagte: „Das war ja nun keine direkte Antwort auf meine Frage, mein Lieber! Aber ihr müßt fort, sobald wie möglich! Glaub es mir doch!"

Günther quälte sich zu einem klaren Gedankengang und packte sie an den Armen: „Wir müssen? Wer sagt denn, daß wir müssen! Hab ich dir nicht schon einmal den Termin gesagt – bei dir zuhause?"

„Der ist zu spät, viel zu spät, hörst du!" Sie legte die Hände um seinen Hals. „Hör auf mich – es muß früher sein! Am besten morgen schon!"

Günther starrte in ihr erbleichtes Gesicht. Hatte doch schon ein anderer gequatscht? Heute ist der 20. Juni – was wußte sie von morgen? Irgendwie müde, sagte er schließlich: „Es sollte morgen sein. Sommeranfang! Wer hat uns verraten?"

Sie wich seinem Blick nicht aus. „Euch verraten? Keiner! – Es soll euch keiner verraten! Also morgen!" Diese zwei Worte klangen erleichtert, jedoch von einem Hauch Weh begleitet. Sie nestelte aus ihrer Rocktasche ein kleines, in Zeitungspapier eingeschlagenes Päckchen. „Hier hab ich dir die Rubel gleich mitgebracht – es sind 5000! Ihr werdet sie sicher brauchen."

Er sah kritisch auf das Bündel Geld. Was sollte das? Er stotterte: „Das Geld rühr ich nicht an! Nie, es wird uns Unglück bringen."

„Komm, wir haben nicht mehr viel Zeit. Du kennst meine Worte: Geld lacht! Steck es also weg und erzähle mir, wie der morgige Tag verlaufen soll. Vielleicht kann ich an gewissen Stellen nachhelfen."

Benommen ließ sich Günther das Geldpaket in die Hemdentasche drücken und erzählte: „Es wird nicht leicht sein, da wir drei Gruppen geworden sind: Paul Schrandt arbeitet in Trudowskaja und wird sich während des Heimmarsches von seiner Gruppe absetzen, um sich bei den Akazien neben dem Friedhof zu verstecken.

Conny und Nicos Schicht beim Förderturm beginnt Nachmittags um 5 Uhr, also genau, wenn wir hier aufhören.

Und wir zwei, Roland und ich, werden dem ganzen Unternehmen den ersten Nacken brechen."

„Wieso?" Feodora hörte gespannt zu und neigte den Kopf, als habe sie nicht gut gehört.

„Weil unser Vorarbeiter seine Leute selbst zur Arbeit holt, und sie auch höchstpersönlich bei der Wache abliefert. Er zählt sehr genau. Obwohl wir etwa 40 Leute sind, wird es ihm beim Lagertor auffallen, daß zwei fehlen. Denn wir verschwinden hier aus der Ziegelei gegen 16 Uhr und verstecken uns bis zum Einbruch der Dunkelheit da drüben in der Ruine vom alten Förderturm.

Wenn es dunkel geworden ist, nehmen wir die Verbindung mit Nico und Conny auf.

Sie haben bereits eine dunkle Stelle bei den Garagen ausgemacht, wo wir ohne Bedenken die Schachtanlage verlassen können. – Paul wartet am Akazienwald bis Mitternacht. Geht bei uns etwas schief, begibt er sich nach Mitternacht zum Lager und schlüpft mit einer Schicht hinein."

Günther wischte sich den Schweiß aus dem Gesicht. Ihm war wie nach einer Beichte. Mochte jetzt kommen was wollte, Feodora hatte sie jedenfalls in der Hand.

„Jetzt bin ich beruhigt", sagte sie und erhob sich. Sie gab sich den Anschein eines Menschen, der mit einer Sache quitt geworden ist. „Ich werde, wie schon gesagt, für einiges sorgen!"

Sie lehnte sich an die Ziegelwand, die bereits einen kleinen Schatten warf. „Und dir danke ich für alles, moi ljubownik! – Wenn du das nächste Mädchen küßt, vergiß mich. Sonst betrügst du sie. Ich glaube, ich habe dich geliebt!"

„Feodora!" Günther sprang auf. Der Ernst ihrer Augen ließ seine, von der sengenden Sonne lahmen Lebensgeister hektisch wach werden. „Feodora, du gehst – auf immer?"

„Wir gehen beide, Günther", sagte sie lächelnd.

„Aber – ich möchte dich noch einmal sehen", drängte Günther. „Kann ich heute nicht zu dir kommen?"

„Das geht nicht mehr. Man darf uns jetzt nicht zusammen sehen. Es ist zu gefährlich – für dich! Was bedeutet dir eine Nacht mit mir, im Vergleich zu dem neuen Leben, das dich erwartet? Du weißt jetzt, wie eine Nacht mit einem Mädchen ist. Und ich bin froh, daß ich dieses Mädchen war. Dein erstes Mädchen!" Sie strich ihm durch das unordentliche Haar, machte sich von ihm frei und flüsterte: „Leb wohl!" Dann lief sie davon.

Lautlos, und ohne sich umzudrehen. Wie an jenem Wintertag, als sie ihm das Päckchen mit Zigaretten in die Hand gedrückt hatte.

Sie lief mit wehendem Rock durch den Staub des krummen Weges, der von der Ziegelei in den Ort führte.

Günther blickte ihr nach, unfähig, etwas zu unternehmen. Er sah sie hinter der letzen Krümmung verschwinden, sah, wie ihre Spuren im Staub wieder zusammenliefen und zu kaum merklichen Vertiefungen auf diesem kurzen, unübersichtlichen Weg wurden.

Wie einfach es sich die Natur doch macht! dachte Günther, indem er vorsichtig zu seinem Arbeitsplatz zurückschlich. Wie lange bleiben in uns die Eindrücke frisch – obwohl es oft besser wäre, sie fielen zusammen – wie Staub.

In der Nacht von Mittwoch auf Donnerstag begann der Sommer. Wie es Juninächte mit sich bringen, zerwühlte ein mächtiges Naturschauspiel den Himmel: zwei gegeneinander bockende, trockene Gewitter, die wie gereizte Stiere mit ihrer ganzen Kraft nach Entladung rangen.

Ihr schwüler Atem legte sich zwischen die noch warmen Mauern der Lagerbaracken, in denen sich die Menschen unruhig auf den Pritschen herumwarfen. Im Schein der taghellen Blitze bäumten sie sich mit naßgeschwitzten Oberkörpern auf und kämpften gegen die Atemnot. Angstvolle, halberstickte Schreie würgten durch die verschlossenen Fenster nach außen.

Vereint mit dem Geräusch der knarrenden Pritschenbretter klang es wie das Stampfen einer Viehherde, die bei Gewitter im Pferch gehalten wird.

Zwischen den einzelnen Donnersalven schlängelte sich

Sadlokals Geigenspiel. Er saß auf der Steintreppe seines Eingangs und spielte Kirchenlieder. Vielleicht mahnte ihn in dieser Stunde das Gewissen an Kreutzers Worte, durch sein Spiel die Aufmerksamkeit Gottes auf dieses Lager zu lenken. Seit seinem schwärzesten Lagertag spielte er ausschließlich geistliche Lieder.

Nebenan hing Milan an den Gitterstäben seines Fensters und sah sorgenvoll zum Himmel. Manchmal riß er an den rostigen Stangen und schrie etwas hindurch. Aber niemand konnte hören, was er schrie. Der Donner überrollte mit tausendfacher Übermacht jedes menschliche Wort.

Auch Alliluew schrie. Am Telefon, jetzt noch – weit nach Mitternacht! Er telefonierte mit seiner Frau, die sich auf der Anreise befand und es bis Rostow geschafft hatte.

„Morgen, 10 Uhr 54, bin ich in Stalino!" war alles, was aus der ‚Rübenmaschine' in Erfahrung zu bringen war. Das Tosen der himmlischen Gewalt verschlang alles übrige.

Überstürzt verließ er den Stab, um mit seiner Haushalts= hilfe, Maria Schuster, die gewiß noch bei Sascha war, den Empfang zu besprechen. Er schritt hastig aus, denn der Regen konnte jeden Augenblick losbrechen. –

Nicht weniger eilig kreuzte Frau Stefan zwischen Blitz und Donner über die Lagerwege. Die Schürze prall gefüllt mit Konservendosen, getrocknetem Brot, Sonnenblumenöl und Machucha.

Sie tauchte in verschiedenen Baracken unter und wurde ihre Last nach einigen geflüsterten Worten los. Es waren ausschließlich Frauen, die sie aufsuchte. Frauen aus dem Schacht Perwoje Maja.

Bei Irma hielt sie sich länger auf. Diese nahm vier leere Rucksäcke in Empfang und lachte leise auf. „Die an der Wache werden denken, ich sei über Nacht schwanger ge= worden, wenn ich mir morgen alle Rucksäcke um den Leib wickeln soll."

„Besser so, als von dem", beruhigte sie Frau Stefan und deutete auf den Karzer. „Also, verteilt ist jetzt alles. Die

Frühschicht legt den Proviant in den alten Förderturm, die Nachmittagschicht übergibt dir den Rest selbst. – Hoffentlich läßt man dich morgen beim Mörtelkommando über Tage, sonst gibt es ein Durcheinander.

Und noch eins: in einem Rucksack ist ein frischer Zwiebel=kuchen. Zerschneide ihn in 5 Stücke und verteil sie auf die Rucksäcke obenauf. So denken die Falotten wenigstens beim ersten Frühstück in der Freiheit noch einmal an mich. – Uh, gleich wird der Himmel überlaufen!"

Der Regen setzte gleichzeitig mit dem Sonnenaufgang ein. Eine Springflut brach aus den Wolken, die schwefelgelb und zum Greifen tief über den Barackengiebeln hingen.

Der 21. Juni stand kurz nach dem Dämmern unter Wasser.

Durch die lehmige Brühe der Kawaleria uliza, die um diese Zeit mehr Bach als Straße war, kam Feodora.

Sie schützte sich mit ihrem Uniformmantel gegen den niederprasselnden Regen und lief barfuß, die Schuhe unter einen Arm geklemmt. Sie war wohl der einzige Mensch, der sich weit und breit im Freien befand. Selbst der zusammen=gekauerte Posten im Wachhaus am Lagertor sah sie nicht, als sie die Stufen zum Stab hochlief.

In Alliluews Zimmer hängte sie ihren Mantel über zwei Wandhaken, kämmte sich und zog sich die Schuhe an. Für einige Augenblicke sah sie durch das Fenster in die nieder=gehenden Wassermassen, deren eintöniges Trommeln auf dem Dach einschläfernd wirkte.

Unruhig trat sie an den altmodischen Schreibtisch, der gleichzeitig mit der neuen Lagerdolmetscherin, Anna Apatin, Einzug gehalten hatte.

Feodora brauchte nicht lange zu suchen. Was sie haben wollte, hatte sie neulich in einem Schubfach der ehemaligen Agentin zufällig gesehen: eine mittelgroße Pistole.

Feodora zog die Waffe aus dem Futteral, prüfte das Ma=gazin und steckte sie befriedigt in ihre innere Manteltasche.

Etwas zerstreut entnahm sie anschließend Alliluews Schreib=

tischlade eine Zigarette, öffnete das Fenster und setzte sich davor. Die Zigarette, der Regen und die saubere Luft stimmten sie wieder ruhiger. Sie saß bewegungslos auf ihrem Stuhl, übernächtig=blaß und mit fast durchsichtigen Augenlidern.

Hin und wieder gähnte sie. Dann drückte sie die Zigarette aus, warf sich erschöpft auf das Feldbett und verfiel in einen Halbschlaf.

Gegen 6 Uhr hörte der Regen fast gänzlich auf und ging in ein seidenweiches Nieseln über.

Das Flintenweib, das Milan wecken wollte, fand ihn bereits munter. Er ergriff wortlos seine Toilette=Sachen und eilte zum Brunnen. Doch nicht, um sich zu waschen, sondern um Gewißheit zu bekommen, ob die Spezialistenbaracke vollzählig antrat.

Der Barackendolmetscher gab ihm nur mürrisch die gewünschte Auskunft. „Oder glauben Sie, der Blitz hat in meine Leute eingeschlagen?"

„Aber es ist doch heute der 21.!" sagte Milan fahrig.

„Na und – haben Sie etwa Namenstag?" Der Dolmetscher ließ Milan achtlos stehen. Seine Baracke wollte schließlich zur Zählung zusammengetrieben werden.

Milan drehte sich ebenfalls auf der Stelle um und pendelte einigermaßen besänftigt zwischen Lagertor und Brunnen. Keine abmarschierende Abteilung ließ er aus dem Auge.

Da – jetzt kamen die Spezialisten! Der Wachkordon bemühte sich aufgeregt um einen Gleichschritt in der Kolonne. „Raß, dwa, tri..." schrien die Mädchen. Die Erfahrung hatte gelehrt, daß bei Gleichschritt das Zählen übersichtlicher und leichter vonstatten ging.

Milan analysierte Rotte um Rotte. Als ehemaliger Lagerarzt kannte er viele Gesichter und die meisten Namen.

Doch was war das? Marschierten dort, im zweiten Zug, ein paar Russen mit?

Er pendelte mit Abstand neben dieser Rotte und murmelte: „Verdammt, also doch!"

Denn drei dieser jungen Kerle trugen verschmierte Koffaikas. Milan konnte sie namensmäßig schlecht auseinander halten. Aber es waren drei von Connys Freunden! – Der Termin stimmte also! Obwohl er keinerlei Gepäck bei ihnen oder überhaupt in der Kolonne ausmachen konnte, hatte er genug gesehen.

Er paßte den Barackendolmetscher bei dessen Rückkehr von den Torformalitäten ab. „Auf ein Wort", sprach ihn Milan an. „Dieser Conrad Onjert und sein kleiner Freund – gehen die heute nicht arbeiten?"

Der Dolmetscher hatte von der Gurkensuppe Sodbrennen und deshalb üble Laune. „Es ist nicht zu glauben!" rief er aus. „Kümmern Sie sich gefälligst um Ihre Kackfabrik dahinten! Nur damit Sie mich nicht noch einmal belästigen: ja, die gehen arbeiten. Aber erst um halber fünf!"

Milan hatte lange genug unter Siebenbürgern gelebt, um zu verstehen, daß die eben vernommene Uhrzeit 16 Uhr 30 hieß. Also hing er seinen Kopf unter den Brunnenstrahl und kehrte zu seiner Grube zurück. Es kam jetzt nur noch darauf an, daß Prowotkin zeitig genug erschien. –

Daß die Agentin a. D. Anna Apatin die Nacht kein Auge zugetan hatte, wußten Feodora und Alliluew bereits kurz nach 7 Uhr. Sie klagte über fliegende Hitze und braute sich im Samowar einen Spezialtee, wegen dessen Gestank allein schon Alliluew seinen Oberst in die Tundra verwünschte. Denn Anna Apatin hatte öfter die fliegende Hitze und trank immer von dieser Teesorte.

Nur gut, daß wenigstens Feodora hier war. Angesichts seiner bevorstehenden Stalinofahrt beruhigte es den Major. So war wenigstens ein normaler Mensch im Stab, auf den Verlaß war.

Da schrillte das Telefon. Mit unguten Gefühlen hob der Major die Hörmuschel ab und verlor die Farbe.

Mühsam gurgelte er einige „Da", sagte zum Schluß mili=

tärisch: „Koneschno – selbstverständlich!" und hängte wie=
der ein.

„Gott im Himmel!" stieß er den beiden aufhorchenden
Frauen entgegen. „Der Polkownik kommt! Pünktlich zwi=
schen Sieben und Zehn! Feodora, was machen wir?"

„Was wir immer gemacht haben – wir lassen ihn kommen!
Oder hatten Sie heute etwas anderes vor?"

„Leider ja! Meine Frau kommt 10 Uhr 54 in Stalino an.
Oh beda – oh Unglück!"

Verständlicherweise hing Alliluew zwischen zwei Gewal=
ten, die unerbittlich seine Anwesenheit forderten. Hier sein
Oberst, dort seine Frau!

Wenn nun der Oberst unpünktlich war, das heißt, wenn
er mehr gegen Zehn, als kurz nach Sieben ankam? Ein
Blick auf die Uhr traf Alliluew wie ein harter Schlag. „Gleich
halb acht – der Polkownik will vor dem versammelten Lager
sprechen. – Leutnant Pozelui soll kommen!"

Der Leutnant Pozelui, inoffizieller Adjutant des Majors,
baute sich mit knöcheltiefer Nagaika auf. Auch roch er wie
immer nach Lysol.

„Sluschai", befahl Alliluew. „In 10 Minuten ist das Lager
angetreten. Durchwegs in Batinki, verstanden!"

„Aha!" machte Pozelui ungläubig.

Alliluew trat stirnrunzelnd an das Ostfenster und sah auf
die vom Regen katastrophal aufgeweichte Promenade. „Und
damit den Leuten das stundenlange Warten nicht langweilig
wird, marschiert alles, ausnahmslos alles, die Promenade auf
und ab. Wenn der Polkownik nicht zu früh kommt, kriegen
wir auf diese Art den Weg etwas trocken. Was soll sonst der
Polkownik über unsere Promenade denken?"

Keine Ahnung! dachte Pozelui und stürzte ins Freie, um
den nötigen Alarm zu geben. –

Milan schenkte dem beginnenden Tamtam auf der Lager=
straße keine sonderliche Beachtung, obwohl es so etwas noch
nicht gegeben hatte.

Umso mehr achtete er auf jede Gestalt, die sich in Richtung Sägewerk bewegte – oder dessen Gelände verließ.

Je mehr der Vormittag zur Neige ging, umso stärker wurde sein Verdacht, daß dieser Emil gar nicht bis zu dem NKWD-Gewaltigen vorgedrungen war.

Sollte er sein Glück mit dem Posten versuchen? Aber diese späten Mädchen ließen sich auf keine Konversation ein. Sie kehrten ihm bei jeder sprachlichen Annäherung den Rücken und sangen um einige Grade lauter. – Sechzehn Uhr 30 – noch hatte er Zeit. Was würde aber sein, wenn Prowotkin bis dahin nicht käme? –

Wer sich nach 9 Uhr – sei es mit Absicht oder durch Zufall – in Alliluews Nähe wagte, hatte nichts zu lachen.

Der Samowar der Anna Apatin summte längst nicht mehr. Der Major hatte ihn höchst eigenhändig zum Ersticken gebracht und seinen Inhalt zum Fenster hinausbefördert. Die beleidigte Dolmetscherin verbrachte darauf die größte Zeit auf der Toilette und klagte über gewisse Überfunktionen, die sich bekannterweise einstellen – wenn einem etwas auf den Magen geschlagen ist.

Selbst die Komsomolzen, die ihren Major schon traurig, lustig und betrunken erlebt hatten, saßen eingeschüchtert auf ihrer Flurbank, wie Küken, die den Habicht gesehen haben.

Nur Feodora überging Alliluews Ausbrüche mit Gelassenheit. Sie hörte ihm zu, ging auf seine Sorgen ein und fluchte mit. Sie intervenierte beim Chauffeur vom Brotauto um eine Verschiebung der Abfahrt, als der schon ungeduldig hupte. Mit diesem Auto sollte Alliluew nach Stalino zum Bahnhof fahren.

„Es wäre alles halb so schlimm, wenn man ein eigenes Auto... oh, Feodora! Halt mich fest, sonst zertrümmere ich etwas!" jaulte er immer und immer wieder auf. Noch nie war ihm das Ausbleiben seines Dienstwagens so folgenschwer in Erscheinung getreten, wie gerade heute. Er betitelte sich in unerschöpflichen Selbsterniedrigungen zum „erbärmlichsten Major der Roten Armee" und degradierte den Polkownik zum „räudigsten Köter aller sowjetischen Hunde!"

Von draußen her dröhnte der Marschschritt der tausend Freischichtler. Auf und ab, eingeteilt in Hundertschaften, platschten sie die Batinki in den aufgeweichten Boden.

Dazwischen fuhren Kommandos von Leutnant Pozelui, der sich dann und wann seine Nagaika gegen die Stiefelschäfte knallte.

Die marschierenden Frauen und Männer, teilweise erst von der Nachtschicht zurück, gehorchten mit mechanischen Bewegungen. Sie hatten in dem letzten halben Jahr bereits gelernt, daß in Rußland mit Menschen alles zu machen war.

Warum sollte man mit ihnen nicht auch einmal die Straße trocknen? Einem Major standen noch weit üblere Launen zu.

Dann kam der Polkownik. Zum dritten Mal betrat er das Lager, und zum ersten Mal unpünktlich. Sein Jeep holperte erst um punkt 11 Uhr durch das Tor.

11 Uhr. Also 6 Minuten nach der Ankunft seiner Frau in Stalino, registrierte Major Alliluew und begrüßte seinen Oberst knirschend, wie blaugrünes Eis, das bei Erschütterungen springt.

Der Polkownik nahm ihm das weiter nicht übel, sondern fragte nach dem inhaftierten Arzt.

Milan wurde von Pozelui herbeigeschafft und neben den Polkownik gestellt.

Der Oberst betrachtete Milan wie ein Weltwunder, wendete sich sichtlich angewidert von ihm ab und bellte eine Tirade.

Anna Apatin, deren Aufgabe zu dolmetschen mithin einsetzte, verschluckte sich, bekam einen glühenden Kopf und übersetzte:

„Mon colonel... äh, Volkslöüte! Dieser docteur ist gewesen zum groß Überrasch eine grand scharlatan! Eine hasardeur comme il faut! Eine Mänsch mit die structur von schlächt animal!

Der Towarischtsch colonel hat die ordre von die groß justice gebracht, daß die abschöülische animal condamné ist zum Straflager Trudowskaja!

Diese statuierte exempel wird den effet haben, daß ähnliche Schweinereiungen in diese Lager nischt mehr sein werden. – Alors c'était tout à dire!"

Da die wenigsten der Gefangenen französisch sprachen, hatte auch ein recht kleiner Teil Milans Urteilsverkündung verstanden.

Wo es allzu unverständliche Gesichter gab, halfen die Barackendolmetscher nach und erreichten, daß Milan äußerst finster betrachtet wurde. In der kleinen Pause, während der Alliluew dem Polkownik einige Fragen beantwortete.

Milan merkte wenig von diesen äußeren Dingen. Oder ließ sich absichtlich nichts anmerken. Er sah nur Conny, der ihm im ersten Glied gegenüberstand. Mit bespritzten Batinkis, jedoch ebenfalls in einer gesteppten Koffaika. Also marschbereit!

Conny sah Milans aufgerissene Augen und blickte kalt zurück. Innerlich aber zerwühlte ihn die Erregung: Milan wußte um den Fluchttermin seit jener Nacht, da Inge im Fieber sprach. Darüber bestand jetzt kein Zweifel mehr. Auch darüber nicht, daß Milan sich rächen würde. Jetzt, im letzten Augenblick!

Würde er sich an den Polkownik wenden? Es vor versammeltem Lager herausschreien? Herrgott, warum ging der Oberst noch nicht?

„Volkslöüte!" begann die Dolmetscherin nach einem längeren Debakel. „Der Towarischtsch colonel bringt aussi eine nouvelle sähr fröündlisch: alle Frauen, die sind in position... äh, die werden niedergehen mit Kinder, werden avant ca fahren nach Hause. Aussi die Kranken, die welsche sind unproduktiv zu heilen. – Alors, c' était tout à dire!"

Unter den Frauen wurden einige Schreie ausgestoßen. Teils vor Freude – und teils auch weniger begeistert.

Die neben Frau Stefan stehende Mitzi Schuster verkniff

sich ein Lächeln und sagte: „So habe ich es mir auch vor=
gestellt! Bisher hat in meinem Leben noch alles geklappt,
was ich mir ausgedacht habe."

Frau Stefan sah sie erschrocken an. „Aber deine Eltern,
Mitzi! Hast du auch an sie gedacht? Was werden sie sagen,
wenn du nicht ganz allein nach Hause kommst?"

Wieder lächelte Mitzi. „Was hilft es mir, ob ich an sie
gedacht habe? – Wer ist hier in Rußland, sie oder ich? Aus
diesem Dreck hier heraus zu kommen, ist es mir wert, ehrlos
nach Hause zu kommen – wie man früher gesagt hätte."

Johanna Stefan zupfte nervös an ihrer Schürze. „Aber sie
werden es nicht verstehen, Mitzi. Für ehrlos werden sie dich
halten, so wie du selbst sagst!"

„Das ist ihre Sache, wie sie es ansehen. Eines werden sie
bestimmt verstehen: daß ihr Kind lebend zu Hause an=
kommt, ob ehrlos oder nicht! – Oder ist es eine Ehre, hier
jahrelang weiter Straßen zu trocknen? Die Zeit ist eben
anders, als die, wo unsere Eltern uns in aller Ehre in die
Welt setzten. – Aber ich glaube, die Kundgebung ist ge=
schlossen." –

Bevor Milan etwas unternehmen konnte, wie Conny fest
angenommen hatte, wurde er wieder zu seiner Grube ge=
führt. Gegen abend sollte er von der Wachmannschaft des
Lagers Trudowskaja abgeholt werden.

Während sich die 1000 Lagerinsassen in ihre einzelnen
Behausungen zerstreuten, schickte sich der Polkownik an,
den Stab zu betreten. Sehr zum Unwillen Alliluews, dessen
Laune den Punkt Null bereits unterwaschen hatte. Es ging
auf Mittag zu, und in Stalino wartete seine Frau bereits eine
geschlagene Stunde! Nicht auszudenken – nur er allein
konnte sich die Folgen dieser Stunde ausmalen.

Deshalb vertrat er, blind vor Verzweiflung, dem Polkownik
den Weg und gestand ihm händeringend sein Leid.

Der Oberst war zwar nicht begeistert von dieser Schmäle=
rung seiner Autorität, zeigte jedoch rührendes Verständnis. –
Nur wolle er – sein Ton war dabei wieder bellend – die Ge=

legenheit nicht versäumen, die Gefahr der Fluchtversuche von Gefangenen zu erwähnen. Man höre bereits aus mehre=ren Lagern besorgniserregende Vorkommnisse.

„Und Ihr Lager", schloß der Oberst bissig, „neigt ja zu den unglaublichsten Vergehen. Darum seien Sie auf dem Posten, Alliluew!"

Budite na postu, Alliluew – so spricht man mit einem Korporal, fieberte Alliluew grimmig. Und überhaupt, was für Äußerungen machte dieser Polkownik über sein Musterlager! – Alliluew straffte seine Brust und preßte ihm mitten ins Gesicht: „Towarischtsch Polkownik! Aus meinem Lager flieht keiner, dessen können Sie versichert sein! Ich habe Schritte in die Wege geleitet, die eine Flucht unmöglich machen. – Für meine Worte stehe ich jederzeit grade."

Der Polkownik bestieg lächelnd seinen Jeep. „Es sollte mich freuen, Alliluew. Herzlich sogar – für Sie! – Hatten Sie nicht auch um einen Dienstwagen eingereicht?"

Über den graden Rücken des Majors lief ein wildes Feuer. Wie das klang: hatten Sie nicht auch um einen Wagen ein=gereicht? – Was bedeutete das? Konnte sich dieser Mensch nicht vorstellen, daß er Tag und Nacht von diesem Wagen träumte? – „Doch", stammelte Alliluew trocken. „Wann kann ich damit rechnen?" – Daß es die Stunde überhaupt gab: ein Gespräch mit dem Polkownik über sein Auto!

Der Oberst unterbrach seinen Rundblick, der dem Boden=dunst der umliegenden Felder gegolten hatte. „Wann Sie damit rechnen können? Wenn dieser Sommer vergeht, ohne daß Ihre Worte von eben sich als voreilig erweisen. – Do swidanija!" –

Obwohl Alliluew in dem Gasqualm des abbrausenden Jeeps fast erstickte, blieb er vor Staunen über soviel Unver=schämtheit auf der Stelle angewurzelt stehen.

Erst die Mittagssirene des Sägewerks gab ihm das Bewußt=sein wieder. Das Bewußtsein, ein vom Schicksal geschlagener Offizier zu sein!

Er ließ das Brotauto vorfahren und drängte Mitzi Schu=

ster in die Kabine. Dann gab er den Startbefehl: zuerst nach Hause, um Sascha abzuholen, dann via Stalino – Haupt=
bahnhof!

Nachdem Anna Apatin auf Grund der aufregend=brutalen Worte des Polkowniks anschließend über sichere Symptome von Nesselfieber sprach, litt es Feodora nicht mehr im Stab.

Sie beschloß, einen Gang durch das Lager zu unternehmen.

Am Rande der neuen Latrine sah sie Milan sitzen. Nicht etwa gebrochen, sondern mit hochgerecktem Hals. Suchte er etwas in den Feldern, die zwischen dem Lager und dem Sägewerk lagen?

Am Fenster der Spezialistenbaracke saßen Conny und Nico. Sie sahen fragend zu Feodora, doch diese schlenderte ohne Zeichen weiter.

Sie fand Kreutzer auf der Bank hinter dem Kesselhaus beim Machorkaschneiden.

„Was gibt es, Marschallin?" fragte dieser, ohne das Wiege=
messer aufzuheben.

Feodora ließ sich auf einer Ecke nieder. „Kreutzer, Sie haben mir einmal etwas zugesagt. Erinnern Sie sich noch?"

„So leicht vergesse ich nichts. Ich fragte Sie schon damals: wann und wo?"

„Heute. – Das Wo hängt davon ab. Hören Sie bitte mit dem Machorkaschneiden auf – und halten Sie sich in Milans Nähe auf. Es sieht so aus, als warte er auf jemanden. Wenn das Prowotkin ist, wäre es sehr schlecht. Verstehen Sie?"

„Nur zu gut! Ich werde mich beim Lagertor herumtreiben – ist ja sowieso mein Stammplatz dort!"

„Das ist gut. Ich kann mich also auf Sie verlassen?"

„Restlos!"

Das Brotauto parkte zwanzig Minuten nach 12 vor dem Bahnhof in Stalino. Der Fahrer fand kaum Zeit, den Kon=
taktschlüssel herauszuziehen, so sehr trieb Alliluew zur Eile an.

Sie liefen zu viert die unendlichen Stufen hoch. Da Mitzi sich für die Fahrt in die Stadt etwas herausgeputzt hatte, fiel die Gruppe den meisten Reisenden auf. Vielleicht, weil Mitzi ihr auffälliges Flaschengrünes trug, vielleicht auch, weil sich darin ihr Umstand nicht besonders vorteilhaft ausnahm. Oder aber, weil Sascha mit seiner roten Balalaika, auf deren Mitnahme er bestanden hatte, das Augenmerk auf sich zog.

Sie erreichten die Halle gleichzeitig mit Saschas Jubelschrei: „Matka! Matka moja!" – Er stürzte auf den Bahnsteig los, wo zwischen einem fast kompletten Haushalt das Standbild einer vierzigjährigen Frau hochragte. Mumienhaft still. Allein auf der breiten Zementfläche.

Sie sah weder den heranspringenden Sascha, noch den sich verlegen nähernden Alliluew.

Sie sah Mitzi! Ihr Flaschengrün und darunter das, woran sich Alliluew optisch bereits gewöhnt hatte: ihre Schwanger= schaft.

Ehe noch jemand ein Wort sprechen konnte, löste sich das Mumienhafte im Gesicht der wartenden Frau Alliluew zu einer häßlichen Fratze. Sie schüttelte den vor Freude an ihr hochkletternden Sascha von sich, stieß einen gellenden Schrei aus und schlug der überraschten Mitzi Schuster ihre Hände ins Gesicht. Vier oder fünf Mal. Dann setzte sie sich auf ein Gepäckstück – ein kleiner Gußeisenofen mit Bratröhre – und weinte heiße Tränen.

Alliluew begann mild auf sie einzureden, setzte langatmig zu Erklärungen an – da geschah es: in seinem enttäuschten Kindergemüt erblickte Sascha in der eben gezüchtigten Ba= rischna eine Feindin seiner Mutter. Bestärkt durch das halt= lose Weinen, riß er seine Balalaika vom Rücken, legte sie wie ein Gewehr an die Schulter und rannte los.

Durch den Schock der Bestürzung starrte Mitzi auf die fremde Frau, als ihr plötzlich ein Stoß in den Leib schnitt. Sie verlor das Gleichgewicht, griff fruchtlos in die Luft und torkelte zurück. Sie trat ins Leere und fiel rücklings von der

Rampe hinunter, auf die Gleise. Ein rasender Schmerz durch=
fuhr ihren Körper, dann schwanden ihr die Sinne. –

Erst viel später kam sie wieder zu sich. Sie lag, eingekeilt im Alliluewschen Gepäck, das man zusammen mit ihr in den Fond des Brotautos verladen hatte. Die Straße war holperig und vom Regen stark zerfurcht. Jeder Meter entrang ihr einen Aufschrei.

Durch einen leichten Nebel versuchte sie sich die Gescheh= nisse in Erinnerung zu rufen und deren Ablauf zu rekonstru= ieren. Gleichzeitig liefen ihr dicke Tränen über das Gesicht. Ihre ersten Tränen in Rußland!

Denn nun wußte sie die grausame Tatsache: sie würde nicht nach Hause fahren. Ihre Spekulationen wurden durch die Ereignisse auf dem Perron durch eine Fehlgeburt zunichte gemacht.

Mitzi verkrampfte sich in irgend einem Gepäckstück und ging in Tränen unter.

Sie dachte an ihre Eltern, wehrte sich gegen Gesprächs= fetzen, die aus dem heutigen Dialog mit Frau Stefan in schonungsloser Klarheit auf sie zukamen – und schämte sich.

Sie schämte sich vor ihren Eltern, vor Johanna Stefan – und am meisten vor sich selbst.

Sollte sie die harte Erkenntnis als Trost buchen, daß es viel leichter ist, sich an neue, äußere Umstände zu gewöhnen, als ein neues, inneres Leben zu beginnen? –

Bei der Einlieferung Mitzis in das Revier bat Alliluew Feodora, bis zum Abend im Stab zu bleiben, da er den Rest des Tages notgedrungen in Familie machen müsse.

Dann schwankte das Brotauto mit ihm und allem, was sein war, davon.

Als sich gegen 15 Uhr die Abendschicht formierte, kam, zur Verwunderung Kreutzers, Milan auf das Tor zugeschlen= dert.

Kreutzers erster Gedanke war: Prowotkin muß in der Nähe sein!

Er war es aber nicht, wie er nach gründlichem Absuchen der Gegend feststellte. Er blieb also abwartend auf der Hut und schnappte nach Luft, als sich Milan mit gleichgültiger Miene in eine Rotte mischte und im nächsten Augenblick durch die Sperre marschierte.

Einfach davon marschierte!

Ein Chauffeur hat eine sehr knappe Schrecksekunde. Kaum daß Kreutzer dreimal Luft geholt hatte, trat er selbst in Reih und Glied und marschierte hinterher.

Nach den paar Schritten durch die Sperre spähte er händeringend zum Stab. Aber Feodora hilt sich nicht am Fenster auf. Pech und Schwefel – Milan stapfte in guter Deckung inmitten einer Gruppe weiter, die dicke Harzflecke auf den Jacken hatte. Es ging also zum Sägewerk – zu Prowotkin!

Wieder schaltete Kreutzer schnell: er schloß sich dieser Gruppe ebenfalls an.

Erst nach knapp hundert Metern wagte es Milan, sich vorsichtig umzublicken. Er traute seinen Augen nicht, Kreutzer lächelnd hinter sich marschieren zu sehen. „Wohin gehen Sie denn?" fragte Milan, aus seiner Überraschung kein Hehl machend.

„Man hat so seine Gänge", gab ihm Kreutzer zur Antwort.

Milan wußte vom Hörensagen um die Verschlagenheit dieses alten Schnauzbartes und ließ von ihm ab. Durch den guten Umstand, daß der Feldweg, über den sie gingen, vom Regen stark aufgeweicht war, ging der Posten nicht neben, sondern vor seiner Truppe.

Milan löste sich daher ungesehen aus seiner Reihe und täuschte hinter den ersten Halmen eines Kornfeldes ein dringendes Bedürfnis vor.

Was Kreutzer mehr als recht war. Er tat dasselbe, nur wenige Meter weiter oberhalb.

Dann begann die Jagd. – Kreutzer erkannte Milans Hemd fetzenweise zwischen dem hochgeschossenen, grünen Korn und hielt darauf zu.

Doch kaum meinte er, leichtes Spiel zu haben, wußte Mi=

lan, daß er verfolgt wurde. Er sprang gebückt und im Zick=
zackkurs vorwärts, täuschte durch plötzliches Stehenbleiben,
um dann unvermutet in eine völlig andere Richtung auszu=
brechen.

Es war ein strapaziöses Unternehmen. Die spitzen Gran=
nen stachen unbarmherzig ins Gesicht. Der Boden war rut=
schig und erschwerte das Laufen durch dicke Erdklumpen an
den Schuhen.

Milans Absicht lag klar auf der Hand: er wollte Kreutzer
im Kornfeld abhängen.

Kreutzer dagegen dachte: ich muß ihn unbedingt ins Freie
treiben!

Die Hetze schien sich noch lange auf derselben Stufe hal=
ten zu wollen.

Kreutzer merkte bereits, daß seine Lunge doch nicht mehr
für solche Strapazen geeignet war. Er verfluchte das viele
Rauchen und schnaufte rasselnd.

Da stieß Milan einen Überraschungsschrei aus.

Kreutzer erhöhte seine Geschwindigkeit und rannte einen
wie aus dem Boden geschossenen Muschik beinahe in zwei
Teile.

Der Muschik, ein hünenhafter Kolchosebauer, war der
Pächter des Kornfeldes und hatte auf dem nebenan liegen=
den Feldstreifen Rüben versetzt. Wenn sein Auftauchen auch
keine Entscheidung für dieses Wettrennen bedeutete, so
brachte es doch eine gewaltsame Wendung.

Milan hatte nämlich bereits auf den ersten Schrecken hin
das Feld verlassen. Vielleicht in der Hoffnung, der verärgerte
Bauer würde Kreutzer anhalten.

Das tat der aber nicht, sondern setzte unter Hervorstoßen
äußerst ungehaltener Ausdrücke hinter dem seltenen Kampf=
paar her. Daß sie sein Feld zertrampelten, war ihm im Augen=
blick weniger Antrieb dazu, als die unverkennbare Tatsache,
daß die beiden Plennis waren, in Freiheit umherlaufende
Gefangene!

Als er selbst aus dem Kornfeld sprang, waren die beiden

zwischen seinen Rüben bereits im prächtigsten Nahkampf verwickelt.

Kreutzers Fäuste hagelten auf Milan nieder. Unbeherrscht und ohne System, einfach drauflos – wo sich eben in Milans Deckung eine Lücke zeigte.

Und sie wurden immer größer, diese Lücken, so daß der Kampf schon so gut wie entschieden war.

Wenn der Gerechtigkeitssinn des anbrausenden Muschiks nicht so ausgeprägt gewesen wäre. Wer hilft nicht gerne dem Schwächeren?

Der Muschik sah Kreutzers rohe Gewalt wie die personifizierte Schlechtigkeit über dem blutenden Milan knien. Er nahm also einen entschlossenen Anlauf und sprang mit seinem gesunden Gewicht gegen Kreutzer, daß der einmal kurz „Joi!" machte und dann mit restlos leeren Lungen und geschlossenen Augen zwischen zwei noch sehr zarte Rübenreihen fiel.

Die ersten Zweifel, eventuell doch den Falschen getroffen zu haben, beschlichen den Muschik um weniges später. An sich hatte er sich vorgestellt, von seinem Schützling wenigstens ein bescheidenes Dankeszeichen zu empfangen.

Zu seiner Enttäuschung mußte er hingegen zusehen, daß jener sich blitzschnell davonmachte und wie von Teufeln gehetzt querfeldein raste. Auf das offene Tor des Sägewerks zu! –

Es blieb dem Muschik nichts anderes übrig, als den noch besinnungslosen Kreutzer auf irgendeine Art in das Lager zu schaffen, von wo er seiner Meinung nach geflohen war.

Nichts von alledem merkte Feodora. Sie saß noch immer im Stab und mußte sich die unangenehmen Erfahrungen der geplagten Anna Apatin anhören, die diese im letzten Winter mit einer Gürtelrose gemacht hatte.

Als nach einer halben Stunde Milan von einem Subalternen Prowotkins wieder ins Lager geschoben wurde, erregte dieses nicht das Aufsehen, das bis zu den Ohren Feodoras gedrungen wäre. Vielleicht, weil Prowotkin so schlau war und für den Augenblick gar nichts unternahm.

Ob er selbst später etwas unternehmen würde, zweifelte Milan verbissen an. Wie er überhaupt an manchem zu zweifeln begann – nach seiner so heiß erzwungenen Begegnung mit Prowotkin.

Der schlodderig gekleidete Kommissar hatte Milans Besuch eher als Belästigung, als eine wichtige Nachrichtenübermittlung aufgenommen. Kein Wort der Anerkennung, geschweige denn der Freundschaft und Verbundenheit hatte er Milan gezollt. Keine Andeutung an seine himmelblauen Versprechungen jenes Tages neben der Telefonstange.

Gereizt hatte er zu guter Letzt einen Soldaten herbeigerufen und Milan den Laufpaß gegeben.

Zerknirscht kehrte Milan zu seiner Grube zurück und ließ das Geschrei des unruhig gewordenen Postens teilnahmslos über sich ergehen.

Das Pferd hinkte, auf das er so groß gesetzt hatte, denn das Transportkommando von Trudowskaja mußte jeden Augenblick erscheinen.

Der Abschied vom Lager war einfacher, als sie es sich gedacht hatten.

Durch den tragischen Unglücksfall Mitzis war Frau Stefan so sehr in Atem gehalten, daß sie es sehr kurz machen konnten.

„Nicolaus, und nichts für ungut", sagte Johanna Stefan. „Wir können beide nichts daran ändern, nicht wahr! In meinen Augen bleibst du mein Schwiegersohn – so lang ich lebe! Sei schön fleißig beim Studium und mach mir keine Schande. – Ich werde der Fisso von dir erzählen, vielleicht schon sehr bald! Der Major hat mir eine Versetzung nach Makejewka versprochen."

„Wir wünschen Ihnen von ganzem Herzen, daß das sehr bald eintrifft", sagte Conny. „Was soll aber aus Kreutzer werden? Es wird ihn hart treffen – wenn Sie fortgehen!"

„Das glaube ich nicht. Hast du die Schreckschraube vom Stab heute reden gehört? Die Schwerkranken sollen nach Hause geschickt werden. – Ich gehe jede Wette ein, daß Kreutzer im rechten Augenblick schwer krank wird! – Der kann mit dem Leben umgehen!" Johanna Stefans aufeinandergepreßte Lippen zitterten, als sie Connys Hand drückte. „Und denk immer daran, Conny: jetzt ist sie schon im Himmel. Ich werde ihr, so lange ich da bin, frische Blumen auf das Grab legen – und auch für dich beten."

Die zwei jungen Leute fanden keine gebührenden Worte mehr und entfernten sich schweigend.

Den alten Kreutzer suchten sie vergeblich. Gerade ihm hätten sie so gerne Lebewohl gesagt. Wie konnten sie wissen, daß er mit gebrochenen Rippen in einem Rübenfeld lag und vor Schmerzen stöhnte?

Als sie am Tor Aufstellung nehmen wollten, kam Girr von der Arbeit heim.

Er pflanzte sich vor den beiden auf und sagte: „So! Ihr seid nun soweit. Wenn ihr nun einmal nach Hause kommen solltet, was werdet ihr erzählen?"

Nico spannte seinen Mund von einem Ohr zum anderen. „Es kommt darauf an, wem wir etwas erzählen."

Girr trat nervös näher, wobei sein gesundes Auge grimmig funkelte. „Landsmann, geh nicht mit der Kirche ums Kreuz! Ihr wißt doch, daß ich verheiratet bin!"

„Das werden wir auch nie vergessen", versicherte Nico. „Und deshalb auch nichts erzählen – von hier."

Girr nestelte aufatmend an seiner Augenbinde herum. „Ich habe immer gewußt, daß auf die Landsleute Verlaß ist. Macht es gut und viel Glück. Unsereiner muß einäugig in der Misere bleiben! Aber so läuft das Leben." Er wollte gehen, überlegte kurz und fragte: „Wißt ihr, daß ich auch einen Sohn habe? – Hier sind 10 Rubel – kauft ihm dafür Halva, er ißt sie für sein Leben gern. Aber kauft sie beim Galter an der Ecke, da ist sie immer frisch."

Wieder wollte Girr gehen, doch dann zog er einen anderen

Schein aus der Tasche. „Hier kauft ihm für 100 Rubel Halva; es soll nicht heißen, der Vater hätte ihm in der Kindheit gefehlt!" –

Dann war es soweit. Die Schranke öffnete sich, der Kordon brüllte: „Raß, twa, tri..." und hinaus ging es. –

Feodora beobachtete den Abmarsch der beiden Letzten durch das Fenster, nahm ihren getrockneten Mantel über den Arm und verließ ebenfalls das Lager. –

Kurz danach wurde Kreutzer von dem Muschik zur Lagerwache gebracht. Er röchelte verdächtig, wurde aber von den anwesenden Mädchen unter Gelächter durchgelassen. Sie kannten ihn alle und fanden nichts an dem Umstand, daß er von draußen her kam. Wohl aber wunderten sie sich, daß er dieses heute ohne Hüftenkniffe oder sonst irgendeine neckische Einlage tat.

Kreutzer wankte gebückt seiner Unterkunft zu. Schlimmer als sein zusammengekrachter Brustkorb, drückte ihn das Schuldbewußtsein: ich habe schmählich versagt – die armen Teufel kippen auf!

Noch ahnte er nicht, daß dieser rohe Muschik ihm durch die zugefügte Verletzung etwas geschenkt hatte, was in Rußland den Wert eines Königreiches übersteigt: eine Fahrkarte nach Hause!

Die Mauern des neuen Förderturmes waren fast 11 Meter hochgezogen, umwickelt mit den entsprechenden Gerüsten. Die Aufgänge für diese Gerüste lagen an der Nord- und Südwand und bildeten eine immer gleichbleibend bevölkerte Galerie für die Kolonne der Frauen, die Mörtel und Steine hochtrugen.

Die Baustelle lag im Herzen des Bergwerksgeländes. Nach Osten grenzte daran eine Grünanlage, hinter der das Verwaltungsgebäude hochstrebte. Nach Westen hin lag ein alter, nicht mehr betriebsfähiger Förderturm und die Pyramiden der Steinhalden. –

In das Halbdunkel dieses alten Förderturmes trat Conny

gleich nach seiner Ankunft auf der Arbeitsstelle. Aus einem Winkel fiel ein Stein vor seine Füße und er erkannte eine winkende Hand.

„Wir sind hier, alles in Ordnung!" flüsterte Roland. „Schmeiß uns die Rucksäcke herauf!"

Conny nickte und verließ die Ruine.

Gelassen kam Irma vom Gerüst und sagte: „Gleich ent= binde ich! Dann geht es ans Rucksackpacken. Verlassen Sie sich nur auf mich – Sie dürfen jetzt gar nichts selbst machen. Hinter der Lore dort werden bei Einbruch der Dunkelheit Ihre zwei Rucksäcke liegen."

Befriedigt ließ sich Conny neben Nico nieder und wartete, bis am Gerüst etwas gebaut werden mußte, oder eine Mate= rialtrage defekt wurde. Hierin bestand ihre Beschäftigung auf dieser Baustelle. –

Eine Stunde verging ohne Ereignisse. Ustschenko ritt auf einen Sprung fort und kehrte bald wieder, die Maurer gröhl= ten nach Steinen, die Frauen sangen.

Conny und Nico rauchten Zigarette um Zigarette und sehnten die Dunkelheit herbei. Die festen Skistiefel saßen ungewohnt schwer an den Füßen, und die nach innen umge= schnallten Dolche drückten ungemütlich beim Sitzen.

Da trat Prowotkin aus der Grünanlage.

Gelassen, wie beiläufig, strich sein Blick über den Bau= platz.

„Siehst du, wer da kommt?" raunte Conny.

„Mhm", machte Nico. „Jetzt nur zäh bleiben – ich glaube, der Tanz geht los! Er kommt verdächtig zielsicher auf uns zu. Hoffentlich sieht er nicht sofort, daß wir zwei Hemden und einen Pullover unter der Koffaika anhaben. Knöpf sie bis oben zu!"

Prowotkin hatte den Standort der beiden sehr schnell aus= gemacht und kam langsam näher.

Dann stand er vor ihnen. „Wo ist Plattner?" fragte er verhalten.

„Weiß ich nicht!" antwortete Conny.

„Lügen Sie nicht!" brüllte Prowotkin. „Sie stecken mit ihm unter einer Decke. – Ich weiß alles!"

„Dann verstehe ich nicht, warum Sie uns fragen!" sagte Nico ruhig. „Wir wissen nichts! Hier suchen Sie ihn auch vergeblich. Er arbeitet in der Ziegelei."

Jetzt schien es, als unterziehe Prowotkin ihre Garderobe einer genauen Betrachtung. Was er sich dabei dachte, verriet er jedoch nicht. „Hören Sie", begann er, etwas milder im Ton. „Es hat für Sie keinen Wert mehr, noch viel zu reden. Sie sind verraten worden!"

Für die beiden war es schwer, bei diesem letzten Satz die Fassung zu behalten.

„Na? Jetzt schweigt ihr!" sagte der Kommissar gut gelaunt. „Verrat ist immer eine häßliche Sache. Also, wo sind die Zwei aus der Ziegelei?"

Nico fühlte den Schweiß auf seinem Rücken, sah aber so gleichgültig wie möglich drein. „Wir schweigen, weil wir wirklich nicht wissen, worüber Sie reden. Vielleicht machen die Zwei Überstunden – oder sie kaufen sich irgendwo in der Nachbarschaft einen Liter Ziegenmilch. – Was geht uns das an?" – Nico redete und redete. Er fand kaum noch Worte. Aber er wußte, daß nur ruhig gesprochene Sätze den Kommissar vom Gegenteil überzeugen konnten.

Der Erfolg blieb auch nicht aus. Prowotkin leckte sich einmal geistesabwesend die Lippen und sagte dann: „Also, ihr wißt es nicht? Gut, dann werde ich sie suchen! Aber glaubt nicht, daß ich euch hier lasse. Ich gehe mit euch in das Lager – arbeiten braucht ihr heute nicht mehr! – Stellt sich heraus, daß die anderen wirklich Ziegenmilch eingekauft haben, ziehe ich meine Verdächtigungen zurück. Einverstanden?"

„Selbstverständlich!" sagte Nico und dachte: Aus! Alles aufgeflogen! Er las aus Connys Gesicht dieselbe Verzweiflung.

Nun hatte aber Prowotkin seine Rechnung ohne den Helden der Arbeit, den Vorarbeiter Ustschenko, gemacht.

Dieser erklärte sich mit der Lösung der Sache gar nicht

einverstanden, sondern sagte dem Kommissar ganz andere Dinge. Fürchterliche Dinge, wenn es sich nicht um die unper= sönliche Form eines Fluches gehandelt hätte.

Wenn nun ein Dialog, der mit scharfen und schärfsten Waffen geführt worden ist, den Punkt erreicht hat, wo ein beiderseitiges Nachgeben nur noch auf Kosten des Prestiges geht, kommt meistens beiden Parteien ein Kompromiß sehr gelegen.

Ustschenko bestand auf seinen Arbeitskräften, Prowotkin verlangte eine scharfe Bewachung derselben bei der Arbeit.

Und dabei blieb man auch.

Sehr zur Erlösung der beiden Streitobjekte. Es schien also nun doch nicht ganz aus zu sein.

Während Prowotkin sich gewichtigen Schrittes zum Haupt= eingang des Schachtes bewegte, schickte Ustschenko nach einem Soldaten.

Dann kam die geforderte, scharfe Bewachung! Äußeres Zeichen der zu erwartenden Schärfe war das aufgepflanzte Bajonett. Im großen und ganzen aber fiel ein warmes Licht in die Situation, denn der heranschreitende Hüter der Ord= nung war – Marabu, ehemaliger Schmiedegeselle von Girr.

Mit seinen kleinen, rötlichen Augen musterte er die beiden Schützlinge lange und eindringlich, dann sagte er: „Jja, jja!" und setzte sich auf einen umgekippten Schubkarren, ihnen gegenüber. Das Gewehr lehnte er umständlich gegen die Schulter, so daß das Bajonett wie eine Antenne hinter seinem Kopf hochragte.

Conny und Nico stießen sich erfreut in die Rippen und atmeten auf. Bedeutete Marabu ihr Glück?

Es sah nicht lange danach aus. Als die Dämmerung herein= brach, beschleunigt durch eine wieder dichtere Bewölkung des Himmels, tauchte plötzlich Pozelui auf.

Er trat, vorsichtig um sich spähend, aus den Büschen der Grünanlage und bummelte, ohne bestimmtes Ziel, über den Bauplatz. Zwei oder drei Mal blieb er hinter Marabu stehen und betrachtete versonnen die beiden bewachten Jungen.

Da diese seinen Blick eisern erwiderten, räusperte er sich nervös: „Br=hm!" und hörte erst damit auf, als er wieder außer Sichtweite war.

„Merkst du etwas?" flüsterte Nico stirnrunzelnd.

„Und ob!" schob Conny zwischen den Zähnen durch. „Es kann ja heiter werden!"

Sie versuchten gleichgültige Gesichter zu machen und sahen flehend zum Himmel: wenn es nur schon ganz dunkel wäre!

Am unruhigsten war Marabu, der mit dem Ganzen nichts anfangen konnte. Zwischen sinnlosem Zeug, das er sich un= unterbrochen in den Bart babbelte, fragte er, was denn eigentlich los sei?

„Mein Freund hat Heimweh!" sagte Nico.

„Da, toska po rodine – ja, das Heimweh!" murmelte es durch Marabus Bart. Er richtete seine Augen mitleidig auf Conny und drückte ihm einige Semetschka in die Hand. Dann seufzte er: „Jja, jja!" und babbelte weiter vor sich hin.

Als die großen Scheinwerfer rund um den Bauplatz auf= flammten, sahen sie, daß Pozelui in das Backsteinhaus am Ende des Verwaltungsflügels trat, in dem die Schachtwache stationiert war.

Während ihre Blicke am Eingang des Wachhauses hingen, verließen sechs Soldaten mit geschulterten Gewehren die Wache. Sie wurden von einem Unteroffizier kommandiert und verloren sich in der Dunkelheit.

Conny und Nico sahen sich an und fühlten es in ihren Adern klopfen. Nun bestand kein Zweifel mehr: sie waren verraten worden! Doch hatten sie weder die Zeit noch die Möglichkeit, sich darüber zu ereifern. Sie mußten hier fort! So schnell wie möglich, bevor sie ein hermetischer Gürtel einschloß.

„Warum lassen sie uns hier noch sitzen?" fragte Conny leise. „Es wäre doch für Pozelui das einfachste, uns festzu= nehmen. Dann bekommt er wenigstens zwei von fünfen."

„Du hältst ihn für dümmer, als er ist", verbesserte ihn Nico. „Pozelui will nicht bloß zwei fangen – er will uns alle haben! Wahrscheinlich weiß er, daß er aus uns über die anderen nichts herausbekommen wird. Deshalb wird er erst eingreifen, wenn wir beisammen sind!"

Da fragte die zittrige Stimme des alten Marabu, ob sie etwas Machorka hätten?

Schon wollte Conny ein barsches „Njet" antworten – als ihm eine Idee kam. „Hast du Feuer?" fragte er den Alten.

„Spitschki njetu!" zitterte Marabu und sah am Gerüst hoch. Aber nirgends – wohin er auch sah, war das Glimmen einer Zigarette zu erkennen.

Conny reichte ihm stumm den Machorkabeutel und drehte sich selbst eine.

Marabu schien dem Genuß von Tabak schon länger entsagt zu haben, denn seine Finger gruben sich gierig in die grüngelben Machorkakrümel. Nach langen Minuten, während denen er sich den Hals vergebens nach einem Raucher ausrenkte, erhob sich der Alte.

Stehend beendete er seinen inneren Kampf zwischen dem Soldaten und dem Raucher. Dann teilte er den beiden mit, er gehe hinüber zur Verwaltung. Dort stehe sein Freund auf Wache, der eine Benzinmaschinka habe. – Ob sie auch bestimmt sitzen bleiben würden?

„Wir hatten nicht vor, mitzukommen", versicherte ihm Conny, worauf der Alte zufrieden ging. Vor den Büschen sah er noch einmal zurück, dann verschlang ihn die bereits vollkommene Dunkelheit.

„Los!" zischte Conny und erhob sich.

Sie sprangen hinter die Lore, zerrten sich die Rucksäcke hervor und liefen auf den Eingang des alten Förderturms zu.

Sie erreichten das dunkle Loch des Tores und wollten sich schon die Rucksäcke schultern, da rief eine gellende Stimme:

„Stoite!"

Eine Laterne blinkte auf, Schritte polterten näher, andere entfernten sich.

Conny erkannte die Distinktionen eines Unteroffiziers, sah dessen entschlossenes Gesicht vor sich – und schleuderte auch schon seinen Rucksack danach.

Der Mann stolperte und fiel zu Boden. Sein Gewehr schlug auf und entlud sich ins Leere.

Conny sprang in die Dunkelheit, sah eine zweite Öffnung in der Mauer und hastete hindurch. Er lief ein Stück über beleuchtetes Gelände und warf sich in den Lichtschatten einer senkrecht stehenden Benzintonne.

„Aua! Wo bleibt das Gefühl?" hörte er Nico flüstern, auf den er gesprungen war.

„Mensch, Kleiner!" raunte Conny atemlos. „Du lebst auch noch? Was jetzt?"

„Zurück! Komm! Der Marabu ist bestimmt noch nicht da!"

Sie liefen um die Baustelle herum und erreichten ihren Ausgangspunkt gerade, als ein rotes Pünktchen aus den Büschen schwebte.

Mit flatterndem Atem drehte sich Conny eine neue Zigarette. Gerade noch früh genug, denn Marabu hielt ihm stolz die seine vor und gab ihm Feuer. Er umfaßte die beiden mit dankbaren Augen und setzte sich wieder auf den Schubkarren, mit der größten Behaglichkeit Rauchwolken in den Bart blasend.

Um weniges später stürmte ein Haufen Soldaten auf das Wachhaus zu. Sie schleppten Rucksäcke auf dem Rücken und haderten mit Gott und ihren Vorfahren.

„Alles im Eimer!" sagte Conny. „Wieviel Rucksäcke hast du gezählt?"

„Vier!" antwortete Nico. „Es ist noch gar nichts aus! Im Gegenteil – laß das Gepäck beim Teufel sein! – Ah! In wenigen Augenblicken siehst du das dümmste Gesicht der Welt. – Atme nicht so laut!"

Conny folgte seinem Blick und sah, daß Pozelui heranschoß.

Der Leutnant lockerte schon von weitem seine Nagaika, um sie dem Marabu über den Rücken pfeifen zu lassen. Doch verhielt er seinen Laufschritt ebenso plötzlich wie unmotiviert und riß den Mund auf.

„Das Gesicht meinte ich!" flüsterte Nico und trat Conny gegen den Fuß. „Der weiß im Augenblick nicht einmal mehr, wie er heißt!"

Pozelui schloß seinen Mund wieder und wagte sich einige Schritte näher. Unwirklich, wie ihm alles vorkam, ließ er auch seine Augäpfel kreisen, wie feurige, verirrte Meteoriten. Als wolle er sich die letzte Gewähr schaffen, das Opfer einer optischen Täuschung zu sein, sagte er gepreßt:

„Dobrüi wetscher – guten Abend!"

„Dobrüi wetscher!" antwortete es dreistimmig.

Pozelui rang mit der Verzweiflung. Nun hatte er sie auch gehört – die beiden, die er gar nicht zu sehen erwartet hatte.

„Habt ihr immer hier gesessen?" fragte er fahrig.

„Immer!" scholl es aus drei Hälsen, am lautesten aus dem von Marabu. – Der fand die Anwesenheit eines Vorgesetzten ungemütlich und fragte den Leutnant: „Towarischtsch, suchen Sie etwas?"

„Nnn=njet!" sagte Pozelui und eilte zurück in das Back=steinhaus.

Marabu sah ihm kopfschüttelnd nach und fragte seine Schützlinge, ob er ihnen den Trick verraten solle, mit dem man mit nur einer Hand eine Laus knacken könne?

Da trat Irma hinzu. Schrecken und tausend Fragen standen in ihrem Gesicht. „Was war denn?" flüsterte sie. „Hat man einen erschossen?"

„Wir wissen es nicht!" sagte Conny. „Aber irgend etwas ist verboten. – Können Sie nach Roland und Günther suchen? Erwischt hat man sie scheinbar nicht."

„Ich werde sofort suchen gehen!" versprach Irma. „Als Sie eben fort waren, tauchte diese Feodora auf und sah sich hier neugierig um ..."

„Wirklich? Sagen Sie schnell, wo steckt sie denn?"

„Sie ging wieder fort – dort zum großen Haupttor hinaus."

„Oh Pech!" seufzte Nico. „Die hat angenommen, wir

wären schon weg und ist gegangen! Vielleicht hätte sie uns von Nutzen sein können. – Bitte, Irma, suchen Sie Roland und Günther. – Jede weitere Minute ist für uns Luxus."

Irma nahm sich eine Ladung Ziegelsteine auf den Rücken und stieg das Gerüst hinauf. Auf der anderen Seite konnte sie leichter im Gelände verschwinden. –

Marabu hielt sich an Connys Machorka. Um nicht noch einmal zu seinem Kollegen gehen zu müssen, rauchte er Kette.

Je länger Irma fortblieb, umso nervöser wurden Conny und Nico. Zwischen dem lästigen Genuschel des alten Soldaten versuchten sie möglichst alles zu beobachten, was rund um sie geschah.

Eine Gruppe berittener Miliz passierte das Tor und stieg vor dem Backsteinhaus ab. Sie banden die Pferde an das Geländer und wurden von Pozelui freudig begrüßt und in die Wache geschoben.

Conny trommelte mit den Fingern auf seine Knie. „Jetzt halt ich es aber nicht mehr aus!" fauchte er. „Mir ist, als müßte ich zusehen, wie man mein eigenes Grab schaufelt. – Laß uns doch aufbrechen, Nico!"

„Beruhige dich!" sagte der fast apathisch. „Erst wenn wir wissen, wie es um die anderen steht, können wir aufbrechen. – Denk an weidende Schafe, dann wirst du von selbst ruhiger!"

Conny schnaufte einmal tief und sah besorgt zu den Pferden hinüber. Ob schon ein anderer Trupp um das Gelände kreiste? Er traute sich nicht, den Gedanken auszusprechen.

Endlich stieg Irma vom Gerüst und meldete: „Ich habe sie gefunden. Da drüben im Gebüsch stecken sie und lassen fragen, wann es endlich losgeht?"

„Jetzt!" sagte Nico. „Leben Sie wohl, Irma. Sie haben heute viel für uns getan. Vielleicht können wir es Ihnen einmal danken." Er wollte ihr die Hand schütteln, doch Irma war schon weg. Nico wandte sich an Conny: „Los! Geh schon!"

Conny sah ihn zweifelnd an. „Spinnst du? Ich kann doch nicht einfach aufstehen und abhauen! Der Marabu hat auch nur ein Gemüt..."

„Red jetzt nichts mehr, sondern geh! Sag ihm meinetwegen, du gingst auf die Latrine – das ist ja menschlich!"

Conny erhob sich und machte dem Marabu dahingehende Andeutungen.

„Jja, jja!" sabberte der und überzeugte sich nicht einmal, ob Conny auch die Richtung einschlug.

Nico wartete, bis Conny am obersten Rand der Grünanlage untertauchte, dann erhob er sich steif und ging zum Gerüstaufgang. Schnell sprang er die ersten Stufen hoch und sah aus dem zweiten Stock kurz hinunter.

Marabu glotzte zu ihm auf, scheinbar vor Erstaunen keines Wortes fähig.

Nico wandte sich von ihm ab, lief um den Bau herum und auf der anderen Seite wieder hinunter. Noch zwei kurze Sprünge, dann war er zwischen den ersten Rhododendren der Grünanlage. –

Nur mühsam löste sich Marabu aus seiner versteinerten Haltung. Das Bewußtsein, überlistet worden zu sein, erlangte ihn erst viel später.

Auf eine gerade frisch angebrannte Zigarette leistete er Verzicht und schleuderte sie unter einem gedämpften Fluch zur Erde. Der Raucher in Marabu gab wieder dem Soldaten den Vortritt.

Aber wie sah die Stellung aus, die der Soldat Marabu beziehen sollte? Links ein Feind, rechts ein Feind! Ein Zweifrontenkrieg! winselte der alte Soldat und hielt das Gewehr im Nahkampfgriff.

Welchen sollte er zuerst verfolgen? Den auf der Latrine! Also begab er sich nach rechts und legte die Strecke bis zur Lichtgrenze ereignislos zurück. – War ein Vorstoß in die Dunkelheit ratsam? Marabu trennte sich von dem Gedanken und versprach sich von einem Gefecht bei Licht weit mehr.

Denn da, wohin der zweite geflohen war, flutete Licht, viel Licht!

Am Gerüst wieder angekommen, bekam Marabu einen weit besseren Einfall und hastete durch die Grünanlage auf den Platz vor dem Verwaltungsflügel.

Hier stand, für jeden zugänglich, ein mannshohes Postament, worauf, von einem Eisengestell getragen, die Feuerglocke der Anlage hing. Marabu hängte sich an das Zugseil und begann zu läuten. Wild drauflos, als prassele ein Großbrand schon knapp hinter seinem Rücken.

Die Übertagarbeit der Grube Perwoje Maja erfuhr eine jähe Unterbrechung. Die einzelnen Arbeitsbrigaden warfen ihr Werkzeug zu Boden und stießen ihre Nasen mit geblähten Nüstern in die Luft. Einen Brand muß man wenigstens riechen, wenn man ihn schon nicht sieht.

Aber man roch und sah nichts. Infolgedessen dramatisierte sich die Bestürzung zur Panik; aufgepeitscht durch das nicht enden wollende Bimmeln der Alarmglocke. Man lief kreuz und quer und übereinander. Man eilte der Frage nach: wo ist das Unglück? –

Als Marabu die verwirrungstiftende Glocke zum Schwingen brachte, duckten vier Gestalten an der Mauer der Großgarage, hinter der der Stacheldraht verlief. Sie verschnauften und sammelten sich für die entscheidende Phase ihres Unternehmens: den Sprung durch den Stacheldraht auf das Ackerfeld, dessen Furchen ihnen die Richtung weisen sollten.

„Sie geben Alarm!" stieß Roland hervor. „Weg hier! Es ist die höchste Zeit!"

Nico sprang vor, spreizte mit seinen Händen zwei Drähte auseinander und zischte: „Los, durch! Und lauft!"

Sie schlüpften einer hinter dem anderen hinaus und rannten los.

„Dort hinten sind schon die Akazien", keuchte Conny. „Gleich haben wir es geschafft!" – Daß er eben die undeutlichen Silhouetten mehrerer Reiter gesehen hatte, verschwieg er.

Das Durcheinander im Gelände des Schachtes Perwoje Maja schien unübersehbar.

Und doch gab es einen Menschen, der sich nicht dem Herdentrieb beugte und zur Alarmglocke rannte.

Er lehnte am Gerüstgeländer des neuen Förderturms. Ganz oben, 11 Meter über dem Erdboden. Er hatte schon die längste Zeit des Abends an der gleichen Stelle gelehnt. Und beobachtet.

Zuletzt hatte sein Blick bei den Garagen verharrt und alles erfaßt, was sich dort abspielte.

Jetzt nun, während Pozelui unter Assistenz von anderen Chargierten, Werkingenieuren und der berittenen Miliz wieder Ordnung in den Ameisenhaufen zu bringen versuchte, lächelte er vor sich hin.

Er hob sein rechtes Bein, eine Holzprothese, von einer Verstrebung des Geländers und hinkte abwärts.

Ustschenko hatte sich heute selbst übertroffen und trotz seines Asthmaleidens die Höhe erklommen.

Er hatte nun genug beobachtet und eilte zu seinem Gaul. Er schwang sich in den Sattel, als Pozelui aus dem verstörten Marabu Einzelheiten herauszuquetschen versuchte und gleichzeitig dem berittenen Milizkommando den Befehl gab, das Gebiet außerhalb des Schachtes einzukreisen.

Wieder lächelte Ustschenko. Er brauchte nichts zu umreiten. Einen Ansatzpunkt hatte er. Alles andere überließ er seinem sechsten Sinn und der Nase seines Falben. – Er würde die Flüchtenden erwischen, und nicht die Miliz! Das stand so fest, wie er sich vorgenommen hatte, Natschalnik zu werden! –

Schon eine ganze Weile hörten sie zunehmendes Pferdeschnauben und oft. sogar gedämpfte Zurufe. Nicht in allernächster Nähe, und immer nur für kurze Zeit.

Deshalb atmeten sie etwas auf, als ihnen die ersten Akazienblätter in die Gesichter schlugen. Sie waren dicht neben

dem Friedhof angelangt und bewegten sich vorsichtig vor=
wärts.

Nico stoppte seinen Schritt und flüsterte: „Bleibt hier, ich
suche Paul! Aber Vorsicht! Wenn uns Feodora verraten hat,
haben sie ihn schon längst aufgegriffen, aber ich glaube das
nicht!"

Er eilte fort und imitierte schon nach wenigen Schritten
das verabredete Hundegebell.

Sie lauschten noch gespannt auf die Antwort, als Paul sich
aus einer Erdmulde erhob und sagte: „Was macht ihr für
ein Theater? Ich höre euch schon seit einer Ewigkeit. – Ab=
gesehen davon habe ich eine Stinkwut auf euch! Mich hier
so lange warten zu lassen! – Habt ihr denn noch Schwierig=
keiten gehabt?"

„Man kann es so nennen", antwortete Nico.

Paul wurde ungemütlich. „Quatsch doch nicht! Aufgebro=
chen seid ihr bereits vor zwei Stunden! – Feodora war hier und
hat es mir gesagt. Sie wollte sich überzeugen, ob alles ge=
klappt hat und war ganz überrascht, mich noch anzutref=
fen..."

„Sie war also hier! Ich habe nie geglaubt, daß sie uns ver=
raten würde. Nie!" Nico sagte es erleichtert und froh.

„Und wo ist sie jetzt?" fragte Günther.

„Weg. Weiß ich wohin? Fühlte sich anscheinend nicht
wohl, das Kind. Oder sie hatte Angst vor der Dunkelheit. –
Was sie jedenfalls daherplapperte, hatte weder Hand noch
Fuß!" Paul hob seinen Rucksack vom Boden und sah ver=
wundert an seinen Freunden herunter. „Laßt ihr das Gepäck
mit der Bahn befördern – oder sind noch Träger unterwegs?"

Die vier schwiegen. Erst jetzt kam ihnen voll zum Bewußt=
sein, daß sie nicht nur ein imaginäres Ziel hatten, sondern
den Weg dahin auch ohne Proviant antraten.

Paul fuhr in ihre Gedanken. „Ja, habt ihr überhaupt nichts
mehr? So redet doch!"

Conny riß gereizt seine Hand aus der Hosentasche und

hielt sie ihm geöffnet vor die Augen: „Eine Handvoll Ma=
chorka!"

Ein plötzlich aufkommendes Pferdegetrappel unterbrach
ihre Unterhaltung. Sie sahen einen Reiter, der in geringer
Entfernung an ihnen vorbeiritt. Er hielt so nahe, daß sie ihn
erkennen konnten: es war Ustschenko, der intensiv in die
Dunkelheit lauschte.

Sie hielten den Atem an und rührten sich nicht. War Ust=
schenko etwas aufgefallen?

„Wenn der jetzt Hunde bei sich hat, sind wir verloren",
raunte Paul.

Sie spürten alle, wie ihre Schlagadern anschwollen. Ein
fieberartiges Glühen konzentrierte sich in ihren Schläfen.
Dasselbe Fieber drohte ihnen die Augäpfel aus den Höhlen
zu treiben – dorthin, wo ein einziger Mensch in den nächsten
Augenblicken fünf Schicksale entscheiden konnte. Ihr Schick=
sal besiegeln würde.

Die einzige Hoffnung lag in der Nacht. Zehn Meter Dun=
kelheit dehnte sich zwischen ihnen und dem gleichmäßigen
Schnauben von Ustschenko's Falben.

Ein zweites Geräusch kam auf. Es hörte sich an wie
menschliche Schritte im wildwachsenden Gras am Saum der
kleinen Böschung beim rechten Waldzipfel.

Angst kroch in die Augen der fünf Jungen hinter dem
dürftigen Schutz der dünnen Akazienäste. Sie fragten sich
gegenseitig stumm nach einer Erklärung dafür. Elende, nackte
Angst lähmte für Sekunden ihre Stimmbänder. Wer mochte
sich aus der Richtung nähern? Sollten es vielleicht doch die
Spürhunde sein, die Paul auf Grund seiner Erfahrung nahezu
erwartete?

Da bellte ein Schuß.

Der Falbe Ustschenko's bäumte sich auf, brach auf der
Vorderhand zusammen, und schlug seitlich hin, seinen Rei=
ter unter sich zwängend.

Ehe noch einer der Flüchtenden einen Gedanken über die=

ses seltene Schauspiel fassen konnte, schrie eine Mädchen=
stimme:

„Lauft! Lauft um euer Leben!"

Es war die Stimme Feodoras.

Sie liefen nicht sofort. Sie konnten nicht laufen. Das an=
gespannte Stillstehen der letzten Minuten hatte ihre Beine
gelähmt und geschwächt.

Als erster jagte endlich Paul los. Taumelnd, wie ein Wahn=
sinniger in seinem Anfall. Die andern setzten ihm nach, weit=
ausholend und mit fliegendem Atem. Sie spürten ihre wei=
chen Knie weniger als das aufkommende Schwindelgefühl
in ihren wirren, heißen Köpfen. Die Größe des Augenblicks
hatte keinen Raum mehr in ihren nervlich überspannten Kör=
pern. Sie betäubte.

Es war noch mehr als ein Lauf ums Leben. Es war ein Lauf
in die große Freiheit, in das Leben. Eine gewollte, bewußt
erlebte zweite Geburt.

Sie liefen, ohne sich umzuwenden. Auch ohne zu denken.
Sie wollten jetzt auch nicht denken. Denn vorläufig liefen sie
in eine Vogelfreiheit, die Monate, vielleicht auch Jahre dauern
konnte. Eine Freiheit ohne menschliche Gesetze – und ohne
Gnade. Der Natur ausgeliefert wie die Tiere.

Sie liefen und sahen nur die Nacht. Diese herrliche Nacht,
in der sie so stark gewesen waren und ihr Schicksal vielleicht
das einzige Mal in ihrem Leben in die Hände genommen
hatten.

Sie ließen ihre Beine auf dem Acker weit ausgreifen, der
den Schlag ihrer Nagelschuhe wie ein schwerer, teurer Tep=
pich dämpfte.

Nach dem so unerwarteten Ende seines Falben suchte Ust=
schenko sicherheitshalber dahinter Deckung.

Doch als er die Stimme der Genossin Feodora Rodionowa
erkannte, erhob er sich, um mit ihr den Irrtum zu klären.
Vielmehr, um sie für den ihm entstandenen Schaden haftbar
zu machen. Und überhaupt, um zu erfahren, was hier eigent=

lich vorging. Hatte sie nicht deutsch gesprochen? Oh – deutsch gesprochen...

Ustschenko erhob sich langsamer, als er es ursprünglich vorgehabt hatte. Die Genossin Rodionowa hatte deutsch gesprochen...

Dieser Satz formte sich – kaum überdacht – vor seinen Augen zu einem goldenen Schlüssel. Er paßte in jede Richtung seiner rasant einsetzenden Kombinationen. Am meisten und deutlichsten in jene Richtung, aus der kurz nach seinem Sturz davoneilende Schritte von benagelten Schuhen zu ihm gedrungen waren. Er konnte ohne seinen Falben diese Verfolgung nicht mehr aufnehmen. Schade, wo er ihnen bereits im Nacken gesessen hatte.

Dafür aber befand sich die Genossin Rodionowa in Reichweite. In unmittelbarer Reichweite, sagte sich Ustschenko. Sein Ziel, Natschalnik zu werden, kam dabei in fast wirklich erreichter Form auf ihn zu. Die neue Perspektive beflügelte ihn.

Ustschenko entschloß sich, zu handeln. Er verließ in gebückter Haltung die Deckung hinter seinem toten Pferd und bewegte sich langsam dem rechten Waldzipfel zu.

Da knallte ein zweiter Schuß. Ganz nahe, wenige Schritte von ihm entfernt. Verdutzt über dieses unerwartete Ereignis, lauschte er sekundenlang in die Nacht. Dann hastete er vorwärts, in die Richtung, aus der der Schuß gefallen war.

Als er die Genossin Rodionowa endlich erreichte, lag sie leblos im Gras der kleinen Böschung. Den rechten Arm unnatürlich angewinkelt, Mund und Augen weit aufgerissen.

Aus ihrer rechten Schläfe sickerte ein Blutstreifen, der über ihr helles Gesicht einen dunklen Strich zog.

Den Schlußstrich *ihrer* Rechnung.

Ende